KB260592

한유문집
2

昌黎文鈔

韓愈

대산세계문학총서 089

한유문집 2

韓愈文集—昌黎文鈔

이주해 옮김

문학과지성사
2009

대산세계문학총서 **089**_산문

한유문집-창려문초 2

지은이__한유
옮긴이__이주해
펴낸이__홍정선 김수영
펴낸곳__㈜**문학과지성사**

등록__1993년 12월 16일 등록 제10-918호
주소__121-840 서울 마포구 서교동 395-2
전화__02)338-7224
팩스__02)323-4180(편집) 02)338-7221(영업)
전자우편__moonji@moonji.com
홈페이지__www.moonji.com

제1판 제1쇄__2009년 11월 27일

ISBN 978-89-320-2018-1
ISBN 978-89-320-2016-7 (전 2권)
ISBN 978-89-320-1246-9 (세트)

이 책은 대산문화재단의 외국문학 번역지원사업을 통해 발간되었습니다.
대산문화재단은 大山 愼鏞虎 선생의 뜻에 따라 교보생명의 출연으로 창립되어 우리 문학의 창달과
세계화를 위해 다양한 공익문화사업을 펼치고 있습니다.

차례

한유문집-창려문초 2

권10

변 · 해 · 설 · 송 · 잡저
辯 · 解 · 說 · 頌 · 雜著

변 · 해 · 설 · 송 · 잡저
辯 · 解 · 說 · 頌 · 雜著

피휘(避諱)하는 것에 관한 논변[1]

고금 이래로 이와 같은 문장은 흔치 않다.

나는 이하(李賀)[2]에게 편지를 보내 진사과(進士科)에 응시해볼 것을 권한 바 있다. 이하는 진사과에 응시할 때부터 진즉에 명성이 자자했는데, 그와 겨루게 될 어떤 사람이 그를 비방하면서, "이하는 부친의 존함이 진숙(晉肅)이니 진사과에 응하지 않는 것이 옳다. 그에게 응시하라고 권한 자가 틀렸다"라고 했다. 이 말을 들은 사람들은 〔시시비비를〕 제대로 살피지도 않고 같이 맞장구를 치면서 똑같은 말들을 해댔다. 황보식(皇甫湜)[3]이 말했다.

"만일 해명하지 않으면, 당신과 이하 모두 득죄하게 될 것입니다."

내가 말했다.

---

1 한유는 재기 넘치는 젊은 시인 이하(李賀)에게 진사과에 응시할 것을 권했다. 그러자 일부에서는 이하의 부친 이름이 '진숙(晉肅)'인데, '진(晉)'은 진사의 '진(進)'과 발음이 같기 때문에 부친의 이름을 피휘하기 위해서라도 이하가 진사에 응시해서는 안 된다고들 하였다. 그러면서 추천자인 한유를 비난하였다. 이에 한유는 이 글을 지어 스스로의 입장을 변호하고 시시비비를 따졌다. 작품의 '변(辯)'이란 글자는 그래서 들어갔다. 이하는 자신의 시에서 한유와 처음 만났던 당시의 일을 적고 있는데, 그 시에서 그들은 원화(元和) 6년(811)에 만났다고 적고 있으니 이 작품은 아마도 그 직후에 지어진 듯하다. 후에 이하는 끝내 과거에 응시하지 않았다.

2 이하(李賀): 자는 장길(長吉). 복창(福昌, 지금의 하남성 宜陽縣 서쪽) 사람. 당나라 때 저명한 시인이었으나 불우하여 종9품 말단 관직에 있다가 스물일곱 살에 병사했다.

3 황보식(皇甫湜): 자는 지정(持定). 목주(睦州) 신안(新安, 지금의 절강성 淳安縣) 사람이다. 원화 연간에 진사과에 급제하여 공부랑중(工部郎中)을 지냈고, 한유를 좇아 고문을 배워 고문가로 일컬어지기도 하였다.

"그렇구려."

『당률(唐律)』[4]에서는 "이름의 두 글자를 다 피휘하지는 않는다"[5]라고 하고 있고, 이를 해석한 자[6]는 "만일 '징(徵)' 자를 말했으면 '재(在)' 자는 말하지 않고, '재' 자를 말했으면 '징' 자는 말하지 않는 것을 두고 한 말이다"[7]라고 하고 있다. 『당률』에서는 또 "〔글자는 다른데〕 발음만 서로 비슷하다면 피휘하지 않는다"[8]라고 하고 있고, 이를 해석한 자는 "'우(禹)'와 '우(雨)', '구(丘)'와 '구(蘆)' 같은 것을 두고 한 말이다"[9]라고 하고 있다. 그렇다면 이하 부친의 성함이 '진숙(晉肅)'인데 이하가 '진사(進士)'에 응시하는 것이 이름 두 글자를 동시에 언급하는 금기를 범했는가?[10] 비슷한 발음의 금기를 범했는가? 아비의 이름이 '진숙'이라 해서 자식이 '진사'가 될 수 없다면, 아비의 이름이 '인(仁)'이면 자식이 '사람(人)'이 될 수 없다는 말인가? 피휘는 대체 언제 시작되었나? 법을 제정하여 천하 사람을 가르친 것이 주공(周公)과 공자 아니던가? 주공은 시

---

4 『당률(唐律)』: 당나라 조정에서 제정한 법률 조문으로 고조 때 초안을 작성하고 태종 때 수정하여 열두 권으로 만들었다.

5 이름의…… 않는다: 이 조목은 『당률』 「직제율(職制律)」에 보이는데, 원래는 『예기(禮記)』 「곡례(曲禮)」에서 나온 말로, 임금이나 집안 존장자의 이름이 두 글자인 경우 그중 한 글자만 언급하는 것은 휘(諱)를 범하는 것이 아니라는 뜻이다.

6 해석한 자: 『당률』의 주석을 두고 한 말인데, 원래는 한(漢)나라 정현(鄭玄)이 단 『예기』 「곡례」 주다.

7 만일…… 말이다: 공자 어머니의 이름이 안징재(安徵在)이기 때문에 이를 예로 든 것이다. 즉 이름의 두 글자를 동시에 언급하지 않고 하나씩 따로 언급하는 것은 휘를 범하는 것이 아님을 보여주는 예다.

8 발음만…… 않는다: 이 조목 역시 『당률』 「직제율」에 보이며 역시 『예기』 「곡례」에서 나온 말이다. 원문의 '혐명(嫌名)'은 서로 발음이 비슷한 이름을 가리키는 말이다.

9 '우(禹)'와…… 말이다: 이것 역시 정현의 주석이다.

10 그렇다면…… 범했는가: 이하의 경우 부친 이름의 '진(晉)' 자와 진사의 '진(進)' 자가 서로 발음만 같을 뿐이기 때문에 그렇게 말한 것이다.

를 지을 때 피휘하지 않았고[11] 공자는 두 글자를 따로 쓸 때는 피휘하지 않으셨다.[12] 『춘추(春秋)』는 이름과 발음이 비슷한 것을 피휘하지 않았다고 비난하지 않았다.[13] 강왕(康王) '소(釗)'의 손자가 바로 '소왕(昭王)'이고, 증삼(曾參)은 부친 이름이 '석(晳)'이었으나 '석(昔)' 자를 피휘하지 않았다. 주(周)나라 때 기기(騏期)라는 자가 있었고, 한(漢)나라 때 두도(杜度)라는 자가 있었으니, 그들의 자식들이 무슨 수로 피휘를 했겠는가?[14] 발음 비슷한 것을 피하겠다고 자신들의 성을 피휘했겠는가? 아니면 발음 비슷한 것을 그냥 피휘하지 않고 말았을까? 한나라 때는 무제(武帝)의 이름 '철(徹)'을 피휘해 '통(通)'으로 바꾸었지만, 수레바퀴 '철(轍)' 자까지 피휘해 무슨 글자로 바꾸었단 이야기는 들어보지 못했다. 여후(呂后)의 이름인 '치(雉)' 자를 피휘해〔꿩을〕'야계(野雞)'라는 명칭으로 바꾸었다고는 하지만, 천하를 다스린다는 '치(治)' 자까지 피휘해 다른 글자로 바꾸었다는 이야기는 들어보지 못했다. 오늘날 황제께 올리는 장계나 황제께서 내리시는 조서에서 '호(滸)'·'세(勢)'·'병(秉)'·'기(機)'[15] 자를

---

11 주공은…… 않았고: 『시경(詩經)·상송(商頌)』 중의 「희희(噫嘻)」·「옹(雝)」 두 작품은 주공이 지었다고 하는데, 작품 속에 "준발이사(駿發爾私)"·"극창궐후(克昌厥後)"라는 구절이 나온다. 주공의 아버지인 주 문왕의 이름이 창(昌)이고 형인 무왕의 이름이 발(發)이다. 이로써 주공은 부형의 이름을 피휘하지 않았음을 볼 수 있다.

12 공자는…… 않으셨다: 공자는 어머니 이름이 징재인데, 『논어(論語)』 「팔일(八佾)」을 보면 "송불족징(宋不足徵)"이라는 말이 나오고, 「위령공(衛靈公)」을 보면 "모재사(某在斯)"라는 말이 나온다. 이로써 공자는 어머니 이름 중 한 글자씩 사용하는 일은 피하지 않았음을 알 수 있다.

13 『춘추(春秋)』는…… 않았다: 위(衛)나라 임금 중에 이름이 '완(完)'인 자가 있었는데, 죽은 뒤에 시호를 '환(桓)'이라 내려 위 환공이 되었다. 그러나 이에 대해 포폄이 엄격한 『춘추』에서는 어떤 비난도 하지 않았다.

14 주(周)나라…… 했겠는가: 기기나 두도는 성과 이름의 발음이 같다. 그들의 자식은 자기 성을 말함과 동시에 아비의 이름을 부르는 꼴이 되어야 하니, 피휘 자체가 불가능했을 것이라는 이야기다. 두(杜)와 도(度)는 중국어로 읽으면 발음이 같다.

피휘한다는 소리는 들어보지 못했다. 다만 환관이나 궁녀들만이 '유(諭)'
나 '기(機)'[16] 자를 감히 말하지 못하면서 금기를 범하는 일이라 여길 뿐
이다. 사군자의 언행이라면 어떤 법도를 지켜야 마땅하겠는가? 경전을 살
펴보고, 『당률』을 놓고 질정해보고, 또 나라의 전고(典故)를 대조해봄에,
이하가 진사가 되는 것이 가한 일인가, 불가한 일인가?

증삼처럼 부모를 모실 수만 있다면 아무런 비난을 받지 않을 수 있다.
주공이나 공자만 한 사람이 될 수 있다면 지극한 경지에 이르렀다 이를 만
하다. 지금 세상의 선비들은 증삼이나 주공이나 공자와 같은 행실에는 힘
쓰지 않고, 부모 이름을 피휘하는 일에는 주공·공자·증삼을 능가하려 애
쓰니, 얼마나 미혹된 짓인지 알 만하다. 주공·공자·증삼은 끝내 능가하
지 못하고, 주공·공자·증삼을 능가하는 부분은 그저 환관이나 궁녀들이
하는 짓과 나란하니, 그렇다면 환관과 궁녀들의 효성이 주공·공자·증삼
보다 낫단 말인가?

---

15 '호(滸)'·'세(勢)'·'병(秉)'·'기(機)': 당나라 고조의 조부 이름이 '호(虎)'로 '호(滸)'
　　와 동음이고, 태종의 이름인 세민(世民)의 '세(世)'자는 '세(勢)'자와 동음이다. 고조의 부
　　친 이름은 '병(昞)'으로 '병(秉)'과 동음이고, 현종의 이름인 융기(隆基)의 '기(基)'는 '기
　　(機)'와 동음이다.
16 '유(諭)'나 '기(機)': 당 대종(代宗)의 이름이 '예(豫)'인데, 이는 '유(諭)'와 중국어로 읽
　　을 때 발음이 같다. '기(機)'에 대한 설명은 바로 앞의 주 참조.

諱辯

古今以來, 如此文不可多得.

愈與李賀書, 勸賀擧進士. 賀擧進士有名, 與賀爭名者毀之曰: "賀父名晉肅, 賀不擧進士爲是, 勸之擧者爲非." 聽者不察也, 和而唱之, 同然一辭. 皇甫湜曰: "若不明白, 子與賀且得罪." 愈曰: "然."

『律』曰: "二名不偏諱." 釋之者曰: "謂若言 '徵' 不稱 '在', 言 '在' 不稱 '徵', 是也." 『律』曰: "不諱嫌名." 釋之者曰: "謂若 '禹' 與 '雨', '丘' 與 '蓲' 之類, 是也." 今賀父名 '晉肅', 賀擧 '進士' 爲犯二名律乎? 爲犯嫌名律乎? 父名 '晉肅', 子不得擧 '進士', 若父名 '仁', 子不得爲 '人' 乎? 夫諱始於何時? 作法制以敎天下者, 非周公·孔子歟? 周公作詩不諱, 孔子不偏諱二名, 『春秋』不譏不諱嫌名. 康王釗之孫, 實爲昭王, 曾參之父名晳, 曾子不諱昔. 周之時有騏期, 漢之時有杜度, 此其子宜如何諱? 將諱其嫌, 遂諱其姓乎? 將不諱其嫌者乎? 漢諱武帝名 '徹' 爲 '通', 不聞又諱車轍之 '轍' 爲某字也. 諱呂后名 '雉' 爲 '野雞', 不聞又諱治天下之 '治' 爲某字也. 今上章及詔, 不聞諱滸·勢·秉·機也. 惟宦官宮妾, 乃不敢言諭及機, 以爲觸犯, 士君子言語行事, 宜何所法守也? 今考之於經, 質之於律, 稽之以國家之典, 賀擧進士爲可邪. 爲不可邪?

凡事父母得如曾參, 可以無譏矣. 作人得如周公·孔子, 亦可以止矣. 今世之士, 不務行曾參·周公·孔子之行, 而諱親之名則務勝於曾參·周公·孔子, 亦見其惑也. 夫周公·孔子·曾參卒不可勝, 勝周公·孔子·

曾參乃比於宦官宮妾，則是宦官宮妾之孝於其親賢於周公·孔子·曾參者
耶？

배움에 나아가는 것에 대한 풀이[1]

이 작품이야말로 한공(韓公) 정의의 기치이자 군진(軍陣)이다. 큰 재주를 지녔으되 보잘것없는 직책을 맡았으니, 유감이 없을 수 없었을 텐데, 원망 어리고 너저분한 이야기는 남더러 하게 하고, 스스로를 허물하고 책망하는 이야기는 자기가 직접 했으니, 가장 적합한 체제라 하겠다.

국자선생(國子先生)[2]이 새벽에 태학(太學)에 들어가 제생(諸生)들을 불러 학관 아래 세운 다음 훈계하며 말했다.

"학업은 부지런히 닦으면 훌륭해지고 빈둥빈둥 놀기만 하면 황폐해진다. 덕행은 생각하는 데서 완성되고 아무렇게나 하는 데서 망가진다. 지금은 바야흐로 성인과 현자가 서로 만나 치세의 도구가 모두 다 펼쳐져 있다. 흉악하고 사특한 무리는 모두 제거하였고, 빼어난 인재들만 등용하였다. 작은 장점이라도 가지고 있는 자는 모두 뽑히었고, 한 가지 기예로 이름난 자 중에 쓰이지 못하는 자는 하나도 없다. 〔인재를〕 널리 포섭하고 샅샅이 뒤져내어, 때를 벗겨내고 광을 내주고 있다. 그러니 요행히 선발된 자가 있을지언정, 능력이 있는데도 그것을 발휘하지 못하는 자가 어디 있겠는가? 제생이라면 학업이 훌륭해지지 못할까 근심해야지 담당 관리가 현명하지 못할까 근심해서는 안 되며, 덕행이 이루어지지 못할까 근심

---

1 이 글은 원화 8년(813), 한유가 국자박사(國子博士)로 있을 때 지었다. 글의 구성은 한나라 동방삭(東方朔)의 「답객난(答客難)」, 양웅(揚雄)의 「해조(解嘲)」 등과 비슷하다.
2 국자선생(國子先生): 한유 스스로를 지칭하는 말이다.

해야지 담당 관리가 공정하지 못할까 근심해서는 안 될 것이다."

말을 채 마치기도 전에 줄에 서 있던 어떤 사람이 웃으며 말했다.

"선생께서는 저희를 속이고 계시는군요! 제가 선생을 모셔온 지 몇 년입니다. 선생께서는 입으로는 육경(六經) 읊조리기를 그치지 않고, 손으로는 제자백가의 책 펼쳐보시기를 그치지 않습니다. 사실을 기록한 것에서는 반드시 그 요체를 밝혀내시고, 말씀을 찬술한 것에서는 반드시 현묘한 이치를 찾아내십니다. 그런데도 더 많은 것을 얻고자 힘쓰시며 큰 것이건 작은 것이건 버리지 않으시고, 기름을 태워 〔밤에도〕 낮을 이어가며 부지런히 부지런히 한 해를 다 보내시니, 선생의 학업은 가히 근면하다 이를 만합니다. 이단을 물리치고 불교와 도교를 내치시며, 빠진 부분을 채워 넣고 그윽하고 현묘한 이치를 높이 드러내십니다. 실마리마저 아득히 끊어져버린 도통(道統)을 찾아 홀로 널리 뒤지고 먼 옛날을 계승하시며, 〔범람하는〕 온갖 시내를 막아 동쪽으로 흘러가게 하시어 이미 거꾸로 흐르는 미친 물결을 돌려놓으셨습니다. 그러니 선생께서는 유학(儒學)에 있어 가히 큰 공로를 세우셨다 이를 만합니다. 짙은 향기 속에 깊이 잠긴 채 꽃봉오리를 머금고 꽃잎을 씹고 계시니, 지으신 문장이 집에 가득 책으로 쌓여 있습니다. 위로는 순(舜)임금·우(禹)임금을 본받아 가를 볼 수 없을 만큼 내용이 드넓습니다. 〔『상서(尙書)』 중〕 주(周)의 「대고(大誥)」와 은(殷)의 「반경(盤庚)」은 문장이 난삽하여 읽기 어렵고, 『춘추』는 필법이 근엄하며, 『좌전(左傳)』은 과장이 심합니다. 『주역(周易)』은 기이하면서도 법도 있고 『시경(詩經)』은 곧으면서도 화려합니다. 아래로는 『장자(莊子)』와 「이소(離騷)」에까지 미쳤는데, 태사공의 기록과 양자운(揚子雲)·사마상여(司馬相如)의 글 등은 훌륭하기는 마찬가지나 서로 맛이 다른 그런 묘미를 지니고 있습니다. 그러니 선생의 문장은 가히 내용은 넓고 문사는 호방하다 이를 만합니다. 젊어서부터 배울 줄을 알았고 행동에 과감했으며, 자라서는 예법에 능통하여 좌우로 마땅하지 않음이 없으니, 선생의 사람됨은 가히 완벽하다 이를 만합니다. 그런데 공적으로는 남에게 신임을 얻지 못하고, 사적으로는 벗들에게 도움을 받지 못합니다. 앞으로 넘어지고 뒤로 자빠져, 무슨 일이든 했다 하면 탓이나 당하기 일쑤입니다. 잠시 어사(御史)가 되었으나 남쪽 오랑캐 땅으로 귀향 갔고,⁴ 3년간 박사(博士) 노릇을 하였으나 하릴없이 지내며 아무런 성취도 얻지 못했습니다. 운명이 원수랑 도모라도 하였는지, 몇 번이고 실패를 거듭하는 바람에, 따뜻한 겨울에도 아들은 춥다 울부짖고, 풍년이 들었는데도 아내는 배고파 웁니다. 머리는 벗어지고 이는 다 빠졌으니, 끝내 이대로 죽는다면 무슨 득 될 것이 있겠습니까! 이런 것도 생각지 않으시고 오히려 사람을 가르치려 하시다니요!"

선생이 말했다.

"어허! 그대는 앞으로 나오라. 큰 나무는 들보가 되고 자잘한 나무는 서까래가 되는 법이다. 동자기둥·짧은 기둥·문지도리·문에 세우는 말뚝·빗장·문설주 등, 각기 적당한 것을 찾아다가 그것들로 집을 완성하는 것은 장인의 솜씨다. 옥찰(玉札)·단사(丹砂)·적전(赤箭)·청지(靑芝), 그리고 우수마발(牛溲馬勃)⁵이나 찢어진 북의 가죽⁶ 등을 모두 가져다 쌓

---

3 순(舜)임금·우(禹)임금: 원문은 '요사(姚姒).' '요'는 순임금의 성이고, '사'는 우임금의 성이다. 그러나 여기서는 순임금·우임금을 받는 말이 아니라 『상서』 중의 「우서(虞書)」와 「하서(夏書)」를 상징하는 말로 사용되었다. 순임금이 세운 나라가 우(虞)이고, 우임금이 세운 나라가 하(夏)이기 때문이다.

4 잠시…… 귀향 갔고: 정원(貞元) 19년(793)에 한유는 감찰어사로 있다가 양산령(陽山令)으로 폄적되어 갔는데, 양산은 남쪽 황량한 곳에 위치해 있기에 이렇게 표현한 것이다.

5 우수마발(牛溲馬勃): 우수는 소의 오줌. 혹자는 차전초라고도 한다. 마발은 습지에서 자라나는 약초로 악창을 치료하는 데 쓰인다.

아놓은 다음 남김 없이 [약재로] 사용하는 것은 의사의 훌륭한 재능이다. 현명하게 등용하고 공정하게 선발하여 총명한 자와 졸렬한 자를 잘 섞어 채용하고, 진중하고 여유 있는 자를 좋게 여기고 우뚝 탁월한 자를 걸출하다 여기어, 장단점을 비교해 타고난 그릇 크기에 맞게 임용하는 것은 재상의 치세술이다. 옛날에 맹가(孟軻)가 변론을 좋아하여 공자의 도가 밝혀지게 되었다. 그러나 천하를 돌아다녔어도 결국은 길에서 죽었다. 순경(荀卿)은 정도(正道)를 지켜 그 원대한 학설이 널리 퍼졌다. 그러나 참언을 피해 초(楚)나라로 도망갔다가 난릉(蘭陵)에서 버려진 채 죽었다.[7] 이 두 학자는 말을 뱉으면 경전이 되고, 발 하나만 들어도 법도가 되었다. 무리들 중에서도 우뚝 빼어나 성인의 경지에 충분히 들고도 남았는데, 세상에서 당한 처우는 어떠하였는가? 지금 나는 근면히 학문을 하고는 있지만 도통을 이루지 못하였고, 말은 비록 많지만 요긴하지 못하며, 문장은 기이하지만 쓰이는 데 도움 되지 않고, 덕행을 닦았지만 남들 앞에 드러나지 않는다. 다달이 봉급이나 허비하고 매년 창고의 곡식이나 축낸다. 자식은 농사지을 줄 모르고 안사람은 베 짤 줄 모른다. 말을 타고 하인들을 거느리고 다니면서 편히 앉아 밥이나 먹는다. 답답하게 속세의 길이나 따라다니면서 옛 서적을 보며 표절할 줄이나 안다. 그런데도 성스러운 임금께서는 나를 주벌하지 않으시고, 재상은 나를 내치지 않으니, 요행이 아니겠는가? 걸핏하면 비방이나 사지만, 그로 인해 명성도 따라왔다. 한직에 버려진 것도 내 분수에 딱 맞는 일이었다. 재물이 있는지 없는

___

6 찢어진 북의 가죽: 뱀독을 제거하는 데 쓰인다.

7 순경(荀卿)은…… 죽었다: 순자는 제(齊)나라에서 직하학궁(稷下學宮) 좨주(祭酒)로 있으면서 당시 학계의 영수가 되었으나 참언을 당해 초나라로 도망갔다. 초나라 춘신군(春申君)이 그를 난릉령(蘭陵令)에 임명했으나, 춘신군이 죽은 뒤 관직에서 쫓겨나 난릉에서 후학을 가르치며 살다 죽었다.

지 재보고, 품계가 높은지 낮은지 따지며, 자기 능력에 걸맞은 일인지 아닌지조차 잊고서 이전 사람의 흠이나 들춰낸다면, 이는 이른바 '장인보고 왜 말뚝을 가져다 기둥으로 세우지 않았느냐 헐뜯고, 의사보고 왜 창포8를 가져다 장수하는 약재로 삼았느냐고 비난하면서 희령(豨苓)9을 쓰라고 한다'는 것이다."

進學解

此韓公正正之旗, 堂堂之陣也. 其主意專在宰相, 蓋大才小用, 不能無憾, 而以怨懟無聊之辭, 托之人, 自咎自責之辭, 托之己, 最得體.

國子先生晨入太學, 招諸生立館下, 誨之曰: "業精于勤, 荒于嬉. 行成于思, 毁于隨. 方今聖賢相逢, 治具畢張. 拔去兇邪, 登崇俊良. 占小善者率以錄, 名一藝者無不庸. 爬羅剔抉, 刮垢磨光. 蓋有幸而獲選, 孰云多而不揚? 諸生業患不能精, 無患有司之不明. 行患不能成, 無患有司之不公."

言未旣, 有笑于列者曰: "先生欺余哉! 弟子事先生, 于玆有年矣. 先

---

8 창포: 원문의 '창양(昌陽)'은 창포를 가리킨다. 『증류본초(證類本草)』 권6에 따르면, "창포를 오래 복용하면 몸이 가벼워지고 눈과 귀가 밝아지며 장수하게 해주고 심지를 밝혀준다"고 한다. 즉 불로장생하는 데 효과가 있다고 일컬어지는 약재이다.
9 희령(豨苓): 역시 약재 이름인데 이뇨제로 쓰일 뿐, 불로장생과는 아무 상관 없는 약재다.

生口不絕吟于六藝之文，手不停披于百家之編．記事者必提其要，纂言者必鉤其玄．貪多務得，細大不捐，焚膏油以繼晷，恒兀兀以窮年，先生之業，可謂勤矣．觝排異端，攘斥佛老，補苴罅漏，張皇幽眇，尋墜緒之茫茫，獨旁搜而遠紹，障百川而東之，迴狂瀾於既倒．先生之於儒，可謂有勞矣．沈浸醲郁，含英咀華，作爲文章，其書滿家．上規姚姒，渾渾無涯，周誥殷盤，佶屈聱牙，『春秋』謹嚴，左氏浮誇．『易』奇而法，『詩』正而葩．下逮莊騷，太史所錄，子雲・相如同工異曲，先生之於文，可謂閎其中而肆其外矣．少始知學，勇於敢爲．長通於方，左右具宜．先生之於爲人，可謂成矣．然而公不見信於人，私不見助於友．跋前躓後，動輒得咎．暫爲御史，遂竄南夷，三年博士，冗不見治．命與仇謀，取敗幾時，冬暖而兒號寒，年豐而妻啼饑，頭童齒豁，竟死何裨！不知慮此，而反敎人爲！”

先生日：“吁！子來前．夫大木爲杗，細木爲桷，欂櫨侏儒，椳闑扂楔，各得其宜，施以成室者，匠氏之工也．玉札丹砂，赤箭青芝，牛溲馬勃，敗鼓之皮，俱收並蓄，待用無遺者，醫師之良也．登明選公，雜進巧拙，紆餘爲妍，卓犖爲傑，較短量長，惟器是適者，宰相之方也．昔者孟軻好辨，孔道以明．轍環天下，卒老于行．荀卿守正，大論是弘．逃讒于楚，廢死蘭陵．是二儒者，吐辭爲經，舉足爲法，絕類離倫，優入聖域．其遇於世，何如也？今先生學雖勤而不繇其統，言雖多而不要其中，文雖奇而不濟於用，行雖修而不顯於衆．猶且月費俸錢，歲糜廩粟，子不知耕，婦不知織．乘馬從徒，安坐而食，踵常途之促促，窺陳編以盜竊．然而聖主不加誅，宰臣不見斥，茲非其幸歟？動而得謗，名亦隨之，投閑置散，乃分之宜．若夫商財賄之有亡，計班資之崇庳，忘己量之所稱，指前人之瑕疵，是所謂‘詰匠氏之不以杙爲楹，而訾醫師以昌陽引年，欲進其豨苓’也”．

기린을 잡은 것에 대한 풀이[1]

문장이 네 번 전환하는데, 구성이나 생각이 원활히 돌아 마치 헤엄치는 용이나 도르래 같다. 변화할수록 더욱 강건해지니, 참으로 기병(奇兵)이다.

기린이 영물이라는 것은 분명한 사실이다. 『시경』에서 노래했고[2] 『춘추』에 적혀 있으며,[3] 전기(傳記)나 제자백가의 책에도 여기저기 나온다. 그래서 부녀자나 어린아이까지도 모두 그것이 상서로운 동물임을 안다. 그러나 기린은 집에서 기르지 않으며 세상에 늘 존재하지도 않는다. 그 모습도 딱히 어떤 것과 닮지 않아서, 말도 소도 개도 돼지도 아니요, 승냥이도 이리도 큰 사슴이나 보통 사슴도 아니다. 그러니 비록 기린이 나타났다 하여도 그것이 기린인 줄 모르는 것이다. 뿔이 달렸으면 소인 줄 알겠

---

1 『좌전』「노애공(魯哀公) 14년」조에 "봄에 서쪽에서 수렵을 하다가 기린을 잡았다(春, 西狩獲麟)"라는 기록이 보인다. 『사기(史記)』「공자세가(孔子世家)」에 좀더 자세한 기록이 보인다. "노나라 애공 14년 봄에 들판에서 수렵을 하였다. 숙손씨의 수레꾼 서상이 짐승 한 마리를 잡았는데, 불길하다고 여겼다. 공자께서 이를 보시더니 '기린이다'라고 하시며 취하셨다. 공자께서 말씀하셨다. '황하에서 하도(河圖)가 나오지 않고 낙수(雒水)에서 낙서가 나오지 않으니, 나도 이제 끝인가 보다.' 안연이 죽었을 때 공자께서는 '하늘이 나를 버리시는구나'라고 하셨다. 그러다 서쪽에서 기린이 잡히자 '나의 도가 끝났구나'라고 하셨다(魯哀公十四年春, 獵大野. 叔孫氏車子鉏商獲獸, 以爲不祥. 仲尼視之, 曰: '麟也'. 取之. 曰: '河不出圖, 雒不出書, 吾已矣夫!' 顔淵死, 孔子曰: '天喪予!' 及西狩見麟, 曰: '吾道窮矣')." 이 글은 바로 획린(獲麟), 즉 기린을 잡은 사건에 대해 풀이를 한 것이다.
2 『시경』에서 노래했고: 『시경·주남(周南)』의 「인지지(麟之趾)」를 가리킨다.
3 『춘추』에 적혀 있으며: 『춘추』는 은공(隱公)에서 시작하여 "애공 14년 봄에 서쪽에서 수렵을 하다가 기린을 잡다(哀公十四年春, 西狩獲麟)"에서 끝맺고 있다. 이에 '획린절필(獲麟絶筆)'이라 하여 '획린'은 '절필'의 기원이 되기도 했다.

고, 갈기가 있으면 말인 줄 알겠다. 개나 돼지나 승냥이나 이리나 큰 사슴이나 보통 사슴이라면 개이거나 돼지거나 승냥이거나 이리거나 큰 사슴이거나 보통 사슴인 줄 알겠다. 그러나 오직 기린만은 알 수 없다. 기왕 알 수 없다면 불길한 동물이라 말해도 안 될 것 없다.

그렇지만 기린은 반드시 성인께서 재위하고 계실 때 나오니, 기린은 성인을 위해 나오는 것이다. 따라서 성인이라면 기린을 알 수 있을 터, 기린은 절대 불길한 동물이 아닌 것이다. 또 말하길, "기린이 기린인 까닭은 덕(德) 때문이지 모습 때문이 아니다"라고 하니, 만일 기린이 성인이 나오지 않았는데도 나타났다면, 기린을 일러 불길한 동물이라 해도 좋을 것이다.

獲麟解

文凡四轉, 而結思圓轉, 如游龍如轆轤. 愈變化而愈勁屬, 此奇兵也.

麟之爲靈, 昭昭也. 詠於『詩』, 書於『春秋』, 雜出於傳記百家之書. 雖婦人小子, 皆知其爲祥也. 然麟之爲物, 不畜於家, 不恒有於天下. 其爲形也不類, 非若馬牛犬豕, 豺狼麋鹿然. 然則雖有麟, 不可知其爲麟也. 角者, 吾知其爲牛, 鬣者, 吾知其爲馬. 犬豕豺狼麋鹿, 吾知其爲犬豕豺狼麋鹿. 惟麟也不可知. 不可知, 則其謂之不祥也亦宜.

雖然, 麟之出, 必有聖人在乎位, 麟爲聖人出也. 聖人者, 必知麟, 麟

之果不爲不祥也. 又曰:"麟之所以爲麟者, 以德不以形", 若麟之出不待
聖人, 則謂之不祥也亦宜.

말을 가리는 것에 대한 풀이[1]

사려는 깊고 가락에 일취(逸趣)가 넘친다.

불은 은밀한 곳에서 생겨나지만 그 쓰임새는 실로 크다. 불의 본성만 어기지 않을 수 있다면 사르고 굽고 녹이고 그릇을 구울 수도 있어 생물을 이롭게 한다. 그러나 그냥 내버려두고 제어하지 않으면 오히려 재앙을 일으킨다. 물은 깊은 곳에서 나오지만 그 쓰임새는 실로 심원하다. 물의 본성만 어기지 않을 수 있다면 띄우고 싣고 마시고 부을 수도 있어 생물을 구제한다. 그러나 물길이 흘러가는 대로 막지 않으면 오히려 환란을 초래한다. 말은 미세한 데서 일어나지만 그 쓰임새는 실로 넓다. 말의 본성만 거스르지 않을 수 있으면 교화시키고 명령하고 고하고 가르칠 수 있어 생물에까지 미루어 나갈 수 있다. 그러나 멋대로 사용하면서 조심하지 않으면 오히려 화근이 된다.

불이 내게 재앙을 내렸다 해도 물로 불길을 엎어 잿더미가 되지 않게 할 수 있다. 물이 내게 우환을 가져왔다 해도 흙으로 물길을 막으면 파도에 휩싸이지 않을 수 있다. 그러나 말이 내게 화를 가져왔다면, 말을 덮을

---

1 『국어(國語)』「진어(晉語) 9」에 "말을 골라 하여 자식을 가르치고, 스승을 골라 자식을 돕는다(擇言以敎子, 擇師保以相子)"라는 말이 나온다. 즉 올바른 말을 골라 사용해야 함을 의미한다. 원제인 '擇言解'의 '해(解)'는 논설문의 일종으로 명대 서사증(徐師曾)은 『문체명변서설(文體明辨序說)』에서 "그 글은 의혹을 변석하고 분란을 해결하는 내용을 위주로 하며, 논·설·의·변 등의 문체와 서로 통한다(其文以辨釋疑惑, 解剝紛難爲主, 與論·說·議·辨, 蓋上通焉)"라고 설명하고 있다.

수 있는 것이 없기 때문에 허물에 걸려들지 않는 자가 거의 없다. 그러니 이치를 아는 사람이 말을 가려 하지 않을 수 있겠는가! 조심해야 함이 물이나 불보다 더한 것이다.

擇言解

其思深其調逸.

火洩於密, 而爲用且大. 能不違於道, 可燔可炙, 可鎔可甄, 以利乎生物. 及其放而不禁, 反爲災矣. 水發於深, 而爲用且遠. 能不違於道, 可浮可載, 可飮可灌, 以濟乎生物. 及其導而不防, 反爲患矣. 言起於微, 而爲用且博. 能不違於道, 可化可令, 可告可訓, 以推於生物. 及其縱而不愼, 反爲禍矣.

火旣我災, 有水而可伏其焰, 能使不陷於灰燼矣. 水旣我患, 有土而可遏其流, 能使不仆於波濤矣. 言旣我禍, 卽無以掩其辭, 能不罹於過者, 亦鮮矣. 所以知理者, 又焉得不擇其言歟! 其爲愼而甚於水火.

스승에 대한 이야기[1]

당시 창려(昌黎)는 사도(師道)로 자임하면서 후진을 모집하고 있었기에 이 글을 지어 적치(赤幟)를 내건 것이다.

옛날에 학업 하던 사람들에게는 반드시 스승이 있었다. 스승이란 도(道)를 전하고 학업을 전수하며 의혹을 풀어주는 자다. 사람이 태어나면서부터 아는 것이 아닐진대, 그 누가 의혹이 없을 수 있겠는가? 의혹이 있는데도 스승을 찾지 않는다면, 그 의혹은 끝내 풀리지 않을 것이다. 나보다 먼저 태어나고, 도를 깨달은 것도 나보다 앞선 자라면 나는 그를 좇아 스승으로 섬긴다. 나보다 뒤에 태어났으나 도를 깨달은 것이 나보다 앞선다면 나는 그를 좇아 스승으로 섬긴다. 이것이 바로 내가 스승을 섬기는 도이니, 태어난 해가 나보다 앞인지 뒤인지는 알아 무엇 하겠는가? 이러한 까닭에 귀하건 천하건 어른이건 젊은이건 할 것 없이, 도만 있다면 스승으로 섬길 수 있는 것이다. 아! 스승 섬기는 도가 전해지지 않은 지 오래되었도다. 사람들에게 미혹된 바가 없게 하는 것도 어려운 일이도

---

1 유종원(柳宗元)은 「사도를 논하여 위중립에게 주는 답장(答章中立論師道書)」에서 "지금 세상에는 스승이 있다는 말이 들리지 않는다…… 오직 한유만이 습속 따위를 아랑곳하지 않고, 또 비웃음과 모욕을 달갑게 여기며 후학을 거둬들이고 있다. 또한 「스승에 대한 이야기」라는 글을 지어 엄숙한 얼굴로 스승임을 자임하였다…… 한유는 이로 인해 광망한 인사라는 이름을 얻기도 했다(今之世不聞有師…獨韓愈奮不顧流俗, 犯笑侮, 收召後學. 作「師說」, 以抗顏而爲師…愈以是得狂名)"라고 적고 있다. 이 글은 이반(李蟠)을 위해 지었는데, 이반은 정원 19년(803)에 진사과에 급제했으니, 그 전에 지어졌음은 틀림없으나 정확히 몇 년에 지었는지는 알 수 없다.

다. 옛날의 성인은 보통 사람을 한참 능가했는데도 스승을 찾아다니며 물었다. 지금의 보통 사람은 성인보다 한참 부족한데도 스승에게 배우는 것을 부끄럽게 여긴다. 그러니 성인은 더욱 성스러워지고 우매한 이는 더욱 우매해지는 이유가 바로 이런 데서도 비롯되었다 하겠다!

자식을 사랑하면 스승을 선택해 가르치게 하면서 막상 자기 자신은 배우는 걸 부끄러워하니, 미혹된 짓이다. 어린아이를 가르치는 스승이 책을 전수하고 구두(句讀)를 익혀주는 따위는 내가 이른바 도를 전하고 의혹을 풀어준다는 것이 아니다. 구두를 끊을 줄 모르는 경우도 있고, 의혹을 풀지 못하는 경우도 있는데, 혹자는 배우려고 하고 혹자는 배우려 하지 않는다.[2] 자잘한 것만 배우고 막상 큰 것은 놓치고들 있으니, 나는 저들이 대체 어디가 현명한지 모르겠다. 무의(巫醫)[3]나 악사, 그리고 백공(百工)들은 서로서로 배우는 것을 부끄러워하지 않는다. 그런데 사대부라는 족속들은 누가 스승이네 제자네 하는 소리만 들으면 서로 모여 비웃는다. 그 이유를 물으면, "저자와 이자는 서로 나이도 비슷하고 터득한 도(道)도 막상막하 아니더냐"라고 대답한다. 지위가 낮은 사람보고 스승이라 하면 수치스럽다 하고, 관직이 높은 사람보고 스승이라 하면 거의 아부에 가깝다고 한다. 아! 스승 섬기는 도가 회복될 수 없음을 가히 알 만하구나. 무의와 악사, 그리고 백공들은 군자가 부끄러이 여기며 나란히 하고자 하지 않는 부류이거늘, 지금 그 지혜가 오히려 저들에게조차 못 미치니, 이상한 노릇이로다!

---

2 혹자는…… 않는다: 앞에 나오는 혹자는 구두를 끊을 줄 모르는 경우를 받고, 뒤에 나오는 혹자는 의혹을 풀지 못하는 것을 받는다. 즉 구두를 뗄 줄 모르면 배우려고 하면서도 정작 의혹을 풀지 못하면 배우려 하지 않는다는 뜻이다.

3 무의(巫醫): 고대에는 무당이 신께 제사를 올려 사람의 병을 고칠 수 있었기에 무의라고 불렸다.

성인에게는 정해진 스승이 없다.[4] 공자께서는 담자(郯子)·장홍(萇弘)·사양(師襄)·노담(老聃) 등을 스승으로 삼았다.[5] 담자 이하의 사람들은 그 현명함이 공자에 미치지 못한다. 공자께서는 세 사람이 함께 길을 가면 반드시 내가 스승으로 삼을 만한 사람이 있다[6]고 하셨다. 이러한 까닭에 제자가 반드시 스승만 못하라는 법은 없고, 스승이 반드시 제자보다 현명하라는 법도 없다. 도를 터득한 데 선후가 있고, 학업에 나름대로의 전공이 있을 뿐이다.

이씨 댁 아들 반(蟠)[7]은 나이 열일곱에 고문을 좋아하고 육경(六經)의 경전을 두루 익혀 통달했다. 또 시류에 얽매이지 않고 내게서 학업을 배운다. 나는 그가 능히 옛날의 도를 행할 수 있음을 가상히 여기는 마음에 「스승에 대한 이야기(師說)」를 지어 그에게 준다.

---

4 성인에게는…… 없다: 『논어』「자장(子長)」에 "부자께서 무엇인들 배우지 않았으며, 정해 놓은 스승이 있었습니까(夫子焉不學, 而亦何常師之有)?"라는 말이 있다.

5 공자께서는…… 삼았다: 담자는 춘추시대 담(郯)나라 군주였다. 『좌전』「소공(昭公) 17년」조에 보면 공자가 그에게 고대 소호씨(少皞氏)가 새 이름으로 관직명을 삼았던 상황에 대해 여쭤보았다는 기록이 나온다. 장홍은 주나라 경왕(敬王) 때의 대부다. 『공자가어(孔子家語)』「관주(觀周)」에 공자가 장홍을 방문했다는 기재가 있다. 사양에서 '사(師)'는 악사라는 뜻이고 '양(襄)'이 이름이다. 『사기』「공자세가」에 공자가 그에게 거문고를 배웠다는 기록이 나온다. 노담은 노자다. 『사기』「노장신한열전(老莊申韓列傳)」에 공자가 노담에게 예(禮)를 물었다는 기록이 있다.

6 세 사람이…… 있다: 『논어』「술이(述而)」에 나오는 구절이다.

7 이씨 댁 아들 반(蟠): 한유의 제자로 정원 19년 진사과에 급제했다는 기록이 있다.

師說

昌黎當時抗師道以號召後輩, 故爲此以倡赤幟云.

　　古之學者必有師. 師者, 所以傳道授業解惑也. 人非生而知之者, 孰能無惑? 惑而不從師, 其爲惑也終不解矣. 生乎吾前, 其聞道也固先乎吾, 吾從而師之. 生乎吾後, 其聞道也亦先乎吾, 吾從而師之. 吾師道也, 夫庸知其年之先後生於吾乎? 是故, 無貴無賤無長無少, 道之所存, 師之所存也. 嗟乎! 師道之不傳也, 久矣. 欲人之無惑也, 難矣. 古之聖人, 其出人也遠矣, 猶且從師而問焉. 今之衆人, 其下聖人也亦遠矣, 而恥學於師. 是故, 聖益聖, 愚益愚, 聖人之所以爲聖, 愚人之所以爲愚, 其皆出於此乎!

　　愛其子, 擇師而敎之, 於其身也, 則恥師焉, 惑矣. 彼童子之師, 授之書而習其句讀者, 非吾所謂傳其道解其惑者也. 句讀之不知, 惑之不解, 或師焉或不焉. 小學而大遺, 吾未見其明也. 巫醫·樂師·百工之人, 不恥相師. 士大夫之族, 曰師曰弟子云者, 則羣聚而笑之. 問之則曰: "彼與彼年相若也, 道相似也." 位卑則足羞, 官盛則近諛. 嗚呼! 師道之不復可知矣. 巫醫·樂師·百工之人, 君子不齒, 今其智乃反不能及, 其可怪也歟!

　　聖人無常師. 孔子師郯子·萇弘·師襄·老聃. 郯子之徒, 其賢不及孔子. 孔子三人行, 則必有我師. 是故, 弟子不必不如師, 師不必賢於弟子. 聞道有先後, 術業有專攻, 如是而已.

　　李氏子蟠, 年十七, 好古文, 六藝經傳, 皆通習之. 不拘於時, 學於余. 余嘉其能行古道, 作「師說」以貽之.

잡설[1]

잡설 네 편은 한결같이 변화무쌍하고 기이하여 그 단서조차 잡을 수 없다.

1

용이 기운을 뿜어내어 구름을 만드니, 구름은 본디 용보다 신령한 존재는 아니다. 그러나 용은 그 기운을 타고 올라야만 저 광활한 하늘 사이를 다 돌아다니면서 해와 달 가까이까지 가고 햇빛과 그림자를 가릴 수 있다. 또 천둥 우레를 일으켜 신묘한 변화를 부리고, 하토(下土)에 비를 내려 언덕과 계곡을 잠기게 할 수 있다. 그러니 구름 또한 신령하고 기괴하구나!

구름은 용이 있어 신령해질 수 있다. 용의 신령함은 구름이 만들 수 없다. 하지만 용이 구름을 얻지 못하면 신령한 변화를 부릴 수가 없다. 의지하는 바를 잃고서는 참으로 아무것도 할 수 없는 것이구나! 기이하도다, 자기가 의지하고 있는 것이 바로 자기가 만들어낸 것이라니! 『주역』에서 말하기를, "구름은 용을 좇는다"[2]라고 했다. 기왕 '용'이라 했으니, 구름은 이를 따를 수밖에.

---

1 이 작품은 정확한 연대를 고증할 수 없지만 일설에 따르면 정원 11년(795) 재상에게 세 통의 편지를 올렸으나 답을 얻지 못하자 그 재상을 풍자하기 위해 썼다고 한다. '설(說)' 또한 문체 이름이다. 논설문에 속하기는 하지만 논보다 격식이나 주제에 구애받지 않고 자유롭게 쓸 수 있다.

2 구름은…… 좇는다: 『주역·건괘(乾卦)』「문언(文言)」에 나오는 말이다.

2

　병을 잘 고치는 사람은 사람이 말랐는지 살쪘는지는 보지 않는다. 그저 맥에 병이 났는지 여부만 살필 뿐이다. 천하를 잘 헤아리는 사람은 천하가 평안한지 위험한지는 보지 않는다. 그저 기강이 잘 잡혀 있는지 어지러운지만 살필 뿐이다. 천하는 곧 사람에, 그리고 안위(安危)는 곧 살찌고 여윈 것에 해당한다. 기강은 맥에 해당한다. 맥만 병들지 않았다면 말랐어도 아무런 해될 것 없다. 그러나 맥에 병이 생겼다면 살찐 사람이라도 죽게 되어 있다. 이 말의 뜻을 이해하는 자라면 천하를 다스리는 법을 아는 사람이리라!

　하(夏)나라 은(殷)나라 주(周)나라가 망해갈 적에는 제후들이 봉기하고 전쟁이 나날이 일어났다. 하지만 그러면서도 몇 십 대 동안 왕위를 이어나가고 천하가 기울지 않았던 것은 기강이 남아 있었기 때문이다. 진(秦)나라가 천하를 통일했을 적에 제후들에 의해 세력이 나뉘지 않았고, 무기란 무기는 모두 모아들여 불태워버렸는데도 〔왕위를 전수한 지〕 두 대(代) 만에 천하가 기운 것은[3] 바로 기강이 사라졌기 때문이다. 그러니 사지가 멀쩡하다고 믿을 만한 게 못 된다. 오직 맥이 중요할 뿐이다. 사해에 아무 변고 없다고 내세울 것 없다. 기강만이 중요할 뿐이다. 믿을 만한 것을 근심하고, 내세울 만한 것을 두려워하며 잘 치료하고 잘 헤아리는

3　진(秦)나라가…… 기운 것은: 진시황은 천하를 통일하고 중앙집권정치를 행했다. 군현제를 실시하고 제후를 봉하지 않아 권력이 중앙으로 모이게 되었다. 『사기』 「진시황본기(秦始皇本紀)」에 따르면, 진시황 26년에 천하의 무기를 다 거둬들여 종이나 동상을 주조했다 한다. 그러나 진시황으로부터 황위를 물려받은 호해(胡亥) 때 결국 나라가 망하고 말았으니, 진나라가 천하를 통일한 지 15년 만의 일이었다.

자는, 이른바 하늘이 돕고 계신 자다. 『주역』에서 이르기를, "밟고 있는 곳을 잘 살펴 헤아리고 징조를 잘 고찰하라"[4]고 했다. 잘 치료하고 잘 헤아리는 자는 이렇게 행동한다.

3

담생(談生)이 지은 「최산군전(崔山君傳)」[5]에서 학(鶴)의 말을 할 줄 아는 사람을 언급한 부분은 어쩌면 그리도 이상한가! 그러나 내가 사람들을 보니, 자신의 본성을 다한 자 중에 금수나 이물이 되지 않는 자가 드물다. 혹 세상에 분노를 느끼고 사악함을 증오하여 영영 떠나버리고 다시는 오지 않으려는 자들의 행동이 아니었을까! 옛날의 성인 중에는 소의 머리를 한 자도 있었고, 뱀의 형상을 한 자도 있었으며, 새의 부리를 한 자도 있었고, 몽기(蒙俱)의 모습을 한 자도 있었다.[6] 저들은 그 모습이 〔금수나 이물과〕 닮았지만 마음만은 닮지 않았으니, 사람이 아니라고 할 수 있는가! 가슴은 풍만하고 피부에 윤기가 흐르며, 얼굴은 촉촉이 젖어 마치 붉은 모래 같지만, 모습은 아름다운 데 비해 사납기 그지없다. 그런 자는 모습은 사람이지만 마음은 금수나 다름없으니, 어떻게 사람이라고 부를 수

---

4 밟고 있는…… 고찰하라: 『주역』 「이(履)」의 상구(上九) 효사(爻辭)다.

5 담생(談生)이 지은 「최산군전(崔山君傳)」: 미상.

6 옛날의…… 있었다: 『삼황본기(三皇本紀)』에 따르면 염제(炎帝) 신농씨(神農氏)는 사람 몸에 소의 머리를 하고 있었다고 하고, 태호(太昊) 포희씨(庖犧氏)는 뱀의 몸에 사람 머리를 하고 있었다고 한다. 또 『시자(尸子)』에 실린 기록을 보면 우임금은 긴 목에 새의 부리를 하고 있었다고 한다. 몽기(蒙俱)의 모습을 한 성인은 바로 공자를 가리킨다. 『순자(荀子)』 「비상(非相)」에 "중니의 생김새는 얼굴이 마치 몽기 같다(仲尼之狀, 面如蒙俱)"라는 기록이 보인다. 몽기는 얼굴을 온통 머리칼로 뒤덮고 네모나게 분장하여 귀신을 쫓던 가면이다.

있겠는가! 따라서 얼굴이 사람처럼 생겼는지 아닌지를 살피는 것은 그 마음과 행동이 사람 같은지 여부를 따지는 것처럼 정확하지 못하다. 신괴(神怪)에 관한 이야기는 공자의 무리라면 하지 않는다.[7] 나는 다만 세상에 분노하고 사악함을 미워한 부분만을 취하여 글을 지었을 뿐이다.

4

세상에 백락(伯樂)이 있어야 천리마도 있다. 천리마는 언제나 존재하지만 백락은 늘 존재하는 것이 아니다. 그렇기 때문에 비록 준마가 있어도 노예들의 손에 모욕이나 당하다가 마구간에서 〔보통 말들과〕 나란히 죽고 말아, 끝내 천리마라 일컬어지지 못하는 것이다. 말 중에 천 리를 가는 말은 한번 먹었다 하면 곡식 한 섬을 다 없앤다. 그런데 말을 먹이는 자는 그 말에게 천 리를 달릴 수 있는 능력이 있다는 사실도 모른 채 먹인다. 그 말에게 비록 천 리를 달릴 수 있는 능력이 있다 한들 배불리 먹지 못하면 힘이 부족해 훌륭한 재능을 발휘하지 못한다. 보통 말만큼이나 되어보려 해도 그러지 못하거늘, 어떻게 천 리 가기를 바랄 수 있겠는가!

올바른 법도대로 몰지도 않고, 재능을 다할 수 있도록 먹이지도 않고, 또 말이 울어도 그 뜻을 이해하지도 못하면서 채찍을 들고 나아가 말하기를, "세상에 말다운 말이 없다"고 한다. 아! 정말 말이 없는 것일까? 아니면 진정 말을 알아보지 못하는 것일까?

---

7 신괴(神怪)에…… 않는다: 『논어』 「술이」에 "공자께서는 괴이한 것, 만용, 패란 및 귀신에 대해서 말씀하지 않으셨다(子不語怪力亂神)"라는 구절이 나온다.

雜說

雜說四首. 竝變幻奇詭. 不可端倪.

1

龍噓氣成雲, 雲固弗靈於龍也. 然龍乘是氣, 茫洋窮乎玄間, 薄日月, 伏光景. 感震電, 神變化, 水下土, 汨陵谷. 雲亦靈怪矣哉!

雲, 龍之所能使爲靈也. 若龍之靈, 則非雲之所能使爲靈也. 然龍弗得雲, 無以神其靈矣. 失其所憑依, 信不可歟! 異哉, 其所憑依, 乃其所自爲也! 『易』日: "雲從龍". 既日 '龍', 雲從之矣.

2

善醫者, 不視人之瘠肥. 察其脈之病否而已矣. 善計天下者, 不視天下之安危. 察其紀綱之理亂而已矣. 天下者, 人也, 安危者, 肥瘠也. 紀綱者, 脈也. 脈不病, 雖瘠不害. 脈病而肥者, 死矣. 通於此說者, 其知所以爲天下乎!

夏殷周之衰也, 諸侯作而戰伐日行矣. 傳數十王而天下不傾者, 紀綱存焉耳. 秦之王天下也, 無分勢於諸侯, 聚兵而焚之, 傳二世而天下傾者, 紀綱亡焉耳. 是故四支雖無故, 不足恃也. 脈而已矣. 四海雖無事, 不足矜也, 紀綱而已矣. 憂其所可恃, 懼其所可矜, 善醫善計者, 謂之天扶與之.
『易』曰: "視履考祥." 善醫善計者爲之.

3

談生之爲「崔山君傳」, 稱鶴言者, 豈不怪哉! 然吾觀於人, 其能盡其性而不類於禽獸異物者, 希矣. 將憤世嫉邪, 長往而不來者之所爲乎! 昔之聖者, 其首有若牛者, 其形有若蛇者, 其喙有若鳥者, 其貌有若蒙倛者. 彼皆貌似而心不同焉, 可謂之非人邪! 卽有平脅曼膚, 顏如渥丹, 美而很者, 貌則人, 其心則禽獸, 又惡可謂之人邪! 然則觀貌之是非, 不若論其心與其行事之可否爲不失也. 怪神之事, 孔子之徒不言. 余將特取其憤世嫉邪而作之, 故題之云爾.

4

世有伯樂, 然後有千里馬. 千里馬常有, 而伯樂不常有. 故雖有名馬, 祇辱於奴隸人之手, 駢死於槽櫪之間, 不以千里稱也. 馬之千里者, 一食或盡粟一石, 食馬者, 不知其能千里而食也. 是馬也, 雖有千里之能, 食不飽力不足, 才美不外見, 且欲與常馬等不可得, 安求其能千里也! 策之不以其道, 食之不能盡其材, 鳴之而不能通其意, 執策而臨之曰: "天下無馬". 鳴呼! 其眞無馬邪? 其眞不知馬也?

자산(子産)이 향교 허물지 않은 것을 기리는 노래[1]

자산은 식견이 심원하여 향교를 허물지 않았다. 퇴지는 그를 사모하는 마음이 깊어 이 노래를 지었다.

내가 그리워하는 옛 사람은 정(鄭)나라 공손교(公孫僑).[2] 예(禮)로써 한 나라의 재상 노릇 하였으나, 사람들은 그 가르침에 아직 편안히 젖어들지 못했네. 향교마다 왈가왈부하는 소리로 시끄럽기 그지없었네. 혹자가 자산에게 말하기를, 향교를 허물어버리면〔떠들어대는 소리가〕그칠 것이라 하였네. 그러자 자산이 말했다네.

"무슨 걱정인가! 장차 아름다움을 이룰 수 있을 텐데. 저들이 어찌 말이 많은 것이겠는가. 그저 각자 의견을 말했을 뿐이지. 훌륭하다고 한 일은 계속 실행해나가면 되고, 훌륭하지 못하다고 한 일은 안 하면 그만이네. 내 정치가 훌륭한지 그렇지 못한지는 여기에서만 볼 수 있네. 흐르는 시냇물은 막을 수 없고, 터져 나오는 여론은 막을 수 없는 법. 아랫사람이 언로(言路)가 막히고 윗사람이 귀머거리가 된다면, 나라는 망하고 만다네."

그러고는 향교를 허물지 않으니, 정나라가 이에 다스려졌다네.

주나라가 흥성했을 때는 노인들을 잘 봉양하며 말씀을 구했으나 쇠망

---

1 자산은 춘추시대 정(鄭)나라 대부로 30여 년 동안 집정했다. 『좌전』「양공(襄公) 31년」조에 자산이 향교를 허물지 않았다는 기록이 보인다.
2 공손교(公孫僑): 공손교가 이름이고 자산은 자(字)다.

할 무렵에는 비방하는 자를 〔엄격히〕 감시했네. 흥하고 망한 흔적을 분명히 볼 수 있구나!

자산은 정치가의 표본이라. 그러나 불우하여 교화가 한 나라에밖에 미치지 못했네. 그의 도로써 천자 밑에서 재상 노릇 했다면, 사방으로 두루 그의 도를 미치게 해 그 은혜가 끝도 없이 베풀어졌을 것을. 아! 사해(四海)가 다스려지지 않는 것은 임금은 있으되 신하가 없기 때문. 누가 그 뒤를 이으리? 나는 옛사람이 그립네!

子産不毁鄕校頌

子産之識遠, 故不毁鄕校. 退之之思深, 故爲頌.

我思古人, 伊鄭之僑. 以禮相國, 人未安其敎. 遊于鄕之校, 衆口囂囂. 或謂子産, 毁鄕校則止. 曰: "何患焉! 可以成美. 夫豈多言, 亦各其志. 善也吾行, 不善吾避. 維善維否, 我於此視. 川不可防, 言不可弭. 下塞上聾, 邦其傾矣." 旣鄕校不毁, 而鄭國以理.

在周之興, 養老乞言. 及其已衰, 謗者使監. 成敗之迹, 昭哉可觀!

維是子産, 執政之式. 維其不遇, 化止一國. 誠率是道, 相天下君. 交暢旁達, 施及無垠. 於虖! 四海所以不理, 有君無臣. 誰其嗣之? 我思古人!

백이(伯夷)를 기리는 노래[1]

옛사람들이 말하길, 태사공의 「혹리열전(酷吏列傳)」이나 「자객열전(刺客列傳)」은 그 문장이 등장인물과 닮았다고들 말한다. 지금 이 글에서 백이를 찬송한 것도 마찬가지다. 그러나 사마천이 지은 「백이열전(伯夷列傳)」만은 못하다.

우뚝한 지조가 있어 〔세속에 휩싸이지 않고〕 홀로 갈 길을 가고, 오직 의로움에 맞는 행실만 있으며, 남들의 시시비비 따위에 신경 쓰지 않는 선비라면 모두 호걸이다. 도(道)를 독실하게 믿으며 스스로를 아는 지혜가 밝은 자다. 한 사람이 그를 비난하는데도 힘써 행하며 미혹되지 않는 자는 드물다. 온 나라 온 고을에서 다 그를 비난하는데도 힘써 행하며 미혹되지 않는 자는 세상에 오직 한 사람뿐이다. 온 세상이 다 그를 비난하는데도 힘써 행하며 미혹되는 않는 자는, 천 년 백 년 동안 오직 한 사람이 있을 뿐이다. 백이 같은 사람은 이 세상 끝까지, 또 만 년에 이르도록 〔남들이 비방을 해도〕 신경 쓰지 않을 그런 사람이다. 밝디밝은 해와 달도 밝다 하기에 부족하고, 높디높은 태산도 높다 하기에 부족하며, 크디큰 천지도 넓다 하기에 부족하다.

---

1 백이는 고죽군(孤竹君)의 아들이다. 부친인 고죽군이 왕위를 아우 숙제(叔齊)에게 물려주었는데, 숙제는 부친이 돌아가자 왕위를 형인 백이에게 주려 했다. 그러나 두 형제는 서로 왕위를 고사하고 주나라로 행했다. 마침 무왕(武王)이 은나라 주(紂)임금을 치자 두 형제는 말고삐를 잡고 간언을 올렸으며, 주나라가 마침내 은나라를 대신해 천하를 차지하자 주나라의 곡식 먹는 것을 수치로 여겨 수양산(首陽山)에 들어가 고사리를 캐 먹다 죽었다. 『사기』「백이열전(伯夷列傳)」에 자세한 내용이 보인다.

은나라가 망하고 주나라가 일어났을 때, 미자(微子)는 현인이었으나 〔은나라의〕 제기를 안고 은나라를 떠나 무왕(武王)에게로 갔다.[2] 주공(周公)은 성인이었으나 천하의 어진 선비들을 데리고 천하의 제후들과 더불어 가서 은나라를 쳤다. 그때 그들을 비난하는 자가 있었다는 말은 들어보지 못했다. 그런데 백이와 숙제(叔齊)만은 안 된다고 했다. 은나라는 이미 망하고 천하가 주나라를 종주로 떠받들었는데, 이 두 사람만은 그 땅에서 나는 곡식 먹는 것을 부끄럽게 여기고는, 미련 없이 굶어 죽었다. 이로 미루어 볼 때, 이 어찌 무엇을 바라 그렇게 한 것이겠는가! 믿는 도가 독실하고, 스스로를 아는 지혜가 밝았던 것이다.

지금 소위 선비라는 자들은 한 사람만 칭찬해도 자기가 대단한 줄 알고, 한 사람만 비난해도 자기가 부족한 줄 안다. 그런데 백이와 숙제만은 이렇듯 성인을 비난하면서 스스로를 옳다 여겼다. 성인이란 만세(萬世)의 표준인데 말이다. 그래서 나는 백이 같은 사람이야말로 우뚝한 지조가 있어 홀로 갈 길을 가면서, 천지가 다하고 만세에 드리우도록 〔남들이 비난을 해도〕 신경 쓰지 않을 자라고 했던 것이다. 그렇지만 이 두 사람이 없었다면 후세에 난신적자(亂臣賊子)가 끊임없이 나왔을 것이다.

---

2 미자(微子)는…… 갔다: 미자는 은나라 주임금의 의붓형으로 이름은 계(啓)다. 여러 차례 주임금에게 간언을 했으나 따르지 않자 은나라를 떠났다. 주나라 무왕이 주임금을 죽이자 미자는 은나라의 제기를 안고 주나라에 귀순했다. 자세한 내용은 『사기』「송미자세가(宋微子世家)」 참조.

伯夷頌

昔人稱, 太史公傳「酷吏」·「刺客」等文各肖其人. 今以此文頌伯夷亦爾, 然不如史遷本傳.

士之特立獨行, 適於義而已, 不顧人之是非, 皆豪傑之士. 信道篤而自知明者也. 一家非之, 力行而不惑者, 寡矣. 至於一國一州非之, 力行而不惑者, 蓋天下一人而已矣. 若至於舉世非之, 力行而不惑者, 則千百年乃一人而已耳. 若伯夷者, 窮天地亘萬世而不顧者也. 昭乎日月, 不足爲明, 崒乎泰山, 不足爲高. 巍乎天地, 不足爲容也.

當殷之亡周之興, 微子, 賢也. 抱祭器而去之武王. 周公, 聖也. 從天下之賢士, 與天下之諸侯而往攻之. 未嘗聞有非之者也. 彼伯夷·叔齊者, 乃獨以爲不可. 殷旣滅矣, 天下宗周, 彼二子乃獨恥食其粟, 餓死而不顧. 繇是而言, 夫豈有求而爲哉! 信道篤而自知明也.

今世之所謂士者, 一凡人譽之, 則自以爲有餘, 一凡人沮之, 則自以爲不足. 彼獨非聖人, 而自是如此. 夫聖人乃萬世之標準也. 余故曰, 若伯夷者, 特立獨行, 窮天地亘萬世而不顧者也. 雖然, 微二子, 亂臣賊子接迹于後世矣.

「장중승전(張中丞傳)」 후서[1]

처음부터 끝까지, 자구며 글자며 기상이 모두 태사공의 뼈대이지 창려의 본색은
아니다. 지금의 서화가들 중에도 남을 흉내 내다가 도를 터득하는 자가 있으니, 이
는 해서 안 되는 것이 없음을 말해주고 있다.

원화 2년(807) 4월 13일 밤에, 나 한유는 오군(吳郡) 사람 장적(張
籍)[2]과 함께 집 안에 소장하고 있던 옛 책들을 열람하다 이한(李翰)[3]이 지
은 「장순전(張巡傳)」을 발견하게 되었다. 이한은 문장으로 이름을 얻은
자로, 꽤이나 상세하게 전을 지었으나 그래도 빠진 부분이 있어 안타까웠
으니, 하나는 허원(許遠)[4]을 위해 전을 지어주지 않은 것이요, 하나는 뇌
만춘(雷萬春)[5] 사적의 본말을 기재하지 않은 것이었다.

---

1 안녹산의 난 때 큰 공을 세운 장순(張巡)의 일생을 이한(李翰)이 적은 글이 바로 「장중승
　전(張中丞傳)」이다. 한유는 장중승의 전기를 읽고 느낀 감회 및 아쉽게 기록에 빠진 인물
　들의 행적을 후서(後敍)의 형식을 빌려 기록하였다.
2 장적(張籍): 자는 문창(文昌)으로 오군(吳郡, 지금의 강소성 蘇州) 출신이다. 한유에게서
　고문을 배웠으며 특히 악부시를 잘 지었다.
3 이한(李翰): 월주(越州) 찬황(贊皇, 지금의 하북성 찬황) 사람으로 장순의 벗이기도 했다.
　그는 낙양(洛陽)에 살면서 전란 당시의 상황을 직접 목격했으며 장순(張巡) 사후에 배반하
　고 투항했다며 모함하는 자가 있자 「장순전」을 지어 숙종(肅宗)에게 올렸다. 그러나 「장순
　전」은 지금 전하지 않는다.
4 허원(許遠): 항주(杭州) 염관(鹽官, 지금의 절강성 海寧市) 사람이다. 천보(天寶) 14년
　(755) 안사(安史)의 난이 일어났을 당시 수양태수(睢陽太守)로 있었던 허원은 장순과 협
　력하여 수양성을 지켰는데, 성이 함락되자 포로로 잡혔다가 낙양으로 압송되던 중 절개를
　굽히지 않아 처형되었다.
5 뇌만춘(雷萬春): 장순 밑의 부장(部將)이었으나 자세한 것은 알 수 없다. 그러나 전편을

　　허원은 비록 능력이 장순(張巡)[6]만 못한 것 같지만, 문을 열어 장순을 맞이하고, 본디 자신의 지위가 장순보다 높았음에도 아무런 거리낌 없이 권한을 장순에게 넘긴 채 그의 부하로 자처하였다. 그러고는 마침내 장순과 함께 성을 지키다 목숨을 잃음으로써 공명(功名)을 이루었다. 성이 함락된 후 포로가 되었으며, 장순과는 먼저 죽고 나중 죽고의 차이가 있을 뿐이었다. 그러나 두 집안 자제들이 똑똑지 못하여 아비들의 뜻을 제대로 알지 못하고서, 장순이 죽자 스스로 포로가 되었다고 생각하면서, 죽음이 두려워 적들에게 굴복한 게 아닌가 하고 의심했다. 허원이 정말로 죽음을 두려워했다면, 무엇 하러 그 고생을 하며 한 자 한 치의 땅을 지켰을 것이며, 아끼던 자의 살을 병사들에게 먹여가면서까지[7] 적에게 항거하며 투항하지 않았겠는가? 성을 굳건히 지킬 당시, 외부로부터 개미 새끼 한 마리의 지원도 없었으나, 오로지 충성을 바치고 싶었던 것은 나라와 임금뿐이었다. 그런데 적들이 나라는 망하고 임금은 죽었다고 말하자 구원병도 오지 않고 적군만 더욱 많아지는 상황을 보고 있던 허원은 분명 그 말이 정말인 줄 알았을 것이다. 밖으로부터 구원병을 기대할 수도 없는

　　통해 '뇌만춘'이라는 인명은 이곳 외에는 등장하지 않는다. 앞뒤 내용으로 고찰해볼 때 아마도 '남제운(南霽雲)'의 오기인 것 같다.

6　장순(張巡): 제목에 나온 「장중승전」의 주인공이다. 등주(鄧州) 남양(南陽, 지금의 하남성 남양시) 사람으로, 안사의 난이 일어났을 당시 진원현령(眞源縣令)으로 있었는데, 그의 상사인 초군태수(譙郡太守) 양만석(楊萬石)이 적에게 투항하자 병사를 이끌고 옹구(雍丘)로 들어가 적을 상대로 혁혁한 전공을 세웠다. 지덕(至德) 2년(757)에는 허원과 협력하여 근 1년간이나 수양을 견고히 지켰으나, 병사도 식량도 다 떨어지고 말아, 결국 성은 함락당하고 36명의 부하들과 함께 처형되었다. 그해에 어사중승(御史中丞)에 추증되었기에 장중승이라고 부르는 것이다.

7　아끼던…… 먹여가면서까지: 『신당서(新唐書)』「장순전」에 따르면, 수양성이 포위되어 양식도 다 떨어지고, 까치도 쥐도 잡아먹을 것이 없어지자 장순은 애첩을, 허원은 어린 노복을 죽여 병사들에게 먹였다고 한다.

상황에서 목숨을 걸고 성을 지키는데, 사람들끼리 서로를 잡아먹어 그나마 바닥이 난 상황에 처해 있다면, 아무리 어리석은 자라도 며칠이면 분명 죽을 거라는 사실을 알 수 있다. 그러니 허원이 죽음을 두려워하지 않았음은 명백한 사실이다. 성은 무너지고 무리들은 모두 죽었는데, 혼자 수치를 무릅쓰고 살기를 원할 자가 어디 있겠는가? 아무리 어리석은 자라도 차마 그럴 수 없거늘, 아아, 허원처럼 현명한 사람이 그리했을 것이라 생각하는가?

이 일에 대해 이야기하는 사람들은 또 허원이 장순과 더불어 성을 나누어 지켰으나, 허원이 지키던 곳에서부터 성이 함락되기 시작했다면서 허원을 헐뜯는다. 이는 어린아이의 식견과 다를 바 없다. 사람이 죽을 무렵에는 오장육부 중에 먼저 병에 걸리는 것이 있게 마련이다. 줄을 잡아당겨 끊어뜨릴 때도 반드시 끊어지는 지점이 있게 마련이다. 보는 사람들은 그저 결과만을 보고 나무라곤 하는데, 이 또한 이치에 밝지 못한 자다. 소인배들이 의론하기를 좋아하고 남의 아름다움을 이루어주기 싫어함[8]이 이와 같구나! 장순과 허원처럼 업적이 이토록 탁월한 사람도 무고당함을 면치 못하니, 다른 사람들이야 말해 무엇 하리!

장순과 허원이 수양성(睢陽城)을 지킬 당시, 구원병이 끝내 오지 않을 것임을 어찌 알고서 성을 버리고 미리 도망갈 수 있었겠는가? 만일 수양성을 지켜내지 못한다면, 다른 곳으로 도망간들 나라에 무슨 소용 있겠는가? 구원병도 오지 않고 궁지에 몰린 상황에서, 만신창이가 된 나머지 여원 병사들을 이끌고 그곳을 떠난다고 한들, 아무 데도 가지 못할 것이

---

8 남의…… 싫어함: 이 말은 『논어』「안연(顏淵)」에 나온다. "군자는 남의 아름다움을 이루어주고 남의 악을 이루어주지 않지만, 소인은 이와 반대다(君子成人之美, 不成人之惡, 小人反是)."

다. 현명하신 두 공께서 정확하게 판단하셨다. 성 하나를 지켜 천하를 막아내고, 거의 섬멸되어가는 천 명의 병졸을 거느리고 날로 강성해지는 백만 병사와 싸워 강회(江淮)를 지키어 그 기세를 꺾음으로써 나라가 망하지 않도록 한 것이 그 누구의 공이란 말인가! 이때 성을 버리고 목숨을 부지한 자가 하나둘이 아니다. 강성한 병사를 거느리고서도 앉아 구경만 한 자가 사방에 널렸다. 그런 사람들을 놓고는 왈가왈부하지 않으면서 목숨 걸고 성을 지킨 두 공을 책망하고 있으니, 저들이 역적에 빌붙어 거짓을 꾸며냄으로써 역적을 도와 두 공을 공격하고 있음을 알 수 있다.

나는 일찍이 변주(汴州)·서주(徐州) 두 부(府)의 종사를 지냈는데,[9] 두 곳을 여러 차례 왕래하면서 소위 쌍묘(雙廟)라는 곳에 직접 제사를 올린 적이 있다. 그곳의 노인들이 종종 장순과 허원 당시의 일을 이야기해주었다. 남제운(南霽雲)이 하란(賀蘭)에게 구원을 요청했더니 하란은 장순과 허원의 명성과 공적이 자기보다 높아지는 게 싫어서 구원병을 내보내려 하지 않았다. 게다가 남제운의 용맹함과 씩씩함이 마음에 들어, 남제운의 부탁은 들어주지도 않으면서 억지로 그를 잡아두었다. 음식을 차리고 악대를 진열시킨 다음 남제운을 맞이해 와 앉혔다. 그러자 남제운이 비분강개하며 말했다.

"내가 이곳으로 올 때, 수양 사람들은 한 달도 넘게 굶주려 있었다. 내가 혼자 음식을 먹는 것은 차마 의리상 못할 짓이거니와, 먹는다 해도 목구멍으로 넘어가질 않는다."

그러고는 차고 있던 칼을 꺼내 손가락 하나를 자르더니, 피가 줄줄 흐르는 손가락을 들어 하란에게 보여주었다. 자리에 있던 사람들은 모두

---

9 나는…… 지냈는데: 변주라 함은 동진(董晋)의 막부에서 추관(推官)으로 있었던 일을, 서주라 함은 장건봉(張建封)의 막부에서 추관으로 있었던 일을 각각 가리킨다.

크게 놀라 북받쳐오는 감정을 이기지 못하고 남제운을 위해 눈물을 흘렸다. 남제운은 하란에게 자기를 도와 구원병을 내보낼 의사가 끝내 없음을 알고 그 길로 말을 달려 그곳을 떠났다. 성을 빠져나가려다가 화살을 뽑아 절에 있는 탑을 쏘았는데, 화살이 윗부분의 벽돌에 반이나 꽂혀 들어갔다. 그는 "내 돌아가 적을 무찌른 다음 하란을 죽이고야 말 것이다. 이 화살이 바로 그 표시다"라고 말했다. 나는 정원 연간(貞元年間)[10]에 사주(泗州)를 지날 일이 있었는데, 배 위의 사람들은 그때까지도 그 절을 가리키며 그 이야기를 하고 있었다. 성을 함락하고 난 뒤 적들은 칼을 들이대고 장순에게 항복하라고 위협했는데, 장순이 굴복하지 않자 끌고 가 참수하려 하였다. 또 남제운에게도 항복하라 했으나 남제운도 응하지 않았다. 장순이 남제운을 부르며 말했다.

"남팔(南八, 남제운),[11] 남아대장부는 죽으면 죽었지 불의에 뜻을 굽혀서는 안 된다."

그러자 남제운이 웃으며 말했다.

"내 살아남아 장차 업적을 남겨보고자 하였으나, 공(公, 장순)께서 기왕 그리 말씀하시니 제가 감히 죽지 않을 수 있겠습니까!"

그러고는 끝내 뜻을 굽히지 않았다.

장적이 말했다.

우숭(于嵩)이라는 자는 젊어서부터 장순에게 의지하며 살았고, 장순이 전란을 치를 때도 함께 포위망 안에 갇혀 있었다. 장적은 대력 연간(大曆年間)[12]에 화주(和州) 오강현(烏江縣)에서 우숭을 만났는데, 당시 우

---

10 정원 연간(貞元年間): 785~804년. 당나라 덕종(德宗)의 연호.
11 남팔(南八): 남제운이 형제 중 항렬이 여덟번째이므로 그렇게 부른 것이다. 친근함이 보이는 호칭이다.

숭은 예순이 넘었다. 그는 장순 덕택에 처음으로 임환현위(臨渙縣尉)가 되었는데, 배우기를 좋아하여 읽지 않은 책이 없었다. 당시 장적은 아직 어려서 장순과 허원의 사적을 대충 물어보았을 뿐, 자세히 물어보지는 못했다. 그러자 우숭이 이렇게 대답해주었다.

"장순은 키가 7척이 넘고 수염이 신선처럼 자라 있었지. 한번은 내가 『한서(漢書)』를 읽고 있는 것을 보더니, 내게 '무엇 때문에 그렇게 오래 읽느냐?'라고 물었네. 내가 '아직 익숙해지지 않아서요'라고 대답하자 장순은, '나는 책을 읽을 때, 불과 세 번이면 평생 잊지 않는다'고 하더니 내가 읽고 있던 책을 암송했는데, 책을 다 암송할 때까지 한 글자도 틀리지 않았다네. 나는 내심 놀랐으나 어쩌다 그 책만 줄줄 외우는 것이겠지 하고는 아무렇게나 다른 권질을 뽑아 시험하였는데, 전부 다 그랬네. 내가 서가의 여러 책들을 뽑다가 물어보아도 장순은 거침없이 바로바로 암송했네. 나는 장순을 따라다닌 지 오래였으나 장순이 독서하는 모습은 본 적이 없네. 문장을 지을 때도 종이와 붓을 가져다놓고 즉석에서 썼으며, 초고를 마련하는 일이 없었네. 처음 수양태수가 되었을 때, 사졸들이 거의[13] 만 명 정도고, 성안에 사는 민가만도 수만 가구였는데, 장순은 그들을 딱 한 번 만나 성명을 한 번씩 물어보았을 뿐인데도 그 후 모르는 자가 하나도 없었네. 장순은 노하면 수염이 곤추서곤 했지. 성이 함락되었을 때, 적들이 장순 등 수십 명을 포박하여 꿇어앉히고는 죽이려고 하였네.

---

12 대력 연간(大曆年間): 766~780년. 당나라 대종(代宗)의 연호.

13 거의: 원문은 '근(僅)'으로 되어 있다. 『설문해자(說文解字)』 단옥재(段玉裁) 주(注)에 이르기를, "당나라 사람들의 문자에서는 '근(僅)' 자가 종종 '거의'라는 뜻으로 사용되었다. 예를 들면, 두보 시의 '산성이 거의 백 층이네'라든가 한유 문장 중 '처음 수양태수가 되었을 때 병사가 거의 만 명이었다' 하는 것이 그것이다(唐人文字, 僅, 多訓庶幾之幾. 如 杜詩 '山城僅百層', 韓文 '初守睢陽時, 士卒僅萬人')"라고 하였다.

그때 장순이 일어나 돌아 나가니, 같이 잡힌 무리들은 장순이 일어난 것을 보고 혹 일어나기도 하고 혹 울기도 했네. 그러자 장순은 '너희들은 두려워 말라. 죽는 것은 운명일 뿐이다'라고 말했네. 사람들은 모두 눈물을 흘리며 차마 고개를 들고 보지 못했다네. 장순은 처형될 때도 얼굴색 하나 변하지 않고 평상시처럼 태연했네. 허원은 관대하고 돈후한 어른으로, 용모 또한 마음을 닮았었지. 장순과는 같은 해에 태어났으며, 생일이 장순보다 뒤여서 장순을 형님이라고 불렀네. 죽을 당시 나이 마흔아홉이었다네."

우숭은 정원 연간 초에 박주(亳州)와 송주(宋州) 일대에서 죽었다. 혹자는 전하기를, 우숭은 박주와 송주 일대에 밭을 가지고 있었는데, 무인이 빼앗자 주의 관서를 찾아가 소송을 하려다가 살해되었다고 한다. 우숭에겐 자식이 없다.

이상은 장적이 해준 이야기다.

「張中丞傳」後敍

通篇句字氣皆太史公髓, 非昌黎本色. 今書畫家亦有效人而得其解者, 此正見其無

不可處.

元和二年四月十三日夜, 愈與吳郡張籍閱家中舊書, 得李翰所爲「張巡傳」. 翰以文章自名, 爲此傳頗詳密, 然尙恨有闕者, 不爲許遠立傳, 又不

載雷萬春事首尾.

　遠雖材若不及巡者，開門納巡，位本在巡上，授之柄而處其下，無所疑忌．竟與巡俱守死，成功名．城陷而虜，與巡死先後異耳．兩家子弟材智下，不能通知二父志，以爲巡死而遠就虜，疑畏死而辭服於賊．遠誠畏死，何苦守尺寸之地，食其所愛之肉，以與賊抗而不降乎？當其固守時，外無蚍蜉蟻子之援，所欲忠者，國與主耳．而賊語以國亡主滅，遠見救援不至，而賊來益衆，必以其言爲信．外無待而猶死守，人相食且盡，雖愚人亦能數日而知死處矣．遠之不畏死亦明矣．烏有城壞其徒俱死，獨蒙愧恥求活？雖至愚者不忍爲，嗚呼，而謂遠之賢而爲之邪？

　說者又謂：遠與巡分城而守，城之陷自遠所分始，以此詬遠．此又與兒童之見無異．人之將死，其臟腑必有先受其病者．引繩而絕之，其絕必有處．觀者見其然，從而尤之，其亦不達於理矣．小人之好議論，不樂成人之美如是哉！如巡・遠之所成就，如此卓卓，猶不得免，其他則又何說！

　當二公之初守也，寧能知人之卒不救，棄城而逆遁？苟此不能守，雖避之他處何益？及其無救而且窮也，將其創殘餓羸之餘，雖欲去，必不達．二公之賢，其講之精矣．守一城，捍天下，以千百就盡之卒，戰百萬日滋之師，蔽遮江淮，沮遏其勢，天下之不亡，其誰之功也！當是時，棄城而圖存者，不可一二數．擅強兵坐而觀者，相環也．不追議此，而責二公以死守，亦見其自比於逆亂，設淫辭而助之攻也．

　愈嘗從事於汴・徐二府，屢道於兩府間，親祭於其所謂雙廟者．其老人往往說巡・遠時事云：南霽雲之乞救於賀蘭也，賀蘭嫉巡・遠之聲威功績出己上，不肯出師救．愛霽雲之勇且壯，不聽其語，强留之．具食與樂，延霽雲坐．霽雲慷慨語曰：“雲來時，睢陽之人不食月餘日矣．雲雖欲獨食，義不忍．雖食，且不下咽．”因拔所佩刀，斷一指，血淋漓，以示賀蘭．一座大驚, 皆感激爲雲泣下. 雲知賀蘭終無爲雲出師意, 卽馳去. 將出城, 抽矢射佛寺浮圖, 矢著其上甎半箭. 曰: "吾歸破賊, 必滅賀蘭. 此矢所以志也." 愈貞元中過泗州, 船上人猶指以相語. 城陷, 賊以刃脅降巡, 巡不屈, 卽牽去, 將斬之. 又降霽雲, 雲未應. 巡呼雲曰: "南八, 男兒死耳, 不可爲不義屈." 雲笑曰: "欲將以有爲也, 公有言, 雲敢不死!" 卽不屈.

張籍曰: 有于嵩者, 少依於巡, 及巡起事, 嵩常在圍中. 籍大歷中於和州烏江縣見嵩, 嵩時年六十餘矣. 以巡, 初嘗得臨渙縣尉. 好學, 無所不讀. 籍時尙小, 粗問巡·遠事, 不能細也. 云: 巡長七尺餘, 鬚髯若神. 嘗見嵩讀『漢書』, 謂嵩曰: "何爲久讀此?" 嵩曰: "未熟也." 巡曰: "吾於書, 讀不過三徧, 終身不忘也." 因誦嵩所讀書, 盡卷不錯一字. 嵩驚, 以爲巡偶熟此卷, 因亂抽他帙以試, 無不盡然. 嵩又取架上諸書, 試以問巡, 巡應口誦無疑. 嵩從巡久, 亦不見巡常讀書也. 爲文章, 操紙筆立書, 未嘗起草. 初守睢陽時, 士卒僅萬人, 城中居人戶, 亦且數萬, 巡因一見問姓名, 其後無不識者. 巡怒, 鬚髯輒張. 及城陷, 賊縛巡等數十人坐, 且將戮. 巡起旋, 其衆見巡起, 或起或泣. 巡曰: "汝勿怖. 死, 命也." 衆泣不能仰視. 巡就戮時, 顏色不亂, 陽陽如平常. 遠寬厚長者, 貌如其心. 與巡同年生, 月日後於巡, 呼巡爲兄. 死時年四十九.

嵩, 貞元初死於亳·宋間. 或傳嵩有田在亳·宋間, 武人奪而有之. 嵩將詣州訟理, 爲所殺. 嵩無子. 張籍云.

『순자(荀子)』를 읽고[1]

창려는 순자가 순정치 못한 것을 병폐로 여기고 있는데, 문장 끝에서 공자를 인용해 문맥을 한 번 돌리면서 자신의 견해를 배치해놓은 부분은 참 훌륭하다.

나는 처음에 맹가(孟軻)의 책을 읽고서야 비로소 공자의 도가 높다는 것을 알았다. 성인의 도는 시행하기 쉽고, 왕도(王道)를 행하는 자는 왕천하(王天下)하기 쉬우며, 패도(覇道)를 행하는 자는 패천하(覇天下)하기 쉽다는 것을 알았다. 그래서 나는 공자의 제자들이 세상을 뜬 이후로 성인을 높인 사람은 맹자뿐인 줄 알았다. 좀 늦게 양웅(揚雄)의 책을 읽고는 맹자를 더욱더 높이며 신봉하게 되었다. 양웅의 책으로 인해 맹자가 더욱 높아졌으니, 양웅 또한 성인의 부류가 아니겠는가!

성인의 도는 세상에 전해지지 않는다. 주나라가 쇠해졌을 때 호사가들은 각각의 학설을 가지고 당시 군주들에게 유세했는데, 매우 혼란스럽기 그지없고 육경과 백가의 학설이 서로 뒤섞여 있었으나 그래도 원로와 큰 학자들이 남아 있었다. 진(秦)나라 때 분서(焚書)의 화가 있었고, 한나라 때 황로(黃老) 사상이 유행해, 순정하게 남아 있던 것은 맹자에 그치고 양웅에 그칠 뿐이었다. 그런데 순자의 책을 읽고 나서는 순자도 있

---

1 순자는 전국시대 학자로 이름은 황(況)이다. 『순자』 32편이 전한다. 그의 학설은 유가에 바탕을 두고 있으나, 천명(天命)을 부정하고 인위(人爲)와 교육을 강조하고 있기 때문에 한유는 "대부분 순정하나 작은 흠이 있다"고 평하였다. 원제의 '독(讀)'은 한유가 창시한 새로운 문체인데, 독후감 혹은 서평 형식의 글이다.

었다는 사실을 알게 되었다. 그 글을 고찰해보니 때론 순정하지 못한 부분이 있는 것 같았으나, 귀결처인즉 공자와 다른 것이 별로 없었다. 그러니 맹자와 양웅 사이에 있다 할 수 있지 않을까?

공자께서는 『시경』과 『상서』를 산거(刪去)하시고 『춘추』를 개정하시면서, 도에 부합되는 것은 기록하고 도에 맞지 않는 것은 빼버리셨다. 그랬기에 『시경』과 『상서』와 『춘추』에 아무런 흠이 없을 수 있는 것이다. 나는 순자의 책 중에 도에 맞지 않는 것을 깎아내어 성인의 책 뒤에 붙이고자 한다. 이 또한 공자의 뜻이 아니겠는가! 맹자는 순정하고도 순정하고, 순자와 양웅은 대부분은 순정하나 약간의 흠이 있다.

讀『荀子』

昌黎病荀不醇, 而末引孔子一轉, 却安頓自家方好.

始吾讀孟軻書, 然後知孔子之道尊. 聖人之道易行, 王易王, 霸易霸也. 以爲孔子之徒沒, 尊聖人者孟氏而已. 晚得楊雄書, 益尊信孟氏. 因雄書而孟氏益尊, 則雄者亦聖人之徒歟!

聖人之道不傳於世. 周之衰, 好事者各以其說干時君, 紛紛籍籍相亂, 六經與百家之說錯雜然, 老師大儒猶在. 火于秦, 黃老于漢, 其存而醇者, 孟軻氏而止耳, 楊雄氏而止耳. 及得荀氏書, 於是又知有荀氏者也. 考其辭, 時若不粹, 要其歸, 與孔子異者, 鮮矣. 抑猶在軻·雄之間乎?

孔子刪『詩』・『書』，筆削『春秋』，合於道者著之，離於道者黜去之．故『詩』・『書』・『春秋』無疵．余欲削荀氏之不合者，附於聖人之籍．亦孔子之志歟！孟氏，醇乎醇者也．荀與楊，大醇而小疵．

『의례(儀禮)』를 읽고[1]

　나는『의례』가 너무 읽기 어려운 데다가, 오늘날 행해지는 것도 적고 인습한 것도 서로 달라 회복할 길이 없어서, 오늘날에 비춰볼 때 실로 아무런 쓸모가 없음을 늘 고민해왔다. 그러나 성왕(成王)과 주공(周公)의 법제가 대충은 여기에 갖추어져 있다. 공자께서 "나는 주나라를 좇으련다"[2]고 하신 것도 다 문물이 성대하기 때문이었다. 고서는 남아 있는 것이 많지 않다. 제자백가 가운데도 취할 만한 것이 있거늘, 하물며 성인이 만든 법도겠는가! 이에 요체를 뽑아 그 안의 기이한 문사와 오묘한 뜻이 편장 가운데 드러나게 하였으니, 학자라면 한번 읽어볼 만할 것이다. 애석하도다! 내 그때 태어나 그들 사이에 끼어서 나아가고 물러나며 읍하고 사양하는 의법을 행하지 못한 것이! 오호, 성대하도다!

---

1 『의례』는 춘추전국시대 예제(禮制)를 총편한 책으로 주나라의 구전(舊典)이라 할 수 있으며 현재 17편이 전한다. 정현(鄭玄)이 주를 달았으며 가공언(賈公彦)이 소(疏)를 달았다.
2 나는…… 좇으련다: 『논어』 「팔일」에 보인다. 원문은 "주나라는 앞의 두 나라에 비추어 볼 때 문(文)이 성대하도다! 나는 주나라를 좇으련다(周監於二代, 郁郁乎文哉! 吾從周)"이다.

讀『儀禮』

　　余嘗苦『儀禮』難讀，又其行于今者蓋寡，沿襲不同，復之無由，考于今，誠無所用之．然成王·周公之法制，粗在於是．孔子曰：“吾從周”，謂其文章之盛也．古書之存者，希矣．百氏雜家尚有可取，況聖人之制度邪！於是掇其大要，奇辭奧旨，著于篇學者，可觀焉．惜乎！吾不及其時，進退揖讓于其間．嗚呼，盛哉！

『묵자(墨子)』를 읽고[1]

유가와 묵가를 구분 없이 한데 섞어놓았으니, 이는 창려가 문사에 골몰하느라 본
지를 잃어버린 것이다.

유가에서는 묵가의 상동(上同)·겸애(兼愛)·상현(上賢)·명귀(明
鬼)[2]를 비판한다. 그렇지만 공자께서는 왕공대인을 경외하여[3] 한 나라에
살면서 그 나라의 왕공대인을 비난하지 않았으며,[4] 『춘추』에서는 권력을
독점하고 있는 신하를 비난하셨으니, 이는 곧 상동이 아닌가! 공자께서는
널리 사람을 사랑하고 어진 이를 가까이 하셨으며,[5] 많은 이에게 은혜를

---

1 묵자는 춘추시대 사상가로 노(魯)나라 사람이었다 한다. 그 사상은 겸애설이 주를 이루고
   있으나 친소의 구분 없는 평등한 사랑을 주장하여 유가들의 공격을 받았다.
2 상동(上同)······ 명귀(明鬼): 모두 『묵자』의 편명이자 주된 주장이다. 상동이란 아랫사람
   이 윗사람의 사상과 맞추도록 하여 사상적 통일을 이루고, 아울러 정치적 체제를 잡자는 것
   이다. 겸애는 묵자의 가장 중요한 주장인데, 다른 사람 사랑하기를 마치 자기 자신 사랑하
   듯 차등 없이 하여 서로가 서로를 차별 없이 사랑하는 사회를 만들자는 것이다. 상현은 어
   질고 능력 있는 선비를 선발하여 무능한 귀족들을 대신하게 하자는 주장이다. 마지막으로
   명귀는 묵자 사상의 주요 논점이다. 묵자는 귀신이 정말로 존재할 뿐 아니라 상벌을 주관하
   고 있다고 주장한다.
3 공자께서는······ 경외하여: 관련 대목은 『논어』「계씨(季氏)」에 나온다. "군자는 세 가지를
   경외한다. 천명을 경외하고, 왕공대인을 경외하며 성인의 말씀을 경외한다(君子有三畏. 畏
   天命, 畏大人, 畏聖人之言)"가 그것이다.
4 한 나라에······ 않았으며: 이와 관련된 내용은 『순자』「자도(子道)」에서 볼 수 있다. 자로
   (子路)가 노나라 대부의 예법에 어긋난 행실에 대해 공자에게 가르침을 구하자 공자는 "나
   는 모른다"라고 했다. 자로는 공자가 정말로 모른다고 생각했다. 이에 자공(子貢)이 그 뜻을
   설명하기를, 그 나라에 살면서 그 나라 대부를 비방해서는 안 되는 것이라고 하였다.
5 널리······ 하셨으며: 이 말은 『논어』「학이(學而)」에 나오는데, 공자가 후생들을 가르치면

베풀어 사람들을 구하는 자를 성인이라 여기셨으니,[6] 이는 곧 겸애가 아닌
가! 공자께서는 현명한 이를 현명하다 여기시고[7] 사과(四科)[8]로 나누어
제자들을 칭찬하셨으며, 죽은 뒤에 이름이 전해지지 않는 것을 싫어하셨
으니,[9] 이는 곧 상현이 아닌가! 공자께서는 마치〔죽은 사람이〕정말 있는
것처럼 제사 지냈으며, 직접 제사 지내지 않는 것은 아예 제사 지내지 않
은 것이나 마찬가지라 비난하시면서[10] "법도에 맞게 제사 지내면 복을 받
는다"[11]고 하셨으니, 이는 곧 명귀가 아닌가!

　유가나 묵가나 똑같이 요임금·순임금을 옳다 여기고 걸(桀)임금·주
(紂)임금을 그릇되이 여긴다. 똑같이 몸을 닦고 마음을 바로 하여 천하
국가를 다스렸는데, 어찌하다 이와 같이 서로 등을 돌리게 되었을까! 내
가 생각하기에 이러한 차이는 말학(末學)들이 각기 자기 스승의 학설을

　　서 한 말이다.

6　많은…… 여기셨으니: 관련된 내용은 『논어』 「옹야(雍也)」에 보인다. 자공이 "만일 많은
　　백성에게 은혜를 베풀고 능히 대중을 구제할 수 있는 자가 있다면, 어떻습니까? 어질다고
　　이를 만합니까(如有博施於民而能濟衆, 何如? 可謂仁乎)?"라고 묻자, 공자가 대답하기를,
　　"어찌 어질다뿐이겠느냐, 분명 성인일 것이다(何事於仁, 必也聖乎)"라고 했다.

7　현명한…… 여기시고: 이 말은 『논어』 「학이」에 나오는데, 자하(子夏)가 한 말이다. 원문
　　은 "현명한 이를 현명하다 여기어 호색하는 마음을 바꾸어놓는다(賢賢易色)"이다.

8　사과(四科): 『논어』 「선진(先進)」에서 볼 수 있다. 공자는 네 가지 분야로 나누어 각 분야
　　에서 가장 뛰어난 성적을 보인 제자들을 꼽은 적이 있는데, "덕행에는 안연과 민자건과 염
　　백우와 중궁, 언어에는 재아와 자공, 정사에는 염유와 계로, 문학에는 자로와 자하(德行,
　　顏淵·閔子騫·冉伯牛·仲弓. 言語, 宰我·子貢. 政事, 冉有·季路. 文學, 子游·子夏)"였다.

9　죽은 뒤에…… 싫어하셨으니: 『논어』 「위령공(衛靈公)」에 나오는 말이다.

10　공자께서는…… 비난하시면서: 『논어』 「팔일」에 보면, "제사 지낼 때는 마치 귀신이 있는
　　듯이 하고, 신께 제사 올릴 때는 마치 신이 있는 듯이 한다. 공자께서 말씀하시길, '자기
　　가 직접 제사를 주관하지 않으면 제사 지내지 않는 것이나 같다'고 하셨다(祭如在, 祭神如
　　神在. 子曰, '吾不與祭, 如不祭')"라는 말이 나온다.

11　법도에…… 받는다: 이 말은 『예기』 「예기(禮器)」에 보인다. "공자께서 말씀하시기를, 나
　　는 싸우면 반드시 이기고 기도하면 반드시 복을 받으니, 아마도 그 도를 얻었기 때문이리
　　라(孔子曰, 我戰則克, 祭則受福, 蓋得其道矣)."

선전하다 생겨난 것이지, 두 스승의 도(道)가 본래부터 달랐던 것은 아닐 것이다. 공자께서는 분명 묵자의 학설을 채용하셨을 것이고, 묵자는 분명 공자의 학설을 채용하셨을 것이다. 서로 채용하지 않았다면 공자나 묵자가 되기에 부족하다.

讀『墨子』

混儒·墨而無辨, 此昌黎汩其文辭而忘其本也.

儒譏墨以上同·兼愛·上賢·明鬼. 而孔子畏大人, 居是邦不非其大夫, 『春秋』譏專臣, 不上同哉! 孔子泛愛親仁, 以博施濟衆爲聖, 不兼愛哉! 孔子賢賢, 以四科進褒弟子, 疾歿世而名不稱, 不上賢哉! 孔子祭如在, 譏祭如不祭者, 曰: "我祭則受福", 不明鬼哉!

儒·墨同是堯·舜, 同非桀·紂. 同修身正心以治天下國家, 奚不相悅如是哉! 余以爲辨生於末學, 各務售其師之說, 非二師之道本然也. 孔子必用墨子, 墨子必用孔子. 不相用, 不足爲孔·墨.

궁귀(窮鬼)를 떠나보내는 글[1]

원화 6년(811) 정월 을축 그믐에,[2] 주인은 노복 성(星)에게 버들가지를 엮어 수레를 만들고 풀을 깔아 배를 만들라 시킨 다음, 볶은 쌀이며 양식을 싣고서 소에 멍에를 씌우고 배에 돛을 달았다. 궁귀에게 세 번 읍하고 다음과 같이 고하였다.

"들자니 그대가 떠날 날이 얼마 안 남았다고 합니다. 비루한 저는 감히 어디로 가시느냐 묻지 못하고, 혼자 배며 수레를 마련해 식량을 실었습니다. 길한 날 좋은 시각을 골랐으니 사방 어디를 가건 순조로울 것입니다. 그대는 밥 한 사발 드시고 술 한 잔 마신 후, 벗들과 서로 손을 잡고 수레를 몰아, 먼지바람 일으키며 저 번개와 빛을 다투며, 옛 거처를 떠나 새로운 곳으로 가십시오. 그러면 그대는 한곳에만 지체한다는 원망을 받지 않을 것이고, 저는 그대에게 떠날 밑천을 마련해주었다는 은혜가 있을 것입니다. 그대는 떠날 의향이 있습니까?"

숨을 죽이고 가만 들어보니 무슨 소리가 들리는 듯했는데, 휘파람 소리 같기도 하고 흐느끼는 소리 같기도 한 것이 가냘프게 웅얼웅얼 들려왔다. 모골이 송연하여 어깨를 들고 목을 움츠렸다. 〔무슨 소리가〕 있는 것 같기는 한데 아무 소리도 들리지 않다가 한참 후에야 똑똑히 들을 수 있었

---

1 전설에 따르면, 오제(五帝) 중 하나인 고신씨(高辛氏)에게 아들이 하나 있었는데, 좋은 옷 입기도 싫어하고 맛난 음식 먹기도 싫어했다고 한다. 그는 정원 그믐날 죽었다. 후세 사람들은 정월 그믐날이 되면 문밖에 묽은 죽과 해진 옷을 차려놓고 그를 전송하는데, 이를 일러 '궁귀를 보내다(送窮)'라고 한다.
2 정월 을축 그믐에: 송궁 의식은 주로 정월 그믐에 행했다.

다. 마치 누군가가 이렇게 말하는 것 같았다.

"내 그대와 지내온 지 40여 년이 되었소. 그대가 어린아이일 적에 나는 그대를 어리석다 여기지 않았소. 그대가 글을 배우고 농사를 지으며 관직과 명예를 구할 때, 나는 오직 그대만을 따라다니면서 초심을 변치 않았소. 집 안에 있는 다른 신령들이 나를 꾸짖고 호통쳤으나, 부끄러움을 끌어안은 채 맹목적으로 그대만을 따르며 다른 데는 뜻을 두지 않았소. 그대는 남쪽 변방으로 귀향 가 불볕 더위와 찌는 듯한 습기 속에서 지냈는데, 그곳은 나의 고향이 아닌지라 온갖 귀신들이 나를 능멸하였소. 태학(太學)에 4년간 있으면서 그대는 아침에는 채소절임, 저녁에는 소금으로 끼니를 때웠소. 남들은 모두 그대를 싫어했지만 나만은 그대를 보호하였소. 처음부터 끝까지 한 번도 그대를 배반한 적 없을뿐더러, 마음으로 다른 생각 품어본 일 없고, 입으로 떠나겠다는 말 해본 적 없소. 어디서 무슨 말을 듣고서 나보고 떠나야 한다고 하시오? 필시 참언을 믿으시고 나와 틈이 벌어지신 게요. 나는 귀신이지 사람이 아니거늘 수레며 배가 무슨 소용이오! 코로 음식 냄새만 맡으면 되니, 저 식량들은 내다버려도 좋소. 혈혈단신에 벗 되어줄 이 어디 있겠소! 만일 그대가 〔나에 대한〕 모든 것을 알고 있다면 한번 열거해보실 수 있겠소? 그대가 모든 것을 이야기할 수 있다면 성스러운 지혜를 지녔다 이를 만할 것이오. 내 정체가 모두 드러나버린다면, 내 어찌 감히 숨지 않을 수 있겠소?"

주인이 대답했다.

"그대는 내가 정말 모른다고 생각하십니까? 그대의 벗은 여섯도 아니요 넷도 아니요, 열에서 다섯을 뺀 숫자, 일곱이 꽉 찬 데서 둘을 제한 숫자입니다. 그대들은 각자 주관하는 일이 있고 나름대로 이름도 가지고 있는데, 내 손을 비틀어 국 사발을 엎게 하고, 목구멍을 돌려 기휘(忌諱)를

범하게 하는 등, 나의 면목을 가증스럽게 만들고 말을 밋밋하게 만드는
것은 모두 그대들의 의도입니다. 첫번째 궁귀의 이름은 '지궁(智窮)'입니
다. 너무 완고하고 오만하며, 원만한 것을 싫어하고 모난 것을 좋아할 뿐
아니라, 간사한 짓거리를 수치스러워하고 남에게 차마 해도 못 입힙니다.
그다음 궁귀 이름은 '학궁(學窮)'입니다. 명물도수(名物度數)를 우습게
여기고 은미한 뜻만 찾아내려 하며, 제자백가의 말씀은 오만하게 사양하
고 〔천지간〕 미묘한 변화의 관건만을 찾고 있습니다. 그다음 궁귀의 이름
은 '문궁(文窮)'입니다. 한 가지 재능을 온전히 갖추지도 못하였고, 괴상
하고 기이할 뿐 아니라, 이 시대에 쓰일 길이 없어 그저 스스로 즐기기나
할 따름입니다. 또 그다음 궁귀의 이름은 '명궁(命窮)'입니다. 그림자는
본모습과 다르고, 얼굴은 추한데 마음은 어여쁩니다. 이익을 차지하는 데
는 남보다 뒤처지고 책망을 받을 때는 남보다 먼저 받습니다. 또 그다음
궁귀의 이름은 '교궁(交窮)'입니다. 살갗을 벗겨내고 뼈도 부스러뜨리며,
심장이며 간이며 모두 꺼내줍니다. 그러나 막상 저들의 보답을 기다릴 때
는 오히려 저를 원수로 치부합니다. 이 다섯 궁귀가 바로 나의 다섯 가지
우환입니다. 나를 배고프게 하고 춥게 하고, 오해를 일으켜 비방이 생겨
나게 할 뿐 아니라, 나를 미혹되게 만듭니다. 그러나 그 누구도 우리 사이
를 떨어뜨려놓지 못해, 아침에 스스로의 행실을 후회하지만 저녁이 되면
다시 똑같은 짓을 반복합니다. 〔이로 인해 나는〕 파리처럼 이리저리 붙좇
고 개처럼 구차히 살아가야 하는데도, 아무리 쫓아버려도 다시 돌아오곤
합니다.”

　　말이 채 끝나기도 전에 다섯 궁귀들은 서로 눈이 휘둥그레져서 혀를
빼물더니, 펄쩍펄쩍 뛰다 넘어지고 자빠지고 하면서 손뼉을 치고 발을 굴
렀다. 그러고는 비실비실 웃으며 서로를 바라보다가 천천히 주인에게 말

했다.

"그대가 우리의 이름과 우리가 한 짓을 다 알았다고 해서 우리를 쫓아 버리려 한다면, 이는 작은 총명함이자 큰 어리석음이오. 사람이 한평생 산대야 얼마나 살겠소? 우리는 그대가 입신양명할 수 있도록 도와주어 백 대(代)가 지나도 사라지지 않게 해주었소. 소인과 군자는 그 마음부터가 다르지만, 오직 시대와 맞지 않을 때만 하늘과 통할 수 있는 법이오.〔그런데도 당신은〕 아름다운 옥을 가져와 양가죽과 바꾸려 하고, 맛난 음식을 실컷 먹고도 쌀겨와 싸라기 죽을 부러워하고 있소. 온 천하가 그대를 아는데, 누가 우릴 탓하겠소? 비록 내침을 받는다 해도 우리는 차마 그대를 떠나지 못하오. 우리의 말을 믿지 못하겠거든 『시경』과 『상서』를 찾아보시오."

이에 주인은 고개를 떨어뜨리고 기가 꺾인 채 손을 들어 사죄했다. 그러고는 수레와 배를 불태우고 궁귀들을 상석에 맞이했다.

送窮文

元和六年正月乙丑晦, 主人使奴星結柳作車, 縛草爲船, 載糗輿粮, 牛繫軛下, 引帆上檣. 三揖窮鬼而告之曰: "聞子行有日矣. 鄙人不敢問所塗, 竊具船與車, 備載糗粮, 日吉時良, 利行四方. 子飯一盂, 子啜一觴, 携朋挈儔, 去故就新, 駕塵彍風, 與電爭光. 子無底滯之尤, 我有資送之恩. 子等有意於行乎?"

屏息潛聽，如聞音聲，若嘯若啼，音欸嚶嚶．毛髮盡豎，竦肩縮頸，疑有而無，久乃可明．若有言者曰：「吾與子居，四十年餘．子在孩提，吾不子愚．子學子耕，求官與名，惟子是從，不變于初．門神戶靈，我叱我呵，包羞詭隨，志不在他．子遷南荒，熱爍濕蒸，我非其鄉，百鬼欺陵．太學四年，朝虀暮鹽，惟我保汝，人皆汝嫌．自初及終，未始背汝，心無異謀，口絕行語．於何聽聞，云我當去？是必夫子信讒，有間於子也．我鬼非人，安用車船！鼻齅臭香，糗粻可捐．單獨一身，誰爲朋儔！子苟備知，可數已不？子能盡言，可謂聖智．情狀既露，敢不迴避？」

主人應之曰：「子以吾爲眞不知也邪？子之朋儔，非六非四，在十去五，滿七除二．各有主張，私立名字，捩手覆羹，轉喉觸諱，凡所以使吾面目可憎，語言無味者，皆子之志也．其名曰『智窮』，矯矯亢亢，惡圓喜方，羞爲姦欺，不忍害傷．其次名曰『學窮』．傲數與名，摘抉杳微，高挹羣言，執神之機．又其次曰『文窮』．不專一能，怪怪奇奇，不可時施，祇以自嬉．又其次曰『命窮』．影與形殊，面醜心妍，利居衆後，責在人先．又其次曰『交窮』．磨肌戛骨，吐出心肝．企足以待，寘我讎冤．凡此五鬼爲吾五患．饑我寒我，興訛造訕，能使我迷．人莫能閒，朝悔其行，暮已復然．蠅營狗苟，驅去復還．」

言未畢，五鬼相與張眼吐舌，跳踉偃仆，抵掌頓腳．失笑相顧，徐謂主人曰：「子知我名，凡我所爲，驅我令去，小黠大癡．人生一世，其久幾何？吾立子名，百世不磨．小人君子，其心不同，惟乖於時，乃與天通．攜持琬琰，易一羊皮，飫於肥甘，慕彼糠糜．天下知子，誰過於子？雖遭斥逐，不忍子疏．謂子不信，請質『詩』・『書』．」

主人於是垂頭喪氣，上手稱謝，燒車與船，延之上座．

해명하는 말[1]

문장에서 참언을 근심하고 있다. 시작 부분에서는 소문에 대해 적고, 그다음으로는 자기 스스로 말하고 스스로 위로하였다. 세번째에서 그래도 근심이 없을 수 없음을 적고 네번째에서 다시 스스로 위로하였다. 다섯번째에서 이한림(李翰林. 李吉甫)이 재상의 반열에 오른 일에 대해 말하고, 마지막에서 다시 스스로 위로하였다.

원화 원년(806) 6월 10일에, 나는 강릉(江陵) 법조참군(法曹參軍)으로 있다가 부름을 받고 국자박사(國子博士)에 제수되어 처음으로 지금 재상이신 정공(鄭公)[2]을 만나뵙게 되었다. 공께서는 내게 앉으라고 자리를 내주시면서, "내 자네가 지은 아무 시를 보았는데, 당시는 내가 한림(翰林)으로 있을 때라, 자리가 주상과 너무 가깝고 금기 또한 많아 감히 주상께 아뢰지 못했었네. 지금 내게 자네가 지은 시문을 한 통 적어 가지고 와보게"라고 말씀하셨다. 나는 재배하며 감사 올리고 물러 나와서는, 시와 서(序) 몇 편을 기록하여 적당한 시일을 골라 재상께 바쳤다.

그 후 몇 달이 지났을 때 어떤 사람이 나를 찾아와 말했다.

---

1 원제 '釋言'의 '석(釋)'은 문체를 지칭하지 않으며 단지 해명의 뜻으로 사용된다. 헌종(憲宗)이 즉위한 이듬해 한유는 강릉 법조참군으로 있다가 도성으로 옮겨와 국자박사에 제수되었다. 당시 재상은 한유를 몹시 높이 평가하여 한림(翰林) 관직에 제수하고자 하였다. 그러자 일부 이를 질시하던 자들이 재상에게 나아가 한유에 대한 비방을 늘어놓았다. 이에 한유는 이 글을 지어 자신의 입장을 변호, 해명하였다.

2 정공(鄭公): 정인(鄭絪). 자는 문명(文明). 대력 연간에 진사가 되어 대종(代宗)·덕종(德宗)·순종(順宗)을 거쳐 헌종 초에 정권을 잡았다. 성정이 담박하고 독서를 즐겼으며 박식한 선비와 논쟁하는 것을 좋아했다고 한다.

"자네, 재상 어른께 시와 서를 바쳤는가?"

내가 "그렇다네"라고 대답하자 또 말했다.

"어떤 자가 재상께 자네를 헐뜯으면서, 한유가 '재상께서 자기 글을 달라고 하시기에 감히 숨기지 못하였는데, 재상께서 혹 나를 알아주시는 것인가' 하더라고 말했다네. 자네 조심하게."

내가 대답했다.

"내 어사(御史)로 있을 때 덕종(德宗) 황제께 득죄를 했었네.³ 당시 같이 남쪽으로 귀양 간 자가 셋이었는데,⁴ 나만 먼저 거두어주심을 받았으니, 재상 어른께서 내려주신 은혜가 가히 크다 하겠네. 나아가 재상을 배알하는 백관들은 간혹 선 채로 이야기하다 물러나곤 하는데, 내게만은 앉아 이야기를 나눌 수 있도록 허여해주셨으니, 재상 어른께서 나를 대해주신 예(禮)가 과분하다 하겠네. 온 나라 안의 사람이라면 백관 이하 모두가 대부분 자신의 학업을 재상 어른께 선보이고 싶어 한다네. 그러나 모두 두려워하며 감히 그렇게 하지 못하는데, 나만은 재상 어른께서 먼저 알아주시고 찾으셨네. 내려주신 은혜가 크고, 대해주신 예가 과분하며, 거기다 알아주시기까지 했으니, 이 세 가지는 나만 못한 자로부터 받았다 하더라도 무엇으로든 보답해야 하거늘, 하물며 천자의 재상에게 받았으니 말해 무엇 하겠는가! 사람들은 누구나 스스로 알고 있다네. 쓰이기에 적당한 것을 일러 '재능'이라 하고, 그 일을 해낼 만한 것을 일러 '능력'이라 하네. 나 같은 사람은 매일같이 노력한다 해도 이 두 가지에 미치지 못하

---

3 내…… 했었네: 한유는 정원 19년(803)에 처음으로 감찰어사가 되었는데, 상소를 올려 경기 지역에 가뭄이 들어 사람들이 굶주려 있으니, 부세를 거두지 않는 것이 마땅하며, 또한 궁시(宮市)를 파해야 한다고 했다. 그러다가 당시 재상이었던 이실(李實)의 참언으로 연주(連州) 양산현령(陽山縣令)으로 폄적되었다.
4 당시…… 셋이었는데: 한유·장서(張署)·이방숙(李方叔)을 가리킨다.

네. 그러면서도 의대(衣帶)를 차고 홀(笏)을 든 채 사대부의 반열에 서 있으니, 못났다 내침이나 당하지 않으면 다행이라 하겠지. 그러니 어떻게 감히 말로 오만을 떨 수 있겠는가? 오만이라는 것은 비록 흉덕(凶德)이긴 하지만 그래도 반드시 믿는 데가 있어야 떨 수 있는 것이라네. 나는 친척도 많지 않고, 지금 당장 이끌어줄 세력가라곤 있지 않다네. 또 사람을 잘 사귀지도 못하여 조정에 '서로 양보하고 서로 목숨을 내주려 하는 벗'[5]도 없고, 명성과 세력을 낚을 만큼 쌓아놓은 재산도 없네. 재주라곤 없고 힘은 문드러져서, 분주히 뛰어다니면서 기회를 노렸다가[6] 이익을 쟁취하지도 못하는데, 무얼 믿고 오만을 떤단 말인가? 광망하고 정신이 나가, 물불도 안 가리고 뛰어들면서 함부로 말하고 마구 욕이나 퍼붓는 자라면 그런 짓을 할까, 내게 그런 병이 없다는 것은 사람들이 다 알고 있는 사실 아닌가. 그러니 백 명이 나서서 참언을 한다 해도 재상 어른께서는 믿지 않으실 텐데, 내가 왜 두려워하며 조심해야 하는가?"

몇 개월 뒤, 또 어떤 사람이 나를 찾아와 말했다.

"한림(翰林) 이공(李公)과 사인(舍人) 배공(裴公)[7]에게 자네를 헐

---

5 서로…… 벗: 『예기』「유행(儒行)」에서 따온 말이다. "선비는 선한 행실을 들으면 서로 고해주고 선한 행실을 보면 서로 보여준다. 작위는 서로 먼저 하라 하고 환난이 닥치면 서로 목숨을 내주려 한다(儒有聞善以相告也, 見善以相示也. 爵位相先也, 患難相死也)"가 그 본문이다.

6 기회를 노렸다가: 원문은 '저희(抵巇)'로 『귀곡자(鬼谷子)』「저희(抵巇)」에서 따온 말이다. "틈이 갈라질 때는 처음에 조짐이 보인다. 그러나 찌르면 막을 수 있고 찌르면 물리칠 수 있으며, 찌르면 잦아들게 할 수 있고 찌르면 숨길 수 있고, 또 찌르면 무사할 수 있다. 이것이 바로 틈을 찌르는 이치이다(巇始有朕, 可抵而塞, 可抵而卻, 可抵而息, 可抵而匿, 可抵而得, 此謂抵巇之理也)." 도홍경(陶弘景)은 주에서, "저(抵)는 찌르는 것이고, 희(巇)는 틈이다(抵, 擊實也, 巇, 巇隙也)"라고 했다. 즉 틈을 찌르는 것, 기회를 노리는 것의 의미로 사용된다.

7 한림(翰林) 이공(李公)과 사인(舍人) 배공(裴公): 한림 이공은 이길보(李吉甫)고 사인 배공은 배게(裴垍)다. 이길보는 자가 홍헌(弘憲)으로 덕종 원화 원년(806)에 요주자사(饒州

뜯는 자가 있으니, 자네 조심하게!"

내가 말했다.

"두 공(公)이라면 우리 임금께서 아침저녁으로 자문을 구하시어 천하에 정사를 펼치고 태평성세를 이룰 수 있게 해주시는 분일세. 궁궐에 계실 때는 천자의 심복이시며,[8] 밖에 나가 계실 때는 천자의 수족이시네.[9] 사해구주(四海九州) 안에 사는 사람이라면 백관 이하 그 누구인들〔두 공께〕충정을 다 바쳐 은혜받기를 바라지 않겠는가? 나는 광망하지도 어리석지도 않으며, 물불 속으로 뛰어 들어가지도 않고 미쳐 날뛰며 함부로 욕하지도 않으니, 참언하는 자들이 말하는 그런 행동을 할 리가 없지 않은가. 참언하는 자가 백 명이나 된다 하여도 두 공께서는 믿지 않으실 터인데, 내가 무엇이 두려워 조심해야 하는가?"

이런 말로 객에게 대답하고 나서는 밤에 돌아가 혼자 원망하며 말했다.

"허허! 저자에 호랑이가 나타나고[10] 증삼(曾參)이 사람을 죽이는 것,[11]

刺史)로 있다가 조정에 들어와 한림이 되었다. 그 이듬해에는 중서시랑이 되었으며, 유벽(劉闢)의 반란을 평정하여 원화 2년 봄에는 중서시랑평장사가 되었다. 배게는 자가 홍중(弘中)이다. 원화 연간 초에 한림이 되었다가 지제고(知制誥)를 맡았으며 얼마 후에 중서사인(中書舍人)으로 승진했다.

8 심복이시며: 원문은 '심려(心膂)'인데, 가장 가까운 측근을 가리키는 말이다.

9 수족이시네: 원문은 '고굉(股肱)'으로 고굉지신(股肱之臣)을 가리킨다. 왕 옆에서 수족처럼 큰 힘이 되어주는 보좌를 말한다.

10 저자에…… 나타나고:『전국책(戰國策)』「위책2(魏策二)」에 다음과 같은 기록이 보인다. 방총(龐葱)이 태자와 함께 한단(邯鄲)에 인질로 잡혀 있었는데, 그때 위나라 왕에게 묻기를, "세 사람이 저자에 호랑이가 나타났다고 이야기하면 왕께서는 믿으시겠습니까(三人言市有虎, 王信之乎)?" 하니, 왕이 대답하기를 "과인은 그 말을 믿을 것이오(寡人信之矣)"라고 했다. 이에 방총이 말하기를, "저자에 호랑이가 있을 리 없음은 자명한 일인데도 세 사람이 그렇다고 말하면 정말 호랑이가 있게 됩니다(夫市之無虎明矣, 然而三人言而成虎)"라고 했다.

이것이 바로 참언의 효과로구나. 『시경』에 이르기를, '저 참언하는 자를 잡아다가 승냥이 호랑이에게 던져주네. 승냥이 호랑이가 먹지 않거든 유북(有北)으로 던지네. 유북이 받지 않으면 유호(有昊)에 던지네'[12]라고 하였으니, 이는 참언에 상처받아 몹시 증오하며 지은 시다. 또 말하기를, '혼란이 처음 생겨날 적에 그릇된 언사가 용납되기 시작하고, 혼란이 거듭 생겨날 적에는 군자라도 참언을 믿게 되네'[13]라고 했다. 처음에는 의심하다가 나중에는 그 말을 믿어버린다는 뜻이다. 공자께서는 '교활한 자를 멀리하라'[14]고 하셨다. 저 교활한 자를 멀리하지 못하면 언젠간 믿게 마련이다. 그런데 나는 강직함만 믿고서 화를 경계하지 않으니, 장차 화가 미치겠구나!"

〔잠시 후〕천천히 스스로 위로하며 말했다.

"저자에 호랑이가 나타났다고 믿은 것은, 그 말을 들은 사람이 용렬했기 때문이다. 증삼이 사람을 죽였다고 믿은 것은 사랑하는 마음이 깊어 총명함을 어지럽혔기 때문이다. 〔『시경』〕「항백(巷伯)」에서 마음 아파하고 있는 것은 난세를 만났기 때문이다. 지금 세 현자[15]께서는 바야흐로 천

---

11 증삼(曾參)이…… 죽이는 것: 『전국책』「진책2(秦策二)」에 나오는 이야기다. 진나라에 공자의 제자인 증삼과 이름이 같은 사람이 있었다. 어떤 사람이 세 차례나 증삼의 어머니에게 증삼이 사람을 죽였다고 이야기하자 그 어머니는 처음엔 믿지 않다가 후에 정말로 믿고 두려운 나머지 도망갔다고 한다.

12 저 참언하는…… 던지네: 『시경·소아(小雅)』「항백(巷伯)」이다. 「모서(毛序)」에서 해석하기를, "항백은 유왕을 풍자한 것이다. 환관이 참언에 상처받아 이 시를 지었다(巷伯, 刺幽王也. 寺人傷於讒, 故作是詩也)"라고 하고 있다. 시에 나오는 유북(有北)은 북방 불모의 땅이고, 유호(有昊)는 하늘이다. 즉 하늘에 던져주어 천벌을 받게 하겠다는 뜻이다.

13 혼란이…… 믿게 되네: 『시경·소아』「교언(巧言)」이다. 「모서」에서 말하기를, "교언은 유왕을 풍자한 것이다. 대부가 참언에 상처받아 이 시를 지었다(巧言, 刺幽王也. 大夫傷於讒, 故作是詩也)"라고 하였다.

14 교활한…… 멀리하라: 『논어』「위령공」에 나오는 말이다.

15 세 현자: 즉 첫번째 말을 전한 사람이 언급한 재상 정공, 두번째 말을 전한 사람이 언급한

자와 더불어 천하에 정사를 펼쳐 태평성세를 이룰 방도를 도모하고 계시며, 보고 들으시는 것이 밝고 공명정대하실뿐더러 성품 또한 돈후하시다. 눈과 귀가 밝으면 보고 들음에 미혹됨이 없고, 공명정대하면 참언 따위는 가까이하실 리 없으며, 성품이 돈후하시면 〔다른 사람의 말을〕 받아들이시되 분별을 하신다. 그러니 참언하는 자가 어떻게 감히 안에 들어가 참언 따위를 할 수 있으리오! 설령 들어가 참언을 했다 해도, 듣지 않을 것이다. 그러니 내가 무엇이 두려워 조심한단 말인가?"

몇 달 후 천자께서 이공을 재상에 임명하시니, 객이 와서 내게 말했다.

"지난번엔 자네에 대해 참언하는 소리가 재상 한 분[16]께만 들어갔지만, 이번에 이공까지 재상이 되셨으니, 더 위험하게 되었네!"

내가 말했다.

"앞서 어떤 사람이 재상[17]께 나를 비방했다는 사실을 한림께서는 모르고 계시네. 그 후 어떤 사람이 한림께 나를 비방했다는 사실을 재상께서는 모르고 계시네. 지금 두 공께서 같은 데 계시면서 말을 맞춰 보다 혹내 이야기를 하신다면, 분명 '한유도 사람이거늘, 재상에게 오만을 떨고 또 한림에게 오만을 떨어 장차 무엇을 구하겠다는 것인가! 분명 그렇지 않을 것이다'라고들 하실 것이니, 그러면 나는 죄를 면할 수 있을 것이네."

그 후 참언이 잠잠해졌다.

한림 이공, 사인 배공을 가리킨다.

16 재상 한 분: 지난번에 참언을 당할 당시, 배게만이 중서사인이었고 이길보는 아직 한림이었다. 중서사인은 당나라 때 재상의 반열이었다. 따라서 여기서 재상 한 분이라 한 것은 배게를 가리키는 말이다.

17 재상: 여기서도 중서사인 배게를 가리킨다.

釋言

篇中憂讒. 始則述傳與者之言, 再則托己之自爲解, 三則不能無憂, 四則又自爲解.
五則又入李翰林之竝相, 末復自爲解.

元和元年六月十日, 愈自江陵法曹詔拜國子博士, 始進見今相國鄭公.
公賜之坐, 且曰:“吾見子某詩, 吾時在翰林, 職親而地禁, 不敢相聞. 今
爲我寫子詩書爲一通以來.”愈再拜謝退, 錄詩書若干篇, 擇日時以獻.

於後之數月, 有來謂愈者曰:“子獻相國詩書乎?”曰:“然.”曰:“有
爲讒於相國之座者曰: 韓愈曰, ‘相國徵余文, 余不敢匿, 相國豈知我哉!’
子其愼之.”愈應之曰:“愈爲御史, 得罪德宗朝. 同遷于南者凡三人, 獨愈
爲先收用, 相國之賜大矣. 百官之進見相國者, 或立語以退, 而愈辱賜坐
語, 相國之禮過矣. 四海九州之人, 自百官以下, 欲以其業徹相國左右者
多矣. 皆憚而莫之敢, 獨愈辱先索相國之知至矣. 賜之大, 禮之過, 知之
至, 是三者, 於敵以下受之宜以何報, 況在天子之宰乎! 人莫不自知, 凡
適於用之謂‘才’, 堪其事之謂‘力’. 愈於二者, 雖日勉焉而不迨. 束帶執笏,
立士大夫之行, 不見斥以不肖, 幸矣. 其何敢敖於言乎? 夫敖, 雖凶德必
有恃而敢行. 愈之族親鮮, 少無扳聯之勢於今. 不善交人. 無相先相死之
友於朝, 無宿資蓄貨以釣聲勢. 弱於才而腐於力, 不能奔走乘機抵巇以要
權利, 夫何恃而敖? 若夫狂惑喪心之人, 蹈河而入火, 妄言而罵詈者, 則
有之矣, 而愈人知其無是疾也. 雖有讒者百人, 相國將不信之矣. 愈何懼
而愼歟?”

　　旣累月，又有來謂愈，曰：“有讒子於翰林舍人李公與裴公者，子其愼歟！”愈曰：“二公者，吾君朝夕訪焉，以爲政於天下，而階太平之治．居則與天子爲心膂，出則與天子爲股肱，四海九州之人，自百官以下，其孰不願忠而望賜？愈也不狂不愚，不蹈河而入火，病風而妄罵，不當有如讒者之說也．雖有讒者百人，二公將不信之矣，愈何懼而愼？”

　　旣以語應客，夜歸，私自尤曰：“咄！市有虎而曾參殺人，讒者之效也．『詩』曰，‘取彼讒人，投畀豺虎．豺虎不食，投畀有北．有北不受，投畀有昊．’傷於讒，疾而甚之之辭也．又曰：‘亂之初生，僭始旣涵，亂之又生，君子信讒．’始疑而終信之之謂也．孔子曰：‘遠佞人．’夫佞人，不能遠則有時而信之矣．今我恃直而不戒禍，其至哉！”

　　徐又自解之曰：“市有虎，聽者庸也．曾參殺人，以愛惑聰也．「巷伯」之傷，亂世是逢也．今三賢，方與天子謀所以施政於天下，而階太平之治，聰聰而視明，公正而敦大．夫聰明則聽視不惑，公正則不邇讒邪．敦大則有以容而思，彼讒人者，孰敢進而爲讒哉！雖進而爲之，亦莫之聽矣．我何懼而愼？”

　　旣累月，上命李公相，客謂愈曰：“子前被言於一相，今李公又相，子其危哉！”愈曰：“前之謗我於宰相者，翰林不知也．後之謗我於翰林者，宰相不知也．今二公合處而會言，若及愈，必曰：‘韓愈亦人耳，彼敖宰相又敖翰林，其將何求！必不然’，吾乃今知免矣．”旣而讒言果不行．

고양이가 남의 새끼에게도 젖을 먹이다

작은 일을 가지고 커다란 요체에 관련된 의론을 이끌어내고 있다.

사도(司徒) 북평왕(北平王)[1] 집에는 같은 날 새끼를 낳은 어미 고양이가 〔두 마리〕 있었는데, 그중 한 마리가 죽어버렸다. 새끼 두 마리는 죽은 고양이 젖을 빨았으나 어미가 이미 죽은지라 낑낑대며 울었다. 그때 다른 한 어미 고양이가 새끼에게 젖을 물리고 있다가 낑낑대는 소리가 들리자 바로 일어나 귀를 기울이더니, 이내 그쪽으로 달려가 새끼들을 구해 왔다. 한 마리를 물어다 보금자리에 놓고 다시 돌아가 똑같이 했다. 그러고는 돌아와 마치 자기 새끼인 양 젖을 먹였다. 아, 이 또한 크게 기이한 일이로다!

고양이는 가축이라 인의(仁義)에 본성을 두고 있지 않다. 혹 기른 자에 의해 감화된 것 아닐까? 북평왕께서는 안락하게 백성을 기르시고 공평하게 죄지은 자를 벌하셨으며, 음양을 다스려 조화를 이루셨다. 나랏일을 마치고 집 안에서 도를 펼치시니, 아비는 아비답고 자식은 자식다우며 형은 형답고 아우는 아우다워, 화목하고도 즐거웠다. 집 안팎을 똑같이 여겼고, 식구 대하기를 한결같이 하셨다. 이와 같으니, 그의 감화력이 사물

---

1 사도(司徒) 북평왕(北平王) : 마수(馬燧). 자는 순미(洵美)로 여주(汝州) 겹성(郟城, 지금의 하남성 겹현) 사람이다. 전열(田悅)을 격파한 공로로 북평군왕에 봉해졌다. 한유는 스무 살에 장안으로 올라와 진사과에 응시했는데, 그때 마수로부터 경제적 도움을 많이 받았다. 이 글은 아마도 그때 지어진 것 같다.

에까지 미쳤음을 가히 알 수 있다. 『주역』에서 말하기를, "정성은 돼지나 물고기에까지 미친다"[2]고 하였으니, 이 일과 비슷하지 아니한가?

나는 당시 북평왕에게 은총을 입고 있었는데, 한 객이 북평왕의 덕에 대해 물어오기에 이 일을 들어 말해주었다. 그러자 객이 말했다.

"봉록과 부귀는 사람들이 몹시 원하는 것이오. 그러나 얻기도 어렵지만 지키기가 더욱 어렵소. 공업을 이루었다 하더라도 덕이 없어 잃는 경우도 있고, 자기 대에서 얻었다 하더라도 자손 대에서 잃어버리는 경우도 있소. 그런데 북평왕의 공덕이 이와 같고, 복이 이와 같으니, 얼마나 잘 지키고 계신지 가히 알 만하오."

그 후 그 일을 기록해 고양이가 남의 새끼에게도 젖을 먹였다는 이야기를 지었다.

貓相乳

以事之小者而議論關係大體.

司徒北平王家貓有生子同日者, 其一死焉. 有二子飮於死母, 母且死, 其鳴咿咿. 其一方乳其子, 若聞之, 起而若聽之, 走而若救之. 銜其一置于其棲, 又往如之, 反而乳之若其子然. 噫, 亦異之大者也!

---

2 정성은…… 미친다: 『주역·중부(中孚)』 「전사(彖辭)」에 나오는 말.

　　夫貓, 人畜也, 非性於仁義者也. 其感於所畜者乎哉? 北平王牧民以康, 伐罪以平, 理陰陽以得其宜. 國事旣畢, 家道乃行, 父父子子, 兄兄弟弟. 雍雍如也, 愉愉如也. 視外猶視中, 一家猶一人. 夫如是, 其所感應召致, 其亦可知矣. 『易』曰: "信及豚魚", 非此類也夫?

　　愈時獲幸於北平王, 客有問王之德者, 愈以是對. 客曰: "夫祿位貴富, 人之所大欲也. 得之之難, 未若持之之難也. 得之於功, 或失於德, 得之於身, 或失於子孫. 今夫功德如是, 祥祉如是, 其善持之也可知已." 旣已, 因叙之爲貓相乳說云.

수비에 대한 경계

처음부터 끝까지 지극한 논리와 바른 의견을 펼치고는 단 한 구절로 결론을 맺었다. 이러한 문체는 〔가의(賈誼)의〕「과진론(過秦論)」에서 비롯되었다. 하지만 문장이 평범하고 직설적이며 시원시원하면서도 분명한 것이 오히려 소순(蘇洵)을 닮았으니, 공의 본색은 아니다.

『시경』에서는 "제후의 나라는 왕실의 동량이다"[1]라고 했고, 『상서』에서는 "왕실의 울타리가 된다"[2]라고 했다. 그러니 제후는 천자에게 있어 땅을 지키고 직공(職貢)을 바치는 책임이 있을 뿐만 아니라 동량과 울타리가 되어야 하는 것이다. 산에 사는 사람이 만약 맹수가 해를 끼친다는 사실을 안다면 목책을 높이 올리고 밖에 함정을 쳐놓고서 맹수에 대비할 것이다. 도시에 사는 사람이 만약 도둑이 담에 구멍을 뚫어 도둑질을 한다는 사실을 안다면 담장을 높이 쌓아 올리고 안으로 자물쇠를 단단히 잠가 도둑을 방비할 것이다. 이런 일은 들에 사는 사람이나 비루한 사내라도 다 할 수 있는 일이니, 남다른 지혜를 가져야만 할 수 있는 일은 아니다. 그런데 지금 강대한 적들 사이에 끼어 있는 사통팔달한 큰 읍에서 이를 대비할 줄을 모르니, 아, 어리석도다!

들에 사는 사람이나 비루한 사내도 할 수 있는 일을 왕공대인이 오히려 못 한다면, 이 어찌 능력이 부족해서겠는가! 할 만하지 않다고 여겨

---

1 제후의…… 동량이다: 『시경·대아』「판(板)」에 보인다.
2 왕실의…… 된다: 『상서』「미자지명(微子之命)」 및 「채중지명(蔡仲之命)」에 모두 보인다.

하지 않을 따름이다. 천하의 재난 중에 할 만하지 않다고 여기는 것보다 더 큰 것은 없다. 능력이 부족한 것은 그 다음이다. 할 만하지 않다고 여기면 적이 들이닥쳐도 알지 못하지만, 능력이 부족하더라도 일이 터지기 전에 미리 준비만 하면 재난까지는 일어나지 않는다. 저 강대한 적들이 소유하고 있는 군사는 부지기수고 영토는 천 리에 달한다. 그런 자들이 우리와 서로 땅이 교차해 있는데, 그 사이에는 구릉도 강도 동정호(洞庭湖)도 맹문관(孟門關)도[3] 없다. 저들은 스스로가 천하의 주현(州縣)들과 나란할 수 없음을 잘 알고 있기에, 아침저녁으로 발꿈치를 들고 목을 빼고서, 천하에 변고가 생겨 우리의 허점을 틈탈 수 있기만을 학수고대한다. 그러니 그 포악함은 금수나 도적보다 더 심한 것이다.

아! 어찌하여 이를 알면서도 저들을 대비하지 않는가! 맹분(孟賁)과 하육(夏育)[4] 같은 장수라도 경계하지 않으면 어린아이조차 대적하지 못하고, 제아무리 노(魯) 땅의 닭이라도 미리 준비하지 않으면 촉(蜀) 땅의 닭 하나 이기지 못한다.[5] 사슴이 표범보다 크지 않은 것은 아니다. 그런데

---

3 동정호(洞庭湖)도 맹문관(孟門關)도: 동정호는 지금의 호남성에 있는 호수 이름이고, 맹문관은 지금의 하남성 휘현(輝縣) 서쪽에 있는 좁은 길이다. 즉 방어벽도 천하의 요새도 없다는 뜻이다.

4 맹분(孟賁)과 하육(夏育): 옛날의 장사들이다. 전하는 말에 따르면 맹분은 쇠뿔도 잡아 뺄 수 있었다 하고 하육은 천 균(鈞)을 들어올릴 수 있었다 한다. 1균은 30근(斤)에 해당한다.

5 노(魯) 땅의…… 못한다: 『장자(莊子)』「경상초(庚桑楚)」에서 인용했다. 큰 닭이라도 준비하지 않으면 작은 닭조차 이기지 못한다는 뜻이다. 원문은 다음과 같다. "월 땅의 닭은 고니 알을 품지 못하지만 노 땅 닭은 가능하다(越鷄不能伏鵠卵, 魯鷄固能矣)." 당나라 육덕명(陸德明)의 『석문(釋文)』에서는 상수(向秀)의 말을 인용해, "월 땅의 닭은 작은 닭으로, 혹 형계라고도 한다. 노 땅의 닭은 큰 닭으로 지금은 촉 땅의 닭이라고도 한다(越鷄, 小鷄, 或云荊鷄. 魯鷄, 大鷄也, 今蜀鷄也)"라고 하였으니, 본문에 나와 있는 촉 땅의 닭은 마땅히 월 땅의 닭으로 고쳐야 한다. 남송(南宋)의 요영중(廖瑩中)이 지은 『한창려집주(韓昌黎集注)』에서 "공의 글의 앞뒤 문맥으로 살펴볼 때, '촉 땅의 닭'은 마땅히 '월 땅의 닭'이 되어야 한다(按公上下文考之, '蜀鷄'當作 '越鷄')"라고 하였다.

도 표범에게 잡히는 것은 발톱과 이빨의 재질이 다르고, 용맹하고 비겁한 자질이 다르기 때문이다. 묻기를, 그렇다면 어떻게 대비해야 하는가? 답하기를, 사람을 얻는 데 달려 있다.

守戒

通篇極論正意. 只收一句作結. 是一體, 却自「過秦論」來. 其文平直通顯, 反近蘇氏,

亦非公本色.

『詩』曰: "大邦維翰", 『書』曰: "以蕃王室." 諸侯之於天子, 不惟守土地奉職貢而已, 固將有以翰蕃之也. 今人有宅於山者, 知猛獸之爲害, 則必高其柴楥, 而外施窨窂以待之. 宅於都者, 知穿窬之爲盜, 則必峻其垣墙, 而內固扃鐍以防之. 此野人鄙夫之所及, 非有過人之智而後能也. 今之通都大邑, 介然於屈强之間, 而不知爲之備, 噫, 亦惑矣!

野人鄙夫能之, 而王公大人反不能焉, 豈材力爲有不足歟! 蓋以爲不足爲而不爲耳. 天下之禍, 莫大於不足爲. 材力不足者, 次之. 不足爲者, 敵至而不知, 材力不足者, 先事而思, 則其於禍也有間矣. 彼之屈强者, 帶甲荷戈, 不知其多少, 其縣地則千里. 而與我壤地相錯, 無有丘陵·江河·洞庭·孟門之關其間. 又自知其不得與天下齒, 朝夕擧踵引頸, 冀天下之有事, 以乘吾之便, 此其暴於禽獸穿窬也甚矣.

嗚呼! 胡知而不爲之備乎哉! 賁·育之不戒, 童子之不抗, 魯雞之不

期, 蜀雞之不支. 今夫鹿之於豹, 非不巍然大矣. 然而卒爲之禽者, 爪牙之
材不同, 猛怯之資殊也. 曰：然則如之何而備之？曰：在得人.

우임금에 대해 묻다

문장 전체가 객(客)을 통해 주인을 드러내줌으로써 서로의 뜻을 펼치는 구조로 되어 있다.

혹자가 물었다.

"요임금과 순임금은 현자에게 왕위를 물려주었으나 우임금은 아들에게 물려주었다고 하는데, 정말입니까?"

내가 대답했다.

"그렇다네."

"그러면 우임금의 현명함이 요임금이나 순임금만 못한 것입니까?"

"그렇지 않네. 요임금과 순임금이 현자에게 왕위를 물려준 것은 천하 사람들로 하여금 모두 마땅한 자리를 얻게 하고자 했기 때문이네. 우임금이 아들에게 왕위를 물려준 것은 후세에 왕위를 놓고 다투는 어지러움이 생길까 근심했기 때문이네. 요임금과 순임금은 백성을 이롭게 하고자 하는 마음이 컸던 것이고, 우임금은 백성을 근심하는 마음이 깊었던 것이네."

혹자가 물었다.

"그러면 요임금 순임금께서는 왜 후세 걱정을 안 하셨나요?"

내가 말했다.

"순임금이 요임금 못지않게 어질었기에 요임금은 왕위를 물려주었네. 또 우임금이 순임금 못지않게 어질었기에 순임금도 왕위를 물려주었네. 마땅한 사람을 얻었기에 왕위를 물려준 것이 바로 요임금 순임금인 셈이지. 그러나 기왕에 마땅한 사람을 얻지 못하였고, 또 우환이 생길까 염려스러워 왕위를 물려주지 않은 것이 바로 우임금이라네. 순임금이 우임금에게 왕위를 물려줄 수 없었다면 요임금이 사람을 잘못 본 것일 테고, 우임금이 아들에게 왕위를 물려줄 수 없었다면 순임금이 사람을 잘못 본 것일 터이네. 요임금이 순임금에게 왕위를 물려준 것은 세상을 근심해서이고, 우임금이 아들에게 왕위를 물려준 것은 후세를 염려해서일세."

혹자가 물었다.

"우임금의 염려가 참으로 깊었군요. 그렇지만 아들에게 물려주었는데, 만일 어질지 못한 아들이었다면 어떻게 할 뻔했습니까?"

내가 말했다.

"당시 익(益)은 나라를 제대로 다스릴 수 없었네.[1] 남에게 물려주려 했다면 미리 정해져 있지 않은 상태였기 때문에 분명 싸움이 일어났을 터이지만, 아들에게 물려주면 이미 정해져 있던 것이기 때문에 싸움이 일어나지 않았을 것일세. 미리 정해진 것이라면, 비록 어질지 못한 자를 만난다 하더라도 법은 지켜질 수 있네. 그러나 미리 정해진 것이 아니라면, 어질지 못한 자를 만났을 경우 싸움이 나고 혼란이 생기네. 하늘이 큰 성인을 내는 것은 자주 있는 일이 아니고, 큰 악인을 내는 것도 자주 있는 일이 아니네. 남에게 물려준다면 큰 성인을 만나야만 감히 다툼이 일어나지 않겠지만 아들에게 물려준다면 큰 악인을 만나야만 난리가 생겨난다네. 우

---

1 당시…… 없었네: 익(益)은 우임금의 중요한 보좌였던 백익(伯益)이다. 일설에 따르면, 우임금이 죽은 뒤 백익이 나라를 다스렸으나 백성들을 복종시킬 능력이 없자 제후들이 모두 우임금의 아들 계(啓)에게로 귀의했고, 백익은 이에 자발적으로 왕위를 계에게 넘겨주었다고 한다(『맹자』·『사기』). 또 다른 설에는 백익과 계가 왕위를 놓고 싸웠는데, 계가 백익을 죽이고 왕위에 올랐다고 한다(『고본죽서기년(古本竹書紀年)』).

임금이 죽고 4백 년 후에 걸임금이 나왔지만, 4백 년 후에 탕(湯)과 이윤(伊尹)도 나왔네. 탕과 이윤이 나올 때까지 기다렸다가 물려줄 수는 없는 노릇 아니겠는가. 성인에게 물려주지 못해 싸우고 혼란이 생기는 것보다야 차라리 아들에게 물려주는 편이 훨씬 낫지 않은가? 어진 아들이 아니라 하여도 법은 지킬 수 있으니 말일세.”

혹자가 물었다.

“맹자께서 말씀하신 ‘하늘이 어진 이 편이면 어진 이와 함께하고, 하늘이 아들 편이면 아들과 함께한다’[2]는 것은 무슨 말입니까?”

내가 말했다.

“맹자의 생각인즉, 성인께서는 구차히 자기 아들을 편애하여 천하를 해치지 않는다는 것일세. 적당한 말을 찾았으나 찾지 못하여서 그렇게 말씀하신 것이지.”

對禹問

通篇以客形主, 相爲發明.

或問曰: “堯·舜傳諸賢, 禹傳諸子, 信乎?” 曰: “然.” “然則禹之賢不及於堯與舜也歟?” 曰: “不然. 堯·舜之傳賢也, 欲天下之得其所也. 禹之

---

2 하늘이…… 함께한다: 『맹자』 「만장상(萬章上)」에 나오는 말이다.

傳子也, 憂後世爭之之亂也. 堯·舜之利民也大, 禹之慮民也深." 曰:"然
則堯·舜何以不憂後世?" 曰:"舜如堯, 堯傳之. 禹如舜, 舜傳之. 得其人
而傳之, 堯·舜也. 無其人, 慮其患而不傳者, 禹也. 舜不能以傳禹, 堯爲
不知人, 禹不能以傳子, 舜爲不知人. 堯以傳舜, 爲憂後世, 禹以傳子, 爲
憂後世."

曰:"禹之慮也則深矣. 傳之子而當不淑, 則奈何?" 曰:"時益以難理,
傳之人則爭, 未前定也. 傳之子則不爭, 前定也. 前定雖不當賢, 猶可以守
法. 不前定而不遇賢, 則爭且亂. 天之生大聖也不數, 其生大惡也亦不數.
傳諸人, 得大聖然後人莫敢爭, 傳諸子, 得大惡然後人受其亂. 禹之後四
百年, 然後得桀. 亦四百年, 然後得湯與伊尹. 湯與伊尹, 不可待而傳也.
與其傳不得聖人而爭且亂, 孰若傳諸子? 雖不得賢, 猶可守法."

曰:"孟子之所謂'天與賢, 則與賢, 天與子, 則與子'者, 何也?" 曰:
"孟子之心, 以爲聖人不苟私於其子以害天下. 求其說而不得, 從而爲之
辭."

통달한 것에 대한 풀이[1]

오늘날 사람들은 대부분 한 가지 훌륭한 행실만 있는 것을 부끄럽게 생각하면서, 모든 부분에 다 능통하여 '두루 통달한 인재'라는 칭찬을 듣기 바란다. 그러나 날마다 남에게 아부나 하고 사람들과 둥글둥글하게 어울려 지내면서 그렇게 늙어 죽어가는 자만 줄을 이었을 뿐, 달리 칭찬받을 만한 점이 있는 사람은 보지 못했으니, 통달이란 것이야말로 가르침을 해치고 명예를 상하게 하는 술수가 아니겠는가?

오상(五常)[2]의 가르침은 천지와 더불어 생겨났다. 그러나 사람들은 스승을 얻지 못하면 스스로 알아서 행하지 못한다. 요임금이 나오기 천만 년 전에 세상 사람들은 바삐 살기만 할 뿐 사양이 아름다운 일인지조차 몰랐다. 이에 허유(許由)가 천하 사람들이 어리석게 다투는 것을 능사로 삼는 것을 슬퍼하여, 천하도 마다하고 손을 모아 예를 행한 뒤 요임금의 청을 사양했다. 이 일로 인해 후세 사람들은 두려워하며 "천하도 하찮게 여기며 가지려 하지 않는 자도 있는데, 그보다 작은 것이야 말해 무엇 하리!"라고 말하게 되었으니, 사양의 가르침이 천하에 행해지게 된 것은 허유가 스승 역할을 한 것이다.

걸임금이 나오기 천만 년 전에 세상 사람들은 죽음으로써 충심을 바꿀 수 있음을 피차 알지 못했다. 이에 용방(龍逢)이 천하 사람이 어질지 못한 것을 슬퍼하고, 또 임금과 아비와 백성이 물구덩이 불구덩이 속에

---

1 원제 '通解'의 '해(解)'는 해석, 변석을 의미하는 문체명으로 쓰였다.
2 오상(五常): 인(仁)·의(義)·예(禮)·지(智)·신(信).

빠져 있는데도 아무도 나서 구제하지 않는 것을 보고는 〔충심 어린〕 간언을 모두 바치고 물러나 죽임을 당했다.[3] 그래서 후세 신하들은 두려워하며, "만 번 죽임을 당해도 충심을 간직한 채 두려워하지 않는 자도 있는데, 하물며 그보다 작은 것이야 말해 무엇 하리!"라고 말하게 되었으니, 충심의 가르침이 천하에 행해지게 된 것은 용방이 스승 역할을 한 것이다.

주나라가 있기 천만 년 전에는 의로움이 목숨과도 바꿀 수 있는 것이라는 것을 어리석게도 알지 못했다. 이에 백이(伯夷)가 세상이 구차한 것을 슬퍼하고 또 강한 자만 만나면 굴복해버리는 것을 슬퍼하여 고사리를 먹으며 산에 도망가 죽었다. 이러한 까닭에 후세 사람들은 두려워하며 "굶어 죽을지라도 의로움을 지닌 채 두려워하지 않는 자도 있는데, 하물며 그보다 작은 것이야 말해 무엇 하리!"라고 말하게 되었으니, 의로움의 가르침이 천하에 행해지게 된 것은 백이가 스승 역할을 한 것이다.

이 세 사람은 모두 자기 한 몸으로 가르침을 세워 백 년 천 년 만 년 동안 스승이 되었다. 몸은 죽었으나 가르침은 아직도 남아 천지를 떠받치고 있으니, 그 공로는 실로 두텁다 하겠다. 만약 이 세 명의 스승이 한 가지 행실만 지니고 있음을 수치스러워하고 두루 통달하기를 사모했다면, 요임금 때 〔허유는〕 분명 "왕위도 얻고 도도 이루어야지 사양은 해서 무엇 하나?"라고 했을 것이다. 하나라 때 〔용방은〕 분명 "도가 있으면 나아가고 도가 없으면 물러나야지 죽어 무엇 하나?"라고 했을 것이다. 주나라 때 〔백이는〕 분명 "빛에 어우러지고 함께 먼지를 뒤집어써야지, 굶어 죽어 무엇 하나?"라고 했을 것이다. 만일 정말 그러했다면 세상 사람들은 바삐 살아가며 서로 다투기나 하고, 너도나도 아첨이나 하며, 어리석은

---

3 이에 용방(龍逢)이…… 당했다: 용방은 곧 관룡방(關龍逢)으로 하나라 때 현자다. 걸왕이 무도하게 정치를 행하자 수없이 간언하였다가 결국 죽임을 당했다.

가운데 안일을 찾았을 것이니, 그 무슨 짓인들 두려워하며 하지 않았겠는
가! 그랬다면 세 스승이 지금 세상에 태어났어도 분명 하나에만 치우치고
두루 통달하지 못한 자라 일컬어졌을 것이며, 큰 현자라는 말은 더더욱
듣지 못했을 것이다! 아, 이는 실로 오늘날 사람들이 두루 통달하기를 흠
모하는 데서 오는 병폐로다.

　　옛 성인이 통달했다고 말한 사람은 백 가지 행실과 온갖 기예를 한 몸
에 갖추고 있고 또 그것들을 실행에 옮긴 그런 자들이었다. 그러나 지금
의 보통 사람들이 통달했다고 말하는 사람은 백 가지 행실과 온갖 기예가
몸에 갖추어져 있지도 않으면서 거기에 부합하기만을 바라는 그런 자들이
다. 즉 옛날에 통달했다 일컬어지는 사람은 도의(道義)에 통달한 자고,
오늘날 통달했다 일컬어지는 사람은 사적이고 왜곡된 것에 통달한 자니,
이 또한 서로 다르지 않은가! 그런데도 이것을 같게 만들고자 한다면, 이
는 똥덩이를 자랑한답시고 수후(隋侯)의 구슬[4]에 그 본바탕을 견주고자
하는 꼴 아니겠는가? 오늘날 부형이 그 자제들을 가르치며 "너는 공자처
럼 모든 행실을 두루 갖춘 사람이 되거라"라고 한다면, 아무리 우매한 자
라 하여도 불가능한 일임을 알 것이다. 그러나 "너는 옛날의 현자들처럼
한 가지 행실에 힘을 쏟도록 하여라"라고 한다면, 중간쯤 되는 사람이라
도 그렇게 할 수 있으리라고 기대할 것이다. 이는 성인이란 흠모할 수는
있지만 나란해지기는 어렵기 때문에 그러는 것 아니겠는가? 현자란 우리
도 미칠 수 있고 또 나란해질 수도 있기 때문에 그러는 것 아니겠는가? 오

4　수후(隋侯)의 구슬: 『회남자(淮南子)』 「남명훈(覽冥訓)」에 달린 고유(高誘)의 주석에 보
　인다. 수나라 제후가 상처입은 큰 뱀을 발견하고 약을 발라주었더니 뱀이 강에서 큰 구슬을
　물고 와 그에게 보답을 했는데, 그 구슬을 일러 수후의 구슬이라 했다. 이후 귀한 보물의 대
　명사로 곧잘 쓰인다.

늘날 사람들은 행실이 현자에도 미치지 못하면서, 성인과 나란해지고자 하니, 그 병폐를 여기서도 볼 수 있다.

옛날 사람들은 도덕을 수양하여 성인에 가까워지기도 했다. 지금 사람들은 행실은 중간 정도의 수준도 넘지 못하면서 한 가지에만 힘을 써 한 가지 행실만 갖추고 있는 것을 부끄럽게 여겨, "나는 성인처럼 두루 통달해 있다"라고 말한다. 저자가 스스로의 마음을 속이고 있는 것일까? 나는 모르겠다! 저자가 남을 속이고서 명예를 도둑질하려고 하는 것일까? 나는 모르겠다! 나는 이러한 주장이 앞으로 더욱 심해질까 두려워 「통달한 것에 대한 풀이」를 지었다.

通解

今之人以一善爲行而恥爲之, 慕達節而稱夫'通才'者多矣. 然而脂韋汨沒以至於老死者相繼, 亦未見他之稱. 其豈非亂教賊名之術乎?

且五常之教, 與天地皆生. 然而天下之人不得其師, 終不能自知而行之矣. 故堯之前千萬年, 天下之人促促然不知其讓之爲美也. 於是許由哀天下之愚, 且以爭爲能, 迺脫屣其九州, 高揖而辭堯. 由是後之人竦然而言曰: "雖天下, 猶有薄而不售者, 况其小者乎!" 故讓之教行於天下, 許由爲之師也.

自桀之前千萬年, 天下之人循循然不知忠易其死也. 故龍逢哀天下之不仁, 睹(觀)君父百姓入水火而不救, 於是進盡其言, 退就割烹. 故後之臣竦然而言曰：“雖萬死，猶有忠而不懼者，況其小者乎！”故忠之教行于天下，由龍逢爲之師也．

自周之前千萬年，渾渾然不知義之可以換其生也．故伯夷哀天下之偷，且以彊則服，食其葛薇，逃山而死．故後之人竦然而言曰：“雖餓死，猶有義而不懼者，況其小者乎！”故義之教行於天下，由伯夷爲之師也．

是三人俱以一身立教，而爲師於百千萬年間．其身亡而其教存，扶持天地，功亦厚矣．嚮令三師恥獨行，慕通達，則堯之日，必曰：“得位而濟道，安用讓爲”？夏之日，必曰：“長進而否退，安用死爲？”周之日，必曰：“和光而同塵，安用餓爲？”若然者，天下之人促促然而爭，循循然而佞，渾渾然而偷，其何懼而不爲哉！是則三師生於今，必謂偏而不通者矣，可不謂之大賢人者哉！嗚呼，今之人其慕通達之爲弊也．

且古聖人言通者，蓋百行衆藝備於身而行之者也．今恒人之言通者，蓋百行衆藝闕於身而求合者也．是則古之言通者，通於道義，今之言通者，通於私曲，其亦異矣！將欲齊之者，其不猶矜糞丸而擬質隋珠者乎？且令今父兄教其子弟者，曰：“爾當通於行如仲尼”，雖愚者亦知其不能也．曰：“爾尚力一行如古之一賢”，雖中人亦希其能矣．豈不由聖可慕而不可齊邪？賢可及而可齊也？今之人行未能及乎賢而欲齊乎聖者，亦見其病矣．

夫古人之進修，或幾乎聖人．今之人行不出乎中行，而恥乎力一行爲獨行，且曰：“我通同如聖人．”彼其欺心邪？吾不知矣！彼其欺人而賊名邪？吾不知矣！余懼其說之將深，爲「通解」．

행실의 어려움

행실의 어려움을 빌려 자신의 뜻을 토로하고 있다. 지극히 기이한 문장이다.

혹자가 물었다.

"어떤 행실이 가장 어렵습니까?"

대답했다.

"자신이 견지하던 의견을 버리고 남의 말을 따르기가 어렵지요."

"누가 능히 그런 걸 할 수 있습니까?"

"육참(陸參)[1] 선생이라면 할 수 있지 않을까요?"

이어 말했다.

"선생의 현명함은 천하에 알려져 있으며, 옳은 것은 옳다 하고 틀린 것은 틀리다 하십니다. 정원 연간에 월주(越州)에 계시다가 사부원외랑(祠部員外郎)으로 초징되어 오셨는데, 도성 사람들이 매일같이 그분을 찾아갔지요. 그러나 문을 닫아 건 채 물리친 자들이 거리에 가득했습니다. 저도 일찍이 그분을 찾아가 손님 좌석에 끼어본 적이 있었는데, 그때 선생께서 손님들에게 긍지에 찬 목소리로 이렇게 말씀하셨습니다. '아무개는 서리이며, 아무개는 상인이었소. 그런데 아무개는 살아 있을 적에 임용되었고, 아무개는 죽었을 적에 뇌문(誄文)을 받았소. 아무개와 아무개가 대체 어떤 사람[2]이란 말이오? 저들을 임용하고 뇌문까지 써준 것은 죄

---

1 육참(陸參) : 자는 공좌(公佐). 오군(吳郡) 사람. 전중시어사(殿中侍御史) 겸 내공봉(內供奉)의 신분으로 절동군(浙東軍)을 보좌하였고, 정원 16년(800)에 사부원외랑이 되었다.

되는 행위가 아니겠소?' 그러자 모두들 '그렇습니다'라고 대답했습니다. 제가 말했지요. '아무개 서리와 아무개 상인이 임용되고 뇌문까지 받은 데에는 그럴 만한 이유가 있었던 게 아닙니까? 아니면 저들에게 무슨 지은 죄라도 있어서 임용되거나 뇌문을 받기에 부족하였습니까?' 선생께서 말씀하셨습니다. '그런 게 아니라, 나는 그 출신을 싫어하는 것이오. 그렇지 않다면 임용되었건 뇌문을 받았건 무슨 허물 될 게 있겠소?' 내가 말했습니다. '정말 그러하다면 선생의 말씀이 과하셨습니다! 옛날 관경자(管敬子)는 도둑 둘을 데려다가 대부(大夫)라는 공신(公臣)으로 삼았고,[3] 조문자(趙文子)는 70명도 넘는 창고지기를 등용했습니다.[4] 저들의 출신을 꺼렸던 적이 있었습니까?' 선생께서 말씀하셨습니다. '그렇지 않소. 관경자나 조문자가 뽑은 자들은 현자(賢者)들이었소.' 내가 말했습니다. '선생께서 말씀하시는 현자란 큰 현자입니까, 아니면 남들보다 현명한 자입니까? 〔관중의〕제(齊)나라와 〔조문자의〕진(晉)나라에 각각 2명과 70명의 현자가 있었는데, 유독 지금 세상에만은 그런 사람이 없다고 말씀하실 수 있습니까? 선생께서는 너무도 까다롭게 사람을 뽑으시는군요.' 그러자

---

2 어떤 사람: 원문에는 '가인(可人)'이라 되어 있는데, 청나라 사람 하작(何焯)은 『의문독서기(義門讀書記)』 권31에서 "'가(可)'는 '하(何)'여야 마땅하다. 잘 모르는 사람이 아래에 관자(管子)를 인용한 것을 보고 함부로 고친 것이다(當作 '何'爲是. 盖不知者因下引管子事而妄改也)"라고 하였다. 이 학설이 옳은 듯하여 '어떤 사람'으로 고쳐 해석한다.

3 관경자(管敬子)는…… 삼았고: 『예기』 「잡기하(雜記下)」에 다음과 같은 공자의 말이 기록되어 있다. "관중은 도둑을 만나자 그중 두 사람을 취했는데, 임금은 그 두 도둑을 공신으로 삼으면서, '그가 더불어 노닌 자가 도둑들이었을 뿐, 그는 괜찮은 자다'라고 하셨다(管仲遇盜, 取二人焉, 上以爲公臣, 曰: '其所與遊辟也, 可人也')." 관경자는 관중의 시호다.

4 조문자(趙文子)는…… 등용했습니다: 이 내용은 『예기』 「단궁하(檀弓下)」에 보인다. "〔대부 조문자가〕진나라 창고지기 70여 명을 등용했는데, 살아서는 이익을 따지지 않고, 죽어서도 그 자식에게 물려주지 않았다(所擧於晉國管庫之士七十有餘家, 生不交利, 死不屬其子焉)."

88

선생께서는 '그렇구려'라며 수긍했습니다. 제가 말했습니다. '성인이란 세대마다 나오지 않고, 현자란 아무 때나 있지 않습니다. 하지만 천 년 백년 사이에 어쩌다 성인과 현자가 나왔는데, 불행히도 서리나 상인 출신이라면, 선생의 말이 세상에 퍼질 시 어린아이가 어미의 젖을 얻지 못하게 될까봐 저는 차마 견딜 수가 없습니다.' 그러자 선생께서는 '그렇구려'라고 말씀하셨습니다.

얼마 뒤 다시 찾아가 앉았더니 선생께서 말씀하셨습니다. '오늘날은 너무도 대충대충 사람을 등용하고 있소. 조정에서 벼슬하는 사람 중에 내가 뽑은 사람은 아무개와 아무개뿐이오. 그 아래로도 조정에 있는 사람이 많지만, 내가 인정한 사람은 몇 명에 지나지 않소.' 제가 말했습니다. '선생께서 인정한 사람이 모두 관직에 있습니까? 그들은 모든 면에서 훌륭합니까? 아니면 훌륭한 점만 들어 등용하고 좋지 못한 부분은 눈감아준 것입니까?' 선생께서 말씀하셨습니다. '그건 그렇지. 내가 어찌 완벽하기만을 감히 구하였겠소.' 제가 말했습니다. '재상으로부터 백집사(百執事)에 이르기까지, 벼슬자리가 몇 개입니까? 한 고을에서부터 한 주(州)에 이르기까지, 벼슬자리가 몇 개입니까? 선생께서 얻은 자들만 가지고는 그 자리를 다 메우기에 부족하지 않겠습니까? 조속히 도모하지 않는다면, 훗날 갑자기 사람을 등용할 일이 생겼을 때, 지금이야 까다롭게 골랐다 치지만 후에 임용한 사람은 반드시 대충 고르게 되는 일이 생길 것입니다.' 선생께서 말씀하셨습니다. '그렇구려. 자네의 말솜씨는 맹자라도 못 따라오겠소.'"

行難

假行難以鳴己志. 文極奇詭.

或問："行孰難?"曰："捨我之矜, 從爾之稱.""孰能之?"曰："陸先生參何如?"

曰："先生之賢聞天下, 是是而非非. 貞元中, 自越州徵拜祠部員外郎, 京師之人日造焉. 閉門而拒之滿街. 愈嘗往間客席, 先生矜語其客曰：'某胥也, 某商也. 其生某任之, 其死某誄之. 某與某可人也? 任與誄也非罪歟?'皆曰：'然'. 愈曰：'某之胥, 某之商, 其得任與誄也, 有由乎? 抑有罪不足任而誄之邪?'先生曰：'否, 吾惡其初. 不然, 任與誄也何尤?'愈曰：'苟如是, 先生之言過矣! 昔者管敬子取盜二人爲大夫於公, 趙文子舉管庫之士七十有餘家. 夫惡求其初?'先生曰：'不然. 彼之取者賢也.'愈曰：'先生之所謂賢者, 大賢歟, 抑賢於人之賢歟?'齊也晉也, 且有二與七十, 而可謂今之天下無其人邪? 先生之選人也已詳.'先生曰：'然.'愈曰：'聖人不世出, 賢人不時出. 千百歲之間誄有焉, 不幸而出於胥商之族者, 先生之說傳, 吾不忍赤子之不得乳於其母也.'先生曰：'然.'

他日又往坐焉. 先生曰：'今之用人也不詳. 位乎朝者, 吾取某與某而已. 在下者多于朝, 凡吾與者若干人.'愈曰：'先生之與者盡於此乎? 其皆賢乎? 抑猶有舉其多而缺其少乎?'先生曰：'固然. 吾敢求其全.'愈曰：'由宰相至百執事, 凡幾位? 由一方至一州, 凡幾位? 先生之得者, 無乃不足充其位邪? 不早圖之, 一朝而舉焉, 今雖詳, 其後用也必麤.'先生曰：

"

'然. 子之言, 孟軻不如.'"

권11

비 碑

처주 공자묘비[1]

공자 제례의 존엄함을 서술한 부분에는 뼈가 들어 있다. 「공자묘비」는 한나라 이래로 창려의 글을 으뜸으로 쳐야 한다.

천자로부터 군읍(郡邑)의 수령에 이르기까지, 하늘 아래 그 어디서건 반드시 제사를 올려야 하는 대상은 사직(社稷)과 공자뿐이다. 사(社)는 토신(土神)에게 제사 지내는 것이고 직(稷)은 곡신(穀神)에게 제사 지내는 것이다.[2] 하지만 구룡(句龍)과 기(弃)[3]가 함께 흠향하므로 혼자 제사 받는 신주(神主)라 할 수 없으며, 제사 받는 곳 또한 사당이 아니라 제단이다. 그러니 제왕이 모시는 제사를 받으면서 우뚝 높은 데 계시고, 문인(門人)들까지 배향 받으며, 천자로부터 모든 사람들이 북쪽을 향해 무릎 꿇고서 마치 친 제자인 양 정성과 공경을 다해 예를 올리는 공자와 같을 수 있겠는가! 구룡과 기는 공(功)이 있어 제사 받고, 공자는 덕(德)이 있어 제사 받으니, 그런 차등이 있는 것도 당연한 것 아니겠는가! 자고로

---

1 처주(處州)는 주 이름으로, 치소는 괄창(括蒼, 지금의 절강성 麗水縣 동남쪽)에 있었다.

2 사(社)는…… 것이다: 사는 토신이고 직은 곡신이다. 『백호통(白虎通)』 「사직(社稷)」에, "사람은 땅이 없으면 설 수 없고 곡식이 없으면 먹을 수 없다. 그러나 토지는 너무 넓어 두루 다 공경할 수 없고, 오곡은 종류가 너무 많아 일일이 제사 지낼 수 없다. 이에 봉토에 사를 세워 땅의 존엄함을 드러낸다. 직은 오곡의 수장이기에 직을 세워 제사 지낸다(人非土不立, 非穀不食. 土地廣博, 不可遍敬也, 五穀衆多, 不可一一祭也. 故封土立社, 示有土尊. 稷, 五穀之長, 故立稷而祭之也)"라는 표현이 보인다.

3 구룡(句龍)과 기(弃): 구룡은 전하는 바에 따르면 공공(共工)의 아들이라 하는데, 물과 흙을 평정하는 능력이 뛰어나 후에 후토신(后土神)으로 제사를 받았다. 기는 후직(后稷)이다. 순임금 때 농사를 주관하는 관리가 되어 백성들에게 농사를 가르쳤다.

공덕이 있어 왕위는 얻었으나 상제(常祭)를 받지 못하는 자가 허다하다. 구룡과 기, 그리고 공자는 모두 왕위는 얻지 못했으나 상제를 받는다. 하지만 공자만큼 성대한 제사를 받는 자는 있지 않다. 생민 이래로 공자만한 사람은 있지 않으며 그 어짊은 요순을 훨씬 능가한다 하더니, 이것이 그 효험이런가!

　군읍에는 모두 공자를 모시는 사당이 있다. 그러나 제사를 제대로 올리지 못하는 경우도 있고, 박사제자(博士弟子)[4]가 있어도 관리에게 〔다른 잡무로〕 부림이나 당할 뿐, 허울이나 다름없어 맡은 바 본분을 다하지 못하는 경우도 있다. 처주자사(處州刺史) 업후(鄴侯) 이번(李繁)[5]은 관직에 부임하자 공자에게 제사 올리는 일을 가장 우선시하여서, 새로 공자 사당을 짓고 화공에게 명해 안연(顏淵)으로부터 자하(子夏)에 이르기까지 열 명의 초상화를 다시 그리게 하였으며, 나머지 60명의 제자 및 공양고(公羊高)·좌구명(左丘明)·맹가(孟軻)·순황(荀況)·복생(伏生)·모생(毛公)·한생(韓生)·동생(董生)·고당생(高堂生)·양웅(揚雄)·정현(鄭玄)[6] 등 수십 명에 달하는 후세의 대유들까지도 모두 벽에 그 모습을 그려 넣게 하였다. 또 박사제자를 선발하되 적합한 인물로 뽑았으며, 강

4　박사제자(博士弟子): 당나라 때는 학관(學館)에서 공부하던 생원을 박사제자라고 불렀다.

5　업후(鄴侯) 이번(李繁): 이번은 업후 이비(李泌)의 아들로, 봉토를 세습했기에 역시 업후라고 호칭한 것이다.

6　공양고(公羊高)······ 정현(鄭玄): 공양고는 『춘추공양전』의 저자고, 좌구명은 『춘추좌전』의 저자다. 맹가와 순황은 각각 맹자와 순자의 이름이고, 복생은 『고문상서』를 구전했다고 전해지는 인물이다. 모생과 한생은 한나라 때 『시경』 삼가시에 속했던 『모시』의 작자 모형(毛亨)과 한시(韓詩)의 작자 한영(韓嬰)이다. 동생은 『춘추번로(春秋繁露)』 등을 지은 동중서(董仲舒)고, 고당생은 『예기』 17편을 전수해 대대(大戴)·소대(小戴)에게까지 이어지게 한 학자이다. 양웅과 정현은 한나라를 대표하는 유학자들로, 양웅은 『법언(法言)』·『태현(太玄)』 등을 지었고, 정현은 경전에 통달하여 오경에 주석을 달았다.

당(講堂)을 설치해 예법 행하는 일을 가르치고 그곳에서 익히게 했다. 〔그뿐 아니라〕 돈과 쌀을 주어 지속적으로 학업을 이어나가게 했다.

사당이 완성되자 친히 관리 및 박사제자를 이끌고 학교 안에 들어가 석채례(釋菜禮)[7]를 행했다. 원로들은 찬탄해 마지않았으며 그들의 자제들은 모두 강당에서 성취를 이루었다. 업후는 문(文)을 숭상해 옛날의 기록에 대해 통달하지 않은 바가 없다. 그랬기에 정사를 펼침에 있어서도 선후를 알았으니, 찬송할 만하도다. 이에 시를 지어 노래한다.

이 사당과 학교는
업후가 지은 것이라.
처음에는 집이 너무 낮아
신께서 거하실 수 없었네.
학생과 선생이 머무는 곳도
추위와 더위조차 막을 수 없었네.
이에 새로 집을 지으니
신께서 강림하사 흠향하시네.
늘 학문을 강독하면서
경계 대신 권유를 하였네.
덕망 높으신 현자들
스승으로 높임 받고,
뭇 성현들의 엄숙한 모습
큰 법도를 지켜주네.

---

7 석채례(釋菜禮): 고대에 입학과 동시에 옛 성현들에게 제사를 올리던 일종의 의례.

본 모습 그려낸 초상화

모두 이 당실에 있으니,

우러르고 본받으며

잠시라도 잊지 않게 하네.

후세의 군자들이여,

온전한 아름다움 없애지 마시게.

비석에 이 노래 새겨

그 시작을 찬미하네.

處州孔子廟碑

序孔子祀典之尊崇處入骨. 孔子廟碑, 漢以來當屬昌黎第一.

自天子至郡邑守長, 通得祀而徧天下者, 惟社稷與孔子爲然. 而社祭土·稷祭穀, 句龍與弃乃其佐享, 非其專主, 又其位所不屋而壇. 豈如孔子用王者事, 巍然當座, 以門人爲配, 自天子而下, 北面跪祭, 進退誠敬, 禮如親弟子者! 句龍·弃以功, 孔子以德, 固自有次第哉! 自古多有以功德得其位者, 不得常祀. 句龍·弃·孔子皆不得位而得常祀, 然其祀事皆不如孔子之盛. 所謂生人以來, 未有如孔子者. 其賢過於堯·舜遠矣. 此其效歟!

郡邑皆有孔子廟, 或不能修事, 雖設博士弟子, 或役於有司, 名存實亡, 失其所業. 獨處州刺史鄴侯李繁至官, 能以爲先. 旣新作孔子廟, 又令工改爲顔子至子夏十人像, 其餘六十子, 及後大儒公羊高·左丘明·孟軻·荀況·伏生·毛公·韓生·董生·高堂生·揚雄·鄭玄等數十人, 皆圖之壁. 選博士弟子, 必皆其人, 又爲置講堂, 敎之行禮, 肄習其中. 置本錢廩米, 令可繼處以守.

廟成, 躬率吏及博士弟子入學行釋菜禮. 耆老歎嗟, 其子弟皆興於學. 鄺侯尙文, 其於古記無不貫達, 故其爲政, 知所先後, 可歌也已. 乃作詩曰:

惟此廟學, 鄺侯所作. 厥初庫下, 神不以宇. 生師所處, 亦窘寒暑. 乃新斯宮, 神降其獻. 講讀有常, 不誡用勸. 揭揭元哲, 有師之尊. 羣聖嚴嚴, 大法以存. 像圖孔肖, 咸在斯堂. 以瞻以儀, 俾不或忘. 後之君子, 無廢成美. 琢詞碑石, 以賛攸始.

남해신묘비[1]

제사 지내는 일에 착안하여 묘사해나가고 있는데, 신묘한 풍채가 훤히 빛을 발한다.

바다는 천지간 만물 중에 가장 거대한 것이어서, 삼대(三代)[2]의 성왕 이래로 늘 제사를 지내왔다. 옛 기록을 살펴보니 그중 남해신의 등급이 가장 높아서, 그 지위가 북해신·동해신·서해신 및 하백(河伯) 위에 있으면서 '축융(祝融)'이라 불렸다고 한다. 천보 연간(天寶年間)[3]에 천자께서는 옛날의 작위 중에 공(公)·후(侯)보다 높은 것은 없다 여기시고,[4] 바다와 산악에 제사를 지내면서, 희생과 폐물의 수량을 [공후에게 하는 대로] 본떠 높으신 신께 지극히 존경하는 뜻을 올리셨다.[5] 하지만 왕(王)도

---

1 이 글은 원화 15년(820) 한유가 원주(袁州)에 있을 때 지었다. 『금석췌편(金石萃編)』권 107에 다음과 같은 내용이 기록되어 있다. "이 비석에는 석각이 있는데, 앞머리에는 '사지절 원주제군사 수 원주자사 한유가 짓고, 사지절 순주제군사 수 순주자사 진간이 쓰고 전각하다'라는 내용이 있고, 뒤에는 '원화 15년 10월 1일에 세우다'라는 글이 있다(此碑有石刻, 其首云: '使持節袁州諸軍事守袁州刺史韓愈撰, 使持節循州諸軍事守循州刺史陳諫書, 并篆額.' 其後云: '元和十五年十月一日建')."

2 삼대(三代): 하(夏)·은(殷)·주(周) 때를 말한다.

3 천보 연간(天寶年間): 742~755년. 당나라 현종(玄宗) 때의 연호.

4 옛날의…… 여기시고: 『예기』「왕제(王制)」에 보면, "왕이 작록을 제정하는 것은 공·후·백·자·남의 무릇 다섯 등급이다(王者之制祿爵, 公·侯·伯·子·男, 凡五等)"라는 기록이 나온다.

5 천보 연간(天寶年間)에…… 올리셨다: 『구당서(舊唐書)』「예의지(禮儀志)」에 다음과 같은 기록이 보인다. "천보 연간 10년(751) 정월에, 사해를 왕에 봉하였다. 태자중윤 이수를 파견해 동해 광덕왕을 제사 지내게 하고, 의왕부 장사인 장구장을 보내 남해 광리왕을 제사 지내게 했으며, 태자중윤 유혁을 보내 서해 광윤왕을, 태자세마 이제영을 보내 북해 광택왕을 제사 지내게 했다. 3월 17일에 일제히 예책을 올렸다(天寶十載正月, 四海竝封爲王. 遣

작위거늘, 바다와 산악에 공·후 섬기는 예를 올리고서 왕작(王爵)의 예의를 쓰지 않는다면, 이는 지극히 존경하는 뜻을 표하는 길이 아니다. 이에 다시 조서를 내려 남해신을 광리왕(廣利王)으로 높이고, 육축(六祝)과 육호(六號)[6] 및 제사 지내는 의식도 모두 등급에 맞춰 높였다. 옛 사당을 고쳐 새롭게 지었으니, 오늘날 광주(廣州)의 치소 동남쪽 뱃길로 80리 되는 곳인 부서구(扶胥口) 황수만(黃水灣)에 위치해 있다.[7] 늘 입하(立夏)[8] 때가 되면 광주자사(廣州刺史)에게 명해 사당 아래서 제사를 올리게 하고, 제사를 마치면 역참을 통해 소식을 알리게 했다.

광주자사는 늘 오령(五嶺)에 속한 여러 군(軍)[9]들의 절도사 역할을 해야 하고, 군읍을 관찰해야 했으며, 남방의 모든 정사를 통괄해야 했다. 다스리는 땅이 넓고 거리도 멀었기에 조정의 중신을 〔그곳 자사로〕 임용하곤 했다. 그러나 지체는 높고 부유한 데다 바닷가의 업무에 익숙지도 않았다. 또 제사를 지내야 할 때가 되면, 바닷가야 늘 바람이 많기 마련인데도, 가려다가 근심하고 출발하려다 좌우를 바라보며 무서워 벌벌 떨기

太子中允李隨祭東海廣德王, 義王府長史張九章祭南海廣利王, 太子中允柳奕祭西海廣潤王, 太子洗馬李齊榮祭北海廣澤王. 取三月十七日一時禮冊)."

6 육축(六祝)과 육호(六號): 육축은 신께 제사 지낼 때 올리는 여섯 종류의 기도문이고, 육호는 세 종류의 신과 세 종류의 제품을 합쳐서 표현하는 말이다.

7 광주(廣州)의…… 위치해 있다: 광주는 지금의 광동성 광주시고, 부서구(扶胥口)는 지금 광동성 번우현(番禺縣) 동남쪽 삼강(三江) 입구에 있다. 『광동통지(廣東通志)』 「광주부 번우현(廣州府番禺縣)」 조에 보면, "파라강은 한유의 비문에서 부서구, 황수만이라 한 곳이 바로 이곳이다(波羅江, 韓愈碑扶胥之口, 黃水之灣, 卽此)"라는 말이 나온다.

8 입하(立夏): 24절기 중의 하나.

9 군(軍): 당나라 때 설치한 군사 기구다. 『신당서』 「병지(兵志)」에 보면, "당나라 초기에 변방에 주둔할 군대를 설치하고 큰 것은 군, 작은 것은 수착·성·진이라 하였으며 이를 총괄하여 도라 하였다. 노룡군 하나와 동군 등 수착 열 하나를 합쳐 평로도라고 한 것이 그 예다(唐初, 兵之戍邊者, 大曰軍, 小曰守捉, 曰城, 曰鎭, 而總之者曰道. 若盧龍軍一, 東軍等守捉十一, 曰平盧道)"라는 기록이 보인다.

일쑤였다. 그래서 늘 병을 핑계 삼아 제사 올리는 일은 부관(副官)에게 미루곤 했다. 그렇게 해온 지 이미 오래인지라 신을 모신 사당이며 재실이며 위로는 비가 새고 옆으로는 바람이 들어오는데도 막지도 가리지도 못하는 실정이었다. 희생(犧牲)은 야위었고 술은 시큼한데, 그나마 그것들도 임시로 마련한 것들이었다. 뭍과 바다에서 가져온 음식들이 제기에 낭자하게 널려 있었다. 희생과 술을 올리거나 일어나 재배 올리는 동작도 모두 의식에 맞지 않았다. 관리들은 갈수록 제사를 올리지 않았고, 신도 내려와 흠향하지 않았다. 이에 눈먼 바람과 괴상한 비가 시도 때도 없이 불어닥쳐 사람들이 고스란히 그 해를 입었다.

원화 12년(817)에 조서를 내려 전 상서우승(尚書右丞) 국자좨주(國子祭酒) 노국공(魯國公) 공규(孔戣)[10]를 광주자사(廣州刺史) 겸 어사대부(御史大夫)에 임명하고, 남방을 다스리게 하였다. 공(公, 孔戣)께서는 정직하고 근엄하며, 온화하고 평온하셨다. 또 맡은 바 직분을 조심스럽게 행하시면서 현명함으로 백성을 다스리고 정성으로 신을 섬기셨으며, 자신에 대해서나 남에 대해서나 온 마음을 다하시면서 겉으로 드러내지 않으셨다. 광주에 도착한 이듬해 여름 무렵에 도성으로부터 축책(祝册)[11]이 내려오자 서리가 이를 제때 보고했다. 공은 이에 목욕재계하고 축책을 읽은 뒤, 여러 관리들 앞에서 다음과 같이 맹서했다.

"축책에 황제의 존함이 있으니, 이는 황제께서 직접 서명하신 것이다. 글에서 이르기를, '황위를 이어받은 천자 아무개는 삼가 관리 아무개를 보

---

10 공규(孔戣):『구당서』「헌종기(憲宗紀)」에 "원화 12년 7월 가을 경술일에, 국자좨주 공규를 광주자사 겸 영남절도사로 임명하다(元和十二年秋七月庚戌, 以國子祭酒孔戣爲廣州刺史·嶺南節度使)"라는 기록이 있다. 공규는 자가 군엄(君嚴)으로 공자의 39대손이라 한다.

11 축책(祝册):축판(祝板). 황제가 직접 서명한 제사용 문서다.

내 공경히 제사를 올리도록 하노라'고 하셨다. 조심스럽고 근엄함이 이와 같으니, 감히 명령을 받들지 않을 수 있겠는가? 내일 장차 사당 아래서 자고 새벽 제사를 올릴 것이다."

이튿날 서리들이 비바람이 친다고 고하였으나 공은 그 말을 듣지 않았다. 주부(州府)의 문무 관리 백 몇 명이 너도나도 찾아와 배알하며 말렸지만 모두 절하고 물러갈 수밖에 없었다. 공께서 배에 오르자 바람이 조금씩 잦아들었다. 뱃사공이 힘껏 배를 모니, 어두웠던 구름이 흩어지기 시작했고, 햇빛이 그 틈 사이로 비추며 물결도 잠잠한 채 일지 않았다. 희생을 살펴보던 저녁에는 날이 흐렸다 갰다 하더니 제사 지내기 전날 밤은 하늘도 땅도 모두 환히 열리고 달은 밝고 별은 촘촘했다. 오경(五更)이 되자 견우성이 정중앙에 떴는데, 공께서는 성복(盛服)을 차려 입고 홀을 든 채 사당 안에 들어가 제사를 올리셨다. 문무 관료들은 머리를 숙이고 자기 자리에 서서 각기 맡은 바 직분을 행했다. 희생은 살지고 술을 향기로웠으며 제기며 술잔이며 모두 정결했다. 올리고 내리는 동작 또한 예법에 맞아, 신께서도 취하고 배불리 드실 수 있었다. 바다의 온갖 정령과 이상한 괴물들도 모두 순식간에 바다 밖으로 나와 꿈틀거리며 들어와서 음식을 먹었다. 사당 문을 닫고 다시 배를 띄우니, 상서로운 바람이 돛을 밀어주고, 큰 깃발·꿩 깃털 장식 깃발·쇠꼬리 장식 깃발·의장용 깃발이 펄럭이며 날렸다. 우렁찬 징소리·북소리에 맞춰 드높은 피리 소리와 시끌벅적한 소리가 함께 어우러진 가운데, 장사들은 힘껏 노를 젓고 뱃사공들은 노래로 화답하였다. 큰 거북 기다란 물고기가 앞에서 뒤에서 펄떡펄떡 뛰어오르고, 하늘 끝과 땅 끝이 시원스레 모두 모습을 드러냈다. 제사를 올린 그해에는 바람으로 인한 재난이 잠잠했고, 사람들은 물고기며 게를 실컷 먹을 수 있었으며, 오곡이 풍성했다. 이듬해 제사 때가 돌아오자 사당을 넓혀 크게 만들고, 마당이며 제단을 잘 수리한 다음, 동쪽 서쪽 두 개의 재실과 제수 마련용 주방을 다시 만드니, 필요한 것들이 모두 갖추어졌다. 이듬해 제사 때도 공께서 직접 가시어 흐트러짐 없이 더욱 경건히 제사를 올리니, 그해에도 대풍이 들고 원로들은 공덕을 기리며 노래하였다.

공께서 처음 그곳에 부임하시자마자 다른 명목의 세금들을 모두 없애시고, 관가에서 봉급을 받고 있는 관리 중에 없애도 좋을 만한 사람들은 모두 파직시켰다. 천자의 명을 받고 사방으로 내려온 지방관들과도 재물을 가지고 사귀는 게 아니라 몸소 본보기가 되셨다. 때에 맞게 잔치도 베풀고 절도 있게 상도 내리셨다. 이리하여 공적으로나 사적으로나 재물이 쌓이게 되어 윗사람 아랫사람 할 것 없이 모두 풍족했다. 광주에 속해 있는 주(州)에서 빚지고 있던 돈 24만 냥과 쌀 3만 2천 휘〔斛〕[12]도 면해주었다. 황금을 세금으로 바치던 주에서는 한 해에 8백 냥의 금을 내보냈는데, 곤궁하여 갚을 길이 없는 것을 보시고는 이 또한 모두 면해주었다. 서남쪽 수령들의 봉급을 올려주고, 명령에 따르지 않는 못된 관리들을 징벌하니, 관리들은 모두 자중하며 법을 신중히 지켰다. 남방에 떨어진 채 돌아가지 못하는 선비들과 유배객 128명의 후손들 중에서, 재능 있는 자들은 등용하고, 아무 데도 의지할 곳 없는 사람들에게는 양식을 대주었다. 시집갈 나이가 된 딸이 있으면 돈과 재물을 주어 때를 놓치지 않게 해주었다. 형벌과 은덕이 함께 내려지니, 수천 리에 이르는 지역에선 도적이 뭔지조차 알지 못하였다. 그래서 산길을 가든 바다에서 자든, 장소를 가리지 않았다. 신을 섬기는 일이건 사람을 다스리는 일이건 모두 완벽했다

---

12 휘〔斛〕: 곡식을 세는 단위로 약 열 말 정도에 해당한다.

할 만하다. 모두들 묘석에 새겨 그 아름다움을 드러내고 시를 이어 붙이
기를 원하기에, 내가 시를 지었다.

남해 큰물이 모이는 곳,
축융이 산다네.
바닷가에서 지내는 제사,
황제께서는 남방의 수장에게 이 일을 명하셨네.
그러나 관리들 게을러 몸소 제사 지내지 않더니
공에서부터 바로잡아졌네.
이에 신명께서 흠향하시고
우리나라 보우하셨네.
천자께서 영명하시어
사자를 뽑음에 신중을 기하셨던 것.
우리 공께서 관직에 계심에
신도 사람도 모두 기뻐하였네.
영남 해변의 편벽한 땅
풍족하고도 윤택해졌거늘,
어찌 모두에게 널리 베풀게 하지 않고
다른 사람으로 하여금 정사를 맡게 하는가?
공께서는 지체 없이 떠나려 하시나
공이여 너무 급히 돌아가지 마소서!
내가 공을 아껴서가 아니라
신도 사람도 모두 공께 의지하고 있어서이니.

南海神廟碑

以祀事作案摹寫，神采煥然．

海於天地間爲物最鉅，自三代聖王，莫不祀事．考於傳記，而南海神次最貴，在北東西三神河伯之上，號爲‘祝融’．天寶中，天子以爲古爵莫貴於公·侯，故海嶽之祝，犧幣之數，放而依之，所以致崇極於大神．今王亦爵也，而禮海嶽尙循公侯之事，虛王儀而不用，非致崇極之意也．由是册尊南海神爲廣利王，祝號祭式，與次俱昇．因其故廟，易而新之，在今廣州治之東南，海道八十里，扶胥之口，黃水之灣，常以立夏氣至，命廣州刺史行事祠下，事訖驛聞．

而刺史常節度五嶺諸軍，仍觀察其郡邑，於南方事無所不統．地大以遠，故常選用重人．旣貴而富，且不習海事．又當祀時，海常多大風，將往，皆憂戚，旣進，觀顧怖悸，故常以疾爲解，而委事於其副．其來已久，故明宮齋廬，上雨旁風，無所蓋障．牲酒瘠酸，取具臨時，水陸之品，狼籍籩豆．薦裸興俯，不中儀式．吏滋不供，神不顧享．盲風怪雨，發作無節，人蒙其害．

元和十二年，始詔用前尙書右丞國子祭酒魯國孔公爲廣州刺史兼御史大夫，以殿南服．公正直方嚴，中心樂易，祗愼所職，治人以明，事神以誠，內外殫盡，不爲表襮．至州之明年，將夏，祝册自京師至，吏以時告．公乃齋祓祝册，誓羣有司曰：“册有皇帝名，乃上所自署，其文曰嗣天子某，謹遣官某敬祭．其恭且嚴如是，敢有不承？明日吾將宿廟下，以供晨事．”明日, 吏以風雨白, 不聽. 於是州府文武吏士凡百數, 交謁更諫, 皆揖而退.
公遂陞舟, 風雨少弛, 櫂夫奏功, 雲陰解駁, 日光穿漏, 波伏不興. 省牲之
夕, 載暘載陰. 將事之夜, 天地開除, 月星明槪. 五鼓旣作, 牽牛正中, 公
乃盛服執笏, 以入卽事. 文武賓屬, 俯首聽位, 各執其職. 牲肥酒香, 罇爵
淨潔, 降登有數, 神其醉飽. 海之百靈秘怪, 慌惚畢出, 蜿蜿蚑蚑, 來享飲
食. 闔廟旋爐, 祥颷送颸, 旗纛旄麾, 飛揚晻藹, 鐃鼓嘲轟, 高管嘄譟, 武
夫奮櫂, 工師唱和. 穹龜長魚, 踊躍後先, 乾端坤倪, 軒豁呈露. 祀之之歲,
風災熄滅, 人厭魚蟹, 五穀胥熟. 明年祀歸, 又廣廟宮而大之, 治其庭壇,
改作東西兩序, 齋庖之房, 百用具修. 明年其時, 公又固往, 不懈益虔, 歲
仍大和, 耋艾歌詠.

　始公之至, 盡除他名之稅, 罷衣食於官之可去者. 四方之使, 不以資
交, 以身爲帥. 燕享有時, 賞與以節, 公藏私畜, 上下與足. 於是免屬州負
逋之緡錢卄有四萬, 米三萬二千斛. 賦金之州, 耗金一歲八百, 困不能償,
皆以丐之. 加西南守長之俸, 誅其尤無良不聽令者, 由是皆自重愼法. 人
士之落南不能歸者, 與流徙之胄百卄八族, 用其才良, 而廩其無告者. 其
女子可嫁, 與之錢財, 令無失時. 刑德竝流, 地方數千里, 不識盜賊, 山行
海宿, 不擇處所. 事神治人, 其可謂備至耳矣. 咸願刻廟石以著厥美, 而繫
以詩, 乃作詩曰：

　南海陰墟, 祝融之宅. 卽祀於旁, 帝命南伯. 吏惰不躬, 正自今公. 明
用享錫, 右我家邦. 惟明天子, 惟愼厥使. 我公在官, 神人致喜. 海嶺之陬,
旣足旣濡. 胡不均弘, 俾執事樞. 公行勿遲, 公無遽歸. 匪我私公, 神人具
依.

황릉(黃陵)묘비[1]

이 문장은 『이아(爾雅)』와 『설문해자(說文解字)』의 문체를 사용하고 있어 색다른 격조를 지니고 있다.

상강(湘江)[2] 가에 사당이 하나 있는데, 사당의 이름은 '황릉'이다. 옛날부터 요임금의 두 딸, 즉 순임금의 두 왕비[3]를 제사 지내기 위해 세워놓았던 곳이다. 마당에는 돌비석이 잘라진 채 땅에 여기저기 흩어져 있었다. 비석의 글자는 지워져 온전치 못한데, 지리지(地理志)에 적혀 있는 내용을 상고해보니 한나라 때 형주목(荊州牧)이었던 경승(景升) 유표(劉表)[4]가 세웠다고 하고, "상부인비(湘夫人碑)"라 적혀 있었다고 한다. 그런데 지금 비문을 확인해본 결과 이 비석은 진(晉)나라 태강(太康) 9년(288)에 세워졌으며, 비석 머리에는 "우제(虞帝)[5]의 두 왕비 비석"이라 적혀 있었으니, 경승이 세웠다는 그 비석이 아니었다.

진(秦)나라 때 박사(博士)가 시황제(始皇帝)에게 말하기를, 상군(湘

---

1 위중거(魏仲擧)는 『금석록(金石錄)』에 의거하여 이 글이 장경(長慶) 원년(821)에 지어졌다고 고증하였다.

2 상강(湘江): 광서성(廣西省)에서 발원하여 동북으로 호남성(湖南省) 동남쪽을 관통하여 흘러 동정호로 들어간다.

3 요임금의…… 왕비: 요임금은 두 딸을 순임금에게 시집보냈는데, 그들의 이름은 아황(娥皇)와 여영(女英)이다.

4 유표(劉表): 자가 경승. 동한 말 산양(山陽) 고평(高平, 지금의 산동성 魚臺縣 동북쪽) 사람이다. 초평(初平) 원년에 형주자사를 역임하고 후에 형주목이 되었다.

5 우제(虞帝): 순임금.

君)은 순임금의 왕비가 된 요임금의 두 딸이라고 했다.[6] 유향(劉向)과 정현(鄭玄)도 모두 두 왕비가 바로 상군이라고 말하고 있다.[7] 그러나 「이소(離騷)」와 「구가(九歌)」를 보면 「상군」도 있고 「상부인(湘夫人)」도 있다. 〔이에 대한 『초사장구(楚辭章句)』의 편자〕 왕일(王逸)의 해석인즉, 상군은 수신(水神)이고 상부인이라 불리는 자는 바로 두 왕비인데, 순임금을 따라 남쪽으로 갔으나 삼묘(三苗)[8]에 이르지 못하고서 원강(沅江)[9]과 상강 사이에서 죽었다고 말하고 있다. 『산해경(山海經)』에 "동정호(洞庭湖) 주변의 산에 황제의 두 딸이 살고 있다"[10]라는 기록이 있다. 곽박(郭璞)은 두 딸이 과연 순임금의 왕비라면 작은 강에 내려와 수신의 부인이 되었을 리 없다 의심하면서 두 딸은 바로 천제의 딸이라고 했다.[11] 내

6　진(秦)나라 때…… 했다: 이 기록은 『사기』「진시황본기」에 보인다. "임금이 박사에게 묻기를, '상군은 어떤 신인가?' 하니 박사가 대답하기를, '듣자니 요임금의 딸이자 순임금의 처가 이곳에 묻혔다고 합니다'(上問博士曰: '湘君何神?' 博士對曰: '聞之, 堯女舜之妻而葬此')."

7　유향(劉向)과…… 있다: 유향의 언급은 『열녀전(列女傳)』「유우이비(有虞二妃)」에 보인다. "순임금은 순수를 나갔다가 창오에서 죽었는데, 이름 하여 중화라 한다. 두 왕비는 장강과 상수 사이에서 죽었는데, 민간에서는 그들을 상군이라 부른다(舜陟方死於蒼梧, 號曰重華. 二妃死於江·湘之間, 俗謂之湘君)." 정현의 언급은 『예기주소(禮記注疏)』에 보인다. "「이소」에서 노래하고 있는 상부인은 바로 순임금의 왕비다(「離騷」所歌湘夫人, 舜妃也)."

8　삼묘(三苗): 옛날 나라 이름. 지금의 호남성 악양(岳陽)과 호북성 무창(武昌) 일대다. 『구가』「상부인」의 왕일 주석에는 "요임금의 두 딸 아황과 여영은 순임금을 따라갔다가 돌아오지 못하고, 상강에 빠져 죽었다(堯二女娥皇·女英, 隨舜不反, 沒於湘水之渚)"라고 적고 있다.

9　원강(沅江): 호남성(湖南省)에 있는 큰 강으로 동정호로 흘러 들어간다.

10　동정호(洞庭湖)…… 있다: 『산해경』「중산경(中山經)」에 나오는 말이다.

11　곽박(郭璞)은…… 했다: 곽박은 『산해경』 주석에서 다음과 같이 말했다. "살펴보건대, 「구가」에 나오는 상군과 상부인은 두 명의 신이다. 상강에 부인이 있는 것은 하락에 복비가 있는 것이나 마찬가지다. 그 신령함으로 말하자면 하늘과 나란하니, 어떻게 요임금의 딸이라 말할 수 있겠는가(按, 「九歌」湘君·湘夫人, 自是二神, 江·湘之有夫人, 猶河·洛之有宓妃也. 此之爲靈, 與天地竝矣, 安得謂之堯女)?" "천제의 두 딸이 강에 살면서 신이 되

가 고찰해볼 때, 곽박과 왕일의 학설은 모두 옳지 않다. 요임금의 장녀인 아황(娥皇)은 순임금의 정비(正妃)였기에 '군(君)'이라 부른 것이고, 둘째 딸 여영(女英)은 자연히 '부인(夫人)'으로 내려간 것이다. 그렇기 때문에 「구가」에서 아황을 '군(君)'이라 부르고 여영을 '황제의 딸'이라고 부른 것은 각기 가장 성대한 호칭으로써 미루어 불러주었던 것뿐이다. 『의례(儀禮)』에 '소군(小君)', '군모(君母)'와 같은 호칭이 있는데,[12] 이는 정비를 '군(君)'이라 호칭할 수 있음을 보여주는 한 예다.

『상서(尙書)』에서는 "순임금은 순수(巡狩)하던 길에 죽었다(舜陟方乃死)"[13] 하였고, 〔공안국의〕『전(傳)』에서는 "순임금이 남쪽으로 순수 길에 올랐다가 죽었다"고 하였다. 또 혹자는 말하기를, "순임금은 죽어 창오(蒼梧)[14]에 묻혔고, 두 왕비는 순임금을 따랐으나 미처 따라가지 못하고 원수와 상수에 빠져 죽었다"고 하였다. 내 생각은 이렇다. 『죽서기년(竹書紀年)』에서는 제왕이 죽는 것을 일컬어 모두 '척(陟)'이라고 표현했

었다. 이는 곧 『열녀전』에서 말하고 있는 강비 두 여자다. 『예기』에서는 5악을 3공에 비유하고 4독을 제후에 비유했다. 지금 저 상강은 사독에도 미치지 못하여 제사 받는 항렬에 끼지도 못하는데, 두 여인이 순임금의 딸이 신령이 된 것이라면, 이렇게 작은 강에 내려와 부인이 되었을 리 없다. 여기서 작은 강이라 함은 곧 상강을 말한다(帝之二女, 處江爲神. 卽『列女傳』江妃二女也. 『禮』五嶽比三公, 四瀆比諸侯. 今湘川不及四瀆, 無秩於命祀, 而二女帝舜之后, 配靈神祇, 無緣當復下降小水而爲夫人也. 小水, 卽謂湘川)."

12 『의례(儀禮)』에…… 있는데: 『의례』「상복전(喪服傳)」에 보면, "어찌하여 3개월간 참최복을 입습니까? 백성과 같게 함이다. 임금의 어머니나 처는 소군이라 한다(何以服齊衰三月也? 言與民同也. 君之母妻則小君也)", "어찌하여 소공을 입습니까? 군모께서 계시면 감히 따라 입지 않을 수 없다(何以小功也? 君母在, 則不敢不從服)"라는 말이 나온다. 소군은 옛날 제후의 처를 부르던 호칭이었고, 군모는 옛날에 서자가 아비의 본처를 부르던 호칭이었다.

13 순임금은…… 죽었다: 『상서』「순전(舜典)」에 보인다.

14 창오(蒼梧): 산 이름. 구의산(九疑山)이라고도 한다. 호남성 영원현(寧遠縣) 남쪽에 있는데, 순임금이 죽어 이곳에 묻혔다고 전해진다.

다.[15] '척'이란 '올라갔다'는 뜻으로, 승천했음을 이른다. 『주서(周書)』에서 말하길, "은나라의 예법에서는 제왕이 죽으면 하늘의 덕과 짝하게 한다"[16]라고 했으니, 이는 곧 덕을 지키다 죽으면 그 덕이 하늘과 조화를 이룬다는 뜻이다. 『상서』에서는 『죽서기년』이나 『주서』와 마찬가지로 순임금의 죽음을 일러 '척(陟)'이라 표현했다. 그 아래에 "이에 죽었다〔方乃死〕"라고 한 것은 '척'을 '죽다'라는 뜻으로 해석한 것이다.[17] 지세로 보아 동남쪽이 낮기 때문에, 만일 우임금이 남방을 순수하다 죽었다고 말하려면 마땅히 '아래〔下〕'라고 해야지 '위〔陟〕'라고 해서는 안 된다. 따라서 순임금이 죽어 창오에 묻혔는데, 이때 두 왕비가 그를 따르다가 미처 따라가지 못하고 물에 빠져 죽었다는 이야기는 모두 믿을 만하지 못하다. 두 왕비는 순임금께 지모(智謀)를 바쳐 곤경에서 벗어나게 해주고 결국 성군이 되게 하였으니, 요임금이 죽고 순임금이 천하에 군림하며 천자가 된 것도 두 왕비의 공이라 할 수 있다. 그러니 영원히 신이 되어 백성이 바치는 혈식을 받는 것도 당연하다. 지금 동정호나 상강을 건너는 사람들 중 감히 사당 안에 들어가 예를 올리지 않는 자는 하나도 없다.

---

15 『죽서기년(竹書紀年)』에서는…… 표현했다: 『죽서기년』 권상에 "황제 헌원씨 100년에 땅이 갈라지고 황제께서 승천하셨다. 제왕이 붕어하는 것을 일러 '척'이라 한다(〔黃帝軒轅氏〕一百年, 地裂, 帝陟. 帝王之崩, 皆曰陟)"는 말이 나온다.

16 은나라의…… 한다: 출전은 『상서·주서(周書)』「군석(君奭)」이다. 『상서』의 「태서(泰誓)」부터 「진서(秦誓)」까지 32편은 주로 주나라 때부터 진나라 때까지의 일을 기록하였다 하여 『주서』라고 통칭한다.

17 『상서』에서는…… 해석한 것이다: 한유는 『상서』「순전」에 나오는 "척방내사(陟方乃死)"를 기존의 해석과 달리 풀이하고 있다. 즉 일반적으로는 '척방(陟方)'을 '순수 길에 오르다'로, '내사(乃死)'를 '죽다'로 풀고 있으나, 한유는 '척(陟)' 한 자를 '죽다'로 풀고, 나머지 '방내사(方乃死)'를 '척'에 대한 부연 설명인 '이에 죽은 것이다'로 풀고 있다. 이에 대한 근거로 남동쪽이면 지세가 낮은 쪽이기 때문에 '하방,' 즉 '내려가다'라고 해야지 '척방,' 즉 '오르다'라고 해서는 안 된다고 했다.

　원화 14년(819) 봄에, 나는 간언을 했다가 득죄하여 조주자사(潮州
刺史)가 되었는데, 그 지역은 한나라 때 남해 게양현(揭陽縣)[18]으로, 온
갖 풍토병이 득실대 죽음을 면치 못하겠다 싶어 매우 두려웠다. 그때 이
사당을 지나면서 기도를 올렸는데, 그해 겨울에 원주자사(袁州刺史)로
옮겨 가게 되었고, 이듬해 9월에는 국자좨주(國子祭酒)에 제수되었다.
이에 개인 돈 10만 냥을 내어 악주(岳州)로 보내면서 사당의 무너진 서까
래며 썩은 기와를 바꾸어줄 것을 자사 왕감(王堪)에게 부탁했다. 장경(長
慶) 원년(821)에 자사 장유(張愉)가 도성에서 그곳으로 가게 되었는데,
장유와는 본디 잘 알고 지내던 터라 내 그에게 이렇게 말했다.

　"두 왕비 사당에 얽힌 이야기를 기록하려 하니, 날 위해 비석 하나만
세워주게. 그러면 겸사겸사 후세 사람들로 하여금 자네의 이름도 알게 해
줌세."

　장유는 "그러지"라고 응했다. 그가 악주에 도착하자마자 "비석이 잘
세워졌네"라며 알려왔기에 그 일을 기록하여 비석에 새겨 넣게 한다.

---

18 게양현(揭陽縣): 당나라 때 조주는 한나라 때 남해(南海) 게양(揭陽) 땅이었다.

黃陵廟碑

此文用『爾雅』·『說文』體, 別是一調.

湘旁有廟, 曰‘黃陵’. 自前古立以祠堯之二女舜二妃者. 庭有石碑, 斷裂分散在地. 其文剝缺, 考圖記言, 漢荊州牧劉表景升之立. 題曰“湘夫人碑”. 今驗其文, 乃晉太康九年. 又其額曰“虞帝二妃之碑”, 非景升立者.

秦博士對始皇帝云, 湘君者, 堯之二女舜妃者也. 劉向·鄭玄亦皆以二妃爲湘君. 而「離騷」·「九謌」旣有「湘君」, 又有「湘夫人」. 王逸之解以爲, 湘君者, 自其水神, 而謂湘夫人, 乃二妃也, 從舜南征, 三苗不及, 道死沅·湘之間. 『山海經』曰:“洞庭之山, 帝之二女居之.”郭璞疑二女者, 帝舜之后, 不當降小水爲其夫人. 因以二女爲天帝之女. 以余考之, 璞與王逸俱失也. 堯之長女娥皇爲舜正妃, 故曰‘君’, 其二女女英, 自宜降曰‘夫人’也. 故「九謌」辭謂娥皇爲‘君’, 謂女英‘帝子’, 各以其盛者推言之也. 『禮』有‘小君’·‘君母’, 明其正自得稱君也.

『書』曰:“舜陟方乃死.”『傳』謂:“舜昇道南方以死.”或又曰:“舜死葬蒼梧, 二妃從之, 不及, 溺死沅·湘之間.”余謂. 『竹書紀年』, 帝王之沒, 皆曰陟. 陟, 昇也, 謂昇天也. 『書』曰:“殷禮陟配天”, 言以道終, 其德協天也. 『書』紀舜之沒云陟者, 與『竹書』·『周書』同文也. 其下言“方乃死”者, 所以釋陟爲死也. 地之勢東南下, 如言舜南巡而死, 宜言下方, 不得言陟方也. 以此謂舜死葬蒼梧, 於時二妃從之, 不及而溺者, 皆不可信. 二妃旣曰以謀語舜, 脫舜之厄, 成舜之聖. 堯死而舜有天下爲天子, 二妃之力, 宜常爲神，食民之祭．今之渡湖江者，莫敢不進禮廟下．

元和十四年春，余以言事得罪，爲潮州刺史，其地於漢南海之揭陽，厲毒所聚，懼不得脫死．過廟而禱之，其冬移袁州刺史．明年九月，拜國子祭酒．使以私錢十萬抵岳州，願易廟之圯桷腐瓦於刺史王堪．長慶元年，刺史張愉自京師往，與愉故善謂曰：丐我一碑．石載二妃廟事，且令後世知有子名．愉曰：諾．既至州報曰：碑謹具，遂篆其事俾刻之．

구주 서언왕(徐偃王) 묘비[1]

객(客)을 통해 주(主)를 드러내고 있는데, 논지를 세우는 방식이 기이하고 고상하며, 조어 방식 또한 기괴하면서도 위대하다. 창려의 글 중에 장대한 편장이라 이를 만하다.

서(徐)나라와 진(秦)나라는 모두 백예(柏翳)에게서 나왔으니 같은 영씨〔嬴姓〕다.[2] 두 나라는 하·은·주를 두루 거치며 큰 공을 세웠다. 진나라는 서쪽 귀퉁이를 차지하고서 오로지 무력만을 사용하여 승세를 탔다. 쇠락한 세상을 만나 현명한 천자가 없는 것을 보고는 기어이 제후국들을 집어삼키고 7웅(七雄) 중의 하나가 되었다. 제후국들이 모두 진나라에 귀속되어 신하가 되었으나, 진나라는 그 덕도 보지 못하고 위아래가 서로 살상을 일삼다가 끝내 나라가 망하고 종족이 끊기는 지경에 이르고 말았

---

1 다른 본에는 "조의랑 수 상서고공랑중 지제고 창려 사람 한유가 짓고, 복주자사 원석이 쓰다. 원화 10년 12월 9일에 세우다(朝議郎守尙書考功郎中知制誥昌黎韓愈撰, 福州刺史元錫書. 元和十年十二月九日立)" 등의 글자가 있기도 하다. 구주(衢州)는 당나라 때 주(州) 이름으로 치소는 신안(信安, 지금의 절강성 衢縣)에 있었다. 서언왕은 서주(西周) 때 서(徐)나라 왕이다. 『사기』「진본기(秦本紀)」 등에 자세한 내용이 나온다.

2 서(徐)나라와…… 영씨〔嬴氏〕다: 백예는 순임금 때의 사람이다. 본래 이름은 대비(大費)고, 백익(伯益)이라고도 불렀다. 고대 영씨의 조상이라고 한다. 『사기』「진본기」에 그에 관련하여 다음과 같은 내용이 적혀 있다. "대업의 아들이 대비인데, 그가 곧 백예다. 순임금이 영이라는 성을 하사하였다. 백예에게는 두 아들이 있었는데, 태렴의 후예가 진나라를 세웠고, 약본의 후예가 서나라를 세웠다. 이 두 나라는 모두 백예에게서 나온 셈이다(大業之子曰大費, 是爲柏翳. 舜賜姓嬴氏. 柏翳二子, 太廉之後爲秦, 若本之後爲徐. 是爲俱出柏翳也)."

다. 서나라는 중원에 자리를 잡고서 문덕(文德)으로써 나라를 다스렸는
데, 언왕(偃王) 탄(誕)[3]은 왕위에 오르자마자 형사(刑事)나 논쟁과 같은
말단의 일들을 더욱 힘써 없애고, 왕 노릇 하는 일, 백성을 긍휼히 여기는
일, 사방 국가를 대하는 일 등을 모두 인의(仁義)로써 행하였다. 당시 주
나라 천자 목왕(穆王)은 무도하기 그지없었으며 천하 다스리는 일에는
관심일랑 없고 도사(道士)들의 이야기 따위나 좋아했다. 또 팔룡(八龍)[4]
을 얻어 그것들을 몰고는 서쪽으로 유람을 떠났는데, 서왕모(西王母)와
요지(瑤池)에서 잔치를 벌이며 노래하고 노느라 돌아오는 것조차 잊었
다.[5] 그러자 쟁론을 해대던 사방 제후국들도 아무런 질정을 가하지 않고
모두 서나라에 귀화해 왔다.[6] 옥과 폐백, 그리고 죽은 짐승이나 산 짐승
등을 가지고 서나라 조정을 찾아온 나라가 서른여섯에 이르렀다. 서나라
는 붉은 활·붉은 화살과 같은 상서로운 물건을 얻었다.[7] 목왕은 이 이야
기를 듣고 서나라가 스스로 천명을 받았노라 칭할까 봐 겁이 나서, 조보

---

3 언왕(偃王) 탄(誕): 전해지는 바에 따르면 주 목왕 때의 서나라 왕이었다고 한다. 그의 사
   적은 『사기』「조세가(趙世家)」·『후한서(後漢書)』「동이전(東夷傳)」·『순자(荀子)』「비상
   (非相)」·『한비자(韓非子)』「오두(五蠹)」 등에 보인다. 그러나 자세한 것은 알 수 없다.
4 팔룡(八龍): 주 목왕의 여덟 마리 준마. 『열자(列子)』에 보면, "주나라 목왕은 여덟 마리
   의 준마를 타고 서쪽 곤륜산으로 갔다(周穆王駕八駿之乘, 西征崑崙)"라는 말이 나온다.
5 서왕모(西王母)와…… 잊었다: 이 이야기는 『목천자전(穆天子傳)』에 나온다. "목왕은 서
   왕모를 만나 요지에서 술을 마셨다(穆王見西王母, 觴於瑤池之上)."
6 귀화해 왔다: 원문은 '빈제(賓祭)'다. 빈복(賓服) 혹은 빈종(賓從)과 같은 뜻으로 그 나라의
   조상을 같이 모시기로 했다는 뜻이므로 인신하여 귀화하다는 뜻으로 해석한다.
7 서나라는…… 얻었다: 이 기록은 『박물지(博物志)』에 보인다. "언왕은 배를 타고 나라를
   거슬러 올라가려다가 진나라와 채나라 사이를 오가면서 붉은 활과 붉은 화살을 얻었다. 그
   러고는 이를 하늘이 내려준 상서로운 물건이라 여겨 이 활로 인해 이름을 언왕이라 자칭하
   였다. 강회 일대의 제후국들 중 언왕에게 복종한 나라가 36개국에 이르렀다(偃王欲舟行上
   國, 乃通溝陳蔡之間, 得朱弓赤矢. 以爲得天瑞, 遂因爲弓, 自稱偃王. 江淮間諸侯服從者三
   十六國)."

(造父)[8]에게 말을 몰게 하여 먼 길을 돌아 한참 만에 돌아왔다. 그런 다음 초(楚)나라와 연계하여 서나라를 칠 계략을 도모했다. 서나라는 차마 자기 백성들에게 전쟁을 시킬 수 없어 북쪽에 있는 팽성(彭城) 무원산(武源山)[9] 밑으로 도망갔는데, 이때 따라온 백성들이 만여 가호나 되었다. 언왕이 죽자 백성들은 그 산을 서산(徐山)이라 부르고 바위를 뚫어 암실을 만든 다음 언왕을 제사 지냈다. 언왕은 비록 도망가 죽었고 나라마저 잃었지만 백성들은 처음 언왕을 모셨듯 그의 자손들을 섬겼다. 구왕(駒王)·장우(章禹)[10]의 자손이 계속 이어져, 진나라로부터 지금에 이르기까지 명공귀인이 사서(史書)에 끊이지 않고 등장한다. 명망 있는 서씨 열 집안 중에 아홉이 언왕의 자손인 데 비해, 진나라의 후예 중에는 지금까지 알려진 집안이 없다. 하늘이 백예의 후예에게 누구는 후하게 대하고 누구는 박하게 대하실 리 없으니, 어짊을 베푼 것과 포악함을 행사한 것에 대한 응보로 인해 이러한 차이가 자연스럽게 생겼을 뿐이다.

구주(衢州)는 본디 회계(會稽) 태말(太末)이었다.[11] 그곳 백성들 중

---

8 조보(造父): 옛날의 유명한 마부로 조(趙)나라 시조이기도 하다. 주나라 목왕에게 여덟 마리 준마를 바친 것도 바로 그인데, 목왕은 서나라 언왕을 물리친 후 조보에게 조성(趙城)을 하사하여 조(趙)라는 성의 시조가 되게 하였다.

9 팽성(彭城) 무원산(武源山): 지금의 강소성(江蘇省) 동산현(銅山縣) 남쪽에 있다.

10 구왕(駒王)·장우(章禹): 모두 서나라의 왕이었다. 구왕은 구왕(鉤王)이라고도 한다. 구왕에 대해서는 『예기』에 기록이 보인다. "주루 고공이 죽자 서나라 왕이 용거로 하여금 조문을 하며 반함(飯含)을 바치게 하였다…… 용거가 말하기를, 제가 듣기로 임금을 모심에 그 임금을 잊어서는 안 되고, 그 조상을 저버려서도 안 된다고 하였습니다. 옛날 우리 선군이신 구왕께서는 서쪽을 정벌하시느라 황하를 건널 때도 이 말을 늘 명심하셨습니다(邾婁考公之喪, 徐君使容居來弔, 含…容居對曰, 容居聞之, 事君不敢忘其君, 亦不敢遺其祖. 昔我先君駒王西討, 濟於河, 無所不用斯言也)." 장우에 대해서는 『좌전』「소공(昭公) 32년」에 기록이 보인다. "오나라가 서나라를 멸망시키자 서나라 왕 장우가 머리를 자르고 초나라로 도망갔다(吳滅徐, 徐子章禹斷其髮以奔楚)."

11 구주(衢州)는…… 태말(太末)이었다: 구주는 춘추시대 때 고멸(姑蔑)이라 불리었고 한

에는 서씨가 많으며, 구주의 속현(屬縣)인 용구(龍丘)에는 전대에 지어진 언왕의 사당이 남아 있다. 어떤 사람은 "언왕이 전쟁을 피해 달아났을 때 팽성으로 간 것이 아니라 월성(越城)[12] 귀퉁이로 갔으며, 옥궤(玉几)며 벼루 등을 회계 물가에 버렸다"라고 하고, 또 어떤 사람은 "서씨 자손인 장우가 오(吳) 땅에 사로잡힌 후로 서씨 댁 종족과 자제들이 서주(徐州)와 양주(揚州) 일대에 퍼져 살게 되었는데, 자신들이 사는 곳에 선왕의 사당을 세웠다고 한다"라고 말한다.

개원 연간(開元年間)[13] 초에 서씨 성을 가진 두 사람이[14] 연달아 구주 자사가 되었는데, 자기 부하들 중 같은 성을 가진 자들을 데리고 사당을 다시 짓고, 그 일을 비석에 기록하였다. 90년 후인 원화 9년(814)에 서방(徐放)이 다시 그곳 자사가 되었다. 서방은 자(字)가 달부(達夫)로, 비석에서 지금 호부시랑(戶部侍郞)이라고 지칭하였던 분이 바로 그의 조부[15]시다. 봄에 농사를 시찰하느라 용구에 들렀을 때, 사당에 제사를 지내다가 뿌리를 찾아 밝히고자 하는 마음에 이렇게 말했다.

"옛날에 지은 사당은 너무 거칠고 투박하며 낮고 좁아, 경건한 마음을 다하고 혼령을 편안히 모시기에 부족하다. 게다가 들보며 서까래며 모두 얼룩덜룩하게 단청이 벗겨져 나갔는데도 수리하지 않은 채 그대로고, 위엄 있어야 할 그림이며 동상도 시커멓게 다 망가지려 하고 있다. 울타

나라 때 태말이라 명칭이 바뀌었다. 당나라 때는 용구(龍丘)라 불리었는데, 지금의 절강성 용유현(龍游縣) 북쪽에 해당한다.

12 월성(越城): 지금의 절강성 소흥시(紹興市)다.

13 개원 연간(開元年間): 713~741년. 당나라 현종(玄宗) 때의 연호.

14 서씨…… 두 사람이: 서견(徐堅)·서교(徐嶠) 부자를 가리킨다. 서견은 자가 원고(元固)이고 서교는 자가 거산(巨山)이다. 부자가 연달아 학사(學士)가 되어 중서사인(中書舍人)에 이르렀다.

15 조부: 원문의 '대부(大父)'는 곧 조부이다.

리는 허물어지고 계단도 내려앉았으며, 마당의 나무도 모두 헐벗을 채 온
전치 못하다. 백성들이 나날이 게을러지는 것을 보고 상서로운 신령께서
내려오시지 않으면, 이 고을에 사는 모든 서씨 종족들도 조상의 보우하심
을 입지 못할 것이다. 내 언왕의 자손 된 몸으로 이 땅을 지키게 되었으
나, 즉시 그 일을 도모하지 않고 재물이나 모았으니, 그 벌을 어찌 면하리
오!"

그러고는 옛 모습을 고쳐 새롭게 하시니, 백공들이 모두 모여 함께
일을 도왔다. 아무 달 아무 날에 공사가 완성되자 사당에서 성대히 제사
를 올리고 서씨 종친들도 모두 와 차례대로 예를 올렸다. 그해에 서주에
는 폭풍도 폭우도 없었고, 요절하거나 병에 걸린 백성도 없었으며, 오곡
이며 과실이 모두 풍성히 결실을 맺었다. 백성들은 모두 "아, 밝디밝은 신
령이시여! 어찌 속일 수 있으리오"라고 말하였다. 이에 너도나도 도성에
청을 넣어 글을 써달라고 하여서는 돌아와 돌에 글을 새겨 넣었다. 그 글
은 다음과 같다.

진나라는 포악하여[16] 멸망했으나
서나라는 겸손하여 오래도록 존속했네.
진나라 귀신은 한참 동안 굶주렸으나
서나라에는 사당이 남았네.
아름다우신 언왕,
오직 도(道)만 즐기시어,
나라를 버려 인(仁)을 바꾸고

---

16 포악하여: 원문은 '걸(傑)'인데, '걸(桀)'과 통한다.

완악한 무리들에게 비웃음 사셨네.
〔초나라가〕 천자의 명을 빙자하여 서나라를 친 때로부터,
몇 번이라 성이 바뀌었는가?
역사는 짧고 욕먹은 기간은 기니,
얻은 게 잃은 것보다 적었네.
그러나 이익과 손해를 살펴봄에,
그 누가 언왕을 당하리오.
고멸(姑蔑)[17]의 옛 터,
태말의 고을.
누가 언왕의 은혜 생각하여
사당 세우고 제사를 올렸는가?
언왕의 이름난 자손
대대로 많았으니,
이 땅에 오시어
이 사당을 지키시었네.
서견(徐堅)·서교(徐嶠) 뒤를 이어
달부〔徐放〕가 더욱 넓혔으니,
언왕 돌아가신 지 만 년이지만
처음 묻을 때와 마찬가지네.
언왕의 자손 중에는 효손도 많아
대대로 왕의 사당 받들어 모셨네.
달부는 이곳에 오자마자

먼저 삼가 가르침으로 이끌고,

백성에게 모든 은혜 베풀었으니,

신령 모시는 것만 주로 한 것 아니었네.

그러나 달부는

효의 근원을 잘 알고 있었으니,

태말의 마을이요

고멸의 성이라.

제때에 맞춰 사당을 수리하니,

인(仁)과 효(孝)로 명성이 자자했네.

총애 입어 마땅하리,

그와 그의 후손들.

아, 언왕이여,

아무리 아득한 옛날인들 그 누가 대적할 수 있으리오.

왕은 인(仁)을 위해 죽었고,

저들은 포악함으로 인해 망했네.

추념하는 글을 지어 뇌(誄)[18]를 대신하고,

이를 비석에 새겨 영원히 남기려 하네.

---

18 뇌(誄): 문체 이름이다. 대부분 4언으로 지으며, 일생의 공덕을 기술하고 덕을 기리는 내
용이 주를 이루었으며, 조정에 올려 시호를 하사받기 위한 용도로도 지어졌다.

衢州徐偃王廟碑

以客形主，而立論奇高，造語怪偉．當是昌黎大文字．

徐與秦俱出柏翳，爲嬴姓．國於夏·殷·周世，咸有大功．秦處西偏，專用武勝，遭世衰，無明天子，遂虎吞諸國爲雄．諸國既皆入秦爲臣屬，秦無所取利，上下相賊害，卒償其國，而沈其宗．徐處得地中，文德爲治．及偃王誕當國，益除去刑爭末事，凡所以君國·子民·待四方，一出於仁義．當此之時，周天子穆王無道，意不在天下，好道士說，得八龍，騎之西遊，同王母宴於瑤池之上，歌謳忘歸．四方諸侯之爭辯者，無所質正，咸賓祭於徐，贄玉帛死生之物於徐之庭者，三十六國．得朱弓赤矢之瑞．穆王聞之恐，遂稱受命，命造父御，長驅而歸，與楚連謀伐徐．徐不忍鬭其民，北走彭城武源山下，百姓隨而從之，萬有餘家．偃王死，民號其山爲徐山，鑿石爲室，以祠偃王．偃王雖走死失國，民戴其嗣爲君如初．駒王·章禹，祖孫相望．自秦至今，名公巨人，繼跡史書．徐氏十望，其九皆本於偃王，而秦後迄茲無聞家．天於柏翳之緒，非偏有厚薄，施仁與暴之報，自然異也．

衢州，故會稽太末也．民多姓徐氏，支縣龍丘，有偃王遺廟．或曰：“偃王之逃戰，不之彭城，之越城之隅，棄玉几研於會稽之水．”或曰：“徐子章禹既執於吳，徐之公族子弟散之徐·揚二州間，卽其居立先王廟云．”

開元初，徐姓二人，相屬爲刺史，帥其部之同姓，改作廟屋，載事於碑．後九十年，當元和九年，而徐氏放，復爲刺史．放字達夫，前碑所謂今戶部侍郎，其大父也．春行視農，至於龍丘，有事於廟，思惟本原，曰：“故制牏樸下窄，不足以揭虔妥靈，而又梁桷赤白，陊剝不治，圖像之威，黭昧就滅．藩拔級夷，庭木秃缺．祈盼日慢，祥慶弗下．州之羣支，不獲蔭庥．余惟遺紹，而尸其土，不卽不圖，以有資聚，罰其可辭！”乃命因故爲新，衆工齊事．惟月若日，工告訖功，大祠於廟，宗卿咸序應．是歲，州無怪風劇雨，民不夭厲，穀果完實，民皆曰：“耿耿祉哉！其不可誣．”乃相與請辭京師，歸而鑱之於石．辭曰：

秦傑以顚，徐由遜緜．秦鬼久饑，徐有廟存．婉婉偃王，惟道之耽．以國易仁，爲笑于頑．自初擅命，其實幾姓．歷短嘗長，有不償亡．課其利害，孰與王當．姑蔑之墟，太末之里．誰思王恩，立廟以祀．王之聞孫，世世多有．惟臨茲邦，廟土實守．堅嶠之後，達夫廓之．王歿萬年，如始祔時．王孫多孝，世奉王廟．達夫之來，先愼詔敎．盡惠廟民，不主於神．維是達夫，知孝之元．太末之里，姑蔑之城．廟事時修，仁孝振聲．宜寵其人，以及後生．嗟嗟維王，雖古誰亢．王死於仁，彼以暴喪．文追作誄，刻示茫茫．

조성왕(曹成王)비[1]

문장에 기백이 있으나 자구가 생경한 것이 창려의 본색을 면치 못한다.

성왕은 성이 이씨(李氏)고 휘가 고(皐)며 자가 자란(子蘭)이다. 시호는 성(成)이다. 선왕 이명(李明)은 태종(太宗)의 아들로 조(曹) 땅에 왕으로 봉해졌는데, 〔사후에〕 봉록이 끊어졌다가 다시 회복되어 다섯 대 만에 성왕에 이르렀다.[2] 성왕이 조왕에 봉해진 것은 현종(玄宗) 때였으니,[3] 그때 그의 나이 열일고여덟이었다. 왕의 작위를 이어받은 지 3년째 되던 해 하남(河南)과 하북(河北)에서 병란이 일어나[4] 천하가 들끓었다. 왕은 모친인 태비(太妃)를 모시고 난리를 피해 백성들 사이로 들어갔다

1　조성왕 이고(李皐)는 『구당서』에 전이 있다. 이 비문은 원화 11년(816)에 지어졌다.

2　선왕……이르렀다: 『구당서』「태종제자전(太宗諸子傳)」에 "조왕 명은 태종의 열넷째 아들로, 정관 21년에 〔조 땅에〕 봉해졌다(曹王明, 太宗第十四子. 貞觀二十一年受封)"라는 기록이 나온다. 또 "신룡 연간(중종 때의 연호) 초기에 이걸(이명의 차남)의 아들 이윤이 조왕의 자리를 세습했다. 이때 여러 왕들의 자손이 영수에서 도성으로 돌아와 궁에 들어가 중종을 알현하고는 통곡을 하자 황제께서도 눈물을 흘리셨다. 측천무후 때 장성한 자들은 모두 죽이고 어린 자들은 관노로 삼았다. 간혹 민간에서 품팔이를 하며 숨어 지낸 사람들이 있었는데, 이때가 되어 줄줄이 세상으로 나오니, 황제께서는 원근 황족들에게 봉토를 하사했다. 후에 이비(이명의 셋째 아들이자 이윤의 삼촌)가 남쪽에서 돌아오자 이윤의 봉호를 정지시키고 이비를 봉했는데, 이비는 위위소경 동정원 등을 역임하다 죽었다. 개원 12년에 다시 이윤을 봉했다(神龍初, 以傑子胤爲嗣曹王. 是時, 諸王子孫自嶺水還, 入見中宗, 皆號慟, 帝爲泣下. 初, 武后時, 壯者誅死, 幼皆沒爲官奴. 或匿人間庸保, 至是, 相繼出, 帝隨屬遠近封拜云. 後備自南還, 詔停胤封而封備, 歷衛尉少卿同正員, 薨. 開元十二年, 復封胤)"라는 기록도 보인다.

3　성왕이……때였으니: 『구당서』「이고전(李皐傳)」에 "천보 11년에 봉토를 이어받았다(天寶十一載, 嗣封)"라는 기록이 있다. 천보는 바로 현종 때의 연호다.

가 틈을 타 촉(蜀) 땅⁵으로 가서 천자를 따랐다. 천자께서는 그를 각별히 생각하여 도수사자(都水使者)에서 좌령군위장군(左領軍衛將軍)으로 승진시키고, 얼마 후 국자사업(國子司業) 겸 비서소감(秘書少監)⁶에 임명하셨다.

성왕이 열 살 되던 해 선왕께서 돌아가셨는데, 슬픔에 겨워 통곡하는 소리는 문상 온 객들이 차마 듣지 못할 정도였다. 상복을 벗고는 부호로 살아온 습성을 깨끗이 벗어버리고 학업에 열중했다. 조금 자라서 세상사를 깊이 알게 되자, 세상의 중요한 업무를 급선무로 여기며 한 가지라도 알지 못하는 것이 있으면 이를 부끄럽게 여겼다. 촉 땅에서 태비를 모시고 천자를 따를 때도 효성과 충성을 다하였으며, 관리로서 개인으로서 몸가짐을 바르게 하며 안팎으로 근엄하였다. 이에 조정에서는 더욱 그에게 민정을 맡겨보고자 하였다. 상원(上元) 원년(760)에 온주장사(溫州長史)에 제수되어 자사(刺史)의 업무를 맡아보았다.⁷ 당시 강동(江東)에서는 새롭게 병란이 일어나 군(郡) 전체가 가뭄에 굶주려 있었다. 백성들은 너도나도 도망가고, 누가 죽어나가도 조문하는 이조차 없었다. 성왕은 온주에 도착하자마자 미처 옷도 벗지 않고 식량고의 문을 쳐부수라고 명령한

---

4 하남(河南)과…… 일어나: 안녹산의 난을 가리킨다.

5 촉(蜀) 땅: 안녹산의 난이 일어났을 때 현종은 촉 땅, 즉 지금의 사천성(四川省)으로 피난을 갔다.

6 국자사업(國子司業) 겸 비서소감(秘書少監): 원문에는 '이국자(貳國子)'와 '비서(秘書)'라 되어 있다. '이(貳)'라 함은 부관(副官)을 뜻하는 말이므로, 국자감의 부관이면 국자사업이 된다(장관은 국자좨주다). 또 「이고전」에 따르면 "도수사자에 제수되었다가 세 번 승진하여 비서소감에 이르렀다(授都水使者, 三遷至秘書少監)"고 하였으니, '비서'라 함은 '비서소감'을 대신한 말임을 알 수 있다.

7 온주장사(溫州長史)…… 맡아보았다: 온주는 지금의 절강성(浙江省)에 있다. 원문의 "자사의 일을 맡아보다(行刺史事)"에서 '행(行)' 자는 대리하였음을 나타내는 글자다.

다음, 창고 안의 곡식을 모두 꺼내 백성에게 주었다. 그 덕에 소생한 사람이 10만 명이나 되었다. 천자께 상주하여 이러한 사실을 알리니, 다시금 품계가 올라 소부(少府)가 되었다. 원적(袁賊)[8]을 평정하는 일에 참여하여 비서소감이 되었으며, 온주 별가(別駕) 직을 겸직하게 되었는데, 어떤 부서를 맡든 아무 문제없이 일을 처리했다. 후에 정식으로 형주자사(衡州刺史)로 옮겨 가니, 법령이 정비되고 다스림이 널리 펼쳐졌다. 명성과 세력이 커지는 만큼, 관찰사(觀察使)들은 차마 입 밖으로는 내지 못하였으나 속으로 더욱 시샘을 하였다. 그러던 중 성왕이 법을 어겼다며 무고하였는데, 어사(御史)조차 이를 방조하는 바람에 결국 조주자사(潮州刺史)로 폄적되고 말았다. 양염(楊炎)[9]은 도주(道州)를 떠나 덕종(德宗) 밑에서 재상이 되자 다시 성왕을 형주자사에 복직시키고 그를 위해 신원하였다. 성왕이 무고당한 일이 심의되고 있을 때, 성왕은 연로하신 태비께서 놀라 슬픔에 겨워하실 일이 몹시 마음에 걸렸다. 이에 외출할 때는 죄인의 복장을 하고 와서 변론을 하고, 귀가할 때는 홀(笏)을 들고 어대(魚袋)를 늘어뜨린 채 당당하고 여유 있게 들어갔다. 조주에 폄적당했을 때도 품계가 올랐다며 내당에 들어가 축하를 올렸다. 그러다가 신원된 연후에야 비로소 무릎 꿇고 사죄하며 사실대로 고하였다.

그 전 이야기지만, 관찰사[10]는 포악한 사람이어서 아장(衙將)으로 있

---

8 원적(袁賊): 원적이라 함은 반란을 일으킨 원조(袁晁)를 비하한 표현이다. 『구당서』「대종기(代宗紀)」에 보면 다음과 같은 기록이 나온다. "보응 원년 8월에, 태주의 역적 원조가 태주를 함락하고 연달아 절동의 주현을 함락시켰다. 2년 4월 경진일에 하남 부원수 이광필이 원조를 생포하였음을 아뢰니, 절동의 주현들이 모두 평정되었다(寶應元年八月, 台州賊袁晁陷台州, 連陷浙東州縣. 二年四月庚辰, 河南副元帥李光弼奏生擒袁晁, 浙東州縣盡平)."

9 양염(楊炎): 자는 공남(公南)이고 봉상(鳳翔) 천흥(天興, 지금의 섬서성 봉상현) 사람이다.

10 관찰사: 신경고(辛京杲)를 가리킨다. 『구당서』「이고전」에 다음과 같은 기록이 나온다.

던 왕국량(王國良)을 변방으로 보내 수자리를 서게 했다. 그러자 왕국량은 무강(武岡)에서 반란을 일으켜 수만 명의 수비병을 모았다. 조정에서는 형주(荊州)·검주(黔州)·홍주(洪州)·계주(桂州) 일대의 병사를 끌어 모아 그를 토벌했으나 2년이 넘도록 저들의 세력만 더욱 커졌다. 이에 성왕을 호남(湖南) 관찰사에 명하고, 5만 병사를 거느리고 왕국량을 토벌하도록 하였다. 성왕은 도착하자마자 병사들을 모두 물리고 왕국량에게 편지를 보냈는데, 그 내용이 왕국량이 기피하고 꺼리는 바를 정확히 적중했다. 왕국량은 부끄럽고 두려운 마음에 항복하려 했으나, 머뭇머뭇 진퇴를 결정하지 못하고 있었다.[11] 그러자 성왕은 사자(使者)인 체하며 한 필 말로 5백 리 길을 달려갔다. 왕국량의 군영에 이르자 그는 문을 채찍질하며 큰 소리로 외쳤다.

"나 조왕이 왕국량의 항복을 받으러 왔다. 왕국량은 지금 어디 있느냐?"

그러자 왕국량은 어찌할 도리가 없어 몹시 당황해하며 나와 성왕을 맞이하고는 병사들을 데리고 투항했다.

태비께서 돌아가시자 성왕은 관직을 버리고 태비의 관을 모시고 와 하남에 묻었다. 형주에 이르렀을 때 어서 돌아오라는 천자의 조서가 내려왔다. 마침 양숭의(梁崇義)[12]가 반란을 일으켰던 터라, 성왕은 감히 마다하

"이전 원수 신경고는 탐욕스럽고 포악한 인물이어서 부장 왕국량으로 하여금 무강으로 나가 수자리를 서게 하였다. 그러고는 돈을 써서 즉시 그를 탄핵해 죽이려고 하였다. 왕국량은 이에 두려움을 느끼고 현을 점거하고 반란을 일으켰다. 〔조정에서〕 형주·검주·홍주·계주의 병사들을 끌어 모아 토벌했지만 2년이 넘도록 항복시키지 못했다(前帥辛京杲貪虐, 使部將王國良戍武岡. 賴其富, 卽劾以死, 國良恐, 據縣反. 斂荊·黔·洪·桂兵討之, 再歲不能下)."

11 머뭇머뭇…… 있었다: 원문은 '호서진퇴(狐鼠進退)'다. 의심 많은 여우나 겁 많은 쥐처럼 진퇴를 결정하지 못하고 머뭇거리는 것을 의미한다.

지 못하고 조정으로 돌아갔다. 품계가 올라 산기상시(散騎常侍)가 되었다.

이듬해 이희열(李希烈)[13]이 반란을 일으키자 성왕은 어사대부(御史大夫)로 승진되어, 부절을 하사받고 강서(江西) 절도사 신분으로 이희열을 토벌했다. 〔이희열을 토벌하라는〕 명령이 떨어지자 성왕은 바깥채에 나가 머물면서 집안일로 자신을 번거롭게 하지 말 것을 명했다. 그러고는 강주(江州)[14]에서 병사들을 대대적으로 소집하여, 능력 있는 자들에게 각기 직분을 맡겼다. 또 친히 진(秦)나라의 박력(搏力)과 월(越)나라의 구졸(勾卒)[15]을 가르치면서 〔싸움에 패하면〕 무리에게 벌을 내리고, 〔싸움에 이기면〕 대오에게 상을 하사하였다.[16] 그는 수군과 보병 2만 명을 거느리고 적을 맞이하여 싸웠다. 채산(蔡山)에서 적을 섬멸하여 무너뜨리고 기주(蘄州) 황매현(黃梅縣)에서 적장의 목을 베었으며, 장평현(長平縣)을 대파하고 광제현(廣濟縣)을 진압하였다. 기춘현(蘄春縣)에서 승리하고

---

12 양숭의(梁崇義): 장안(長安) 사람으로, 덕종 건중(建中) 2년(781)에 반란을 일으켰다.

13 이희열(李希烈): 덕종 때에 회서(淮西) 절도사로 있던 이정기(李正己)가 건중 3년(782)에 반란을 일으켰다. 이정기가 죽자 그의 아들 이납(李納)은 부친의 군대를 통솔하고 반란을 지속했다. 덕종은 이희열을 파견해 이납을 토벌할 것을 명했는데, 3만 병사를 이끌고 토벌에 나선 이희열은 허주(許州)에서 더 이상 진군하지 않고 오히려 이납과 동맹하여 반란을 일으켰다. 그는 스스로를 건흥왕(建興王)·천하도원수(天下都元帥)라 칭하였다.

14 강주(江州): 홍주(洪州)라 되어 있는 본도 있다. 『구당서』 「덕종기(德宗紀)」에 "건중 3년 겨울 10월 신해일에, 호남절도사 조왕 이고를 홍주자사 겸 강서절도사에 제수하다(建中三年冬十月辛亥, 以湖南節度使嗣曹王皐爲洪州刺史·江西節度使)"라는 말이 있는 것으로 보아 홍주가 타당한 듯하다. 그러나 여기서는 『당송팔대가문초』 본을 따랐다.

15 진(秦)나라의…… 구졸(勾卒): 박력은 힘을 집결하여 싸우는 것으로, 진나라의 병법이다. 구졸은 대오가 연대하여 싸우는 것으로, 월나라의 병법이다. 『난진자(嬾眞子)』 권2에 "박력이란 힘을 집결하는 것이고, 구졸이란 대오가 서로 연대하는 것이다(搏力者, 結集其力也. 勾卒者, 伍相句連也)"라는 설명이 나온다.

16 무리에게…… 하사하였다: 원문은 '조주오비(曹誅五畀)'다. '조(曹)'는 무리를 뜻하는 말이고, '오(五)'는 '오(伍)'와 통하여 대오를 뜻한다. '주(誅)'는 벌 주다는 뜻이며 '비(畀)'는 하사한다는 뜻이다. 즉 잘하면 다 같이 상을 주고, 못하면 다 같이 벌을 주었다는 말.

기수현(蘄水縣)을 공격하였으며 황강현(黃岡縣)을 점령하고 한양현(漢陽縣)을 차지했다. 차천현(汊川縣)을 향해 진격하다가 다시 돌아와 기수현 경내에서 크게 전투를 벌였는데, 그 결과 안주(安州)의 세 개 현을 쳐부수고 안주를 토벌함과 동시에 자사를 사칭한 자의 목을 베었다. 광산현(光山縣)의 북산(北山)을 치고, 수주(隨州)의 광화현(光化縣)을 차지한 다음 수주를 포위했다. 열 명 가운데서 한 명의 병졸을 뽑아[17] 수주 동북쪽에 있는 여향(厲鄉)을 구하고 돌아와서는 군문을 열어놓고 항복을 받아들였다. 크고 작은 서른두 차례의 전쟁을 치르면서, 다섯 개의 주, 열아홉 개의 현을 수복하였다. 그러나 늙은이나 어린아이, 그리고 아녀자 들은 놀라 당황하지 않았으며 시장의 물가도 변함이 없었다. 과일이며 곡식 심은 밭에는 그 아래 사람 발자국 하나 찍혀 있지 않았다. 성왕은 은청광록대부(銀靑光祿大夫)에 가자되어 공부상서(工部尙書)가 되었다가 호부상서로 옮겨 갔다. 후에 다시 전임되어 형주(荊州)와 양주(襄州) 절도사로 나가, 3백 가호의 식읍을 거느리게 되었다. 성왕이 군대에 계실 때 천자는 서쪽 양주(梁州)로 가셨는데,[18] 당시 이희열은 이미 북쪽으로 변주(汴州)·정주(鄭州)를 점령하고, 동쪽으로 송주(宋州)를 약탈하고 진주(陳州)를 포위했으며, 서쪽으로 여주(汝州)를 점령해 동도(東都)로 접근해 오고 있었다. 성왕은 남쪽에 계시다가 북쪽으로 진군해 올라와 적의 예봉[19]

---

17 열 명…… 뽑아: 원문은 '십추일추(十抽一推)'다. 『사기』 「진시황본기」에 보면, "열 명에서 두 사람을 뽑아 종군케 하다(什推二人從軍)"라는 말이 나오는데, 이 구절에 대해 사마정(司馬貞)은 색인에서 "열 명 중에서 두 명을 뽑다(十中推擇二人)"라고 주석을 달았다. 한유의 이 말도 여기서 나온 듯하다.

18 천자는…… 가셨는데: 흥원(興元) 원년(784) 2월에 덕종이 이희열의 난을 피해 양주(梁州, 지금의 섬서성 漢中市)로 간 일을 말한다.

19 예봉: 원래는 뿔과 발톱이라 되어 있다. 날카로운 병기를 상징하는 말로, 정예부대를 나타낸다.

을 꺾어놓았다. 역적의 무리가 죽을힘을 다해 집어삼키려 했으나 반 촌(寸)도 파고 들어올 수 없었다. 죽어나간 장군과 사졸이 10만에 달한 끝에 결국 남쪽 고을을 모두 성왕에게 내주고 말았다.

성왕께서는 온주에서 정사를 맡기 시작하여 양주에서 마치셨다. 물가를 안정시켜, 값이 쌀 때 사들이고 값이 비쌀 때 내다 팔았기에 백성의 경제생활이 안정되었다. 서리들에게는 행동에 일관됨이 있게 했고, 백성들에게는 법을 준수하게 하였으며, 집집마다 보고 들을 수 있게 하여 간악한 무리가 발 디딜 틈이 없게 하였다. 이에 그가 다스리는 부(府) 안에서는 급히 걷는 소리, 다급하게 외치는 소리가 들리지 않았다. 백성을 다스리고 병사를 쓰는 데도 각기 조리가 있어서, 대대로 전하며 법도로 삼았다. 그는 마이(馬彝)[20]와 장군 이신(伊愼),[21] 장군 왕악(王鍔),[22] 장군 이백잠(李伯潛)[23] 등을 임용했는데, 그들은 모두 자신의 힘과 능력을 바쳤다. 성왕께서는 훙거(薨去)하신 뒤 우복야(右僕射)에 추증되었다.[24] 원화 연간 초에 아들 도고(道古)[25]가 조정에서 벼슬을 하게 되자 다시금 태자태사(太子太師)에 추증되었다.

도고는 진사에 급제하여 사문원외랑(司門員外郞)을 지냈으며, 이주

---

20 마이(馬彝): 부풍(扶風) 사람으로 성왕의 막료였다. 자세한 사적은 알려져 있지 않다.

21 장군 이신(伊愼): 자는 과회(寡悔)이며 연주(兗州) 사람이다. 관직이 검교우복야(檢校右僕射) 겸 우위상장군(右衛上將軍)에 이르렀고 후에 남충군왕(南充郡王)에 봉해졌다.

22 장군 왕악(王鍔): 자는 곤오(昆吾)이며 태원(太原) 사람이다. 관직이 하동절도사(河東節度使)를 거쳐 동중서문하평장사(同中書門下平章事)에 이르렀다.

23 장군 이백잠(李伯潛): 성왕의 부장(部將) 출신이나 사적이 자세히 알려져 있지 않다.

24 성왕께서는…… 추증되었다:『구당서』「이고전」에 따르면 그는 정원 8년(792) 3월에 왕위에 있다 죽었으며, 향년 60세였다고 한다. 조정에서는 그를 우복야에 추증하고 성(成)이라는 시호를 내렸다.

25 도고(道古): 성왕 이고의 둘째 아들이다. 정원 5년(789)에 진사 급제했으며 좌금오장군(左金吾將軍)을 지냈다. 한유는 이도고 사후에 그를 위해 묘지명을 지어주기도 하였다.

(利州)·수주(隨州)·당주(唐州)·목주(睦州) 자사를 역임했다. 조정의 부름을 받아 종정시(宗正寺) 소경(少卿) 겸 어사중승(御史中丞)이 되었으며, 부절을 받들고 검중(黔中) 관찰사로 나갔다. 도성을 찾아왔을 때 다시 악주(鄂州)·악주(岳州)·기주(蘄州)·면주(沔州)·안주(安州)·황주(黃州) 여섯 개 주의 관찰사에 임명되어 군사를 이끌고 채주(蔡州)를 토벌하러 갔다.[26] 떠날 즈음에 그는 울면서 내게 말했다.

"선왕께서 채주를 토벌하고 면주·기주·안주·황주를 회복하심에 그때 베푸신 은혜가 사라지지 않았거늘, 지금 제가 또 어명을 받들고 채주를 치게 되었는데 이 네 개의 주가 또 제 관할 지역 내에 있으니, 반드시 성공할 수 있기를 바랄 뿐입니다. 선왕께서 돌아가신 지 25년이 흐르도록, 제 형제들이 모두 살아 있으면서 묘비에 글조차 새겨 넣지 않고 있었던 것은 기다리던 사람이 있어서였습니다. 그대는 사양하지 마십시오."

이에 서문을 짓고 시를 이어 붙인다.

태종의 지자(支子) 열셋[27] 중에
조왕께서는 가장 막내셨네.
죽은 이도 있고 한미해진 이도 있을 때
조왕께서는 왕위에 오르셨네.[28]

---

26 채주(蔡州)를…… 갔다: 채주에서 반란을 일으킨 오원제(吳元濟)를 토벌하러 간 일을 말한다.

27 태종의…… 열셋: 지자는 적장자를 제외한 나머지 아들을 지칭한다. 태종은 모두 14명의 아들을 두었는데, 그중 적장자인 고종 이치(李治)를 제외한 13명을 두고 한 말이다. 태종의 지자로는 항산왕(恒山王) 승건(承乾), 초왕(楚王) 관(寬), 오왕(吳王) 각(恪), 복왕(濮王) 태(泰), 서인(庶人) 우(祐), 촉왕(蜀王) 음(愔), 장왕(蔣王) 운(惲), 월왕(越王) 정(貞), 기왕(紀王) 신(愼), 강왕(江王) 효(囂), 대왕(代王) 간(簡), 조왕(趙王) 복(福), 그리고 막내가 바로 조왕 명(明)이다.

처음 조왕이 되신 분은

쫓겨날까 두려워하다 유배되어 목숨 끊으시고,[29]

영릉왕(零陵王)과 이국공(黎國公)마저도

목숨 부지했다는 말 들리지 않았네.[30]

조카와 숙부가 번갈아 가며 왕이 되더니,[31]

세 왕[32]께서 조왕이라는 이름을 지켰네.

백 년이 흐른 뒤에

성왕께서 나오셨네.

성왕께서 보위에 오르심은

스스로의 힘으로 이루신 일이었으니,

문(文)으로 밝음을 펼치고

무(武)로 위대한 공을 세우셨네.

피곤한 자를 소생시키고 강성한 자의 세력을 꺾었으며

간사하게 미쳐 날뛰는 자를 섬멸하였네.

---

28 죽은 이도…… 오르셨네: 조왕 명은 정관(貞觀) 21년(647)에 조왕에 봉해졌는데, 당시 지자 열셋 중에 다섯 명은 이미 죽었고 둘은 폄적당하거나 강등되었기에 이렇게 말한 것이다.

29 처음…… 끊으시고: 영숭 연간(永崇年間)에 조왕 명은 서인 현(賢)과 통모했다는 죄명으로 인해 강등되어 영릉왕(零陵王)에 봉해지고 검주(劍州)로 유배되었다가 자살했다.

30 영릉왕(零陵王)과…… 않았네: 여기서 말하는 영릉왕은 조왕 명의 뒤를 이어 영릉왕을 세습한 이명의 장남 이준(李俊)을 가리키고, 이국공은 이명의 차남 이걸(李傑)을 가리킨다. 이 둘은 모두 수공 연간(垂拱年間)에 측천무후에 의해 살해되었다.

31 조카와…… 되더니: 조카란 조왕 이명의 차남인 이걸의 아들 이윤(李胤)을 가리키고, 숙부란 이걸의 아우 이비(李備)를 가리킨다. 이윤이 조왕의 자리를 세습했는데, 이비가 남쪽에서 돌아오자 조서가 내려와 이윤을 폐하고 이비를 조왕에 봉할 것을 명령했다. 후에 이비가 죽자 다시 이윤을 조왕에 봉했다.

32 세 왕: 이비·이윤·이즙(李戢)을 가리킨다.

이로써 종실에 보답하고

이로써 스스로를 드러내셨네.

성왕께 아드님이 계셨으니,

그 아드님이 다시 성왕께서 수복하셨던 땅을 다스리게 되었네.

오로지 성왕의 옛 자취만을 바라보며,

민첩하고 질서 있게

공업을 이룩하고 전대를 계승했네.

비석에 시를 새겨,

자자손손 보이려 하네.

曹成王碑

文有精爽, 但句字生割, 不免昌黎本色.

王姓李氏, 諱皐, 字子蘭, 諡曰成. 其先王明, 以太宗子國曹, 絶復封, 傳五王至成王. 成王嗣封在玄宗世, 蓋於時年十七八. 紹爵三年, 而河南北兵作, 天下震擾. 王奉母太妃逃禍民伍, 得間走蜀從天子. 天子念之, 自都水使者拜左領軍衛將軍, 轉貳國子·秘書.

王生十年而失先王, 哭泣哀悲, 弔客不忍聞. 喪除, 痛刮磨豪習, 委己於學. 稍長, 重知人情, 急世之要, 恥一不通. 侍太妃從天子於蜀, 旣孝旣忠, 持官持身, 內外斬斬. 由是朝廷滋欲試之於民. 上元元年, 除溫州長史, 行刺史事. 江東新劋於兵, 郡旱饑, 民交走, 死無弔. 王及州, 不解衣, 下令掊鏁擴門, 悉棄倉實與民, 活數十萬人. 奏報, 升秩少府. 與平袁賊, 仍徙秘書, 兼州別駕, 部告無事. 遷眞于衡, 法成令修, 治出張施, 聲生勢長, 觀察使噎媚不能出氣. 誣以過犯, 御史助之, 貶潮州刺史. 楊炎起道州, 相德宗, 還王于衡, 以直前謾. 王之遭誣在理, 念太妃老, 將驚而戚. 出則凶服就辯, 入則擁笏垂魚, 坦坦施施. 卽貶于潮, 以遷入賀. 及是, 然後跪謝告實.

初, 觀察使虐, 使將國良往戍界. 良以武岡叛, 戍衆萬人, 歛兵荊·黔·洪·桂伐之. 二年尤張. 於是以王帥湖南, 將五萬士, 以討良爲事. 王至則屏兵, 投良以書, 中其忌諱. 良羞畏乞降, 狐鼠進退. 王卽假爲使者, 從一騎, 踔五百里, 抵良壁, 鞭其門, 大呼: "我曹王來受良降. 良今安在?" 良不得已, 錯愕迎拜, 盡降其軍.

太妃薨, 王棄部, 隨喪之河南葬, 及荊, 被詔責還. 會梁崇義反, 王遂不敢辭以還. 升秩散騎常侍.

明年, 李希烈反, 遷御史大夫, 授節帥江西以討希烈. 命至, 王出止外舍, 禁無以家事關我. 裒兵大選江州, 羣能著職. 王親敎之搏力勾卒嬴越之法, 曹誅五界, 艦步二萬人, 以與賊遷. 喝鋒蔡山, 踏之, 宛蘄之黃梅, 大鞣長平, 鐩廣濟, 掀蘄春, 撤蘄水, 掇黃岡, 筴漢陽. 行趾汊川, 還大膊蘄水界中, 披安三縣, 拔其州, 斬僞刺史, 標光之北山, 韜隨光化, 椊其州. 十抽一推, 救兵州東北鬳鄉還, 開軍受降. 大小之戰, 三十有二, 取五州十九縣. 民老幼婦女不驚, 市賈不變, 田之果穀, 下無一跡. 加銀靑光祿大夫, 工部尙書, 改戶部, 再換節臨荊及襄, 眞食三百. 王之在兵, 天子西巡於梁, 希烈北取汴·鄭, 東略宋圍陳, 西取汝, 薄東都. 王坐南方北向, 落其角距, 賊死咋不能入寸尺, 亡將卒十萬, 盡輸其南州.

王始政於溫，終政於襄．恒平物估，賤歛貴出，民用有經．一吏軌民，使令家聽戶視，姦宄無所宿．府中不聞急步疾呼．治民用兵，各有條次，世傳爲法．任馬彝・將愼・將鍔・將潛，偕盡其力能．薨贈右僕射．元和初，以子道古在朝，更贈太子太師．

道古，進士，司門郎，刺利・隨・唐・睦，徵爲少宗正，兼御史中丞，以節督黔中．朝京師，改命觀察鄂・岳・蘄・沔・安・黄，提其師以伐蔡．且行，泣曰："先王討蔡，實取沔・蘄・安・黄，寄惠未亡，今余亦受命有事於蔡，而四州適在吾封，庶其有集．先王薨于今二十五年，吾昆弟在而墓碑不刻無文，其實有待，子無用辭．"乃序而詩之，辭曰：

太支十三，曹於弟季．或亡或微，曹始就事．曹之祖王，畏塞絶遷．零王黎公，不聞僅存．子父易封，三王守名．延延百載，以有成王．成王之作，一自其躬．文被明章，武薦畯功．蘇枯弱强，齦其姦猖．以報于宗，以昭于王．王亦有子，處王之所．惟舊之視，蹶蹶陛陛．實取實似．刻詩其碑，爲示無止．

청변군왕 양연기(楊燕奇)비[1]

전쟁에서의 공훈을 서술한 부분이 매우 유창하나 태사공의 빼어남에는 미치지 못
한다.

공은 휘가 연(燕)이고 자가 연기(燕奇)로, 홍농군(弘農郡) 화음현
(華陰縣) 사람이다. 그의 조부[2]는 지고(知古)라는 분으로 기주(祁州) 사
창(司倉)을 지내셨다. 부친[3] 문회(文誨)는 천보 연간에 평로군(平盧軍)[4]
아전병마사(衙前兵馬使)를 지내셨고 직위가 특진(特進)·검교태자빈객
(檢校太子賓客)에 이르렀으며 홍농군 개국백(開國伯)에 봉해졌다. 공의
대(代)에 이르러 변방의 무역을 장관했는데, 은혜와 믿음이 크게 드러나
이민족들이 모두 공을 앙모하였다.

안녹산(安祿山)의 난이 일어났을 때 공은 거의 스무 살이었는데,[5] 나
아가 부친께 다음과 같이 말씀을 아뢰었다.

---

1 군왕(郡王)은 봉작(封爵) 중 제2등급, 종1품에 해당한다. 양연기는 이희열의 난을 평정한
  공을 인정받아 청변군왕에 봉해졌다.
2 조부: 원문의 '대부(大父)'는 곧 조부를 일컫는 말이다.
3 부친: 원문의 '열고(烈考)'는 남의 부친에 대한 미칭(美稱)이다.
4 평로군(平盧軍): 당나라 때 진(鎭) 이름으로 현종 당시 두었던 10개 절도사 가운데 하나
  다. 치소는 영주(營州, 지금의 요녕성 朝陽)였고 영주와 평주(平州) 두 주의 경계에 주둔
  하였는데, 대략 지금의 하북성 난하(灤河) 하류와 요녕성 대릉하(大凌河) 서쪽 부근에 해
  당한다. 안녹산은 이곳을 거점으로 하여 반란을 일으켰다.
5 안녹산(安祿山)의…… 스무 살이었는데: 양연기는 개원 26년(738)에 태어났고 안녹산이
  반란을 일으킨 것은 천보 15년(756), 즉 지덕(至德) 원년이었으니, 당시 양연기의 나이 열
  여덟이었기에 이렇게 표현한 것이다.

"아버님께서는 관직을 맡고 계시니 가실 수 없습니다. 왕실에 어려움이 있다면 제가 가야 하지 않겠습니까!"

공의 부친께서 원수를 찾아가 부탁한 끝에, 공은 여러 장교들의 자제 각 한 명씩을 데리고 샛길로 궁궐을 찾아가게 되었다. 그들은 변복을 하고 숨어 다니며 하루에 2백 리 길을 걸었다. 천자께서는 이를 가상히 여겨 공을 정원 외 좌금오위대장군(左金吾衛大將軍)에 특별 임명하고 상주국(上柱國)이라는 훈호를 내렸다.

보응(寶應) 2년(763) 봄에 조서가 내려와 복야(僕射) 전공(田公)[6]을 따라가 유전(劉展)을 평정하고, 다시 하북(河北)을 공격할 것을 명하셨다. 대력(大曆) 8년(773)에는 군사를 이끌고 원수 이면(李勉)[7]을 모시고 활주(滑州)로 갔다. 9년에는 〔장군을〕[8] 따라 도성으로 와 황제를 배알했다. 건중(建中) 2년(781)에 변주성(汴州城)을 축조할 때는 매우 많은 공로를 세웠다. 건중 3년(782)에는 이희열(李希烈)[9]을 토벌하는 데 참여해 남보다 앞서 성루에 올랐고, 정원 2년(786)[10]에는 사도(司徒) 유공(劉公)[11]을 따라 변주를 수복했다. 정원 12년(796)에는 여러 장수들과 반란을 일으킨 자[12]를 포박해 도성으로 데려갔다. 난이 평정된 후 어사대부(御

---

6 전공(田公): 전신공(田神功)을 가리킨다. 기주(冀州) 남궁(南宮, 지금의 하북성) 사람으로 보응 2년에 역적 유전을 생포하였다. 관직은 우복야까지 올랐다.
7 이면(李勉): 자는 현경(玄卿)이고 정왕(鄭王) 이원의(李元懿)의 증손자다.
8 장군을: 전신공은 대력 9년(774) 정월에 세상을 떴다. 그 후 전신공의 아우인 전신옥(田神玉)이 유후(留侯)로 있었으므로 아마도 전신옥을 따라 도성에 왔다는 이야기인 듯하다.
9 이희열(李希烈): 128쪽 주 13 참조.
10 정원 2년: 『구당서』「유현좌전(劉玄佐傳)」에 의하면 유현좌, 즉 유흡(劉洽)이 이희열을 대파하고 변주를 수복한 것은 정원 2년(786)이 아니라 흥원 원년(784)이라고 되어 있다.
11 유공(劉公): 유흡(劉洽). 후에 현좌(玄佐)라는 이름을 하사받았다. 활주 광성(匡城, 지금의 하북성 長垣縣 서남쪽) 사람으로 이희열을 토벌하고 변주를 수복하였다.
12 반란을 일으킨 자: 이내(李迺)를 가리킨다. 그는 선무절도사(宣武節度使)이던 부친 이만영

史大夫)에 제수되어 백 가호의 봉읍을 하사받고, 비단까지 더해 받았다. 정원 14년(798)에 예순한 살의 나이로 5월 아무 날에 댁에서 운명하셨다. 처음 좌금오대장군에 임명된 이래로 열다섯 차례나 승진을 거듭하여 어사대부에 이르렀다. 관직은 절도압아(節度押衙) 우상병마사(右廂兵馬使) 겸 마군선봉병마사(馬軍先鋒兵馬使)였고, 품계는 특진이었으며 훈호는 상주국이었다. 관작은 청변군왕이며, 식읍은 명의상 3백 가호에서 3천 가호, 실제로 마지막까지 거느린 식읍은 5백 가호였다.

공은 성년이 된 이래로 40여 년간 종군하셨는데, 적을 공격했다 하면 깨뜨리지 못한 적이 없었고, 성을 수비했다 하면 반드시 완전무결했다. 위태로움에 닥쳐서도 험난함을 무릅썼고, 비분강개하여 떨치고 일어났으며, 기회를 틈타 이용하는 데 능했고, 귀신보다 민첩했다. 의로운 죽음을 두려워 않고 요행히 사는 것을 영화롭다 여기지 않으셨다. 그랬기에 임금을 섬길 때에는 주저함이 없었고, 윗사람을 섬길 때에는 왈가왈부함이 없었다. 아까 얘기로 돌아가자면, 복야 전공(田公, 田神功)께서 어머니를 기주(冀州)에 두고 오셨는데, 그때 오직 공만이 가서 모셔오겠다고 청하였다. 역적의 성에서 전쟁을 치르며 사지를 들락날락하는 와중에서 끝내 전공의 어머니를 모셔오니, 전공께서는 공을 덕 있는 자라 여겨 부자지간의 의를 맺으셨다. 그래서 공은 전씨가 되었다가 전공께서 돌아가시자 다시 원래 성을 되찾았다.

공의 적장자는 통왕(通王)[13] 밑에서 관료를 지낸 양정(良楨)인데, 그해 10월 경인일에 공을 개봉현(開封縣) 노릉(魯陵) 언덕에 묻고 농서군(隴西郡) 부인 이씨와 합장하였다. 부인은 청이군(淸夷郡) 태수(太守)

(李萬榮)이 죽자 스스로 병마사(兵馬使)라 칭하였다. 후에 체포되어 도성으로 압송되었다.
13 통왕(通王): 당 덕종(德宗)의 셋째 아들 이심(李諶).

이우(李佑)의 손녀이자 어양군(漁陽郡) 장사(長史) 이헌(李獻)의 따님이시다. 부인께서는 부드럽고 현명하신 분이었는데, 공보다 앞서 돌아가셨다. 두 분은 슬하에 4남 3녀를 두셨다. 재취이신 하남군(河南郡) 부인 옹씨(雍氏)는 아무개 관리의 손녀이자 아무개 관리의 따님이시다. 두 분 사이에는 1남 2녀가 있는데, 모두 성품이 진실하고 행실이 돈후하다. 부인께서는 자식들을 똑같이 대하면서 길렀기에 친척들도 〔친자식을 대하는 것과〕 다른 점이 있는 것을 보지 못하였다. 군자라면 여기서 공의 덕이 집 안에서도 행해졌음을 알 수 있을 것이다. 명문을 짓는다.

강직하신 대부여!
근심스런 세상 만나시었네.
눈물로 부모님과 이별하고,
진(秦) 땅[14]으로 들어와 난리에 뛰어드셨네.
이때부터 시작하여
부지런히 나랏일을 하였으니,
40여 년간
보좌 역할도 하시고 책임자 역할도 하시었네.
견고한 적진을 공격하고, 위태로운 나라 보호하시니
작위가 어느덧 높이 올랐네.
현명하고 조심스러운 성품,
연로해지신 후에도 잘 간직하셨네.
노릉 언덕,

---

14 진(秦) 땅: 당나라 때 도성인 장안(長安)은 옛 진나라의 수도였으므로 진 땅이라고 표현한 것이다.

채하(蔡河)가 옆에 있네.

효성스런 효자가

공훈을 드러내고자,

여기 돌에 글씨를 새겨

후손들에게 드리우네.

淸邊郡王楊燕奇碑

條次戰功極邕, 然不及太史公遒逸.

公諱燕, 字燕奇, 弘農華陰人也. 大父知古, 祁州司倉. 烈考文誨, 天寶中實爲平盧衙前兵馬使, 位至特進·檢校太子賓客, 封弘農郡開國伯. 世掌諸蕃互市, 恩信著明, 夷人慕之.

祿山之亂, 公年幾二十, 進言于其父曰: "大人守官, 宜不得去. 王室在難, 某其行矣!" 其父爲之請于戎帥, 遂率諸將校之子弟各一人, 間道趨闕, 變服詭行, 日倍百里. 天子嘉之, 特拜左金吾衛大將軍員外置, 賜勳上柱國.

寶應二年春, 詔從僕射田公平劉展, 又從下河北. 大曆八年, 帥師納戎帥勉于滑州. 九年, 從朝于京師. 建中二年, 城汴州, 功勞居多. 三年, 從攻李希烈, 先登. 貞元二年, 從司徒劉公復汴州. 十二年, 與諸將執以城叛者, 歸之於京師. 事平, 授御史大夫, 食實封百戶, 賜繒綵有加. 十四年,

140

年六十一, 五月某日終於家. 自始命左金吾大將軍, 凡十五遷, 爲御史大夫. 職爲節度押衙右廂兵馬使, 兼馬軍先鋒兵馬使. 階爲特進, 勳爲上柱國, 爵爲淸邊郡王, 食虛邑自三百戶至三千戶, 眞食五百戶終焉.

公結髮從軍四十餘年, 敵攻無堅, 城守必完. 臨危蹈難, 獻欷感發, 乘機應會, 捷出神怪. 不畏義死, 不榮幸生. 故其事君無疑行, 其事上無間言. 初, 僕射田公, 其母隔于冀州, 公獨請往迎之. 經營賊城, 出入死地, 卒致其母, 田公德之, 約爲父子. 故公始姓田氏, 田公終而後復其族焉.

嗣子通王屬良禎, 以其年十月庚寅, 葬公於開封縣魯陵岡, 隴西郡夫人李氏祔焉. 夫人淸夷郡太守佑之孫, 漁陽郡長史獻之女. 柔嘉淑明, 先公而殂. 有男四人女三人. 後夫人河南郡夫人雍氏, 某官之孫, 某官之女. 有男一人女二人, 咸有至性純行. 夫人同仁均養, 親族不知異焉. 君子於是知楊公之德, 又行於家也. 銘曰:

烈烈大夫, 逢時之虞. 感泣辭親, 從難於秦. 維茲爰始, 遂勤其事. 四十餘年, 或裨或專. 攻牢保危, 爵位已隮. 旣明且愼, 終老無隳. 魯陵之岡, 蔡河在側. 烝烝孝子, 思顯勳績. 斲石於此, 式垂後嗣.

당나라 은청광록대부 수 좌기상시를 지내고 상주국 양양군왕으로 은퇴한 평양 노공의 신도비[1]

노씨(路氏)는 세계(世系)가 오래되었으니, 수(隋)나라에서 상서병부시랑(尙書兵部侍郎)을 지낸 휘 곤(袞)으로부터 4대째에 기공(冀公)[2]에 이르렀다. 기공은 휘가 사공(嗣恭)으로 작은 읍인 소관현령(蕭關縣令)[3]으로 이름을 떨쳤다. 개원 연간에 천자께 이름을 하사받아 개명했다는 사실이 사서에 적혀 있다.[4] 영주(靈州)에서 정사를 베풀었고, 남방에서 공업을 완성하였으며 큰 복을 누려 집안을 일으켰다. 관직이 병부상서

---

1 다른 본에는 작품 앞에 "조의랑 수 국자박사 상기도위 한유가 짓고, 은청광록대부 수 이부상서 상주국 형양현 개국후 정여경이 쓰고, 장사랑 우습유 내공봉으로 비어대를 하사받은 진호가 전각하다(朝議郎守國子博士上騎都尉韓愈撰, 銀青光祿大夫守吏部尙書上柱國榮陽縣開國侯鄭餘慶書, 將仕郎右拾遺內供奉賜緋魚袋陳岵篆額)" 등의 글자가 있기도 하다. 당나라 관직에는 산계(散階)를 붙이는 습관이 있었는데, 관직과 산계가 꼭 상응할 필요는 없었다. 관직은 높으나 산계가 낮은 경우 '수(守)'자를 붙였다. 노공은 노응(路應)이라는 사람으로 『신당서』에 전이 있다. 신도비는 묘의 동남쪽 방향에 세워두는 비석의 일종이다.

2 기공(冀公): 기국공 노사공(路嗣恭). 『신당서』「노사공전」에 "대력 8년(773)에 조서가 내려와 노사공으로 하여금 영남절도사를 겸하게 하고 기국공에 봉했다(大曆八年, 詔嗣恭兼嶺南節度使, 封冀國公)"라는 기록이 보인다.

3 소관현령(蕭關縣令): 소관은 지금의 감숙성(甘肅省) 고원현(固原縣) 북쪽에 위치한 지명이다.

4 개원 연간…… 적혀 있다: 개원은 현종 때의 연호다. 『신당서』「노사공전」에 나온 다음의 기록을 두고 한 말이다. "노사공은 자가 의범으로 경조 삼원 사람이다. 처음 이름은 검객이었고, 음사로 업위가 되었다. 석예가 하삭으로 쫓겨나자 소관현령이 되었다. 연이어 신오와 고장 두 현의 현령으로 나갔는데, 치적이 천하제일이었다. 이에 현종께서는 한 노공의 뒤를 이을 만하다 여기시어 '사공'이라는 이름을 내리셨다(路嗣恭, 字懿範, 京兆三原人. 始名劍客, 以世蔭爲鄼尉. 席豫黜陟河朔, 表爲蕭關令. 連徙神烏·姑臧二縣, 考績爲天下最. 玄宗以爲可嗣漢魯公, 因賜名)."

에 이르렀으며 기국공(冀國公)에 봉해졌다.[5] 사후에는 상서우복야 사공 (尙書右僕射司空)에 추증되었다.

공은 휘가 응(應)이고 자가 종중(從衆)이며 기국공의 적장자시다. 대신의 자제로서 삼가 몸가짐을 바르게 하였기에 관직에 발탁되어 시어사 (侍御史)·저작랑(著作郎)이 되었다. 건주자사(虔州刺史)에 임명되었을 때 우도현(雩都縣)을 나누어 안원현(安遠縣)을 설치하였는데,[6] 이로써 백성들을 이롭게 했다. 돌로 막혀 있는 여울을 뚫어 감수(贛水)[7]에 길을 터주고, 자기와 벽돌로 성을 쌓아 사람들이 누차 〔흙으로〕 성 쌓느라 들이는 수고를 없애주었다. 이에 조서가 내려와 기국공의 봉호를 계승하게 하고, 상서둔전랑중(尙書屯田郎中)의 벼슬을 더해주었으며 관직도 높여주었다. 온주자사(溫州刺史)가 되셨을 때도 악성(岳城)과 횡양강(橫陽江) 사이에 제방을 건축해 두 읍 모두 좋은 전답을 가질 수 있게 해주고 수해를 없애주었다. 상서병부랑중(尙書兵部郎中) 겸 어사중승(御史中丞)에 임명되고, 회남군사마(淮南軍司馬)로 있다가 다시 여주자사(廬州刺史)로 옮겨 갔다. 그곳에서도 자기와 벽돌로 성을 쌓아 백성들이 해마다 이엉을 얹을 필요가 없었다. 조정에 들어와 상서직방랑중(尙書職方郎中) 겸 어사중승이 되어 염철사(鹽鐵使)를 보좌했다. 강동(江東)에서 공을 세워 반년 만에 상주자사(常州刺史)를 역임하고 선(宣)·흡(歙)·지

---

5 영주(靈州)에서…… 봉해졌다: 영주는 지금의 감숙성 영무현(靈武縣) 서남쪽이다. 노사공은 대종 때 삭방절도사(朔方節度使)로서 영주를 다스렸고, 대력 연간에는 강서관찰사(江西觀察使)를 거쳐 광주자사(廣州刺史), 영남절도사가 되어 기국공에 봉해졌다.

6 건주자사(虔州刺史)에…… 설치하였는데: 대종 건중(建中) 3년에 노응은 백성을 편리하게 하고자 하는 마음에서 우도현(지금의 강서성 오도현)의 세 개 마을과 신풍리(新豊里)를 나누어 안원현을 따로 설치할 것을 청하였다.

7 감수(贛水): 노응의 주요 치적 가운데 하나가 바로 수리(水利) 사업이다. 그는 공수 물길을 뚫어 뱃길을 만들고, 횡양강에 제방을 쌓아 홍수를 방지했으며, 전답을 개조했다.

(池) 관찰사[8]로 승진했으며 양양군왕(襄陽郡王)의 봉호를 더해 받았다.
치소에 도착하자마자 창고의 쌀을 꺼내 반으로 값을 내려 굶주린 백성들
에게 팔았다. 촉 땅의 유벽(劉闢)[9]이 주살당하자 1천 5백 명의 군사를 촉
땅으로 보냈다. 이기(李錡)[10]가 반란을 일으키려 하자 조정에 이와 같은
사실을 아뢰고는 향병(鄕兵)[11] 1만 2천 명을 준비해두었다. 그러다가 이
기가 실제로 반란을 일으키자 장군에게 명해 시기를 놓치지 말고 어서 가
서 호주(湖州)와 상주 두 주를 구하게 하고, 자신은 강동에 남아 민심을
안정시켰다. 이기는 원군의 도움을 받지 못해 싸움에 패하여 체포되었다.
공은 향산정(響山亭)을 지어 그 부근에 병사들을 주둔시켰는데, 권승상
(權丞相)은 이 일을 가상히 여겨 향산정 비석에 이와 관련된 이야기를 새
겨 넣었다.[12]

　선주에 있은 지 5년 만에 병으로 관직을 떠났다. 〔공이 떠난 뒤에〕
선주의 창고를 살펴보니, 쌀이 50여 만 섬이나 되었고 관부를 살펴보니

8　선(宣)·흡(歙)·지(池) 관찰사: 『구당서』 「헌종기(憲宗紀)」에 "영정 원년(805) 12월에 상
　　주자사 노응을 선주자사 겸 선흡지 관찰사로 삼았다(永貞元年十二月, 以常州刺史路應爲宣州
　　刺史, 宣歙池觀察使)"라는 기록이 보인다. 선·흡·지 관찰사의 치소는 선주(宣州, 지금의
　　안휘성 宣城)에 있었다.
9　유벽(劉闢): 영정 원년 8월에 검남서천절도사(劍南西川節度使) 위고(韋皋)가 죽자 유벽이
　　유후(留後)라 자칭하고 병사를 일으켜 재주(梓州)를 포위하였다. 원화 원년(806) 정월에
　　헌종은 고숭문(高崇文)과 이원혁(李元奕)에게 토벌할 것을 명령하여 그해 10월에 주살되
　　었다.
10　이기(李錡): 당 왕조의 종친이다. 헌종 직위 2년째 되던 해에 절서절도사(浙西節度使)로
　　있다가 난을 일으켰다. 유후 왕담(王澹)과 대장 조기(趙琦)를 죽이고 소주(蘇州)·상주
　　(常州)·항주(杭州)·호주(湖州)·목주(睦州)의 장수들로 하여금 자사를 죽이게 하고 윤
　　주(潤州)를 거점으로 하여 반란을 일으켰다.
11　향병(鄕兵): 지방의 병사들을 지칭하는 말이다.
12　권승상(權丞相)은…… 새겨 넣었다: 권승상은 당시 재상으로 있던 권덕여(權德興)를 지
　　칭한다. 향산은 선주(宣州)에 있던 산 이름이다.

돈이 80만 냥이나 있었다. 공은 고을을 다스릴 때, 홍수나 가뭄을 만나면 기꺼이 싼값에 곡식을 팔았는데, 풍년이 들면 다시 곡식을 사들여 왔기 때문에 늘 여유가 있었다. 따라서 공이 다스리던 고을의 백성들은 병들거나 굶주리지 않을 수 있었고 관부에는 늘 비축해놓은 것이 있었던 것이다. 원화 6년(811)에 천자께서는 공께서 와병 중인 것이 가슴 아파, 관직으로 번거롭게 해서는 안 된다고 하시고는, 공이 머물고 계신 그곳에서 좌산기상시(左散騎常侍)에 임명하시어 녹봉을 받을 수 있게 해주셨다. 그해 9월 보름날에 공께서 동도(東都)[13] 정평리(正平里) 자택에서 돌아가시니, 향년 67세였다. 이듬해에 경조(京兆) 만년현(萬年縣) 소릉원(少陵原)에 묻히셨다. 부인 형양 정씨(滎陽鄭氏)와 합장하였다.

　　합장하고 난 뒤, 공의 아들 임한현남(臨漢縣男)[14] 관(貫)과 공의 아우 상정(賞貞)이 상의하면서 "마땅히 비석에 명문을 새겨야 한다"라고 하고는 숙부이신 어사대부(御史大夫) 겸 녹(鄜)·방(坊)·단(丹)·연(延) 관찰사[15] 서(恕)에게 고했다. 그 집안 아우인 진사 군(羣)이 내게 찾아와 명을 지어달라 하기에, 그 일을 적고 다음과 같이 명문을 짓는다.

　　기공(冀公, 路嗣恭)께서 봉토를 하사받은 것은
　　어려움 속에서 공을 이루셨기 때문이네.
　　양양공(襄陽公, 路應)께서 크신 가업 이어받아
　　친히 큰 경사를 여셨네.

13　동도(東都): 당나라 때는 낙양을 일러 동도라 하였다.

14　임한현남(臨漢縣男): 임한은 지명이고, 현남은 작위 이름이다. 당나라 때는 봉작(封爵)을 아홉 단계로 나누었는데, 가장 밑에 있는 것이 현남으로 종5품에 해당한다.

15　녹(鄜)·방(坊)·단(丹)·연(延) 관찰사: 모두 당나라 때의 주(州) 이름이다. 치소는 녹주(鄜州, 지금의 섬서성 富縣)에 있었다.

건주와 온주에서

전대에 없던 공업을 세우시고

상서 직방랑중이 되시더니

방백들의 우두머리[16]가 되시었네.

아침저녁으로 일어나는 민정들을 처리하여

아래 백성들은 온전하게, 위에 바칠 창고는 가득하게 하셨네.

향병(鄕兵)을 설치하시어

이웃 도적들 결국 내몰리어 굴복하게 만들고,

향산(響山)에서 군대를 통솔하여

담장과 집들을 수리하셨네.

비석에 그 공적을 새겨 기렸으니

그 글은 바로 권승상께서 쓰신 것.

자리를 물려주고 집 안에 거하셨으나,

품계는 멀어졌어도 실은 매우 가까웠다네.

병들어 조정에 나아가지 못하더니

봉록을 하사받으며 남은 생애를 마치시었네.

대대로 이어진 명문대가는

지키기가 어려우니,

아무리 혁혁하고 아무리 성대하더라도

끝에 가서 화를 입지 않을까 경계해야 한다네.

우리 양양공께서는

조심조심 지키시어

---

16 방백들의 우두머리: 여러 지방 장관들의 우두머리라 함은 관찰사를 뜻한다.

후손들에게 길이 남겨주시니,

감히 삼가 따르지 않는 자가 없었네.

언덕에 무덤 있고

길가에 나무 세워져 있네.

이로써 영원에 고하나니

박사(博士)¹⁷가 지은 이 명문을.

唐銀靑光祿大夫守左散騎常侍致仕上柱國襄陽郡王
平陽路公神道碑

惟路氏遠有代序, 自隋尙書兵部侍郎諱裒, 四代而至冀公. 冀公諱嗣恭, 以小邑蕭關令發聞. 開元受賜更名, 書於太史. 治行靈州, 終功南邦, 享有丕祉, 紹開厥家. 官至兵部尙書, 封冀國公, 薨贈尙書右僕射司空.

公諱應, 字從衆, 冀公之嫡子. 用大臣子謹飭擢至侍御史·著作郎, 選刺虔州, 割餘雩都, 作縣安遠, 以利人屬. 鑿敗灘石, 以平贛梗, 陶甓而城, 罷人屢築. 詔嗣冀封, 又加尙書屯田郎中, 進服色. 遂臨于溫, 築隄岳城·橫陽界中, 二邑得上田, 除水害. 拜尙書兵部郎中, 兼御史中丞, 淮南軍司馬, 改遷廬州, 又甓其城, 人不歲苦. 入爲尙書職方郎中, 兼御史中丞, 佐鹽鐵使. 使江東有功, 用半歲歷常州, 遷至宣歙池觀察使, 進封襄陽郡王.

17　박사(博士): 이 글은 한유가 국자박사로 있을 때 지었기에 스스로를 박사라 칭한 것이다.

至則出倉米，下其估半，以廩餓人．蜀闢誅，行軍千五百人於蜀．李錡將反，以聞，置鄉兵萬二千．李錡反，命將期以卒救胡（湖）·常，坐牢江東心．錡以無助敗縛．作響山亭，營軍于左右．權丞相善之，鑱其說響山石．

居宣五年，以疾去位．校其倉，得石者五十萬餘，府得錢千者八十萬．公之爲州，逢水旱，喜賤出與人，歲熟，以其得收，常有贏利，故在所，人不病饑，而官府畜積．元和六年，天子憫公疾，不可煩以職，卽其處拜左散騎常侍，以其祿居．其歲九月望，薨于東都正平里第，年六十七．明年，葬京兆萬年少陵原．夫人榮陽鄭氏祔．

旣，其子臨漢縣男貫，與其弟賞貞謀曰：“宜有刻也．”告於叔父御史大夫·鄜坊丹延觀察使恕，因其族弟進士羣以來請銘，遂以其事銘曰：

冀公之封，維艱就功．襄陽繼大，啓慶自躬．于虔泊溫，厥緒旣作．以及職方，遂都邦伯．朝夕人事，下完上實．師于其鄉，鄰寇逼屈．營軍響山，牆屋修施．褒功刻表，丞相之辭．受代而家，叙疏及邇．病不能廷，食祿卒齒．凡代大家，維難其保．旣顯旣碩，戒于終咎．伊我襄陽，克愼以有．延畀後承，莫不牽守．有墓于原，維樹在經．以告無期，博士是銘．

회서(淮西) 평정을 기념하는 비[1]

전편을 통해 전공(戰功)을 나열한 부분은 『사기』나 『한서』를 모방했다. 그러나 어휘나 취지는 순전히 작가의 독특한 구상력에서 나왔다. 이 글의 가장 훌륭한 점은 신하가 천자를 찬송하는 적절한 체제를 얻었다는 것이다.

당나라가 능히 하늘의 덕을 닮으니, 하늘이 성스러운 자손 대대로 끊이지 않고 내시었다. 천년만년토록 삼가 나태하지 않으니, 온 천하를 내주시어 사해구주에 안팎이 따로 없이 모두가 당을 임금으로 섬기고 모두가 신하를 자처하였다. 고조(高祖)와 태종(太宗)께서는 해악을 없애고 천하를 다스리셨으며, 고종(高宗)과 중종(中宗), 그리고 예종(睿宗)께서는 백성들을 쉬면서 생육하도록 해주시었다. 현종(玄宗)께서 그 보답으로 공(功)을 거두심이 지극히 창성하고도 풍성하시어, 만물 성대하고

---

1 『구당서』 「한유전」에 이 작품과 관련하여 다음과 같은 기록이 나온다. "원화 12년 8월에, 재상 배도는 회서선위처치사 겸 창의군 절도사가 되었는데, 그때 한유를 행군사마로 삼겠다고 청하니, 주상께서는 금자를 하사하셨다. 회서와 채주가 평정되자 12월에 한유는 배도를 따라 조정으로 돌아왔으며, 공을 인정받아 형부시랑에 제수되었다. 또한 조서를 내려 한유에게 「평회서비」를 짓게 하였다. 비문에서 한유는 배도의 업적을 많이 서술하였다. 그에 앞서 채주로 들어가 오원제를 잡아들이는 데는 이소의 공이 으뜸이었기에, 이소는 그 글에 대해 불만을 가지고 있었다. 이소의 아내가 궁궐을 드나들면서 비문에 적힌 내용이 사실과 다르다며 고소하자, 이에 조서가 내려와 한유의 비문을 지워버리게 했다. 헌종은 한림학사 단문창에게 명해 글을 다시 짓게 한 다음 돌에 새겨 넣었다(元和十二年八月, 宰臣裴度爲淮西宣慰處置使, 兼彰義軍節度使, 請愈爲行軍司馬, 仍賜金紫. 淮·蔡平, 十二月隨度還朝, 以功授刑部侍郞, 仍詔愈撰「平淮西碑」. 其辭多敍裴度事. 時先入蔡州擒吳元濟, 李愬功第一, 愬不平之. 愬妻出入禁中, 因訴碑辭不實, 詔令磨愈文, 憲宗命翰林學士段文昌重撰文勒石)." 이 비문은 원화 13년(818) 봄에 지어졌다.

영토 넓었으나 재앙[2]이 그 가운데서 싹트고 있었다. 숙종(肅宗)·대종(代宗)·덕종(德宗)·순종(順宗), 모두 근면하시고 관용도 있었다. 극악한 무리를 막 제거하긴 하였으나 잔당의 무리들 미처 다 베어내지 못하였거늘, 재상이며 장수며 문무백관 들은 안락하게 즐기기만 하면서 늘 보고 듣는 일이라 당연히만 여겼다.

예성문무황제(睿聖文武皇帝)[3]께서 뭇 신하들의 조알을 받으신 후 여도(輿圖)를 살피시고 조공(朝貢)을 헤아려보시더니 이렇게 말씀하셨다.

"아! 하늘이 우리 집안에 온 나라를 주시어, 오늘날까지 이어져 내게 왕위가 미쳤도다. 내 만일 정사를 제대로 돌보지 못한다면 무슨 낯으로 종묘에서 조상을 뵙겠는가?"

뭇 신하들 두려움에 떨면서 각자 맡은 직분을 수행하느라 분주히 뛰어다녔다. 이듬해 하주(夏州)을 평정하고[4] 그 이듬해에 촉 땅을 평정하였으며,[5] 또 그 이듬해 강동을 평정하고[6] 또 그 이듬해 택로(澤潞)를 평정하

---

2 재앙: 여기서 재앙이라 한 것은 안녹산의 난을 염두에 두고 한 말이다.

3 예성문무황제(睿聖文武皇帝): 헌종(憲宗)을 가리킨다. 『구당서』 「헌종기」에 따르면 "원화 3년 봄 정월 계사일에 여러 신하들이 '예성문무황제'라는 존호를 올리니, 황제께서는 선정전에 납시어 존호를 받으셨다(元和三年春正月癸巳, 群臣上尊號 '睿聖文武皇帝', 御宣政樓受冊)"고 한다.

4 이듬해…… 평정하고: 영정(永貞) 원년(805) 8월에 하수은(夏綏銀, 치소는 하주에 있다) 절도유후 양혜림(楊惠琳)이 반란을 일으키자 조정에서 하동(河東)과 천덕(天德)의 병사를 내보내 토벌했는데, 하주 병마사로 있던 장승금(張承金)이 양혜림을 참수하고 하주를 평정했다. 『구당서』 「헌종기」에 보인다.

5 촉 땅을 평정하였으며: 서천(西川) 절도사 유벽(劉闢)이 난을 일으킨 사건을 말한다. 『신당서』 「헌종기」에 다음과 같은 기록이 나온다. "영정 원년 8월 계축일에 검남서천절도사 위고가 죽자 행군사마로 있던 유벽이 유후를 자칭했다. 원화 원년(806) 정월 계미일에, 장무성사로 있던 고숭문이 좌신책 행영절도사가 되어 유벽을 토벌했다. 9월 신해일에 고숭문은 성도를 수복하고 10월 무자일에 유벽을 주살했다(永貞元年八月癸丑, 劍南西川節度使韋皐卒, 行軍司馬劉闢自稱留後. 元和元年正月癸未, 長武城使高崇文爲左神策行營節度使, 以討劉闢. 九月辛亥, 高崇文克成都. 十月戊子, 劉闢伏誅)."

였다.[7] 드디어 이주(易州)와 정주(定州)를 안정시키고, 위주(魏州)·박주(博州)·패주(貝州)·위주(衛州)·단주(澶州)·상주(相州)를 수복하니, 뜻에 따르지 않는 자가 없었다. 황제께서 말씀하시길, "끝내 무력만을 쓸 수는 없으니, 내 잠시 쉬게 하고자 하노라" 하시었다.

원화 9년(814), 채주자사(蔡州刺史)가 죽자 채주 사람들은 그의 아들 오원제(吳元濟)를 자사로 세울 것을 조정에 청하였으나 황제께서는 이를 허락하지 않으셨다. 이에 무양(舞陽)을 불사르고 섭(葉) 땅과 양성(襄城)을 침략해 동도(東都)를 진동시켰으며, 사방으로 병사를 내보내 노략질을 일삼았다.[8] 황제께서 조정 대신들에게 두루 방도를 물었더니 한

6　강동을 평정하고: 강동이라 함은 절서(浙西) 지역을 지칭하는 말로, 강서절도사 이기(李錡)를 평정한 사건을 말한다. 강서절도사의 치소는 윤주(潤州)에 있었는데, 이기가 윤주를 점거하고 반란을 일으켰다. 이에 조정에서는 회남절도사(淮南節度使) 왕악(王鍔)을 제도행영초토사(諸道行營招討使)에 임명하고 내관 설상연(薛尙衍)을 감군(監軍)에 임명하여 변주·서주·악주·회남·선흡의 병사를 이끌고 나아가 토벌하게 하였다. 후에 윤주 대장 장자량(張子良)과 이봉선(李奉僊) 등이 이기를 잡아 바쳤는데, 이기는 영남으로 유배되었다가 독류수 아래에서 참수되었다.

7　택로(澤潞)를 평정하였다: 택로는 소의군(昭義軍)을 가리키며 당나라 때 방진 이름으로 치소는 노주(潞州)에 있었다. 성덕군(成德軍) 절도사 왕사진(王士眞)이 죽은 뒤 그의 아들 왕승종(王承宗)이 권력을 장악하며 조정에 항거했다. 이에 노종사(盧從史)가 왕승종을 토벌할 계략을 내어 소의군 절도사에 임명되었다. 그러나 왕승종을 토벌하라는 조서가 내려왔는데도 노종사를 오히려 왕승종과 통모하여 반란을 꾀했다. 원화 5년(810)에 진주행영초토사(鎭州行營招討使) 토돌승최(吐突承璀)가 노종사를 체포해 도성으로 압송해 왔는데, 여기서 택로를 평정하였다 함은 이 사건을 가리킨다.

8　원화 9년…… 일삼았다: 원화 9년 윤8월에 채주자사 겸 팽의군(彭義軍) 절도사인 오소양(吳少陽)이 죽자 그의 아들 오원제가 군사를 장악하고 절도사를 자칭했다. 또 채주 사람들이 그를 원수로 세우고자 조정에 청했으나 윤허받지 못하였다. 이에 오원제는 반란을 일으켰는데, 당시 상황에 대해 『신당서』「번진전(藩鎭傳)」에서는 다음과 같이 적고 있다. "오원제는 허락을 받지 못하자 모든 병사들을 거느리고 사방으로 침략을 일삼았다. 무양과 섭 땅을 불태우고 양성과 양적을 약탈했다. 당시 허주와 여주 사람들은 모두 가시덤불 사이에서 숨어 지냈는데, 그들이 천여 리에 걸친 지역에서 노략질을 해대는 통에 관동 사람들이 크게 놀랐다(元濟不得命, 乃悉兵四出, 焚舞陽及葉, 掠襄城·陽翟. 時許·汝居人皆竄伏榛莽間,

두 신하를 제외하고는 한결같이 이렇게 말했다.

"채주의 원수들이 조정의 명령에 따르지 않은 지 벌써 50년입니다. 그간 세 개의 성(姓)을 가진 네 명의 장수들이[9] 지위를 이어받아온지라, 그 뿌리가 매우 단단합니다. 무기는 날카롭고 병사들은 강인하니, 다른 지방과 동일시해서는 안 됩니다. 예전대로 저들을 보듬어주면 우리 조정은 채주를 소유할 수 있을 터이고, 저들의 뜻을 따라주면 아무 일도 없을 것입니다."

대신이 제멋대로 결단하여 제창하자 너도나도 부화뇌동하며 모두가 똑같은 소리를 해댔는데, 너무도 완고하여 깰 수가 없었다. 그러나 황제께서는 이렇게 말씀하셨다.

"하늘과 나의 선조께서 내게 부여하신 임무가 아마도 이 일인가 싶구나! 내 어찌 감히 힘쓰지 않을 수 있겠느냐? 하물며 한두 명이라도 내게 동조하는 신하가 있으니, 도와주고자 하는 자가 없는 것도 아니지 않는가."

"광안(光顔),[10] 너는 진주(陳州)와 허주(許州)의 원수가 되어, 행군 중인 하동(河東)·위박(魏博)·합양(郃陽) 세 군(軍)의 병사를 거느리도록 하라."

"중윤(重胤),[11] 너는 본디 하양(河陽)과 회주(懷州)를 거느리고 있었으나, 지금 여주(汝州)를 보태주노니, 행군 중인 삭방(朔方)·의성(義

剽係千餘里, 關東大震)."

9 세 개의…… 장수들이: 이희열(李希烈)·진선기(陳仙奇)·오소성(吳少誠)·오소양을 가리킨다.

10 광안(光顔): 이광안(李光顔). 자는 광원(光遠)으로 하곡(河曲, 지금의 산서성 永濟縣) 출신으로 원래 성은 아질씨(阿跌氏)였으나 후에 이씨 성을 하사받았다.

11 중윤(重胤): 오중윤(烏重胤).

成)·협주(陝州)·익주(益州)·봉상(鳳翔)·연주(延州)·경주(慶州) 일곱 개 군의 병사를 거느리도록 하라."

"홍(弘),[12] 너는 1만 2천 병사를 너의 아들 공무(公武)에게 맡겨 이끌고 가 토벌하도록 분부하라."

"문통(文通),[13] 너는 수주(壽州)를 지키고 있으니, 수주에서 행군 중에 있는 선무(宣武)·회남(淮南)·선흡(宣歙)·절서(浙西) 네 개 군의 병사를 거느리도록 하라."

"도고(道古),[14] 너는 악악(鄂岳)관찰사를 맡도록 하라."

"소(愬),[15] 너는 당주(唐州)·등주(鄧州)·수주(隨州)의 원수가 되라. 각자 자신이 거느린 병사들을 이끌고 진군하도록 하라."

"도(度),[16] 너는 어사중승(御史中丞)이 되어 병사들을 시찰하도록 하라."

"도, 너는 나와 뜻을 같이하고 있으니, 나의 재상이 되어 명령에 따르는 자에게 상을 주고 명령에 따르지 않는 자에게 벌을 내리라."

"홍, 너는 부절을 가지고 가 여러 군을 통솔하도록 하라."

"수겸(守謙),[17] 너는 내 옆에 있도록 하라. 또한 너는 가장 가까운 신하이니, 가서 군사들을 위무하도록 하라."

"도, 너는 가서 나의 병사들을 잘 입히고 잘 먹여, 추위에 떨게 하지

---

12 홍(弘): 한홍(韓弘).

13 문통(文通): 이문통(李文通).

14 도고(道古): 이도고(李道古). 조왕(曹王) 이고(李皐)의 아들이다.

15 소(愬): 이소(李愬). 조주(洮州) 임담(臨潭, 지금의 감숙성) 사람이다.

16 도(度): 배도(裴度). 자는 중립(中立). 하남(河南) 문희(聞喜) 사람으로『구당서』「배도전」에 따르면 원화 9년(814)에 어사중승에 임명되었다고 한다.

17 수겸(守謙): 양수겸(梁守謙)으로 환관이었다.

도 굶주리게 하지도 마라. 이번 일을 잘 끝내 채주 사람들에게 살 길을 마련해주도록 하라. 너에게 부절과 통천어대(通天御帶),[18] 그리고 보위병 3백 명을 하사하노라. 조정의 신하들 중 너를 따르게 할 자는 직접 고르되, 능력 있는 자라면 대신이라도 꺼리지 말고 고르도록 하라. 경신일에 문에 직접 나가 너를 전송하겠다."

"어사, 사대부들이 전란에 고생하는 것이 내 심히 마음 아프니, 이제부터 종묘제사가 아니거든 음악을 연주하지 말도록 하라."

이광안·오중윤·한공무가 북쪽을 합공하여 열여섯 차례 큰 전쟁을 치른 끝에 목책(木栅)과 성채와 현(縣) 스물세 개를 점령하였는데, 그때 투항해온 병졸이 4만 명이었다. 이도고는 동남쪽을 공격하여 여덟 번의 전쟁을 치른 끝에 3천 명이 투항해왔고, 다시 신주(申州)로 들어가 외성을 격파하였다. 이문통은 동쪽에서 싸워 십여 차례 접전 끝에 1만 2천 명이 투항해왔다. 이소는 서쪽으로 들어가 적장을 사로잡았는데, 번번이 놓아주고 죽이지 않았다. 그러나 끝내 적장의 계략을 써서 싸울 때마다 공훈을 세울 수 있었다. 원화 12년(817) 8월에 승상 배도가 군영에 도착하여 도통(都統) 한홍이 더욱 다급하게 전쟁을 독려하니, 이광안·오중윤·한공무 등이 더욱 힘껏 연합하여 전쟁을 치렀다. 오원제는 모든 병력을 모아 회곡(洄曲)에서 수비하였다. 10월 임신일에 이소는 사로잡은 적장을 등용하여 문성(文城)으로 나갔는데, 큰 눈이 내리는 것을 이용해 120리 길을 질주해갔다. 한밤중에 채주에 도착해 성문을 부수고 오원제를 잡아 바치고는 그 부하들을 모조리 잡아들였다. 승상 배도는 신사일에 채주로

---

18 부절과 통천어대(通天御帶): 부절은 부절(符節)과 부월(斧鉞)을 말하는데, 자사나 장수에게 하사하여 권력의 상징물로 삼게 하였다. 통천어대는 통천서(通天犀)로 장식한 어대를 말한다. 이는 황제가 두르던 띠이므로 황제의 권력을 상징한다.

들어가 황제의 명령으로 그들을 살려주었다. 회서가 평정되자 크게 잔치를 베풀고 공훈을 치하하였다. 병사들은 돌아오면서 그들이 가지고 있던 군량을 모두 채주 사람들에게 주고 왔다. 채주의 병졸 3만 5천 명 중에, 병사 되기를 마다하고 돌아가 농사짓기를 원하는 자가 열에 아홉이었기에 모두 그들의 뜻에 따라주었다. 오원제는 도성에서 참수하였다.

공훈에 따라 관작을 하사하시니, 한홍에게는 시중(侍中)을 더해주었고, 이소는 좌복야(左僕射)에 임명하여 산남동도(山南東道) 원수가 되게 하셨으며, 이광안과 오중윤에게는 각각 사공(司空)을 더해주고, 한공무는 산기상시(散騎常侍)로서 녹주(鄜州)·방주(坊州)·단주(丹州)·연주(延州)를 통솔하게 했다. 이도고는 대부(大夫)로 승진시키고, 이문통에게는 산기상시를 더해주었다. 승상 배도가 황제를 배알하러 도성으로 향하는 도중 진국공(晉國公)에 봉하고 품계를 금자광록대부(金紫光祿大夫)로 승진시켰으며, 예전대로 재상의 관직을 맡게 했다. 또 그의 부관이었던 마총(馬總)을 공부상서(工部尙書)에 임명하고 채주의 임무를 수령하게 했다. 개선하고 돌아와 상주문을 올리니 뭇 신하들이 성스러운 공적을 기록하여 금석에 남길 것을 청하였다. 황제께서 신 한유에게 명하심에 신 한유는 재배 올리고 머리를 조아리며 글을 바쳐 아뢴다.

당나라가 천명을 받음에
만방을 신하로 삼았네.
그 누가 근방에 살면서
서로 도둑질하며 함부로 날뛰었으리요.
옛날 현종 황제 시절에
성대함이 극에 달해 기울기 시작했네.

하북에서 사납고 교만하게 굴자

하남에서도 부화뇌동하여 함께 일어났네.

네 분 황제께서[19] 이를 용서치 않으시어

거듭 병사를 일으켜 정벌하시었네.

그러나 제압하지 못한 자가 있어

병사를 늘려 수비를 강화하였네.

사내는 밭을 갈아도 먹을 음식 없고,

아낙은 베를 짜도 입을 옷 없었으니,

수레로 실어 날라

병졸들의 식량을 대주었기 때문이라네.

바깥에 있던 많은 신하들 황제 조알을 하지 않고,

황제 또한 사악(四嶽) 순수하는 일을 하지 않으셨네.

백관들이 직무를 게을리하여

옛날의 치적이 사라지고 말았네.

헌종 황제께서 이때 제위를 계승하시어

옛날을 돌아보며 탄식하시었네.

"너희 문무백관들아,

내 집안 긍휼히 여겨줄 자 그 누구더냐!"

오 땅과 촉 땅의 반란자의 목을 베시고,[20]

곧 이어 산동을 수복하시었네.[21]

---

19 네 분 황제께서: 숙종·대종·덕종·순종 네 황제를 지칭한다.

20 오 땅과…… 베시고: 오 땅의 역적은 절서절도사 이기를 가리키고 촉 땅의 역적은 서천절
도사 유벽을 가리킨다.

21 산동을 수복하시었네: 산동이라 함은 택로(澤潞)를 가리킨다. 여기서는 토돌승최가 소의
절도사 노종사를 압송하여 도성으로 보낸 일을 가리킨다. 주 7 참조.

위(魏) 땅 장수가 앞장서 기의(起義)하더니,

여섯 개 주를 이끌고 와 귀의하였네.[22]

그러나 채주[23]만은 복종하지 않고

스스로 강하다 자부하며

병사를 이끌고 난리를 일으키면서

옛날처럼 군림하고자 하였네.

황제께서 토벌하라 명령하시자마자,

저들은 간악한 이웃과 연합하더니,

급기야 몰래 자객을 보내

재상을 해치기까지 하였네.[24]

처음에는 전쟁에 불리해

도성 사람들 모두 놀랐네.

여러 신하들 상주문을 올려

은혜로 귀순케 하느니만 못하다고 하였네.

황제께서는 이 말 듣지 않으시고

신령과 더불어 일을 도모하시더니,

같은 덕을 지니신 분[25]을 재상에 임명하시어

---

22 위(魏) 땅…… 귀의하였네: 위박절도사(魏博節度使) 전홍정(田弘正)이 앞장서 기의하여 여섯 개 주를 이끌고 조정에 귀의한 일을 말한다. 여섯 개 주는 위주·박주·패주(貝州)· 위주(衛州)·단주(澶州)·상주(相州)다.

23 채주: 오원제 사건을 말하고 있다.

24 간악한…… 하였네: 채주의 오원제는 이사도(李師道)·왕승종(王承宗) 등과 연합하여 세력을 넓혀나갔는데, 『구당서』「배도전」에 "왕승종과 이사도가 같이 자객을 보내 재상 무원형을 찌르게 하고는 배도도 찌르게 하였다(王承宗·李師道俱遣刺客刺宰相武元衡, 亦令刺度)"라는 구절이 나오는 것으로 보아 이 사건을 이야기하고 있는 것 같다.

25 같은 덕을 지니신 분: 배도를 가리킨다.

하늘의 징벌을 완수하시었네.

이광안·오중윤,

이소·한공무·이도고·이문통에게 명령하시니,

모두가 한홍의 통솔 아래

각자 공훈을 세웠네.

세 방향에서 나누어 공격하였으며,

그 병사는 5만 명이었다네.

대군이 북쪽에서 승세를 타고 들어왔으니

숫자는 그 두 배나 되었네.

일찍이 시곡(時曲)[26]으로 진격하니

적병들 한바탕 소동이 일어났네.

능운책(陵雲柵)[27]을 끊어버리자

채주 병졸들 크게 곤경에 처하였네.

소릉(邵陵)에서 승리하고 나니

언성(郾城)에서 항복해왔네.

여름에서 가을로 접어드는 동안

주둔하고 있는 군영들만 줄을 지었네.

병사들 피곤하여 떨치고 일어나지 못하니

승전보 또한 들려오지 않았네.

황제께서는 병사들 긍휼히 여기시어

---

26 시곡(時曲): 본문에 나왔던 회곡(洄曲)으로 하남성에 있다.

27 능운책(陵雲柵): 은수(溵水) 서남쪽, 언성(郾城) 동북쪽에 있는 책(柵) 이름. 『구당서』
「이광안전」에 다음과 같은 기록이 보인다. "원화 11년에 이광안은 오원제의 무리를 연파
하고 능운책에서 적을 섬멸했다(元和十一年, 光顔連敗元濟之衆, 拔賊凌雲柵)."

재상에게 명하여 전장으로 가 위무하게 하시었네.

병사들 배불러 노래하고

말도 구유에서 펄쩍펄쩍 뛰었네.

신성(新城)에서의 싸움,

적군들 패해 달아났네.[28]

저들은 가진 힘을 다 모아

한데 모여 우리 병사들을 방어했네.

서쪽의 병사들 채주로 단숨에 들어갔으나,[29]

도중에 남아 있는 자 하나도 없었네.

높고 높은 채주의 성채,

그 영토는 천 리에 달하네.

우리 병사들 그 안으로 들어가 채주를 수복하니,

모두 조정에 귀순해왔네.

황제께서는 은혜로우신 조서를 내리시고

재상 배도께서 직접 오시어 위로하셨네.

오직 적의 우두머리만을 주벌하시고

그 아랫사람들은 놓아주셨네.

채주의 남정네들

갑옷을 던지고 환호하며 춤을 추었고,

채주의 아낙들

---

28 신성(新城)에서의…… 달아났네: 신성은 언성현 남쪽에 있다. 『구당서』「이광안전」에 따르면, 배도가 행영에 도착하여 판축 현장을 돌아보고 있을 때 적군이 쳐들어와 배도를 습격하려 하였다. 그러나 이광안은 미리 전포(田布)에게 시켜 병사 2백 명을 잠복해 있게 하여서, 적군과의 결전에서 크게 승리하였다 한다. 여기서는 이 사건을 서술하고 있다.

29 서쪽의…… 들어갔으나: 장군 이소의 군대는 서쪽에서 채주로 들어가 오원제를 생포했다.

문 앞에 나와 맞이하며 웃고 이야기했네.

채주 사람들이 배고픔을 호소해오자

배에다 양식을 싣고 가 먹여주었고,

채주 사람들이 추위를 호소해오자

비단과 베를 하사하였네.

전쟁을 시작할 당시 채주 사람들에게는

서로의 왕래를 금하는 법이 있었지만,

지금은 서로 오가며 농담도 하고

마을 문은 밤까지 열려 있네.

전쟁을 시작할 당시 채주 사람들,

나아가면 싸워야 하고 물러나면 죽임을 당했지만,

지금은 느지막이 일어나

왼손으론 밥을 먹고 오른손으론 죽을 먹네.

저들을 위해 자사를 가려 뽑아,[30]

아직도 피폐해 있는 사람들 거두게 하셨네.

관리를 뽑아 소를 하사하였으며,

사람들에게 법을 가르치게 하고 세금을 면제해주었네.[31]

채주 사람들이 말했네.

---

30 저들을…… 뽑아: 마총을 채주자사에 임명한 일을 말하고 있다.

31 사람들에게…… 면제해주었네: 『구당서』 「마총전」에 "마총은 신주·광주·채주 사람이 오래도록 역적의 손아귀에 있어 법을 모르기 때문에 위엄으로써 권도하고 법령으로써 교화시켰다(摠以申·光·蔡等州人久陷賊寇, 人不知法, 威刑勸導, 咸令率化)"라는 기록이 보이고, 『구당서』 「헌종기」에 "회서의 군인은 일절 불문하고 원래 칙서에 의거하여 2년의 급식을 회복시켜준다(淮西軍人, 一切不問, 宜準元勅給復二年)"라는 기록이 보인다. 즉 2년간 세금을 면제해준다는 말이다.

"처음엔 어리석어 잘 몰랐으나
이제는 깨달았도다,
지난날 행위가 부끄럽다는 것을."
채주 사람들이 말했네.
"천자께서는 성명하시어
순종하지 않는 자는 일가를 멸족하고
순종하는 자는 목숨을 보존해주신다네.
내 말 믿지 못하겠다면,
채주에 와서 한번 보시게.
누구든 순종하지 않으면
도끼로 그 목을 칠 것이라.
역적들 수작을 부리며
기세등등하게 서로 의지하지만,
우리처럼 강한 곳도 지탱하지 못했거늘
하물며 너희처럼 약한 곳이 무얼 믿고 그러느냐.
너희 우두머리와
너의 부형에게 고하게.
함께 손잡고 조정에 투항하여
우리와 같은 태평성세를 누리자고."
채주에서 반란을 일으키자
천자께서 토벌하셨네.
토벌하고 난 뒤 굶주리자
천자께서 살려주시었네.
처음에 채주 칠 것을 논의하였을 때

조정대신들 따르지 않았고,

토벌이 4년이나 지속되었을 때

대소신하들 모두 의구심을 품었네.

〔오원제를〕 용서하지 않고 과단을 내리셨으니,

이 모든 것 천자의 영명하심에서 나왔네.

이번 채주에서의 성공은

오로지 과단이 있었기에 이룰 수 있었던 것.

회서와 채주를 평정한 후

사방 오랑캐 모두 귀의하니,

드디어 명당을 열고

그곳에 앉아 나라를 다스리시네.

平淮西碑

通篇次第戰功. 摹倣史漢. 而其辭旨特自出機軸. 其最好處, 在得臣下頌美天子之

體.

天以唐克肖其德, 聖子神孫, 繼繼承承. 於千萬年, 敬戒不怠, 全付所
覆, 四海九州, 罔有內外, 悉主悉臣. 高祖·太宗, 旣除旣治, 高宗·中·
睿, 休養生息. 至於玄宗, 受報收功, 極熾而豐, 物衆地大, 孽牙其間. 肅
宗·代宗·德祖·順考, 以勤以容. 大慝適去, 稂莠不薅. 相臣將臣, 文恬

武嬉, 習熟見聞, 以爲當然.

睿聖文武皇帝, 旣受羣臣朝, 乃考圖數貢曰: "嗚呼! 天旣全付子有家, 今傳次在子, 子不能事事, 其何以見于郊廟?" 羣臣震懾, 奔走率職. 明年平夏, 又明年平蜀, 又明年平江東, 又明年平澤潞. 遂定易定, 致魏·博·貝·衛·澶·相, 無不從志. 皇帝曰: "不可究武, 子其少息."

九年, 蔡將死, 蔡人立其子元濟以請, 不許. 遂燒舞陽, 犯葉·襄城, 以動東都, 放兵四劫. 皇帝歷問于朝, 一二臣外, 皆曰: "蔡帥之不廷授, 于今五十年, 傳三姓四將, 其樹本堅, 兵利卒頑, 不與他等. 因撫而有, 順且無事." 大官臆決唱聲, 萬口和附, 并爲一談, 牢不可破. 皇帝曰: "惟天惟祖宗所以付任子者, 庶其在此! 子何敢不力? 況一二臣同, 不爲無助."

曰: "光顏, 汝爲陳·許帥, 維是河東·魏博·郃陽三軍之在行者, 汝皆將之." 曰: "重胤, 汝故有河陽·懷, 今益以汝, 維是朔方·義成·陜·益·鳳翔·延·慶七軍之在行者, 汝皆將之." 曰: "弘, 汝以卒萬二千, 屬而子公武往討之." 曰: "文通, 汝守壽, 維是宣武·淮南·宣歙·浙西四軍之行于壽者, 汝皆將之." 曰: "道古, 汝其觀察鄂岳." 曰: "愬, 汝帥唐·鄧·隨. 各以其兵進戰." 曰: "度, 汝長御史, 其往視師." 曰: "度, 惟汝子同, 汝遂相子, 以賞罰用命不用命." 曰: "弘, 汝以其節都統諸軍." 曰: "守謙, 汝出入左右, 汝惟近臣, 其往撫師." 曰: "度, 汝其往, 衣服飲食子士, 無寒無饑, 以旣厥事, 遂生蔡人. 賜汝節斧, 通天御帶, 衛卒三百. 凡茲廷臣, 汝擇自從, 惟其賢能, 無憚大吏. 庚申, 子其臨門送汝." 曰: "御史, 子閔士大夫戰甚苦, 自今以往, 非郊廟祠祀, 其無用樂."

顏·胤·武合攻其北, 大戰十六, 得柵城縣二十三, 降人卒四萬. 道古攻其東南, 八戰, 降萬三千, 再入申, 破其外城. 文通戰其東, 十餘遇, 降萬二千. 愬入其西, 得賊將, 輒釋不殺, 用其策, 戰比有功. 十二年八月,丞相度至師, 都統弘責戰益急, 顏・胤・武合戰益用命. 元濟盡并其衆洄曲以備, 十月壬申, 愬用所得賊將, 自文城, 因天大雪, 疾馳百二十里, 用夜半到蔡, 破其門, 取元濟以獻, 盡得其屬人卒. 辛巳, 丞相度入蔡, 以皇帝命赦其人. 淮西平, 大饗賚功. 師還之日, 因以其食賜蔡人. 凡蔡卒三萬五千, 其不樂爲兵, 願歸爲農者十九, 悉縱之. 斬元濟京師.

册功, 弘加侍中, 愬爲左僕射, 帥山南東道, 顏・胤皆加司空, 公武以散騎常侍帥鄜・坊・丹・延, 道古進大夫, 文通加散騎常侍. 丞相度朝京師, 道封晉國公, 進階金紫光祿大夫, 以舊官相. 而以其副總爲工部尚書, 領蔡任. 既還奏, 羣臣請紀聖功, 被之金石. 皇帝以命臣愈, 臣愈再拜稽首而獻文曰:

唐承天命, 遂臣萬邦. 孰居近土, 襲盜以狂. 往在玄宗, 崇極而圮. 河北悍驕, 河南附起. 四聖不宥, 屢興師征. 有不能克, 益戍以兵. 夫耕不食, 婦織不裳. 輸之以車, 爲卒賜糧. 外多失朝, 曠不嶽狩. 百隷怠官, 事亡其舊. 帝時繼位, 顧瞻咨嗟. 惟汝文武, 孰恤予家. 既斬吳蜀, 旋取山東. 魏將首義, 六州降從. 淮蔡不順, 自以爲强. 提兵叫讙, 欲事故常. 始命討之, 遂連姦隣. 陰遣刺客, 來賊相臣. 方戰未利, 內驚京師. 羣公上言, 莫若惠來. 帝爲不聞, 與神爲謀. 乃相同德, 以訖天誅. 乃勅顏胤, 愬武古通. 咸統於弘, 各奏汝功. 三方分攻, 五萬其師. 大軍北乘, 厥數倍之. 常兵時曲, 軍士蠢蠢. 既剪陵雲, 蔡卒大窘. 勝之邵陵, 郾城來降. 自夏入秋, 復屯相望. 兵頓不勵, 告功不時. 帝哀征夫, 命相往釐. 士飽而歌, 馬騰於槽. 試之新城, 賊遇敗逃. 盡抽其有, 聚以防我. 西師躍入, 道無留者. 額額蔡城, 其疆千里. 既入而有, 莫不順俟. 帝有恩言, 相度來宣. 誅止其魁, 釋其下人. 蔡之卒夫, 投甲呼舞. 蔡之婦女, 迎門笑語. 蔡人告饑, 船粟往哺. 蔡人告寒, 賜以繪布. 始時蔡人, 禁不往來. 今相從戲, 里門夜開. 始時蔡人, 進戰退戮. 今旰而起, 左餐右粥. 爲之擇人, 以收餘憊. 選吏賜牛, 敎而不稅. 蔡人有言, 始迷不知. 今乃大覺, 羞前之爲. 蔡人有言, 天子明聖. 不順族誅, 順保性命. 汝不吾信, 視此蔡方. 孰爲不順, 往斧其吭. 凡叛有數, 聲勢相倚. 吾强不支, 汝弱奚恃. 其告而長, 而父而兄. 奔走偕來, 同我太平. 淮蔡爲亂, 天子伐之. 旣伐而饑, 天子活之. 始議伐蔡, 卿士莫隨. 旣伐四年, 小大竝疑. 不赦不疑, 由天子明. 凡此蔡功, 惟斷乃成. 旣定淮蔡, 四夷畢來. 遂開明堂, 坐以治之.

권12

비명 碑銘

오씨 묘비명[1]

오씨의 세계(世系)와 전공(戰功)을 서술한 부분이 어지러이 뒤섞여 있으면서도 통창하다.

원화 5년(810)에 천자께서 말씀하시길, "노종사(盧從史)가 처음엔 항주(恒州)에 병사를 파견하여 토벌할 것을 건의하더니, 몰래 역적과 내통하여[2] 오만하고 흉포하게 굴면서 불손한 말을 내뱉고 있으니, 그 놈을 잡아 오렷다!" 하셨다. 그해 4월에 중귀인(中貴人) 승최(承璀)가 그를 유인해 체포했다.[3] 그러자 그의 부하들이 모두 갑옷을 입고 뛰어나와 병기

---

1 이 글은 원화 8년(813)에 지어졌으며, 오중윤의 부친 오승자(烏承玭)를 위해 지었다.

2 노종사(盧從史)가…… 내통하여: 원화 4년에 성덕군(成德軍) 절도사 왕사진(王士眞)이 죽자 그의 아들 왕승종(王承宗)이 유후(留後)를 자칭하고 10월에 반란을 일으켰다. 이때 노종사는 부친상을 당하여 관직에서 물러나 있었는데, 황제에게 왕승종이 반란을 일으킨 거점인 항주를 칠 것을 건의한 덕에 택주(澤州)·노주(潞州) 절도사에 임명되었다. 그러나 막상 왕승종을 토벌하라는 조서가 내려왔는데도 그는 진군하지 않고 머뭇거리다 왕승종과 내통하여 반란에 가담했다.

3 중귀인(中貴人)…… 체포했다: 중귀인은 환관을 나타내고 승최는 토돌승최(吐突承璀)라는 사람이다. 『구당서』「토돌승최전」에 따르면, "원화 4년에 왕승종이 반란을 일으키자 조서를 내려 토돌승최로 하여금 하중·하남·절서·선흡 등 도의 진주행영 병마초토사 등을 맡기셨다(元和四年, 王承宗叛, 詔以承璀爲河中·河南·浙西·宣歙等道赴鎭州行營兵馬招討等使)"고 한다. 또 『구당서』「노종사전」에 보면, "호군중위 토돌승최는 신책병을 데리고 노종사의 맞은편 보루에 있었다. 노종사는 종종 토돌승최의 군영에 와서 내기 장기를 두곤 했다. 노종사는 물건 욕심이 많았다. 그래서 토돌승최는 기이한 물건들을 꺼내 보이곤 하였으며 때론 그가 좋아하는 물건을 주기도 하였다. 노종사는 너무 기뻐 나날이 그와 허물없이 지냈다. 황제께서 이 일을 아시고는 배게(裴垍)의 책략을 쓰기로 했다. 즉 토돌승최에게 노종사가 내기 장기 두러 오기를 기다렸다가 서로 읍하고 인사하는 틈을 타 막부 아래에 장사

를 손에 들고 소동을 피웠다. 아문도장(牙門都將) 오중윤(烏重胤)[4] 공이 군문 앞에서 성난 소리로 말씀하시었다.

"천자께서 명을 내리셨으니, 따르는 자에겐 상을 주고, 감히 어기는 자는 목을 베라고 하셨노라."

이에 병사들이 모두 무기를 거두고 군영으로 돌아가 마침내 노종사를 도성으로 압송해 갈 수 있었다. 임진일에 조서가 내려와 오공(烏公, 烏重胤)을 은청광록대부(銀靑光祿大夫)·하양군절도사(河陽軍節度使) 겸 어사대부(御史大夫)에 임명하고, 장액군(張掖郡) 개국공(開國公)에 봉했다. 3년 뒤에 하양(河陽)은 잘 다스려지기로 소문이 났다. 그러자 천자께서는 조서를 내리시어 공의 부친을 공부상서(工部尙書)에 임명하고, "사당에 제사를 받들도록 하라"고 하셨다. 이에 그해에 바로 도성 숭화리(崇化里)에 사당을 짓기 시작하였다. 그때 군리들이 사사롭게 의론하며 말하기를, "선공(先公)께서 상백(常伯)[5]의 자리에 오르셨는데 선부인(先夫

를 매복시켜놓았다가 노종사를 잡게 한 것이다. 그러고는 노종사를 수레에 태우고 도성으로 압송했다(護軍中尉吐突承璀將神策兵與之對壘, 從史往往過其營博戲. 從史沓貪好得, 承璀出寶帶·奇玩以炫耀之, 時其愛悅而遺焉. 從史喜甚, 日益押. 上知其事, 取裴垍之謀. 因戒承璀伺其來博, 揖語, 幕下伏壯士, 突起, 持捽出帳後縛之, 內車中, 馳以赴闕)."

4　오중윤(烏重胤): 자는 보군(保君)이고 장액(張掖, 지금의 감숙성 장액현) 사람이다. 『신당서』「오중윤전」에 노종사의 난과 관련하여 다음과 같은 기록이 보인다. "젊어서 노주 아장 겸 좌사마가 되었다. 절도사 노종사가 왕승종을 토벌하라는 조서를 받고도 몰래 적과 내통하였다. 토돌승최가 노종사를 치려고 이 일을 오중윤에게 고하자 오중윤이 그를 체포하였다. 막하의 병사들이 무기를 들고 소동을 피우자 오중윤이 성난 소리로 말했다. '천자께서 명을 내리셨으니, 따르는 자에게는 상을 주고, 감히 어기는 자는 목을 베라고 하셨노라.' 그러자 병사들이 모두 무기를 거두고 군영으로 돌아가며 감히 움직이는 자가 없었다(少爲潞牙將, 兼左司馬. 節度史盧從史奉詔討王承宗, 陰與賊連. 吐突承璀圖之, 以告重胤, 乃縛從史, 帳下士持兵合譁, 重胤叱曰: '天子有命, 從者賞, 違者斬!' 士斂手還部無敢動)."

5　상백(常伯): 주나라 때 관직명인데, 진·한 이후로는 시중을 상백이라 불렀다. 여기서는 공부상서에 임명되었기에 상백이라 부른 것이다.

170

人)에겐 아무런 임명도 내리지 않으시니, 호칭에 차등이 있고 지위 또한 낮아, 서로 걸맞지 않습니다"라고 하였다. 이 말이 위에 알려지자 선부인 유씨(劉氏)를 패국태부인(沛國太夫人)에 추증한다는 조서가 내려왔다. 원화 8년(813) 8월에 사당이 완성되니, 삼대가 같은 사당에 모셔졌다.[6] 제사는 [증조부인] 좌령부군(左領府君)에서부터 시작되었으며, 부(府)에서 신주를 제작했다. 을사일에 신주를 사당에 올렸다.

오씨(烏氏)는 『춘추』에 기록이 보이고, 『세본(世本)』에 계보가 있다. 『성원(姓苑)』에도 나열되어 있으니, 거(莒) 땅에는 오존(烏存)이 있었고 제(齊) 땅에는 오여(烏餘)와 오지명(烏枝鳴)이 있었는데 모두 대부(大夫)였다고 한다. 진(秦) 땅에는 오획(烏獲)이 있었는데, 그 또한 높은 관직을 지냈다. 강남에 있던 후세들은 파양(鄱陽)에 거주하였고, 북쪽에 있던 후세들은 장액(張掖)에 거주하였으며, 혹자는 오랑캐 땅으로 들어가 군장(君長)이 되기도 하였다. 당나라 초기에 오찰(烏察)이 좌무위대장군(左武衛大將軍)이 되었는데, 그가 바로 장액 출신이다. 그의 아들 오영망(烏令望)은 좌령군위대장군(左領軍衛大將軍)을 지냈다. 그의 손자 오몽(烏蒙)은 중랑장(中郞將)을 지냈고, 오몽은 상서에 추증되신 휘 승자(承玼) 자 아무개를 낳으셨다.

오씨는 거·제·진 땅의 대부를 지낸 이래로 모두 재주와 힘으로 이름을 떨쳤다. 무덕 연간(武德年間)[7] 이래로 비로소 무공을 세워 명장 가문을 이루기 시작했다. 개원 연간 중에는 상서께서 평로(平盧) 선봉군(先

---

6 삼대가…… 모셔졌다: 오중윤의 증조부인 좌령군(左領君) 오영망(烏令望), 조부인 중랑군(中郞君) 오몽(烏蒙), 그리고 부친인 상서군(尙書君) 오승자(烏承玼) 삼대의 묘실을 한 사당에 같이 모셨다는 이야기다.

7 무덕 연간(武德年間): 618~626년. 당나라 고조(高祖) 때의 연호다.

鋒軍)[8]을 관리하셨는데, 해(奚)와 거란(契丹)[9]을 연파하고 내록산(掭祿山) 전투에 참가하여 가돌한(可突干)[10]을 패주하게 했다. 발해(渤海)가 바닷가를 어지럽히며 마도산(馬都山)까지 치고 들어오는 통에 관리와 백성들이 모두 도망 가버려 생업을 잃었다. 상서께서 부하를 통솔해〔발해군의〕 앞길을 막아버리고, 4백 리에 걸쳐 깊이와 높이가 각각 세 길이나 되는 참호를 파고 돌담을 쌓아 도적이 들어오지 못하게 하자 백성들이 거주지로 돌아왔다. 또한 매년 3천만 냥도 넘게 들었던 운송비를 절약할 수 있었다.[11] 흑수(黑水)와 실위(室韋)[12]에서 5천 명의 기마병을 이끌고 와 그의 휘하에 귀화하니, 변방에서의 위세가 더욱 등등해졌다. 그후 경인지(耿仁智)와 도모하여 사사명(史思明)을 항복하게끔 유세했다.[13] 사사명이 다시 반란을 일으켰을 때, 상서와 상서의 형님이신 오승은(烏承恩)은 함께 사사명을 죽이려고 도모했는데, 일이 발각되는 바람에 일족이 멸살당하고 상서께서만 홀로 도망쳐 목숨을 보존하셨다. 이광필(李光弼)이 이 사실을 황제께 알리자 황제께서는 조서를 내려 관군장군(冠軍將軍)에 제수하시고, 우위위장군(右威衛將軍) 겸 검교전중감(檢校殿中監) 직을 맡게 하심과 동시에 창화군왕(昌化郡王)·석령군사(石嶺軍使)에 봉하셨

---

8 평로(平盧) 선봉군(先鋒軍): 치소는 청주(青州)에 있었으며, 지금 산동성 일대다.

9 해(奚)와 거란(契丹): 당나라 때 북방 소수민족은 모두 다섯이었는데, 해·거란·실위(室韋)·흑수(黑水)·발해가 그것이다.

10 가돌한(可突干): 거란의 명장(名將) 이름이다.

11 매년…… 있었다: 당나라 때 평로절도사는 해운(海運)도 관리하였는데, 발해군을 막아내고 뱃길을 뚫은 덕택에 매년 많은 운송비용을 절약할 수 있었던 것이다.

12 흑수(黑水)와 실위(室韋): 당나라 때 북방 소수민족. 주 9 참조.

13 경인지(耿仁智)와…… 유세했다: 경인지는 사사명의 판관(判官)이었다. 사사명은 안녹산(安祿山)과 같은 고향 출신으로 후에 안녹산과 함께 난을 일으켰다. 그러나 경인지 등의 권유로 거느리고 있던 13개 군과 8만 병사를 거느리고 조정에 투항하였다. 이에 당 조정에서는 사사명을 귀의왕(歸義王) 겸 범양절도사(范陽節度使)에 임명했다.

다. 상서께서는 식량을 저축하고 병사를 훈련시키면서, 나가면 싸우고 들어오면 둔전을 경작하게 하셨다. 그러나 병환으로 관직에서 물러났다. 정원 11년(795) 2월 정사일에 화음(華陰) 고평리(呇平里)에서 돌아가시니, 향년 몇 세이다. 그곳에서 장사 지냈다. 두 아들을 두었는데, 대부(大夫, 烏重胤)께서 장자시고 둘째 아드님은 이름이 중원(重元)으로 아무 관직을 지냈다. 명문은 다음과 같다.

오씨는 당나라 때 와서
처음부터 명문가로 명성이 자자했네.
좌무위대장군과 좌령군위대장군,[14]
대를 이어 한곳에 거하시었네.[15]
중랑(즉 烏蒙)께서는 지위가 조금 낮았지만,
이어 상서(즉 烏承玼)가 나오셨네.[16]
그러나 그 공로에 미처 다 보답하지 못하여
하늘이 대부(즉 烏重胤)를 보우하시었네.
우리 대부께 부절을 주시어,
우리 강토를 지키게 하셨으며
몇 차례 극진한 예우를 받게 하시더니
종묘까지 지니시게 해주시었네.

---

14 좌무위대장군과 좌령군위대장군: 각각 오중윤의 증조부인 오찰과 증조부인 오영망을 지칭한다.
15 대를 이어…… 거하시었네: 오중윤의 고조부와 증조부가 계속 장액에 거주한 사실을 말하고 있다.
16 중랑(즉 烏蒙)께서는…… 나오셨네: 오중윤의 조부인 오몽은 지위가 중랑장으로 조금 낮았으나 부친인 오승자가 상서가 되었다는 이야기다.

도성에 사당을 지어

효성을 바쳤네.

오른쪽에는 조부가 왼쪽에는 손자가,[17]

내려와 바친 음식 흠향하시네.

그 누구인들 아들이 없으리오,

그 누구인들 손자가 없으리오.

그러나 마주해 부끄러움이 없으려면

오직 똑바로 된 후손을 두어야 하는 것.

옛날 평로에 계실 때를 생각해보니

참 어렵고도 피곤하셨지.

대부께서 이를 계승하시어

위험에도 의리를 저버리지 않으셨네.

사방이 평정되고,

사대부들 편안하니,

재계하고 찾아와 절하며,

서직(黍稷)을 올리네.

---

17 오른쪽에는…… 손자가: 묘실의 오른쪽에서는 증조부 오영망의 제사를, 왼쪽에서는 그의
손자 오승자의 제사를 받들었기에 이렇게 이야기한 것이다.

烏氏廟碑銘

元和五年, 天子曰:"盧從史始立議, 用師于恒, 乃陰與寇連, 夸謾兇驕, 出不遜言, 其執以來!"其四月, 中貴人承璀, 卽誘而縛之. 其下皆甲以出, 操兵趨譁. 牙門都將烏公重胤當軍門叱曰:"天子有命, 從有賞, 敢違者斬!"於是士皆斂兵還營, 卒致從史京師. 壬辰, 詔用烏公爲銀青光祿大夫 · 河陽軍節度使, 兼御史大夫, 封張掖郡開國公. 居三年, 河陽稱治. 詔贈其父工部尙書, 且曰:"其以廟享."卽以其年營廟於京師崇化里. 軍佐竊議曰:"先公旣位常伯, 而先夫人無加命, 號名差卑, 於配不宜."語聞, 詔贈先夫人劉氏沛國太夫人. 八年八月廟成, 三室同宇. 祀自左領府君而下, 作主於第. 乙巳, 升于廟.

烏氏著於『春秋』, 譜於『世本』. 列於『姓苑』, 在莒者存, 在齊有餘 · 枝鳴, 皆爲大夫. 秦有獲, 爲大官. 其後世之江南者家鄱陽, 處北者家張掖, 或入夷狄爲君長. 唐初, 察爲左武衛大將軍, 實張掖人. 其子曰令望, 爲左領軍衛大將軍. 孫曰蒙, 爲中郎將, 是生贈尙書, 諱承玼, 字某.

烏氏自莒 · 齊 · 秦大夫以來, 皆以材力顯. 及武德以來, 始以武功爲名將家. 開元中, 尙書管平盧先鋒軍, 屬破奚 · 契丹, 從戰捔祿, 走可突干. 渤海擾海上, 至馬都山, 吏民逃徙失業. 尙書領所部兵塞其道, 瀍原累石, 綿四百里, 深高皆三丈, 寇不得進, 民還其居. 歲罷運錢三千萬餘. 黑水 · 室韋以騎五千來屬麾下, 邊威益張. 其後與耿仁智謀說史思明降. 思明復

叛，尙書與兄承恩謀殺之，事發族夷，尙書獨走免．李光弼以聞，詔拜冠軍
將軍，守右威衛將軍，檢校殿中監，封昌化郡王，石嶺軍使．積粟厲兵，出
入耕戰．以疾去職．貞元十一年二月丁巳，薨於華陰告平里，年若干．卽塋
于其地．二子，大夫爲長，季曰重元，爲某官．銘曰：

烏氏在唐，有家于初．右武左領，二祖紹居．中郞少卑，屬于尙書．不
償其勞，乃相大夫．授我戎節，制有疆墟．數備禮登，以有宗廟．作廟天都，
以致其孝．右祖左孫，爰饗其報．云誰無子，其有無孫．克對無羞，乃惟有
人．念昔平盧，爲艱爲瘁．大夫承之，危不棄義．四方其平，士有怠息．來
覲來齋，以饋黍稷．

원씨 선묘비[1]

원씨의 천 년 동안 이어진 세계(世系)를 마치 실 한 올이 풀려나오듯 서술하였다. 중간에 껄끄러운 곳도 많고 자구도 잘 읽히지 않는다. 그러나 뒤에 이어 붙인 운문은 〔『시경』의〕 아송(雅頌)을 좇은 듯하다.

원자(袁滋)[2] 공은 사당을 지은 이듬해 2월에 형남(荊南)에서 깃발과 부절[3]을 들고 도성으로 와 천자를 배알했다. 엿새를 머물러 춘분 때가 되자 종친 자제들을 데리고 삼실(三室)[4]에 소뢰(少牢)[5]를 차려놓고 제사를 올렸다. 제사를 마치고는 물러나 말했다.

"아, 오래되었구나! 대대로 덕을 전해온 우리 집안에서 이제 그 덕을 이어받는 일이 내게 달려 있더니, 오늘에서야 완수하였구나. 오늘의 제사에는 기왕 악기 연주도 올리지 않았으니, 시가에 능한 자에게 이 성대한 모습을 실어 묘사하게 하지 않는다면 무엇으로써 오래도록 어리석은 이들

---

1 이 글은 원자(袁滋)의 명령을 받고 지어진 듯하다.
2 원자(袁滋): 자는 덕심(德深)이고 채주(蔡州) 낭산(郞山, 지금의 하남성 汝南縣) 사람이다.
3 깃발과 부절: 기절(旂節)이라 함은 신하가 임금의 명을 받은 신표로 들고 다니던 물건이었는데, 주로 절도사·관찰사·자사 등을 상징하는 용어로 사용되었다. 『구당서』「헌종기」에 따르면 원자는 원화 9년(814) 9월 병술일에 형남절도사로 부임했다고 한다.
4 삼실(三室): 조종을 모신 사당. 일소(一昭)·일목(一穆), 그리고 시조를 모시기에 삼실이라 한다.
5 소뢰(小牢): 제사 때 바치던 희생인데, 소·양·돼지를 모두 바치는 것을 태뢰(太牢)라 하고 양과 돼지만 바치는 것을 소뢰라 한다.

을 깨우칠 수 있겠는가? 다행히 삼가 희생 묶어놓을 비석[6]이 있으니, 거기에 조상의 빼어난 행적을 저술하고 시를 지어 그 뒤에 붙인다면 의리상 적합할 것이다. 그렇지만 나는 감히 지을 수 없으니, 반드시 옛것에 독실하고 글에 통달한 자에게 부탁해야 한다."

그러고는 내게 글을 쓰라 명하셨다. 나는 적합한 인재가 아니라고 사양했다. 그러나 사양을 허락받지 못했기에 원씨의 뿌리·세계(世系)·거주지 등과 주나라부터 시작해 한·위·진·탁발위(拓拔魏)[7]·주·수를 거쳐 지금의 나라에 이르기까지 고조·증조·조부·부친이 몸을 근면히 하여 후세를 덕으로 덮어주시고, 공에게 복을 내려주신 내력 등을 삼가 서술하였다. 공께서 장군이 되고 어지를 받들어 조정에서 황제를 모시게 된 내용은 대략 적기도 하고 상세하게 적기도 하였다. 뒤에 시를 붙였다. 그 내용은 다음과 같다.

주나라 〔무왕이〕 순임금의 후예를 위해 진(陳)나라를 세웠는데,[8] 진나라 공자(公子) 중에 원향(袁鄕)이라는 식읍의 대부(大夫)가 된 자가 있었다. 그의 자손들은 대대로 그 땅을 지키며 모두 원(袁)을 성으로 삼았다. 춘추시대 때 진나라는 늘 초나라에 눌려 있어 중원과 교유가 상대적으로 소원했다. 원씨 가문에서는 그래도 눈에 띄는 자가 등장하여 계보

---

6 희생 묶어놓을 비석: 옛날에는 제사를 지낼 때 희생으로 삼을 짐승을 비석에 매어놓았다가 제사를 마치고 나면 그 비석에 글씨를 새겨 넣었다. 그래서 비석을 계생비(繫牲碑)라 하기도 한다.

7 탁발위(拓拔魏): 탁발씨가 세운 북위(北魏)를 가리킨다.

8 주나라…… 세웠는데:『좌전』「양공(襄公) 25년」에 "우관보가 주나라 도정이 되었다. 무왕은 원녀 태희를 호공에게 시집보내고 진 땅에 봉했다(虞關父爲周陶正. 武王庸以元女太姬配胡公而封諸陳)"라는 기록이 보인다.

에 적을 수 있었다. 그들은 양하(陽夏)에 살았는데, 양하는 진(晋)나라에 이르러 진군(陳郡)에 소속되었으므로 진군 원씨라고 불리었다. 박사 원고생(轅固生)[9]은 유학을 펼치고 황로사상을 막는 등 앞장서 유술을 제창하였다. 사도(司徒) 원안(袁安)[10]은 덕을 품은 군자로, 〔그에 이르러〕 원씨는 비로소 크게 드러났다. 대대로 명사들이 나와, 한나라가 망하고 위나라·진나라에 이르는 동안 남조와 북조에서 나누어 벼슬하였다. 그때부터 화음(華陰)에 살기 시작하면서 탁발위에서 홍려(鴻臚) 벼슬을 하였는데, 홍려 벼슬을 하신 분은 휘가 공(恭)으로 주나라 때 양주자사(梁州刺史)를 지낸 신현효후(新縣孝侯) 영(穎)을 낳았다. 효후는 수나라 때 좌위대장군(左衛大將軍)을 지낸 온(溫)을 낳았는데, 관직을 떠나 화음에 살았다. 무덕 9년(626)에 천수를 다하고 돌아가시자 화주(華州)에 묻었다. 좌위대장군은 남주자사(南州刺史)를 지낸 사정(士政)을 낳았다. 남주자사는 당양현령(當陽縣令) 윤(倫)을 낳았는데, 공께는 증조부가 되신다. 당양현령은 조산대부(朝散大夫)·석주사마(石州司馬)를 지낸 지현(知玄)을 낳았다. 사마는 함녕현령(咸寧縣令)을 지내고 공부상서(工部尙書)에 추증된 엽(曄)을 낳았는데, 그분이 바로 공의 부친이시다. 원씨는 유서 깊은 가문인 데다가 당양현령은 경전에도 통달하였으나 지위가 현령에 그쳤다. 석주사마는 『춘추』를 익혀 몸을 지키고 정사를 다스렸으나 일개 주(州)의 사마로 일생을 마쳤다. 함녕현령은 모든 학식을 갖추고서 일이관지(一以貫之)하였으며 문(文)이건 무(武)건 두루 응용할 수 있었다. 또 책략을 시행하면 즉시 효과가 있었고 벼슬을 하건 은거하건 간에

---

9 원고생(轅固生): 제 땅 사람으로 한나라 경제(景帝) 때 박사가 되었다.

10 원안(袁安): 후한 때 사람으로 자는 소공(邵公)이다. 여양(汝陽, 하남성 商水縣)이 고향인데, 엄정하고 강직한 관직 생활로 이름난 사람이다.

꼿꼿이 살았거늘, 조정으로부터 아무런 작위도 받지 못하였다. 삼대 동안 영달해야 마땅했으나 막혀 있었던 것은 후손의 공업을 이루어주기 위함이 었으니, 이제 공께서 공업을 이루실 차례인 것이다.

공께서는 생각하셨다. '나의 증조부·조부·부친 삼대 동안, 살아서 대부의 봉록을 누리지 못하시다 죽어서야 자손들의 제사를 받게 되었는데, 오직 장수나 재상만이 갖은 제수를 갖춰 제사 올릴 수 있고, 그나마 세대 가 오래될수록 예법이 더욱 미치지 못하게 마련이니, 덕행과 사업을 신중 히 하고 공로를 도모하여 이름을 남김으로써 조정이 인정해주기를 기다리 는 수밖에 없겠구나.' 이에 큰일이건 작은 일이건 경외하는 마음을 잊지 않았으며, 아침이건 밤이건 [스스로의 행실을] 생각해보지 않은 적이 없 었다. 집안에서 덕업을 이루어 바깥으로 미루어 나아가다 드디어는 조정 에 업적을 세우기에 이르렀다. 시어사(侍御史)로 있다가 공부원외랑(工 部員外郞)·사부랑중(祠部郞中)·간의대부(諫議大夫)·상서우승(尙書右 丞)·화주자사(華州刺史)·금오대장군(金吾大將軍)을 두루 역임하며 낮 은 데서 높은 데로 나아갔는데, 그때마다 임무를 훌륭하게 소화해냈다. 드디어 재상이 되시어 황제를 보위해 백관의 다스림을 변별하고 드러내었 다. 그러고는 부절을 들고 촉주(蜀州)·활주(滑州)·양주(襄州)·형주(荊 州)의 절도사로 나가, 나라의 모든 강역을 두루 포괄하였다. 품계도 오르 고 봉록도 풍성해져, 조상의 사당을 지어 제사를 모시게 되었으니, 모든 것이 뜻대로 된 것이다. 또 비석에 새겨 후세에 드리움으로써 조상의 덕 을 잊지 말라고 후손들을 가르쳤으니, 가히 큰 효성이라 이를 만하다. 이 에 시를 짓는다.

원씨는 진(陳)나라에서 갈려 나와

처음에 곤란한 일 겪었네.

진(秦)나라에서 한나라에 이르는 사이에

박사(博士)께서 〔유교의〕 의론을 펼치셨고,

사도(司徒)께서는 덕으로 자임하시며,[11]

차마 사람들을 가둬두지 못하시었네.[12]

후손들 그 복을 받아

다섯 분의 공께서 높은 지위에 오르시었네.

진(晉)나라가 남쪽으로 천도하자

내려와 화음에 거주하였네.

홍려 〔원공〕과 효후 〔원영〕께서는

나아가고 물러남에 도리가 있으셨고,

남주자사 〔원사정〕은 부지런히 정치에 임하시어

가장 높은 치적을 이루고도 해이해지지 않으셨네.

당양현령 〔원륜〕은 경적에 몰두하시어

오직 대의만을 두려워하셨네.

덕행이 찬란한 석주자사 〔원지현〕,

오로지 『춘추』를 익히시었네.

아름답도다, 함녕현령 〔원엽〕,

---

11 박사(博士)께서······ 자임하시며: 박사는 원고생을, 사도는 원안을 각각 받는다.

12 차마······ 못하시었네: 『오백가주 창려문집(五百家注昌黎文集)』 권27에서 번여림(樊汝霖)이 다음과 같이 주를 달았다. "한나라 명제 때 원안은 하남윤으로 있었는데, 장물죄로 사람을 국문하는 법이 없었다. 그는 늘 '무릇 공부하여 벼슬길에 오른 사람이라면 높게는 재상을 바라보고 낮게는 태수라도 바라야 하나니, 차마 성명한 세상에 사람을 가둬두는 짓을 할 수 없다'라고 했다(漢明帝時, 安爲河南尹, 未嘗以贓罪鞫人. 嘗曰, '凡學仕者, 高則望宰相, 下則希牧守, 錮人于聖世, 所不忍爲')."

한 가지 덕행으로도 이름나지 않았으나,
어려움을 자청하고 성공의 길 피하시며
실의한 채 지내셨네.
그분께서 효자를 낳으셨으니
천자의 재상이라.
장수의 부절을 들고 나가면
여러 주(州)에서는 모두 법도로 받드네.
예법의 등위에 따라 사당을 세우고
받은 봉록으로 제기를 마련하였네.
증조부에서 부친까지,
같은 당(堂) 다른 방에 모시었네.
측백나무 현판에 소나무 기둥,
자리도 나란하구나.
원씨의 사당은
효성스런 자손이 지은 것이라.
지세에 맞춰 알맞게 짓고,
점을 쳐 길흉을 물었네.
험준한 곳 평평히 만들고
집과 담장을 엄숙하게 세웠네.
효손들 와서 제물을 바치고
사당 마당에서 절을 올리네.
당에 오르고 방에 들어가
친히 제기[13]에 제수를 바치니,
어깨뼈며 앞다리뼈, 갈비뼈며 넓적다리뼈,[14]

술잔에는 술을 대신할 맑은 물 담겨져 있네.

내려가 절을 하고 올라가 제사 고기를 받으면,

의식은 이에 끝이 난다네.

증조부와 조부,

그리고 부친께서 복을 베푸셨으니

너희 효성스런 자손들

보답하고 공경하라.

오늘날 내가 있을 수 있는 것도

조상 기리는 마음에 근본을 둔 것 아니던가.

계생비(繫牲碑)[15]에 시를 새겨,

후손에게 전하고저.

---

13 제기: 원문은 '변형(籩鉶)'이라 되어 있다. '변'은 과일이나 포 등을 담는 대나무 제기고 '형'은 국을 담는 그릇이다. 제기의 통칭으로 사용된다.

14 어깨뼈며…… 넓적다리뼈: 모두 제사에 올리는 음식이다. 원문은 '견노박격(肩臑胉骼)'이 다. 『예기』에 보면, "태뢰의 예로써 제사를 올린다면 소 왼쪽 어깨뼈와 앞다리뼈를 아홉 등분한다(其禮太牢, 則以牛左肩臂臑, 折九個)"고 적고 있다. 『의례(儀禮)』 「소뢰궤식례 (小牢饋食禮)」에 따르면 어깨뼈와 앞다리뼈, 갈비뼈와 넓적다리뼈는 모두 제사 때 올리던 제수였다.

15 계생비(繫牲碑): 주 6 참조.

袁氏先廟碑

序袁氏世系千餘年若一線. 中多荊棘, 句字不可讀. 系之以韻, 似追雅頌.

袁公滋旣成廟, 明歲二月, 自荊南以旄節朝京師. 留六日, 得壬子春分, 率宗親子屬, 用少牢于三室. 旣事, 退言日："嗚呼遠哉！維世傳德, 襲訓集余, 乃今有濟. 今祭, 旣不薦金石音聲, 使工歌詩, 載烈象容, 其奚以飭稚昧於長久？唯敬繫羊豕幸有石, 如具著先人名跡, 因爲詩繫之語下, 於義其可. 雖然, 余不敢, 必屬篤古而達於詞者."遂以命愈. 愈謝非其人. 不獲命, 則謹條袁氏本所以出, 與其世系里居, 起周歷漢·魏·晉·拓拔魏·周·隋入國家以來, 高曾祖考, 所以匑躬羞後, 委祉于公. 公之所以逢將承應者, 有槩有詳, 而綴以詩. 其語日：

周樹舜後陳, 陳公子有爲大夫食國之地袁鄉者. 其子孫世守不失, 因自別爲袁氏. 春秋世, 陳常壓於楚, 與中國相加尤疏. 袁氏猶班班見, 可譜. 常居陽夏, 陽夏至晉, 屬陳郡, 故號陳郡袁氏. 博士固, 申儒遏黃, 唱業於前. 至司徒安, 懷德於身, 袁氏遂大顯. 連世有人, 終漢連魏·晉, 分仕南北. 始居華陰, 爲拓拔魏鴻臚, 鴻臚諱恭, 生周梁州刺史新縣孝侯諱穎. 孝侯生隋左衛大將軍諱溫, 去官居華陰. 武德九年, 以大耋薨, 始葬華州. 左衛生南州刺史諱士政. 南州生當陽令諱倫, 於公爲曾祖. 當陽生朝散大夫·石州司馬諱知玄. 司馬生贈工部尙書·咸寧令諱曄, 是爲皇考. 袁氏舊族, 而當陽以通經爲儒, 位止縣令. 石州用『春秋』持身治事, 爲州司馬以終. 咸寧備學而貫以一, 文武隨用, 謀行功從, 出入有立, 不爵于朝. 比三世宜達而窒, 歸成後人, 數當于公.

公惟: '曾大父·大父·皇考比三世, 存不大夫食, 歿祭在子孫, 唯將相能致備物, 世彌遠, 禮則益不及, 在愼德行業治, 圖功載名, 以待上可.' 無細大, 無敢不敬畏. 無早夜, 無敢不思. 成于家, 進于外, 以立于朝. 自侍御史歷工部員外郎·祠部郎中·諫議大夫·尙書右丞·華州刺史·金吾大將軍, 由卑而鉅, 莫不官稱. 遂爲宰相, 以贊辯章. 仍持節將蜀·滑·襄·荊, 略苞河山. 秩登祿富, 以有廟祀, 具如其志. 又垂顯刻, 以教無忘, 可謂大孝. 詩曰:

袁自陳分, 初尙蹇連. 越秦造漢, 博士發論. 司徒任德, 忍不錮人. 收功厥後, 五公重尊. 晉士于南, 來處華下. 鴻臚孝侯, 用適操捨. 南州勤治, 取最不懈. 當陽耽經, 唯義之畏. 石州烈烈, 學專春秋. 懿哉咸寧, 不名一休. 趨難避成, 與時泛浮. 是生孝子, 天子之宰. 出把將符, 羣州承楷. 數以立廟, 祿以備器. 由曾及考, 同堂異置. 柏版松楹, 其筵肆肆. 維袁之廟, 孝孫之爲. 順勢卽宜, 以諏以龜. 以平其巘, 屋牆持持. 孝孫來享, 來拜廟庭. 陟堂進室, 親登籩鉶. 肩臑肪骼, 其樽玄淸. 降登受胙, 于慶爾成. 維曾維祖, 維考之施. 于汝孝嗣, 以報以祇. 凡我有今, 非本曷思. 刻詩牲繫, 維以告之.

위박절도관찰사 기국공 선묘비명[1]

〔양당서(兩唐書)의〕「전홍정 본전(田弘正本傳)」을 보면 세상 사람들은 그가 신하로서 큰 절개를 지킨 것을 높이 사고 있다. 창려공은 단지 그가 여섯 개의 주를 가지고 조정에 귀의해 온 일만을 포괄하고 있는데, 찬미하는 내용이 특히나 상세하다. 묘비명 중 체재를 잘 갖춘 작품이다.

원화 8년(813) 11월 임자일에 황상께서는 승상(丞相) 무원형(武元衡), 승상 이길보(李吉甫), 승상 이강(李絳)에게 명하여, 태사(太史)·상서비부랑중(尚書比部郎中) 한유(韓愈)를 정사당(政事堂)으로 오게 한 다음 아래와 같이 조서를 내리셨다.

"전홍정(田弘正)은 본디 장안에 집안 사당이 있었다. 짐이 생각건대, 홍정의 조부와 부친은 마음이 늘 종실을 향해 있었으나 끝내 이를 펼치지 못하고서 아들에게 유업을 맡겼는데, 홍정이 가르침을 받들고 가업을 이어받아 아침저녁으로 게을리 하지 않았기에, 이로 인해 하늘의 복을 받아 커다란 공로를 세울 수 있었던 것이다. 부자가 능히 충효를 계승하였으니,[2] 내 이를 가상히 여기는 마음에 은총을 내리고자, 그대 한유에게 명해

---

1 기국공은 전홍정(田弘正)이다. 이 글은 전홍정 집안의 사당 비석에 새겨 넣기 위해 지은 글이다.

2 부자가…… 계승하였으니: 『오백가주 창려문집』 권27에서 번여림이 다음과 같이 주를 달았다. "전홍정의 부친 전정개(田廷玠)는 대종 대력 연간에 창주자사로 있었다. 항주의 이보신과 유주의 주도가 연합하여 공격을 하면서 그 땅을 합병하려 했다. 그러나 전정개가 굳세게 지킨 덕분에 온전할 수 있었다. 조정에서는 이를 가상히 여겨 그를 명주자사로 승진시키

명문을 짓게 하노라. 삼가 받들도록 하라."

이때 신 한유는 명을 받들고 몹시 황공하였다. 이튿날 동상합(東上閣) 문[3]으로 가서 상소를 올려 거절하였으나 황상께서 윤허치 않으셨다. 물러나 생각하기를, 옛날 노(魯)나라 희공(僖公)이 조상인 백금(伯禽)[4]의 공렬을 이어받아 실천하자 주나라 천자께서 신하인 사극(史克)에게 「경(駉)」[5]·「유필(有駜)」[6]·「반수(泮水)」[7]·「비궁(閟宮)」[8] 등의 시를 짓게

<hr>

고 곧 상주자사로 바꿔주었다. 덕종 건중 연간 초에 전열(田悅)은 위박절도사가 되자 반역을 꾀하면서 전정개를 부장(副將)으로 삼아 불러들였다. 전열의 부친 전승사가 전정개의 사촌 아우뻘 되었기 때문이었다. 전열의 간악한 음모가 드러나자 전정개가 말했다. '그대에게 백부의 유업도 있으니, 조정의 법도만 잘 지키면 앉아서 부귀를 누릴 수 있거늘, 무엇 때문에 항주·운주와 더불어 모반하려 하는가? 만일 그 미치광이 같은 생각을 바꾸지 않을 거라면, 나를 먼저 죽여라.' 그러고는 병을 핑계로 나아가지 않았다. 석 달 뒤에 울분이 쌓여 죽고 말았다(弘正父廷玠, 代宗大曆中爲滄州刺史. 恒州李寶臣, 幽州朱滔聯兵攻擊, 欲兼其土宇. 廷玠固守, 卒能保全. 朝廷嘉之, 遷洺州, 改相州. 德宗建中初, 田悅領魏博節度使, 志圖凶逆, 召廷玠爲副. 蓋悅父承嗣與廷玠爲從昆弟也. 及悅奸謀敗露, 廷玠曰, '爾借伯父遺業, 可守朝廷法度, 坐享富貴, 何苦與恒·鄲同爲叛臣? 若狂志不悛, 可先殺我.' 乃謝病不出. 三年, 憤鬱而卒.)"

3 동상합(東上閣) 문: 동상합은 선정전 왼편에 있는 건물이다. 『당육전(唐六典)』에 "선정전 왼편을 동상합이라 하고 오른편을 서상합이라 한다(宣政殿之左曰東上閣, 右曰西上閣)"는 기록이 보인다.

4 백금(伯禽): 주공(周公)의 아들로 노 땅에 봉해졌다.

5 「경(駉)」: 『시경·노송(魯頌)』의 편명으로 사극(史克)이 지었다고 한다. 서문에서는 다음과 같이 적고 있다. "희공은 백금의 법을 좇아 검소함으로써 재용을 넉넉하게 하고 관용으로써 백성을 사랑하였다. 농사에 힘쓰고 곡식을 중히 여겼으며 경 땅 뜰에서 말을 방목했다(僖公遵伯禽之法, 儉以足用, 寬以愛民. 務農重穀, 牧於坰野)." 이 시는 희공이 말을 기르고 있는 성대한 장면을 묘사한 것이라고 한다.

6 「유필(有駜)」: 『시경·노송』의 편명. 서문에 따르면 "희공과 신하 사이에 도가 있음(君臣之有道)"을 칭송한 노래라 한다.

7 「반수(泮水)」: 『시경·노송』의 편명. 서문에 따르면 희공이 반궁(泮宮), 즉 학교를 지어 교화를 중시하고 정치상으로나 군사상으로나 큰 성취를 이룩한 것을 기리는 노래라 한다.

8 「비궁(閟宮)」: 『시경·노송(魯頌)』의 편명. 8장 120구로 되어 있어 『시경』 중 가장 장편이다. 주나라를 찬미하는 데서 시작하여 노나라의 건국, 그리고 희공에 이르러서의 여러 가지 치적을 찬미하는 내용이 주를 이루고 있다.

하였다. 그러고는 사당에서 그 시를 노래하게 하여 노나라 선군의 영혼을 불러왔다. 지금 천자께서는 전후(田侯, 전홍정)가 부친의 가르침을 저버리지 않고 좇아 행하여 이 나라가 편안할 수 있도록 해준 것을 가상히 여기고 계신다. 이에 명문을 지어 은총을 내림으로써 전씨의 조상을 편히 쉬게 해주시고자 하는데, 마침 붓을 쥐고 있는 태사(太史)[9]로서, 황상의 명을 받들 뿐, 감히 어찌 마다할 수 있으랴.

삼가 상고해보니, 위박절도사(魏博節度使)[10]·은청광록대부(銀靑光祿大夫)·검교공부상서(檢校工部尚書) 겸 위주대도독부(魏州大都督府)의 장사(長史)·어사대부(御史大夫)·기국공(沂國公) 전홍정은 북평(北平) 노룡(盧龍)[11] 사람이다. 본디 위박절도사 휘하의 장군이었는데, 충효를 지키고 성품이 조심스러웠다. 전계안(田季安)이 죽었을 때 그의 아들은 아직 어렸는데도 선례대로 그 아비의 자리를 이었다.[12] 그러자 백성과 서리들이 그를 따르지 않고 전홍정을 집으로 가 모셔 온 다음, 군사를 통

---

9 태사(太史): 사관(史官)을 가리킨다.

10 위박절도사(魏博節度使): 위주(魏州, 치소는 지금의 하북성 大名縣에 있었음)와 박주(博州, 치소는 지금의 산동성 聊城縣에 있었음)의 절도사. 위박절도사는 대종(代宗) 보응 연간(寶應年間)에 전승사(田承嗣)가 절도사를 맡은 이래로 직접 장리를 뽑고 조정에 공물을 바치지 않았으며 절도사 직을 세습했다. 대력(大曆) 13년(778)에 전승사가 죽자 그의 조카인 전열이 절도유후(節度留後)가 되었는데, 전승사의 아들인 전서(田緒)가 전열을 죽이고 절도사의 자리에 올랐다. 정원 12년(796)에 전서가 죽자 그의 아들 전계안(田季安)이 절도유후가 되었다. 원화 7년(812)에 전계안이 죽은 뒤에도 관례대로 그의 아들 전회간(田懷諫)이 절도유후가 되었는데, 그의 나이 겨우 열하나였다. 전홍정의 부친인 전정개는 전승사와 당형제 사이였지만, 전승사와 달리 조정을 배반하는 일 따위는 하지 않았다. 전홍정은 전회간을 대신해 절도유후가 된 후 부친의 뜻을 따라 여섯 개의 주를 이끌고 조정에 귀순해왔다.

11 북평(北平) 노룡(盧龍): 지금의 하북성 노룡현이다.

12 전계안(田季安)이…… 이었다: 주 10 참조.

솔하게 했다. 전홍정은 병사들과 여섯 개 주(州)[13]의 백성들을 장부에 기록하고 조정에 귀순했다. 이로써 하북에서 [절도사 직을 세습하던] 선례가 사라지고 다른 주들과 마찬가지로 되니, 조정에서는 그를 위박절도사에 임명했다. 그 후 그의 선친인 옛 창주자사(滄洲刺史)를 병부상서(兵部尚書)에 추증하고, 모친 정씨(鄭氏)를 양국태부인(梁國太夫人)에 봉했다. 그리하여 마침내 사당을 세우고 삼대를 제사 지낼 수 있게 되었다. 증조부인 도수사자(都水使者) 부군은 첫번째 방에서 제사 지냈다. 안동사마(安東司馬)로 양주자사(襄州刺史)에 추증된 조부는 두번째 방에서 제사 지냈다. 병부(兵部) 부군은 동쪽 방에서 제사 지냈다. 명문은 다음과 같다.

당나라가 옛날 황제의 유업을 계승하니,
저 바다 밖에서도 명령에 따랐네.
오랜 태평성세로 소홀해진 틈에
연(燕) 땅 도적[14]들, 천하를 놀라게 했네.
그러자 여러 무리들 잇달아 일어나
하북에서 태평성세 사라지고 말았네.
원화 연간에 이르러
큰 성인께서 나라를 맡으심에,
바람 온화하고 햇살 퍼지니

---

13 여섯 개 주(州): 위박절도사가 다스리던 여섯 개의 주. 즉 위주(魏州) · 박주 · 패주(貝州) · 위주(衛州) · 단주 · 상주.
14 연(燕) 땅 도적: 안녹산의 난을 말한다. 안녹산이 난을 일으킨 범양(范陽)이 옛날 연나라 땅이었기에 이렇게 말한 것이다.

모두 그 지시에 복종하였네.

높고 드넓은 위(魏) 땅,

어린아이가 병사들을 가지고 노네.[15]

관리와 병사들 수심에 차 원망을 품고,

자신의 목숨 하나 지킬 길 없었네.

사람들이 말했네, 전 수령[16]이라면

그 덕에 가히 기댈 만할 거라고.

어지러이 소리치며 그 집으로 향해 가서는,

문 위에 올라가 어서 일어나주십사 청을 하였네.

전 수령은 절도사 일을 맡게 되자

우리 조정의 천명을 받들었네.

활과 창 거두고

법식을 고찰했네.

다스리던 땅과 가호 기록한 장부를 가지고,

나라의 법도 아래로 들어왔네.

황제께서는 훌륭한 신하를 치하하시며,

그에게 상을 주라 명하시었네.

아, 우리의 여섯 개의 주,

비로소 옛 모습 회복하게 되었구나.

종묘에 경사로움을 고하고

---

15 어린아이가…… 노네: 전계안의 열한 살짜리 아들이 절도사의 자리에 오른 것을 풍자하는 말이다.

16 전 수령: 원문은 '전후(田侯)'다. '후(侯)'는 지방장관에게 붙이는 칭호기에 여기서는 전 수령이라고 호칭한다.

조서를 내리시니,

집 안에 들어 있는 깃발과 부절,[17]

표범 꼬리로 장식한 신령한 깃발.

활집과 투구, 창과 쇠꼬리 장식 깃발[18] 앞세우고

위박절도사의 군대를 통솔하네.

전 수령이 머리를 조아리며 말했네.

"신은 어리석고 못났습니다.

이 모든 성취는

조상의 가르침 덕분입니다."

황제께서 말씀하셨네. "그렇구나,

그대는 충성스럽고 효심 또한 깊으니,

내 그대의 선친을 기리는 뜻에서

하경(夏卿)[19]에 추증할까 하노라.

〔그대의 모친은〕 지아비의 덕에 짝하여 현명한 자식을 낳았으니,

양국부인에 봉하여 영화롭게 하노라."

전 수령은 사당을 짓게 되자

방위를 살피고 땅을 보았네.

시초점과 거북점을 쳐보니

조상님들 모두 기뻐하신다 하네.

용감하신 전 절도사께서는

문무를 겸비하고 계시어,

---

17 깃발과 부절: 깃발과 부절은 임금이 신표로 내려주는 절도사의 상징이다.
18 활집과…… 깃발: 모두 절도사의 의장(儀仗)이다.
19 하경(夏卿): 병부상서의 다른 이름.

외지에서 임무를 다하고 난 뒤

천자의 보좌가 되실 만하네.

아, 그대 전 수령이여!

너무 서두르지도 너무 지체하지도 마시오.

적당한 때 제사를 올리고

그대의 조상을 추모하시오.

魏博節度觀察使沂國公先廟碑銘

按「田弘正本傳」, 世多臣順大節. 昌黎公特穩括其以六州還朝廷一事, 而頌美之詞特

詳. 銘中甚得體.

元和八年十一月壬子, 上命丞相元衡, 丞相吉甫, 丞相絳, 召太史尙書
比部郎中韓愈至政事堂, 傳詔曰："田弘正始有廟京師, 朕惟弘正先祖父,
厥心靡不嚮帝室, 訖不得施, 乃以敎付厥子. 惟弘正銜訓事嗣, 朝夕不怠,
以能迎天之休, 顯有丕功. 維父子繼忠孝, 子維寵嘉之, 是以命汝愈銘. 欽
哉."

惟時臣愈承命悸恐. 明日, 詣東上閤門, 拜疏辭謝, 不報. 退, 伏念昔
者魯僖公, 能遵其祖伯禽之烈, 周天子實命其史臣克, 作爲「駉」·「駜」·
「泮」·「閟」之詩, 使聲於其廟, 以假魯靈. 今天子嘉田侯服父訓不違, 用康
靖我國家. 蓋寵銘之, 所以休寧田氏之祖考, 而臣適執筆隷太史, 奉明命,

其何以辭.

　　謹案, 魏博節度使 · 銀靑光祿大夫 · 檢校工部尙書, 兼魏州大都督府長
史 · 御史大夫 · 沂國公田弘正, 北平盧龍人. 故爲魏博諸將, 忠孝畏愼. 田
季安卒, 其子幼弱, 用故事代父. 人吏不附, 迎弘正於其家, 使領軍事. 弘
正籍其軍之衆, 與六州之人, 還之朝廷. 悉除河北故事, 比諸州, 故得用爲
帥. 已而復贈其父故滄洲刺史 · 兵部尙書, 母夫人鄭氏梁國太夫人. 得立
廟祭三代. 曾祖都水使者府君, 祭初室. 祖安東司馬 · 贈襄州刺史府君, 祭
二室. 兵部府君, 祭東室. 其銘曰:

　　唐繼古帝, 海外受制. 狃于大寧, 燕盜以驚. 羣黨相維, 河北失平. 號登
元和, 大聖載營. 風揮日舒, 咸順指令. 業業魏土, 嬰兒戲兵. 吏戎愁毒,
莫保腰頸. 人曰田侯, 其德可倚. 叫譟奔趨, 乘門請起. 田侯攝事, 奉我天
明. 束縛弓戈, 考挍度程. 提壇籍戶, 來復邦經. 帝欽良臣, 曰維錫子. 嗟
我六州, 始復古初. 告慶于宗, 以降命書. 旌節有韜, 豹尾神旗. 橐兜戟纛,
以長魏師. 田侯稽首, 臣愚不肖. 迨茲有成, 祖考之敎. 帝曰俞哉, 維汝忠
孝. 子思乃父, 追秩夏卿. 媲德娠賢, 梁國是榮. 田侯作廟, 相方視阯. 見
于著龜, 祖考咸喜. 暨暨田侯, 兩有文武. 訖其外庸, 可作承輔. 咨汝田侯,
勿亟勿遲. 觀饗式時, 爾祖爾思.

유주 나지묘비[1]

내가 창려의 유주 비문을 보니, 가히 실을 만한 유주 유종원의 덕정(德政)에 대해서는 쓰지 않고 죽은 뒤에 귀신이 된 내용만을 실었다. 경솔한 듯하지만 어느 정도는 장엄한 맛이 있다.

나지묘는 옛 자사인 유 수령[2]의 사당이다. 유 수령은 이곳 자사로 계실 때 유주 백성을 업신여기지 않고 늘 예법으로 대했다. 〔자사로 부임한 지〕 3년 만에 백성들은 모두 분발해 일하면서 "이곳이 비록 도성과 멀기는 하지만, 우리도 이 나라 백성이다. 하늘이 우리에게 은혜를 베푸시어 어진 수령님을 보내주셨거늘, 만약 그분의 가르침에 교화될 수 없다면, 우리는 사람도 아니다"라고 말했다. 그러고는 늙은이건 젊은이건 서로서로 가르침으로 이끌면서 감히 수령의 명령을 어기는 일이 없었다. 마을이나 누구 집에 무슨 일이라도 생기면, 모두들 "우리 수령님께서 들으시고 혹 안 된다고 하시지 않을까?"라고 말하면서, 무슨 일이건 반드시 먼저 생각해본 연후에 시행했다.

명령에서 기한으로 정해놓은 날짜는 모두 힘써 맞추고자 하였고, 먼

---

1 이 글은 장경(長慶) 3년(823)에 지어졌는데, 당시 한유는 상서 이부시랑으로 있었고 나이는 쉰여섯이었다. 『태평환우기(太平環宇記)』에 "영남도 유주 마평현에 주에서 북쪽으로 반 리쯤 떨어진 나지묘비가 곳에 있다. 이는 옛 자사 유종원을 모시는 사당인데, 한유가 그 비문을 지었다(嶺南道柳州馬平縣, 羅池廟碑在州北半里, 即故刺史柳宗元也. 韓愈爲碑文)"라는 기록이 보인다.
2 유 수령: 원문은 '유후(柳侯)'다. 주 16 참조. '후(侯)'는 지방관을 칭한다.

저 하지도 않고 나중에 하지도 않고, 반드시 제때 행하였다. 이렇게 되자 백성들은 일정한 생업을 가질 수 있어 관가에 진 빚이 없었으며, 유랑하던 자나 도망갔던 자들도 사방에서 모여드니, 즐거움이 생겨났고 사업이 일어났다. 거주지에는 새집이 들어섰고, 선창[3]에는 새 배가 들어섰다. 못과 정원이 정결하였고, 돼지며 소며 오리며 닭이 살지고 번식하였다. 아들은 아비의 명령에 삼가 따르고 지어미는 지아비의 뜻에 순종하였다. 시집가고 장가가고 장례 치르는 의식도 모두 법도에 맞았다. 나가서는 우애 있고 어른을 공경하였으며, 들어와서는 자애롭고 효성스러웠다. 전에 유주 백성들은 매우 가난해서 아들딸들을 저당 잡히곤 했는데, 오래도록 돈을 내고 찾아오지 못하면 모두 노예로 전락하고 말았다. 그러나 우리 유 수령께서 도착하시자 나라의 옛 법도에 따라 하인 노릇 하는 것으로 본전을 상환하는 방법을 써서 〔저당 잡힌 자식들을〕 모두 찾아오게끔 해주었다. 또 공자의 사당을 대대적으로 수리하고 성곽과 거리도 정비하여 모두 깔끔해졌으며, 좋은 나무도 심었다. 이에 유주 백성들은 모두들 기뻐하였다.

한번은 부장(部將)인 위충(魏忠)·사녕(謝寧)·구양익(歐陽翼)과 역참의 정자에서 술을 마시다가 말했다.

"내 세상에 버림받고 이곳에 오게 되어 그대들과 좋게 지내고 있소. 나는 내년에 죽어 귀신이 될 것이오. 죽은 지 3년이 지나거든 사당을 지어 나를 위해 제사 지내주시오."

말한 때가 되자 유 수령은 과연 죽었다. 죽은 뒤 3년 뒤 음력 7월 신묘일에 유 수령이 유주 후당(後堂)에 내려오자 구양익 등은 그를 보고 절

---

3 선창: 원문은 '보(步)'인데, '부(埠)'와 통한다. 배 대는 곳을 가리킨다.

을 올렸다. 그날 저녁에 구양익의 꿈에 나타나 이렇게 말했다.

"나지에 내 사당을 지어주시오."

그 달 경진일(景辰日)⁴에 사당이 완성되자 크게 제사를 지냈다. 지나가던 객 이의(李儀)가 술에 취해 당 위에서 무례히 굴었다가 병을 얻었는데, 사당 밖으로 부축해 나왔지만 즉사하고 말았다. 이듬해 봄에 위충과 구양익이 사녕을 도성으로 보내, 그 일을 비석에 새겨달라고 내게 청했다. 내가 말했다.

"유 수령께서는 살아서 그곳 백성들에게 은택을 내리시더니, 죽어서도 화복(福禍)으로써 사람을 놀라게 하여 제수를 받아먹는구면. 가히 신령하다 할 만하오."

나는 신을 맞이해 흠향케 하고 보내드리는 시를 유주 백성들에게 지어 보내어, 이 시를 노래하며 제사 지내게끔 하고, 더불어 돌에 새겨 넣게 하였다.

유 수령은 하동(河東) 사람으로 휘는 종원(宗元)이고 자는 자후(子厚)다. 어질고 글을 잘 지었는데, 조정에 서서 빛을 발하였으나 버림받은 뒤로는 다시 등용되지 못하였다. 노래는 다음과 같다.

붉디붉은 여지(茘枝), 황금빛 파초,
갖은 음식과 채소들이 수령 모신 당으로 들어오누나.
수령 맞이하는 배에는 깃발 두 개 꽂혀 있는데
중류를 건너다 바람에 막히었네.

---

4 경진일(景辰日): 병진일(丙辰日). 당나라 고조의 부친 이름이 이병(李昞)이었기에 '병'자를 피휘하였다. 그래서 해와 빛을 상징하는 '병(丙)'자 대신 같은 뜻을 지닌 '경(景)'자를 쓴 것이다.

수령을 기다려도 오지 않네,

나의 슬픔을 모르시는가.

수령께서 작은 말을 타고 사당에 들어오시어,[5]

우리 백성들 위로해주시니, 얼굴 펴고 웃네.

아산(鵝山)과 유수(柳水)[6]에는

계수나무 울창하고 흰 돌 가지런하네.

수령께서는 아침에 나가 노니시다가 저녁에 들어오시고,

봄에는 원숭이 따라 울고, 가을에는 학과 함께 날아다니네.

북쪽 사람들은 수령보고 왈가왈부하지만,

천추만세토록 수령께서는 우리를 떠나지 않는다네.

우리에게 복을 주고 장수하게 해주시며,

나쁜 귀신들을 산 저편으로 몰아내주시네.

아래 있는 논은 너무 습하지 않게, 위에 있는 논은 너무 마르지 않게
해주시니,

메벼며 찰벼며 충족하고, 뱀들은 똬리 튼 채 숨어 지내네.

우리 백성들 시종일관 변치 않고 유 수령께 보답하리니,

앞으로 대대토록 삼가 제사를 모시리라.

---

5 수령께서…… 들어오시어: 주정옥(朱廷玉)의 「나지묘비전해(羅池廟碑全解)」에 따르면, 유
  주 사람들은 신을 맞이해 올 때 배에 두 개의 깃발을 꽂고 목마를 만들어 배에 둔다. 그런
  다음 음악을 연주하며 물가에 오르게 하고 사당으로 안내해 온다고 한다.
6 아산(鵝山)과 유수(柳水): 아산은 유주 마평현(馬平縣) 서쪽 10리 되는 곳에 있는 산 이
  름이고, 유수는 곧 유강(柳江)을 가리킨다. 일명 심수(潯水)라고도 한다.

柳州羅池廟碑

予覽昌黎碑柳州，不書柳州德政之可載，載其死而爲神一節，似狎而少莊．

羅池廟者，故刺史柳侯廟也．柳侯爲州，不鄙夷其民，動以禮法．三年民各自矜奮："兹土雖遠京師，吾等亦天氓．今天幸惠仁侯，若不化服我則非人."於是老少相敎語，莫違侯令．凡有所爲於其鄉閭及於其家，皆曰："吾侯聞之，得無不可於意否？"莫不忖度而後從事．

凡令之期，民勸趨之，無有後先，必以其時．於是民業有經，公無負租，流連四歸，樂生興事．宅有新屋，步有新船．池園潔修，豬牛鴨雞，肥大蕃息．子嚴父詔，婦順夫指．嫁娶葬送，各有條法．出相弟長，入相慈孝．先時民貧，以男女相質，久不得贖，盡沒爲隸．我侯之至，按國之故，以傭除本，悉奪歸之．大修孔子廟，城郭巷道，皆治使端正，樹以名木．柳民旣皆悅喜．

常與其部將魏忠·謝寧·歐陽翼飲酒驛亭，謂曰："吾棄於時，而寄於此，與若等好也．明年吾將死，死而爲神．後三年，爲廟祀我."及期而死．三年孟秋辛卯，侯降于州之後堂，歐陽翼等見而拜之．其夕，夢翼而告曰："館我于羅池."其月景辰，廟成，大祭．過客李儀醉酒，慢侮堂上，得疾，扶出廟門卽死．明年春，魏忠·歐陽翼使謝寧來京師，請書其事于石．余謂："柳侯生能澤其民，死能驚動福禍之，以食其土．可謂靈也已."作迎享送神詩遺柳民，俾歌以祀焉，而并刻之．

柳侯，河東人，諱宗元，字子厚．賢而有文章，嘗位於朝，光顯矣，已

而擯不用. 其辭曰:

荔子丹兮蕉黃, 雜肴蔬兮進侯堂. 侯之船兮兩旗, 度中流兮風泊之. 待侯不來兮, 不知我悲. 侯乘駒兮入廟, 慰我民兮不嚬以笑. 鵝之山兮柳之水, 桂樹團團兮白石齒齒. 侯朝出游兮暮來歸, 春與猿吟兮秋鶴與飛. 北方之人兮爲侯是非, 千秋萬歲兮侯無我違. 福我兮壽我, 驅厲鬼兮山之左. 下無苦濕兮高無乾, 秔稌充羨兮蛇蛟結蟠. 我民報事兮無怠其始, 自今兮欽于世世.

당나라 옛 재상 권국공 묘비[1]

직접 서술하는 중에 생경하고 껄끄러운 자구가 많다. 그러나 명문은 읊조릴 만하다.

지금 황상 원화 6년(811)에 재상으로 있던 분은 권공(權公)이었으니, 휘는 덕여(德興)요 자는 재지(載之)다. 그 집안은 본디 은나라 황제인 무정(武丁)에게서 나왔다. 무정의 아들이 권(權) 땅에 봉해졌던 것이다. 권은 장강과 한수 사이에 있던 나라다. 주나라가 쇠하였을 때 초나라로 편입되어 권씨 일가를 일구었다. 초나라가 망하자 진(秦)으로 옮겨 와 천수(天水)와 약양(略陽) 일대에 거주했다. 부진(苻秦)[2]이 중원에서 칭왕했을 때, 신하 중에 안구공(安丘公) 권익(權翼)[3]이란 사람이 있었는데, 대신의 신분에 맞는 말을 잘했다. 여섯 대가 지나 평량공(平涼公) 권문탄(權文誕)에 이르렀는데, 그는 당나라 상용태수(上庸太守)·형주대도독(荊州大都督) 장사(長史)를 지냈으며 명성과 공렬이 혁혁했다. 평량공의

---

1 권국공은 권덕여(權德興)다. 이 글은 원화(元和) 13년(818)에 지어졌는데, 당시 한유는 형부시랑으로 있었으며 나이는 쉰하나였다. 권덕여는 자가 재지(載之)이고 천수(天水, 지금의 섬서성 略陽) 사람이다. 원화 연간에 재상을 역임하였고 사후 좌복야(左僕射)에 추증되었으며 문(文)이라는 시호를 받았다.

2 부진(苻秦): 16국(十六國) 때 전진(前秦)을 가리킨다. 부씨(苻氏)가 세운 나라기 때문에 '부진'이라 부른 것이다.

3 권익(權翼): 자는 자량(子良)이고 전진의 부견(苻堅) 밑에서 급사중(給事中)을 지냈다. 후에 우복야(右僕射)에 오르고 안구공에 봉해졌다. 부견이 남조의 진(晉)을 치려고 할 때 권익이 이를 힘써 말렸으나 부견은 끝내 그의 말을 따르지 않았다가 진에 대패하였다.

증손은 휘가 수(倕)로, 상서예부랑중(尚書禮部郎中)에 추증되었는데, 문장과 학문으로 소원명(蘇源明)⁴과 더불어 친하게 지냈다. 우림군(羽林軍) 녹사참군(錄事參軍)으로 있다가 돌아가셨으니, 그분이 공께는 조부가 된다. 낭중(郎中, 權倕)께서 태자태보(太子太保)에 추증된 고(皐)라는 분을 나으셨는데, 그분 또한 충효로써 크게 이름났다.⁵ 관직을 떠난 뒤에도 여러 번 벼슬을 내리며 초징했으나 부름에 응하지 않았다. 후에 정효(貞孝)라는 시호를 하사받으셨으니, 그분이 바로 공의 부친이시다.

공께서는 재상의 자리에 3년간 계시다가 후에 이부상서(吏部尚書)로서 부절을 받아 산남도(山南道)를 다스리셨다. 예순에 돌아가시어 상서좌복야(尚書左僕射)에 추증되었으며, 시호는 문공(文公)이다.

공께서는 세 살 때 4성(四聲)의 변화를 터득했고 네 살 때는 시를 지을 줄 알았다. 일곱 살 때 정효공(貞孝公, 權皐)께서 돌아가셨는데, 당시 조문 왔던 사람들은 공의 모습을 보고, "권씨 집안에는 대대로 인재가 나오는구나"라고들 말했다. 자라서는 학문을 좋아하였고, 효성스럽고 공경스러웠으며, 선량하고 온순했다. 정원 8년(792)에, 전 강서부 감찰어사(江西府監察御史)의 신분으로 조정에 부름 받아 박사에 제수되니, 조정 관원들은 인재를 얻었다며 서로 축하했다. 좌보궐(左補闕)이 되었을 때도 쉬지 않고 상주문을 올려 간악한 아첨배들을 비난하면서 양성(陽城)

---

4 소원명(蘇源明): 자는 약부(弱夫)고 경조(京兆) 무공(武功) 사람이다. 문장에 능해 천보 연간(天寶年間)에 명성이 자자했다.

5 낭중(郎中)께서…… 이름났다: 권고는 자가 사요(士繇)다. 천보 연간 말에 안녹산이 하북 안찰사(河北按察使)로 있을 때 권고는 그의 종사(從事)로 있었는데, 안녹산이 반란을 꾀하고 있음을 감지하고는 거짓으로 죽은 척하고 빠져나와 그 어머니를 모시고 남쪽으로 떠났다. 강을 막 건넜을 때 안녹산이 과연 반란을 일으키자 이로 인해 유명해졌다. 『신당서』「탁행(卓行)」에 보인다.

과 힘을 모았다.[6] 얼마 후 기거사인(起居舍人)이 되고 지제고(知制誥)에 이르시어, 9년간 황제의 조서를 지으셨는데, 쌓인 권질이 50권에 이른다. 세상 사람들은 그의 재능을 칭송하였다. 정원 18년(802)에 중서사인(中書舍人)의 신분으로 공사(貢士) 선발을 맡아보다가 상서예부시랑(尙書禮部侍郞)에 제수되었다. 누군가가 공에게 선비를 추천했을 때 그 말이 믿을 만한 사람이라면 그가 평민이라고 해서 등용하지 않거나 하지 않았다. 믿을 만하지 않은 사람이라면 제아무리 고관이나 권세가가 건넨 이야기라 하여도 일절 받아들이지 않았다. 공께서는 매년 선발하는 진사과(進士科)·명경과(明經科)의 인원을 늘려줄 것을 상주하면서, 인재만 얻을 수 있다면 인원에 얽매이지 말 것을 주장했다. 얼마 있다 호조(戶曹)·병조(兵曹)·이조(吏曹)의 시랑(侍郞)과 태자빈객(太子賓客)으로 옮겨 가더니, 다시 병부로 오셨다가 태상경(太常卿)으로 승진했다. 세상 사람들은 그를 덕이 높은 위인으로 더욱 추대했다.

당시 천자께서는 마땅히 도덕이 높은 사람을 가려 뽑아야 한다고 생각하고 계셨기에 공을 예부상서(禮部尙書) 동중서문하평장사(同中書門下平章事)에 임명하셨다. 공께서 사양하셨으나 윤허하지 않으셨다. 공은 정사를 베풀고 조치를 취함에 있어 반드시 관대함에 근본을 두셨기에, 교화를 이루고 백성에게 많은 도움을 줄 수 있었다. 정사를 바로잡음과 동시에 오락으로써 조화를 이루되, 정도를 잃지 않았다. 조화와 절제로 중도를 지키셨으며 너무 엄격하게 가르치지 않으셨다.[7] 선한 이를 가까이 하

------

6 좌보궐(左補闕)이…… 모았다: 정원 8년 8월에 사농소경(司農少卿) 배연령(裴延齡)이 간교한 수단으로 호부시랑에 제수되어 탁지부(度支部) 일을 맡아보게 되자 권덕여는 상소문을 올려 그의 간악함을 논했다. 양성(陽城)은 북평(北平) 사람으로 자는 항종(亢宗)이다. 덕종 때 간의대부(諫議大夫)가 되었는데, 배연령이 육지(陸贄)·장방(張滂) 등 충신을 무고하여 내쫓자 수차례 상소문을 올려 배연령을 탄핵하였다.

고 어진 사람 편에 섰으며, 교만하게 자신만을 주장하지 않았다. 이부상서의 신분으로 동도유수(東都留守)가 되었을 때, 동쪽의 절도사들 중에 〔정사의〕 이해득실에 관해 〔조정에〕 직접 청을 올리지 못하는 자가 있으면 공께서 대신 상소문을 올렸는데, 노포(露布)⁸로 올리지는 않았다. 다시 태상(太常)에 제수되었다가 곧 형부상서(刑部尙書)가 되었다. 신구 격칙(格勅)을 살펴보고 심사하여 30편(編)으로 만드니,⁹ 모두 오래도록 쓰일 만하였다. 산남과 하남(河南)을 다스리실 적에, 〔공무의〕 선별과 집행을 부지런히 하였고, 화락함과 간략함으로써 다스렸기에 백성들의 삶이 평안하고도 편리해졌다.

병으로 인해 돌아갈 것을 청하시더니, 원화 13년(818) 아무 달 갑자일에 양주(洋州) 백초역(白草驛)¹⁰에서 객사하셨다. 〔공이 세상을 떴다는〕 상주문이 이르자 천자께서는 몹시 애통해하시면서 조회도 서지 않으셨으며, 조정 관리를 파견해 하사품을 보내셨다.¹¹ 관직에 있는 사람이건 재야에 있는 사람이건, 위아래 할 것 없이 모두 슬피 곡하면서 "훌륭하신 분이 돌아가셨구나!"라고 말했다. 그해 아무 달 아무 날에 하남(河南)의

---

7 너무 엄격하게…… 않으셨다: 원문은 '불위성장(不爲聲章)'인데, 증국번(曾國藩)은 『구궐재독서록(求闕齋讀書錄)』 권9 「한창려집(韓昌黎集)」에서 이 대목을 해석하기를, "너무 엄하고 각박하게 가르치지 않는 것(不爲嚴刻之條敎也)"이라고 하였다.

8 노포(露布): 봉하지 않고 그대로 올리는 상소를 말한다.

9 신구 격칙(格勅)…… 만드니: 이와 관련하여 『신당서』 「권덕여전」에 다음과 같은 내용이 적혀 있다. "황제께서 조서를 내려 허맹용과 장예에게 격칙을 편찬케 하였다. 격칙이 완성되자 황제께 올리고는 궁궐에 남겨두었다. 권덕여는 그 책을 꺼내달라 청하여 시랑 유백추와 함께 연구하고 다듬어 30편으로 만든 다음 황제께 올렸다(詔許孟容·蔣乂刊彙格勅. 旣成, 上之, 留禁中. 德興請出其書, 與侍郎劉伯芻參復硏考, 定三十篇奏上)."

10 양주(洋州) 백초역(白草驛): 지금의 섬서성 양현(洋縣)에 있다.

11 하사품을 보내셨다: 조정 대신이 죽으면 황제가 사신을 보내 베와 비단, 쌀과 곡식 등을 보낸다.

북산(北山)에 묻으니, 정효공께서 묻혀 있는 곳에서 동쪽으로 5리 되는 곳이었다.

공께서는 신료로 있다가 품계가 올라가고 해마다 새로운 자리에 제수되었는데, 재상의 자리에까지 오르자 사람들은 모두 듣고 기뻐하며 마치 자기가 승진한 것처럼 여기면서 시기하는 자가 없었다. 우적(于頔)이 아들이 사람 죽인 죄에 연루되어 직위를 잃고 죄수처럼 지내고 있을 때,[12] 친척들 중에 누구 한 사람 그의 집을 찾아가 살펴보는 자가 없었고, 조정에는 그 누구도 〔그를 위해〕 감히 말해주는 자가 없었다. 그때 공께서는 막 동도유수로 나가려던 참이었는데, 우적을 위해 황상께 이렇게 아뢰었다.

"우적의 죄에 대해 기왕 사면해주고 끝까지 추궁하지 않기로 했다면, 너그러이 용서한다는 조서를 내리심이 마땅하옵니다."

그러자 황상께서도, "그렇소이다. 공께서 나를 위해 그에게 조서를 내리시오"라고 하셨다. 그 덕에 우적은 울분에 가득 찬 채 죽어가지 않을 수 있었다. 전후로 공께서 심사하여 선발했던 진사들과 조정에서 책문으로 시험을 치렀던 선비들이 줄지어 재상이 되고 달관(達官)이 되어, 공과 더불어 앞서거니 뒤서거니 했다. 그 밖에도 대각(臺閣)과 외부(外府)에 포진해 있는 사람들이 백여 명이나 되었다. 처음 배우기 시작해서부터 병이 났으나 아직 몸져눕기 전까지, 단 하루도 책을 손에서 떼어놓고 보지

---

12 우적(于頔)이…… 있을 때: 우적은 자가 윤원(允元)이고 하남 사람이다. 원화 7년에 사공동평장사(司空同平章事)로 있던 우적이 태상승(太常丞)으로 있던 아들 우민(于敏)을 시켜 양정언(梁正言)에게 뇌물을 주어 지방 절도사로 나가게 해달라고 부탁하게 했다. 그러나 양정언의 거짓말이 점차 드러나고 다시 뇌물을 되찾으려 해도 그럴 수 없자 우민중은 양정언의 집 노비를 유인해 살해한 다음 변소에 버렸다. 이 사실이 발각되자 우적은 그 아들 전중소감(殿中少監) 우계우(于季友) 등을 데리고 소복을 입은 채 건복문(建福門)을 찾아가 죄를 청하였다. 이 일로 우적은 은왕부(恩王傅)로 좌천되고 아들 우민은 뇌주(雷州)로 귀양 갔으며 계우 등도 모두 폄관(貶官)되었다.

않은 날이 없었다. 공께서는 문사에 뛰어나다고 조정에 명성이 자자했기 때문에 경대부들의 공덕을 찬술해 비석에 새겨 넣은 글을 많이 지었다. 그러나 막상 집 안에서는 장부 한번 쳐다보지 않았고, 뭐가 있는지 없는지, 쓰고 남은 재물이 있는지 물어보는 일도 없었다.

공께서는 청하(淸河) 최씨 댁 따님을 얻었는데, 그 부친은 최조(崔造)라는 분으로 일찍이 덕종(德宗) 밑에서 재상을 지내면서 명신(名臣)으로 이름났다. 장례를 치르고 나서 공의 아드님이신 감찰어사(監察御史) 권거(權璩)[13]가 상중의 피곤한 몸으로 찾아와 〔비문을〕 부탁하기에 명문을 짓는다.

권씨는 상(商)나라·주나라 이래로

대대로 인재를 배출했네.

초나라가 망하자 진나라로 옮겨왔는데,

진나라·한나라[14] 교체기에

감천후(甘泉侯)가 나오고,

이어 안구공이 나와

승려를 꾸짖고

황제를 바로 세웠네.[15]

정효공께서 태어나신 건

---

13 권거(權璩): 권덕여의 장남으로 자는 대규(大圭)다.

14 진나라·한나라: 원문에는 진나라의 성인 '영(嬴)'과 한나라의 성인 '유(劉)'로 표기하고 있다.

15 승려를…… 세웠네: 전진의 부견이 동원(東苑)을 노닐다 승려 도안(道安)을 같은 수레에 태우자 안구공 권익이 간언하면서 자신의 몸을 해친 천한 중과는 같은 수레에 타서는 안 된다고 말렸다. 여기서는 이 일을 가리키고 있다.

봉황도 오지 않던 난세,
작위인들 높았던가!
중도에 수레에서 내렸고,
수명인들 길었던가!
나이 마흔에 세상을 뜨셨네.
그러나 그렇듯 불운했기에
그 자손들이 은혜를 입었던 것.
재상을 낳으셨으니,
조정에서 덕(德)의 으뜸 되셨네.
그분의 행실 세상에서 우러르고,
그분의 문장 세상에서 본받았네.
연달아 여섯 관직을 맡으시고,
나가면 나라의 병풍이요, 들어오면 황제의 보좌라.
당파도 없고 원수도 없었으니
온 세상 그 누구도 흠잡지 못했네.
남들이 꺼리는 일,
공께서는 용감히 하셨으며
남들이 붙좇는 일,
공께서는 마다하고 눈길조차 주지 않으셨네.
그 누가 알 수 있으리,
덕의 으뜸이 여기 계신 줄.
묘비에 시를 새겨
영원에 드리우고저.

唐故相權國公墓碑

直敘中多句字生蹇處. 銘可誦.

　　上之元和六年, 其相曰權公, 諱德輿, 字載之. 其本出自殷帝武丁. 武丁之子降封於權. 權, 江·漢間國也. 周衰, 入楚爲權氏. 楚滅徙秦, 而居天水·略陽. 符秦之王中國, 其臣有安丘公翼者, 有大臣之言. 後六世至平涼公文誕, 爲唐上庸太守·荊州大都督長史, 焯有聲烈. 平涼曾孫諱倕, 贈尙書禮部郎中, 以藝學與蘇源明相善, 卒官羽林軍錄事參軍, 於公爲王父. 郎中生贈太子太保諱皐, 以忠孝致大名. 去官, 累以官徵不起, 追謚貞孝, 是實生公.

　　公在相位三年, 其後以吏部尙書授節鎭山南. 年六十以薨, 贈尙書左僕射, 謚文公.

　　公生三歲, 知變四聲, 四歲能爲詩. 七歲而貞孝公卒. 來弔哭者, 見其顏色聲容, 皆相謂"權氏世有其人". 及長好學, 孝敬祥順. 貞元八年, 以前江西府監察御史, 徵拜博士, 朝士以得人相慶. 改左補闕, 章奏不絕, 譏排姦倖, 與陽城爲助. 轉起居舍人, 遂知制誥, 凡撰命詞九年, 以類集爲五十卷. 天下稱其能. 十八年, 以中書舍人典貢士, 拜尙書禮部侍郎. 薦士於公者, 其言可信, 不以其人布衣不用. 卽不可信, 雖大官勢人交言, 一不以綴意. 奏廣歲所擧進士·明經, 在得人, 不以員拘. 轉戶·兵·吏三曹侍郎·太子賓客, 復爲兵部, 遷太常卿. 天下愈推爲鉅人長德.

　　時天子以爲宰相宜參用道德人, 因拜禮部尙書同中書門下平章事. 公既謝辭, 不許. 其所設張擧措, 必本於寬大, 以幾敎化, 多所助與. 維匡調娛, 不失其正. 中於和節, 不爲聲章. 因善與賢, 不矜主己. 以吏部尙書留守東都, 東方諸帥有利病不能自請者, 公常與疏陳, 不以露布. 復拜太常, 轉刑部尙書. 考定新舊令式爲三十編, 擧可長用. 其在山南·河南, 勤于選付, 治以和簡, 人以寧便.

以疾求還, 十三年某月甲子, 道薨于洋之白草. 奏至, 天子痌傷, 爲之不御朝, 郎官致贈錫. 官居野處, 上下弔哭, 皆曰: "善人死矣!" 其年某月日, 葬河南北山, 在貞孝東五里.

公由陪屬升列, 年除歲遷, 以至公宰, 人皆喜聞, 若己與有, 無忌嫉者. 于頔坐子殺人, 失位自囚, 親戚莫敢過門省顧, 朝莫敢言者. 公將留守東都, 爲上言曰: "頔之罪旣貰不竟, 宜因賜寬詔." 上曰: "然, 公爲吾行諭之." 頔以不憂死. 前後考第進士及庭所策試士, 踵相躡爲宰相達官, 與公相先後. 其餘布處臺閣外府, 凡百餘人. 自始學至疾未病, 未嘗一日去書不觀. 公旣以能爲文辭擅聲於朝, 多銘卿大夫功德. 然其爲家, 不視簿書, 未嘗問有亡, 費不儲餘.

公娶淸河崔氏女, 其父造, 嘗相德宗, 號爲名臣. 旣葬, 其子監察御史璩, 纍然服喪來有請, 乃作銘文, 曰:

權在商周, 世無不存. 滅楚徒秦, 嬴劉之間. 甘泉始侯, 以及安丘. 詆訶浮屠, 皇極之扶. 貞孝之生, 鳳鳥不至. 爵位豈多, 半塗以稅. 壽考豈多, 四十而逝. 惟其不有, 以惠厥後. 是生相君, 爲朝德首. 行世祖之, 文世師之. 流連六官, 出入屛毗. 無黨無讎, 擧世莫疵. 人所憚爲, 公勇爲之. 其所競馳, 公絕不窺. 孰克知之, 德將在斯. 刻詩墓碑, 以永厥垂.

형양 정공 신도비[1]

상서우복야(尚書右僕射)에 추증된 하동절도사 정공을 형양 삭수(索水)[2] 가에 묻었다. 원화 8년(813) 6월 경자일에 태사(太史) 상서 비부랑중(尚書比部郎中) 호군(護軍) 한유가 그 묘비에 글을 새겨 고한다.

사마씨(司馬氏)[3]가 남쪽으로 천도했을 때 정활(鄭豁)이라는 사람이 있었는데, 그는 모용수(慕容垂)의 나라[4]에서 벼슬을 하여 태자소보(太子少保)를 지냈다. 그의 손자 정간(鄭簡)은 탁발위(拓拔魏)[5]에서 형양태수(滎陽太守)를 지냈다. 정간 이후의 사람들은 그 일족을 남조(南祖)라고 부른다. 남조 정씨 중에 당나라에 들어와 이주(利州) 경곡(景谷)[6]의 현령을 지낸 분이 계셨으니, 그 이름은 가범(嘉範)으로 공께는 증조부가 된다. 그분이 무속(撫俗)을 낳았고 〔무속은〕 사주(泗州) 서성(徐城) 현령을 지냈다. 서성 현령을 지내신 분이 공의 부친 홍(洪)을 낳았고, 〔공의 부친께서는〕 양주(涼州) 호조참군(戶曹參軍)으로 관직을 마치셨다.

공은 휘가 담(儋)이다. 어려서 외가인 농서(隴西) 이씨(李氏) 댁에 의지해 살았는데, 행동거지가 보통 아이들과 달랐다. 그의 외삼촌인 이부

---

1 이 글은 정담(鄭儋)이라는 사람에게 써준 신도비다. 그는 대력 4년(769) 진사에 급제했다.
2 삭수(索水): 지금 하남성 형양현(滎陽縣) 남쪽에서 발원한다.
3 사마씨(司馬氏): 사마염이 세운 나라 진(晉)나라를 대신 받는다.
4 모용수(慕容垂)의 나라: 모용수가 세운 나라인 북조의 후연(後燕)을 가리킨다.
5 탁발위(拓拔魏): 북위(北魏).
6 이주(利州) 경곡(景谷): 지금의 사천성 소화현(昭化縣) 서북쪽에 해당한다.

시랑(吏部侍郎) 이계경(李季卿)은 그가 반드시 정씨 집안을 다시 일으킬 수 있을 것이라고 말했다. 조금 성장하자 스스로 학문을 도모할 줄 알았고,[7] 『좌씨춘추(左氏春秋)』에 해박하였다. 진사(進士)의 신분으로 태원 참군사(太原參軍事)에 뽑혔다. 직언대책(直言對策)[8]에 참가하여 경조(京兆) 고릉현위(高陵縣尉)에 발탁되었다. 그때 경조부에 있는 진사들을 시험하여 상하 순위를 매겼는데, 속임수 없이 사실 그대로를 반영하였다. 복야(僕射) 번택(樊澤)이 양양(襄陽)의 병사들을 이끌고 회서(淮西)와 싸울 때, 공은 참모로서 부(府)에 남아 뒷일을 처리했다.[9] 〔공의 부친〕 호조참군께서는 양주에 묻히셨는데, 양주가 서융의 땅이 되어버린 통에 〔증조부〕 경곡 현령과 〔조부〕 서성 현령, 그리고 부친까지 삼대의 무덤을 형양으로 이장해 오지 못하였다. 공께서는 관직에서 물러나 있을 때[10] 다섯 대(代)의 영구를 모셔와 세 개의 분묘를 만들고 삭수 동쪽에 묻었다.

---

7 도모할 줄 알았고: 원문은 '능자과학(能自課學)'이나, 어떤 본에는 '과(課)' 자가 '모(謀)' 자로 되어 있다. 주희(朱熹)는 『창려선생집고이(昌黎先生集考異)』 권26에서, "『촉지』와 「출사표」의 '스스로 도모하다'라는 글자를 『문선』에서는 '스스로 공부하다'라고 적고 있다. 아마 한유도 이 말을 가져다 쓴 듯싶다(『蜀志』·「出師表」'自謀'字, 『文選』亦作 '自課'. 恐公用此語)"라고 하였다. 따라서 스스로 도모하다로 번역한다.

8 직언대책(直言對策): 당나라 과거제도 중에는 직언극간과(直言極諫科)라는 것이 있었다. 대책이라 함은 한나라 이후 줄곧 시행되어오던 인재 선발 방법으로, 정사나 경의 등과 관련한 책문(策文)을 내면 응시지가 이에 답을 하는데, 이를 일러 대책(對策)이라 한다. 즉 직언극간과에 응시하여 대책으로 합격했다는 뜻이다.

9 복야(僕射)…… 처리했다: 번택은 자가 안시(安時)고 하중(河中, 지금의 산서성 永濟縣) 사람이다. 『구당서』 「덕종기(德宗紀)」에 보면, "번택은 흥원(興元) 원년(784)에 양주자사(襄州刺史) 겸 산남동도절도사(山南東都節度使)에 임명되었고, 이때 상주문을 올려 정담을 참모로 삼았다 한다. 정원 2년(786)에는 회서에서 반란을 일으킨 이희열(李希烈)을 토벌하였는데, 여기서 회서와 싸웠다는 것은 바로 이희열을 토벌하러 간 일을 말한다.

10 관직에서…… 있을 때: 『당율소의(唐律疏議)』 「사위(詐僞)」에 보면, "부모가 돌아가시면 관직에서 물러나 있어야 한다(諸父母死, 應解官)"고 한다. 여기서는 부친상을 당해 물러나 있을 당시를 이야기하고 있는 듯하다.

210

서성 현령의 무덤에는 묘표(墓表)가 없어서 공은 어릴 적부터 장년이 될 때까지 늘 가슴 아파하며 마음에 담고 있었는데, 결국 옛사람이 묘지 있는 곳을 가르쳐주어 알아낼 수 있었다.

후에 대리승(大理丞)·태상박사(太常博士)가 되었다가 다시 기거랑(起居郎)·상서성 사봉(司封)과 이부(吏部)의 낭중(郎中)으로 승진하여, 능력 있는 관리로서 명성을 얻었다. 덕종(德宗) 황제께서 만년에 군대 안에 장수감을 준비해놓으시느라 공을 하동군(河東軍) 행군사마(行軍司馬)로 삼으시니, 사심 없이 시기와 질투 가운데서 일을 처리하시어 마침내 큰 성취를 이루었다. 정원 16년(800) 장수 이열(李說)이 죽자 덕종 황제께서는 조서를 내려 사마에게 절도사의 부절을 하사하고 하동군 절도사 직을 맡게 하셨다. 또 공을 관직에 제수하여 공부상서(工部尙書)·태원윤(太原尹) 겸 어사대부(御史大夫)·북도유수(北都留守)에 임명했다.[11] 공께서는 사마로 있으면서 관대하고 청렴하고 또 공정하게 다스리셔서 병사들의 마음을 얻었다. 장수로 승진한 뒤에도 이러한 도리를 변함없이 지키셨다. 부장(部將) 중에 귀인의 힘을 빌려 요직을 요구해 오는 자가 있으면 공께서는 등용하지 않으셨다. 그 대신 늙었으되 공을 세운 바 있고, 세력도 없고 관계도 소원한 자를 등용하셨다. 사방에서 들어오는 뇌물을 없애고, 즐기고 감상하는 큰 연회를 줄이셨으며, 백성들의 일만을 살피고 연구하시면서, 어떤 조치를 시행하든 없애든 시일을 끌지 않았기에, 열 달 만에 정치에 큰 성과를 이룰 수 있었다. 백성들에게 세금을 징

---

11 정원 16년…… 임명했다:『구당서』「이열전(李說傳)」에 "정원 16년 10월에 죽다. 향년 61세(貞元十六年十月卒, 年六十一)"라 기록되어 있다. 또『구당서』「덕종기」에 다음과 같은 기록이 나온다. "정원 16년 겨울 10월 갑오일에, 하동 행군사마 정담을 검교공부상서·태원윤·하동절도사에 임명하다(貞元十六年冬十月甲午, 以河東行軍司馬鄭儋檢校工部尙書·太原尹·河東節度使)."

수할 때는 관대히, 병사들에게 월급을 줄 때는 풍족히 하셨다. 정원 17년 (801)에 병환으로 아침저녁 정무를 돌보지 못하시더니, 8월 경술일에 돌아가셨다. 향년 61세다. 천자께서는 공을 위해 사흘간이나 조회를 서지 못하시다가 공을 상서우복야에 추증하셨다. 그해 10월 신묘일에 삭수 가에 묻었다. 공이 돌아가실 즈음부터 의원과 병문안 오는 사람들이 거리를 오가더니, 장례를 치를 즈음에는 조문하는 객과 하사품을 내리러 온 사자들이 잇달아 찾아왔다. 하동군의 병사들과 태원의 백성들에서부터 주변 아홉 개 군과 백 개 읍에 사는 홀아비 과부, 그리고 공이 다스리던 부에 속해 있던 바깥 오랑캐들까지, 공께서 돌아가셨다는 이야기를 듣고 모두 울면서 "나는 이제 어떻게 하나?"라고 하였다.

공께서는 빈객들과 노닐 때 술을 드셨다 하면 반드시 잔뜩 취할 때까지 드셨다. 투호 놀이며 바둑도 하루 종일 하시어, 마치 너무 즐거워 질리지도 않을 것만 같았다. 그러나 평상시 안채에 거할 때는 종일토록 안석에 기대어 계셔서 사람이 있는지조차 몰랐다. 달리 '백운옹(白雲翁)'이라는 자호도 있었다. 명사나 기이한 선비들 중, 공과 가깝지 않은 사람이 드물었다. 후배들을 좋아해서 직접 문까지 나가 맞이해 들어오곤 하셨으며, 모두에게 따뜻하게 대하셨다. 초취 범양(范陽) 노씨(盧氏)는 인본(仁本)·인약(仁約)·인재(仁載)를 낳았는데, 모두 문장과 행실로 이름났다. 밑의 둘은 모두 진사가 되었으나 일찍 죽었다. 인본만 장자로서 혼자 남았는데, 과거에 별 뜻이 없어 나이 서른에야 겨우 하양군 보좌 일을 맡았다. 재취 조군(趙郡) 이씨(李氏)는 세 딸을 낳았다. 두 부인에게서 3남 5녀를 두신 셈이다. 장녀는 요동(遼東)의 이번(李繁)에게 시집갔는데, 이번 또한 명신(名臣)의 자제로[12] 재주와 학문이 뛰어나다. 공께서는 두 부인과 합장하지 말로 따로 묻으라는 유언을 남겼다. 이어 노래한다.

선비들은 늘 힘이 미미해

공덕을 베풀지 못할까 걱정이라네.

늘 가난해

백성들이 얻고자 하는 것을 바치지 못할까 걱정이라네.

정공 같은 분은

일생 동안 부지런히 일해 그 지위를 얻으셨으나

잠깐도 그 지위를 누리시지 못하셨네.

그렇긴 하지만 공께서 세우신 공로만 보아도

가히 알 만하다네.

아, 슬프도다!

滎陽鄭公神道碑

河東節度使贈尙書右僕射鄭公, 葬在滎陽索上. 元和八年六月庚子, 太史尙書比部郎中護軍韓愈刻其墓碑曰:

司馬氏遷江南, 有鄭豁者, 仕慕容垂國, 爲其太子少保. 其孫簡, 當拓拔魏爲滎陽太守. 後簡者, 號其族爲南祖. 南祖之鄭, 入唐有爲利之景谷

---

12 이번…… 자제로: 이번은 당나라 대종(代宗) 때 명재상인 이비(李泌)의 아들이다.

令者, 曰嘉範, 於公爲曾祖. 是生撫俗, 爲泗之徐城令. 徐城生公之父曰洪, 卒官涼之(州)戶曹參軍.

公諱儋. 少依母家隴西李氏, 舉止異凡兒. 其舅吏部侍郎季卿, 謂其必能再立鄭氏. 稍長, 能自課(謀)學, 明『左氏春秋』. 以進士選爲太原參軍事. 對直言策, 拜京兆高陵尉. 考府之進士, 能第上下, 以實不姦. 樊僕射澤以襄陽兵戰淮西, 公以參謀留府, 能任後事. 戶曹殯于涼, 涼地入西戎. 自景谷·徐城三世, 皆未還滎陽葬. 公解官舉五喪爲三墓, 葬索東. 徐城墓無表, 公能幼長哀感, 心求不置, 以得舊人指告其處.

其後爲大理丞·太常博士, 遷起居郎·尙書司封吏部二郎中, 能官舉其名. 德宗晩節, 儲將於其軍, 以公爲河東軍司馬, 能以無心處嫌間, 卒用有就. 貞元十六年, 將說死, 卽詔授司馬節, 節度河東軍. 除其官, 爲工部尙書·太原尹, 兼御史大夫·北都留守. 公之爲司馬, 用寬廉平正, 得吏士心. 及昇大帥, 持是道不變. 部將有因貴人求要職者, 公不用. 用老而有功, 無勢而遠者. 削四鄰之交賄, 省媂(誇)嬉之大燕, 校講(講校)民事, 施罷不竢日, 用能以十月成政. 氓征就寬, 軍給以饒. 十七年, 疾廢朝夕, 八月庚戌薨. 享年六十一. 天子爲之不能臨朝者三日, 贈尙書右僕射. 卽以其年十月辛卯, 葬索上. 疾比薨, 醫問交道. 比葬, 弔贈賜使者相及. 凡河東軍之士, 與太原之氓吏, 及旁九郡百邑之鰥寡, 外夷狄之統於府者, 聞公之薨, 皆哭曰: "吾其如何?"

公與賓客朋遊, 飲酒必極醉. 投壺博奕, 窮日夜, 若樂而不厭者. 平居簾閣, 據几終日, 不知有人. 別自號白雲翁. 名人魁士, 鮮不與善. 好樂後進, 及門接引, 皆有恩意. 始娶范陽盧氏女, 生仁本·仁約·仁載, 皆有文行. 二季舉進士, 皆早死. 仁本爲後子獨存, 不樂舉選, 年三十餘始佐河陽軍. 後娶趙郡李氏, 生三女. 二夫人凡三男五女. 長女嫁遼東李繁, 繁亦名臣

214

子, 有才學. 遺命二夫人各別爲墓, 不合葬. 系曰:

　　士常患勢卑, 不能推功德及人. 常患貧, 無以奉所欲得. 若鄭公者, 勤一生以得其位, 而曾不得須臾有焉. 雖然, 觀其所旣立, 其可知已. 嗚呼哀哉!

태원 왕공 신도비명(神道碑銘)[1]

왕씨는 모두 왕의 후손이다.[2] 태원(太原)에 사는 왕씨는 원래 성이 희(姬)였다.[3] 춘추시대 때 왕자 성보(成父)가 북쪽 오랑캐를 물리치는 공을 세워 성을 하사받은 이래로[4] 대대로 태원에 살았다. 동한(東漢) 때 은사(隱士) 왕렬(王烈)은 박사(博士)로 초징되었으나 응하지 않았다. 그는 기현(祁縣)에 살았는데, 그가 사는 고을을 사람들은 '군자(君子)'라고 불렀다. 공께서도 군자 출신이다. 위진(魏晉)을 거쳐 수(隋)나라에 이르는 동안 대대로 명사들이 배출되었다. 우리 조정에 이르러 공의 증조부[5]이신 왕현간(王玄暕)이 삼원(三院)의 어사(御史)[6]를 역임했고 상서랑(尙書

---

1 왕중서(王仲舒)에게 지어준 신도비명이다. 왕중서가 연주사호(連州司戶)로 있을 때 한유는 연주 양산현령(陽山縣令)으로 있었으며, 그를 위해 「연희정기(燕喜亭記)」(권8에 보임)를 지어주기도 했다. 후에 왕중서가 강남서도 관찰사로 나갔을 때 한유는 원주자사(袁州刺史)가 되었으며, 그때 또 왕중서를 위해 「등왕각을 새로 수리하고 지은 기(修滕王閣記)」(권8에 보임)를 지어주었다. 왕중서가 세상을 뜨자 한유는 그를 위해 묘지명과 신도비명을 지었다.

2 왕씨는…… 후손이다:『신당서』「재상세계표(宰相世系表)」에 따르면, 주나라 영왕(靈王)의 태자 진(晉)이 직간을 하다가 서인으로 폐위되자 사람들은 그 집안을 "왕가(王家)"라고 불렀는데, 이로 인해 성이 되었다고 한다.

3 태원(太原)에…… 희(姬)였다: 희는 주나라 왕실의 성으로, 태원 왕씨는 본래 희씨에서 나왔음을 뜻한다.

4 춘추시대…… 이래로:『좌전』「문공 11년(文公十一年)」에, "수만이 제나라를 침략해 왔을 때, 왕자 성보가 수만왕의 아우 영여라는 자를 사로잡았다(鄋瞞侵齊, 王子成父獲其弟曰榮如)"라는 대목이 보인다.

5 증조부: 원문은 '대왕부(大王父)'라 되어 있다. 증조부를 말한다.

6 삼원(三院)의 어사(御史): 시어사(侍御史)·전중시어사(殿中侍御史)·감찰어사(監察御史)를 말한다.

郎)까지 지냈다. 〔왕현간은〕 왕경숙(王景肅)을 낳았는데, 그분은 세 개
군(郡)의 군수를 지냈고 양왕(涼王)의 태부(太傅)로 벼슬을 마쳤다. 그
분이 왕정(王政)을 낳으니, 양주(襄州)·등주(鄧州)의 방어사(防禦使),
악주(鄂州)의 채방사(採訪使)를 지냈고 이부상서(吏部尚書)에 추증되
었다.

　　공께서는 이부상서 〔왕정의〕 몇 번째 아들로 휘가 중서(仲舒)고 자
가 홍중(弘中)이다. 어려서 부친을 여의고 어머님을 모시고 강남에 살았
는데, 책을 읽고 글을 지어 명성이 자자했다. 그래서 당대 이름난 명사들
은 모두 높은 관리의 신분임에도 불구하고 몸을 낮춰 공과 나란히 하며 함
께 사귀기를 원했다. 정원 연간 초에 책문(策問)으로 좌습유(左拾遺)에
제수되어[7] 양성(陽城)과 함께 배연령(裴延齡)이 재상이 되지 못하도록
힘써 막았다.[8] 덕종(德宗)께서는 처음에 마음대로 할 수 없어 불만이 가
득했지만, 한참 후에는 공을 가상히 여기셨다. 그 후 공께서 내각에 들어
가셨을 때 덕종께서 반열을 돌아보시고는 재상에게 말씀하시기를, "몇 번
째 서 있던 사람이 분명 왕 아무개였을 것이다"라고 하셨는데, 과연 그러
했다. 한 달 남짓 후에 공을 우보궐(右補闕)로 특별 임명하시더니, 예부
(禮部)·고공(考功)·이부(吏部) 세 부서의 원외랑(員外郎)으로 승진시
켰다. 예부에 계실 때 올린 주의(奏議)가 상세하고도 고아하여 상서성 사

7　정원 연간…… 제수되어: 정원 10년(794)에 왕중서는 현량방정직언직간과(賢良方正直言
　　直諫科)에 급제해 습유에 제수되었다.
8　양성(陽城)과…… 막았다: 『구당서』「문원전(文苑傳)」에 보면, "배연령이 탁지부의 장관
　　으로 있으면서 거짓말을 떠벌리고 선량한 자를 중상모략하자 왕중서가 상소문을 올려 소리
　　높여 탄핵했다(裴延齡領度支, 矯誕大言, 中傷良善, 仲舒上疏極論之)"라는 말이 나오고, 『신
　　당서』「왕중서전」에 보면, "덕종이 배연령을 재상으로 삼으려 하자 양성과 함께 상소를 올
　　려 안 된다고 말했다(德宗欲相裴延齡, 與陽城交章言不可)"라는 말이 나온다. 양성은 자가
　　항종(亢宗)이고 북평(北平) 사람이다. 배연령은 하동(河東) 사람이다.

람들 모두 그 재주에 탄복했다. 고공과 이부에 계실 때에는 단속이 너무도 분명해서, 관리들은 공을 속일 도리가 없었다. 같은 반열 중에 황제의 은총을 믿고서 자만하는 자가 있었는데, 사람들은 모두 그에게 아부하였지만 공만은 그의 사람됨을 싫어하여 똑바로 쳐다보지도 않으셨다. 결국 이로 인해 연주사호(連州司戶)로 폄적되었다.[9] 후에 기주사마(夔州司馬)로 옮겨 갔다가 다시 형남(荊南)으로 갔는데, 절도사의 일을 잘 보좌하여 참모(參謀)가 되고 5품복(五品服)을 하사받았다.[10] 이렇게 4년 동안이나 외지에 나가 계셨다.

원화 연간 초에 조정에서 어진 인재들을 모으니, 이때 부름을 받아 이부원외랑에 제수되었다. 얼마 있다가 직방낭중(職方郎中)이 되고, 지제고(知制誥)가 되었다. 공의 한 벗이 득죄하여 쫓겨나자, 그의 친지들조차 그의 집 앞을 지나칠 때 목을 움츠린 채 감히 쳐다보지도 못하였다. 그러나 공께서는 찾아가 위로하면서 벗을 도울 방법을 논의하다가 억울한 일을 당하기에 이르렀다.[11] 이 일로 인해 협주자사(峽州刺史)로 나갔다가

---

9 같은 반열 중에……폄적되었다: 『구당서』「위집의전(韋執誼傳)」에 다음과 같은 내용이 전한다. "정원 19년(803)에 보궐 장정일이 상서를 올려 정사를 논한 관계로 황제께 부름을 받아 만나 뵙게 되었다. 왕중서·위성계·유백추·배채·상중유·여동 등은 일찍이 같은 관부에서 일하면서 서로 친했기에, 정일이 부름을 받았다는 말을 듣고는 함께 가서 축하해주었다. 그때 어떤 자가 위집의에게 고하기를, '정일 등이 상소문을 올려 당신이 왕숙문과 한 패였다는 사실을 논했습니다'라고 했다. 위집의는 이 말이 정말인 줄 알고 황제에게 상주하기를, '위성계 등이 서로 모여서 분에 넘치는 일을 꾀하고 있습니다'라고 하였다. 그러자 덕종은 금오를 시켜 엿보게 했는데, 그들이 서로 몇 차례 어울려 음식을 먹는 장면을 포착하고는 성계 등 예닐곱 명을 모두 축출하였다. 당시 사람들은 영문을 알지 못했다(貞元十九年, 補闕張正一因上書言事得召見. 王仲舒·韋成季·劉伯芻·裴茝·常仲孺·呂洞等以嘗同官相善, 以正一得召見, 偕往賀之. 或告執誼曰: '正一等上疏論君與王叔文朋黨事.' 執誼信然之. 因召對, 奏曰: '韋成季等朋聚覬望.' 德宗令金吾伺之, 得其相過從飲食數度, 于是盡逐成季等六七人, 當時莫測其由)." 여기서는 아마도 이 사건을 이야기하고 있는 듯하다.
10 절도사의……하사받았다: 왕중서는 형남절도사 배균(裴均)의 참모를 지냈다.

218

다시 여주자사(廬州刺史)로 전임되었으나 얼마 되지 않아 모친상을 당했다. 탈상 후 다시 무주자사(婺州刺史)에 임명되었다. 당시 역병과 가뭄이 몹시 심해 사람들이 거의 다 죽어나갔는데, 공께서는 도착하자마자 여러 방면으로 구활책을 폈다. 그러자 드디어 비가 내리고 역병도 잦아들었으며 몇 년 사이에 마을도 다시 옛 모습을 회복했다. 황제의 사신이 지방을 순수할 때, 백성들은 길을 가득 메우고 나와 사신을 맞이하며 공의 은덕을 드러냈다. 이 사실이 조정에 알려지자 금자(金紫)[12]를 하사했다. 다시 소주자사(蘇州刺史)로 옮겨 갔는데, 그곳에서는 가옥을 개조하여 화재를 막았고, 송강(松江)에 제방을 쌓아 길을 만듦으로써 길이 막혀 생기는 피해를 없앴다. 가을과 여름에 세금을 거둘 때에도 직접 문서를 작성해 백성들에게 기한을 정해주어 관리들이 집을 찾아가지 않아도 거두어들일 수 있도록 하는 등, 치적이 나라 안 자사들 중 으뜸이었다.

천자께서 말씀하셨다.

"왕공의 문장은 사려 깊어서, 조서를 작성하기에 가장 적합한 데다가 예스러운 풍격도 있다. 그러니 어찌 오래도록 관리들이나 하는 일로 그를 부릴 수 있겠는가?"

그러고는 중서사인(中書舍人)에 제수하셨다. 도성에 도착해보니 동년배라곤 있지 않았고, 같은 반열에 있는 자들을 보니 모두가 까마득한 후배들인지라, 마음이 더욱 슬퍼져 사람들에게 이렇게 말했다.

---

11 공의 한 벗이…… 이르렀다:『구당서』「문원전」에 다음과 같은 내용이 전한다. "경조윤 양빙은 중승 이이간에게 탄핵당해 임하현위로 폄적되었다. 왕중서는 양빙과 친한 사이였기에 조정에서 이 일을 크게 이야기하면서, 이이간이 양빙의 죄를 갖다 붙였다고 말했다. 이 일로 협주자사로 폄적되었다(京兆尹楊憑爲中丞李夷簡所劾, 貶臨賀尉. 仲舒與憑善, 宣言于朝, 言夷簡掎摭憑罪, 仲舒坐貶峽州刺史)."

12 금자(金紫): 금어대(金魚袋)와 자색 관복.

"어떻게 저들 사이에서 다시금 문서를 작성할 수 있겠는가! 주상께서 만일 나를 저버리지 않으신다면, 마땅히 나의 장점을 들어 임용하셔야 한다. 나는 밖에 오래 있었던 터라 민간의 이해득실을 두루 잘 알고 있으니, 내가 지방을 다스릴 수 있도록 해주신다면 스스로 부끄럼 없이 잘할 수 있을 것이다."

재상이 이 말을 천자께 아뢴 덕에 강남서도(江南西道)의 관찰사가 될 수 있었다. 공께서는 〔나라에서 거두어 가는〕 주세(酒稅) 9천만 냥을 면제해줄 것을 상주하였다. 또 관가의 이자 돈이 그치지 않아, 이를 맡아 보던 관리가 〔이자 돈을 잃어버린 후〕 재산을 탕진하고도 다 갚지 못해 감옥에 갇혔는데, 공께서는 도착하자마자 형구를 풀어주고 더 이상 죄를 묻지 않았다. 백성들이 홍수나 가뭄을 만나 세금 거두기가 어려워졌다. 그러자 공께서는 "내가 연회를 줄이고 다른 지출을 없애면 족하지 않겠느냐?" 하시고는 공금으로 세금을 대신 채우셨다. 이자 돈을 없앴을 뿐 아니라, 중들이 거짓으로 백성을 유혹하는 짓을 금지하면서, 절을 허물고 공관을 지었다. 그렇게 세 해가 지나자 법도가 크게 잡혔고 창고에는 돈이 남아돌았으며 곳집에는 곡식이 남아돌았다. 사람들은 밭에서 혹은 집에서 공이 베푼 덕을 누렸고, 길가에서 공의 덕을 노래했다. 천자께서는 다시 공이 그리워져 공을 조정으로 부르시고 다른 사람을 대신 내보내면서 이부좌승(吏部左丞) 자리를 비워두고 기다리셨다. 그러나 장경(長慶) 3년(823) 11월 17일에 홍주(洪州)에서 그만 돌아가시니, 향년 62세였다. 주상께서는 애통해하시며 조회도 그만두셨고, 공을 좌산기상시(左散騎常侍)에 추증하셨다. 아무 날에 아무 곳에 묻었다.

아무개가 이미 공의 공덕을 새겨 무덤에 묻었는데, 아들 왕초(王初)가 다시 나를 찾아와 시를 지어 공의 덕을 드날려달라고 청했다. 이에 시를 짓는다.

　　　백성을 다스림은
　　　예악에 근본을 두는 것.
　　　말단을 섬기면
　　　근본을 잊게 되니,
　　　천박하고 비루하여
　　　이로 인해 길이 막히고 마네.
　　　그렇다고 근본에만 뜻을 두면,
　　　진부함에 빠지기 쉬우니,
　　　너무 고지식하여
　　　세상과 어긋나 제대로 뜻을 펼 수 없다네.
　　　이 두 가지를 비교해볼 때,
　　　그 허물 서로 비슷하네.

　　　아름다운 왕공이여,
　　　뜻있는 학자의 근본이자
　　　영달한 선비의 모범이었네.
　　　한 단계 한 단계 쌓아서,
　　　드넓게 보존하셨네.
　　　한창 번창하셨을 때에도
　　　자랑도 교만도 않으셨네.
　　　누가 그 향기를 퍼뜨렸나?
　　　누가 그 빛을 발산했나?

강직하게 거하시니
선비들 공께로 쏠리었던 것.

황제의 계단에서 조서를 작성하시더니,
시종들 반열에 뽑혀 들어가셨네.
충성으로 멀리 이름을 떨쳤으니,
직언을 올리고 풍간(諷諫)도 하셨네.
〔간신을〕 구별해 막아내심으로써 굳게 기반을 닦고,
사악한 자는 물리치며 등용치 않으셨네.
반열들 가운데서도 빼어나시어
황제의 눈에 띄셨네.
황제께서 공이 심력을 다하고 계심을 알고서
나날이 두터운 은총을 내리셨네.
낭서(郎署)에서는 날아올랐으나
금밀(禁密)에서는 넘어지셨네.
공이 지은 조서는,
간결하고 예스러우면서도 성대하였네.

권세에 빌붙지 않다가,
벗으로 인해 억울한 일 만났네.
맞고 흔들리고 꺾이고 뽑히더니
끝내는 내침까지 당하셨네.
오랜 세월 외지에 계시면서
큰 변방 고을을 두루 다스리셨네.

가는 곳마다 사려를 다하여

백성들에게 무엇이 이롭고 해로운지 모두 파악하셨네.

시들고 메마른 자들에게 기름을 발라주고,

더위에 지친 자들에게 물을 부어 깨워주셨네.

높고 평평한 곳으로 나아가게 해주시되

지름길은 반드시 없앴고,

깊고 맑은 곳으로 인도해

편히 헤엄치게 해주셨네.

황제께서 그의 글을 그리워하여,

다시금 조서를 담당하라 명하시었네.

공이 몰래 사람들에게 말하기를,

이 직책은 젊은이에게나 어울린다 하셨네.

어찌 군(郡)의 어려움 구제하지 않았으리오?

그것으로써 자신의 능력을 바치셨다네.

황제께서도 그 실적을 아시고,

홍주를 다스리게 하시니,

포흠(逋欠)과 연체된 세금을 없애고,

간악하고 그릇된 풍속을 고쳐놓으셨네.

눈을 가리는 모든 것 제거하시고

몸에 지닌 모든 짐 풀어놓으셨네.

다스리던 고을에서

중들을 모조리 없애셨으니,

비바람도 순조롭고

메벼며 찰벼며 논에 그득했네.

백성들도 모두 살아갈 방도를 얻어,

즐거워하며 노래를 불렀네.

몇 대에 걸쳐 교화를 이룩하시더니,

이제는 그만 쉬고 싶었네.

관직을 내놓고 기다리시더니,

아득히 멀리 떠나시었네.

공의 덕과 치적을

이 돌에 적으니,

나날이 멀어지고 더욱 높아지시리.

太原王公神道碑銘

王氏皆王者之後. 在太原者爲姬姓. 春秋時, 王子成父敗狄有功, 因賜氏, 厥後世居太原. 至東漢隱士烈, 博士徵不就. 居祁縣. 因號所居鄕爲 '君子'. 公其君子鄕人也. 魏晉涉隋, 世有名人. 國朝大王父玄暎, 歷御史屬三院, 止尙書郎. 生景肅, 守三郡, 終傅涼王. 生政, 襄鄧等州防禦使, 鄂州採訪使, 贈吏部尙書.

公, 尙書之第某子. 公諱仲舒, 字弘中. 少孤, 奉母夫人家江南, 讀書著文, 其譽藹鬱. 當時名公, 皆折官位輩行, 願爲交. 貞元初, 射策拜左拾遺, 與陽城合遏裴延齡不得爲相. 德宗初快快無奈, 久而嘉之. 其後入閣,德宗顧列謂宰相曰: "第幾人必王某也", 果然. 月餘, 特改右補闕, 遷禮部·考功·吏部三員外郎. 在禮部奏議詳雅, 省中伏其能. 在考功吏部提約明故, 吏無以欺. 同列有恃恩自得者, 衆皆媚承, 公嫉其爲人, 不直視. 由此貶連州司戶. 移夔州司馬, 又移荊南, 因佐其節度事, 爲參謀, 得五品服. 放跡在外積四年.

元和初, 收拾俊賢, 徵拜吏部員外郎. 未幾, 爲職方郎中, 知制誥. 友人得罪斥逐後, 其家親知過門縮頸不敢視. 公獨省問, 爲計度論議, 直其冤. 由是出爲峽州刺史, 轉廬州, 未至, 丁母夫人憂. 服除, 又爲婺州. 時疫旱甚, 人死亡且盡, 公至, 多方救活. 天遂雨, 疫定, 比數年里閭完復. 制使出巡, 人填道迎顯公德. 事具聞, 就加金紫. 轉蘇州, 變其屋居以絕火延, 堤松江路, 害絕阻滯. 秋夏賦調, 自爲書與人以期, 吏無及門而集, 政成爲天下守之最.

天子曰: "王公之文可思, 最宜爲誥, 有古風. 豈可久以吏事役之?"復拜中書舍人. 旣至京師, 儕流無在者, 視同列皆邈然少年, 益自悲而謂人曰: "豈可復治筆硯於其間哉! 上若未棄臣, 宜用所長. 在外久, 周知俗之利病, 俾治之, 當不自愧."宰相以聞, 遂得觀察江南西道, 奏罷榷酤錢九千萬. 軍息之無已, 掌吏壞產猶不釋, 囚之, 公至, 脫械不問. 人遭水旱, 賦窘. 公曰: "我且減燕樂, 絕他用錢, 可足乎?"遂以代之. 罷軍之息錢, 禁浮屠誑誘, 壞其舍以葺公宇. 三年, 法大成, 錢餘於庫, 粟餘於廩. 人享于田廬, 謳謠於道途. 天子復思, 且徵以代, 虛吏部左丞位以待之. 長慶三年十一月十七日薨於洪州, 年六十二. 上哀慟輟朝, 贈左散騎常侍. 某日, 歸葬於某處.

某旣以公之德刻而藏之墓矣, 子初又請以詩揭之. 詞曰:

生人之治，本乎斯文．有事其末，而忘其源．切近昧陋，道由是堙．有志
其本，而泥古陳．當用而迂，乖戾不伸．較是二者，其過也均．

有美王公，志儒之本，達士之經．秩秩而積，涵涵而停．韞爲華英，不矜
不盈．孰播其馨，孰發其明．介然而居，士友以傾．

敷文帝階，擢列侍從．以忠遠名，有直有諷．辨遏堅壘，巨邪不用．秀出
班行，乃動帝目．帝省竭心，恩顧日渥．翔于郎署，騫于禁密．發帝之令，
簡古而蔚．

不比于權，以直友冤．敲撼挫捩，竟遭斥奔．久淹于外，歷守大藩．所
至極思，必悉利病．萎枯以膏，燠喝以醒．坦之敞之，必絕其徑．浚之澄之，
使安其泳．

帝思其文，復命掌誥．公潛謂人，此職宜少．豈無凋郡，庸以自效．上
藉其實，俾統於洪．逋滯攸除，姦訛革風．袪蔽於目，釋負于躬．方乎所部，
禁絕浮屠．風雨順易，秔稻盈疇．人得其所，乃恬乃謳．化成有代，思以息
勞．虛位而娸，奄忽滔滔．維德維績，志于斯石，日遠彌高．

태위에 추증된 허국공 신도비명[1]

이 작품은 대략 전(傳)과 비슷하나 중간중간 매끄럽지 않은 구절이 많다.

한(韓)씨는 본디 성이 희(姬)로, 나라 이름으로 씨(氏)를 삼았다.[2] 한씨의 조상 중에 영천(穎川)에서 양하(陽夏)로 옮겨 온 이가 있었는데, 그 지역은 바로 지금의 진주(陳州) 태강(太康)에 해당한다.[3] 태강 한씨는 유서 깊은 집안이다. 그러나 공으로 인해 크게 이름나기 시작했다. 공은 휘가 홍(弘)이다. 공의 부친 해(海)[4]라는 분은 장대하고 호걸스러우며 침착하고도 독실한 성품을 지니셨고, 무용(武勇)으로써 허주(許州)·변주(汴州) 등 지역에서 벼슬을 하셨다. 말수가 적고 자부심이 강해 남과 잘

---

1 허국공은 한홍(韓弘)이다. 그의 일생에 관해서는 양당서(兩唐書) 모두 전이 보인다.

2 한(韓)씨는…… 삼았다: 『당운(唐韻)』에 다음과 같은 설명이 나온다. "한씨는 당 숙우의 후예다. 곡옥환숙의 아들 만이 한 땅을 식읍으로 받게 되자 땅 이름을 성으로 삼았다. 대대로 진경을 지냈고, 후에 진을 나누어 나라를 이루었다. 그러나 한나라가 진나라에 의해 멸망하자 다시 그 나라 이름을 성으로 삼고 영천을 나왔다. 후에 왕망의 난을 피해 남양에 살았다(韓姓出身唐叔虞之後. 曲沃桓叔之子萬, 食邑于韓, 因以爲氏. 代爲晉卿, 後分晉爲國. 韓爲秦滅, 復以國爲氏, 出穎川, 後避王莽之亂, 居南陽)."

3 한씨의…… 해당한다: 『신당서』 「재상세계표」에서는 "한씨 하남윤 건은 왕망의 난을 피해 학양에 살았다. 9세손 하동태수 술이 하동태수 순을 낳았다. 순은 위나라 사도 남향공후 기를 낳았다(韓氏, 河南尹騫, 避王莽亂, 居郝陽. 九世孫河東太守術, 生河東太守純. 純生魏司徒南鄕恭侯曁)"라고 하고, 또 "남향공후 기의 자손이 후에 양하로 이사 갔다(南鄕恭侯曁子孫其後徙陽夏)"라고 하고 있다. 『원화군현도지(元和郡縣圖志)』에 "하남도의 진주 태강은 본디 한나라 때 양하현이었다(河南道陳州太康縣, 本漢陽夏縣地)"라는 언급이 있다.

4 해(海): 본문에는 한홍의 부친 이름이 '한해(韓海)'라 되어 있으나 『신당서』 「재상세계표」에는 '한해'가 아니라 '한수(韓垂)'라 되어 있다.

사귀지를 않았기에 사람들은 그를 위대한 어른이라 추대했다. 유격장군 (游擊將軍)까지 지내시고 태사(太師)에 추증되었다. 같은 고을의 유씨 (劉氏)를 아내로 맞이해 공을 낳았으니, 유씨는 바로 제국태부인(齊國太 夫人)이다.

태부인의 오라비는 사도(司徒) 벼슬을 지낸 유현좌(劉玄佐)[5]다. 유 현좌는 건중 연간과 정원 연간 사이에 공훈을 세워 선무군 절도사(宣武軍 節度使)가 되었으며, 변주·송주(宋州)·박주(亳州)·영주(穎州) 네 주 를 통솔했고, 거느린 병사만도 10만이었다.[6] 공은 어려서 외삼촌 유현좌 에게 의지해 살면서 글공부를 하고 말타기·활쏘기를 배웠다. 효성스럽고 근면하게 어머니를 섬기고, 공손한 모습으로 스스로를 지키면서, 부잣집 자제들처럼 화려하게 살거나 방탕을 일삼는 짓 등은 함부로 하지 않았다. 나가거나 들어오거나 행실이 몹시 공경스러워 군중(軍中)에서 모두 그를 눈여겨보았다. 일찍이 도성에 들어와 명경과(明經科)에 응시한 적이 있 으나, 물러나 "이것으론 이름을 날리고 공업을 이루기에 부족하다"라고 말하고는 도성을 떠나 다시 외삼촌을 따라다니며 일을 배웠다. 수백 명의 병사들을 거느리면서, 누가 재주 있는지 누가 비겁한지 누가 겁쟁이인지 누가 용감한지를 일일이 다 파악해, 반드시 해낼 수 있을 만한 일들을 〔선별해〕 맡겼다. 사도께서는 그의 기이한 능력에 탄복했고 병졸들도 그

---

5 유현좌(劉玄佐): 본명은 유흡(劉洽)으로 활주(滑州) 광성(匡城) 사람이다. 정원 연간에 이희열을 토벌하는 공을 세워 현좌라는 이름을 하사받았고, 경원(涇原)·사진(四鎭)·북정 병마부원수(北庭兵馬副元帥)에 제수되었다. 양당서에 전(傳)이 있다.

6 건중 연간과…… 10만이었다: 『구당서』「덕종기(德宗紀)」에 다음과 같은 기록이 있다. "건 중 2년(781) 봄 정월에 송주자사 유흡을 송·박·영 절도사에 임명하다. 2월 병오일에 송· 박 절도사를 선무군에 임명하다(建中二年春正月, 以宋州刺史劉洽爲宋·亳·潁節度使. 二月 丙午, 以宋·亳節度爲宣武軍)."

228

에게 심복했으며, 여러 노장들조차 스스로 그에게 못 미친다고 여겼다. 사도(司徒, 유현좌)께서 돌아가시자 그곳을 떠나 송주 남성(南城)의 장수가 되었다. 〔그 후〕 거의 6, 7년 동안 변주에서는 연속해서 군란이 일어났는데도 아직 평정하지 못하고 있었다.[7] 정원 15년(799)에 유일회(劉逸淮)[8]가 죽자 군중에서는 모두 이렇게 말했다.

"이 군(軍)은 사도께서 세우셨으니, 분명 그분의 골육 중에 사졸들의 흠모와 의지를 한 몸에 받고 있는 자를 택해 맡기시려 할 것이다. 지금 여기 있는 사람들을 보니 한씨의 조카만 한 이가 없다. 더구나 공훈도 가장 크고 재주 또한 뛰어나지 않은가."

그러고는 권력을 그에게 넘기고 천자께 허락해줄 것을 청하였다. 천자께서도 타당하다고 여기시어 공을 대리평사(大理評事)에서 공부상서(工部尙書)로 임명하고 유일회를 대신하여 선무군 절도사가 될 것을 명

---

7 거의…… 못하고 있었다: 한유가 지은 「태부에 추증된 동공 행장(贈太傅董公行狀)」에 변주의 군란과 관련하여 다음과 같은 구절이 나온다. "변주는 대력 연간 이래로 군란이 많았는데, 유현좌는 병사의 수를 10만까지 늘렸다. 유현좌가 죽자 그의 아들 유사녕이 절도사 자리를 대신했다. 그러나 무도하게 유렵이나 즐겼다. 그의 장수 이만영이 그가 수렵 나간 틈을 타 그를 축출했다. 이만영이 절도사 자리를 차지한 지 1년 만에 그의 장수 한유청과 장언림이 또 반란을 일으키고는 이만영을 죽이려 했으나 실패했다. 이만영은 절도사가 된 지 3년째 되던 해에 중풍으로 인사불성이 되자 그의 아들이 다시 유사녕이 하던 짓을 하려고 했다. 감군사 구문진과 그의 장수 등유공이 잡아 도성으로 송환했다(汴州自大曆來多兵事, 劉玄佐益其師至十萬. 玄佐死, 子士寧代之. 畋遊無度. 其將李萬榮乘其畋也逐之. 萬榮爲節度一年, 其將韓惟淸·張彦林作亂, 求殺萬榮, 不剋. 三年萬榮病風, 昏不知事, 其子乃復欲爲士寧之故. 監軍使俱文珍與其將鄧惟恭執之歸京師)."

8 유일회(劉逸淮): 『구당서』 「덕종기」에 "정원 15년(799) 2월에 송주자사 유일회를 선무군 절도사에 임명하고 전량이라는 이름을 하사하다(貞元十五年二月, 以宋州刺史劉逸淮爲宣武軍節度使, 賜名全諒)"라는 기록이 나오고, 『신당서』 「덕종기」에는 "정원 15년 9월 경술일에 선무군 절도사 유전량이 죽었다(貞元十五年九月庚戌, 宣武軍節度使劉全諒卒)"라는 기록이 나온다. 즉 유전량은 본래 이름이 일회였고, 전량은 후에 하사받은 이름이다. 회주(懷州) 무섭(武涉) 사람이다.

하였다. 또 외삼촌인 사도께서 지니고 있던 병사와 영토를 모두 소유하도록 하니, 사람들이 모두 크게 기뻐하며 그를 따랐다.

이에 앞서 진주(陳州)와 허주(許州)의 절도사 곡환(曲環)이 죽자 오소성(吳少誠)이 반란을 일으켜 직접 병사를 이끌고 가 허주를 포위했다. 그런 다음 유일회에게 구원을 요청하면서, 허주를 함락하면 진주를 그에게 주겠다고 했다.[9]〔오소성이 보낸〕사자들이 그때 아직 객사에 머물고 있었는데, 공께서는 그들을 모두 밖으로 내몬 다음 목을 베었다. 또 병졸 3천 명을 뽑아 여러 군대와 연합하여 허주에서 오소성을 쳤다. 오소성은 불리해지자 달아났고, 하남(河南)은 이에 무사할 수 있었다. 공이 말했다.

"외삼촌께서 돌아가신 이후로 변주에서 다섯 번이나 반란을 일으킨 자를 내 싹을 잘라내듯 빗으로 빗어 쓸어버리듯 모조리 없앴으나, 단 하나라도 제거하지 못하면 저들을 두려움에 떨게 만들기에 부족할 것이다."

그러고는 유악(劉鍔)[10]에게 명해 병졸 3백 명을 거느리고 문 앞에서 명령을 기다리라 하고는, 몇 차례나 반란에 가담하고도 스스로 공을 세웠노라 여기는 등의 죄상을 열거한 다음 저들을 참수하니, 피가 흘러 길이 흥건히 젖었다. 이때부터 공께서 도성으로 들어갈 때까지 21년간, 감히

---

9 이에…… 주겠다고 했다: 곡환은 협주(陝州) 안읍(安邑, 지금의 산서성 解縣) 사람이다. 오소성은 정원 15년(799) 3월 갑인일에 창의군절도사(彰義軍節度使)로 있다가 반란을 일으키고, 9월 병오일에 허주를 침략했다.

10 유악(劉鍔): 『구당서』 「한홍전」에 한홍이 유악을 참수한 것과 관련하여 다음과 같은 기록이 보인다. "부장 중에 유악이라는 자가 있었는데, 흉악한 무리의 우두머리였다. 한홍은 위엄을 크게 떨치고자 하루는 병사를 이끌고 아문으로 들어가 유악과 그의 무리 3백 명을 부른 다음 그들의 죄상을 열거하고 모조리 목을 베어 참수했다. 길로 피가 줄줄 흐르는데도 한홍은 빈객들과 마주한 채 태연히 담소를 나누었다(有部將劉鍔者, 兇卒之魁也. 弘欲大振威望, 一日, 引短兵於衙門, 召鍔與其黨三百, 數其罪, 盡斬之以徇. 血流道中, 弘對賓僚言笑自若)."

성곽에서 시끄럽게 소란을 피우는 자가 없었다.

이사고(李師古)가 거짓을 꾸며 반란을 일으키고는 조주(曹州)에 병사를 주둔시켜놓고 활주절도사(滑州節度使)를 위협하더니, 〔공에게〕 길을 통과할 수 있도록 해달라고 고해 왔다.[11] 공은 사람을 시켜 이사고에게 이렇게 고하게 했다.

"네가 능히 내 지역을 넘어가 역적질을 할 수 있을 것 같으냐? 내게 너를 대적할 방도가 있으니, 절대 빈말이 아니다."

활주절도사가 다급함을 고해 오자 공께서는 사람을 시켜 "내가 있으니 공께서는 두려워하실 것 없소"라고 말하게 했다. 혹자가 "험난함을 제거하고 길을 평평하게 만든 다음 병사들이 몰려오니, 준비하십시오"라고 하자, 공께서는 "병사들이 와도 길을 비켜주지 않을 것이다"라고 하면서 대응하지 않으셨다. 이사도는 더 이상 꾸며낼 거짓말이 다하자 후퇴하여 병사를 돌렸다. 오소성이 소가죽으로 만든 신을 이사고에게 보내고 이사고가 소금을 오소성에게 대주면서 몰래 공의 영토를 지나간 일이 있었는데, 이 사실을 발견하자 모두 압류하여 창고에 넣으면서, "이는 법적으로 사사로이 주고받을 수 없는 물건이다"라고 말했다.

---

11 이사고(李師古)가 …… 고해 왔다: 이사고는 이납(李納)의 아들이자 이정기(李正己)의 손자다. 그는 이납 사후에 절도사 직을 세습하였으며 평로(平盧) 및 청치제(靑淄齊) 절도사가 되었다. 정원 16년에는 중서문하평장사가 되었다. 덕종의 유조(遺詔)가 내려왔으나 고애사(告哀使)는 아직 당도하기 전에, 의성군 절도사(義成軍節度使) 이원소(李元素)가 사신을 보내 유조를 적어 보냈다. 그러자 병사들 앞에서 이원소의 사자에게 말하기를, 천자께서 아직 건장하신데, 거짓 유조를 기록해 보내는 것으로 보아 배반하려는 뜻이 있는 듯하니, 3대 동안 나라의 은혜를 입은 데다가 지금 장상(將相)으로 있는 자신이 토벌하지 않을 수 없다고 했다. 그러고는 이원소의 사자를 매질하고, 이원소를 토벌한다는 구실로 병사를 일으켜 국상을 틈타 반란을 일으키려 하였다. 본문의 활주절도사는 곧 이원소다 (『구당서』「이사고전」 참조).

전홍정(田弘正)이 위박절도사(魏博節度使)가 되자 이사도(李師道)가 보낸 사신이 공을 찾아와서 고했다.[12]

"우리 집안은 대대로 전씨 가문과 서로 돕고 보호해줄 것을 약속한 사이나, 전홍정은 그 집안 자식도 아니고 또 처음으로 양하(兩河) 절도사의 관례를 깼으니,[13] 공께서도 미워하고 계실 겁니다. 내 장차 성덕군 절도사(成德軍節度使)[14]와 연합해서 치려 하기에, 감히 고합니다."

공께서 사신에게 말했다.

"나는 이해관계에 대해서는 잘 모른다. 그저 어명을 받들어 행하는 것만 알 뿐이다. 만일 병사들이 북쪽으로 황하를 건넌다면, 나는 동쪽으로 병사를 내보내 조주를 취하겠다."

이사도는 두려워 감히 병사를 움직이지 못하였고, 전홍정은 이에 대사를 이룰 수 있었다.

오원제(吳元濟)를 토벌할 적에, 황제께서는 공에게 각 도(道)의 병사들을 통솔할 것을 명령하면서 "직접 나가 북쪽 오랑캐를 막을 필요는 없다"고 하셨다. 공께서 아들 한공무(韓公武)를 보내 병사 1만 3천 명을 거

---

12 전홍정(田弘正)이…… 고했다: 전홍정은 원화 7년(812) 10월에 여섯 개의 주를 가지고 조정에 귀순해 왔다. 이사도는 이사고의 이복동생인데, 이사고가 죽자 그 뒤를 이었다. 이에 헌종(憲宗)은 그를 검교좌산기상시(檢校左散騎常侍) 겸 어사대부(御史大夫)에 임명하고 운주(鄆州)를 맡게 하였고, 치청절도유후(淄靑節度留後)로 삼았다.

13 우리 집안은…… 깼으니: 전홍정 집안의 전열(田悅)과 이사도의 부친 이납(李納)은 함께 반란을 꾀한 일이 있다. 하동절도사 마수(馬燧)와 소의군(昭義軍)이 전열을 토벌하러 오자 이납은 병사 8천을 보내 원조하였다. 건중 3년(782)에 주도(朱滔)는 기왕(冀王), 전열은 위왕(魏王), 왕무준(王武俊)은 조왕(趙王)이라 참칭한 다음 이납에게 제왕(齊王)이라 칭할 것을 요청했다. 양하 절도사의 관례를 깼다 함은 하남과 하북 지역 절도사들이 조정의 뜻에 따르지 않고 각각 한 지방을 할거하면서 칭왕하던 관례를 말하는데, 전홍정은 여섯 개의 주를 가지고 조정에 귀의했기에 관례를 깼다고 한 것이다.

14 성덕군 절도사(成德軍節度使): 당시 성덕군 절도사로 있던 사람은 왕승종(王承宗)이다.

느리고 가 채주(蔡州, 오원제)를 치게 해달라고 청하였다. 한공무는 재물과 군량을 운송해 각 도의 군사들을 살렸고, 결국 채주의 원흉도 생포해 왔다. 이에 공을 시중(侍中)에 임명하고 한공무를 녹방단연(鄜坊丹延) 절도사에 명했다.

이사도가 처형되자 공은 병사를 동쪽으로 내려 보내 고성(考城)[15]을 포위해 함락했다. 그 후 조주로 진군하며 압박을 가하니, 조주의 역적[16] 역시 투항을 청해 왔다.

운부(鄆部)[17]가 평정되자 공이 말했다.

"난 여기서 아무 할 일이 없으니, 도성으로 가서 천자를 배알해야겠구나."

천자께서 말씀하셨다.

"대신이 무더위에 움직일 수는 없으니, 가을을 기다리시오."

공께서 말씀하셨다.

"황제께서 인자하시고 신하가 공손하다면 그걸로 됐습니다."

그러고는 길을 떠났다. 도성에 도착하자 말 3천 필과 비단 50만 필을 바쳤고, 별도로 수놓은 비단·흰 비단·무늬 비단·홀치기 비단 3만 필을 따로 바쳤으며, 금은으로 만든 그릇 1천 점도 바쳤다. 그런데도 변주의 창고에는 돈 1백만여 관(貫)과 비단 1백여만 필, 그리고 말 7천 필, 식량 3백만 곡〔斛〕[18]이 남아 있었으며, 무기는 너무 많아 셀 수도 없을 정도였다. 공께서 막 변주절도사가 되셨을 때는 다섯 번이나 군란을 겪었던 뒤

---

15 고성(考城): 조주에 있다.

16 조주의 역적: 이사도를 지칭한다.

17 운부(鄆部): 평로군 절도사 이사도를 가리키는데, 치소가 운주에 있었기 때문이다.

18 곡〔斛〕: 곡식을 세는 단위다. 대략 열 말에 해당한다.

라, 빼앗아 올 건 빼앗아 오고 상 줄건 상을 주느라 모으고 내주고 하다 보니 일정한 양을 저축할 수 없었다. 그러나 이 즈음에 이르러서는 공적으로나 사적으로나 재물이 가득 넘쳐나서, 길가에 내놓고 쌓아두어도〔누구 하나〕담장을 쌓으며 경계를 그어놓지 않았다.

어명으로 사도(司徒) 겸 중서령(中書令)에 제수되어 조정에 들어가 황제를 알현했는데, 황제의 은사로 부축을 받으며 절을 올렸다.[19] 천자를 보좌하고 나라를 이끌어나갔으며, 자잘한 일 따위는 신경 쓰지 않았기에, 천자께서도 공을 매우 존중하였다. 원화 15년(820)에 지금 천자께서 제위에 오르셨을 때 공께서는 총재(冢宰)[20]가 되셨다. 다시 하중절도사(河中節度使)에 제수되었다. 진(鎭)에 3년간 계시다가 병환으로 돌아갈 것을 청하였으나, 다시 사도중서령(司徒中書令)에 임명되셨다. 병환으로 인해 정사를 돌볼 수 없더니, 장경 2년(822) 섣달 초사흘에 영숭리(永崇里) 자택에서 돌아가셨다. 춘추 쉰여덟이었다. 천자께서는 공을 위해 사흘간 조회를 보지 않으셨으며, 공을 태위(太尉)에 추증하고 베와 곡식을 하사하셨다. 부장품은 담당 관서에서 공급했고 경조윤(京兆尹)이 장례절차를 감호하였다. 이듬해 7월 아무 날에 만년현(萬年縣) 언덕에 묻었는데, 도성에서 동남쪽으로 30리 떨어진 곳이었다. 초국부인(楚國夫人) 적씨(翟氏)와 합장되었다. 자제로는 아들이 둘 있는데, 장남은 숙원(肅元)으로 아무 관직을 지냈고, 차남은 공무(公武)로 아무 관직을 지냈다. 숙원은 일찍 죽었다. 공께서 돌아가시기 전에 공무도 갑작스레 병이 걸려

---

19 황제의…… 올렸다: 이는 옛날 황제가 대신에게 내리던 일종의 예우였다.
20 총재(冢宰): 주나라 때 관직명으로 6경(六卿)의 우두머리였으며, 태재(太宰)라고도 부른다. 후에는 재상을 가리키는 말로 사용되었다. 『구당서』「한홍전」에 따르면 한홍은 헌종이 붕어한 후에 재상이 되었다고 한다.

먼저 죽었는데, 공께서는 이 일로 인해 슬픔에 겨워하시다가 한 달여 만에 돌아가셨다. 자식이 없어 공무의 아들인 손자 소종(紹宗)이 제사를 받들게 되었다.

변주는 남쪽이 채주이고 북쪽이 운주인지라 두 역적[21]은 공이 그 중간에 있어 자기들에게 불리할까 근심하였다. 이에 비굴하게 아부를 하면서 공과 잘 지내보려 하였다. 딸을 바쳐 혼인을 하자고도 하고, 날이면 날마다 달이면 달마다 사신을 보내기도 했다. 그러나 이런 것이 통하지 않자 급기야 유언비어를 만들어 비방을 하면서 우리 쪽을 이간질하였다. 공께서는 사전에 정황을 살피시고 그들의 요해처를 무너뜨림으로써 간악한 짓을 하지 못하게 하였기에 왕의 군사들이 무사히 저들을 처형할 수 있었다. 공로를 헤아려보고 순위를 매겨볼 때, 그 누가 공과 겨룰 수 있으리오?

공의 아들 공무는 공과 동시에 활과 도끼를 하사받아 번진의 장군이 되어서, 〔다스리는〕 영토가 서로 바라보았다. 공무가 모친상을 당해 번진을 떠나자 공의 아우 충(充)이 금오위대장군(金吾衛大將軍)으로 있다가 위북절도사(渭北節度使) 직을 대신했다. 공께서 사도중서령의 신분으로 포주(蒲州)를 다스리고 있을 때, 아우 한충은 정활절도사(鄭滑節度使)로 있다가 선무(宣武)의 반란을 진압했고, 사공(司空)이 되어 변주로 갔다. 당나라 개국 이래로 이보다 더 성대한 일은 있지 않았다.

공께서는 정사를 행함에 있어 엄격히 하되 번거롭게 하지 않으셨다. 또 해악의 근본만을 제거할 뿐, 명령이나 법문을 남발하지 않으셨다. 사람들과의 관계에 있어서는 반드시 신의를 지켰고, 관리들에게는 적합한 직분을 맡겼으며, 세금이 누락되거나 유실되는 경우가 없게 하였다. 백성

---

21 두 역적: 채주의 오원제와 운주의 이사도를 가리킨다.

들은 모두 편안함을 느꼈으며 그가 가는 곳은 모두 부유해졌다. 공께서는
사람들을 대할 때에 늘 법도가 있으셔서 가벼이 장난 따위는 치지 않으셨
다. 그래서 공께서 한번 웃으며 이야기라도 해주면 사람들은 금이나 비단
을 하사받은 것보다도 더 중히 여겼다. 사람을 벌주거나 처형할 때도 낯
빛이나 목소리에 드러내지 않고, 법에 어떻게 적혀 있는지만 물으시며 마
음대로 경중을 논하지 않았기에, 감히 법을 어기는 자가 없었다. 명문을
짓는다.

정원 연간에
변주에서는 다섯 차례나 군란이 일어났네.
제대로 된 절도사를 얻음에
백성들 이에 쉴 수 있게 되었네.
그 사람이 누구인가?
한씨 성을 가진 허국공.
올빼미나 승냥이 같은 놈을 찢어 죽이고
온화한 비바람으로 만물을 길러내시니,
뽕나무도 곡식도 힘차게 자라나
그곳 백성들 대풍을 맞이했네.
정원 황제의 황손[22]께서
이 나라를 바로잡으라 명령하시고,
공을 뭇 신하들의 으뜸으로 삼아
적합한 곳에 머물게 하셨네.

---

22 정원 황제의 황손: 정원 황제는 덕종이며, 그의 황손이라면 곧 헌종을 말한다.

황하 양안에서

도적들 연이어 무리 지으며

수컷이 부르면 암컷이 화답하여

머리에서 꼬리까지 한 몸이 되었네.[23]

공께서는 그 사이에 거하시며

황제를 위해 간악한 자들을 감시하였네.

저들의 신음 소리와

저들이 엿보는 것을 관찰하였네.

왼쪽을 돌아다보시면 저들은 감히 바라보지 못하였고,

오른쪽을 돌아다보시면 무릎을 꿇었네.

채주가 운주에 앞서 섬멸되더니,

3년 만에 모두 폐허가 되었구나.

목마르고 메말라 사방에 대고 소리쳐보았으나

끝내 누구도 감히 물로 적셔주지 않았네.

상산(常山)과 유주(幽州),[24]

누가 함께해주리오? 누가 부축해주리오?

하늘의 법망은 〔조금의 악도〕 남겨두지 않는 법,

토벌하여 도망가지 못하게 하였네.

허국공께서도 이 토벌에 참여하셨으니,

어떠한 것을 하사받으셨나?

---

23 황하…… 되었네: 황하 양안이라면 하남과 하북 지역을 말한다. 즉 이사고·이사도, 오원
　제의 무리가 반란을 일으킨 사건을 말하고 있다.

24 상산(常山)과 유주(幽州): 상산은 상산군. 치소는 정정(正定)으로 하북의 중요한 번진이
　다. 여기서는 승덕절도사(承德節度使) 왕승종을 가리킨다. 유주는 하삭(河朔) 삼진의 하나
　로, 여기서는 유주절도사 유총(劉總)을 가리킨다.

넓디넓은 사방,

넓고도 길구나.

전쟁이 일어나지 않으니

조정이 다스려지네.

허국공께서 조정에 오시었네,

거마를 타고 병사들을 거느리고.

재상이여, 장군이여,

위의(威儀)가 성대하도다.

장군이야 본디 장군이셨지만,

재상으로는 삼공(三公)을 역임하셨네.[25]

10만 병사를 떠나

조정에 들어오셨네.

황제께서 상중에 계실 적에

공께서는 태재(太宰)를 마다하셨네.

포판(蒲坂)[26]에서 편히 몸을 보양하실 적에,

나라 어디에서도 그와 같은 존귀함 누리지 못했네.

아우가 있고 자식이 있어,

병사를 거느리고 번진을 지켰네.

일시에 한 집안에서 세 명이 절도사가 나왔으니,

사람들은 감히 바라지도 못할 일.

살아서 공보다 영화로운 이 없고

---

25 삼공(三公)을 역임하셨네: 한홍은 태위·사도·사공을 역임하였다.

26 포판(蒲坂): 포주(蒲州). 지금의 산서성 영제현(永濟縣)에 해당하는데, 한홍이 하중절도
   사가 되어 다스렸던 곳이다.

죽어서도 공보다 아름다운 이 없네.

이 글을 비석에 새겨

큰 경사를 드날리고자 하네.

贈太尉許國公神道碑銘

韓, 姬姓, 以國氏. 其先有自潁川徙陽夏者, 其地於今爲陳之太康. 太康之韓, 其稱蓋久. 然自公始大著. 公諱弘. 公之父曰海, 爲人魁偉沈塞, 以武勇游仕許·汴之間. 寡言自可, 不與人交, 衆推以爲鉅人長者. 官至游擊將軍, 贈太師. 娶鄕邑劉氏女, 生公, 是爲齊國太夫人.

夫人之兄曰司徒玄佐. 有功建中·貞元之間, 爲宣武軍帥, 有汴·宋·亳·潁四州之地, 兵士十萬人. 公少依舅氏, 讀書習騎射. 事親孝謹, 侃侃自將, 不縱爲子弟華靡遨放事. 出入敬恭, 軍中皆目之. 嘗一抵京師就明經試, 退曰: "此不足發名成業." 復去, 從舅氏學. 將兵數百人, 悉識其材鄙怯勇, 指付必堪其事. 司徒歎奇之, 士卒屬心, 諸老將自以爲不及. 司徒卒, 去爲宋南城將. 比六七歲, 汴軍連亂不定. 貞元十五年, 劉逸淮死, 軍中皆曰: "此軍司徒所樹, 必擇其骨肉爲士卒所慕賴者付之. 今見在人, 莫如韓甥. 且其功最大, 而材又俊." 卽柄授之, 而請命於天子. 天子以爲然, 遂自大理評事拜工部尙書, 代逸淮爲宣武軍節度使, 悉有其舅司徒之兵與地, 衆果大悅, 便之.

當此時, 陳·許帥曲環死, 而吳少誠反, 自將圍許. 求援於逆淮, 啗之以陳歸汴. 使數輩在館, 公悉驅出斬之. 選卒三千人, 會諸軍擊少誠許下. 少誠失勢以走, 河南無事. 公曰: "自吾舅歿, 五亂於汴者, 吾苗嫋而髮櫛之幾盡, 然不一揃刈, 不足令震駴." 命劉鍔以其卒三百人待命于門, 數之以數與於亂, 自以爲功, 并斬之以徇, 血流波道. 自是訖公之朝京師廿有一年, 莫敢有謹呭叫號于城郭者.

李師古作言起事, 屯兵于曹, 以嚇滑帥, 且告假道. 公使謂曰: "汝能越吾界而爲盜邪? 有以相待, 無爲空言." 滑帥告急, 公使謂曰: "吾在此, 公無恐." 或告曰: "窮棘夷道, 兵且至矣, 請備之." 公曰: "兵來不除道也." 不爲應. 師古詐窮變索, 遷延旋軍. 少誠以牛皮鞮材遺師古, 師古以鹽資少誠, 潛過公界, 覺, 皆留輸之庫, 曰: "此於法不得以私相饋."

田弘正之開魏博, 李師道使來告曰: "我代與田氏約相保援, 今弘正非其族, 又首變兩河事, 亦公之所惡. 我將與成德合軍討之. 敢告." 公謂其使曰: "我不知利害, 知奉詔行事耳. 若兵北過河, 我卽東兵以取曹." 師道懼, 不敢動, 弘正以濟.

誅吳元濟也, 命公都統諸軍曰: "無自行以遏北寇." 公請使子公武以兵萬三千人會討蔡下, 歸財與糧以濟諸軍, 卒擒蔡姦. 於是以公爲侍中, 而以公武爲鄜·坊·丹·延節度使.

師道之誅, 公以兵東下, 進圍考城, 克之, 遂進迫曹, 曹寇乞降.

鄆部既平, 公曰: "吾無事於此, 其朝京師." 天子曰: "大臣不可以暑行, 其秋之待." 公曰: "君爲仁, 臣爲恭, 可矣." 遂行. 既至, 獻馬三千匹, 絹五十萬匹, 他錦紈綺繒又三萬, 金銀器千. 而汴之庫廄錢以貫數者尙餘百萬, 絹亦合百餘萬匹, 馬七千, 糧三百萬斛, 兵械多至不可數. 初公有汴, 承五亂之後, 掠賞之餘, 且斂且給, 恒無宿儲. 至是公私充塞, 至於露積不垣.

册拜司徒兼中書令, 進見上殿, 拜跪給扶. 贊元經體, 不治細微, 天子敬之. 元和十五年, 今天子卽位, 公爲冢宰. 又除河中節度使. 在鎭三年, 以疾乞歸, 復拜司徒中書令. 病不能朝, 以長慶二年十二月三日薨于永崇里第. 年五十八. 天子爲之罷朝三日, 贈太尉, 賜布粟. 其葬物有司官給之, 京兆尹監護. 明年七月某日, 葬於萬年縣少陵原, 京城東南三十里. 楚國夫人翟氏祔. 子男二人, 長曰肅元, 某官, 次曰公武, 某官. 肅元早死. 公之將薨, 公武暴病先卒, 公哀傷之, 月餘遂薨. 無子, 以公武子孫紹宗爲主後.

汴之南則蔡, 北則鄆, 二寇患公居間爲己不利. 卑身佞辭, 求與公好. 薦女請昏, 使日月至. 旣不可得, 則飛謀釣謗, 以間染我. 公先事候情, 壞其機牙, 姦不得發, 王誅以成. 最功定次, 孰與高下?

公子公武與公一時俱授弓鉞, 處藩爲將, 疆土相望. 公武以母憂去鎭, 公母弟充, 自金吾代將渭北. 公以司徒中書令治蒲, 于時弟充自鄭滑節度平宣武之亂, 以司空居汴. 自唐以來, 莫與爲比.

公之爲治, 嚴不爲煩. 止除害本, 不多敎條. 與人必信, 吏得其職, 賦入無所漏失, 人安樂之, 在所以富. 公與人有畛域, 不爲戲狎. 人得一笑語, 重於金帛之賜. 其罪殺人, 不發聲色, 問法何如, 不自爲輕重, 故無敢犯者. 其銘曰:

在貞元世, 汴兵五猘. 將得其人, 衆乃一憩. 其人爲誰, 韓姓許公. 磔其梟狼, 養以雨風. 桑穀奮張, 厥壤大豐. 貞元元孫, 命正我宇. 公爲臣宗, 處得地所. 河流兩壖, 盜連爲羣. 雄唱雌和, 首尾一身. 公居其間, 爲帝督姦．察其嚬呻，與其眄眴．左顧失視，右顧而踞．蔡先郫鉏，三年而墟．槁乾四呼，終莫敢濡．常山幽都，孰陪孰扶．天施不留，其討不逋．許公預焉，其賚何如．悠悠四方，既廣既長．無有外事，朝廷之治．許公來朝，車馬干戈．相乎將乎，威儀之多．將則是已，相則三公．釋師十萬，歸居廟堂．上之宅憂，公讓太宰．養安蒲坂，萬邦絕等．有弟有子，提兵守藩．一時三侯，人莫敢扳．生莫與榮，歿莫與令．刻文此碑，以鴻厥慶．

당나라 옛 중산대부 소부감 호량공묘 신도비[1]

전체를 통해 서술로 일관하고 있다.

소부감(少府監) 호공은 휘가 향(珦)이고 자가 윤박(潤博)이다. 일흔 아홉에 관직에 계시다 돌아가셨다. 돌아가신 이듬해 8월 4일 경조부(京兆府) 봉선현(奉先縣)에 묻었다. 부인 천수(天水) 조씨(趙氏)와 합장되었다. 자식인 영(逞)·내(迺)·순(巡)·우(遇)·술(述)·천(遷)·조(造)가 공의 사위인 광문관박사(廣文館博士) 오군(吳郡) 사람 장적(張籍)[2]과 함께 공의 집안 내력과 치적, 역임한 관직 및 돌아가신 해 등을 편지에 적어, 사람 편에 도성으로부터 남쪽으로 8천 리 길 떨어진 민남(閩南)과 양월(兩越) 경계로 보내고는, 조주자사(潮州刺史) 한유에게 공을 위해 묘지명을 지어 묘비에 새기게 해달라고 청했다. 묘지명은 다음과 같다.

호씨는 본디 안정(安定)[3]에서 시작되었는데, 후에 청하(淸河)로 옮겨 가 살았다. 청하는 지금의 종성(宗城)[4]으로 패주(貝州)에 속해 있다.

---

1 호량공은 호향(胡珦)이다. 구양수(歐陽修)의 『집고록(集古錄)』 「호량공비 발문(胡良公碑跋)」에 보면, "호향은 한유의 문인인 장적의 장인이다(珦者, 韓之門人張籍妻父也)"라는 설명이 나온다. 소부감은 종3품의 벼슬이다.

2 장적(張籍): 정원 연간 진사에 급제했다. 고체시를 즐겨 지어 당시에 시로써 이름을 날렸다. 한유는 특히 그의 재주를 아껴서 가까이 지냈으며, 서로 주고받은 편지가 몇 편 전한다. 국자박사(國子博士)·수부원외랑(水府員外郞)·수부낭중(水府郞中) 등을 지내다 죽었기에 사람들은 그를 "장수부(張水府)"라고 호칭한다.

3 안정(安定): 지금의 감숙성 경천현(涇川縣) 북쪽에 해당한다.

공의 조부이신 호수(胡秀)는 측천무후(則天武后) 때 학문적 재능이 뛰어난 덕에 조정에 초징되어 인대정자(麟臺正字)를 지내셨으며, 부친 호재신(胡宰臣)은 진사로 평양(平陽) 익지현령(翼氏縣令)을 지내다 돌아가시어 후에 담주대도독(潭州大都督)에 추증되셨다.

공께서는 어려서 부친을 여의고 스스로 부지런히 학문을 하여 절개를 세웠으며, 자신의 힘으로 번 돈이 아니면 먹고 입지 않았다. 처음 진사시에 참여하여 바로 진사가 되더니 두번째 이부(吏部) 전형(銓衡)에 참가해서도 문장으로써 높은 등수를 차지했다.[5] 근검한 생활을 즐기셨으나, 스스로를 엄격히 면려할 뿐 남의 일에는 간섭하지 않았는데, 이로써 당시의 폐단을 바로잡기도 하셨다. 부평현위(富平縣尉)가 되었을 때는 온 부(府)의 사람들이 공의 과단성을 칭송하였다. 건중(建中) 4년(783)에 시랑(侍郎) 조찬(趙贊)은 탁지사(度支使)가 되자 공을 감찰어사(監察御史)에 추천하였다. 그래서 위교(渭橋) 동쪽에 주둔해 있는 군대의 군량대는 일을 맡아보게 되셨는데, 청렴하게 직분을 받들어 단 한 푼도 남에게 빌려주거나 하지 않았다. 역적의 난이 평정되자[6] 담당 관리가 뭇 관원들을 심사했는데, 이때 많은 사람들이 반란에 연루되어 유배되거나 처형되었다. 그러나 공만은 청렴하게 생활하시고 스스로 단속을 엄히 하시어 아무런 실수가 없었기에 하남창조(河南倉曹)로 승진했다. 위공(魏公) 가

---

4 종성(宗城): 지금의 하북성 위현(威縣) 동쪽에 해당한다.

5 처음…… 차지했다: 당나라 때 과거 제도는, 예부(禮部)에서 실시하는 진사시에 먼저 합격한 다음 바로 관직에 제수되는 것이 아니라 이부(吏部)에서 실시하는 관리 전형에 합격해야만 관직을 얻을 수 있었다.

6 역적의 난이 평정되자: 여기서는 역적의 난이라 함은 이희열(李希烈)의 반란을 가리킨다. 이희열은 건중 4년(783)에 여주(汝州)를 함락하고 난을 일으켰다. 이희열은 정원 2년(786)에 자신의 아장(牙將) 진선기(陳仙奇)에게 독살되었다. 진선기는 이희열의 처자도 죽이고 회서(淮西)를 가지고 조정에 귀순했다.

탐(賈耽)이 부절을 들고 정활(鄭滑)을 다스리실 때, 공께서는 관찰사의 업무를 보좌하게 되어 검교상서(檢校尙書)·공부원외랑(工部員外郞)이 되셨는데, 강직하고 남에게 아부를 안 하다가 권세가의 비위를 거슬러 헌릉현령(獻陵縣令)으로 강등되었다. 헌릉에서 7년을 머무시는 동안, 전답과 집을 사들인 다음 힘써 나무를 심으시면서 이를 업 삼아 자급자족하셨고, 또 이로써 자제들을 가르쳤다. 정원 11년(795)에 이부에서 대대적으로 관리 전형을 실시하면서 공에게 예학(藝學)[7]으로 관리를 뽑는 전형에 참가하게 하니, 공께서는 그때 그간의 노고를 인정받아 봉선현령(奉先縣令)으로 승진하게 되었다. 〔봉선에서〕 일처리를 잘하시어 상서(尙書) 선부랑중(膳部郞中)으로 승진하셨고, 후에 방주자사(坊州刺史)로 옮겨 가시었다. 방주는 막 난리를 겪은 뒤라 공자를 모신 사당조차 없었다. 공께서는 도착하자마자 사당을 짓게 하고 제기를 만들게 한 다음 박사(博士)와 학생들을 이끌고 때맞춰 강독을 실시했다. 또 법도에 따라 제사를 올리니, 백성과 관리들은 모두 이 광경을 보고 감탄하였다. 다시 서주자사(舒州刺史)로 옮겨 갔다. 서주에 대풍이 들어 보리 한 줄기에서 이삭이 주렁주렁 열리니, 마을에서는 기뻐 춤추고 노래했다. 〔이부에서 지방관들의〕 치적을 심사하여 이와 같은 실정을 알리자 다시 상서 가부랑중(駕部郞中)으로 승진하셨다. 공께서는 누차 실무로 인해 상서 이손(李巽)[8]의 뜻을 거슬렀다. 이손은 당시 염철(鹽鐵)과 관련된 일을 맡아보고 있었는데, 부귀하고 교만했으며 자신의 권세를 믿고 승상에게 〔공과 관련된〕 험담을 하더니 결국 공을 봉상소윤(鳳翔少尹)으로 좌천시켰다. 이손이 죽자 다시 대리시(大理寺) 소경(少卿)에 제수되었다가 소첨사(少詹事)가

---

7 예학(藝學): 경학을 가리킨다.
8 이손(李巽): 자는 영숙(令叔)이고 조군(趙郡) 사람이다.

되었다. 원화 12년(817)에 조정에서는 공께서 연로하신데도 불구하고 삼가 힘껏 일하며 직분을 지킴에 해이해지지 않는 것을 가상히 여겨 소부감(少府監)에 제수하시고 내중상사(內中尚使)의 일을 맡아보게 하셨다. 그 이듬해에 병으로 세상을 뜨셨다.

공께서는 처음에 진사의 신분으로 홀로 장안에 객지살이하러 오셨다가, 관직이 9경(九卿)에 이르고 대가(大家)를 이루셨다. 아들 일곱이 모두 학식과 인품이 빼어나고, 여식은 명문가에 시집갔다. 거의 여든을 다 사시도록 꼿꼿하고 쇠락함이 없으셨으니, 그 일생의 업적은 가히 기록하여 전할 만하며, 또한 덕을 이루었다 할 만하다. 명문을 짓는다.

위무 당당한 호공,
과감하고도 반듯하셨네.
예학에 뛰어나시어 과거에 급제하시더니
매번 원하시던 일을 이루시었네.
남들은 누군가에게 부탁을 하지만
공께서는 자력으로 행하시었고,
시종일관
말이나 낮빛을 낮추지 않으시었네.
관리로서 업적을 세워
가시는 곳마다 역사에 기록될 만한 업적을 남기셨네.
군량 수송하는 일 맡아보다 출세하였으나
참언을 만나 부개(府介)[9]가 되시었네.

---

9 부개(府介): 『창려선생문집』에는 '개(介)'가 '계(畍)'로 되어 있다. 증국번은 『구궐재독서록』 권8 「한창려집(韓昌黎集)」에서 "계는 개로 읽어야 하는데, 보좌하는 사람을 말한다(畍

헌릉으로 가 사실 때에는

관리이면서 은사이기도 했네.

방주와 서주에서의 다스림,

그런 곳에 계신다는 것은 안타까운 일.

가부랑중으로 계신 것도

명분상으로는 승진이나 자신에게 있어서는 낮디낮은 직책이었네.

드디어 소부로 올라가시니,

품계며 봉록이 심히 온당해졌네.

자신의 능력에 걸맞지 않은 관직은

군자가 부끄러워하는 법.

소부는 옛날 구경 중의 하나인데

공께서는 또 그 직분을 훌륭히 해내셨네.

비석에 글을 새겨

공의 행적을 드러내나니,

후인들은

태만하지 말고 그 복을 이을지어다.

讀作介, 佐人者也)"라고 하면서, "위공이 정활절도사의 막부를 열었을 때 호공이 보좌가 되었기에 부개라고 말한 것이다(魏公開府鄭滑而胡爲佐, 故曰府介)"라고 설명했다. 위공 가탐(賈耽)의 정활관찰사 막부에서 보좌 역할을 하였다는 뜻이다.

唐故中散大夫少府監胡良公墓神道碑

通篇述書.

少府監胡公者, 諱珦, 字潤博. 年七十九以官卒. 明年八月十四日, 葬京兆奉先. 夫人天水趙氏祔焉. 其子逞・酒・巡・遇・述・遷・造, 與公壻廣文博士吳郡張籍, 以公之族出・行治・歷官・壽年爲書, 使人自京師南走八千里, 至閩南兩越之界上, 請爲公銘, 刻之墓碑於潮州刺史韓愈. 曰:

胡姓本出安定, 後徙清河. 於今爲宗城, 屬貝州. 大父諱秀, 武后時以文材徵爲麟臺正字, 父宰臣, 用進士卒官平陽冀氏令, 贈潭州大都督.

公早孤, 能自勸學, 立節槩, 非其身力, 不以衣食. 凡一試進士, 二卽吏部選, 皆以文章占上第. 樂爲儉勤, 自刻削, 不干人, 以矯時弊. 及爲富平尉, 一府稱其斷決. 建中四年, 侍郎趙贊爲度支使, 薦公爲監察御史. 主餽給渭橋以東軍, 洗手奉職, 不以一錢假人. 賊平, 有司考別羣吏, 多坐貶死. 獨公以清苦能檢飭, 無漏失, 遷河南倉曹. 魏公賈耽以節鎮鄭滑, 以公佐觀察事, 檢校尙書工部員外郎, 以剛直齟齬不阿, 忤權貴, 除獻陵令. 居陵下七年, 市置田宅, 務種樹爲業以自給, 敎授子弟. 貞元十一年, 吏部大選, 以公考選人藝學, 以勞遷奉先令. 以治辦, 遷尙書膳部郎中, 改坊州刺史. 州經亂, 無孔子廟. 公至則命築宮, 造祭器, 率博士生講讀以時. 如法以祠, 人吏聚觀歎息. 遷舒州刺史. 州歲大熟, 麥一莖數穗, 閭里歌舞之. 考功以聞, 遷尙書駕部郎中, 數以事犯尙書李巽, 巽時主鹽鐵事, 富驕恃勢, 以語丞相, 由是退公爲鳳翔少尹. 巽死, 遷少大理, 改少詹事. 元和十二年, 朝廷以公年老, 能自祗力, 事職不懈, 可嘉, 拜少府監, 兼知內中尙. 明年以病卒.

公始以進士孤身旅長安, 致官九卿爲大家. 七子皆有學守, 女嫁名人. 年幾八十, 堅悍不衰, 事可傳載, 可謂成德. 銘曰:

揭揭胡公, 旣果以方. 挾藝射科, 每發如望. 人求於人, 我己爲之. 自始訖終, 不降色辭. 因官立事, 隨有可載. 發跡餽軍, 遭讒府介. 去居陵下, 爲吏爲隱. 坊舒之政, 于茲有靳. 守官駕部, 名昇己屈. 躋于少府, 甚宜秩物. 不配其有, 君子恥之. 少府古卿, 公優止之. 刻文碑石, 以顯公行. 維公後人, 無怠嗣慶.

상서우복야 우용무군통군 유공 묘지명[1]

유창예(劉昌裔)는 사람됨이 멋스럽고 호방했는데, 공이 지은 이 문장은 유창예의
성품에 걸맞다.

공은 휘가 창예(昌裔), 자가 광후(光後)로 본래 팽성(彭城) 사람이
었다. 증조부 유승경(劉承慶)은 삭주자사(朔州刺史)를 지냈고, 조부 유
거오(劉巨敖)는 노장(老莊)을 즐겨 읽으셨으며 태원(太原) 진양현령(晉
陽縣令)을 지내셨다. 두 대에 걸쳐 북방에서 벼슬을 하셨는데, 그곳 풍속
이 좋아 태원(太原)의 양곡(陽曲)을 본적으로 삼기로 하고는, "나 때부
터는 이 읍의 사람이 되어도 괜찮겠다. 꼭 팽성이어야 할 것 무엇 있겠는
가?"라고 말했다. 부친은 휘가 송(訟)으로, 우산기상시(右散騎常侍)에
추증되었다.

공께서는 어려서부터 학문을 좋아하여 아이 때부터 이미 행동이 진중
하고 장난 따위는 치지 않았으며, 늘 마치 무슨 생각이나 계획하는 바가
있는 것처럼 보였다. 장성하자 스스로를 시험해보기 위해 「토번(吐蕃)을
개척하는 것에 관한 논설」을 지어 변방의 장수를 찾아갔으나 등용되지 못
했다. 이에 삼촉(三蜀)[2]에 들어가 도사들과 어울렸다. 한참이 지났을 때,

---

1 『창려선생문집』에는 '상서(尙書)' 앞에 '고 당나라 검교(唐故檢校)' 네 글자가 더 있다. 유
　공은 유창예(劉昌裔)다. 묘지명은 비문과 달리 고인의 성씨, 세계, 관작 등을 상세히 적어
　관에 같이 묻는 글이다.
2 삼촉(三蜀): 한나라 때 촉군을 나누어 광한군(廣漢郡)을 설치하였고 무제(武帝) 때 다시
　나누어 건위군(犍爲郡)을 설치했기에 삼촉이라 부른다. 그 지역은 지금의 사천성 중부와

촉 땅 사람들이 양자림(楊子琳)³의 노략질로 인해 몹시 고통스러워하는 것을 보고 홀로 배를 타고 가 양자림을 설득하니, 양자림은〔공의 설득에〕마음이 움직여 흐느꼈다. 비록 곧장 투항하지는 않았지만 그의 무리들을 단속하여 더 이상 포악한 짓을 못 하게 하였다. 양자림이 투항한 뒤 공은 늘 양자림을 따르며 떠나지 않았다. 양자림이 죽자 공은 그곳을 빠져나와 도망 다니며 하삭(河朔) 부근에서 출몰하였다.⁴ 건중 연간(建中年間)⁵에 곡환(曲環)이 공을 초빙하여 기용하자 곡환을 위해 이납(李納)에게 보내는 격문(檄文)을 지었는데, 정곡을 찌르는 말로써 지적하니 이납은 이로 인해 후회와 두려움이 싹텄고, 항주(恒州)〔의 장유악〕과 위주(魏州)〔의 전열〕도 모두 의구심이 일어 등등하던 기세가 누그러졌다. 곡환이 공이 지은 격문의 원본을 밀봉하여 황제께 아뢰자 덕종께서도 칭찬하셨다. 곡환은 군사를 연합하여 복주(濮州)를 함락하고, 백탑령(白塔嶺)에서 전쟁을 한 끝에 영릉(寧陵)·양읍(襄邑) 등을 구하였으며, 진주성(陳州城)에서 이희열(李希烈)을 정벌했는데, 공께서는 늘 곡환이 이끄는 군대 안에 계셨다. 곡환이 진허군(陳許軍)을 다스리게 되자 공께서는 진허종사(陳許從事)가 되었으며, 전후로 공훈을 세워 검교병부랑중(檢校兵部郎

귀주성 북부에 해당한다.

3 양자림(楊子琳): 대력 3년(768)에 성도윤(成都尹) 최녕(崔寧)이 조서를 받들고 입조하자 양자림은 그 틈을 타 반란을 일으켰다. 여주(瀘州)에서 병사를 일으킨 다음 수천 명의 정예병을 이끌고 성도를 습격하였다. 『신당서』「최녕전」에 보인다.

4 양자림이…… 출몰하였다:『구당서』「유창예전」에, "양자림이 반란을 일으키자 유창예가 그를 설득했다. 양자림은 조정의 명에 복종하기로 하여 여주자사에 제수되었는데, 이때 유창예를 여주의 보좌로 임명하였다. 양자림이 죽은 뒤 유창예는 하삭 일대에서 객지생활을 했다(楊子琳亂, 昌裔說之. 子琳順命, 拜瀘州刺史, 署昌裔州佐. 子琳死, 客河朔間)"라는 기록이 있다.

5 건중 연간(建中年間): 780~783년. 덕종(德宗)은 즉위한 이듬해에 연호를 건중이라 정하였다.

254

中)·어사중승(御史中丞)·영전부사(營田副使)로 승진을 거듭했다.[6]

오소성(吳少誠)[7]이 곡환의 상중을 틈을 타 병사를 이끌고 성을 쳐들어오자, 유후(留後)로 있던 상관열(上官說)은 공께 자문을 구하여 성을 지켰다.[8] 그 덕에 배반한 장수[9]를 잡아 처형하고 항거를 계속함으로써 적

---

6 건중 연간(建中年間)에…… 거듭했다: 곡환은 협주(陝州) 안읍(安邑) 사람이다. 『신당서』「유창예전」에서 이와 관련하여 다음과 같은 대목을 찾을 수 있다. "곡환이 복주를 공격할 때, 유창예를 판관으로 삼았다. 유창예는 곡환을 위해 이납에게 보낼 격문을 썼는데, 대의를 적실히 밝혔다. 곡환이 그 원고를 주상께 올리자 덕종은 남다르게 여겼다. 곡환이 진허군을 영도할 때 다시 그 부로 따라갔다. 누차 승진하여 영전부사에 이르렀다(曲環方攻濮州, 表爲判官. 爲環檄李納, 剴曉大誼. 環上其稿, 德宗異之. 環領陳許軍, 又從府遷. 累進營田副使)." 이납은 이정기(李正己)의 아들이다. 『구당서』「이정기전」을 보면, "건중 연간 초에 이정기·전열·양숭의·장유악이 함께 반란을 일으켰다. 건중 2년(781)에 이정기가 죽었는데, 이납은 그 죽음을 비밀에 부치고 아비의 군대를 통솔하여 여전히 반란을 이어나갔다(建中初, 正己·田悅·梁崇義·張惟岳皆反. 二年, 正己卒, 納秘喪, 統父衆, 仍復爲亂)"라는 구절이 있다. 여기서 항주라고 한 것은 성덕절도사(成德節度使) 장유악을 가리키고, 위주라고 한 것은 위박절도사(魏博節度使) 전열을 가리킨다. 항주와 위주는 각각 성덕군과 위박군의 치소다.

7 오소성(吳少誠): 유주(幽州) 노현(潞縣) 사람이다. 『구당서』「오소성전」에 다음과 같은 기록이 나온다. "정원 15년(799), 진허절도사 곡환이 죽자 채주(蔡州)의 오소성이 제멋대로 출병하여 임영현을 공격해왔다. 절도유후로 있던 상관열이 병사를 파견해 구원했으나, 임영진사로 있던 위청이 오소성과 내통하여 구원병 삼천여 명을 모조리 잡아들였다. 9월에는 급기에 허주를 포위하기에 이르렀다(貞元十五年, 陳許節度曲環卒, 少誠擅出兵攻掠臨潁縣. 節度留後上官說遣兵赴求, 臨潁鎮使韋淸與少誠通, 救兵三千餘人, 悉擒縛而去. 九月, 遂圍許州)."

8 유후(留後)로…… 지켰다: 『구당서』「유창예전」에 이와 관련하여 다음과 같은 구절이 있다. "정원 15년에 곡환이 허주를 진수하다가 죽었다. 이에 조서가 내려와 상관열을 절도유후에 임명했다. 오소성이 허주를 공격해 오자 상관열이 그 일을 처리하게 되었는데, 그냥 성을 버리고 도망가버리려 하자 유창예가 쫓아가 그를 말리며 말했다. '유후께서는 이미 조서를 받드셨으니, 사력을 다해 성을 지키셔야 합니다. 하물며 성안의 병사와 말이면 적을 이기기에 충분하니, 그저 견고히 지키며 전쟁을 치르지 않아도 불과 닷새나 이레 만이면 적군은 분명 병력이 쇠할 것이고, 우리는 완전히 저들을 제압할 수 있을 겁니다.' 그러자 상관열도 그렇다고 여겼다(貞元十五年, 環鎮許州, 卒. 詔上官說知節度留後. 吳少誠攻許州, 說領事, 欲棄城走, 昌裔追止之曰: '留後旣受詔, 宜以死守城. 況城中士馬足以破賊, 但堅堅不戰, 不過五七日, 賊勢必衰, 我以全制之可也.' 說然之)."

들이 제멋대로 할 수 없게 만들었다. 포위망이 풀리자 공께서는 진주자사 (陳州刺史)에 제수되셨다. 한전의(韓全義)는 전쟁에 패하자 군사를 이끌고 진주로 도망 와 성안에 들어가게 해달라고 청해왔다. 그러자 공께서는 성 위에서 한전의에게 읍하고 사양하면서 "공께서는 채주(蔡州)로 가라는 어명을 받으셨을 터인데, 무엇 하러 진주에 오셨습니까? 공은 두려워 마십시오. 적들은 감히 나의 성까지 오지 못할 것입니다"라고 말했다. 이튿날 보병과 기마병 10여 명을 이끌고 한전의에 군영에 도착하니, 한전의는 놀랍고도 기쁜 마음에 성에 들이지 않은 것을 가지고 감히 공을 원망하지 않았다.[10] 후에 다시 진허군 사마(陳許軍司馬)에 제수되었다.

상관열이 죽자 공께서는 금자광록대부(金紫光祿大夫) 및 검교공부상서(檢校工部尙書)에 제수되어 상관열을 대신하여 절도사가 되었다. 공은 영내의 관리들에게 명해 채주 백성을 침범하지 못하게 하시면서, "다 같은 천자의 백성들이거늘, 무엇 때문에 서로 다치게 한단 말인가?"라고 말씀하셨다. 오소성 밑의 한 관리가 영내에 침범해 들어오자 그를 체포하여〔다시 채주로〕압송하면서 "저자가 망령되이 그쪽 사람이라고 말하고 있으니, 공께서 알아서 처리하시겠지요"라고 하였다. 오소성은 자신의 군대

9　배반한 장수: 안국녕(安國寧)이라는 자를 말한다. 역시 『구당서』 「유창예전」에 보인다. "병마사 안국녕이 상관열과 사이가 좋지 않아 모반을 꾀하여 성을 적들에게 내주려고 하였다. 그러나 이 일이 누설되어 유창예가 몰래 계획을 짜 그를 참수하였다(兵馬使安國寧與說不善, 謀反以城降賊. 事洩, 昌裔密計斬之)."

10　한전의(韓全義)는…… 않았다: 한전의는 오소성의 부대와 은수(溵水) 남쪽 광리성(廣利城)에서 싸우다 패하자 진주로 후퇴하였다. 그가 병사들과 진주로 도망 와 성안에 머물 곳을 마련해달라고 하자, 유창예는 "천자께서 공께 명하여 채주를 토벌하라 했는데, 지금 진주로 오셨으니, 의리상 들여보낼 수 없소. 성 밖에 머무르시오(天子命公討蔡州, 今來陳州, 義不敢納, 請舍城外)"라고 하였다. 그러나 얼마 후 고기와 술을 가지고 한전의의 진영으로 가 군사들을 위로하자 한전의는 뜻밖의 방문에 기뻐 유창예에게 탄복하였다고 한다.

가 부끄러워져, 두 주의 경계 지역에서는 포악한 짓을 하지 못하게 하였다. 이에 두 주의 경계 지역에서 서로 오가며 농사짓고 양잠을 해도 관리들은 아무것도 묻지 않았다. 공께서는 팽성군 개국공(開國公)에 봉해지고 곧 상서우복야(尙書右僕射)에 제수되었다.

원화 7년(812)에 병을 얻어 제때 정사를 살피지 못하셨다. 원화 8년 5월에 다른 지역에서 홍수가 났는데, 그 물이 공의 경내를 통과하다가 제방을 무너뜨렸는데도 보수하지 못하여 그만 읍의 가옥들이 수몰되고 백성들이 물에 쓸려 죽고 말았다. 공께서 상소를 올려 관직에서 떠나 죗값을 치르겠다고 하니, 황제께서 조서를 내려 도성으로 소환하셨다. 그날로 사자와 함께 서쪽을 향해 길을 떠났는데, 혹심한 더위 속에 아침저녁으로 쉬지 않고 말을 달리다 병이 크게 도지고 말았다. 좌우에서 고삐를 잡고 멈추게 하였으나 공께서는 그렇게 하려 하지 않으시면서, "내 살아서 천자께 사죄하지 못할까 두렵구나"라고 말씀하셨다. 천자께서는 다시 사자를 보내 위문하시면서 너무 급히 오지 말라고 명령하셨다. 공께서는 도성에 도착하신 뒤 천자를 알현하지 못했다. 천자께서도 그의 공경스러움을 아시고, 공을 검교좌복야(檢校左僕射)·우용무군통군(右龍武軍統軍)에 제수하여 군사를 맡게 한다는 어명을 집에서 받들게 하셨다. 11월 아무 갑자에 돌아가시니, 향년 62세였다. 천자께서는 공의 죽음으로 인해 하루동안 조회를 열지 않으시더니, 공을 노주대도독(潞州大都督)에 추증하시고 낭중(郎中)에게 명해 공의 댁으로 가 조문하게 했다. 이듬해 아무 달아무 갑자에 하남(河南) 아무 현(縣) 아무 향(鄕) 아무 언덕에 묻혔다.

공께서는 음악을 좋아하지 않으셨고 집을 성대하게 꾸미지도 않으셨으니, 여러 절도사들 가운데 그런 분은 공뿐이셨다. 부인은 빈국부인(邠國夫人) 무공(武功) 소씨(蘇氏)다. 네 아들을 두었는데, 후계자인 광록주부(光祿主簿) 종(縱)은 번종사(樊宗師)[11]에게서 배워 많은 사대부들로부터 칭찬을 받았다. 장남 원일(元一)은 순박하고 곧으며 충성스럽고 후덕했다. 또 활과 말에 능해 회남군(淮南軍) 아문장(衙門將)이 되었다. 차남인 경양(景陽)과 경장(景長)은 모두 진사다. 하관하는 날이 정해지자 아들들이 함께〔내게 보낼〕심부름꾼을 고르고 계단 밑에서 곡하고는 절을 했다. 사자가 나를 찾아와 묘지명을 써달라고 하였다. 명은 다음과 같다.

장군의 부절 들고,
한 지역을 맡으셨네.
옛날의 공후(公侯)와 지위도 걸맞고,
덕 또한 다르지 않았네.
나의 명문이 사라지지 않는다면
후인들에겐 복이리라.

---

11 번종사(樊宗師): 자는 소술(紹述). 하중(河中) 사람으로 면주자사(綿州刺史)를 지냈다. 한유와 사이가 가까워 그를 위해 묘지명을 지어주었다.

尙書左僕射右龍武軍統軍劉公墓誌銘

劉昌裔爲人多倜儻澹宕, 而公之文亦稱.

公諱昌裔, 字光後, 本彭城人. 曾大父諱承慶, 朔州刺史, 大父巨敖, 好讀老子·莊周書, 爲太原晉陽令. 再世宦北方, 樂其土俗, 遂著籍太原之陽曲, 曰: "自我爲此邑人可也. 何必彭城?" 父訟, 贈右散騎常侍.

公少好學問, 始爲兒時, 重遲不戲, 恒若有所思念計畫. 及壯自試, 以「開吐蕃說」干邊將, 不售. 入三蜀, 從道士遊. 久之, 蜀人苦楊琳寇掠, 公單船往說, 琳感欷. 雖不卽降, 約其徒不得爲虐. 琳降, 公常隨琳不去. 琳死, 脫身亡, 沉浮河朔之間. 建中中, 曲環招起之, 爲環檄李納, 指摘切刻, 納悔恐動心, 恒魏皆疑惑氣懈. 環封奏其本, 德宗稱焉. 環之會下濮州, 戰白塔, 救寧陵·襄邑, 擊李希烈陳州城下, 公常在軍間. 環領陳許軍, 公因爲陳許從事, 以前後功勞, 累遷檢校兵部郞中·御史中丞·營田副使.

吳少誠乘環喪, 引兵叩城, 留後上官說咨公以城守, 所以能擒誅叛將, 爲抗拒, 令敵人不得其便. 圍解, 拜陳州刺史. 韓全義敗, 引軍走陳州, 求入保, 公自城上揖謝全義曰: "公受命詣蔡, 何爲來陳? 公無恐. 賊必不敢至我城下." 明日領步騎十餘抵全義營, 全義驚喜, 迎拜歎息, 殊不敢以不見舍望公. 改授陳許軍司馬.

上官說死, 拜金紫光祿大夫, 檢校工部尙書, 代說爲節度使. 命界上吏不得犯蔡州人, 曰: "俱天子人, 奚爲相傷?" 少誠吏有來犯者, 捕得縛送, 曰: "妄稱彼人, 公宜自治之." 少誠慚其軍, 亦禁界上暴者, 兩界耕桑交跡, 吏不何問. 封彭城郡開國公, 就拜尙書右僕射.

元和七年, 得疾, 視政不時. 八年五月, 涌水出他界, 過其地, 防穿不補, 沒邑屋, 流殺居人. 拜疏請去職卽罪, 詔還京師. 卽其日與使者俱西, 大熱, 旦暮馳不息, 疾大發. 左右手彎止之, 公不肯, 曰: "吾恐不得生謝天子." 上益遣使者勞問, 勅無亟行. 至則不得朝矣. 天子以爲恭, 卽其家拜檢校左僕射·右龍武軍統軍知軍事. 十一月某甲子薨, 年六十二. 上爲之一日不視朝, 贈潞州大都督, 命郞弔其家. 明年某月某甲子, 葬河南某縣某鄕某原.

公不好音聲, 不大爲居宅, 於諸帥中獨然. 夫人, 邠國夫人武功蘇氏. 子四人, 嗣子光祿主簿縱, 學於樊宗師, 士大夫多稱之. 長子元一, 朴直忠厚, 便弓馬, 爲淮南軍衙門將. 次子景陽·景長, 皆擧進士. 葬得日, 相與選使者哭拜階上, 使來乞銘. 銘曰:

提將之符, 尸我一方. 配古侯公, 維德不爽. 我銘不亡, 後人之慶.

봉상·농주절도사 이공 묘지명[1]

직접 서술하는 방식으로 전체를 끌어갔다.

공은 휘가 유간(惟簡)이고 자는 아무개며 사공평장사(司空平章事)를 지내고 태부(太傅)에 추증되신 분의 아들이다. 태부께서는 원래 성이 장씨(張氏)였는데, 숙종(肅宗) 때 항주(恒州)·조주(趙州)·심주(深州)·기주(冀州)·이주(易州)·정주(定州) 여섯 개 주의 5만 병졸, 그리고 5천 필의 말을 가지고 조정에 귀의하여 천자의 명을 받들자, 천자께서 이를 가상히 여겨 이(李)라는 성을 하사하시고 그 이름을 보신(寶臣)이라 바꾸셨으며, 군대를 설치해 '성덕(成德)'이라 명명하셨다. 이때부터 공은 이씨가 되었다.

태부(太傅, 이유간의 부친 李寶臣)께서 돌아가시자 공의 형제들은 서로 후계자 자리를 양보하였는데,[2] 공께서는 급기야 집을 버리고 홀로 도성으로 돌아갔다. 형[李惟岳]이 죽고 집안이 망하자 담당 관리가 〔삼엄히〕

---

1 『창려선생문집』에는 제목 앞에 '당나라 옛(唐故)' 두 글자가 더 있다. 이공은 이유간(李惟簡)으로, 양당서(兩唐書)에 모두 전이 있다.

2 태부께서…… 양보하였는데: 이보신에게는 유악(惟岳)·유성(惟誠)·유간(惟簡) 세 아들이 있었다. 『구당서』「이유성전」에 이와 관련하여 다음과 같은 대목이 보인다. "유성은 유악의 이복형인데, 음사로 전중승이 되었다가 누차 승진하여 호부원외랑이 되었다. 유가의 책과 이치를 좋아하여 이보신이 그를 무척 아꼈다. 이에 군사를 그에게 위임했으나 본디 겸손하고 후덕한 그는 유악에게 직위를 승계하게 하고, 사양하며 받지 않았다(惟誠, 惟岳異母兄, 以父蔭爲殿中丞, 累遷至檢校戶部員外郎. 好儒書理道, 寶臣愛之. 委以軍事, 性謙厚, 以惟岳嫡嗣, 讓而不受)."

방어하며 공을 감시했다.³ 덕종이 봉천(奉天)으로 몽진 가자⁴ 수비병이 공을 내보내주었다. 공은 그 길로 집으로 달려가서는 모친인 한국부인(韓國夫人) 정씨(鄭氏)에게 영영 이별을 고하고, 식솔들에게 자기를 따라 임금께서 몽진 간 곳으로 함께 갈 것을 당부했다. 길에서 역적을 만나는 바람에 일곱 번 전투를 치른 끝에 겨우 도착할 수 있었다. 그 공로를 인정 받아 태자유덕(太子諭德)으로 승진했고 어사중승(御史中丞)의 직함을 더해 받았다. 어가를 따라 양주로 피난 갔을 때⁵ 날이 어두워 길을 잃었는데, 초획(焦獲) 출신 환관⁶의 말소리를 알아들은 덕택에 주질(盩厔) 서쪽에서 덕종과 만날 수 있었다. 주상께서 "경에게는 모친이 계신데, 나를 따라올 수 있겠소?"라고 묻자 공은 "목숨을 바쳐 모시겠습니다"라고 대답했다. 몽진에서 돌아온 뒤 공훈이 기록되어 무안군왕(武安郡王)에 봉해졌으며 '원종공신(元從功臣)'이라는 칭호를 얻었다. 어각(御閣)에도 공의 초상을 그려 넣었다.⁷ 신위장군(神威將軍)의 신분으로 북군위(北軍衛)에 머무르다 한참 뒤에 어사대부(御史大夫) 벼슬을 더해 받았다.

---

3 형이 죽고…… 감시했다: 후에 이보신의 뒤를 이은 이유악이 건중 3년(782)에 반란을 일으켰는데, 성덕군 병마사로 있던 왕무준(王武俊)이 이유악을 살해하여 그의 머리를 도성으로 보냈다. 덕종은 이때 도성에 있던 이유간을 객성(客省)에 구금하고 경비를 삼엄히 했다.

4 덕종이…… 몽진 가자: 건중 4년(783) 이희열이 가서요(哥舒曜)를 공격하자 경원군(涇原軍)에 조서를 내려 구원병을 내보내게 했다. 그러나 경원군은 도성을 나가 산수(滻水)에 이르렀을 때 오히려 반란을 일으켰다. 이에 덕종은 봉천으로 몽진 갔다.

5 어가를…… 갔을 때: 흥원 원년(784)에도 덕종은 양주로 몽진 갔다.

6 초획(焦獲) 출신 환관: 원문에는 '초중인(焦中人)'이라 되어 있다. '초'는 지금 섬서성 경양현(涇陽縣)에 있는 '초획'이라는 곳이다. 중인은 환관을 말한다.

7 어각(御閣)에도…… 그려 넣었다: 『신당서』「번진전(藩鎭傳)」에 "황제께서는 돌아오신 뒤에〔이유간을〕무안군왕에 봉하고 원종공신이란 훈호를 내렸으며, 능연각에 그의 초상을 그렸다(及帝還, 封武安郡王, 號元從功臣, 圖形凌烟閣)"라는 기록이 있다. 초상을 그려 어각에 보존하는 행위는 공신을 표창하는 한 방법이다.

　공은 한국부인 상을 당하여 관직을 떠났다. 후에 다시 승진을 거듭하여 신위대장군(神威大將軍)이 되었으며, 공부·형부상서(尙書)·천위통군(天威統軍)의 벼슬을 더해 받았다. 다시 호부상서·금오대장군(金吾大將軍)으로 승진했다. 장상(長上)[8] 벼슬을 하던 만국준(萬國俊)이라는 자가 군대의 세력을 믿고 흥평(興平)의 백성과 토지를 약탈했는데, 관리들조차 그가 두려워 감히 다스리지 못했다. 공께서 금오대장군이 되자 흥평 사람들은 "오래전부터 이장군은 사람됨이 공평하다고 들어왔으니, 우리의 억울함을 풀어주실 수 있을 것이야"라고 말했다. 그러고는 즉시 송사 적은 문서를 가지고 공을 뵈러 왔는데, 공은 문서를 열어 보자마자 즉시 만국준에게 곤장을 내리고 직위를 해제하였으며, 땅을 흥평 사람들에게 돌려주었다. 그 말을 들은 사람들은 모두 칭찬하며 탄복했다. 천자께서는 공의 재능이면 과연 임용할 만하니, 백성을 다스리는 일이건 병사를 거느리는 일이건 마땅하지 않은 바가 없다고 여기셨다. 이에 원화 6년(811)에 공을 봉상·농주절도사(鳳翔隴州節度使)·호부상서 겸 봉상윤(鳳翔尹)에 임명했다. 농주는 지역이 토번과 접해 있는데, 토번이 오래전부터 아침저녁으로 호시탐탐 노리다 번갈아가며 침략해 노략질을 해댔기에, 농주는 백성이건 관리건 편히 쉴 수가 없었다. 공께서는 나라에서 오랑캐를 대할 때는 마땅히 긴 안목으로 정책을 세워야 한다고 생각하셨다. 변방의 장수라면 응당 어지(御旨)를 받들어야 하며, 삼가 법령을 지키고 재물을 축적함으로써 관리와 농부의 힘을 온전히 보전해두었다가 비상시에 대비해야지, 작은 이익을 노려 사건을 도발하거나 성은을 도둑질해서는 안 된다고 생각하셨다. 이에 백성들에게 함부로 토번 영토에 들어가지 못하도록 금

----

8 장상(長上): 무관의 관직명으로 당나라 때는 9품에 해당했다.

지령을 내리셨으며, 경작할 소를 많이 사들이고 호미·낫·괭이 등을 주조하여 스스로 농구를 갖출 수 없는 농민들에게 공급하였다. 그러자 장정들이 떨치고 일어나 힘써 일하여 매년 수십만 이랑에 달하는 전답이 증가하게 되었다. 이렇게 여덟 해 동안 오곡이 풍성하고 공적으로건 사적으로건 재물이 넉넉했다. 장사하는 사람들이 식량을 지고 포사곡(褒斜谷)[9]으로 올라오고, 〔무역하는〕 배가 위수(渭水)를 따라 내려가니, 〔그 행렬이〕 머리와 꼬리가 서로 이어져 끊이지 않았다.

원화 13년(818)에, 공은 충무군절도사(忠武軍節度使)인 사공(司空) 이광안(李光顔)[10]과 빈녕절도사(邠寧節度使)인 상서 곽소(郭釗)[11]와 함께 황제를 알현하러 도성에 왔다. 황제께서는 그들을 위해 삼전(三殿)[12]에서 연회를 베푸시고 백희(百戱)를 공연했는데, 공경과 시종하는 신하들이 모두 함께했다. 일을 마치고 돌아갈 것을 명하자 공께서 다음과 같이 말씀 아뢰었다.

"신이 외람되이 숙위(宿衛)[13]로 지낸 지 20여 년이 지나, 이제는 늙어 외지로 물러나 있다 보니 그리움의 정을 감당할 길 없사옵니다. 원컨대 도성에서 죽을 수 있게 해주십시오."

천자께서는 공을 위로하고 다시 떠나보냈다. 진(鎭)으로 돌아와 병

9　포사곡(褒斜谷): 섬서성 서남부에 있는 협곡 이름이다. 포수와 사수를 끼고 형성되었기에 포사곡이라 이름 붙었다.

10　이광안(李光顔): 본래는 하곡(河曲) 부락 계(稽)·아질(阿跌)족 출신이었는데, 원화 9년(814)에 충무군절도사·검교공부상서에 제수되었다. 원화 12년에 회주와 채주를 평정하여 검교사공을 더해 받았다. 『구당서』에 전이 있다.

11　곽소(郭釗): 곽자의(郭子儀)의 손자이다. 원화 9년에 검교공부상서 겸 빈주자사가 되어 빈녕절도사에 충당되었다. 『구당서』에 전이 있다.

12　삼전(三殿): 인덕전(麟德殿)의 다른 이름이다.

13　숙위(宿衛): 황제의 호위병, 즉 금군(禁軍)을 말한다.

이 나시더니, 그해 여름 5월 무자일에 세상을 뜨셨다. 향년 55세다. 부고가 이르자 주상께서는 슬픔에 겨워 조회도 보지 않으셨고, 낭중(郎中)을 보내 조문하신 후 상서좌복야(尙書左僕射)에 추증하셨다. 그해 12월 병신일에 만년현(萬年縣) 봉서(鳳棲) 언덕에 묻었다.

부인 박릉(博陵) 최씨(崔氏)는 하양현위(河陽縣尉) 최호(崔鎬)의 손녀이자 대리평사(大理評事) 최가관(崔可觀)의 딸로, 어질고 법도 있었다. 공에게는 아들이 넷 있는데, 장남은 이름이 원손(元孫)으로 삼원현위(三原縣尉)고, 차남은 이름이 원질(元質)로 팽주(彭州)의 몽양현위(濛陽縣尉)다. 차남 원립(元立)은 흥평현위(興平縣尉), 원본(元本)은 하남참군(河南參軍)이다. 모두 총명하고 착하다. 원립과 원본은 최씨 소생이다. 하관할 날을 정한 뒤 적자인 원립과 아우 네 명이 나 한유에게 묘지명을 부탁하며 말했다.

"선친께서 어르신께 부탁을 하셨습니다."

한유가 말했다.

"태부의 공적이 사서에 기록되더니, 복야께서도 고아의 몸으로 도성에 수감되어 계시다가 끝내 충절로 스스로를 드러내시고, 작위를 얻고 명예와 업적을 이루어, 천하 사람들로 하여금 괄목상대하게 함과 동시에 부모를 영화롭게 했습니다. 충성스럽고도 효심이 지극하니, 법도상 명문을 지어야 마땅하겠지요."

이에 명문을 짓는다.

태부께서 세상에 드러나심은
스스로 일어나신 것이라네.
복야께서는 어린 나이에 수금되셨으니,

누가 더불어 벗이 되리오?

국난을 당하자

절개를 지키며 스스로 발분하셨고

근면과 희생을 바쳐

부친의 공열을 회복하시었네.

효성이 충성으로 인해 세워지니

작록과 명예가 뒤따라왔네.

검은 돌에 글씨를 새겨

어두운 땅속에 남겨두네.

鳳翔隴州節度使李公墓誌銘

直叙持大體.

公諱惟簡, 字某, 司空平章事贈太傅之子. 太傅初姓張氏, 肅宗時, 舉恒·趙·深·冀·易·定六州, 戰卒五萬人, 馬五千匹以歸聽命. 天子嘉之, 賜姓曰李, 更其名'寶臣', 立其軍號之曰'成德'. 由是姓李氏.

太傅薨, 公兄弟讓嗣, 公竟棄其家自歸京師. 及兄死家覆, 有司設防守. 德宗如奉天, 守卒出公. 卽馳歸, 與母韓國夫人鄭氏拜訣, 屬家徒隨走所幸. 道與賊遇, 七鬭乃至. 有功遷太子諭德, 加御史中丞. 從幸梁州, 天黑失道, 識焦中人聲, 得見德宗于螯屋西. 上曰: "卿有母, 可隨我耶?"

266

曰：“臣以死從衛.” 及幸還, 錄功, 封武安郡王, 號‘元從功臣’. 圖其形御閣, 而以神威將軍居北軍衛. 久乃加御史大夫.

丁韓國憂, 去官. 累遷神威大將軍, 加工・刑二曹尚書・天威統軍. 又改戶部尚書・金吾大將軍. 有長上萬國俊者, 以軍勢奪興平人地, 吏憚, 莫敢治. 及公爲金吾, 興平人曰：“久聞李將軍爲人公平, 庶能直吾屈.” 卽齎縣牒來見, 公發視, 立杖國俊, 廢之, 以地還興平人. 聞者無不稱歎. 於是天子以公材果可任用, 治人將兵, 無所不宜. 元和六年, 卽以公爲鳳翔隴州節度使・戶部尚書, 兼鳳翔尹. 隴州, 地與吐蕃接, 舊常朝夕相伺, 更入攻抄, 人吏不得息. 公以爲國家於夷狄當用長算. 邊將當承上旨, 謹條敎, 蓄財穀, 完吏農力以俟, 不宜規小利, 起事盜恩. 禁不得妄入其地, 益市耕牛, 鑄鏄釫鉏斸, 以給農之不能自具者. 丁壯興勵, 歲增田數十萬畝. 連八歲, 五種俱熟, 公私有餘. 販者負入褒斜, 船循渭而下, 首尾相繼不絕.

十三年, 公與忠武軍節度使司空光顏, 邠寧節度使尚書釗, 俱來朝. 上爲之燕三殿, 張百戲, 公卿侍臣咸與. 旣事勑還, 公因進曰：“臣幸得宿衛二十餘年, 今年老斥外任, 不勝慕戀. 願得死輦下.” 天子加慰遣焉. 還鎮告疾, 其夏五月戊子薨. 年五十五. 訃至, 上悼愴罷朝, 遣郎中臨弔, 贈尚書左僕射. 以其年十一月丙申, 葬萬年鳳棲原.

夫人博陵郡崔氏, 河陽尉鎬之孫, 大理評事可觀之女, 賢有法度. 公有四子, 長曰元孫, 三原尉, 次曰元質, 彭之濛陽尉. 曰元立, 興平尉, 曰元本, 河南參軍. 皆愿敏好善. 元立・元本, 皆崔氏出. 葬得日, 嗣子元立與其昆弟四人請銘於韓氏, 曰：“先人嘗有託於夫子也.” 愈曰：“太傅功在史氏記, 僕射以孤童囚覉京師, 卒能以忠爲節自顯, 取爵位, 立名績, 使天下拭目觀, 父母與榮焉. 旣忠又孝, 法宜銘.” 銘曰：

太傅之顯, 自其躬興. 僕射童羈, 孰與之朋. 遭國之難, 以節自發. 致其勤艱, 以復考烈. 孝由忠立, 爵名隨之. 銘此玄石, 維昧之詒.

태원 왕공 묘지명[1]

법도에 밝다.

　공은 휘가 중서(仲舒)고 자가 홍중(弘中)이다. 어려서 부친을 잃고 어머니를 모시고 강남에 살았는데, 학문을 배울 때부터 명성이 자자했다. 정원 10년(794)에 현량방정과(賢良方正科)[2]에 급제하여 좌습유(左拾遺)에 임명되었다가[3] 다시 우보궐(右補闕)이 되었으며, 예부(禮部)·고공(考功)·이부(吏部)의 원외랑(員外郎)을 지냈다. 연주(連州) 사호참군(司戶參軍)으로 폄적되었다가 다시 기주(蘷州) 사마(司馬)가 되었으며, 강릉(江陵)의 절도사를 보좌하다가 사부원외랑(祠部員外郎)이 되었다. 다시 이부원외랑에 제수되었다가 직방랑중(職方郎中)·지제고(知制誥)로 승진하였으며, 지방으로 나가 협주자사(峽州刺史)가 되고 다시 여주자사(廬州刺史)가 되었다. 그러나 여주에 도착하기도 전에 모친상을 당했다. 상을 마친 뒤에 무주(婺州)와 소주(蘇州)의 자사가 되었다.

　조정의 부름을 받아 중서사인(中書舍人)에 임명되었으나, 도착한 뒤

1　『창려선생문집』에는 제목 앞에 "좌산기상시에 추증된 고 강남서도 관찰사(故江南西道觀察使贈左散騎常侍)"라는 열네 글자가 더 있다. 태원 왕공은 바로 왕중서(王仲舒)다. 권12에 「태원 왕공 신도비명」이 실려 있는데, 내용이 이보다 상세하니 참조하여 읽으면 보완되는 부분이 많다.

2　현량방정과(賢良方正科): 당나라 과목(科目) 중 하나다. 본래 명칭은 현량방정능직언극간과(賢良方正能直言極諫科)다.

3　정원…… 임명되었다가: 정원 10년에 왕중서는 현량방정직언직간과(賢良方正直言直諫科)에 급제해 습유에 제수되었다.

사람들에게 이렇게 말했다.

"나는 이제 늙어서 젊은이들과 함께 문서를 작성하는 일이 그다지 즐겁지 않네. 한 개 도(道)를 맡게 되면 관할 지역이 예닐곱 개의 군(郡)일진대, 3년간 다스리다 보면 가난한 살림을 부유하게 만들 수 있고 어지러운 시국을 안정되게 할 수 있으니, 몸을 편안히 하고 공적을 세워 나라에 부끄러움이 없을 수 있을 것이네."

날마다 사람들에게 그렇게 말씀하셨다. 승상께서 그와 같은 소문을 듣고 물어보니 과연 그러한지라, 공을 즉시 강남서도관찰사 겸 어사중승에 임명했다. 공은 임지에 도착하자마자〔나라에서 거두어들이는〕주세(酒稅)⁴ 9천만 냥을 없애 그 이익을 백성에게 돌려주자는 내용의 상소문을 올렸다. 군리(軍吏)가 지고 있던 관가의 빚 5천만 냥을 면해주고 장부며 문서 등을 모두 태워버렸다. 또 창고의 돈 2천만 냥을 꺼내 가난한 백성이나 가뭄을 만나 세금을 내지 못하는 사람들에게 나눠주었다. 불교와 도교를 금하고, 중이나 도사들이 관할 경내의 산야에 부처나 노자 상(像)을 세우고서, 백성을 속여 재물을 얻는 등 백성들의 돈을 갈취하는 행위를 금지하였다. 4년간 관직에 계셨는데, 축적해놓은 재물을 헤아려보니 창고에는 돈이 남아돌았고 곳집에는 쌀이 남아돌았다. 조정에서 외지에 나가 있는 공경(公卿)을 임용하고자 하여 장차 공을 불러들여 좌승(左丞)으로 삼으려 했으나, 이부에서 이미 설상서(薛尙書)⁵를 뽑아놓고 공의 자리를 대신하게 하였다. 공은 장경 3년 11월 17일에 채 임명을 받기도

---

4 주세(酒稅): 원문에는 '각주전(榷酒錢)'이라고 되어 있다. 이는 당나라 때 양조장이나 술집으로부터 거둬들이던 세금이었다.

5 설상서(薛尙書): 설방(薛放). 하중(河中) 보정(寶鼎, 지금의 산서성 榮和縣) 사람이다. 장경 3년(823) 11월에 왕중서를 대신하여 강서절도사가 되었다.

전에 돌아가셨다. 향년 62세였다. 천자께서 공의 죽음으로 인해 조회도 서지 않으시고, 공을 좌산기상시(左散騎常侍)에 추증하시니, 원근에서 모두 찾아와 조문했다. 장경 4년 2월 아무 날에 하남(河南) 아무 현에 있는 선영 곁에 묻혔다.

공께서 습유에 임명되고 나서 퇴조하였더니, 천자께서 재상에게 말씀하시기를, "몇 번째 서 있던 자가 혹 왕 아무개 아닌가?"라고 하셨다. 당시 공께서는 양성(陽城)과 번갈아가며 상소를 올려 배연령(裴延齡)의 간사함을 논하였던 터라[6] 사대부들이 인망이 높았다. 고공원외랑이 되셨을 때, 부하 중 감히 공을 속이거나 범하는 자가 없었다. 옳지 못한 사람이면 비록 같은 반열에 있다 하여도 한편이 되어 용납하는 법이 없었기에 참소당해 폄적되었다. 지제고로 계실 때는 힘을 다해 벗의 억울함을 펴주면서 권신(權臣)을 건드리는 것도 개의치 않았는데, 그러다 다시 참소당해 외지로 내침을 당했다.[7] 원화 연간 초 무주에 든 큰 가뭄이 인해 백성들이 굶어 죽어 호구 중 열에 일고여덟이 죽어나갔다. 공은 무주에 5년간 계시면서 다시 처음처럼 부유하고 온전하게 만들어놓으셨으며, 서리들을 신문하

---

6 양성(陽城)과…… 터라: 『구당서』「문원전(文苑傳)」에 보면, "배연령이 탁지부의 장관으로 있으면서 거짓말을 떠벌리고 선량한 자를 중상모략하자 왕중서가 상소문을 올려 소리 높여 탄핵했다(裴延齡領度支, 矯誕大言, 中傷良善, 仲舒上疏極論之)"라는 말이 나오고, 『신당서』「왕중서전」에 보면, "덕종이 배연령을 재상으로 삼으려 하자 양성과 함께 상소를 올려 안 된다고 말했다(德宗欲相裴延齡, 與陽城交章言不可)"라는 말이 나온다. 양성은 자가 항종(亢宗)이고 북평(北平) 사람이다. 배연령은 하동(河東) 사람이다.
7 지제고로…… 당했다: 여기서 벗이라 함은 양빙(楊憑)을 말한다. 자는 허수(虛受)고 홍농(弘農) 사람이다. 『구당서』「문원전」에 다음과 같은 내용이 전한다. "경조윤 양빙은 중승 이이간에게 탄핵당해 임하현위로 폄적되었다. 왕중서는 양빙과 친한 사이었기에 조정에서 이 일을 크게 이야기하면서, 이이간이 양빙의 죄를 갖다 붙였다고 말했다. 이 일로 협주자사로 폄적되었다(京兆尹楊憑爲中丞李夷簡所劾, 貶臨賀尉. 仲舒與憑善, 宣言于朝, 言夷簡搆摭憑罪, 仲舒坐貶峽州刺史)."

여 장물(贓物) 죄를 상주하니, 온 주(州)가 깨끗이 정비되었다. 이에 금자(金紫)를 하사받았다. 소주에 계실 때도 치적이 으뜸이라 일컬어졌다.

공께서는 임지에 도착하자마자 우선 이로운 것과 해로운 것, 마땅히 둬야 할 것과 없애야 할 것 등을 사람들에게 물어본 다음, 문을 걸어 잠그고 상소문의 초안을 작성했다. 또 법령과 규율을 마련하여 백성·서리들과 약정을 맺었는데, 모든 것을 갖춰놓은 후 일단 법령을 반포하면 백성들 중 손뼉 치며 기뻐하지 않은 자가 없었다. 처음에는 조금 번거로운 듯하여도 한 해가 지나고 나면 모두 편리한 제도라고 칭송했다. 공께서 지으신 문장은 속되지 않았다. 그러나 공께서 세우신 업적은 배운다고 되는 것이 아니다.

증조부 왕현간(王玄暕)은 비부원외랑(比部員外郎)을 지냈다. 조부 왕경숙(王景肅)은 단양태수(丹陽太守)를 지냈다. 부친 왕정(王政)은 양주(襄州)·등주(鄧州) 등의 방어사(防禦使), 악주(鄂州)의 채방사(採訪使)를 지내고, 공부상서에 추증되셨다. 공의 돌아가신 모친께서는 발해(渤海) 이씨(李氏)로 발해군태군(渤海郡太君)에 추증되셨다. 공께서는 외삼촌의 딸을 아내로 맞이해서 일곱 아들을 두셨다. 초(初)·철(哲)·정(貞)·홍(弘)·태(泰)·복(復)·회(洄)가 그들이다. 왕초는 진사에 급제했고, 왕철은 문장과 학문이 모두 훌륭하다. 나머지는 아직 어리다. 맏사위 유인사(劉仁師)는 고릉현령(高陵縣令)이다. 둘째 사위 이행수(李行脩)는 상서 형부원외랑(刑部員外郎)이다. 명문은 다음과 같다.

기운이 날카롭고 굳건하며
강인하고도 엄정한 것은,
철인(哲人)이 늘 지니고 있는 성품이라네.

자신을 다하여 남을 사랑하면서
지쳐 그만둘 줄 모르는 것은,
관리된 자의 바른 도리라네.
벗과 있을 때는
아녀자처럼 온순하기만 한데,
어쩌면 그리 빛나는 덕을 남기어
무덤에 비석까지 지니셨는가.
내가 공의 업적을 모아 기술하여
만세토록 간직하려 하네.

太原王公墓誌銘

明法.

公諱仲舒, 字弘中. 少孤, 奉其母居江南, 游學有名. 貞元十年, 以賢良方正拜左拾遺, 改右補闕, 禮部·考功·吏部三員外郎. 貶連州司戶參軍, 改夔州司馬, 佐江陵使, 改祠部員外郎. 復除吏部員外郎, 遷職方郎中·知制誥, 出爲峽州刺史, 遷廬州. 未至, 丁母憂. 服関, 改婺州·蘇州刺史.

徵拜中書舍人, 旣至, 謂人曰: "吾老不樂與少年治文書. 得一道, 有地六·七郡, 爲之三年, 貧可富, 亂可治, 身安功立, 無愧於國家可也." 日日語人. 丞相聞問, 語驗, 卽除江南西道觀察使, 兼御史中丞. 至則奏罷榷酒錢九千萬, 以其利與民. 又罷軍吏官債五千萬, 悉焚簿文書. 又出庫錢二千萬, 以丐貧民遭旱不能供稅者. 禁浮屠及老子, 爲僧道士, 不得於吾界內, 因山野立浮屠老子像, 以其誑丐漁利, 奪編人之產. 在官四年, 數其蓄積, 錢餘於庫, 米餘於廩. 朝廷選公卿於外, 將徵以爲左丞, 吏部已用薛尙書代之矣. 長慶三年十一月十七日, 未命而薨. 年六十二. 天子爲之罷朝, 贈左散騎常侍, 遠近相弔. 以四年二月某日, 葬于河南某縣先塋之側.

公之爲拾遺, 朝退, 天子謂宰相曰: "第幾人非王某邪?" 是時公方與陽城更疏論裴延齡詐妄, 士大夫重之. 爲考功吏部郎也, 下莫敢有欺犯之者. 非其人, 雖與同列, 未嘗比數收拾, 故遭讒而貶. 在制誥, 盡力直友人之屈, 不以權臣爲意, 又被讒而出. 元和初, 婺州大旱, 人餓死, 戶口亡十七八. 公居五年, 完富如初, 按劾羣吏, 奏其贓罪, 州部淸整, 加賜金紫. 其在蘇州, 治稱第一.

公所至, 輒先求人利害廢置所宜, 閉閣草奏. 又具爲科條, 與人吏約, 事備, 一旦張下, 民無不抃叫喜悅. 或初若小煩, 旬歲皆稱其便. 公所爲文章, 無世俗氣. 其所樹立, 殆不可學.

曾祖諱玄暕, 比部員外郎. 祖諱景肅, 丹陽太守. 考諱政, 襄·鄧等州防禦使, 鄂州採訪使, 贈工部尙書. 公先妣渤海李氏, 贈渤海郡太君. 公娶其舅女, 有子男七人. 初·哲·貞·弘·泰·復·洄. 初, 進士及第, 哲, 文學俱善. 其餘幼也. 長女壻劉仁師, 高陵令. 次女壻李行脩, 尙書刑部員外郎. 銘曰:

氣銳而堅, 又剛以嚴, 哲人之常. 愛人盡己, 不倦以止, 乃吏之方. 與其友處, 順若婦女. 何德之光, 墓之有石. 我最其迹, 萬世之藏.

당나라 옛 소무교위 수좌금오위장군 이공 묘지명[1]

직접적으로 서술하고 있으나 중간에 보이는 풍자의 내용과 칭송한 부분이 서로 조금도 어그러지지 않는다.

공은 휘가 도고(道古)이고 자는 아무개로 조성왕(曹成王)의 아들이다. 선왕이신 이명(李明)은 태종(太宗)의 아들로 조(曹) 땅에 봉해졌는데, 봉록이 끊어졌다가 다시 회복되어 다섯 대(代) 만에 성왕에 이르렀다.[2] 성왕은 휘가 고(皐)인데, 건중·정원 연간에 공을 세웠고, 다재다능하고 상벌을 잘 주관하는 것으로 이름나서, 지금까지도 당시 내외 문무대신을 꼽을 때면 반드시 성왕을 넣곤 한다. 공은 진사과에 급제하시었고,

---

1 이공은 이도고(李道古)로, 조성왕(曹成王) 이고(李皐)의 아들이다.

2 선왕이신…… 이르렀다:『구당서』「태종제자전(太宗諸子傳)」에 "조왕 명은 태종의 열넷째 아들로, 정관 21년에〔조 땅에〕봉해졌다(曹王明, 太宗第十四子. 貞觀二十一年受封)"라는 기록이 나온다. 또 "신룡 연간(중종 때의 연호) 초기에 이걸(이명의 차남)의 아들 이윤이 조왕의 자리를 세습했다. 이때 여러 왕들의 자손이 영수에서 도성으로 돌아와 궁에 들어가 중종을 알현하고는 통곡을 하자 황제께서도 눈물을 흘리셨다. 측천무후 때 장성한 자들은 모두 죽이고 어린 자들은 관노로 삼았다. 간혹 민간에서 품팔이를 하며 숨어 지낸 사람들이 있었는데, 이때가 되어 줄줄이 세상으로 나오니, 황제께서는 원근 황족들에게 봉토를 하사했다. 후에 이비(이명의 셋째 아들이자 이윤의 삼촌)가 남쪽에서 돌아오자 이윤의 봉호를 정지시키고 이비를 봉했는데, 이비는 위위소경 동정원 등을 역임하다 죽었다. 개원 12년에 다시 이윤을 봉했다(神龍初, 以傑子胤爲嗣曹王. 是時, 諸王子孫自嶺水還, 入見中宗, 皆號慟, 帝爲泣下. 初, 武后時, 壯者誅死, 幼皆沒爲官奴. 或匿人間庸保, 至是, 相繼出, 帝隨屬遠近封拜云. 後備自南還, 詔停胤封而封備, 歷衛尉少卿同正員, 薨. 開元十二年, 復封胤)"라는 기록도 보인다. 다섯 대라 함은 이명·이걸·이윤·이집을 거쳐 이집의 아들인 성왕 이고에 이르기까지의 다섯 대를 말한다.

『문여(文興)』 30권을 바쳐 교서랑(校書郎)·집현학사(集賢學士)에 제수되시더니, 네 차례 승진을 거듭하여 종정승(宗正丞)에 오르셨다. 헌종께서 즉위하시어 종실의 인재를 등용하시니, 그때 다시 승진하여 상서(尙書) 사문원외랑(司門員外郎)이 되셨고, 이주(利州)·수주(隨州)·당주(唐州)·목주(睦州)의 자사(刺史)로 뽑히셨다가 다시 소종정(少宗正)으로 옮겨 가셨다. 원화 9년(814)에 어사중승의 신분으로 부절을 가지고 검중(黔中)을 다스리러 나가셨으며, 11년 만에 조정으로 돌아왔다가 다시 악주(鄂州)를 진수하러 나갔다. 악악도(鄂岳道)의 병사들을 모았으나, 마침 회서(淮西)가 평정되었기에 그 공으로 어사대부의 직함을 더해 받았다. 원화 13년(818)에는 조정의 부름을 받고 종정(宗正)에 제수되었으며 다시 좌금오(左金吾)가 되었다.

지금 주상께서 즉위하셨다. 선대 왕〔憲宗〕 때 공께서는 망령된 자인 유비(柳泌)가 수은을 끓여 불사약을 만들 수 있다고 믿고서, 유비를 선대 왕께 천거하여 일개 평민에서 자사가 되게 하였으나, 〔유비의 약방은〕 아무런 효험도 없었다. 지금 주상께서 〔즉위하시자 그 죄를 다스려 공을〕 순주사마(循州司馬)로 폄적시켰다.[3] 그해 9월 3일에 병환으로 폄적되어

---

3 지금 주상께서…… 폄적시켰다: 지금 주상은 목종(穆宗)을 가리키고, 선왕은 헌종(憲宗)을 가리킨다. 유비와 관련된 사건은 『구당서』 「이도고전」에 보인다. "헌종은 말년에 방사들을 믿어 복식에 관심이 높았다. 조서를 내려 천하의 기이한 선비를 수소문해 오게 했다. 재상 황보박은 당시에 아첨으로 총애를 지키고 있었는데, 이도고가 유비라는 자에게 도술이 있다고 말하자 그를 불러와 헌종께 천거했다. 이에 유비를 한림대조로 삼았다. 그러나 헌종은 약을 과하게 쓴 바람에 갑자기 광증에 걸리더니, 급기야 붕어하시기에 이르렀다. 목종은 동궁에 있을 때부터 이 일을 절치부심하고 있던 터라 상기를 마치자 저들을 모조리 쫓아내거나 죽였다(憲宗季年頗信方士, 銳于服食. 詔天下搜訪奇士. 宰相皇甫鏄方諛眉固寵, 道古言柳泌有道術, 鏄得而進之, 待詔翰林. 憲宗服餌過當, 暴成狂躁之疾, 以至棄代. 穆宗在東宮, 披腕于其事, 及居喪, 皆竄逐誅之)." 또 『구당서』 「황보박전(皇甫鏄傳)」에는 다음과 같은 내용이 보인다. "유비는 자기가 영약을 가져올 수 있다고 하면서, '천태산에 신령한 약

간 곳에서 돌아가셨다. 향년 53세였다. 장경 원년(821)에, "폄적되어 갔다 죽은 자의 관을 가지고 돌아와 장사 지내라"는 내용의 조서가 내려왔다. 이에 그해 아무 달 아무 날에 〔영구를 모셔와〕 동도(東都) 아무 현에 묻었다.

공께서는 세 번 장가 드셨다. 초취 위씨(韋氏)는 휘가 수(脩)로, 아들 이굉(李紘)을 낳았다. 이굉은 진사 급제했고 딸 이공(李貢)은 최씨(崔氏)에게 시집갔다. 부인은 수주(隋州)·옹주(雍州) 수령을 지낸 운공(鄆公) 위숙유(韋叔裕)의 오대손이며, 부친은 위사전(韋士佺)으로 봉산현령(蓬山縣令)을 지냈다. 재취 최씨는 휘가 약(葯)으로 이작(李綽)·이소(李紹)·이관(李綰)을 낳았다. 딸 이회(李會)는 정계비(鄭季毗)에게 시집갔다. 부인의 부친 최소(崔昭)는 경조윤(京兆尹)을 지냈다. 현재 부인인 위씨(韋氏)는 자식이 없고, 부인의 부친 위광헌(韋光憲)은 광록경(光祿卿)을 지냈다. 고금의 예로써 공의 장례를 치르고, 초취 위씨 부인과 합장하였다. 재취 최씨 부인은 같은 장소의 다른 무덤을 썼다.

공께서는 종실의 자제로, 태어나면서부터 부귀하였으나 학문을 하여 과거에 급제함으로써 명성을 얻었다. 또 직접 아래에 있는 선비들을 예우하고 호걸들과 교우하였기에, 공이 돌아가시자 모두들 집을 팔아 장례를 치러주었다. 명문은 다음과 같다.

태종(太宗)의 곁가지 자손들,

초가 많아 뭇 신선들이 모이는데, 신이 일찍이 그것을 알고 있었으나 가져올 방법이 없습니다. 원컨대 천태 장리가 되어 약초를 가져오게 해주십시오'라고 했다. 이에 평민인 그를 태주자사로 삼고 금자를 하사했다(柳泌自云能致靈藥, 言: '天台山多靈草, 群仙所會, 臣嘗知之, 而力不能致. 願爲天台長吏, 因以求之.' 起徒步爲台州刺史, 仍賜金紫)."

오늘날까지 봉토를 지니고 있더니,[4]

공의 형제에 이르러

또다시 작위를 잇지 못하고서 잃고 말았구나.

남쪽으로 가신 것은

노쇠해지기 시작하던 때.

누가 알았으리오, 쫓겨 나가 돌아오시지 못하고

죽어서야 돌아오실 줄을.

아득한 해풍(海豐)[5] 땅은

경기(京畿)에서 만 리 길.

공의 인생을 기록하고,

애도를 표하노라.

唐故昭武校尉守左金吾衛將軍李公墓誌銘

直叙, 然中有諷刺, 與稱美處不爽尺寸.

公諱道古, 字某, 曹成王子. 其先王明, 以太宗子王曹, 絕輒復封, 五

---

4 오늘날까지…… 있더니: 이 부분에 대해 증국번은 『구궐재독서록』 권8 「한창려집」에서 다음과 같이 말하였다. "태종의 곁가지들은 세대가 너무 오래되어서 봉토를 가질 수 없었는데, 성왕이 우뚝 일어난 덕분에 그때까지 봉토를 가질 수 있게 되었음을 말하고 있다(言太宗之支久, 不當有封疑, 賴成王特起, 故尙有封也)."

5 해풍(海豐): 이도고가 말년에 폄적되어 갔다가 죽은 순주에 속해 있던 현의 이름이다.

世而至成王. 成王諱皋, 有功建中·貞元間, 以多才能, 能行賞誅爲名, 至今追數當時內外文武大臣, 成王必在其間. 公以進士擧及第, 獻『文興』三十卷, 拜校書郎·集賢學士, 四遷至宗正丞. 憲宗卽位, 選擇宗室, 遷尙書司門員外郎, 以選爲利·隨·唐·睦州刺史, 遷少宗正. 元和九年, 以御史中丞持節鎭黔中, 十一年, 來朝, 遷鎭鄂州. 以鄂岳道兵會平淮西, 以功加御史大夫. 十三年, 徵拜宗正, 轉左金吾.

上卽位, 以先朝時, 嘗信妄人柳泌能燒水銀爲不死藥, 薦之泌, 以故起閭閻氓爲刺史, 不效, 貶循州司馬. 其年九月三日, 以疾卒于貶所. 年五十三. 長慶元年詔曰: 左降而死者, 還其官以葬. 遂以其年某月日, 葬于東都某縣.

公三娶, 元配韋氏諱脩, 脩生子紘, 紘爲進士學. 女貢, 嫁崔氏. 夫人隋雍州牧郿公叔裕五世孫, 父士佺, 蓬山令. 次配崔氏諱葯, 生綽·紹·縉. 女會, 嫁鄭氏季毗. 夫人父昭, 嘗爲京兆尹. 今夫人韋氏, 無子, 父光憲, 光祿卿. 其葬用古今禮, 以元配韋氏夫人祔而葬. 次配崔氏夫人於其域異墓.

公, 宗室子, 生而貴富, 能學問以中科取名. 善自傾下, 以交豪傑, 身死賣宅以葬. 銘曰:

太支於今, 其尙有封. 當公弟兄, 未續又亡. 其遷于南, 年及始衰. 誰黜不復, 而以喪歸. 海豐彌彌, 萬里于畿. 載其始終, 以哀表之.

당나라 옛 조산대부 겸 상주자사로 있다가 제명되어 봉주자사로 좌천된 동부군 묘지명[1]

깔끔하다.

공은 휘가 계(溪)이고 자가 유심(惟深)이며, 태사(太師)·농서군 개국공(隴西郡開國公)·공혜공(恭惠公)에 추증된 동승상(董丞相)[2]의 둘째 아드님이시다. 두 경전에 해박하여 열아홉에〔명경과에〕급제했다.[3] 성품이 돈후하고 세심하시어,〔권세가〕자제들이 늘 저지르는 과오를 범하지 않았다. 빈객들을 예우하고 인재들을 천거하였으며,〔태사를〕옆에서 모시면서 빈말하는 법이 없었다. 그러나 물러나서 공을 보면〔자신이 천거한〕사람과 마치 아무런 친분도 없는 듯 담담하게 대하였다. 태사께서는 공을 어질다 여겨 사랑하셨기에 부자지간이 절로 지기(知己)가 되었다. 여러 아드님들도 모두 어질긴 했지만 모두 공에게 미치지는 못하였다. 태

---

1 동부군(董府君)은 동진(董晉)의 아들 동계(董溪)다. 사서에서는 그의 일생을 아버지 동진 뒤에 부록하고 있다. 전하는 바에 따르면 왕승종(王承宗)을 토벌할 때 행영양료사(行營糧料使)가 되었는데, 군자를 훔친 죄를 지어 봉주(封州)로 유배되었다가 장사(長沙)에 이르러 죽었다고 한다.

2 동승상(董丞相): 동진(董晉). 정원 12년(796)에 검교좌복야(檢校左僕射)·중서문하평장사(中書門下平章事)·변주자사(汴州刺史)·선무군절도사(宣武軍節度使)·송박영관찰사(宋亳潁觀察使)가 되었는데, 원래 변주절도사였던 이만영(李萬榮)의 아들 이내(李迺)가 난을 일으키고 대장 등유공(鄧惟恭)도 절도사의 자리를 넘보자 동진은 막료 열 몇 명을 이끌고 변주로 들어가 평정하였다. 한유는 동진 막부에서 관찰추관을 역임한 바 있다.

3 두 경전에…… 급제했다:『당육전(唐六典)』에 "공거인 중 두 가지 이상의 경전에 통달한 자는 명경과에 합격시킨다(凡貢擧人通二經以上者爲明經)"라는 조문이 있다.

사께서는 높은 관직을 두루 거쳐 재상의 자리까지 오르시어 태평성세를 이루셨고, 예(禮)를 시종 견지하여 명신(名臣)이라 칭송받았다. 그러나 아침저녁으로 [공으로부터] 도움을 받으셨으니, 믿고 의지했던 바가 있으셨던 것이다.

태사께서 변주(汴州)[4]를 평정하실 때에는 이미 연세가 많으셔서, 기강을 유지하고 역적의 무리를 제거하여 평화롭게 만드시는 일에만 직접 관여하셨을 뿐이었다. 그런데도 그 밖의 자잘한 공무[5]를 조금도 빠뜨리지 않을 수 있었던 것은 모두 공의 힘이었다. 태사의 상개(上介)[6]로 계시던 상서좌복야(尚書左僕射) 육장원(陸長源)[7] 공께서는 연세가 태사와 비슷하고 성망(聲望)도 대단하셨는데, 공의 행실에 대해 이야기 들을 때마다 매번 칭찬하면서, 이로써 자신의 자제들을 훈계하시곤 하셨다. 양응(楊凝)[8]과 맹숙도(孟叔度)[9]는 재주와 덕망으로 조정에 이름이 알려졌다. 그러던 두 분께서도 태사를 보좌하러 막부에 오시자마자 공을 찾아와 사귀기를 청

---

4 변주(汴州): 난을 일으킨 전 변주절도사 이만영의 아들 이내와 대장 등유공(鄧惟恭)을 평정한 일을 말한다.

5 공무: 원문은 '낭협(囊篋)'이라 되어 있다. 이는 책이나 문서 등을 담아두던 자루나 상자를 가리키는데, 더 나아가 공문서 등을 처리해야 하는 공무라는 뜻으로 쓰였다.

6 상개(上介): 고대 외교사절단의 부사(副使), 혹은 군정장리(軍政長吏)의 고급 비서관을 지칭하는 말.

7 육장원(陸長源): 자는 영지(泳之)다. 『구당서』 「육장원전」에 "정원 12년(796)에 검교예부상서·선무군 행군사마에 제수되어 변주의 정사를 과감히 결단하였다(貞元十二年, 授檢校禮部尚書·宣武軍行軍司馬, 汴州政事, 皆決斷之)"라는 기록이 보인다.

8 양응(楊凝): 자는 무공(懋功)이다. 『신당서』 「양응전」에 "선무절도사 동진이 판관으로 삼았다. 박주자사 자리가 비자 동진은 양응으로 하여금 주의 업무를 대리하게 하였다(宣武董晉表爲判官, 亳州刺史缺, 晉以凝行州事)"라는 기록이 보인다.

9 맹숙도(孟叔度): 『구당서』 「동진전」에 실려 있는 맹숙도와 관련된 부분은 다음과 같다. "또 전곡과 회계 업무를 판관 맹숙도에게 맡겼는데, 맹숙도는 경박하고 군인들을 업신여겨 모두가 그를 싫어했다(又委錢穀支計於判官孟叔度, 叔度輕佻, 好慢易軍人, 皆惡之)."

하면서 지금까지 자부해오던 바를 모두 버렸다. 공께서는 태사께서 돌아가시고 나서야 비로소 비서랑(祕書郎)의 신분으로 참군(參軍) 및 경조부(京兆府) 법조(法曹)에 뽑히셨는데, 날마다 계단에 엎드려 장관들과 더불어 일의 시비를 따졌기에, 장관들도 여러 번 자신의 의견을 굽혀야 했다. 공께서는 그해에 〔공의 장관들이〕 올린 상소로 사록참군(司錄參軍)에 임명되어 부(府)의 정사에 참여하게 되었다. 그때 능력을 인정받아 상서 탁지원외랑(度支員外郎)이 되고, 다시 창부랑중(倉部郎中)·만년현령(萬年縣令)으로 승진했다. 조정의 병사들의 항주(恒州)의 역적을 주살할 때,[10] 탁지랑중(度支郎中)이 되었다가 어사중승의 일을 대리로 맡아보았고, 또 양료사(糧料使) 직을 맡기도 하였다. 토벌이 끝나자[11] 상주자사(商州刺史)로 승진했다. 양료사들 사이에 분쟁이 일어나 서로 고발하는 일이 발생했는데, 사태가 공에게까지 미치는 바람에 소환당해 어사대 감옥에 갇혔다. 그러나 공은 담당 관리들과 잘잘못을 따지려 하지 않고 모든 것을 인정했다. 공은 모욕받고 제명되어 봉주(封州)로 유배되었다. 그러던 중 원화 6년 5월 12일에 상수(湘水) 일대에서 돌아가시니,[12] 향년 49세였다. 이듬해에 조정에서 황태자를 책봉하면서 사면령을 내려 영구를

---

10 조정의…… 주살할 때: 항주의 역적은 왕승종(王承宗)을 가리킨다. 원화 4년(809)에 성덕군절도사 왕승종이 조정의 명령을 받들지 않자 헌종이 노하여 토돌승최로 하여금 토벌하게 했다.

11 토벌이 끝나자: 토돌승최의 군대가 오래도록 공을 세우지 못하자 조정에서는 이를 심히 근심하고 있었는데, 마침 왕승종이 보낸 사자가 조정으로 들어오자 원화 5년에 왕승종을 사면하기로 결정하고 군대를 철수했다.

12 상수(湘水) 일대에서 돌아가시니: 동계는 담주(潭州, 지금의 호남성 長沙市)에서 죽었다. 『신당서』「권덕여전(權德輿傳)」에서 동계의 죽음과 관련된 대목을 찾을 수 있다. "동계와 우고모는 운량사로서 군자를 도둑질하였기에 영남으로 유배되었다. 황제께서는 벌이 너무 가벼운 걸 후회하시고, 중사에게 명을 내려 도중에 죽이게 했다(董溪·于皐謨以運糧使盜軍資, 流嶺南. 帝悔其輕, 詔中使半道殺之)."

모셔와 장례 치르는 것을 허락하였다. 이에 공의 아들 거중(居中)이 그제야 관을 모시고 와 장례를 치렀다. 원화 8년(813) 11월 갑인일에, 황하 남쪽 하남현(河南縣) 만안산(萬安山) 밑에 있는 태사의 무덤 옆에 묻었다. 부인 정씨(鄭氏)와 합장했다.

공께서는 두 번 장가를 드셨는데, 두 번 다 정씨 댁 따님을 얻어 오셨다. 자식이 여섯으로, 4남 2녀를 두셨다. 장남 전정(全正)은 어질었으나 일찍 죽었다. 차남 거중은 학문을 좋아하고 시를 잘 지었기에, 장적(張籍)[13]이 칭찬했다. 그 밑의 종직(從直)과 거경(居敬)은 아직 어리다. 장녀는 오군(吳郡) 사람 육창(陸暢)[14]에게 시집갔고 차녀는 재취 소생이다. 공의 아우인 동전소(董全素)[15]는 효성과 우애가 지극했다. 공께서 사건에 연루되자 그는 동관현령(同官縣令) 자리를 버리고 돌아왔다. 공께서 돌아가시고 땅에 묻은 지 3년이건만, 마치 막 장례를 치른 것처럼 통곡하였다. 조정의 대신이 그의 행실을 높이 평가하여 위에 아뢴 덕에, 태자사인(太子舍人)에 제수되었다. 하장할 무렵에 태자사인 동전소와 막내아우 동해(董澥)[16]가 태사씨(太史氏) 한유[17]에게 묘지명을 부탁해 왔기에 다음과 같이 글을 짓는다.

만물은 오래되어 낡기도 하고,

---

13 장적(張籍): 자는 문창(文昌). 정원 연간(785~804) 진사에 급제했으며, 한유와는 절친한 문우(文友)였다.
14 육창(陸暢): 자는 달부(達夫). 비서승(秘書丞)으로 관찰판관(觀察判官)이 되었다.
15 동전소(董全素): 동진의 셋째 아들이다. 대리평사(大理評事)를 지냈다.
16 동해(董澥): 동진의 넷째 아들이다. 태상시(太常寺) 태축(太祝)을 지냈다.
17 태사씨(太史氏) 한유: 이 글은 원화 8년에 쓰였는데, 한유는 당시 비부랑중(比部郎中) 사관수찬(史館修撰)으로 있었기에 스스로를 태사씨라고 부른 것이다.

때론 부서짐을 당해 망가지기도 한다네.

그러나 그 끝을 따져보면

무슨 차이 있을까!

내가 한 일이라면 내 탓이고

내가 한 일 아니라면 운명 탓이겠지.

이 사람 이리 된 것은,

누구 탓인가.

唐故朝散大夫商州刺史除名徒封州董府君墓誌銘

整潔.

公諱溪, 字惟深, 丞相贈太師隴西恭惠公第二子. 十九歲明兩經, 獲第有司. 沈厚精敏, 未嘗有子弟之過. 賓接門下, 推擧人士, 侍側無虛口. 退而見其人, 淡若與之無情者. 太師賢而愛之, 父子間自爲知己. 諸子雖賢, 莫敢望之. 太師累踐大官臻宰相, 致平治, 終始以禮, 號稱名臣. 晨昏之助, 盖有賴云.

太師之平汴州, 年考益高. 挈持維綱, 鋤削荒纇, 納之太和而已. 其囊篋細碎, 無所遺漏, 繄公之功. 上介尙書左僕射陸公長源, 齒差太師, 標望絶人, 聞其所爲, 每稱擧以戒其子. 楊凝·孟叔度, 以材德顯名朝廷. 及來佐幕府, 詣門請交, 屏所挾爲. 太師薨, 始以祕書郞選參軍京兆府法曹, 日伏階下, 與大尹爭是非, 大尹屢黜己見. 歲中奏爲司錄參軍, 與一府政. 以能, 拜尙書度支員外郎, 遷倉部郎中‧萬年令. 兵誅恒州, 改度支郎中, 攝御史中丞, 爲糧料使. 兵罷, 遷商州刺史. 糧料吏有忿爭, 相牽告者, 事及於公, 因徵下御史獄. 公不與吏辨, 一皆引伏. 受垢除名, 徙封州. 元和六年五月十二日, 死湘中, 年四十九. 明年, 立皇太子, 有赦令許歸葬. 其子居中, 始奉喪歸. 元和八年十一月甲寅, 葬於河南河南縣萬安山下太師墓左. 夫人鄭氏祔.

公凡再娶, 皆鄭氏女. 生六子, 四男二女. 長曰全正, 惠而早死. 次曰居中, 好學善爲詩, 張籍稱之. 次曰從直, 曰居敬, 尙小. 長女嫁吳郡陸暢, 其季女, 後夫人之子. 公之母弟全素, 孝慈友弟. 公坐事, 棄同官令歸. 公歿, 比葬三年, 哭泣如始喪者. 大臣高其行, 白爲太子舍人. 將葬, 舍人與其季弟澥, 問銘於太史氏韓愈. 愈則爲之銘, 辭曰:

物以久弊, 或以輮毀. 考致要歸, 孰有彼此. 由我者吾, 不我者天. 斯而以然, 其誰使然.

당나라 옛 조산대부 월주자사 설공 묘지명[1]

전아하고 충실하다.

공은 휘가 융(戎)이고 자는 원부(元夫)다. 선조인 설의(薛懿)라는 분이 진(晉)나라 안서장군(安西將軍)이 되면서부터 하동(河東)에 살기 시작했다.[2] 공의 4대조는 분음공(汾陰公)[3]의 후사인 설덕유(薛德儒)인데, 수나라 때 양성군(襄城郡)의 서좌(書佐)[4]로 계시다 돌아가셨다. 양성군 서좌에게는 아들이 둘 있었는데, 두 분 모두 높은 직위에 올랐다. 그의 자식들도 대체적으로 모두 번창하였으나 그중에서도 막내가 가장 출세하여 관직이 빈주자사(邠州刺史)에 이르렀다.[5] 빈주자사를 지내신 분은 휘가

---

1 설공은 설융(薛戎)이다. 설융이 죽자 한유가 묘지명을 지었고, 원진(元稹)이 신도비를 지었다.

2 설의(薛懿)라는…… 시작했다: 원진이 지은 「당나라 옛 월주자사 겸 어사중승·절강동도 관찰사 등을 역임하고 좌산기상시에 추증된 하동 설공 신도비명(唐故越州刺史兼御史中丞浙江東道觀察等使贈左散騎常侍河東薛公神道碑文銘)」에서는 "진나라 안서장군 설의가 도적을 피해 분음으로 피난 오면서부터 그 후세 자손들은 배씨·유씨와 더불어 하동의 대성(大姓)이 되었다(自晉安西將軍懿避寇汾陰, 後世子孫遂與裴氏·柳氏爲河東三著姓)"라고 적고 있다.

3 분음공(汾陰公): 설도실(薛道實). 수나라 때 예부시랑을 지냈으며, 설도형(薛道衡)과는 사촌지간이다. 임분공(臨汾公)이라 칭해지기도 한다.

4 양성군(襄城郡)의 서좌(書佐): 수나라 양제(煬帝)는 주군(州郡)을 설치하고, 사공(司功)·사창(司倉)·사호(司戶)·사법(司法)·사사(司士) 등의 참군(參軍)을 모두 서좌로 바꿨다.

5 양성군 서좌에게는…… 이르렀다: 설덕유의 두 아들은 설보적(薛寶積)과 설보윤(薛寶胤)이다. 『오백가주창려문집』에 실린 「손왈(孫曰)」에 보면 다음과 같은 주석이 보인다. "덕유의 두 아들은 보적과 보윤인데, 보적은 양주대도독부 장사를 지냈고 보윤은 빈주자사를 지

보윤(寶胤)이다. 설보윤은 자식을 아홉 두었는데, 모두 명성과 직위가 높았다.[6] 막내는 휘가 겸(縑)으로, 하남현령(河南縣令)으로 계시다 돌아가셨다. 하남현령께서는 자식을 넷 두셨는데, 장남 설동(薛同)은 호주장사(湖州長史)로 관직을 마치고 형부상서(刑部尚書)에 추증되었다. 형부상서께서는 오군(吳郡) 사람 육경융(陸景融)의 따님을 얻으셔서 자식 다섯을 두었는데, 모두 이름난 업적을 남겼고, 크게 현달하신 분만 넷이었다.[7]

공은 그중 가운데 아들로[8] 어질고 효성스러우며 자애롭고 충성스러웠을 뿐 아니라 배우기를 좋아하셨다. 그런데도 부름이나 천거에 응하지 않고 여항(閭巷)에서 실의한 채 지내면서, 공무로 스스로를 얽어매는 것을 귀하다 여기지 않으셨다. 상주자사(常州刺史) 이형(李衡)이 강서관찰사로 승진해 가며 말했다.

"주(州)에 막객(幕客)들이 매우 많으나, 원부만큼 어진 사람이 없습니다. 내 그분과 함께 갈 수만 있다면 그걸로 족합니다."

냈다(德儒二子, 寶積寶胤, 寶積楊州大都督府長史, 寶胤邠州刺史)." 또 「번왈(樊曰)」에 보면 "덕유는 수나라 제북사마를 지냈으며 두 아들을 두었는데, 보적은 윤주자사를 지냈고, 보윤은 소부소감을 지냈다(德儒隋濟北司馬, 生二子, 寶積潤州刺史, 寶胤少府少監)"라는 기록이 있다. 따라서 막내가 가장 출세하여 빈주자사가 되었다 함은 설보윤을 두고 이르는 말임을 알 수 있다.

6 설보윤은…… 높았다: 설보윤의 아홉 아들은 이름이 각각 속(續)·순(純)·현(絢)·관(綰)·회(繪)·굉(紘)·진(縉)·강(絳)·겸(縑)이다. 설순은 진주도독(秦州都督)을, 설현은 호치현령(好時縣令)을, 설관은 제원현령(濟源縣令)을, 설회는 사부랑중(祠部郎中)을, 설굉은 화주자사(華州刺史)를, 설진은 화주자사(和州刺史)를, 설겸은 금부원외랑(金部員外郎)을 지냈다. 『신당서』「재상세계표」에 자세히 보인다.

7 형부상서께서는…… 넷이었다: 설동의 다섯 아들은 이름이 각각 예(乂)·단(丹)·융(戎)·방(放)·랑(朗)이다. 설예는 온주자사(溫州刺史)를, 설단은 여주자사(廬州刺史)를, 이 묘지명의 주인공인 설융은 절동관찰사를 지냈다. 또 설방은 강남관찰사(江南觀察使)를 지냈기에 현달한 자가 넷이라고 한 것이다.

8 가운데 아들로: 다섯 형제 중에 설융이 셋째이기 때문에 그렇게 말한 것이다.

　그러고는 즉시 공에게 부(府)의 직책을 맡기니, 공도 사양하지 않았다. 나이 사십에 겨우 베옷을 벗고 관리가 된 것이다. 이형이 급사중(給事中)으로 승진해가자 제영(齊映)이 계주(桂州)에서 옛 재상 신분으로 이형을 대신해 강서관찰사로 왔는데, 공은 그곳에 남아 제영의 정치를 보좌하였다. 제영이 세상을 뜨자 호남관찰사 이손(李巽)과 복건관찰사(福建觀察使) 유면(柳冕)이 번갈아 상소를 올려 공을 자신의 보좌로 삼겠다고 했다. 이에 황제께서는 조서를 내려 공을 유면의 보좌로 주셨다. 유면의 막부에서 거듭 승진하여 전중시어사(殿中侍御史)가 되었다. 유면은 공에게 천주(泉州)를 대신 다스리도록 했는데, 유면이 문서에서 나열한 내용 중에 불가한 것이 있으면 공이 곧 바로잡았다. 유면은 공이 자신의 뜻에 이의를 제기하는 것이 싫었으나 가슴에만 품은 채 밖으로 드러내지는 않았다. 마침 마총(馬總)이 정활(鄭滑) 막부의 보좌로 있다가 중귀인(中貴人)을 거스르는 바람에 천주별가(泉州別駕)로 폄적된 사건이 터지자, 유면은 마총을 제거하여 주상의 뜻에 영합하고자 공에게 시켜 마총의 죄목을 적으라고 시켰다. 공이 탄식하며 말했다.

　"공께서 이런 식으로 나를 대하시다니, 내가 애당초 벼슬하지 않으려 했던 것도 바로 이런 것 때문이었다."

　그러고는 못 하겠다고 했다. 유면은 크게 노하여 공을 절에 가두고 마총을 감옥에 집어넣었다. 이 사건이 원근에 알려졌다. 그러나 유면은 병들어 죽게 되자 하는 수 없이 모두 풀어주었다. 유면이 죽고 후임 관찰사가 왔는데, 공을 자신의 부관으로 삼겠다고 상주했다. 그래서 다시 절동부(浙東府)의 부사(副使)로 있다가 시어사로 전임해갔다. 원화 4년(809)에 조정의 부름을 받아 상서(尙書) 형부원외랑(刑部員外郞)에 제수되었다가 하남현령으로 옮겨 갔으며, 구주(衢州)·호주(湖州)·상주(常

州) 자사를 역임했다. 가는 곳마다 청렴함과 관대함으로 칭송이 자자했기에 조정에서도 공을 훌륭하게 여겼다. 아무 해에 월주자사(越州刺史) 겸 어사중승·절동관찰사(浙東觀察使)에 제수되셨다. 공은 임지에 도착하자마자 번거로운 폐단을 모조리 없애고, 검소하게 재정을 관리하심으로써 평화롭고 부유한 주로 만들었다. 관할 부의 자사들에게도 그저 각자 맡은 주를 잘 다스리라고만 할 뿐, 아무런 견제도 가하지 않았는데도 사방 경내에 한 해가 다 가도록 아무런 일도 생기지 않았다. 공께서는 의리에 돈독하셔서 자신의 녹봉을 다 들여 다급한 처지에 놓인 벗들을 구제하셨고, 그러고도 남는 것이 있으면 내외 친지들에게 나눠주면서 멀고 소원함을 따지지 않으셨기에 모두들 공에게 와서 의지했다.

병환으로 관직을 떠나셨는데, 장경 원년(821) 9월 경신일에 소주(蘇州)에 도착하셨다가 돌아가시니, 춘추 일흔다섯이었다. 〔공의 죽음을 알리는〕 상소가 도착하자 천자께서는 공을 위해 조회도 열지 않으시더니, 공을 좌산기상시(左散騎常侍)에 추증하시고 사신을 파견해 직접 가서 조문하게 하였다. 또한 많은 사대부들이 조문하러 왔다. 그해 11월 경신일에 하남 언사(偃師)에 있는 선영에 묻고 부인 위씨(韋氏)와 합장하였다.

공은 두 번 장가를 드셨는데, 초취는 경조(京兆) 위씨고 재취는 조군(趙郡) 이씨(李氏)다. 두 분 모두 공보다 앞서 돌아가셨다. 두 아들을 두었는데, 이름은 각각 기(沂)와 흡(洽)이다. 장남 설기는 아홉 살이고 막내 설흡은 일곱 살이다. 딸이 넷 있는데, 모두 시집갔다. 한유는 공의 형제들과 잘 아는 사이일 뿐 아니라, 일찍이 공의 후임으로 하남현령을 지낸 바 있다. 공을 묻고 나서 공의 아우인 집현전학사(集賢殿學士) 상서 형부시랑(刑部侍郎) 설방(薛放)이 내게 명을 지어달라 부탁을 하였다. 이에 명을 짓는다.

설씨 가문 중 근세에 이르러
공의 집안만큼 성대한 집안이 없으니,
공의 다섯 형제는
모두 혁혁히 이름을 날렸네.
공의 처음 뜻은
공무로 몸에 누를 끼치지 않는 것.
그러나 어쩔 수 없이 벼슬길에 나섰다가
높은 자리에 오르시었네.
원망도 미움도 없이,
중도를 지키며 스스로를 보배로이 지키셨네.
백 년도 못 살았으니
장수했다 할 만하리오?
공 같은 분에게는 응당 후사가 있으리니,
어린 두 아들이라.
장성할 때까지 보우하시사,
제사를 흠향하시라.

唐故朝散大夫越州刺史薛公墓誌銘

典實.

公諱戎, 字元夫. 其上祖懿爲晉安西將軍, 實始居河東. 公之四世祖嗣汾陰公諱德儒, 爲隋襄城郡書佐以卒. 襄城有子二人, 皆貴. 其後皆蕃以大, 而其季尤盛, 官至邠州刺史. 邠州諱寶胤, 有子九人, 皆有名位. 其最季諱縑, 爲河南令以卒. 河南有子四人, 其長諱同, 卒官湖州長史, 贈刑部尚書. 尚書娶吳郡陸景融女, 有子五人, 皆有名迹, 其達者四人.

公於倫次爲中子, 仁孝慈愛忠厚而好學. 不應徵舉, 沈浮閭巷間, 不以事自累爲貴. 常州刺史李衡遷江西觀察使, 曰: "州客至多, 莫賢元夫. 吾得與之俱, 足矣." 卽署公府中職, 公不辭讓. 年四十餘, 始脫褐衣爲吏. 衡遷給事中, 齊映自桂州以故相代衡爲江西, 公因留佐映治. 映卒, 湖南使李巽, 福建使柳冕, 交表奏公自佐, 詔以公與冕. 在冕府累遷殿中侍御史. 冕使公攝泉州, 冕文書所條下, 有不可者, 公輒正之. 冕惡其異於己, 懷之未發也. 遇馬總以鄭滑府佐忤中貴人, 貶爲泉州別駕, 冕意欲除總, 附上意爲事, 使公按置其罪. 公歎曰: "公乃以是待我, 我始不願仕者, 正爲此耳." 不許. 冕遂大怒, 囚公於浮圖寺, 而致總獄. 事聞遠近. 值冕亦病且死, 不得已, 俱釋之. 冕死, 後使至, 奏公自副. 又副使事於浙東府, 轉侍御史. 元和四年, 徵拜尚書刑部員外郎, 遷河南令, 歷衢·湖·常三州刺史. 所至以廉貞寬大爲稱, 朝廷嘉之. 某年, 拜越州刺史, 兼御史中丞·浙東觀察使. 至則悉除去煩弊, 儉出薄入, 以致和富. 部刺史得自爲治, 無所牽制，四境之內，竟歲無一事．公篤於恩義，盡用其祿以周親舊之急，有餘頒施之內外親，無疎遠，皆家歸之．

疾病去官，長慶元年九月庚申，至於蘇州以卒，春秋七十五．奏至，天子爲之罷朝，贈左散騎常侍，使臨弔祭之．士大夫多相弔者．以其年十一月庚申，葬于河南偃師先人之兆次，以韋氏夫人祔．

公凡再娶，先夫人京兆韋氏，後夫人趙郡李氏．皆先卒．子男二人，曰沂，曰洽．長生九歲，而幼七歲矣．女四人，皆已嫁．愈旣與公諸昆弟善，又嘗代公令河南．公之葬也，故公弟集賢殿學士尙書刑部侍郎放屬余以銘．其文曰：

薛氏近世，莫盛公門．公倫五人，咸有顯聞．公之初志，不以事累．俛俛以隨，亦貴於位．無怨無惡，中以自實．不能百年，曷足爲壽．公宜有後，有二稚子．其祐成之，公食廟祀．

당나라 옛 강서관찰사 위공 묘지명[1]

세세하고 조밀하다.

공은 휘가 단(丹)이고 자가 아무개며 성은 위(韋)다.[2] 6대조이신 위효관(韋孝寬)은 북주(北周)에서 벼슬하면서 공훈을 세워 운국공(鄖國公)이란 봉호를 처음으로 하사받았다.[3] 운국공의 자손은 대대로 고관을 지냈다. 그러나 공의 부친 위정(韋政)만은 낙현(雒縣)의 현승(縣丞)으로 계시다 돌아가시어 괵주자사(虢州刺史)에 추증되었다.

부친께서 돌아가신 뒤 공은 외손자로서 태사(太師) 노군공(魯郡公) 안진경(顏眞卿)[4]을 좇아 학문을 배웠는데, 태사께서는 공을 매우 아끼셨다. 공은 명경과(明經科)에 급제하고 이부(吏部)의 관리 선발 전형에 통과해 협주(峽州) 원안현령(遠安縣令)에 제수되었으나, 서형(庶兄)에게 자리를 양보했다. 그러고는 자각산(紫閣山)[5]에 들어가 숙부 위웅(韋熊)

---

1 위공은 위단(韋丹)이다. 이 묘지명은 원화 6년(811)에 지어졌다.
2 공은…… 위(韋)다: 위단은 자가 문명(文明)이다. 『신당서』에서는 「순리전(循吏傳)」에 그를 집어넣었다. 또 두목(杜牧)이 그를 위해 지은 「유애비(遺愛碑)」도 전한다.
3 6대조이신…… 하사받았다: 위효관은 이름이 숙유(叔裕)다. 북주에서 대사공(大司空)을 지냈고 운국공에 봉해졌다. 『신당서』「재상세계표」참조.
4 안진경(顏眞卿): 자는 청신(淸臣)으로 낭야(琅邪) 임기(臨沂) 사람이다. 글과 서예에 뛰어났고 효성으로 이름이 자자했다. 대종(代宗) 때 노군공에 봉해졌다. 덕종은 태자태사에 임명했다. 흥원 원년(784)에 이희열이 환관과 경진(景臻) 등을 시켜 안진경을 살해하니, 그때 춘추 일흔일곱이었다.
5 자각산(紫閣山): 종남산(終南山) 산봉우리 이름이다.

을 모셨다. 공은 다시 오경과(五經科)[6]에 급제하시어 교서랑(校書郎)·함
양현위(咸陽縣尉)를 역임하시었고, 분녕군(邠寧軍) 보좌로도 있었다.[7]
감찰어사(監察御史)에서 전중시어사(殿中侍御史)가 되더니, 조정의 부
름을 받고 태자사인(太子舍人)에 제수되어 더욱 명성을 떨쳤으며 기거랑
(起居郎)으로 승진하였다. 오소성(吳少誠)이 허주(許州)를 습격했을 때[8]
하양(河陽)의 행군사마(行軍司馬)에 제수되었다. 그러나 미처 떠나기도
전에 오소성은 죽고 말았고, 이에 공은 다시 가부원외랑(駕部員外郎)에
제수되었다.

신라(新羅) 국왕이 훙거했을 때, 공은 사봉랑중(司封郎中) 겸 어사
중승(御史中丞)의 신분으로 자주색 관복에 금빛 어대를 차고 가서 신라
왕을 조문하고, 다음 임금을 세우게 되었다.[9] 당시 관례에 따르면, 외국으
로 사신 가는 자에게는 늘 주현의 관직 열 개를 하사하였는데, 사신 가는
자는 그 자리에 충당할 인원을 위에 보고하고〔그들이 벼슬 받은 대가로
낸 돈을〕자신의 편의를 위해 쓸 수 있었다. 그들의 명칭은 '사적관(私覿
官)'[10]이다. 공께서는 장차 떠나시려 할 적에 이렇게 말씀하셨다.

6　오경과(五經科): 당나라 때 명경과는 다시 오경·삼경·이경·학구일경(學究一經)·삼례(三
　禮)·삼전(三傳)·사과(史科) 등 명목으로 나뉜다.

7　분녕군(邠寧軍)…… 있었다: 정원 4년(788)에 장헌보(張獻甫)는 분녕절도사에 임명되자
　위단을 그의 막료로 천거하였다. 분녕은 방진(方鎭)의 이름이다.

8　오소성(吳少誠)이…… 습격했을 때:『구당서』「덕종기」에 보면, "정원 15년(799) 8월 병
　오일에 오소성의 반역이 날로 심해지더니, 임영을 함락시키고 허주를 포위했다(貞元十五年
　八月丙午, 吳少誠謀逆漸甚, 陷臨潁, 進圍許州)"라는 기록이 보인다.

9　신라(新羅)…… 되었다: 정원 14년에 신라 38대 왕인 원성왕(元聖王) 김경신(金敬信)이
　훙거했는데, 후사가 없어 적손 김준옹(金俊邕)을 후계자로 세웠다. 이듬해 사봉랑중으로
　있던 위단이 책봉 문서를 들고 신라로 떠났으나 도착하기도 전에 김준옹이 세상을 떠서 위
　단은 그냥 돌아가야 했다.

10　'사적관(私覿官)':『구당서』「호증전(胡證傳)」에, "옛날 제도에서는 사신으로 국경을 넘
　게 되면 개인적으로 사람들을 접견해야 하는 예법이 있었는데, 그 접견 비용을 관가에서

"나는 천자의 관리로서 바다 밖 나라에 사신으로 가게 되었다. 그러니 자금이 부족하면 마땅히 위에 아뢰어 청할 것이지 어떻게 관직을 팔아 돈을 받을 수 있겠는가?"

그러고는 자세한 이유를 적어 상소를 올리니, 황제께서도 어질다 여기시고 담당 관리에게 명하여 공에게 비용을 내주라고 하였다. 운주(鄆州)에 도착했을 때, 신라로부터 다음 임금 될 분이 훙거했다는 기별이 왔다.[11] 이에 다시 돌아와 용주자사(容州刺史)·용관경략초토사(容管經略招討使)에 제수되었다. 이때부터 13리에 걸쳐 용주성을 쌓기 시작하였고, 스물네 곳에 둔전(屯田)을 설치하였다. 이에 교화가 크게 이루어지니, 황께서는 조서를 내려 태중대부(太中大夫)의 관직을 더해주셨다.

순종(順宗)께서 황위에 오르시자[12] 공을 하남소윤(河南少尹)에 임명하셨는데, 미처 도착하기도 전에 다시 정활(鄭滑)의 행군사마(行軍司馬)에 제수하셨다. 막 양양(襄陽)에 도착했을 때 조서가 내려와 간의대부(諫議大夫)에 임명되었다. 공은 임지에 도착한 뒤에 날마다 공무만을 이야기하면서 권신(權臣)에게 아부하지 않았다. 이에 올곧다는 명성을 얻고 재능 있는 신하라는 호칭을 얻었다. 유벽(劉闢)이 반란을 일으키고 재주(梓州)를 포위하자[13] 황제께서는 조서를 내려 공을 동천절도사(東川節度

使)·어사대부(御史大夫)에 제수하셨다. 공께서는 한중(漢中)에 이르러
서 다음과 같은 상소를 올렸다.

"재주가 포위되어 있는 동안에 그곳 태수가 온 힘을 다하고 있으니,
쉽게 우두머리를 바꾸어서는 안 됩니다."

이에 부름을 받고 돌아온 다음, 조정에 들어가 촉 땅의 사태에 대해
논의하였다. 유벽이 재주를 떠나자 재주를 고숭문(高崇文)[14]에게 넘겼다.
공은 진주(晉州)·자주(慈州)·습주(隰州) 등의 관찰방어사(觀察防禦使)
에 임명됨과 동시에 부풍현남(扶風縣男)에서 식읍 2천 호를 거느린 무양
군(武陽郡) 개국공(開國公)에 봉해졌다. 떠날 즈음에 공이 황제께 말씀
아뢰었다.

"신이 다스리게 될 세 개의 주는 요지가 아니라, 관찰사를 두어 나라

(永貞) 원년(805) 9월에 위고가 죽자 유벽이 서천절도유후라 자칭하고 성도의 장교들을
이끌고서 표문을 올려 절도사의 부절과 도끼를 하사해줄 것을 청하였다. 그러나 조정에서
는 이를 허여치 않았다. 그를 급사중에 임명하고 궁으로 들어올 것을 명하였으나 유벽은
명에 따르지 않았다. 당시는 헌종이 막 즉위했을 때라 군사를 자제하고 백성을 쉬게 하는
데 힘쓰고 있었다. 이에 유벽을 검교 공부상서에 제수하고 검남서천절도사로 충당하였다.
그러자 유벽은 더욱 흉악해져서 신하답지 못한 언사를 일삼으며 삼천의 통솔권을 요구했
다. 같은 막부에 있던 노문약과 친하여서, 노문약을 동천절도사로 만들어주고자 병사를 일
으켜 재주를 포위했다(永貞元年八月, 韋皐卒, 闢自爲西川節度留後, 率成都將校上表請降
節鉞. 朝廷不許. 除給事中, 便令赴闕, 闢不奉詔. 時憲宗初卽位, 以無事息人爲務. 遂授闢檢
校工部尙書, 充劍南西川節度使. 闢益凶悖, 出不臣之言, 而求都統三川. 與同幕盧文若相善,
欲以文若爲東川節度使, 遂擧兵圍梓州)."
14 고숭문(高崇文): 원화 원년(806) 정월에 우행영절도사(右行營節度使) 고숭문으로 하여
금 유벽을 토벌하게 하였다. 3월에 위단은 한중에 이르렀다가 다음과 같은 표문을 올렸다.
"지금 급박히 공격해 오는 저들을 견고하게 수비하고 있으니, 우두머리를 바꾸어서는 안
됩니다. 숭문은 군대를 타지에 주둔시키고 멀리서 와 전투를 벌이고 있는데, 자금이 없습
니다. 만일 재주를 그에게 주시어 사기를 진작시키신다면, 필시 큰 공을 세울 것입니다(攻
急守堅, 不可易帥. 崇文客軍遠鬪, 無所資. 若與梓州綴其士心, 必能有功)." 이에 4월에 고
숭문을 동천절도부사에 임명하고 절도사직을 맡아보게 하였다. 고숭문은 발해 사람이다.
후에 그는 유벽을 토벌한 공으로 남엄군왕(南嚴郡王)에 봉해졌다.

296

의 돈을 쓸 만한 곳이 못 되니,[15] 차라리 하동(河東)에 예속시키는 것만 못합니다.”

황제께서는 공을 충직하다고 여기셨다.[16]

1년 만에 공을 다시 홍주자사(洪州刺史)·강남서도관찰사에 제수하고 진주·자주·습주를 하동에 예속시켰다. 공께서는 임지에 도착하자 식구를 계산해서 그만큼만 봉록을 받고 나머지는 모두 관가에 맡겼다. 또한 여덟 개 주[17]에서 하는 일 없이 봉록만 축내는 관리들을 모두 파면하고 관부의 자금을 축적했다. 처음으로 백성들에게 기와로 집을 만드는 법, 산에서 목재를 채취하는 법 등을 가르치고, 도공(陶工)들을 불러 모아 사람들에게 기와 만드는 법을 가르치게 했다. 마당에 목재와 기와를 쌓아놓고 〔집 짓는 데〕 들어갈 비용을 헤아려 그만큼만 값을 받으면서 따로 이윤을 취하지 않았다. 관부에서 목재와 기와를 가져간 사람은 생업이 안정된 후에 갚으면 되었다. 〔기와로 집을 지으라는〕 명령을 따르는 자들에게는 세금의 반을 면해주었다. 도망가 돌아오지 않은 자들에게는 관에서 〔대신 집을 지어〕주었다. 가난하여 집을 지을 수 없는 자들에게는 자금을 대주었다. 공은 먹을 것과 마실 것을 싣고 친히 일하는 데로 가서 북돋워주기도 하였다. 이렇게 해서 지어진 기와집이 1만 3천 7백 호(戶)고, 이층집이 4천 7백 호였다. 백성들은 화재 걱정을 하지 않아도 되었고, 덥거나 습

---

15 관찰사를 두어…… 못 되니: 이 부분에 대해 증국번은 『구궐재독서록』 권8 「한창려집」에서 이렇게 말하였다. “관찰사는 지위가 높고 봉록이 후하니, 마땅히 막대한 업무를 맡아야 할 것인데, 세 개 주의 일이라야 얼마 되지 않으니, 그런 관직을 둘 만하지 못하다고 말한 것이다(觀察使位高祿厚, 則所職宜巨, 三州職事無幾, 故云不足張職).”

16 『당송팔가문초』 본에는 “황제께서는 충직하다고 여기셨다(上以爲忠)” 네 글자가 있으나 『창려선생문집』에는 없다.

17 여덟 개 주: 강남서도에 속해 있던 홍주(洪州)·요주(饒州)·건주(虔州)·길주(吉州)·강주(江州)·원주(袁州)·신주(信州)·무주(撫州)를 가리킨다.

할 때면 위로 올라가면 되었다. 별도로 남북시(南北市)를 설치하도록 하여 군인들을 거주하게 했다. 날이 가물어 씨조차 뿌릴 수 없게 되자 공은 사람을 모집하여 공사를 일으켜 후하게 임금을 주었으며, 먹을 것도 공급해주었다. 그 덕에 사람들은 공사가 끝나도록 굶주림으로 인해 고통 받지 않을 수 있었다. 또 사통팔달한 거리를 설치했는데, 남북으로는 양 옆에 군영을 설치하였고 동서로는 길이가 7리에 달했다. 이에 사람들은 더러운 환경에서 벗어날 수 있었기에 나날이 삶에 활력이 넘쳤다. 또 남창현(南昌縣)을 재건하여 마구간을 높은 곳으로 옮기고, 버려진 창고를 큰 마구간으로 개조하니, 말들이 연이어 죽어나가지 않을 수 있었다. 이듬해에는 길이가 12리에 달하는 제방을 쌓고 수문을 터, 불어난 물을 방류하였다.[18] 공께서 그곳 관찰사 직을 떠난 이듬해에 강물 높이가 제방과 나란했다. 그러자 늙은이 어린아이 할 것 없이 모두 울며 공을 그리워하면서, "이 제방이 없었으면 우리들 시체는 벌써 바다로 흘러 들어갔을 거야"라고 말했다. 598곳의 못에 물을 댔고, 1만 2천 이랑의 전답을 얻었다. 백성들을 위해 해악을 제거하고 이로움 일으키기를 마치 좋아하는 일 하시듯 하셨기에, 관찰사로 계신 3년 동안, 강서도 여덟 개 주에 백성을 위한 편의사업이라면 빠뜨리고 하지 않은 것이 없었다. 큰 것이 대략 이와 같으니 세세한 것은 생략해도 그만이다.

　병졸 중에 명령을 어겨 죽여 마땅한 자가 있었는데, 공은 그 자를 처형하지 않고 곤장을 쳐 돌려보내셨다. 그런데 그 병졸이 상소를 올려 공

---

18 이듬해에는…… 방류하였다: 『신당서』「지리지(地理志)」에 위단의 수리 사업과 관련하여 다음과 같은 기록이 나온다. "남창현 남쪽에 동호가 있는데, 원화 3년(808)에 자사 위단이 남당의 수문을 열서 강물을 절약하고, 못을 개간하여 물을 대었다(南昌縣南有東湖, 元和三年, 刺史韋丹開南塘斗門以節江水, 開陂塘以灌田)."

이 저지른 불법 행위 몇 조목을 고발했다. 당시 조정에서는 과단성 있게 정치를 시행하고 있던 데다가, 공은 재능 있는 신하로서 그 치적이 천하에 알려져 있었기에 이 사건을 분명히 판결하지 않으면 욕을 당할 것이라 생각했다. 이에 조서를 내려 공을 삭탈관직하고 강서에 남아 판결을 기다리게 하였다. 그러나 사신이 도착하기 한 달 남짓 전에 공은 병환으로 그만 세상을 뜨셨다. 사신이 도착하여서 병졸이 고발한 몇 조목의 일들은 조금의 근거도 없는 말이라고 판결하였다. 또 병졸에게 태형을 내리고 영남으로 유배하라는 어명이 내려오니, 이에 공의 능력은 더욱 빛을 발했다. 향년 58세로, 원화 5년(810) 8월 6일에 세상을 뜨셨다.

공은 베푸는 걸 좋아해, 집안에 남은 재물이라곤 있지 않았다. 교서랑에서 관찰사가 되기까지, 공은 관리와 병졸들을 거느리고 일곱 개 주의 자사들을 밑에 두고 부렸다. 그러나 빈객과 함께 있을 때면 평민 시절과 마찬가지였고 한결같이 겸손한 태도를 잃지 않으셨다. 청하(淸河) 최씨(崔氏)를 아내로 맞았는데, 최씨는 옛 지강현령(支江縣令) 최풍(崔諷)의 따님이시자 아무 관직에 있던 아무개의 손녀시다. 치(寘)라는 아들이 있는데, 나이 열다섯에 명경과에 급제해 가업을 이어받았다. 재취 난릉(蘭陵) 소씨(蕭氏)는 중서령(中書令) 소화(蕭華)의 손녀이자 전중시어사(殿中侍御史) 소항(蕭恒)의 따님이시다. 두 부인 모두 공보다 앞서 세상을 뜨셨다. 딸이 하나 있다. 공은 아들이 모두 몇 명이고 딸이 몇 명이다.[19] 이듬해 7월 임인일에 관을 모셔와 만년현(萬年縣) 언덕에 묻었다. 하관한 뒤에 공의 종사(從事)로 있던 동평(東平) 사람 여종례(呂宗禮)[20]

19　『당송팔대가문초』 본에는 '딸 몇 명(女若干人)' 네 자가 있으나, 『창려선생문집』에는 없다. 이 부분은 앞의 내용으로 미루어 보아 없는 것이 타당하다.

20　여종례(呂宗禮): 여공(呂恭). 자는 경숙(敬叔). 협주대도독(陝州大都督) 여위(呂渭)의

가 공의 아들 위치와 상의하기를, "공 같은 분이라면, 강직하고 부화뇌동하지 않은 사람이 묘지명을 지어 후세에 남김으로써 영원히 사라지지 않게 해야 마땅할 것입니다"라고 하였다. 공의 아들 위치가 나를 찾아와 묘지명을 지어달라 청하기에 다음과 같이 명을 짓는다.

무양군 개국공께서 학문을 배운 것은
태사[21]에게서 시작되었네.
관직을 형에게 양보하고도
아무런 의심 없이 스스로 기다렸네.
자각산에서 부지런히 일하신 것,
겸손함에 큰 도움 되었네.
학문에 근원이 있더니
이로써 끝까지 흠 하나 남기지 않았구나.
사람됨은 겸손하고
관리로서는 올곧았네.
강서관찰사가 되어서는
공훈도 덕성도 모두 이루었네.
명성을 얻은 후로는
홀로 거하는 것이 가장 어려운 일.
그러나 판결을 통해 〔그 능력〕 더욱 밝아지니,
원수도 탄복하였네.
무덤 앞에 비석을 세워

아들이자 여온(呂溫)의 아우다.
21 태사: 위단의 외조부인 안진경을 가리킨다. 앞부분에 이와 관련한 내용이 나온다.

아름다운 공덕을 드러내고,

명문을 무덤 안에 넣어

공의 무덤임을 표시하네.

唐故江西觀察使韋公墓誌銘

碎而密.

公諱丹, 字某, 姓韋氏. 六世祖孝寬, 仕周有功, 以公開號於郿. 郿公之子孫, 世爲大官. 惟公之父政, 卒雒縣丞, 贈虢州刺史.

公旣孤, 以甥孫從太師魯公眞卿學, 太師愛之. 擧明經第, 選授峽州遠安令, 以讓其庶兄. 入紫閣山, 事從父熊. 通五經登科, 歷校書郞 · 咸陽尉, 佐邠寧軍. 自監察御史爲殿中侍御史, 徵拜太子舍人, 益有名, 遷起居郞. 吳少誠襲許州, 拜河陽行軍司馬. 未行, 少誠死, 改駕部員外郞.

新羅國君死, 公以司封郞中, 兼御史中丞, 紫衣金魚往弔, 立其嗣. 故事, 使外國者, 常賜州縣官十員, 使以名上, 以便其私. 號'私覿官'. 公將行, 曰: "吾天子吏, 使海外國. 不足於資, 宜上請, 安有賣官以受錢邪?" 卽具疏所以, 上以爲賢, 命有司與其費. 至鄆州會新羅告所當立君死. 還, 拜容州刺史 · 容管經略招討使. 始城容州, 周十三里, 置屯田二十四所. 化大行, 詔加太中大夫.

順宗嗣位, 拜河南少尹, 行未至, 拜鄭滑行軍司馬. 始至襄陽, 詔拜諫議大夫. 既至, 日言事, 不阿權臣. 謇然有直名, 遂號爲才臣. 劉闢反, 圍梓州, 詔以公爲東川節度使·御史大夫. 公行至漢中, 上疏言：“梓州在圍間, 守方盡力, 不可易將.”徵還, 入議蜀事. 劉闢去梓州, 因以梓州讓高崇文, 拜晉慈隰等州觀察防禦使, 自扶風縣男進封武陽郡開國公, 食邑二千戶. 將行上言：“臣所治三州非要害地, 不足張職, 爲國家費, 不如屬之河東便.”上以爲忠.

一歲, 拜洪州刺史·江南西道觀察使, 以晉·慈·隰屬河東. 公既至, 則計口受俸錢, 委其餘於官. 罷八州無事之食者, 以聚其財. 始敎人爲瓦屋, 取材於山, 召陶工敎人陶. 聚材瓦於場, 度其費以爲估, 不取贏利. 凡取材瓦於官, 業定而受其償. 從令者, 免其賦之半. 逃未復者, 官與爲之. 貧不能者, 畀之財. 載食與漿, 親往勸之. 爲瓦屋萬三千七百, 爲重屋四千七百. 民無火憂, 暑濕則乘其高. 別命置南北市營諸軍. 歲旱, 種不入土, 募人就功, 厚與之直, 而給其食. 業成, 人不病饑. 爲長衢, 南北夾兩營, 東西七里. 人去溼污, 氣益蘇. 復作南昌縣, 徙廳于高地, 因其廢倉大屋, 馬以不連死. 明年, 築堤扞江, 長十二里, 疏爲斗門, 以走潦水. 公去位之明年, 江水平堤. 老幼泣而思曰：“無此堤, 吾屍其流入海矣.”灌陂塘五百九十八, 得田萬二千頃. 凡爲民去害興利, 若嗜慾, 居三年, 於江西八州無遺便. 其大如是, 其細可略也.

卒有違令當死者, 公不果於誅, 杖而遣之去. 上書告公所爲不法若干條. 朝廷方勇於治, 且以爲公名才能臣, 治功聞天下, 不辨則受垢. 詔罷官留江西待辨. 使未至月餘, 公以疾薨. 使至, 辨凡卒所告事若干條, 皆無絲毫實. 詔答卒百, 流嶺南, 公能益明. 春秋五十八, 薨於元和五年八月六日.

公好施與, 家無剩財. 自校書郎至爲觀察使, 擁吏卒, 前走七州刺史.

與賓客處如布衣時, 自持卑一不易. 娶淸河崔氏, 故支江令諷之女, 某官某之孫. 有子曰寶, 年十五, 明經及第, 嗣其家業. 後夫人蘭陵蕭氏, 中書令華之孫, 殿中侍御史恒之女, 皆先公終. 有女一人. 凡公男若干人. 女若干人. 明年七月壬寅, 從葬萬年縣少陵原. 將葬, 其從事東平呂宗禮, 與其子寶謀曰: "我公宜得直而不華者銘傳於後, 固不朽矣." 寶來請銘, 銘曰:

武陽受業, 始於太師. 以官讓兄, 自待不疑. 勤于紫閣, 取益以卑. 可謂有源, 卒用無疵. 慊慊爲人, 矯矯爲官. 爰及江西, 功德具完. 名聲之下, 獨處爲難. 辯而益明, 仇者所歎. 碑于墓前, 維昭美故. 納銘墓中, 以識公墓.

당나라 옛 감찰어사 위부군 묘지명[1]

묘지명에서 다른 것은 기술하지 않고 오직 연단(煉丹)한 일만을 채록하고 있는
데, 뜻이 거침없고 절로 빼어나다.

위군(衛君)은 휘가 아무개고 자는 아무개다.[2] 중서사인(中書舍人)과
어사중승을 지낸 아무개[3]의 아들이자 태자세마(太子洗馬)에 추증된 아무
개의 손자다. 집안 대대로 유학과 문학을 익혀서, 형제 셋이 모두 조부와
부친의 가업을 이어 진사과에 응시했다. 그러나 위군만은 세속에 얽매이
려 하지 않고 한가하고 편안하게 지내는 것을 좋아했다.

위군은 부친인 어사중승께서 돌아가신 지 3년이 되자 아우 위중행(衛
中行)[4]에게 이별을 고하며 말했다.

"너는 조심스럽고도 근면하여, 아버님이 살아 계실 적부터 아름다운
가업을 이어받아 진사가 되었고, 집안의 명성을 계승하여 조상을 빛내었
다. 그러니 게으름 피우지 말고 맡은 바 임무에 충실하여 공업을 이루고
효자가 되어라. 나는 한스럽게도 이미 늦은 것 같구나. 설령 지금에 와서

---

1 부군(府君)이란 본디 한나라 때 태수(太守)에 대한 존칭어로 쓰이던 말이었는데, 후에는
   태수와 비슷한 지위를 가진 사람을 칭하기도 하고 심지어는 아무 관직도 없는 사람을 칭하
   기도 하였다.
2 위군(衛君)은…… 아무개다: 이 묘지명의 주인은 위중립(衛中立)이라는 사람이다.
3 아무개: 위중립의 부친은 위안(衛晏)이다. 『원화성찬(元和姓纂)』에 보면 위안은 세 아들이
   있으니, 장남은 지현(之玄), 차남은 중립(中立), 그다음은 중행(中行)이라 되어 있다.
4 위중행(衛中行): 위중행은 자가 대수(大受)로 정원 9년(793)에 진사가 되었다. 한유의 절
   친한 벗이기도 하다.

진사시에 합격한다 한들, 불효한 죄를 갚을 길이 없다. 내 듣자니 남방에
는 수은과 단사가 많이 나는데, 다른 기이한 약들과 섞어 황금으로 제련
하면 먹고서 죽지 않을 수 있다 하는구나. 지금 네가 내 뜻에 동의해주면
내 이 길로 떠나려 한다.”

　　드디어 험난한 오령(五嶺)을 넘어 남쪽으로 나갔다. 그러나 약이 너
무 비싸 구할 길이 없었기에 용관경략사(容管經略使)[5]에게 도움을 청했
다. 경략사는 “내 밑에서 보좌로 일해줄 수 있으면 내 하루 만에 준비해주
겠네”라고 말했다. 위군는 이를 허락하여 약재를 얻었는데, 약방(藥方)
에 적힌 대로 시험하였으나 아무런 효험도 보지 못하자 “약방이 틀린 것이
아니라 제 기술이 아직 경지에 이르지 못했기 때문입니다”라고 말했다. 3년
간 머물러 있었지만 끝내 황금을 제련하지 못했다. 그러나 경략사를 보좌
해 정치가 잘 이루어지게 한 공으로 거듭 승진하여 감찰어사(監察御史)
가 되었다. 경략사가 계주(桂州)로 옮겨 가자[6] 위군도 따라갔다. 경략사
가 사건에 연루되어 파면되자[7] 위군이 그곳 정사를 대리로 맡게 되었는데,
세 계절을 보내는 동안 변방 사람들은 정무의 간편함을 칭송하였다. 신임
관찰사도 [위군의 도움을 얻어] 나라에 공을 바치고자 하였으나, 위군은

5　용관경략사(容管經略使) : 당시 용관경략사로 있던 사람은 방계(房啓)다. 용관의 치소는
　　지금 광서성 북류현(北流縣)에 있다.
6　경략사가…… 옮겨 가자: 방계는 원화 8년(813)에 계관관찰사(桂管觀察使)로 옮겨 갔다.
7　경략사가…… 파면되자: 이 사건과 관련하여 『구당서』 「헌종기」에 다음과 같은 기록이 보
　　인다. “방계가 막 계관관찰사에 임명되었을 적에, 방계 밑의 한 관리가 이부에서 이 일을
　　주관하는 자에게 뇌물을 주어 사사로이 관리 임명장을 얻어낸 다음 방계에게 주었다. 얼마
　　뒤 어명을 받든 중사가 문서를 들고 와 방계에게 주었더니 방계는 ‘벌써 닷새 전에 받았습
　　니다’라고 말하였다. 이에 주상께서 노하시어 이부의 영사에게 곤장을 치고 낭관에게 벌을
　　주었으며 방계의 관직도 강등시켰다(啓初拜桂管, 啓吏賂吏部主者, 私得官告以授啓. 俄有
　　詔命中使賫告牒與啓, 曰, ‘受之五日矣.’ 上怒, 杖吏部令史, 罰郎官, 啓亦卽降之).”

그곳을 버리고 떠났다. 그러던 중 남해(南海)의 마대부(馬大夫)[8]가 사람을 보내 위군에게 말했다.

"[이곳으로 오면] 혹 [황금을] 제련할 수 있을지도 모르니, 그리 되면 두 가지 일[9]이 다 이롭지 않겠는가."

위군은 비록 연단이 더욱 싫어지긴 했지만 만분의 일의 희망이 없을 수는 없었다. 위군은 남해에 도착해 얼마 되지 않아 죽었다. 나이 쉰셋이었다. 아들은 이름이 아무개다.

원화 10년(815) 섣달 아무 날에 하남 아무 현(縣) 아무 향(鄉) 아무 촌(村) 선영에 묻었다. 당시 [위군의 아우] 위중행은 상서병부랑(尚書兵部郎)으로 있으면서 명사라 불리었는데, 나와 친분이 있어 내게 묘지명을 부탁해 왔다. 명문은 다음과 같다.

아, 그대여,
어쩌면 그리도 미련하게 믿었던가!
있지도 않은 것을 구하다가
정신만 피폐해졌구나.
스스로 하잘것없다 저버렸던 것[10]으로
남에게 등용되었건만,

---

8 마대부(馬大夫): 당시 영남경략사(嶺南經略使)로 있던 마총(馬總)을 가리킨다. 치소는 지금의 광동성 광주시(廣州市)에 있었다. 마총은 자가 회원(會元)이고 부풍(扶風) 사람이다.
9 두 가지 일: 자기 밑에서 보좌로 있으면서 정사도 돕고, 연단하여 황금도 만들 수 있으니, 두 가지 일이 모두 이롭다고 한 것이다.
10 스스로…… 저버렸던 것: 입신양명하는 것을 말한다. 위중립은 처음에 이러한 것을 하찮게 여겨 저버리고 연단에 빠졌으나, 결국 연단은 실패하고 정치 방면에서 이름을 얻었기에 한 말이다.

끝내 외부의 구속을 벗어던지고
내 몸만을 귀하다 여기었네.
후세에게 고하기 위해
이 묘지명을 짓는다네.

唐故監察御史衛府君墓誌銘

誌中無他述, 獨指採藥煮黃金一事, 文旨自澹宕儁永.

君諱某, 字某. 中書舍人·御史中丞諱某之子, 贈太子洗馬諱某之孫. 家世習儒學詞章, 昆弟三人, 俱傳父祖業, 從進士擧. 君獨不與俗爲事, 樂弛置自便.

父中丞薨旣三年, 與其弟中行別, 曰: "若旣克自敬勤, 及先人存, 趾美進士, 續聞成宗. 唯服任逐功爲孝子在不怠. 我恨已不及. 假令今得, 不足自賁. 我聞南方多水銀丹砂, 雜他奇藥, 爌爲黃金, 可餌以不死. 今於若丐我, 我卽去."

遂踰嶺阨, 南出. 藥貴不可得, 以干容帥. 帥且曰: "若能從事於我, 可一日具." 許之, 得藥, 試如方, 不效, 曰: "方良是, 我治之未至耳." 留三年, 藥終不能爲黃金. 而佐帥政成, 以功再遷監察御史. 帥遷于桂, 從之. 帥坐事免, 君攝其治, 歷三時, 夷人稱便. 新帥將奏功, 君捨去. 南海馬大夫使謂君曰: "幸尙可成, 兩濟其利." 君雖益厭, 然不能無萬一冀. 至南

310

海, 未幾竟死, 年五十三. 子曰某.

元和十年十二月某日, 葬河南某縣某鄕某村, 祔先塋. 於時中行爲尙書兵部郎, 號名人, 而與余善, 請銘. 銘曰:

嗟惟君, 篤所信. 要無有, 弊精神. 以棄餘, 賈於人. 脫外累, 自貴珍. 訊來世, 述墓文.

상서좌승 공공 묘지명[1]

빼어난 언사가 많다.

공자께서 돌아가신 후 38대(代) 만에 규(戣)라는 자손이 나왔으니, 자는 군엄(君嚴)으로 당나라 조정을 섬겨 상서좌승(尙書左丞)을 지냈다. 일흔셋에 세 번이나 상소를 올려 관직에서 물러나길 청하니, 천자께서는 공을 예부상서(禮部尙書)에 임명하시고 종신토록 봉록을 하사하시면서 공무로 번거롭게 하지 않으셨다. 이부시랑(吏部侍郞) 한유는 늘 그분의 능력을 대단하다 여기었기에 공께 이렇게 아뢰었다.

"공께서는 아직 정정하신 데다가 주상께서도 세 번이나 만류하셨는데, 어찌하여 기어코 떠나려 하십니까?"

공께서 말씀하셨다.

"내 어찌 감히 임금께 관직을 요구하겠소? 이미 물러날 나이가 되었으니, 이것이 마땅히 떠나야만 하는 첫번째 이유라오. 나는 좌승으로서 낭관(郞官)을 발탁할 수도 물러나게 할 수도 없고, 오직 재상이 하는 대로 따라야만 하니, 이것이 마땅히 떠나야만 하는 두번째 이유라오."

내가 또 말했다.

---

1 『창려선생문집』에는 제목 앞에 '당정의대부(唐正議大夫)'라는 다섯 글자가 더 있다. 이 글은 공규(孔戣)에게 지어준 묘지명이다. 한유는 조주자사로 폄적된 일이 있었는데, 당시 공규는 영남절도사로 있었으니, 한유가 공규 밑에 있었던 셈이다. 원화 15년(820)에 공규가 조정으로 돌아와 상서 이부시랑에 제수되었을 때, 한유도 조정으로 돌아와 국자좨주에 임명되어 함께 조정에서 일했다.

"옛날에 고향으로 돌아가 거기서 늙고자 했던 사람들은 장차 편히 살아보려고 간 것이지 고생하기 위해 간 것은 아니었습니다. 마을이며 우물이며 전답이며 집이며 모두 갖추어져 있었고, 아예 벼슬을 하지 않았거나 벼슬살이 지겨워 돌아온 친척들이 동쪽 두렁에 살지 않으면 북쪽 두렁에 살고 있어서, 지팡이를 짚고 왕래할 수 있었지요. 그러나 공의 경우는 이와 다르니, 누구와 더불어 사시렵니까? 게다가 공께서 비록 귀하신 분이기는 하나 남겨놓은 재산이라곤 없으니, 무얼 믿고 돌아가려 하십니까?"

공께서 말씀하셨다.

"내 마땅히 떠나야만 하는 두 가지 이유를 가지고 있으니, 그대가 한 말을 신경 쓸 겨를이나 있겠소?"

나는 공 앞에서 찬탄하며 말했다.

"공께서는 바로 그렇기 때문에 남보다 훨씬 현명하신 겁니다."

다음 날 상주문을 올렸다.

"신은 공규와 더불어 남성(南省)²에 있으면서 여러 차례 만났는데, 공규는 사람됨이 절개 있고 청렴하며, 논의가 옳고 공평합니다. 공규 나이 겨우 일흔이며, 근력이며 듣고 보는 것이며 아직 노쇠하지 않았을뿐더러 자신의 집조차 잊고서 나라를 근심하는 마음은 용의주도하기 그지없습니다. 조정에는 공규 같은 사람이 겨우 서넛에 지나지 않으니, 폐하께서는 결코 그 요구에 순순히 응하시면서 도와달라 붙들지도 않아서는 안 될 것입니다."

그러나 황제께서는 아무런 답변도 주지 않으셨다. 이듬해인 장경 4년 (824) 정월 기미일에 공께서는 일흔넷의 춘추로 댁에서 훙거하시었고, 병

<hr>

2 남성(南省): 상서성(尙書省)의 별칭.

부상서에 추증되셨다.

　공께서는 처음 진사로서 삼부(三府)³를 보좌하기 시작해 관직이 전중시어사(殿中侍御史)에 이르렀다. 원화 원년(806)에 대리정(大理正)으로 부름을 받은 후 거듭 승진하여 강주자사(江州刺史)·간의대부가 되셨는데, 정도(正道)에 해가 되는 사안이 있으면 말하지 않는 법이 없었다. 이에 태자시독(太子侍讀)의 관직이 더해지고 급사중에 임명되었는데, 공께서 경조윤(京兆尹)이 죄인을 비호하고 종용한 사건을 위에 아뢰어 경조윤은 어명에 의해 석 달 치 봉록을 삭탈당했다.⁴ 상서우승(尙書右丞) 직을 대리로 맡기도 하였다. 이듬해에 우승에 제수되었다가 다시 화주자사(華州刺史)에 임명되었다. 명주(明州)에서는 매년 조정에 게·섭조개·대합조개⁵ 등 먹을 수 있는 음식들을 진공하는데, 바닷가에서 도성까지 오려면 육로와 수로로 운송해 와야 하기 때문에 역참에서 부리는 인부의 수가 매년 43만 6천 명에 달했기에, 이를 없애자는 상소를 올렸다.〔한번은〕하규현령(下邽縣令)이 도성 부근에서 수렵을 하던 황가(皇家)의 노비를 매질하였다고 하여 어사대 감옥에 갇혔다. 공께서 상소를 올려 이일에 대해 진정(陳情)하자 황제께서는 조서를 내려 하규현령을 풀어주게 하였다.⁶ 그리고 공을 화주자사에서 대리경(大理卿)으로 승진시켰다.

3　삼부(三府): 삼부는 나라에서 가장 높은 행정장관을 이르는 말로 중서(中書)·문하(門下)·상서(尙書) 세 개의 성을 가리킨다. 『등과기고(登科記考)』에 따르면, 공규는 건중 원년(780)에 과거에 급제했다고 한다.
4　경조윤(京兆尹)이……삭탈당했다: 『신당서』「공규전」에 보면, 공규가 급사중으로 있을 때 경조윤은 강서관찰사 이소화(李少和)가 뇌물수수죄를 지었는데도 하옥하지 않았고, 박릉(博陵) 사람 최이간(崔易簡)이 족형을 죽였는데도 세 번이나 판결을 번복했다. 공규가 이와 같은 사실을 논증한 끝에 이소화는 폄적당하고 최이간은 처형되었으며 경조윤은 석 달 치 봉급을 삭탈당했다고 한다.
5　게·섭조개·대합조개: 모두 명주, 즉 지금의 절강성 영파(寧波)의 특산물이다.

314

원화 12년(817)에는 국자좨주(國子祭酒)에서 어사대부·영남절도사 등 관직에 제수되었다. 공께서는 딱 필요한 만큼만 부세를 걷겠노라 약속하시고, 예하 여러 주에서 빚지고 있던 2백만 냥에 달하는 세금을 모두 감면해주면서 거두지 않았다. 외국의 선박은 일단 부두에 정박하면 닻을 내리는 데 대한 세금을 내야 했고, 막 도착했을 때는 물건을 검열받기 위한 연회를 베풀어야 했다. 영롱한 무소뼈며 구슬을 노비들에게까지 뇌물로 주어야 했다. 그러나 공께서는 이 모든 관행을 없애셨다. 먼 바다를 돌아다니던 상인이 자기 경내에서 죽으면 관가에서 그 물건을 보관하는데, 석 달이 되도록 달라고 찾아오는 처자식이 없으면 모두 몰수하였다. 〔그 관행에 대해〕 공께서 이렇게 말씀하셨다.

"바닷길이야 해〔年〕를 단위로 다니는데, 어떻게 달〔月〕로 한계를 지어놓을 수 있겠느냐? 만약 확실한 증거가 있거든 모두 그 사람에게 넘겨주어야지, 시일이 오래되었고 안 되었고를 따져서는 안 된다."

지방관에게 봉록을 후하게 주되, 법도를 엄격히 하였다. 영남은 사람을 물건처럼 사고파는 황폐하고 편벽한 곳으로, 부자가 같이 묶여 노예가 되기도 하였다. 공께서는 이러한 것도 일절 금하셨다. 공 밑의 한 관리가 이름도 없는 아이 하나를 얻었는데, 그 아이를 집에 기르면서 관가에 보고하지 않았다. 이에 대해 누군가가 소송을 제기하자 공께서는 그 관리를

---

6 하규현령(下邽縣令)이…… 하였다: 『당회요(唐會要)』에 따르면 매년 겨울에 사냥매와 사냥개를 데리고 경기 부근에서 수렵을 하는 것이 소위 '외안(外按)'이다. 외안을 할 때면 황족들은 수백 명을 거느리고서 경기 일대를 휘젓고 다녔는데, 군읍의 수령들은 그들의 위세가 두려워 아무런 제지도 할 수가 없었다. 원화 9년(814)에 하규현령으로 있던 배환(裴實)은 외안 나온 황족들의 횡포가 미워 그저 문서에 적혀 있는 대로만 대접을 했다. 그러자 사자가 돌아가서 배환을 무고하였고, 황제는 그 말만 믿고 노하여 불경죄로 다스리려 하였다. 이때 공규는 재상 무원형(武元衡), 중승 배도(裴度) 등과 간곡히 상소를 올려 배환이 풀려나게 하였다.

소환하여 처벌하셨다. 산골짜기에 살고 있던 여러 황동족(黃洞族)[7]들은 대대로 자기들끼리 모여 살면서 호족으로 군림하였는데, 관리들의 태도가 후한지 박한지, 느슨한지 다급한지를 살폈다가 반란을 일으키기도 하고 복종하기도 하였다. 용관경략사(容管經略使)와 계관경략사(桂管經略使)는 황동족들이 포로로 잡아 오고 약탈해 온 것을 얻으면 이로울 것이라 생각하여 병사를 합쳐 그들을 치게 해달라고 청하면서, 성공하여 무언가 얻을 수 있을 거라 기대했다. 때는 천자께서 바야흐로 무력으로 회서와 하남·하북을 평정하고 계시던 터라, 집정자들은 모두 여러 황동족을 치는 것도 회서나 하남·하북을 평정하는 일이나 마찬가지라 여기고 한마음으로 협조했다. 그러나 공께서는 먼 변방의 사람들은 다급하게 몰아붙이면 목숨이 아까워 서로 모여 반역을 일으키지만, 느슨하게 대해주면 서로 원망하고 미워하다 흩어지게 마련이라고 누차 아뢰었다. 또 저들은 금수나 마찬가지라 그저 자기들에게 이로운지 해로운지밖에 따질 줄 모르니, 시비를 논할 만한 상대가 되지 못한다고 아뢰었다. 천자께서는 〔집정자들이〕 먼저 올린 이야기를 받아들이시고는 마침내 강서·악악·호남·영남의 병사들을 동원하고 용주·계주의 장수들을 모아서 황동족을 토벌했다. 그러나 풍토병에 걸려 죽은 시체가 서로 포개져 쌓였고, 백에 하나도 돌아오지 못했다. 안남(安南)에서는 그 틈을 타고 도호(都護) 이상고(李象古)를 살해했다.[8] 계주의 장수 배행립(裴行立)과 용주의 장수 양민(陽旻)

---

7 황동족(黃洞族): 당나라 때 서쪽 오랑캐 중의 일족인데, 황동족 수령인 황소경(黃少卿) 밑에서 반란을 일으켜 황적(黃賊)이라 불리기도 하였다.

8 안남(安南)에서는…… 살해했다: 안남은 지금의 베트남 북부에 해당하는 지명으로 당나라 때 여섯 도호부(都護府) 중 하나다. 『구당서』 「이상고전(李象古傳)」에 다음과 같은 기록이 보인다. "원화 14년(819)에 양청(楊淸)이 안남도호 이상고를 죽였다. 양청이란 자는 대대로 남방 호족 집안 출신이었다. 당시 이상고는 탐욕스럽고 방종하여 민심을 얻지 못했으나, 양

도 아무런 공로도 세우지 못하고서 몇 달 만에 죽고 말았다. 이에 영남이 들끓었다.

사부(祠部)에서는 매년 광주(廣州)로 내려가 남해신묘(南海神廟)에 제사를 올린다. 그러나 사당이 바로 바다 입구에 있는지라, 주의 관리들은 모두 꺼리면서 직접 제사를 받들지 않고 늘 병 핑계를 대며 종사(從事)들에게 대신 제사 지내게 했다. 그러나 공만은 매년 직접 제사를 행하셨기에 관리들이 돌에 시를 새겨 공의 공덕을 찬미했다. 원화 15년(820)에 상서 이부시랑으로 승진했다. 북쪽으로 돌아가실 때, 공께서는 남방의 물건을 하나도 싣고 가지 않았으며, 노비조차 단 한 명도 늘리지 않았다. 장경 원년(821)에 우산기상시(右散騎常侍)가 되시고 2년에 상서좌승이 되셨다.

증조부는 휘가 무본(務本)으로 창주(滄州) 동광현령(東光縣令)을 지냈다. 조부는 휘가 여규(如珪)로 해주(海州) 사호참군(司戶參軍)을 지내고 상서 공부랑중(工部郎中)에 추증되었다. 부친은 휘가 잠부(岑父)로 비서성(祕書省) 저작좌랑(著作佐郎)을 지내고 상서좌복야(尙書左僕射)에 추증되었다. 공의 부인이신 경조(京兆) 위씨(韋氏)는 부친이 위충(韋种)이라는 분으로 대리평사(大理評事)를 지냈다. 네 아들을 두었는

청이 강해지는 게 싫어 환주자사로 있던 그를 불러들여 아문장으로 삼았다. 이에 양청은 답답한 나날을 보냈다. 얼마 뒤, 옹관의 황가적이 반란을 일으키자 어명이 내려와 이상고로 하여금 병사를 동원하여 여러 길로 나뉘어 황가적을 토벌하게 하였는데, 이상고는 양청에게 명하여 병사 3천을 거느리고 가게 하였다. 양청은 아들 양지열과 친구 두사교와 모의하여 군대를 몰래 돌리고는 밤에 안남을 습격하였다. 며칠 만에 성을 함락하니, 이상고 또한 해를 입었다(元和十四年, 楊淸殺安南都護李象古. 楊淸者, 代爲南方酋豪, 屬象古貪縱, 人心不附, 又惡淸之强, 自驩州刺史召爲牙門將, 鬱鬱不快. 無何, 邕管黃家賊叛, 詔象古發兵數道共討之, 象古命淸領兵三千赴焉. 淸與其子志烈及所親杜士交潛謀回戈, 夜襲安南, 數日城陷, 象古故及于害)."

데, 장남은 온질(溫質)로 사문박사(四門博士)를 지냈다. 준유(遵儒)·준헌(遵憲)·온유(溫裕)는 모두 명경과 출신이다. 큰딸은 중서사인으로 있는 평양(平陽) 사람 노수(路隋)에게 시집갔고 막내딸은 아직 어리다. 공은 형제가 다섯인데, 이름이 각각 재(載)·감(戡)·집(戢)·구(戵)며 공은 그중 둘째다. 공께서 돌아가셨을 때 공집은 호남에서 조정으로 들어와 소부감(少府監)으로 있었다. 그해 8월 갑신일에 공집과 공의 아드님이 공을 하남 하음현(河陰縣) 광무(廣武) 언덕에 묻으니, 선친 복야공 무덤의 왼편이었다. 명문을 잇는다.

공자 38대 만에,
나는 그 후손을 보았네.
피부는 희고 키는 크며
과묵하시었네.
공자와 닮았는지
공과 비길 자가 없었네.
덕(德)이야 많고도 많으니
공의 문장을 이젠 살펴보시길.

尙書左丞孔公墓誌銘

語多跌宕.

孔子之後三十八世, 有孫曰戣, 字君嚴, 事唐爲尙書左丞. 年七十三, 三上書去官, 天子以爲禮部尙書, 祿之終身, 而不敢煩以政. 吏部侍郎韓愈常賢其能, 謂曰: "公尙壯, 上三留, 奚去之果?" 曰: "吾敢要君? 吾年至, 一宜去. 吾爲左丞, 不能進退郎官, 唯相之爲, 二宜去." 愈又曰: "古之老於鄕者, 將自佚, 非自苦. 閭井田宅具在, 親戚之不仕與倦而歸者, 不在東阡在北陌, 可杖屨來往也. 今異於是, 公誰與居? 且公雖貴而無留資, 何恃而歸?" 曰: "吾負二宜去, 尙奚顧子言?" 愈面歎曰: "公於是乎賢遠於人." 明日奏疏曰: "臣與孔戣同在南省, 數與相見, 戣爲人守節淸苦, 論議正平. 年纔七十, 筋力耳目, 未覺衰老, 憂國忘家, 用意至到. 如戣輩在朝, 不過三數人, 陛下不宜苟順其求, 不留自助也." 不報. 明年, 長慶四年正月己未, 公年七十四, 告薨於家, 贈兵部尙書.

公始以進士佐三府, 官至殿中侍御史. 元和元年, 以大理正徵, 累遷江州刺史・諫議大夫, 事有害於正者, 無所不言. 加皇太子侍讀, 改給事中, 言京兆尹阿縱罪人, 詔奪京兆尹三月之俸. 權知尙書右丞. 明年, 拜右丞, 改華州刺史. 明州歲貢海蟲・淡菜・蛤蚶可食之屬, 自海抵京師, 道路水陸, 遞夫積功, 歲爲四十三萬六千人, 奏疏罷之. 下邽令笞外按小兒, 繫御史獄. 公上疏理之, 詔釋下邽令. 而以華州刺史爲大理卿.

十二年, 自國子祭酒拜御史大夫・嶺南節度等使. 約以取足, 境內諸州

"

負錢至二百萬，悉放不收．蕃舶之至泊步，有下碇之稅，始至有閱貨之燕．犀珠磊落，賄及僕隸．公皆罷之．絕海之商，有死于吾地者，官藏其貨，滿三月無妻子之請者，盡沒有之．公曰：“海道以年計往復，何月之拘？苟有驗者，悉推與之，無算遠近．”厚守宰俸，而嚴其法．嶺南以口爲貨，其荒阻處，父子相縛爲奴．公一禁之．有隨公吏，得無名兒，蓄不言官，有訟者．公召殺之．山谷諸黃，世自聚爲豪，觀吏厚薄緩急，或叛或從．容・桂二管，利其虜掠，請合兵討之，冀一有功，有所指取．當是時，天子以武定淮西・河南北，用事者以破諸黃爲類，向意助之．公屢言，遠人急之則惜性命，相屯聚爲寇，緩之則自相怨恨而散．此禽獸耳，但可自計利害，不足與論是非．天子入先言，遂歛兵江西・岳鄂・湖南・嶺南，會容桂之吏以討之．被霧露毒，相枕籍死，百無一還．安南乘勢殺都護李象古．桂將裴行立，容將陽旻，皆無功，數月自死．嶺南囂然．

祠部歲下廣州，祭南海廟．廟入海口，爲州者皆憚之，不自奉事，常稱疾，命從事自代．唯公歲常自行，官吏刻石爲詩美之．十五年，遷尙書吏部侍郎．公之北歸，不載南物，奴婢之籍，不增一人．長慶元年，改右散騎常侍，二年而爲尙書左丞．

曾祖諱務本，滄州東光令．祖諱如珪，海州司戶參軍，贈尙書工部郎中．皇考諱岑父，祕書省著作佐郎，贈尙書左僕射．公夫人京兆韋氏，父种，大理評事．有四子，長曰溫質，四門博士．遵儒・遵憲・溫裕，皆明經．女子長嫁中書舍人平陽路隋，其季者幼．公之昆弟五人，載・㦯・戡・戭，公於次爲第二．公之薨，戡自湖南入爲少府監．其年八月甲申，戡與公子葬公于河南河陰廣武原，先公僕射墓之左．銘曰：

孔世卅八，吾見其孫．白而長身，寡笑與言．其尙類也，莫與之倫．德則多有, 請考于文.

집현원교리 석군 묘지명[1]

간략하면서도 법도가 있다.

석군은 휘가 홍(洪)이고 자는 준천(濬川)이다. 석군의 조상은 원래 성이 오석란(烏石蘭)이었는데, 9대조이신 맹(猛)이라는 분이 탁발씨(拓拔氏)의 나라[2]에서 중원으로 들어와 하남(河南)에 살게 되면서부터 '오(烏)'와 '란(蘭)'자를 떼어버리고 '석(石)'만으로 성을 삼았다. 석맹은 관직이 대사공(大司空)에까지 이르렀다. 그 후 7대를 거쳐 석행포(石行褒)라는 분에 이르렀는데, 관직은 이주자사(易州刺史)에 이르렀고 석군에게는 증조부가 되신다. 이주자사께서는 무주(婺州) 금화현령(金華縣令) 석회일(石懷一)을 낳으셨다. 석회일은 죽어 낙양(洛陽) 북쪽 산에 묻혔다. 금화현령께서는 석군의 선친이신 석평(石平)을 낳으셨다. 석평은 태자가령(太子家令)을 지내셨고 〔죽어〕 금화현령의 무덤 동쪽에 묻히셨는데, 상서(尙書) 수부원외랑(水部員外郞) 유복(劉復)이 묘지명을 지었다.

석군은 태어난 지 일곱 해 만에 어머님을 여의었고 아홉 해 만에 아버님을 여의었다. 그러나 학문과 행실에 힘썼다. 황주(黃州) 녹사참군(錄事參軍) 직을 떠나신 후로는 벼슬하지 않고 물러나 동도(東都)[3] 낙수(洛水)

---

1 이 글은 원화 7년(812)에 지어졌다. 석군은 석홍(石洪)이라는 사람이다. 석홍이 죽자 한유는 이 묘지명 외에 제문도 지었다.

2 탁발씨(拓拔氏)의 나라: 북위(北魏)를 가리킨다. 북위 황족의 성이 탁발이다.

3 동도(東都): 낙양(洛陽). 당나라 현경(顯慶) 2년(657)에 낙양을 동도로 정했다.

가에 10여 년간 사셨다. 이에 행실은 더욱 곧아지고 학문은 더욱 발전했으며 교유는 더욱 넓어져 명성이 나라 안에 자자했다. 옛 재상 정여경(鄭餘慶)[4] 공께서 동도유수(東都留守)로 계실 때, 석홍에게 사필(史筆)을 맡겨볼 만하다고 주상께 아뢰었다. 이건(李建)이 어사(御史)에 제수되고 최주정(崔周楨)이 보궐(補闕)에 임명될 당시 둘 다 석군을 천거하며 자리를 양보했다. 선흡지절도사(宣歙池節度使)와 절동절도사(浙東節度使)가 번갈아 문서를 보내 석군을 종사(從事)로 임명했다. 그러나 그 사이 하양절도사(河陽節度使) 오중윤(烏重胤) 대부께서 먼저 폐물을 오두막으로 보낸 덕에 석군을 얻을 수 있었다. 석군은 하양군을 보좌하면서 백성들을 관대하게 다스렸기에 고과(考課)에서 종사들의 성적을 매길 때 나라 안에서 으뜸이 되기도 하였다. 원화 6년(811)에 하남으로 조서가 내려와 석군을 도성으로 불러들이고 경조(京兆) 소응현위(昭應縣尉)·교리 집현어서(校理集賢御書)에 제수했다. 이듬해 6월 갑오일에 병으로 세상을 뜨니, 향년 42세였다.

팽성(彭城) 유씨(劉氏) 댁 따님을 얻어 오셨으니, 그분은 옛 상국이신 유안(劉晏)의 형님의 손녀다. 아들 둘을 두었는데, 여덟 살짜리는 이름이 임(壬)이고 네 살짜리는 이름이 신(申)이다. 딸도 둘 있다. 석군은 가족을 돌아보며 말하길, "내가 죽은 곳에다 묻어다오"라고 하셨다. 이에 7월 갑신일에 만년현(萬年縣) 백록(白鹿) 언덕에 묻었다. 병에 걸린 뒤에 벗 한유에게 "자네가 내 묘지명을 써주게나"라고 말했다. 명문을 짓는다.

---

4 정여경(鄭餘慶): 자는 거업(居業)으로 정원 14년(798)에 중서시랑(中書侍郎)·평장사(平章事)에 임명되었고 원화 3년(808)에 하남윤(河南尹) 검교병부시랑(檢校兵部侍郎) 겸 동도유수(東都留守)가 되었다.

나기도 어렵지만

완성하긴 더욱 어려워라.

큰일을 할 것만 같더니

여기서 그치고 말았구나.

集賢院校理石君墓誌銘

簡而法.

君諱洪, 字濬川. 其先姓烏石蘭, 九代祖猛始從拓拔氏入夏, 居河南, 遂去'烏'與'蘭', 獨姓'石'氏. 而官號大司空. 後七世至行褒, 官至易州刺史, 於君爲曾祖. 易州生婺州金華令諱懷一, 卒葬洛陽北山. 金華生君之考諱平, 爲太子家令, 葬金華墓東, 而尙書水部郎劉復爲之銘.

君生七年喪其母, 九年而喪其父. 能力學行. 去黃州錄事參軍, 則不仕, 而退處東都洛上十餘年. 行益修, 學益進, 交游益附, 聲號聞四海. 故相國鄭公餘慶留守東都, 上言洪可付史筆. 李建拜御史, 崔周禎爲補闕, 皆擧以讓. 宣歙池之使與浙東使交牒署君從事. 河陽節度烏大夫重胤間以幣先走盧下, 故爲河陽得. 佐河陽軍, 吏治民寬, 考功奏從事考, 君獨於天下爲第一. 元和六年詔下河南, 徵拜京兆昭應尉·校理集賢御書. 明年六月甲午疾卒, 年四十二.

娶彭城劉氏女, 故相國晏之兄孫. 生男二人, 八歲曰壬, 四歲曰申. 女

子二人. 顧言曰：“葬死所.”七月甲申, 葬萬年白鹿原. 旣病, 謂其游韓愈
曰：“子以吾銘.”銘曰：

生之艱, 成之又艱. 若有以爲, 而止於斯.

상서 고부랑중 정군 묘지명[1]

재기와 흥취가 빼어나다.

정군은 휘가 군(羣)이고 자는 홍지(弘之)며 집안은 본래 형양(滎陽) 출신이다. 그 조상 중에 원위(元魏)[2] 때 양성공(襄城公)에 가봉(假封)[3]된 사람이 있었는데,[4] 자손들은 이를 본관으로 삼으며 스스로를 〔다른 정씨들과〕 구별지었다. 증조부 정광시(鄭匡時)는 진주(晉州) 곽읍현령(霍邑縣令)을 지냈다. 조부 정천심(鄭千尋)은 팽주(彭州) 구농현승(九隴縣丞)을 지냈다. 선친 정적(鄭廸)은 악주(鄂州) 당년현령(唐年縣令)을 지냈다. 선친께서 하남 독고씨(獨孤氏) 댁 따님을 얻어와 아들 둘을 낳았으니, 정군이 바로 그 둘째 아들이다.

정군은 진사로서 이부 관리 전형에 응시했는데, 고과에서 높은 성적

---

1 이 글은 장경 원년(821)에 지어졌으며, 묘지명의 주인인 정군은 바로 정군(鄭羣)이라는 사람이다. 한유는 강릉(江陵)에 있을 때 정군과 같은 관직을 지낸 적이 있다.

2 원위(元魏): 북위(北魏)의 별칭. 위 왕조의 본래 성은 탁발(拓拔)이었으나 효문제(孝文帝) 탁발굉(拓拔宏) 때 성을 원으로 바꿨다.

3 가봉(假封): 양성군은 당시 동위(東魏)에 속했으므로 명의상 봉했을 뿐, 실제 봉토를 준 것은 아니었기에 가봉이라는 용어를 사용한 것이다.

4 그 조상 중에…… 있었는데: 『주서(周書)』「정위전(鄭偉傳)」에 "정위는 자가 자직으로 형양 개봉 사람이다. 위나라 효무제가 서쪽으로 도읍을 옮기자 정위도 고향으로 돌아갔다. 대통 3년에 진류에서 발의하고는 대중을 이끌고 위나라에 귀화하였다. 이에 무양현백에 봉해지고 양성군공이라는 작위가 내려졌다(偉字子直, 滎陽開封人也. 魏孝武帝西遷, 偉亦歸鄉里. 大統三年, 糺合州里, 建義于陳留, 率衆來附. 封武陽縣伯, 進爵襄城郡公)"라는 기록이 보인다.

을 받아 정자(正字)에 제수되었다. 호현위(鄠縣尉)로 있다가 감찰어사(監察御史)에 임명되어 악악절도사(鄂岳節度使)를 보좌했다. 배균(裴均)이 강릉윤(江陵尹)으로 있을 때[5] 정군은 전중시어사(殿中侍御史)로서 강릉절도사를 보좌했다. 배균이 조정의 부름을 받았을 때 정군은 우부원외랑(虞部員外郎)이 되었다. 배균이 양양(襄陽)을 진수하게 되었을 때는 다시 양양부의 좌사마(左司馬) 겸 형부원외랑(刑部員外郎)이 되어 탁지사(度支使) 부관(副官) 직을 맡았다. 배균이 세상을 뜨고 이이간(李夷簡)이 그 관직을 대신하게 되었는데, 정군을 원래 관직에 그대로 남겨두었다. 1년 남짓 후에 다시 복주자사(復州刺史)가 되었다가 사부랑중(祠部郎中)으로 승진했다. 마침 구주(衢州)에 자사가 없어 사람을 뽑고 있었는데, 정군이 가겠다고 자원하자 재상이 정군의 이름을 황제께 올렸다. 구주를 5년 동안 다스리고 다시 조정에 들어와 고부랑중(庫部郎中)이 되었다. 그러나 양주(揚州)에 도착하였을 때 병에 걸리더니, 한 달 남짓 뒤인 장경 원년(821) 8월 24일에 돌아가셨다. 향년 60세였다. 그해 11월 22일에 정주(鄭州) 광무(廣武) 언덕 선영 옆에 묻혔다.

정군은 천성이 온화해서 집에 있을 때나 남을 섬길 때나 또 벗과 사귈 때나 늘 초심을 간직한 채, 늦췄다가 당겼다가, 굽혔다가 곳곳이 세웠다가, 박하게 굴었다가 후하게 굴었다가, 소원하게 대했다가 가깝게 대했다가 하는 등 변절하는 법이 없었다. 열정적으로 남과 어울리지도 않았지만 그렇다고 혼자 고고하게 행동하지도 않았다. 녹을 받으면 만나는 사람들

---

5 배균(裴均)이…… 있을 때: 『구당서』 「덕종기」에 "정원 19년(803) 5월 을미일에, 형남행군사마 배균을 강릉윤 겸 어사대부·형남절도사에 임명하다(貞元十九年五月乙未, 以荊南行軍司馬裴均爲江陵尹, 兼御史大夫·荊南節度使)"라는 기록이 보인다. 따라서 여기서 '강릉'이라 한 것은 '강릉윤'임을 알 수 있다.

과 생황을 불고 쟁을 뜯으며 음주가무를 즐겼는데, 해학을 주고받으며 술에 취해 주거니 받거니 하면서 며칠 밤낮을 지치지 않고 놀았다. 그러나 일단 돈을 다 쓰고 나면 더 이상 미련을 두지 않았다. 혹 누군가가 돈을 조금 집어 가도 전혀 아까워하지 않고, 훗날을 위해서 터럭만큼도 남겨두는 법이 없었다. 빈털터리일 때 객이 오면 가만히 앉아 서로 바라보기만 하였는데, 혹 종일토록 밥을 차려주지 못해 객과 주인이 각자 물러나야만 하는 경우에도 사과 따위는 하지 않았다. 정군과 어울렸던 사람들은 노소를 막론하고 그 얼굴에서 근심하거나 탄식하는 빛을 본 적이 없었으니, 혹 열어구(列禦寇)나 장주(莊周)[6]처럼 소위 도(道)에 근접한 사람이 아니었을까? 관직을 지키고 몸을 간수하기를 또한 지극히 근엄하게 하여, 조금의 실수도 없었다. 관직에서 떠났어도 백성들은 정군을 그리워하였고, 죽은 후에도 원망 섞인 말로 왈가왈부하는 친구들이 없었다. 모두들 애통해하며 곡을 하였으니, 가히 숭상할 만하다.

초취는 이부시랑(吏部侍郎) 경조(京兆) 위씨 위조(韋肇)의 따님으로 1남 2녀를 낳으셨다. 장녀는 경조 위씨 위사(韋詞)에게 시집갔고, 차녀는 난릉(蘭陵) 소씨 소찬(蕭儧)에게 시집갔다. 재취는 하남소윤을 지낸 조군(趙郡) 사람 이칙(李則)의 따님으로 2남 1녀를 낳으셨다. 나머지 아들 둘과 딸 넷은 모두 아직 어리다. 적장자인 퇴사(退思)는 위씨 소생이다. 명을 짓는다.

두 번이나 벼슬길에서 문(文)으로 명성을 날리더니
삼부(三府)를 보좌하여 성대한 치적을 남기었네.

---

6 열어구(列禦寇)나 장주(莊周): 도가(道家)의 대표적 인물인 열자와 장자의 본명이다.

낭관이 되어 군(郡)을 진수할 적에는 그 치적 더욱 밝아

맑디맑은 박옥(璞玉)에 흠 하나 없더니,

환갑 되던 해에 현택(玄宅)[7]으로 돌아가시었네.

尙書庫部郞中鄭君墓誌銘

雋才逸興.

君諱羣, 字弘之, 世爲滎陽人. 其祖於元魏時有假封襄城公者, 子孫因稱以自別. 曾祖匡時, 晉州霍邑令. 祖千尋, 彭州九隴丞. 父廸, 鄂州唐年令. 娶河南獨孤氏女, 生二子, 君其季也.

以進士選吏部, 考功所試判爲上等, 授正字. 自鄂縣尉拜監察御史, 佐鄂岳使. 裴均之爲江陵, 以殿中侍御史佐其軍. 均之徵也, 遷虞部員外郞. 均鎭襄陽, 復以君爲襄府左司馬ㆍ刑部員外郞, 副其支度使事. 均卒, 李夷簡代之, 因以故職留君. 歲餘, 拜復州刺史. 遷祠部郞中. 會衢州無刺史, 方選人, 君願行, 宰相卽以君應詔. 治衢五年, 復入爲庫部郞中. 行及揚州遇疾, 居月餘, 以長慶元年八月二十四日卒. 春秋六十. 卽以其年十一月二十二日, 從葬于鄭州廣武原先人之墓次.

君天性和樂, 居家事人, 與待交遊, 初持一心, 未嘗變節有所緩急曲直

---

7 현택(玄宅): 무덤을 가리킨다.

薄厚疎數也. 不爲翕翕熱, 亦不爲崖岸斬絶之行. 俸祿入門, 與其所過逢
吹笙彈箏, 飲酒舞歌, 詼調醉呼, 連日夜不厭. 費盡不復顧問. 或分挈以
去, 一無所愛惜, 不爲後日毫髮計留也. 遇其空無時, 客至, 清坐相看, 或
竟日不能設食, 客主各自引退, 亦不爲辭謝. 與之遊者, 自少及老, 未嘗見
其言色有若憂歎者, 豈列禦寇 · 莊周等所謂近於道者邪? 其治官守身, 又
極謹愼, 不挂於過差. 去官而人民思之, 身死而親故無所怨議. 哭之皆哀,
又可尙也.

初娶吏部侍郎京兆韋肇女, 生二女一男. 長女嫁京兆韋詞, 次嫁蘭陵
蕭儧. 後娶河南少尹趙郡李則女, 生一女二男. 其餘男二人女四人皆幼. 嗣
子退思, 韋氏生也. 銘曰:

再鳴以文進塗闓, 佐三府治譪厥蹟. 郎官郡守愈著白, 洞然渾樸絶瑕
謫, 甲子一終反玄宅.

하남소윤 배군 묘지명[1]

글 중간에서는 세계(世系)와 관작(官爵)에 임명된 일, 돌아가신 날짜와 묻은 곳만 쓰고, 글 끝부분에서 업적과 허구의 장면을 서술하고 있다.

공은 휘가 복(復)이고 자는 무소(茂紹)며 하동 사람이다. 증조부 배원간(裴元簡)은 대리정(大理正)을 지냈다. 조부 배광(裴曠)은 어사중승·경기채방사(京畿探訪使)를 지냈다. 부친 배규(裴蚪)는 기개 있고 간언을 잘하여서 간의대부에 임명되었는데, 크게 의심스러운 점에 봉착해서는 증거를 들어가며 [간언했기에] 대종(代宗)의 총애를 받았다. 거듭 관직을 사양하시더니 돌아가신 후에 공부상서(工部尙書)에 추증되었다.

공은 현량과(賢良科)에 급제하여 동관현위(同官縣尉)에 제수되었다. 복야(僕射) 남양공(南陽公)[2]께서 서주(徐州)에서 개부(開府)하셨을 적에, 공을 불러 서기관을 맡게 하였는데, 그 후 두 번 승진하여 시어사(侍御史)에 이르렀고 조정에 들어가 전중시어사(殿中侍御史)를 역임한 뒤 거듭 승진하여 형부랑중(刑部郎中)에 이르렀다. 병에 걸린 후에 다시 하남소윤에 임명되었다. 가마에 실린 채 임지로 갔다가 며칠 만에 돌아가셨으니, 때는 원화 3년(808) 4월 23일이었고, 향년 50세였다. 부인 박릉(博

---

1 배군은 배복(裴復)이라는 인물이다.
2 복야(僕射) 남양공(南陽公): 장건봉(張建封). 자는 본립(本立). 정원 4년(788)에 서주자사가 되었고 12년(796)에 검교우복야(檢校右僕射) 벼슬이 더해졌다. 등주(鄧州) 남양 사람이어서 남양공이라고도 한다.

陵) 최씨(崔氏)는 소부감(少府監) 최정(崔珽)의 따님이시다. 아들 셋을
두었는데, 경(璟)과 질(質)은 벌써 스물이 넘었고 막내는 이제 겨우 여섯
살로 이름은 충랑(充郎)이다. 묏자리를 점치니, 공이 돌아가신 4월 임인
일이 좋다고 하기에 그날 동도(東都)의 망산(芒山) 북쪽 두적촌(杜翟村)
에 묻었다.

공은 어려서부터 문장을 잘 지었는데, 나이 열넷에 지어 바친 「마침
내린 비」라는 시를 읽으신 대종께서 대단히 재주 있다 여기시고는 공을 불
러들여 한림학사로 삼으려 하셨다. 그러나 〔부친이신〕 상서공께서 "학업
을 마치게 하였으면 합니다"라면서 어명을 거두어주실 것을 청하였다. 모
친상을 당하자 주상께서는 사자를 보내 조문하고는 상서공께 다음과 같은
명령을 내렸다.

"아비가 충성스러우니 자식이 과연 효성스럽도다. 내 은사를 내려 세
상 사람들을 고무케 하고자 한다. 상을 마친 후에 반드시 한림에 임명할
것이다."

공은 서주 막부에 계실 때 부지런히 일하며 수고를 마다하지 않았으
며, 조정에 계실 때 공손하고 검약하게 관직을 지켰다. 거상(居喪) 중에
도 늘 칭찬이 자자했다. 여러 아우들이나 벗들에게도 잘 대해주었고, 과
부가 된 누이동생에게 집 안에 거하는 법을 가르쳐주었으며 고아가 된 생
질을 길렀으니, 〔처지를〕 분별해서 은혜를 베풀 줄 알았다. 열한 개의 관
직을 거쳤어도 도성에 집 한 채 없고, 들에 밭 한 뙈기 없었으며, 장례를
치를 유산도 없었으니, 명문을 지어줄 만하지 않은가! 명문을 짓는다.

배씨는 원래 명문가였던 데다가
당나라에 들어와 더욱 성대해졌네.

가지가 나뉘고 친족이 서로 멀어져

각자 대가(大家)를 이루었지만,

오직 공의 집안만은

덕이 높았으되 관직은 미미했네.

아들과 손자가

대를 이어 명성을 얻었으니,

진양(晉陽)의 낯빛은[3]

온화하고 공손했네.

남의 것이고 내 것이고 구분하지 않았고

어린애나 어른이나 한가지로 대했네.

어찌하여 명이 길지 못하고

봉록이 많지 못했는가!

후세라도 복을 받는다 했으니

그 또한 맞는 말이로다.

---

3 진양(晉陽)의 낯빛은: 『당송팔대가문초』 본에는 '진양지색(晉陽之色)'이라 되어 있으나
『창려선생문집』에는 '진양지읍(晉陽之邑)'이라 되어 있다. 진양은 당나라 때 하동도(河東
道)에 속해 있었고, 배씨는 조상 때부터 하동에 살았기 때문에 그렇게 말한 것이다. 여기서
는 진양을 이 묘지명의 주인공인 배복을 대신하는 말로 쓴 듯하다.

河南少尹裴君墓誌銘

篇中特序世系及拜官爵, 卒年月日與葬處, 篇末次行事竝虛景.

公諱復, 字茂紹, 河東人. 曾大父元簡, 大理正. 大父曠, 御史中丞·京畿採訪使. 父蚪, 以有氣略敢諫諍爲諫議大夫, 引正大疑, 有寵代宗朝. 屢辭官不肯拜, 卒贈工部尙書.

公舉賢良, 拜同官尉. 僕射南陽公開府徐州, 召公主書記, 二遷至侍御史, 入朝歷殿中侍御史, 累遷至刑部郎中. 疾病, 改河南少尹. 興至官, 若干日卒, 實元和三年四月二十三日, 享年五十. 夫人博陵崔氏, 少府監頵之女. 男三人, 璟·質皆旣冠, 其季始六歲, 曰充郎. 卜葬, 得公卒之四月壬寅, 遂以其日葬東都芒山之陰杜翟村.

公幼有文, 年十四上「時雨詩」, 代宗以爲能, 將召入爲翰林學士. 尙書公請免曰: "願使卒學." 丁後母喪, 上使臨弔, 又詔尙書公曰: "父忠而子果孝. 吾加賜以厲天下. 終喪, 必且以爲翰林." 其在徐州府, 能勤而有勞, 在朝, 以恭儉守其職. 居喪必有聞. 待諸弟友以善, 教館嫠妹, 畜孤甥, 能別而有恩. 歷十一官而無宅于都, 無田于野, 無遺資以爲葬, 斯其可銘也已! 銘曰:

裴爲顯姓, 入唐尤盛. 支分族離, 各爲大家. 惟公之系, 德隆位細. 曰子曰孫, 厥聲世繼. 晉陽之色, 愉愉翼翼. 無外無私, 幼壯若一. 何壽之不遐, 而祿之不多. 謂必有後, 其又信然耶.

급사중 청하 장군 묘지명[1]

장군은 이름이 철(徹)이고 자는 아무개며 진사의 신분으로 승진을 거듭하여 관직이 범양부(范陽府) 감찰어사에 이르렀다. 장경 원년(821)에 지금의 우재상(牛宰相)[2]께서 어사중승으로 계실 때 장군의 명성과 행실을 위에 아뢰어 어사 후보에 오르게 하니, 과연 조서가 내려와 장군을 어사에 임명하시었다. 범양부[3]에서는 장군이 아까웠지만 감히 붙잡아둘 수 없어 떠나보내고는 몰래 다음과 같은 상주문을 올렸다.

"유주(幽州)는 절도사 자리를 부자끼리 세습하면서[4] 조정의 관리 선발에 따르지 않은 지 오래였습니다. 지금 조정에서 이 땅을 다시금 거두어들였으나[5] 신은 이제 막 도착한 터라 혼자이고 두렵습니다. 반드시 힘

---

1 『창려선생문집』에는 제목 앞에 '옛 유주 절도판관으로 ……에 추증된(故幽州節度判官贈)'이라는 여덟 자가 더 있다. 장군은 장철(張徹)인데, 양당서(兩唐書)에서는 그를 「장홍정전(張弘靖傳)」 아래 부록하고 있다. 청하(淸河)는 장군의 본관이다.

2 우재상(牛宰相): 우승유(牛僧儒). 『구당서』「목종기(穆宗紀)」에 따르면 우승유는 원화 15년(820)에 어사중승이 되었다고 한다.

3 범양부: 당시 범양절도사부의 절도사로 있던 사람은 장홍정(張弘靖)이었다. 뒤에 나오는 상주문을 올린 자도 장홍정이다.

4 유주(幽州)는…… 세습하면서: 유주절도사 유평(劉怦)이 그 아들 유제(劉濟)에게 자리를 물려주고, 유제는 다시 그의 아들 유총(劉總)에게 물려주어 3대 동안 절도사 직을 세습했다.

5 지금…… 거두어들였으나: 장경 원년에 유총이 유주를 조정에 바치고 귀순하니, 조정에서는 장홍정을 유주절도사에 임명하여 유총을 대신하게 하였다.

있는 보좌가 있어야만 일을 해낼 수 있습니다."

이에 조정에서는 도중에 장군을 다시 범양부로 돌려보내라는 조서를 내렸으며, 장군을 전중시어사(殿中侍御史)로 승진시키면서 붉은 관복과 은색 어대(魚袋)를 하사했다.

도착한 지 며칠 만에 군란이 일어났는데, 〔난을 일으킨 군사들은〕 범양부의 종사(從事)들에게 원망이 사무쳐 모조리 죽여버리고 절도사를 감금했다. 그러고는 서로 약속하며 말하기를, "장어사는 훌륭한 분인지라 우리들을 모욕하거나 못살게 굴지 않으셨으니, 죽일 필요 없다"고 하고는 장군을 절도사 거처에 데려다놓았다. 한 달여쯤 지났을 때, 도성으로부터 중귀인(中貴人)[6]이 온다는 기별을 듣고 장군이 절도사에게 말했다.

"공께서는 이곳 사람들에게 인심을 잃지 않으셨으니, 폐하의 사자가 오거든 만나뵙기를 청하여 스스로 변명하실 수 있을 것입니다. 무사히 벗어나 돌아가시기를 바랍니다."

그러고는 문을 열어젖히면서 내보내달라고 하였다. 문지기가 반란군 우두머리에게 고하자 우두머리와 그의 무리들은 모두 깜짝 놀라며, "분명 장어사일 것이다. 장어사는 충성스럽고 의로운 분인지라 분명 절도사를 위해 이 일을 위에 고할 것이다. 나머지 사람들은 차라리 별관으로 옮기는 것이 낫겠다"라고 하고는, 사람들과 함께 장군을 꺼내주었다. 장군은 문을 나서자마자 무리를 욕하며 말했다.

"네 놈들이 어찌 감히 반역을! 그제 오원제(吳元濟)는 동쪽 저자에서 참수되었고, 어제 이사도(李師道)는 군중(軍中)에서 참수되었다. 그 자들과 같은 죄를 저지른 놈은, 부모 처자까지 모조리 처형하여 그 고기를

---

6 중귀인(中貴人): 환관을 가리키는 말이다.

개나 쥐, 솔개나 까마귀 먹이로 주겠다. 네 놈들이 어찌 감히 반역을! 네 놈들이 어찌 감히 반역을!"

걸어가며 욕을 하는데, 무리들은 그 말이 싫으면서도 두려워 차마 듣지를 못했다. 그러나 한편 변고가 생길까 걱정되어 장군을 때려서 죽게 만들었다. 장군이 죽을 때까지 계속해서 욕을 해대자 무리들은 모두 "의로운 선비로다, 의로운 선비야!"라고 말했다. 어떤 사람이 훗날을 위해 장군을 땅에 묻어주었다.

이와 같은 사실이 알려지자 천자께서는 장군을 장하게 여기시어 급사중에 추증하셨다. 그의 벗 후운장(侯雲長)은 운주절도사(鄆州節度使) 보좌로 있었는데, 장수 마복야(馬僕射)에게 청하여 장군의 영구를 모셔올 사람을 군중에서 뽑을 수 있게 해달라고 한 결과, 옛날부터 장군과 알고 지내던 장공(張恭)·이원실(李元實) 두 사람을 찾을 수 있었다. 이에 두 사람 편에 폐물을 보내어 범양으로 가 영구를 모셔와달라고 청했다. 범양 사람은 장군의 행적을 의롭다 여기고, 장군의 영구를 돌려보내주었다. 이 일이 알려지자 조서가 내려와 영구가 도착하는 곳마다 배나 수레를 제공하여 집까지 모셔올 수 있도록 해주었으며, 돈이나 물품 등을 하사하여 장례를 치를 수 있도록 해주었다. 장경 4년(824) 4월 아무 날에 장군의 처자가 그 영구를 아무 고을 아무 땅에 묻었다.

장군의 아우인 장복(張復)도 진사로서 변주(汴州)·송주(宋州) 보좌로 있었는데, 그만 병을 얻어 정신에 이상이 생기는 바람에 놀랐다 두려워했다 하는 것이 정상이 아니었다. 생전에 장군은 틈만 나면 직접 동생의 옷이며 이불이 두꺼운지 얇은지를 살피었고, 제때 음식을 먹이면서 직접 숟가락으로 떠먹이기까지 하였다. 또 집안사람들에게 큰 소리를 내지 못하게 하였다. 그 병세를 고치는 약 중에는 공청(空靑)이니 웅황(雄黃)

이니 하는 기이한 것들이 많았기에 약값만도 수십만 냥이 들었다. 갖은 고생을 다하며 그 돈을 마련하는 것도 모두 장군이었지 다른 사람의 도움을 빌리지 않았다. 집이 가난하여 처자식은 늘 굶주렸다.

조부 아무개는 아무 관직을 했고, 부친 아무개는 아무 관직을 했다. 처 한씨(韓氏)는 예부랑중(禮部郎中) 아무개[7]의 손녀이자 변주(汴州) 개봉현위(開封縣尉) 아무개[8]의 딸인데, 내게는 숙부님 손녀이기도 하다. 장군이 일찍이 내게서 학문을 배웠기에 생도들 중에서 사윗감을 뽑아 시집보냈던 것이다. 장군은 효성스럽고 순종적이며 공경스럽고 수양이 훌륭했는데, 여러 딸들도 장군의 행실을 그대로 닮았다. 아들 몇 명이 있으니, 이름은 아무개요, 딸은 아무개다. 명을 짓는다.

오호, 장철이여!
세상 사람들은 모두 명리를 좇거늘
그대만은 홀로 꼿꼿하였소.
모두들 소리도 못 내고 목숨을 부지하거늘
그대만은 과감히 일어나셨소.
저들이 맑지 못하기에
그대는 옥설이 되었고,
인의(仁義)를 병기 삼아
이지러지지도 부러지지도 않았소.
죽을지언정 명절을 지키실 줄 알았기에
진정 용감한 자가 되시었소.

---

7 예부랑중(禮部郎中) 아무개: 한운경(韓雲卿). 한유의 숙부다.

8 개봉현위(開封縣尉) 아무개: 한유(韓愈).

이승에서든 저승에서든
그대의 명절 빼앗지 못하리니,
내 명문을 지어 그대를 기리는 것도
못난 자들을 꾸짖기 위함이오.

給事中淸河張君墓誌銘

張君, 名徹, 字某, 以進士累官至范陽府監察御史. 長慶元年, 今牛宰
相爲御史中丞, 奏君名迹中御史選, 詔卽以爲御史. 其府惜不敢留, 遣之,
而密奏: "幽州將父子繼續, 不廷選且久. 今新收, 臣又始至, 孤怯, 須强
佐乃濟." 發半道, 有詔以君還之, 仍遷殿中侍御史, 加賜朱衣銀魚.

至數日, 軍亂, 怨其府從事, 盡殺之, 而囚其帥. 且相約: "張御史, 長
者, 毋侮辱轢蹙我事, 毋庸殺." 置之帥所. 居月餘, 聞有中貴人自京師至,
君謂其帥: "公無負此土人, 上使至, 可因請見自辯. 幸得脫免歸." 卽推門
求出. 守者以告其魁, 魁與其徒皆駭, 曰: "必張御史. 張御史忠義, 必爲
其帥告此. 餘人不如遷之別館." 卽與衆出君. 君出門, 罵衆曰: "汝何敢
反! 前日吳元濟斬東市, 昨日李師道斬於軍中. 同惡者父母妻子皆屠死,
肉餧狗鼠鴟鴉. 汝何敢反! 汝何敢反!" 行且罵, 衆畏惡其言, 不忍聞. 且
虞生變, 卽擊君以死. 君抵死口不絕罵, 衆皆曰: "義士, 義士!" 或收瘞之

以俟.

事聞, 天子壯之, 贈給事中. 其友侯雲長佐鄆使, 請於其帥馬僕射, 爲之選於軍中, 得故與君相知張恭·李元實者. 使以幣請之范陽. 范陽人義而歸之. 以聞, 詔所在給船轝, 傳歸其家, 賜錢物以葬. 長慶四年四月某日, 其妻子以君之喪葬于某州某所.

君弟復, 亦進士, 佐汴·宋, 得疾, 變易喪心, 驚惑不常. 君得閒, 卽自視衣褥薄厚, 節時其飲食, 而比筋進養之. 禁其家無敢高語出聲. 醫餌之藥, 其物多空靑·雄黃諸奇怪物, 劑錢至十數萬. 營治勤劇, 皆自君手, 不假之人. 家貧, 妻子常有饑色.

祖某, 某官, 父某, 某官. 妻韓氏, 禮部郎中某之孫, 汴州開封尉某之女, 於余爲叔父孫女. 君常從余學, 選於諸生而嫁與之. 孝順祗修, 羣女效其所爲. 男若干人, 日某, 女子某. 銘日:

嗚呼徹也, 世慕顧以行, 子揭揭也. 噫嘻以爲生, 子獨割也. 爲彼不淸, 作玉雪也. 仁義以爲兵, 用不缺折也. 知死不失名, 得猛厲也. 自申于闇明, 莫之奪也. 我銘以貞之, 不肖者之咀也.

고공원위 노군 묘명[1]

글 중간에 허구를 집어넣고 있으며, 오직 이서균(李棲筠)이 그를 종사(從事)로 초징한 일만을 화제로 삼고 있다.

나의 맏형이신 고(故) 기거사인(起居舍人) 군[2]께서는 도덕과 문학으로 한 시대 사람들을 탄복시켰다. 맏형에게는 벗이 넷 있었는데, 그중 한 명이 범양(范陽)의 노동미(盧東美) 군이다. 젊어 아직 벼슬하지 않았을 적에 모두 장강과 회하(淮河) 일대에서 살았는데, 세상의 사대부들은 그들을 일러 '4기(四夔)'[3]라고 하였으니, 그들의 도덕이 옛날 기(夔)나 고요(皐陶)와 짝을 이룰 만하다 하여 그리 이름 붙인 것이었다. 혹자는 말하기를, 기는 일찍이 재상이 되어서 세상에서는 '상기(相夔)'라고 부르는데, 네 사람은 비록 은거하며 벼슬을 못하고 있지만 천하에서는 이미 재상이

---

1 노군은 노동미(盧東美)다. 이 글은 원화 2년(807)에 지어졌다.

2 고(故) 기거사인(起居舍人) 군: 한회(韓會). 이고(李翺)가 지은 한유의 행장(行狀)에 보면 한유는 "태어난 지 3년 만에 부친께서 돌아가시어 형의 집에서 자랐다(生三歲, 父歿, 養於兄)"고 한다. 한회에 대해서는 유종원(柳宗元)이 지은 「선우기(先友記)」에 다음과 같은 기록이 보인다. "한회는 창려 사람이다. 청언을 잘했고 문장에도 능해 명성이 자자했다. 그러나 비방을 많이 받아 관직이 기거랑에 그쳤으며 폄적되었다가 세상을 떴다(韓會, 昌黎人. 善淸言, 有文章, 名最高. 然以故多謗, 至起居郞, 貶官卒)."

3 사기(四夔): 『구당서』「최조전(崔造傳)」에 최조는 "영태 연간에 한회·노동미·장정칙과 친구로 지냈는데, 모두 상원에 객지살이 하고 있던 데다가, 경제 방면의 책략을 이야기하기 좋아했으며, 늘 왕의 보좌로서 자부하였기에 당시 사람들은 이들을 '4기'라고 불렀다(永泰中, 與韓會·盧東美·張正則爲友, 皆僑居上元, 好談經濟之略, 嘗以王佐自許, 時人號爲'四夔')"라는 기록이 보인다.

라 여기었기에 그렇게 이름 붙은 것이라고 했다.

　대력 연간 초에 어사대부 이서균(李棲筠)[4]이 공부시랑에서 절서관찰사(浙西觀察使)가 되었다. 당시 중원은 막 난리에서 벗어난 터라 벼슬아치들 대부분은 장강과 회하 일대에 피난 와 살고 있었는데, 일찍부터 높은 관직에 있으면서 명성을 얻어 스스로 노련한 구신(舊臣)이라 자부하는 자들이 수백 수천 명이었다. 그런데도 대부(大夫, 李棲筠)께서는 그들을 등용하지 않으시고, 새벽에 조복을 입으신 채 말 탄 관리만을 데리고서 시골집을 찾아오시더니, 노군께 관리가 되어달라 청하셨다. 노군은 당시 막 성년이 된 나이였는데, 『시경』과 『서경』을 읽으며 벗들과 더불어 날마다 주공·공자의 말씀을 강론하며 절차탁마하고, 또 여기저기 다니며 즐기고 계셨기에, 학업을 그만두고 남을 위해 일할 뜻이 없었다. 그러나 결국 등용되어 대부를 따르게 되었다. 세상에서 노군을 알지 못하는 사람들은 대부께서 사람을 등용하는 방식이 남다른 점만을 기이하게 여기면서, 분명 제대로 된 인재를 얻었으리라 생각했다. 하지만 노군을 아는 사람들은 노군이 남을 따른다는 것은 본디 지켜오던 절개와 다르긴 하지만 그래도 분명 따를 만한 자를 찾은 것이리라 생각했다. 그 후 태상박사(太常博士)·감찰어사(監察御史)·하남부사록(河南府司錄)·고공원외랑(考功員外郎) 등 관직을 거쳤으며 춘추 몇으로[5] 세상을 뜨셨다. 맡은 관직마다 직분을 능히 감당해냈다.

　부인 이씨(李氏)는 농서(隴西) 사람이다. 부인께서는 노군이 살아계실 적에는 군자의 덕에 어울리도록 덕성을 저버리는 일이 없었고, 노군

4　이서균(李棲筠): 자는 정일(貞一)로 조군(趙郡) 사람이다. 대력 3년(768)에 어사중승·절서단련관찰사가 되었다.

5　춘추 몇으로: 『창려선생문집』에는 "쉰넷에 세상을 뜨니(年五十四而終)"라고 되어 있다.

이 돌아가신 뒤에는 자녀를 훈도함에 어머니로서의 도리를 다하셨다. 노군이 돌아가시고 20년 뒤, 예순여섯을 일기로 세상을 뜨셨다. 합장하려고 할 때, 노군의 아들 노창(盧暢)이 노군의 손자 노립(盧立)에게 말했다.

"네 조부님의 덕망과 공렬은 이미 잘 알려져 있지만, 상세하고 믿을 만한 내용은 선친의 벗들만큼 잘 알고 계시는 분이 없을 것이다. 선친의 벗들 중 살아 계신 분이라곤 없지만, 기거랑을 지내신 어르신에게 한유(韓愈)라는 막내 동생이 있는데, 고문(古文)에 능하여 가업을 이었으니, 필시 선친의 업적을 이야기해줄 수 있을 게다. 가서 명문을 지어달라 청하거라."

노립이 부친의 명을 받들고 내게 달려와 말을 전하였다. 내가 노립에게 말했다.

"자네가 날 찾아온 건 당연한 일일세. 그러나 자네 조부의 행적을 한두 가지로 다 열거할 수 있는 것도 아니고, 게다가 나는 뒤에 태어난 사람이라 자네 조부와 만나보지도 못하였으니, 자세한 것은 알지 못하네. 그러나 크게 드러난 것은 이미 많은 사람들이 다 칭찬하고 있으니, 칭찬하는 자가 많은지 적은지만 보아도 덕성을 살필 수 있을 것이네. 자네의 조부께서 아직 출사하지 않고 은거하실 적에, 천하의 사대부들은 옛날의 기나 고요와 짝을 이룰 만하다고 여겼고, 재상이 될 만하다고도 여겼으니, 그 덕성이 이미 너무도 크지 않은가! 주공과 공자를 강설하면서, 그 도를 즐기고 세속적인 일 따위는 즐기지 않으셨네. 그러나 따를 만한 사람을 찾은 뒤에는 안팎을 가리지 않고 분발하여 일어났으니, 나아가고 물러남이 의(義)에 부합하지 않는가! 이렇게 명문을 지으면 지금 세상과 후세에 보일 수 있지 않겠나!"

노립은 손을 모아 절하며 "네, 네" 하였다.

노군의 조부 자여(子輿)는 복주(濮州) 복양현령(濮陽縣令)을 지내
셨다. 부친 동(同)은 서주(舒州) 망강현령(望江縣令)을 지내셨다. 부인
의 조부인 이연종(李延宗)은 운주사마(鄆州司馬)를 지내셨고, 부친인 이
진성(李進成)은 녹주(鄜州) 낙교현령(洛交縣令)을 지내셨다. 아들 셋을
두었는데, 이름은 각각 창(暢)·신(申)·이(易)이고, 딸 셋은 모두 시집
가 선비의 아내가 되었다. 묘지는 하남 구지현(緱氏縣) 양국(梁國) 언덕
에 있다. 합장한 일시는 원화 2년(807) 2월 10일이다.

考功員外盧君墓銘

篇中竝虛景, 總只是以李棲筠辟從事爲案.

愈之宗兄故起居舍人君, 以道德文學伏一世. 其友四人, 其一范陽盧
君東美. 少未出仕, 皆在江淮間, 天下大夫士謂之 ‘四夔’, 其義以爲道可與
古之夔皐者侔, 故云爾. 或曰夔嘗爲相, 世謂 ‘相夔’, 四人者雖處而未仕,
天下許以爲相, 故云.

大歷初, 御史大夫李棲筠由工部侍郎爲浙西觀察使. 當是時, 中國新
去亂, 仕多避處江淮間, 嘗爲顯官得名聲, 以老故自任者以千百數. 大夫
莫之取, 獨晨衣朝服, 從騎吏, 入下里舍請盧君. 君時始任戴冠, 通『詩』·
『書』, 與其羣日講說周公·孔子以相磨礲浸灌, 婆娑嬉游, 未有捨所爲爲人
意. 旣起從大夫. 天下未知君者, 惟奇大夫之取人也不常, 必得人. 其知君

344

者, 謂君之從人也非其常守, 必得其從. 其後爲太常博士·監察御史·河南府司錄·考功員外郎, 年若干而終. 在官擧其職.

夫人李姓, 隴西人. 君在, 配君子無違德, 君沒, 訓子女得母道甚. 後君二十年, 年六十六而終. 將合葬, 其子暢命其孫立曰: "乃祖德烈靡不聞, 然其詳而信者, 宜莫若吾先人之友. 先人之友無在者, 起居丈有季曰愈, 能爲古文, 業其家, 是必能道吾父事業. 汝其往請銘焉." 立于是奉其父命奔走來告. 愈謂立曰: "子來宜也. 行不可一二擧, 且吾之生也後, 不與而祖接, 不得詳也. 其大者莫若衆所與, 觀所與衆寡, 兹可以審其德矣. 乃祖未出而處也, 天下大夫士以爲與古之夔皐者侔, 且可以爲相, 其德不旣大矣乎! 講說周公·孔子, 樂其道, 不樂從事於俗, 得所從, 不擇外內奮而起, 其進退不旣合於義乎! 銘如是, 可以示于今與後也歟!" 立拜手曰: "唯唯."

君祖子興, 濮州濮陽令. 父同, 舒州望江令. 夫人之祖延宗, 鄆州司馬, 父進成, 鄜州洛交令. 男三人, 暢·申·易, 女三人, 皆嫁爲士人妻. 墓在河南緱氏縣梁國之原. 其年月日, 元和二年二月十日云.

사법참군 이군 묘지명[1]

공은 이고(李翱)와 두터운 사이지만 이고 조상의 묘지명을 오히려 이처럼 간략하게 서술하고 있다.

정원 17년(801) 9월 정묘일에 농서(隴西) 사람 이고(李翱)[2]가 그의 조부인 패주(貝州) 사법참군 이초금(李楚金)과 조모 청하(清河) 최씨(崔氏) 부인을 변주(汴州) 개봉현(開封縣) 아무 리(里)에 합장했다. 창려(昌黎) 사람 한유가 그의 세계(世系)를 기록하여 덕행을 빛내고자 장례 경과를 기록한다.

그의 집안으로 말하자면, 양무소왕(凉武昭王)[3]에서 여섯 대(代) 만에 사공(司空)[4]에 이르렀고, 사공의 손자가 바로 자사(刺史) 청연후(清淵侯)[5]이며, 청연후에서 패주〔사법참군 이초금〕까지는 또 다섯 대다.

---

1 『창려선생문집』에는 제목은 앞에 '고패주(故貝州)' 세 글자가 더 있다. 이군은 이초금(李楚金)으로, 한유의 제자이자 조카사위인 이고(李翱)의 조부다.

2 이고(李翱): 자는 습지(習之)로 섬서(陝西) 성기(成紀) 사람이다. 한유의 형인 한엄(韓弇)의 딸을 아내로 맞아 한유에게는 조카사위뻘이 되고, 한유 등이 제창한 고문 운동의 동반자이자 후계자로 꼽히는 인물이다.

3 양무소왕(凉武昭王): 이름은 이고(李暠)이고 자는 현감(玄盛)이다. 진(晉)나라 안제(安帝) 때 서량공(西凉公)이라 자칭하고 17년간 재위했다.

4 사공(司空): 이충(李沖). 죽은 후에 사공에 추증되었다. 『오백가주석한창려전집(五百家註釋韓昌黎全集)』의 주석에 따르면, 이고의 아들이 이번(李翻)이고, 이번의 아들이 이보(李寶)며, 이보의 아들이 이충이니, 사실상 이충은 양무소왕의 증손이지 6대손이 아니다.

5 자사(刺史) 청연후(清淵侯): 이충의 아들은 이연실(李延實)이고, 이연실의 아들은 이빈

덕행으로 말하자면, 형님 모시기를 부모 모시듯 하였고, 감히 정도(正道)를 벗어나는 행실을 하지 않으셨다. 부인께서는 동서 모시기를 시어머니 모시듯 하였고, 집 안에 있으면서 감히 마음대로 하는 법이 없었다. 패주에 있을 때 그곳 자사가 백성들로부터 환영을 받지 못했는데, 그 자사가 임기를 마치고 떠나려고 하자 백성들이 모두 몰려나와 소동을 피우면서 손에 돌을 들고 자사가 나오기를 기다렸다가 치려고 했다. 자사는 숨느라 감히 밖에 나가지 못하였고 별가(別駕) 이하 주현(州縣)의 관리들도 감히 〔백성들을〕 막지 못했다. 그때 사법참군께서 노하여 말씀하시기를, "어디 감히 이런 짓을 하느냐!" 하시고는 하급관리 백여 명에게 분부하여, 무기를 들고 나가 나무를 세워놓고 그 위에 "자사가 나가시는데 감히 쳐다보는 자가 있으면 이 나무 아래에서 처형하겠노라!"라고 써놓게 하였다. 백성들은 그 말을 듣고 모두 놀라 서로서로 이야기를 전하고서 흩어져 떠났다. 후임 자사가 도착하여 사법참군을 승진시키니, 패주는 이때부터 크게 다스려졌다.

사법참군의 장례 경과에 대해 말하자면, 이고가 패주군(貝州君, 사법참군 李楚金)의 관을 패주에서 모시고 와 개봉에서 장사 지내고, 부인의 관을 초주에서 모시고 와 8월 신해일에 개봉에 도착했다. 정사일에 묘광을 팠다. 9월 신유일에 봉분을 쌓았다. 정묘일에 하관하였다.

사람들은 이씨 집안을 명문세가라고 한다. 청연후 이후로 다섯 대 동안 벼슬길이 열리지 않았으나, 쌓인 것이 있으면 반드시 펼쳐지는 법이니, 이제부터 일어나 크게 현달하려는 것 아니겠는가? 40년 후에 사법참군 형님의 아들 이형(李衡)이 처음으로 호부시랑에 올랐으나, 참군의 아들 넷

___

(李彬)으로 조상의 작위를 세습하여 청연후가 되었고 죽어 제주자사(齊州刺史)에 추증되었다.

은 모두 관직이 낮았다. 이고는 그의 손자로 도(道)를 지니고 있고 문장
도 뛰어나니, 크게 현달할 자가 혹 이고가 아니겠는가!

司法參軍李君墓誌銘

公與李翺厚相知, 而次其祖墓簡徑如此.

貞元十七年九月丁卯, 隴西李翺合葬其皇祖考貝州司法參軍楚金, 皇
祖妣淸河崔氏夫人于汴州開封縣某里. 昌黎韓愈紀其世, 著其德行, 以識
其葬.

其世曰, 由梁武昭王六世至司空, 司空之後二世爲刺史淸淵侯, 由侯
至于貝州, 凡五世.

其德行曰, 事其兄如事其父, 其行不敢有出焉. 其夫人事其姒如事其
姑, 其於家不敢有專焉. 其在貝州, 其刺史不悅於民, 將去官, 民相率讙
譁, 手瓦石, 胥其出擊之. 刺史匿不敢出, 州縣吏由別駕已下不敢禁. 司法
君奮曰: "是何敢爾!" 屬小吏百餘人, 持兵仗以出, 立木而署之曰: "刺史
出, 民有敢觀者, 殺之木下!" 民聞皆驚, 相告散去. 後刺史至, 加擢任, 貝
州由是大理.

其葬曰, 翺旣遷貝州君之喪于貝州, 殯于開封, 遂遷夫人之喪于楚州, 八
月辛亥, 至于開封. 壙于丁巳. 墳于九月辛酉. 窆于丁卯.

人謂李氏, 世家也. 侯之後五世仕不遂, 蘊必發, 其起而大乎? 四十年
而其兄之子衡, 始至戶部侍郎, 君之子四人, 官又卑. 翺其孫也, 有道而甚
文, 固于是乎在!

공사훈 묘지명[1]

사훈(司勳)은 추증된 관직명이다. 묘지 첫머리에서 "소의군 절도사(昭義節度使) 노종사(盧從史)에게 현명한 보좌가 있었으니"라고 한 것은 공감(孔戡)이 시종 노종사의 막부에만 있었기 때문이다. 전편을 통해 오직 한 가지 일만 서술하고 있다.

소의군 절도사 노종사에게 공군(孔君)이라는 현명한 보좌가 있었으니, 휘는 감(戡)이요 자는 군승(君勝)이다. 노종사가 불법을 자행하자 공군께서 은밀히 간언을 했으나 노종사는 따르지 않았다. 이에 공군께서는 공적인 자리에서 대놓고 이야기하며 노종사를 질책했다. 노종사는 부끄러워 목덜미까지 벌겋게 달아올랐으며, 고개를 떨어뜨리고 숨도 제대로 쉬지 못하면서 감히 한 마디 말도 꺼내 대항하지 못했다. 노종사가 공군으로 인해 명령을 바꾸고 법문을 고친 것이 전후로 수십 번은 될 것이다. 공군은 앉았다 하면 노종사와 더불어 고금 군신부자의 도리를 이야기했는데, 도리를 따르면 복을 받지만 거스르면 위험에 빠져 죽임을 당한다고 하면서 "도리를 따르셔야지, 거슬러서는 안 됩니다"라고 말했다. 그럴 때면 노종사는 귀를 쫑긋하고 듣다가 땀을 흘리면서 숨을 몰아쉬었다. 그러나 5, 6년 뒤에 노종사는 더욱 교만해져서 도리에 어긋나는 말을 하더니,

---

1 『창려선생문집』에 실린 본제목은 "당나라 조산대부로 사훈원외랑에 추증된 공군 묘지명(唐朝散大夫贈司勳員外郎孔君墓誌銘)"이다. 이 글은 원화 5년(810)에 지어졌는데, 한유는 공사훈, 즉 공감(孔戡)과 동도분사(東都分司)에서 함께 일했던 인연으로 이 묘지명을 지었다.

공군께서 아무리 간언해도 고치려는 기색조차 없었다. 그러자 공군께서는 온 막부의 종사들을 이끌고 가서 간언하였다. 노종사는 비록 부끄럽긴 하였으나 종사들이 물러가자 교만함이 더욱 심해졌다. 이에 공군께서는 울면서 사람들에게 말했다.

"내가 할 수 있는 것은 여기까지다. 더 이상 할 것이 없구나."

그러고는 병을 핑계로 사직하고 떠나가서는 동도(東都) 성 동쪽에서 편히 거하시면서 주연에 참석하지 않았다. 당시 세상 사람들은 모두 공군을 어질다 여기면서, 천자 옆에 있어야 마땅한 선비를 논할 때면 모두 "공군이지, 공군이야"라고 하였다.

마침 재상 이공(李公)²께서 양주(揚州)를 다스리시게 되자 처음으로 상소문을 올려 공군을 등용하겠다고 하였는데, 공군께서는 여전히 누워 계신 채 응하지 않으셨다. 노종사는 [공군을 등용한다는] 조서를 읽고, "그래서 나를 버리고 다른 사람을 따르려 했던 것이냐" 하더니, 그 즉시 공군을 무고하는 상소를 올려서 공군이 이전에 소의군에 있을 때 무슨무슨 짓을 저지른 적이 있다고 아뢰었다. 주상께서는 "알겠다"고 하셨다. 노종사가 세 번이나 상소를 올리자 주상께서는 공군을 위위승(衛尉丞)에 제수하고 동도의 업무를 맡아보게 했다.³ 조서가 막 내려왔을 때 문하급사중(門下給事中) 여원응(呂元膺)⁴은 조서를 다시 봉하여 돌려보냈다.⁵ 그

---

2 재상 이공(李公): 이길보(李吉甫). 자는 홍헌(弘憲)이고 조군(趙郡) 사람이다. 『구당서』 「헌종기」에 "원화 3년 9월 무술일에, 중서시랑·평장사 이길보를 검교 병부상서 겸 중서시랑·양주대도독부 장사·회남절도사에 임명하다(元和三年九月戊戌, 以中書侍郞·平章事李吉甫, 檢校兵部尙書, 兼中書侍郞·揚州大都督府長史·淮南節度使)"라는 기록이 보인다.

3 동도의…… 했다: 원문은 '분사(分司)'다. 이는 중앙의 관리를 동도, 즉 낙양으로 파견하여 근무하게 만든 제도다.

4 여원응(呂元膺): 자는 경부(景夫)고 운주(鄆州) 동평(東平, 지금의 산동성 동평현) 사람이다.

러자 주상께서 사람을 보내 여군(呂君, 呂元膺)에게 말했다.

"내가 설마 공감을 모르겠소? 그를 쓰도록 하시오."

이듬해인 원화 5년(810) 정월에 임여(臨汝)의 온천에서 목욕을 하고 임자일에 임여현에 들러 식사를 하실 생각이셨는데, 급기야 돌아가시고 말았다. 향년 57세였다. 공경대부들은 조정에서 조문하였고, 처사들은 집 안에서 조문하였다. 공군께서 돌아가시고 96일째 되던 날, 노종사를 붙잡아 궁궐로 압송하라는 조서가 내려왔다. 노종사가 어명을 어긴 죄를 열거한 뒤 일남군(日南郡)으로 유배 보냈다.[6] 그러고는 다시 조서가 내려와 공군을 상서사훈원외랑(尚書司勳員外郞)에 추증했으니, 일찍이 공군에게 임명하려 했던 관직으로 군의 뜻을 펼쳐주려 함이었으리라. 그해 8월 갑신일에, 하남 하음현(河陰縣) 광무(廣武) 언덕에 묻혔다.

공군께서는 마치 타고나신 듯 그렇게 의로움을 좋아하셨으며, 용감하실 때는 앞뒤도 돌아보지 않으셨다. 그러나 이끗이나 봉록에 대해서는 마치 겁이라도 먹은 양 두려워 피하며 물러나셨다. 막 진사과에 합격하신 뒤 금오위녹사(金吾衛錄事)에서 대리평사(大理評事)가 되시어 소의군을 보좌했다. 소의군 절도사[7]께서 돌아가시자 노종사가 소의군 병마사로 있다가 절도사 직을 대신하게 되었는데, 그때 군에게 "나는 소의군의 대오에서부터 일어난 사람이오. 막부에 있는 자들 가운데 오직 공만이 한 치의 사심도 없소. 만일 공이 남겠다면, 공이 하고 싶은 대로 다 해도 좋소"

---

5 조서를…… 돌려보냈다: 당나라 때 급사중은 문하성의 요직으로, 정령의 잘못을 질정하는 일을 담당하고 있었기에 황제가 내린 조서를 돌려보낼 권리가 있었다.

6 노종사가…… 유배 보냈다: 일남은 지금의 호남성 화용현(華容縣) 서쪽에 있는 지명이다. 『구당서』「헌종기」에 "원화 5년 여름 4월 무술일에, 전 소의군 절도사 노종사를 환주사마로 폄적시키다(元和五年夏四月戊戌, 貶前昭義節度盧從史爲驩州司馬)"라는 기록이 보인다.

7 소의군 절도사: 여기서는 노종사 이전의 소의군 절도사였던 이장영(李長榮)을 가리킨다.

라며 부탁을 해왔다. 이에 군이 어쩔 수 없이 남으니, 1년 뒤에 노종사는 거듭 상소를 올려 군을 감찰어사에서 전중시어사(殿中侍御史)로 승진하게 했다. 노종사는 처음에 군의 말을 들었기 때문에 망하지 않을 수 있었지만, 후에 말을 듣지 않고 포악함을 날로 드러내어 결국 공군이 그를 버리고 떠났기 때문에 망했던 것이다.

조부 아무개는 아무 관직을 지내고 아무 관직에 추증되었다. 부친 아무개는 아무 관직을 지내고 아무 관직에 추증되었다. 공군께서는 처음에 홍농(弘農) 양씨(楊氏) 댁 따님을 얻었으나 돌아가시자 다시 외삼촌인 송주자사(宋州刺史) 경조(京兆) 위기(韋屺)의 따님을 재취로 얻었는데, 두 분 모두 부덕(婦德)이 있었다. 1남 4녀를 두었는데, 모두 어리다. 초취는 시부모 무덤 옆에 묻혔다. 지관이 "올해는 합장해서는 안 됩니다"라고 말하기에, 지관의 말에 따라 합장하지 않았다. 군의 동복형인 공규(孔戣)는 상서 병부원외랑(兵部員外郎)을 지냈다. 아우 공집(孔戢)은 전중시어사로 있으면서 문장과 행실로 조정에 명성을 날렸다. 하장하려 할 때 위부인의 아우인 전진사(前進士)[8] 초재(楚材)가 공군의 행장(行狀)을 내게 주며, "명문을 지어주시오"라고 하였다. 이에 명문을 짓는다.

진실로 의로운 공군,
여기는 그 사람이 묻힌 곳.
천년만년토록
감히 헐거나 훼손하지 말지어다.

---

8 전진사(前進士): 당나라 때는 진사과에 급제한 사람들을 일컬어 '전진사'라고 하였다.

孔司勳墓誌銘

司勳贈官也. 而誌首稱'昭義節度盧從史有賢佐'者, 以戡終始從史幕中. 通篇只叙一事.

昭義節度盧從史有賢佐曰孔君, 諱戡, 字君勝. 從史爲不法, 君陰爭不從. 則於會肆言以折之. 從史羞, 面頸發赤, 抑首伏氣, 不敢出一語以對立. 爲君更令改章辭者, 前後累數十. 坐則與從史說古今君臣父子道, 順則受成福, 逆輒危辱誅死, 曰: "公當爲彼, 不當爲此." 從史常聳聽喘汗. 居五六歲, 益驕, 有悖語, 君爭無改悔色. 則悉引從事空一府往爭之. 從史雖羞, 退益甚. 君泣語其徒曰: "吾所爲止於是. 不能以有加矣." 遂以疾辭去, 臥東都之城東, 酒食伎樂之燕不與. 當是時, 天下以爲賢, 論士之宜在天子左右者, 皆曰: "孔君孔君"云.

會宰相李公鎭揚州, 首奏起君, 君猶臥不應. 從史讀詔曰: "是故舍我而從人耶?" 卽誣奏君前在軍有某事. 上曰: "吾知之矣." 奏三上, 乃除君衛尉丞, 分司東都. 詔始下, 門下給事中呂元膺封還詔書. 上使謂呂君曰: "吾豈不知戡也? 行用之矣." 明年, 元和五年正月, 將浴臨汝之湯泉, 壬子, 至其縣食, 遂卒. 年五十七. 公卿大夫士相弔於朝, 處士相弔於家. 君卒之九十六日, 詔縛從史送闕下. 數以違命, 流于日南. 遂詔贈君尙書司勳員外郎, 盖用嘗欲以命君者信其志. 其年八月甲申, 從葬河南河陰之廣武原.

君於爲義若嗜欲, 勇不顧前後. 於利與祿, 則畏避退處如怯夫然. 始擧進士第, 自金吾衛錄事爲大理評事, 佐昭義軍. 軍帥死, 從史自其軍諸將代爲帥, 請君曰：“從史起此軍行伍中. 凡在幕府, 唯公無分寸私. 公苟留, 唯公之所欲爲.”君不得已, 留一歲, 再奏自監察御史至殿中侍御史. 從史初聽用其言, 得不敗, 後不聽信, 其惡益聞, 君棄去, 遂敗.

　　祖某, 某官, 贈某官. 父某, 某官, 贈某官. 君始娶弘農楊氏女, 卒, 又娶其舅宋州刺史京兆韋屺女, 皆有婦道. 凡生一男四女, 皆幼. 前夫人從葬舅姑兆次. 卜人曰：“今茲歲未可以祔.”從卜人言, 不祔. 君母兄戣, 尚書兵部員外郎. 母弟戡, 殿中侍御史, 以文行稱朝廷. 將葬, 以韋夫人之弟, 前進士楚材之狀授愈, 曰：“請爲銘.”銘曰：

　　允義孔君, 茲惟其藏. 更千萬年, 無敢壞傷.

이원빈(李元賓) 묘명[1]

묘지(墓誌)에서는 관작이나 죽어서 땅에 묻은 날짜 등을 상세히 적고, 행실에 관한 내용은 명(銘) 부분에 실었다.

이관(李觀)[2]은 자가 원빈(元賓)이고 본래 농서(隴西) 출신이다. 강 동쪽에서 도성으로 와서는 나이 스물넷에 진사과에 응시하였다. 3년 만에 급제한 뒤 다시 박학굉사과(博學宏詞科)[3]에 응시하여 1년간 태자교서(太子校書)를 역임했다. 스물아홉에 도성에서 객사하였다. 염을 마친 뒤 사흘째 되는 날에 그의 벗 박릉(博陵) 사람 최홍례(崔弘禮)[4]가 도성 동문 밖 7리 되는 곳에 묻으니, 고을 이름은 경의(慶義)요 언덕 이름은 숭원(嵩原)이다. 벗 한유가 돌에 글을 써 그의 일생을 기록한다. 명문은 다음과 같다.

---

1 『창려선생문집』에는 작품 앞에 "한유가 짓고 단계전이 쓰다(韓愈撰, 段季展書)"라는 기록이, 뒤에는 "11년 12월에 건립하다(十一年十二月建立)"라는 기록이 있다. 이원빈은 한유의 벗 이관(李觀)이다.

2 이관(李觀): 한유는 「이수재에게 드리는 답장」이라는 편지에서 이관에 대해 상세히 소개하고 있다. 그의 글과 사람됨에 대해 모두 탄복하고 있으며, 그의 회재불우(懷才不遇)에 대해 몹시 안타까워했다. 그러던 그가 요절까지 하자 애통한 마음을 매우 짧은 형식의 묘지명에 표현해내고 있다.

3 박학굉사과(博學宏詞科): 이부(吏部)에서 시행하던 과거 과목명으로, 당나라 때는 진사과에 합격한 뒤에도 반드시 이부의 시험을 통과해야 관직을 수여받았다.

4 최홍례(崔弘禮): 자는 종주(從周)로, 시어사(侍御史)를 지냈다. 『신당서』 「최홍례전」에 보면, "도성에 이르러보니 가까이 지내던 이관이 병들어 죽었다. 이에 최홍례는 가진 돈을 다 들여 이관을 위해 장례를 치러주고 하장을 마친 뒤에 떠나갔다(至京師, 所善李觀病且死. 弘禮殫楮爲治喪, 葬畢乃去)"라는 기록이 나온다.

아, 원빈!
오래 사는 것도
나는 부럽지 않소.
요절하는 것도
나는 싫지 않소.
착하게 살지 못한다면
누가 오래 살았다고 말하겠소.
죽어도 〔그 명성〕 썩어 없어지지 않는다면
누가 요절했다고 말하겠소.
아, 원빈!
당대 사람들보다 재주 높았고,
옛사람들보다 행실이 빼어났소.
아, 원빈!
어찌하란 말이오,
어찌하란 말이오.

李元賓墓銘

誌特謹書官爵及死葬月日, 而行誼則蘊藉銘中.

李觀, 字元賓, 其先隴西人也. 始來自江之東, 年二十四舉進士. 三年登上第, 又舉博學宏詞, 得太子校書一年. 年二十九, 客死于京師. 既歛之三日, 友人博陵崔弘禮葬之于國東門之外七里, 鄉曰慶義, 原曰嵩原. 友人韓愈書石以誌之. 辭曰:

已虖元賓, 壽也者, 吾不知其所慕, 夭也者, 吾不知其所惡. 生而不淑, 誰謂其壽. 死而不朽, 誰謂之夭. 已虖元賓, 才高乎當世, 而行出乎古人. 已虖元賓, 竟何爲哉, 竟何爲哉.

시 대리평사 왕군 묘지명[1]

질탕하고 기이한 느낌이 강하다.

왕군은 휘가 적(適)이고 성은 왕씨(王氏)다. 글 읽기를 좋아하였으며, 기이한 재주를 품고 있는 데다가 뜻이 드높았기에 남들처럼 과거에 응시하고자 하지 않았다. 〔과거 말고도 달리〕 공업(功業)을 이룰 수 있는 길이 보이고 명절(名節)을 얻을 수 있는 여러 계기도 보이건만, 안타깝게도 가진 돈이 없어 스스로 출세할 길이 없었기에, 귀인들을 찾아가 청탁하면서 그들의 힘을 빌려 도움을 얻어보고자 했다. 그러나 귀인들은 이미 뜻을 이룬 사람들인지라, 모두 아양 떠는 자들이 늘 하는 이야기나 들으려 하지, 잘 알지 못하는 사람이 하는 생경한 말 따위는 듣고 싶어 하지 않아서, 한 번 만나보고는 바로 문밖으로 내치며 막아버렸다.

당시 지금 주상[2]께서 막 즉위하시어 네 개의 과목[3]을 설치하여 천하의

---

1 제목 맨 앞의 '시(試)'는 당나라의 제도로, 관직을 맡기되 정식으로 임명하지 않았을 때 붙이는 호칭이다. 왕군은 왕적(王適)이다.

2 지금 주상: 당 헌종을 가리킨다.

3 네 개의 과목:『당회요(唐會要)』권76에 보면, 원화 2년(807)에 현량방정능직언극간과(賢良方正能直言極諫科), 박통분전달우교화과(博通墳典達于教化科), 군모굉달감임장수과(軍謀宏達堪任將帥科), 달우리치가사종정과(達于吏治可使從政科) 등 네 개 과목을 설치하였다고 적고 있다. 왕적은 바로 이 해에 현량방정과에 응시했는데,『당척언(唐摭言)』권13에서는, "시어 왕적은 처음 현량방정직언극간과에 응시했다가 너무 직언을 하는 바람에 뽑히지 못하였기에 한문공이 왕적 묘지에서 그렇게 말한 것이다(王適侍御初舉賢良方正直言極諫科, 太直見黜, 故韓文公志適墓云云)"라고 적고 있다.

선비들을 모집했다. 왕군은 웃으며 "드디어 나의 때가 온 것 아니겠느냐?"라고 말했다. 그러고는 그 즉시 자신이 지은 글을 들고 길을 나서서는 노래하고 읊조리며 곧장 시험을 치르러 갔다. 도착하여 시험을 보았는데, 대답하는 말이 사람을 놀라게 할 만하였으나 급제는 하지 못해서 더욱 곤궁해지고 말았다. 한참 뒤에 왕군은 금오(金吾) 이장군(李將軍)[4]이 나이도 젊은데 선비[5]를 좋아하여 유세로써 마음을 움직일 만하다는 말을 듣고, 그 집을 찾아가 이렇게 고하였다.

"천하의 기이한 사내 왕적이 장군을 만나뵙고 말씀 아뢰고자 합니다."

한번 만나서 이야기해보았더니 뜻이 서로 잘 맞는지라, 이장군의 집을 드나들게 되었다. 당시 노종사[6]는 소의군 절도사가 되어 매우 위세를 떨치고 있었는데, 법도 잘 지키는 선비들을 무시하고, 안하무인인 자를 천거받길 원했다. 누군가가 왕군의 평생 행적을 말해주자 왕군을 초빙하러 막객을 보냈다. 그러자 왕군이 이렇게 말했다.

"미친놈하고는 함께 일할 만하지 못하오."

그러면서 그 즉시 막객 되기를 사절했다. 이장군은 이 일로 인해 왕군을 더욱 후하게 대하였으며, 황제께 상주하여 금위군(禁衛軍) 주조참군(冑曹參軍)에 임명되게 하고 인가장판관(引駕仗判官)에 충당되게 하

---

4 금오(金吾) 이장군(李將軍): 이유간(李惟簡)을 말한다. 그는 이보신(李寶臣)의 아들로 원화 연간 초에 검교호부상서(檢校戶部尙書)·좌금오위대장군(左金吾衛大將軍)으로 있었다.
5 선비: 원래는 '사(事)'라 되어 있으나 『창려선생문집』에 근거하여 '사(士)'로 고쳐 해석한다.
6 노종사: 성덕군(成德軍) 절도사 왕사진(王士眞)이 죽은 뒤 그의 아들 왕승종(王承宗)이 권력을 장악하며 조정에 항거했다. 이에 노종사(盧從史)가 왕승종을 토벌할 계략을 내어 소의군 절도사에 임명되었다. 소의군은 당나라 때 방진 이름으로 치소는 노주(潞州)에 있다. 그러나 왕승종을 토벌하라는 조서가 내려왔는데도 노종사는 오히려 왕승종과 통모하여 반란을 꾀했고 그 결과 원화 5년(810)에 진주행영초토사(鎭州行營招討使) 토돌승최에 의해 체포되어 도성으로 압송되었다.

였으며, 왕군의 의견이라면 모두 받아들였다. 이장군이 봉상절도사(鳳翔
節度使)로 승진해 가자 왕군도 따라갔다가 시 대리평사(試大理評事)에
임명되어 감찰어사·관찰판관 직을 대행했다. 〔그곳에서〕 더러운 때를 쓸
어내고 가려운 데를 긁어주어 백성들을 소생시켰다.

　1년 남짓 지났을 때 어딘가 즐겁지 않은 듯 보이더니, 어느 날 갑자기
처자를 수레에 태우고 수향현(閺鄕縣) 남산(南山)으로 뒤도 돌아보지 않
고 들어가버렸다. 중서사인 왕애(王涯)[7]와 독고욱(獨孤郁),[8] 이부랑중(吏
部郎中) 장유소(張惟素)[9]와 비부랑중(比部郎中) 한유 등은 날마다 편지
를 보내 안부를 물었으나, 억지로 불러올 수 없기에 바로 조정에 천거하
지 못하고 있었다. 그런데 이듬해 9월에 병에 걸려 가마에 실린 채 도성
으로 의원을 찾아오더니만, 아무 달 아무 날에 마흔넷을 일기로 세상을
떴다. 11월 아무 날에 도성 서남쪽 장안현(長安縣) 경계에 묻혔다. 증조
부 왕상(王爽)은 홍주(洪州) 무녕현령(武寧縣令)을 지냈고 조부 왕미
(王微)는 우위 기조참군(右衛騎曹參軍)을 지냈다. 부친 왕숭(王嵩)은
소주(蘇州) 곤산현승(崑山縣丞)을 지냈다. 부인 상곡(上谷) 후씨(侯氏)
는 처사 후고(侯高)[10]의 따님이시다.

7　왕애(王涯): 자는 광진(廣津), 산서(山西) 태원(太原) 사람. 정원 8년(792)에 진사가 되
　었고 9년(793)에 중서사인이 되었다.
8　독고욱(獨孤郁): 자는 고풍(古風), 하남 낙양 사람. 고문 운동의 선구자라 할 수 있으며,
　한유에게도 큰 영향을 미친 독고급(獨孤及)의 아들이다. 정원 14년(798) 진사에 급제하여
　관직이 비서소감(秘書少監)에까지 이르렀다.
9　장유소(張惟素): 원화 연간에 이부시랑을 지낸 인물이다.
10　처사 후고(侯高): 처사는 벼슬을 하지 않고 은거하는 사람을 지칭하는 말이다. 후고는 자
　가 현람(玄覽)으로 상곡(上谷) 사람이다. 젊었을 적에 도사가 되어 노산(盧山)에 은거하
　면서 스스로 화양거사(華陽居士)라 칭하였다. 한유의 제자인 이고(李翶)가 그를 위해 묘
　지명을 지었다.

후고는 본디 기이한 선비로서, 스스로를 아형(阿衡)이나 태사(太師)[11]에 비유하였으나, 세상에 그의 이야기에 귀 기울여줄 수 있는 사람이 없어 거듭 관리 시험에 응했다가 거듭 분노하더니, 결국은 미쳐 강물에 뛰어들어 죽고 말았다. 처음에 처사께서 딸을 시집보내려 할 적에 사람들에게 단단히 주의를 주며 말하길, "내 사람들과 어울리지 못해 이렇듯 빈궁해졌지만, 하나뿐인 딸만은 몹시 애지중지하고 있으니, 반드시 관리라야 시집을 보내지 절대 보통 사람에게는 보내지 않겠다"라고 하였다. 왕군이 말했다.

"내 아내 감을 찾은 지 오래인데, 오직 그 노인장만이 마음에 드는 데다가 따님 또한 어질다고 들었으니, 절대 놓칠 수 없지."

그러고는 매파를 속이며 이렇게 했다.

"내 명경과에 이미 급제를 하였으니, 이제 관리 선발에만 뽑히면 관리인 셈이오. 마침 후씨 노인의 따님이 시집갈 나이가 되었다고 하니, 만약 노인이 나를 사윗감으로 허락하게만 도와준다면, 내 백 냥을 당신에게 주어 사례하리다."

매파는 그러마 하고 노인장을 찾아가 아뢰었다. 노인장이 말했다.

"정말 관리냐? 문서를 가져와보거라."

[매파가 후고의 말을 그대로 전하자] 왕군은 변명이 궁색해져서 결국 [매파에게] 이실직고하였다. 그러자 매파가 말했다.

"걱정하실 것 없습니다. 그 노인장께서는 남이 자기를 속일 거라 생각 안 하실 테니, 관리임용 문서[12] 비슷한 두루마리 하나만 얻어서 소매춤

---

11 아형(阿衡)이나 태사(太師): 아형과 태사는 모두 관직명이다. 은나라 탕임금 때 이윤(伊尹)이 아형 벼슬을 했으며, 주나라 무왕 때 강태공 여상(呂尙)이 태사 벼슬을 했다. 즉 스스로를 이윤이나 강태공 같은 인물로 여겼다는 뜻이다.

에 넣고 가기만 하면, 노인장께서 그걸 보시고 기어이 꺼내보려 하지는 않을 터, 요행히 내 말을 믿을 수도 있습니다."

매파의 계략대로 하였더니 노인은 소매춤에 넣고 온 문서만 바라보고 과연 의심 없이 믿으며 "됐네"라고 하였다. 그러고는 딸을 왕씨에게 시집보냈다. 자식 셋을 낳았는데, 아들 하나는 세 살 때에 요절하였다. 장녀는 박주(亳州) 영성현위(永城縣尉) 요정(姚挺)에게 시집갔고, 막내는 이제 겨우 열 살이다. 명문을 짓는다.

> 세발솥이 수레나 지탱해서는 안 되고
> 말이 마을이나 지켜서는 안 되거늘,
> 패옥(佩玉)과 긴 소매는
> 시대에 영합해 치닫기에 불편하네.
> 어떤 때를 만났느냐에 달려 있지
> 영리하고 어리석고와는 관계없다네.
> 남들이 바라는 것과 맞지 않으면
> 품은 재주 있어도 펼치기 어렵네.
> 돌에 글을 새겨
> 무덤 속에 묻네.

---

12 관리임용 문서: 원문은 '고신(告身)'이다. 옛날에는 관리 후보자들에게 관직을 수여할 때는 이부에서 발급한 문서를 나누어주었는데, 그 위에 '상서이부고신지인(尚書吏部告身之印)'이라는 도장이 찍혀 있었기에 관리임용 문서를 고신이라고 칭하게 되었다.

試大理評事王君墓誌銘

瀋宕多奇.

　　君諱適, 姓王氏. 好讀書, 懷奇負氣, 不肯隨人後舉選. 見功業有道路可指取, 有名節可以戾契致, 困於無資地, 不能自出, 乃以干諸公貴人, 借助聲勢. 諸公貴人既志得, 皆樂熟軟媚耳目者, 不喜聞生語, 一見輒戒門以絕.

　　上初卽位, 以四科募天下士. 君笑曰: "此非吾時邪?" 卽提所作書, 緣道歌吟, 趨直言試. 既至, 對語驚人, 不中第, 益困. 久之, 聞金吾李將軍年少喜士可撼, 乃蹐門告曰: "天下奇男子王適, 願見將軍白事." 一見語合意, 往來門下. 盧從史既節度昭義軍, 張甚, 奴視法度士, 欲聞無顧忌大語. 有以君生平告者, 卽遣客鉤致. 君曰: "狂子不足以共事." 立謝客. 李將軍由是待益厚, 奏爲其衛冑曹參軍, 充引駕仗判官, 盡用其言. 將軍遷帥鳳翔, 君隨往, 改試大理評事, 攝監察御史 · 觀察判官. 櫛垢爬痒, 民獲蘇醒.

　　居歲餘, 如有所不樂, 一旦載妻子入閿鄉南山不顧. 中書舍人王涯 · 獨孤郁 · 吏部郎中張惟素 · 比部郎中韓愈, 日發書問訊, 顧不可强起, 不卽薦. 明年九月疾病, 輿醫京師, 某月某日卒, 年四十四. 十一月某日, 卽葬京城西南長安縣界中. 曾祖爽, 洪州武寧令, 祖微, 右衛騎曹參軍. 父嵩, 蘇州崑山丞. 妻上谷侯氏處士高女.

　　高固奇士, 自方阿衡 · 太師, 世莫能用吾言, 再試吏, 再怒, 去發狂投江水. 初, 處士將嫁其女, 懲曰: “吾以齟齬窮, 一女, 憐之, 必嫁官人, 不以與凡子.” 君曰: “吾求婦氏久矣, 惟此翁可人意, 且聞其女賢, 不可以失.” 卽謾謂媒嫗: “吾明經及第, 且選, 卽官人. 侯翁女幸嫁, 若能令翁許我, 請進百金爲嫗謝.” 諾許, 白翁. 翁曰: “誠官人耶? 取文書來.” 君計窮吐實. 嫗曰: “無苦. 翁大人不疑人欺我, 得一卷書粗若告身者, 我袖以往, 翁見, 未必取眎. 幸而聽我.” 行其謀, 翁望見文書銜袖, 果信不疑, 曰: “足矣.” 以女與王氏. 生三子, 一男二女, 男三歲夭死. 長女嫁亳州永城尉姚挺, 其季始十歲. 銘曰:

鼎也不可以柱車, 馬也不可使守閭. 佩玉長裾, 不利走趨. 祇繫其逢, 不繫巧愚. 不諧其須, 有銜不祛. 鑽石埋辭, 以列幽墟.

전중소감 마군 묘지명[1]

평생의 친구였기 때문인지, 묘지명 중 가장 슬프고 눈물이 나올 듯한 작품이다.

군은 휘가 계조(繼祖)이고, 사도(司徒)로서 태사(太師)에 추증된 북평 장무왕(北平莊武王)[2]의 손자이자 소부감(少府監)으로 태자소부(太子少傅)에 추증된 마창(馬暢)의 아들이다. 네 살 때 가문의 음덕으로 태자사인(太子舍人)에 제수되었다. 그 후 34년 동안 다섯 번 승진을 거듭하여 전중소감에 이르렀다. 서른일곱의 나이로 세상을 떴으며 8남 2녀를 두었다.

나는 막 성년이 되었을 때 진사과에 응시하러 도성에 왔는데, 너무도 궁핍하여 혼자 살아갈 길조차 막연했다. 그러다 옛 친구의 막내 동생[3]이란 인연으로 말 머리 앞에서 북평왕께 인사를 드리게 되었다. 왕께서는 내 사정을 물어보시고는 딱하게 여기시어 안읍리(安邑里)의 저택으로 찾아오라 하시었다. 또 내가 춥고 배고픈 것을 가슴 아파하시며 먹을 것과 옷가지를 하사하시고는, 두 아들을 불러 주인의 예로써 나를 대하게 하였다. 그중 막내가 내게 특히 잘 대해주었는데, 소부감으로 태자소부에 추증되신 분이 바로 그분이시다. 그때 유모가 어린 아들을 안고 옆에 서 있었는

---

1 마군은 마계조(馬繼祖)로, 마수(馬燧)의 아들이다. 전중소감은 종4품 벼슬이다.
2 북평 장무왕(北平莊武王): 북평군왕 장무. 장무는 마수(馬燧)의 시호다. 마수는 자가 순미(洵美)로 여주(汝州) 겹성(郟城) 사람이다. 전열(田悅)을 평정한 공로가 있어 북평군왕에 봉해졌다. 정원 11년(795) 8월에 일흔 살을 일기로 세상을 떴다.
3 옛 친구의 막내 동생: 마수는 한유의 형인 한엄(韓弇)과 가까운 사이였다.

데, 눈썹이 그린 것 같고 머리카락은 칠흑처럼 검으며 살결은 눈처럼 희어 사랑스러웠으니, 그 아이가 바로 전중소감 마계조 군이었다. 당시 북쪽 정자에서 왕을 바라다보면, 마치 높은 산이나 깊은 숲, 거대한 계곡과도 같았고, 용이나 호랑이처럼 변화를 예측할 수 없었으니, 정말이지 헌걸찬 인물이셨다. 물러나 소부 어른을 뵈면 푸른 대나무나 오동나무 위에서 서로 마주 보고 있는 난새와 고니와도 같았으니, 가업을 능히 지켜내실 분이셨다. 막내아들은 곱고 수려하여, 한 쌍의 옥인 듯, 난초에 돋아난 싹인 듯, 그 집안에 잘 어울리는 아이였다.

그 후 4, 5년 뒤에 나는 진사가 되어[4] 그곳을 떠나 동쪽을 떠돌다가, 객사에서 북평왕의 죽음을 통곡했다. 그 후 15년 만에 나는 상서도관랑(尙書都官郎)이 되어 동도(東都)의 분사(分司)[5]로 근무하였는데, 그때 소부께서 돌아가시어 또 통곡했다. 다시 10여 년이 흐른 지금, 나는 소감의 죽음을 통곡하고 있다.

오호라, 나는 아직 늙은이도 되지 않았는데, 만나서부터 지금까지 40년 동안 3대의 죽음을 통곡해야만 하니, 이 한세상 산다는 게 대체 무엇이던가! 사람들은 죽지 않고 오래 살고자 하지만, 이 세상 살아가는 모습을 보면 또 어떠한가!

---

4 그 후…… 진사가 되어: 한유가 진사시에 급제한 것은 나이 스물다섯 때인 정원 8년(792)의 일이다.

5 동도(東都)의 분사(分司): 당나라 때는 중앙관리 중 동도인 낙양에서 근무하는 자를 일러 '분사'라 하였다. 351쪽 주 3 참조.

殿中少監馬君墓誌銘

以生平故舊, 志墓最悲涼可涕.

君諱繼祖, 司徒贈太師北平莊武王之孫, 少府監贈太子少傅諱暢之子. 生四歲, 以門功拜太子舍人. 積三十四年, 五轉而至殿中少監. 年三十七以卒, 有男八人, 女二人.

始余初冠, 應進士貢在京師, 窮不自存. 以故人稚弟, 拜北平王於馬前. 王問而憐之, 因得見於安邑里第. 王軫其寒饑, 賜食與衣, 召二子使爲之主. 其季遇我特厚, 少府監贈太子少傅者也. 姆抱幼子立側, 眉眼如畫, 髮漆黑, 肌肉玉雪可念, 殿中君也. 當是時, 見王於北亭, 猶高山深林鉅谷, 龍虎變化不測, 傑魁人也. 退見少傅, 翠竹碧梧, 鸞鵠停峙, 能守其業者也. 幼子娟好靜秀, 瑤環瑜珥, 蘭茁其芽, 稱其家兒也.

後四五年, 吾成進士, 去而東遊, 哭北平王於客舍. 後十五六年, 吾爲尙書都官郎, 分司東都, 而分府少傅卒, 哭之. 又十餘年, 至今哭少監焉.

嗚呼, 吾未耄老, 自始至今未四十年, 而哭其祖子孫三世, 于人世何如也! 人欲久不死, 而觀居此世者何也!

전중시어사 이군 묘지명[1]

직접 서술하고 있다.

　전중시어사 이군은 이름이 허중(虛中)이고 자는 상용(常容)이다. 11대조 이충(李沖)이란 분은 탁발위(拓拔魏)[2] 때 현귀해졌다. 부친 이운(李惲)은 하남 온현위(溫縣尉)를 지내셨고 진류태수(陳留太守) 설강동(薛江童)의 따님을 얻어 와 아들 여섯을 두셨다. 이군은 제일 늦게 태어난 덕에 부모님께 사랑을 받았다. 조금 자라서부터 배우기를 좋아하더니 정통하지 않은 학문이 없었다. 그중에서도 오행(五行)에 가장 조예가 깊어서, 생년월일과 거기에 상응하는 천간지지에 근거해 사람이 나고 자라고 노쇠하고 죽고 득의하고 강성하고[3] 하는 것을 점치고, 그 사람이 장수할지 요절할지, 귀해질지 천해질지, 이로울지 이롭지 못할지를 다 추산해냈는데, 〔언제 무슨 일이 생길 거라〕 미리 그 일시를 짚어주면 백에 한둘도 틀리지 않았다. 그 학설은 드넓고도 오묘하여서 중요한 관건을 풀어주기도 하였는데, 만 가닥 천 가닥 얽히고설킨 듯 복잡하기 그지없었다. 그래서

1　전중시어사는 종7품에 해당하는 벼슬이었다. 이군은 이허중(李虛中)이라는 사람이다. 이 글은 원화 8년(813)에 지어졌다.

2　탁발위(拓拔魏): 남북조 시대 때 선비족(鮮卑族)인 탁발씨가 세운 후위(後魏)를 가리킨다.

3　득의하고 강성하고: 원문에는 '왕상(王相)'이라 되어 있다. 음양가들은 왕(王)·상(相)·태(胎)·몰(沒)·사(死)·수(囚)·폐(廢)·휴(休) 여덟 자를 오행·사시·팔괘 등에 번갈아 배합해 사물의 영고성쇠와 변화를 표시하는데, 그중 '왕'은 왕성함을, '상'은 강성함을 뜻한다.

배우고자 하는 사람들이 그에게로 나아가 법을 전수받아도 처음엔 배울 만한 듯싶다가도 끝내는 배우지 못했다. 별자리를 보는 관리나 역법을 하는 노인들도 이군과 더불어 우열을 가리지 못했다.

진사에 급제한 후 서판(書判)⁴ 시험을 통과해 급제하였으며, 비서성(祕書省) 정자(正字)에 뽑혔다. 모친상을 당하여 관직을 떠났다가 상기를 마치고 다시 태자교서(太子校書)가 되었다. 하남윤(河南尹)이 상소를 올린 덕에 이궐현위(伊闕縣尉)에 제수되어 수륙 운송에 관련된 일을 보좌하였다.⁵ 옛 재상인 정여경(鄭餘慶)⁶ 공께서 이어 하남윤이 되셨을 때도 예전대로 공을 수륙 운송 보좌로 삼으셨다. 재상 무원형(武元衡) 공은 검남(劍南)으로 나가게 되자,⁷ 상소를 올려 군을 관찰추관으로 승진시키고 감찰어사에 제수하게 하였다. 얼마 후 어사대(御史臺)에서 상소를 올려, 이군과 같이 언행이 일치하고 능력이 뛰어난 사람을 외부에서만 쓰는 것은 옳지 않다고 하자 진어사(眞御史)⁸에 임명한다는 조서가 내려왔

---

4 서판(書判): 신언서판(身言書判)의 서판. 즉 글씨와 문리(文理)를 가리킨다. 『신당서』「선거지하(選擧志下)」에 이와 관련해 다음과 같은 설명이 나온다. "사람을 뽑는 데는 네 가지 법이 있다. 첫째는 몸이니, 풍모가 위엄 있는가를 보는 것이요, 둘째는 말이니, 언사가 분별력 있고 바른가를 보는 것이요, 셋째는 글이니, 글씨가 바르고 아름다운가를 보는 것이요, 넷째는 판단력이니, 문리가 우수한가를 보는 것이다(凡擇人之法有四. 一曰身, 身貌豊偉, 二曰言, 言辭辯正, 三曰書, 楷法遒美, 四曰判, 文理優長)." 여기서는 이부(吏部)의 관리 전형을 의미한다.

5 하남윤(河南尹)이…… 보좌하였다: 『신당서』「덕종기」에 보면, "정원 16년(796) 9월 계유일에, 하남소윤 장식을 하남윤·수륙전운사에 임명하였다(貞元十六年九月癸酉, 以河南少尹張式爲河南尹·水陸轉運使)"라는 기록이 나온다.

6 정여경(鄭餘慶): 자는 거업(居業)으로 정원 14년(798)에 중서시랑(中書侍郎)·평장사(平章事)에 임명되었고 원화 3년(808)에 하남윤 검교병부시랑(檢校兵部侍郎) 겸 동도유수(東都留守)가 되었다.

7 무원형(武元衡)…… 나가게 되자: 원화 2년(806)에 재상 무원형을 서천절도사에 임명하였다. 검남은 당나라 때 방진 이름이다. 지덕(至德) 2년(757) 이래로 검남 동천·검남 서천절도사를 따로 두었는데, 무원형은 검남 서천절도사가 되었다.

다. 반년 후에 동도(東都)의 어사대에서 업무를 맡다가 전중시어사로 승진했다. 원화 8년(813) 4월에 조정의 부름을 받았는데, 조정에 도착하자 재상이 그를 천거하여 기거사인(起居舍人)에 임명하고자 했다. 그러나 한 달 뒤에 등창이 터지더니 6월 을유일에 52세를 일기로 세상을 떠났다. 그해 10월 무신일에, 하남 낙양현(洛陽縣)에 묻으니, 조부이신 민지현령(澠池縣令) 부군 이교(李僑)의 무덤으로부터 10리 떨어진 곳이다.

이군은 형제가 여섯인데, 이군보다 먼저 세상을 뜬 사람이 넷이다. 나머지 한 명도 일찍이 정주(鄭州) 영택현위(滎澤縣尉)를 지냈으나 도사의 장생불로설(長生不老說)에 심취하여 관직도 버리고 세상과 인연을 끊었다. 따라서 네 집안의 과부와 고아들, 그리고 영택현위 처자의 입을 것 먹을 것, 그 밖의 온갖 필요한 물자까지 모두 이군이 조달해야 했다. 이군이 처음 이궐현위가 되어 하남의 수륙운사를 보좌한 이래로, 두 번이나 수륙운사가 바뀌고 7년이라는 세월이 흐르도록 떠나지 못했던 것은, 고아들을 가르치고 기를 물자를 대기 위해서였다. 촉 땅에서 돌아왔을 때, 다른 어사들은 모두 조정에 남아 출세하고자 하였으나, 이군만은 과부와 어린 고아들이 마음에 걸려 분사(分司)⁹ 업무를 자청하고 동쪽으로 나갔다. 아, 인자하구나!

이군 또한 도사의 장생불로설을 좋아했다. 촉 땅에서 비방을 얻어 수은으로 황금을 제련하는 법을 터득했기에, 그것을 먹고 정말 죽지 않을 수 있기를 바랐다. 병이 나기 전에 벗인 대수(大受) 위중행(衛中行)과 퇴지(退之) 한유에게 말했다.

---

8 진어사(眞御史): 앞에 '진'자가 붙은 것은 일정한 시험 기간을 거쳐 실제 직위에 임명함을 나타낸다.
9 분사(分司): 370쪽 주 5 참조.

"꿈에 큰 산이 갈라지더니 마치 금처럼 생긴 적황색 액체가 흘러나왔네. 점쟁이가 말하길, '이는 소위 대환단(大還丹)이라는 것인데, 이제야 완성되려나 봅니다'라고 하더군."

이군이 세상을 뜬 뒤에 내가 다시금 그의 꿈을 풀이하며 말했다.

"산이란 간(艮)이니, 간은 곧 등이다.[10] 갈라져 적황색 액체가 흘러내린 것은 등창이 터진 모습이다. 대환(大還)이란 곧 돌아간다는 것이니, 죽음을 알려주는 것이다."

이군의 처는 범양(范陽) 노씨(盧氏)로, 정활절도사(鄭滑節度使) 겸 어사대부를 지내신 노군(盧羣)의 따님이시다. 뜻과 도를 이군과 같이하였기에, 친척 중에 뒷말하는 사람이 없었다. 아들이 셋 있는데, 장남은 이름이 초(初)로 협률(協律)로 있고, 차남은 이름이 표(彪)다. 막내는 이름이 환(還)인데 겨우 세 살이다. 딸은 아홉이 있다. 명문을 짓는다.

스스로 장수하지 못했으니,
후손에게 도움이 되리라.

---

10 산이란…… 등이다: 간괘(艮卦)는 산을 상징하며, 『주역』「간괘」에 "간은 등이니, 몸을 얻지 못한다(艮其背, 不獲其身)"라는 말이 나온다.

殿中侍御史李君墓誌銘

殿中侍御史李君名虛中，字常容．其十一世祖沖，貴顯拓拔世．父惲，河南溫縣尉，娶陳留太守薛江童女，生六子．君最後生，愛於其父母．年少長，喜學，學無所不通．最深於五行書，以人之始生年月日所直日辰支干相生勝衰死王相，斟酌推人壽夭貴賤利不利，輒先處其年時，百不失一二．其說汪洋奧美，關節開解，萬端千緒，參錯重出．學者就傳其法，初若可取，卒然失之．星官歷翁莫能與其校得失．

進士及第，試書判入等，補祕書正字．母喪，去官，卒喪，選補太子校書．河南尹奏疏授伊闕尉，佐水陸運事．故宰相鄭公餘慶繼尹河南，以公爲運佐如初．宰相武公元衡之出劍南，奏奪爲觀察推官，授監察御史．未幾，御史臺疏言行能高，不宜用外府，卽詔爲眞御史．半歲，分部東都臺，遷殿中侍御史．元和八年四月，詔徵，旣至，宰相欲白以爲起居舍人．經一月，疽發背，六月乙酉卒，年五十二．其年十月戊申，葬河南洛陽縣，距其祖澠池令府君僑墓十里．

君昆弟六人，先君而沒者四人．其一人嘗爲鄭之滎澤尉，信道士長生不死之說，旣去官，絕不營人事．故四門之寡妻孤孩，與滎澤之妻子衣食百須，皆由君出．自初爲伊闕尉佐河南水陸運使，換兩使，經七年不去，所以爲供給敎養者．及由蜀來，輩類御史皆樂在朝廷進取，君獨念寡稚，求分司東出．嗚呼，其仁哉！

君亦好道士說. 於蜀得秘方, 能以水銀爲黃金, 服之冀果不死. 將疾, 謂其友衛中行大受·韓愈退之曰:"吾夢大山裂, 流出赤黃物如金. 左人曰, 是所謂大還者, 今三矣." 君旣沒, 愈追占其夢曰:"山者艮, 艮爲背, 裂而流赤黃, 疽象也. 大還者, 大歸也, 其告之矣."

妻范陽盧氏, 鄭滑節度使兼御史大夫羣之女. 與君合德, 親戚無一退言. 男三人, 長曰初, 恊律, 次曰彪. 其幼曰還, 適三歲. 女子九人. 銘曰

不贏其躬, 以尚其後人.

태학박사 이군 묘지명[1]

이군의 묘지명을 써주면서 오직 그가 방사(方士) 유비(柳泌)가 준 단약을 복용

한 일만을 적어 세상에 대한 경계로 삼고 있으니, 이 역시 변조(變調)다.

태학박사인 둔구(頓丘) 사람 이우(李于)는 내 형님의 손녀사위다.
마흔여덟의 나이로 장경 3년(823) 정월 5일에 세상을 떴다. 그달 26일에
처의 무덤을 터 합장하였는데, 장지는 아무 현 아무 땅이다. 자식이 셋 있
는데 모두 어리다.

처음에 이우는 진사로서 악악관찰사의 종사(從事)가 되었다. 그때 방
사 유비(柳泌)[2]를 만나 그에게서 단약(丹藥) 만드는 법을 전수받고는 바
로 복용하기 시작했는데, 가끔 하혈을 하기도 하였다. 그렇게 4년이 지나
자 병세가 더욱 위급해져 죽고 말았다. 단약 만드는 법은 이렇다. 납을 한
솥 가득 넣고 가운데를 비워둔 다음 수은을 채운다. 사방을 밀봉한 뒤 달
이면 단사(丹砂)가 된다. 복식설(服食說)[3]이 어느 시대부터 생겨났는지
알 수 없지만, 무수히 많은 사람을 죽였는데도 세상 사람들은 더욱 심하

---

1 이군은 이우(李于)로 한유의 조카손녀사위다. 이 글은 장경 3년(823), 한유의 나이 쉰여섯
  때 지어졌다.
2 방사 유비(柳泌): 방사는 연단(煉丹)이나 방술로 사람들을 현혹하던 도사(道士)를 지칭하
  는 말이다. 유비는 본명이 양인력(楊仁力)인데, 젊어서 의술을 익혔으며, 후에는 연단술로
  이름을 날렸다. 이도고(李道古)의 추천으로 궁중에까지 들어가 태주자사(台州刺史)에 임
  명되었다. 헌종(憲宗)도 유비가 달인 단약을 먹었다고 한다.
3 복식설(服食說): 수은을 달여 단약을 만들고, 그 단약을 복용해 장생불로를 바라는 행위
  였다.

게 흠모하고 숭상하니, 이 점이 의심스러울 따름이다. 문서에서 기록하고 있는 것이나 전해 들은 이야기는 여기서 언급하지 않겠고, 다만 직접 어울렸던 친구 중에 약으로 인해 몸을 망치는 것을 내 직접 목격한 예닐곱 명의 사례만을 취하여 세상 사람들의 경계로 삼고자 한다.

공부상서 귀등(歸登), 전중시어 이허중(李虛中), 형부상서 이손(李遜)과 이손의 아우 형부시랑 이건(李建), 양양절도사·공부상서 맹간(孟簡), 동천절도·어사대부 노탄(盧坦), 금오장군 이도고(李道古).

이 사람들은 모두 명예도 있고 지위도 있어 세상에서는 모두 그들을 알고 있다. 공부상서 귀등은 수은을 먹고 병이 났다. 그가 스스로 말하길, 마치 누군가가 달군 쇠막대기로 정수리부터 내리꽂고는, 온몸을 부러뜨리고 지진 다음 관절과 칠규(七竅)를 찔러 밖으로 터져 나오게 하는 것 같다고 했다. 그러고는 미친 듯이 울부짖으며 죽게 해달라고 애원했다. 그가 머물던 자리에는 늘 수은이 있었는데, 십 몇 년 동안 발작하다 그쳤다 피를 토하기를 반복하더니 결국 죽었다. 전중시어 이허중은 등에 등창이 터져 죽었다. 형부상서 이손은 죽기 전에 내게 "나는 단약을 잘못 먹었네"라고 말했다. 그의 아우 이건은 어느 날 갑자기 병도 없이 죽었다. 양양절도사 맹간이 길주사마(吉州司馬)로 폄적되었을 때, 나는 원주(袁州)에서 도성으로 돌아가던 길이었는데, 맹간이 배를 타고 와서 나를 조용한 섬으로 부르더니, 사람을 모두 물리치고 이렇게 말했다.

"내 신묘한 약을 얻었는데, 혼자만 안 죽을 수 없어서 그대에게도 한 그릇 주려 하네. 대추 속살과 한데 빚어 복용하게."

그는 이별한 지 1년 만에 발병했는데, 그 집안사람이 왔기에 물어보았더니, "지난번에 먹은 약이 잘못되었습니다. 지금 막 하혈하고 있지만 하혈하고 나면 괜찮아지십니다"라고 대답했다. 그러나 병난 지 2년 만에 결국은 죽고 말았다. 노대부(盧大夫, 盧坦)는 죽을 무렵에 피와 살점이 줄줄 흘러내렸는데, 그 고통을 참을 길 없어 죽여달라고 애원하다 결국 죽었다. 금오 이도고는 유비로 인해 득죄를 하고서도[4] 유비의 단약을 복용 하더니, 나이 쉰에 바닷가에서 죽었다. 이들은 경계로 삼을 만한 자들이 다. 죽지 않기를 바라다가 죽음을 앞당겼으니, 이들을 일러 지혜롭다 할 수 있겠는가?

오곡과 삼생(三牲),[5] 소금과 식초, 그리고 과일과 채소는 사람이 일 용하는 것들이다. 사람들은 후한 덕으로 서로 권면할 때면 반드시 "많이 드세요"라고 말한다. 그런데 정신 나간 자들은 한결같이 "오곡은 사람을 요절하게 만든다. 안 먹을 수 없다면 마땅히 적게 먹기에 힘써야 한다"고 말한다. 소금과 식초는 모든 음식이 맛이 나게 도와주고 돼지고기·생선· 닭고기는 예로부터 노인을 봉양하는 데 써왔다. 그런데 오히려 이런 것들 이 사람을 죽인다고 하면서 먹어서는 안 된다고 말한다. 한 상 가득한 음 식 중에 금기하는 것이 많다 보니, 열 가지 중 두세 가지는 늘 먹지 못하 는 음식이다. 일상적인 도리를 믿지 않고 기괴한 것에만 힘쓰다가 죽을 무렵이 되어서야 후회한다. 나중에〔단약을〕좋아하게 된 자들은 또 "저

---

4 금오…… 득죄를 하고서도: 『구당서(舊唐書)』「이도고전」에 자세한 내용이 보인다. "헌종 은 말년에 방사들을 믿어 복식에 관심이 높았다. 조서를 내려 천하의 기이한 선비를 수소문 해 오게 했다. 재상 황보박은 당시에 아첨으로 총애를 지키고 있었는데, 이도고가 유비라는 자에게 도술이 있다고 말하자 그를 불러와 헌종께 천거했다. 이에 유비를 한림대조로 삼았 다. 그러나 헌종은 약을 과하게 쓴 바람에 갑자기 광증에 걸리더니, 급기야 붕어하시기에 이르렀다. 목종은 동궁에 있을 때부터 이 일을 절치부심하고 있던 터라 상기를 마치자 저들 을 모조리 쫓아내거나 죽였다(憲宗季年頗信方士, 銳于服食. 詔天下搜訪奇士. 宰相皇甫鎛 方諛眉固寵, 道古言柳泌有道術, 鎛得而進之, 待詔翰林. 憲宗服餌過當, 暴成狂躁之疾, 以 至棄代. 穆宗在東宮, 掖腕于其事, 及居喪, 皆竄逐誅之)."
5 삼생(三牲): 삼생은 일반적으로 소·돼지·양을 가리킨다고 하는데, 일설에서는 돼지·생 선·닭이라고도 한다.

들이 죽은 것은 올바르게 먹지 못했기 때문이라네. 나는 그렇지 않아"라고 말한다. 처음에 병이 나도 "약이 고질병을 건드렸기 때문이니, 고질병이 없어지고 약기운이 돌면 죽지 않을 수 있네"라고 말한다. 그러다가 죽을 때가 되면 또 후회를 한다. 오호라, 슬픈 노릇이로다! 슬픈 노릇이로다!

太學博士李君墓誌銘

公誌李君, 而獨撮其服泌藥一事, 以爲世誡, 亦變調也.

太學博士頓丘李于, 余兄孫女婿也. 年四十八, 長慶三年正月五日卒. 其月二十六日, 穿其妻墓而合葬之, 在某縣某地. 子三人皆幼.

初于以進士爲鄂岳從事. 遇方士柳泌, 從受藥法, 服之, 往往下血. 比四年, 病益急, 乃死. 其法, 以鉛滿一鼎, 按中爲空, 實以水銀. 盖封四際, 燒爲丹砂云. 余不知服食說自何世起, 殺人不可計, 而世慕尙之益至, 此其惑也. 在文書所記, 及耳聞相傳者不說, 今直取目見親與之遊, 而以藥敗者六七公以爲世誡.

工部尙書歸登, 殿中御史李虛中, 刑部尙書李遜, 遜弟刑部侍郎建, 襄陽節度使・工部尙書孟簡, 東川節度・御史大夫盧坦, 金吾將軍李道古.

此其人皆有名位, 世所共識. 工部旣食水銀得病, 自說, 若有燒鐵杖自顚貫其下者, 摧而爲火, 射節竅以出. 狂痛號呼乞絕. 其茵席常得水銀, 發且止，吐血十數年以斃．殿中疽發其背死．刑部且死謂余曰：“我爲藥誤．”其季建，一旦無病死．襄陽黜爲吉州司馬，余自袁州還京師，襄陽乘舸邀我於蕭洲，屏人曰：“我得祕藥，不可獨不死，今遺子一器．可用棗肉爲丸服之．”別一年而病，其家人至，訊之，曰：“前所服藥誤．方且下之，下則平矣．”病二歲，竟卒．盧大夫死時溺出血肉，痛不可忍，乞死乃死．金吾以柳泌得罪，食泌藥，五十死海上．此可以爲誡者也．蘄不死，乃速得死，謂之智，可不可也？

五穀三牲鹽醯果蔬，人所常御．人相厚勉，必曰：“强食．”今惑者皆曰：“五穀令人夭．不能無食，當務減節．”鹽醯以濟百味，豚魚雞三者，古以養老．反曰是皆殺人，不可食．一筵之饌，禁忌十常不食二三．不信常道而務鬼怪，臨死乃悔．後之好者，又曰：“彼死者，皆不得其道也．我則不然．”始病曰：“藥動故病，病去藥行，乃不死矣．”及且死又悔．嗚呼，可哀也已！可哀也已！

국자조교 하동 설군 묘지명[1]

칭찬하는 중에 풍간이 들어 있다.

　설군은 휘가 공달(公達)이고 자는 대순(大順)이며 성은 설씨(薛氏)다. 증조부 설희장(薛希莊)은 무주자사(撫州刺史)를 지내고 대리경(大理卿)에 추증되었다. 조부 설원휘(薛元暉)는 과주(果州) 유계현승(流溪縣丞)을 지내고 좌산기상시(左散騎常侍)에 추증되었다. 부친 설파(薛播)[2]는 상서 예부시랑을 지냈다. 시랑께서 설군에게 명하여 형님이신 설거(薛據)의 후사로 들어가게 했는데, 설거는 상서 수부랑중(水部郎中)을 지내고 급사중에 추증되신 분이다.

　설군은 젊어서부터 기개가 드높았다. 문장에도 힘이 넘쳤는데, 기이함에 힘을 쓰면서 세속과 다른 문장 쓰기에 주력했다. 막 진사과에 응시할 적에도 선배를 보고 읍하지 않았다. 「호마(胡馬)」와 「원구(圓丘)」라는 시를 지었는데, 도성 사람들은 그 시를 직접 보지는 못했어도 입에서 입으로 전하면서 익숙하게 외었다. 급제한 후에는 가령주부(家令主簿)에 뽑혀 봉상군(鳳翔軍) 보좌로 일했다. 봉상군의 장수는 무인 출신이라 설군이 상소문을 작성해도 구두조차 떼지 못했다. 이 소식이 온 막부에 전해져 웃음거리가 되었으나 설군은 태도를 바꾸지 않았다. 그 후 9월 9일

1　이 글은 설공달(薛公達)을 위해 지은 묘지명이다. 국자조교는 국자감 조교며, 하동은 황하 동쪽 지역을 범칭하는 말이다.

2　설파(薛播): 양당서(兩唐書)에 전이 있다.

활쏘기 대회가 열렸다. 땅에서 백 수십 척이나 높은 곳에 과녁을 설치하고는 이렇게 명령했다.

"맞히는 자가 있으면 비단과 금을 상으로 주겠다."

군중의 사람들이 모두 쏘았지만 아무도 맞히지 못했다. 그때 설군이 활을 집고는 허리에 화살 석 대[3]를 찼다. 화살 한 대를 집고서 몸을 일으키더니 장수에게 읍하며 말했다.

"공께 즐거움이나 한번 선사해드릴까 합니다."

설군이 활 쏘는 장소로 가자 자리의 사람들이 모두 일어났다. 곧 이어 세 발을 쏘았는데, 세 발 모두 연달아 적중했으며, 과녁이 망가져 더 이상 쏠 수 없게 되었다. 적중할 때마다 모든 사람들이 소리치며 웃어댔다. 세 번이나 연달아 소리치며 웃어대자 장수는 더욱 그가 불쾌해져서 스스로 사직하고 떠나갔다. 후에 하양군(河陽軍) 보좌로 있으면서 정사를 맡았는데, 해로운 것을 제거하고 이로움을 일으키는 등 실로 공적이 컸다. 협률랑(協律郞)에 제수되어서는 점차 기이한 성격을 버리고 남들과 비슷해졌다. 지금 천자께서 태학관(太學官)을 정비할 때 한 공경(公卿)이 설군을 아뢰었더니, 조서를 내려 설군을 국자조교에 임명하고 동도(東都)의 태학생을 가르치게 하였다.

마흔일곱이던 원화 4년(809) 2월 14일에 갑자가 병이 나 세상을 떴다. 설군은 두 번 장가들었는데, 초취는 낭야(琅邪) 왕씨(王氏)고 후취는 경조(京兆) 위씨(韋氏)다. 4남 5녀를 두었으나 사내아이는 낳기만 하면 바로 죽고 말았다. 급사중 설거부터 설군까지, 후사가 거듭 끊겼으나

---

3 석 대: 『창려선생문집』에는 '석 대[三矢]'라고 되어 있고 『당송팔가문초』 본에는 '두 대[二矢]'라고 되어 있다. 그러나 뒤에 나오는 내용에 근거해볼 때 석 대가 맞기에 교정하여 번역한다.

두 사람은 모두 명성이 있었다. 설군은 "공의(公儀)의 아들 기사(己巳)를 나의 후사로 세우라"고 유언을 남겼다. 그해 윤삼월 21일에, 아우인 시(試)[4] 태자통사사인(太子通事舍人) 설공의, 경조부사록(京兆府司錄) 설공간(薛公幹)이 설군의 장례 때문에 귀향했다가 5월 15일에 경조부 만년현(萬年縣) 언덕에 묻었다. 왕씨 부인과 합장하였다. 명을 짓는다.

> 벼슬길 순조롭지 못한 것이야
> 시대 탓으로 돌린다지만,
> 이 한 몸 오래 살지 못한 것은
> 장차 누굴 원망하리오?
> 두 대(代) 연속 끊어질 뻔하였으나 후사는 두었으니
> 제사는 그래도 끊어지지 않겠네.

國子助敎河東薛君墓誌銘

譽而諷.

君諱公達, 字大順, 薛姓. 曾祖曰希莊, 撫州刺史, 贈大理卿. 祖曰元暉, 果州流溪縣丞, 贈左散騎常侍. 父曰播, 尙書禮部侍郎. 侍郎命君後兄

---

4 시(試): 359쪽 주 1 참조.

據, 據爲尚書水部郎中, 贈給事中.

君少氣高. 爲文有氣力, 務出于奇, 以不同俗爲主. 始舉進士, 不與先輩揖. 作「胡馬」及「圓丘」詩, 京師人未見其書, 皆口相傳以熟. 及擢第, 補家令主簿, 佐鳳翔軍. 軍帥武人, 君爲作書奏, 讀不識句. 傳一幕以爲笑, 不爲變. 後九月九日大會射. 設標的, 高出百數十尺, 令曰:"中, 酬錦與金若干." 一軍盡射, 莫能中. 君執弓, 腰三矢. 指一矢以興, 揖其帥曰:"請以爲公歡." 遂適射所, 一座皆起. 隨之射三發, 連三中, 的壞不可復射. 中輒一軍大呼以笑. 連三大呼笑, 帥益不喜, 卽自免去. 後佐河陽軍, 任事去害興利, 功爲多. 拜協律郎, 益棄奇, 與人爲同. 今天子修太學官, 有公卿言, 詔拜國子助教, 分敎東都生.

元和四年, 年四十七, 二月十四日, 疾暴卒. 君再娶, 初娶琅邪王氏, 後娶京兆韋氏. 凡産四男五女, 男生輒卽死. 自給事至君, 後再絶, 皆有名. 遺言曰:"以公儀之子己巳後我." 其年閏三月廿一日, 弟試太子通事舍人公儀, 京兆府司錄公幹, 以君之喪歸, 以五月十五日, 葬于京兆府萬年縣少陵原. 合祔王夫人塋. 銘曰:

宦不遂, 歸譏于時. 身不得年, 又將尤誰. 世再絶而紹, 祭以不隳.

국자사업 두공 묘지명[1]

중간에 허구가 많이 섞여 있으며 풍채(風采)와 신운(神韻)으로 점철되어 있다.

국자사업 두공은 휘가 아무개고 자는 아무개다. 6대조 두경원(杜敬遠)은 일찍이 서하공(西河公)에 봉해졌다. 조부 동창사마(同昌司馬)까지 4대 동안 봉호를 세습했다. 동창사마는 휘가 윤(胤)이다. 부친은 휘가 숙향(叔向)으로, 관직은 좌습유(左拾遺)·율수현령(溧水縣令)에 이르렀으며 공부상서에 추증되었다. 공부상서께서는 대력 연간 초에 시와 문장에 능해 명성을 얻었다. 공에 이르러서도 문장 중 시에 가장 능했다. 공께서는 효성스럽고 근면하셨으며 후덕하고 신중하셨다. 진사에 급제한 후로 여섯 개 부(府)의 다섯 공(公)을 보좌하였고, 여덟 번 승진을 거듭한 끝에 검교우부랑중(檢校虞部郎中)이 되셨다. 원화 5년(810)에 상서 우부랑중에 정식 임명되시고 얼마 후 낙양현령(洛陽縣令)·도관랑중(都官郎中)·택주자사(澤州刺史)를 거쳐 사업(司業)이 되셨다. 춘추 마흔일곱이던 장경 2년(822) 2월 병인일에 병환으로 세상을 뜨셨다. 그해 8월 아무 날, 하남 언사현(偃師縣)에 있는 선친 공부상서 공의 묘지에 묻었다.

당초 공께서는 계모를 성심껏 모시며 출타하지 않고 집에만 있었는데,

---

1 『창려선생문집』에는 제목 앞에 '당나라 옛(唐故)' 두 자가 더 있다. 두공은 두모(杜牟)라는 자다. 한유의 「두종사를 보내는 글(送杜從事序)」에 보면, "그의 일가 전중시어사 두모가 동도에서 교유하던 글깨나 짓던 사람들의 증시를 모아 그에게 주었다"라는 대목이 나오는데, 그 두모가 바로 이 묘지명의 주인공이다.

강동(江東)에서는 벌써 학문으로 이름이 나 있었다. 당시 아직 어린 나이였으나 공의 명성과 사장(詞章)에 대한 소문이 도성에 자자하였기에, 사람들은 그가 어서 오기를 기다리고 있었다. 공께서 진사과 시험을 치르시러 도성에 들어가자 동년배들은 모두 "두생(竇生)을 앞지를 사람은 없을 것이야"라고들 말했다. 이때 공의 외삼촌 원고(袁高)[2]는 급사중으로 있으면서 반듯하고 진중하기로 이름이 높았는데, 공을 어질게 보아 애지중지하셨는데도 시험 담당관에게 단 한 번도 청탁을 넣지 않았다. 공께서는 단번에 [과거에 급제하여] 명성을 얻고서 동쪽으로 돌아왔다. 그런데도 벗들을 만나면 "내가 재주가 뛰어나서가 아니라 외삼촌께서 내 편을 들어주셨기 때문일세"라고 말했다. 소의군(昭義軍) 보좌로 있을 때 모시던 장수[3]가 세상을 떠나자 공께서 대리로 소의군을 통솔하여 위험한 국면을 진정시켰다. 후임 절도사 노종사(盧從史)는 공을 중임하며 떠나보내려 하지 않고, 황제께 상주하여 승진시켜주었다. 공께서는 노종사가 갈수록 교만하고 불손한 것을 보시고는 1년이나 병이 난 체하다가 수레에 실려 동쪽으로 돌아와버렸다. 노종사가 패망하여 죽은 뒤에도,[4] 공께서는 미리 기미를 알아채고 피해 간 것을 현명한 처사였다 자부하며 남에게 이야기하지 않았다.

공은 처음에 대부(大夫)이신 동도유수(東都留守) 최종(崔縱)[5]을 보

---

2 원고(袁高): 자는 공이(公頤)고 창주(滄州) 동광(東光) 사람이다. 정원 연간(785~804) 초에 급사중으로 있었다.

3 모시던 장수: 소의군 절도사 이장영(李長榮)을 가리킨다. 그는 정원 20년(804) 6월에 세상을 떴다.

4 노종사가…… 뒤에도: 노종사는 반란을 일으켰다가 진주 행영초토사 토돌승최에게 잡혀 도성으로 압송되었다가 환주사마로 폄적되어서 죽었다.

5 최종(崔縱): 정원 2년(786)에 이부시랑(吏部侍郞) 최종이 동도유수가 되었다.

좌하고, 후에 사도(司徒)이신 동도유수 정여경을 보좌하는 등 여섯 개 부(府) 다섯 공(公)을 두루 거쳤는데, 사람마다 문인과 무인, 세밀하고 투박하고의 차이가 있었음에도 불구하고 처음부터 끝까지 공에 대해 원망하거나 이러쿵저러쿵 이야기하는 자가 없었다. 여섯 개 부면 종사들만도 몇백 명이나 되니, 공손하고 간사하고, 단순하고 음험하고, 어질고 못났고의 차이가 있게 마련이다. 그러나 한결같이 온화하고 신의 있게 대해주었기에 공에게 원한이나 불만이 있는 사람은 단 한 명도 있지 않았다. 조정 관리가 되어서나 지방 수령이 되어서나, 법을 삼가 지키고 관대하고 은혜로웠으며 각박하지 않았다. 국학에서 가르칠 때는 엄하게 예의법도를 심어주고, 선을 장려하고 잘못을 막았으며, 상하의 구분을 더욱 밝히시며 솔선수범하셨다. 근엄하면서도 화락하게, 몸소 사도를 실천하셨다.

공에게는 형님 한 분과 아우 셋이 있다. 상(常)·군(羣)·상(庠)·공(鞏)이 그들이다. 두상은 진사 출신으로 수부원외랑(水部員外郎)과 낭주(朗州)·기주(夔州)·강주(江州)·무주(撫州) 네 개 주의 자사를 역임했다. 두군은 처사로서 초징되어 이부랑중에서 어사중승에 임명되었고, 지방으로 나가 검용절도사(黔容節度使)로 있다가 돌아가셨다. 두상은 대부(大府)를 세 번이나 보좌하였고, 봉선현령(奉先縣令)으로 있다가 등주자사(登州刺史)가 되셨다. 두공 역시 진사인데, 어사의 신분으로 치청부(淄靑府)를 보좌하였다. 형제들 모두 재능 있다는 명성이 자자했다. 공은 아들 셋을 두셨다. 맏이는 두주여(竇周餘)다. 그는 배우기를 좋아하여, 삼가 효를 다하고 부친의 뜻을 좇으면서 곡진히 그 뜻을 더럽히지 않을 수 있었다. 차남은 아무개와 아무개로 모두 향공진사(鄕貢進士)[6]다. 딸도 셋

---

6 향공진사(鄕貢進士) : 주현(州縣)에서 천거하여 중앙의 진사 시험에 응시할 자격을 얻은 자들을 말한다.

있다.

나는 공보다 열아홉 살이나 적다. 아이 적에 공을 뵈었으니, 〔그게 벌써〕 지금으로부터 40년 전이다. 처음에는 스승으로 여기다가 후에는 형님처럼 모셨다. 공께서는 나를 늘 친구처럼 대해주시면서, 나이나 관직에 나아간 선후를 가지고 차별을 두지 않으셨다. 공은 실로 문장과 행실에 모두 독실하셨던 분이라 이를 만하다! 명문을 짓는다.

후민(后緡)이 구멍으로 도망쳐 불쌍한 유복자 〔소강〕을 낳았고,

〔유복자 소강의 아들〕 하룡(夏龍)이 다시 집안을 일으켜 두(竇)를 성으로 삼았네.[7]

성인께서 놀라 강에서 돌아오신 것은 두명독(竇鳴犢)을 같은 부류라 여기심이요,[8]

재상 두영(竇嬰)은 한나라의 어지러움을 다스려 공자의 궤도로 올려놓았네.[9]

---

7 후민(后緡)이…… 삼았네: 『좌전』 「애공 원년(哀公元年)」에 이와 관련하여 다음과 같은 기록이 나온다. 하제(夏帝) 상(相)이 나라를 잃었을 때, 하제의 왕비 후민(后緡)은 임신 중인 몸을 이끌고 구멍으로 도망쳐 유잉국(有仍國)으로 갔다. 거기서 소강(少康)을 낳았으니, 명문에서 불쌍한 유복자라고 한 것은 바로 소강을 두고 한 말이다. 소강에게는 저(杼)와 용(龍)이라는 두 아들이 있었는데, 그중 용이 유잉국에 계속 남아 거주하면서 두(竇)를 성으로 삼았다고 한다.
8 성인께서…… 여기심이요: 『사기』 「공자세가」에 나오는 내용이다. "공자께서 위나라에 등용되지 못하자 장차 서쪽으로 떠나 조간자를 만나보려 하셨다. 그러나 강에 이르러 두명독과 순화가 죽었다는 말을 듣고는 강가에서 탄식하며 말씀하시기를, '아름답구나, 물이여, 질펀히 흐르는도다. 내가 강을 건너지 못하는 것은 운명이리라(孔子不得用于衛, 將西見趙簡子, 至于河, 聞竇鳴犢 · 舜華之死也, 臨河而歎曰, '美哉水, 洋洋乎, 丘之不濟, 此命也夫')."
9 재상 두영(竇嬰)은…… 올려놓았네: 두영은 한나라 무제 때 재상으로 관진(觀津)에 살았다. 한나라 초기에 여태후는 황로사상을 몹시 좋아하였는데, 두영은 재상이 된 이후 유가를 숭상하고 황로를 배척하여 유학을 본궤도에 올려놓았다.

후에 관진(觀津)을 떠나,

평릉(平陵)에 살았네.

아득히 먼 그 집안의 가업을

두공께서 계승하셨네.

내 그분의 사람됨을 존경하고

그분의 덕을 간직하고 있기에,

시를 지으면서 몹시도 슬프지만

이를 드러내어 무덤 속 묘지명에 새겨 넣으려 하네.

國子司業竇公墓誌銘

中多虛語, 點綴精神.

國子司業竇公, 諱某, 字某. 六代祖敬遠, 嘗封西河公. 大父同昌司馬, 比四代仍襲爵名. 同昌諱胤. 生皇考諱叔向, 官至左拾遺·溧水令, 贈工部尙書. 尙書於大歷初名能爲詩文. 及公, 爲文亦最長於詩. 孝謹厚重. 擧進士登第, 佐六府五公, 八遷至檢校虞部郎中. 元和五年眞拜尙書虞部郎中, 轉洛陽令·都官郎中·澤州刺史, 以至司業. 年七十四, 長慶二年二月丙寅, 以疾卒. 其年八月某日, 葬河南偃師先公尙書之兆次.

初, 公善事繼母, 家居未出, 學問於江東. 尙幼也, 名聲詞章行於京師, 人遲其至. 及公就進士且試, 其輩皆曰: "莫先竇生." 於時, 公舅袁高爲給事中，方有重名，愛且賢公，然實未嘗以干有司．公一舉成名而東．遇其黨，必曰：“非我之才，維吾舅之私．”其佐昭義軍也，遇其將死，公權代領，以定其危．後將盧從史重公不遣，奏進官職．公視從史益驕不遜，僞疾經年，舉歸東都．從史卒敗死，公不以覺微避去爲賢告人．

公始佐崔大夫縱，留守東都，後佐留守司徒餘慶，歷六府五公，文武細粗不同，自始及終，於公無所悔望，有彼此言者．六府從事幾且百人，有愿姦·易險·賢不肖不同．公一接以和與信，卒莫與公有怨嫌者．其爲郎官·令·守，愼法寬惠不刻．敎誨于國學也，嚴以有禮，扶善遏過，益明上下之分，以躬先之．恂恂愷悌，得師之道．

公一兄三弟．常·羣·庠·鞏．常，進士，水部員外郎，朗·夔·江·撫四州刺史．羣，以處士徵，自吏部郎中拜御史中丞，出帥黔容以卒．庠，三佐大府，自奉先令爲登州刺史．鞏亦進士，以御史佐淄靑府．皆有材名．公子三人．長曰周餘．好善學文，能謹謹致孝，述父之志，曲而不黷．次曰某，曰某，皆以進士貢．女子三人．

愈少公十九歲，以童子得見，於今四十年．始以師視公，而終以兄事焉．公待我，一以朋友，不以幼壯先後致異，公可謂篤厚文行君子矣！其銘曰：

后緒竇逃閔腹子，夏以再家竇爲氏．聖愕旋河犢引比，相嬰撥漢納孔軌．後去觀津，而家平陵．遙遙厥緒，夫子是承．我敬其人，我懷其德．作詩孔哀，質于幽刻．

양양 노승 묘지명[1]

변조다.

범양(范陽) 사람 노행간(盧行簡)이 부모를 합장할 즈음에 직방원외랑(職方員外郎) 한유에게 묘지명을 부탁하며 이렇게 말했다.

"저의 조상은 대대로 성씨를 기록한 책에 기록되어왔습니다. 저는 탁발위(拓拔魏) 때 홍농태수(弘農太守)를 지내신 분의 후손입니다. 태수로부터 4대째 되시는 분이 조부님으로, 기주(沂州) 녹사참군(錄事參軍)을 지내셨지요. 5대째가 제 부친으로, 양양현승(襄陽縣丞)을 지내셨습니다. 부친께서는 처음에 조주(曹州) 남화현위(南華縣尉)로 계시다가 만년현위(萬年縣尉)를 거쳐 양양현승에 이르셨는데, 번다한 업무를 능히 해내셨고 청렴하다는 명성도 지니셨습니다. 양양을 떠나서는 염철부(鹽鐵府)의 일을 맡아보셨지요. 10년간 염철부를 다니시면서 능력이 항상 동료 중 최고였습니다. 정원 13년(797)에 댁에서 돌아가셨는데, 향년 67세였으며 하남 하음현(河陰縣)에 묻히셨습니다. 제 모친은 돈황(燉煌) 장씨(張氏)입니다. 외조부님이신 관(瓘)은 연주(兗州) 금향현령(金鄕縣令)을 지내셨습니다. 선친께서 돌아가시고 13년 후에 어머님께서 돌아가셨는데, 향년 일흔셋이었습니다. 어머님도 하음현에 같이 묻히셨습니다. 아들 셋을 두셨는데, 거간(居簡)은 금오병조(金吾兵曹)고, 행간은 바로 저로 차남

---

1 양양 노승(盧丞)은 바로 노행간의 부친이다. 일찍이 양양현승을 지냈기에 성 뒤에 '승'자를 붙인 것이다.

이며 대리주부(大理主簿)로서 강서군(江西軍)을 보좌하고 있습니다. 막내는 가구(可久)입니다. 여식은 부량현위(浮梁縣尉) 최숙보(崔叔寶)에게 시집갔습니다. 올 10월에 하음현에 있는 무덤을 이장하여 여주(汝州) 임여현(臨汝縣) 여(汝) 언덕에 안치할까 합니다."

내가 말했다.

"음양(陰陽)과 천문·역법 등은 근세의 유자들이 잘 알지 못하는 바요. 그런데 행간 그대만은 학문을 하고 남은 힘으로 그런 것들을 배워 한시대에 명성을 얻었소. 그것들을 버리고 남 밑에서 종사 노릇을 할 적에도 재주가 있어 칭찬을 받았소. 부모를 이장하면서 묘지명을 부탁해 길이 남기고자 하니, 이는 진정 아들 된 도리를 다하는 일이오. 묘지명을 써줄 만하오."

그러고는 묘지명을 지었다.

홍농태수는 휘가 회인(懷仁)이고, 기주자사는 휘가 교(璬)이며, 양양현승은 휘가 아무개다. 올해는 원화 6년(811)이다.

襄陽盧丞墓誌銘

變調.

范陽盧行簡, 將葬其父母, 乞銘于職方員外郎韓愈, 曰: "吾先世世載族姓書. 吾胄於拓拔氏之弘農守. 守後四代吾祖也, 爲沂, 錄事參軍. 五世而吾父也, 爲襄陽丞. 始吾父自曹之南華尉, 歷萬年縣尉至襄陽丞, 以材任煩, 能持廉名. 去襄陽, 則署鹽鐵府. 出入十年, 常最其列. 貞元十三年, 終其家, 年六十七, 殯河南河陰. 吾母燉煌張氏也. 王父瓘, 爲兗之金鄉令. 先君沒, 而十三年夫人終, 年七十三, 從殯河陰. 生子男三人, 居簡金吾兵曹, 行簡則吾, 其次也, 大理主簿佐江西軍. 其幼可久. 女子嫁浮梁尉崔叔寶. 將以今年十月, 自河陰啓葬汝之臨汝之汝原." 吾曰: "陰陽星歷, 近世儒莫學. 獨行簡以其力餘學, 能名一世. 舍而從事于人, 以材稱. 葬其父母乞銘以圖長存, 是眞能子矣, 可銘也." 遂以銘.

弘農, 諱懷仁, 沂諱璥, 襄陽, 諱某, 今年實元和六年.

하남현령 장군 묘지명[1]

장군은 휘가 서(署)고 자는 아무개며 하간(河間) 사람이다. 조부 장이정(張利貞)은 현종 때 명성을 얻어 어사중승이 되었다. 사람을 천거하고 탄핵함에 있어 기탄하는 바가 없었기에, 이로 인해 진류태수(陳留太守)로 나가 하남도(河南道) 채방처치사(採訪處置使)[2]가 되었다. 몇 년 뒤 관직에 있다 돌아가셨다. 부친은 휘가 순(郇)으로, 유학으로 관직에 나아가 시어사(侍御史)까지 지냈다.

장군은 바탕이 곧고 의기가 있었으며, 모습이 장대하였고 문사에 능했다. 진사의 신분으로 박학굉사과에 응시하여 교서랑(校書郎)이 되었다. 경조(京兆) 무공현위(武功縣尉)로 있다가 감찰어사에 제수되었는데, 황제로부터 총애를 받던 신하의 참언으로 인해 동료인 한유·이방숙(李方叔)과 함께 모두 남방의 현령(縣令)으로 폄적되었다.[3] 2년 만에 성은을

---

1 『창려선생문집』에는 제목 앞에 '당나라 옛(唐故)'이라는 두 글자가 더 있다. 한유는 묘지명의 주인공인 장서(張署)와 함께 감찰어사로 있다가 남쪽으로 유배되었기에 서로 우의가 깊었다.

2 채방처치사(採訪處置使): 개원 22년(734) 12월에 처음으로 열 개 도(道)에 채방처치사를 두었다.

3 황제로부터…… 폄적되었다: 홍흥조(洪興祖)가 지은 『한자연보(韓子年譜)』에 따르면, 한유·장서·이방숙이 황제께 상소를 올려, 가뭄에 백성들이 굶주리고 있으니 요역을 감하여 주고 세금을 면제해주어야 한다고 주장한 바 있는데, 이 일로 인해 총신(寵臣)이었던 이실(李實)에게 참언을 당해 폄적되었다고 한다. 당시 한유는 연주(連州) 양산현령(陽山縣令)

입어 나란히 강릉(江陵)의 관리로 옮겨 가게 되었다.[4] 반년 후에 옹관경략사(邕管經略使)께서 상주하여 군을 판관(判官)으로 삼고,[5] 다시 전중시어사에 임명하셨으나, 부임하지 않고 경조부(京兆府) 사록(司錄)에 제수되었다.[6] 각 부서에서 업무를 보고할 때 감히 똑바로 장군을 바라보지 못하였고, 관서에서 함께 식사를 할 때도 머리를 조아린 채 조심스럽게 음식을 먹었으며, 읍하고 일어나 자리를 뜨면서도 감히 실없는 소리를 하지 못했다. 현령·현승·현위 들도 모두 엄격한 경조윤을 대하듯 장군을 두려워하니, 정사가 이에 잘 다스려졌다. 경조윤이 봉상윤(鳳翔尹)으로 옮겨 가면서 도성 서쪽을 다스리게 되자 장군에게 함께 갈 것을 청하였다. 이에 장군은 예부원외랑(禮部員外郞)의 신분으로 관찰사의 판관(判官)이 되었다. 관찰사가 다른 곳으로 옮겨 가게 되자, 장군은 너무 오래 도성을 떠나 있는 것이 달갑지 않아 하직하고 돌아왔다. 이전부터 쌓아온 능력을 인정받아 삼원현령(三原縣令)에 제수되었다. 한 해 남짓 뒤에 다시 상서 형부원외랑으로 승진했다. 삼가 법을 지키고 힘써 쟁론하였으며 성품이 강직하여 굽힘이 없었다.

장군은 다시 건주자사(虔州刺史)가 되었다. 그곳 백성들은 서로 작당을 하여 상부에 고하지도 않고 소를 도살하여, 소가 거의 사라져갔다. 또 살아 있는 새며 까치며 물고기며 자라 등을 마구 잡아들여서, 먹는 것

으로 나갔고 장서는 침주(郴州) 임무현령(臨武縣令)으로 나갔다.

4 2년 만에…… 되었다: 정원 21년(805) 정월에 순종이 즉위하여 대사면령을 내렸는데, 이때 한유와 장서는 같이 강릉으로 옮겨 가게 되었다.

5 반년 후에…… 삼고: 정원 21년 8월에, 옹관경략사로 있던 노서(路恕)가 상주하여 장서를 판관에 임명했다.

6 경조부(京兆府)…… 제수되었다: 정원 21년 10월에 경조윤 이용(李鄘)이 장서를 천거하여 사록참군으로 삼았다.

이건 먹지 못하는 것이건 서로 사고팔고 했고, 절기가 되면 그것들을 방생하여 복을 빌었다. 장군은 그런 상황을 보고는 그러한 짓을 일절 금하고 감독을 철저히 하였다. 또 경전에 능통한 관리와 제생(諸生)들을 옆의 큰 군(郡)으로 파견하여 향음주례 및 관혼상제의 의례를 배워오게 한 다음 강설(講說)을 열게 하니, 백성과 관리들이 듣고 배워 교화가 이루어졌고, 사람들 모두 크게 기뻐하였다. 탁지사(度支使)로부터〔세금을 거둬들이라는〕명령이 주에 하달되었기에 가호에서 바칠 세금을 계산해보았더니 매년 비단 6천 둔(屯)⁷을 내야 했다. 다른 군에서는 명령을 받고 모두들 당황하여 기일을 정하면서 오로지 때를 못 맞추어 처벌받을까만 근심하였다. 그러나 장군은 혼자 상소를 올려, 건주 땅은 영남에 가까운 곳이라 백성들이 양잠할 줄을 모른다고 아뢰었다. 이에 한 달 남짓 만에 세금을 면제한다는 명령이 내려오니, 백성들은 서로서로 손을 잡고 관서 문 앞에 서서 환호하며 축하했다.

장군은〔다시〕예주자사(澧州刺史)가 되었다. 그곳 백성들은 공물과 세금으로 잡다한 특산물과 돈을 바쳤는데, 상서성(尚書省)에 미리 정해놓은 액수가 있었다. 그런데 관찰사가 여러 주에 하달한 공문을 보니, 상서성에서 정한 액수보다 갑절이나 되는 돈을 징수하라고 되어 있었다. 장군은 "자사라면 모름지기 법을 지켜야지 백성을 해치는 탐관오리가 되어서는 안 된다"라고 하면서 잠자코 공문을 보류한 채 명령에 따르려 하지 않았다. 장군은 끝내 이 일로 인해 자사 직에서 파면되었고 다른 사람이 대행하게 되었다. 관찰사는 업무에 능한 서리를 시켜〔예주의〕장부를 뒤지게 했는데, 열흘을 뒤졌어도 터럭만 한 죄상조차 찾아낼 수 없었다. 장

---

7 둔(屯): 속(束)과 같다. 즉 묶음을 가리킨다.

군은 다시 하남현령이 되었는데, 하남윤은 하필이면 장군이 평생토록 달가워하지 않던 인물이었다. 장군은 연로한 몸으로 매일같이 절하며 뛰어다녀야 하고, 계단 아래에 서서 위를 우러러보아야 했으나, 부득이하여 관직에 부임하였다. 그러나 몇 달 만에 도무지 마음에 맞지 않아 병을 이유로 사직하고 떠나왔다.

공경들은 그가 한 번이라도 도성에 와주길 바랐으나, 장군은 지방관을 맡다가 재차 부득이한 경우를 당한 것을 한스러워하며 "도리상 다시금 욕을 당할 수 없으니, 도성에는 가서 무엇 한단 말이오?"라고 하였다. 그러고는 끝내 문을 걸어 닫은 채로 있다가 예순을 일기로 세상을 뜨셨다. 장군은 하동(河東) 유씨(柳氏) 댁 따님과 혼인하여 아들 둘을 낳았으니, 승노(昇奴)와 호사(胡師)가 그들이다. 아무 해 아무 달 아무 날에 아무 땅에 묻으려 한다.

장군의 형님이신 장작소감(將作少監) 장석(張昔)이 우서자(右庶子) 한유에게 묘지명을 부탁했다. 한유는 바로 전날 군과 함께 어사로 있다가 참언을 당해 나란히 남쪽으로 폄적되었던 사람이기에 장군을 가장 잘 안다. 명문을 짓는다.

대체 누구만 못하기에
공경이 되지 못하였소.
어떤 양생(養生)의 도를 어겼기에
장수하지 못하셨소.
올곧은 성품만은
영원토록 전해질 것이오.

河南令張君墓誌銘

君諱署, 字某, 河間人. 大父利貞, 有名玄宗世, 爲御史中丞. 舉彈無所避, 由是出爲陳留守, 領河南道採訪處置使. 數年卒官. 皇考諱郇, 以儒學進, 官至侍御史.

君方質有氣, 形貌魁碩, 長於文詞. 以進士舉博學宏詞, 爲校書郎. 自京兆武功尉拜監察御史, 爲幸臣所讒, 與同輩韓愈・李方叔三人, 俱爲縣令南方. 二年逢恩, 俱徙掾江陵. 半歲, 邑管奏君爲判官, 改殿中侍御史, 不行, 拜京兆府司錄, 諸曹白事, 不敢平面視, 共食公堂, 抑首促促就哺歠, 揖起趨去, 無敢闌語. 縣令丞尉畏如嚴京兆, 事以辦治. 京兆改鳳翔尹, 以節鎭京西, 請與君俱. 改禮部員外郎, 爲觀察使判官. 帥它遷, 君不樂久去京師, 謝歸. 用前能拜三原令. 歲餘, 遷尙書刑部員外郎. 守法爭議, 棘棘不阿.

改虔州刺史. 民俗相朋黨, 不訴殺牛, 牛以大耗. 又多捕生鳥雀魚鼈, 可食與不可食相買賣. 時節脫放, 期爲福祥. 君視事, 一皆禁督立絕. 使通經吏與諸生之旁大郡, 學鄕飮酒・喪婚禮, 張施講說, 民吏觀聽從化, 大喜. 度支符州, 折民戶租, 歲徵綿六千屯. 比郡承命惶怖, 立期日, 惟恐不及事被罪. 君獨疏言, 治迫嶺下, 民不識蠶桑. 月餘免符下, 民相扶攜, 守州門叫讙爲賀.

改澧州刺史. 民稅出雜産物與錢, 尙書有經數. 觀察使牒州徵民錢倍經. 君曰: "刺史可爲法, 不可貪官害民." 留嚇不肯從. 竟以代罷. 觀察使使劇吏案簿書, 十日不得毫毛罪. 改河南令, 而河南尹適君平生所不好者. 君年且老, 當日日拜走, 仰望堦下, 不得已就官. 數月大不適, 卽以病辭免.

公卿欲其一至京師, 君以再不得意於守令恨, 曰: "義不可更辱, 又奚爲於京師間?" 竟閉門死, 年六十. 君娶河東柳氏女, 二子, 昇奴·胡師. 將以某年某月某日葬某所.

其兄將作少監昔, 請銘于右庶子韓愈. 愈前與君爲御史, 被讒俱爲縣令南方者也, 最爲知君. 銘曰:

誰之不如, 而不公卿. 奚養之違, 以不久生. 惟其頑頑, 以世厥聲.

등봉현위 노은 묘지명[1]

시 지은 일을 서술한 부분이 매우 감상적이며, 간결하면서도 구성진 가락을 띠고 있다.

원화 5년 10월 어느 날에, 옛 등봉현위(登封縣尉) 범양(范陽) 사람 노은(盧殷)이 등봉에서 세상을 떴다. 춘추 예순다섯이었다.

노군(盧君, 盧殷)은 시를 잘 지었다. 젊어서부터 늙을 때까지, 기록하여 전할 만한 시가 종이에 적혀 있는 것이 약 천여 편이었다. 읽지 않은 책이 없었으나 오직 시 짓는 데 사용했을 뿐이다. 간의대부 맹간(孟簡),[2] 협률랑 맹교(孟郊),[3] 감찰어사 풍숙(馮宿)[4]과 더불어 서로 앞날을 기대하며 밀어주고 끌어주고 하였으나, 끝내 병으로 인해 벼슬하지 못했다. 등봉에 있을 때 자신이 지은 시를 모두 필사하여 옛 재상이자 동도유수로 있던 정여경 공께 보냈다. 유수(留守, 鄭餘慶)께서는 몇 차례나 옷가지며 쌀 등을 보내 노군의 집안을 도와주셨고, 또 재상에게 추천의 편지도 써

---

1 노은(盧殷)은 천보(天寶) 5년(746)에 태어나 원화 5년(810)에 죽었다. 『전당시(全唐詩)』에 그의 시가 실려 있다. 등봉은 하남에 속해 있던 현이었다.
2 맹간(孟簡): 자는 기도(幾道)로 평창(平昌) 사람이다. 그가 간의대부에 제수된 것은 원화 4년의 일이다.
3 맹교(孟郊): 중당 때의 유명한 시인. 자는 동야(東野)며 호주(湖州) 무강(武康) 사람이다. 시로 명성을 얻어 한유와 더불어 "맹교의 시, 한유의 문장(孟詩韓筆)"이라 일컬어지기도 하였다.
4 풍숙(馮宿): 자는 공지(拱之)며 무주(婺州) 동양(東陽) 사람이다. 한유와도 교유가 있었던 인물이다.

주셨다. 그러나 재상이 노군을 등용하지 못한 탓에 결국은 등봉에서 추위
와 굶주림에 떨다 세상을 뜨고 말았다. 돌아가실 무렵에 유수와 하남윤
(河南尹)⁵에게 직접 편지를 보내 자신의 장례를 치러달라고 부탁했다. 또
늘 왕래해오던 사이인 하남현령 한유에게 시를 지어 보내면서 "나를 위해
관을 마련해주게"라고 말했다. 유수와 하남윤은 노군을 위해 모든 장례
절차를 치러주었다. 한유는 관을 마련하고 묘지명도 지어주었다. 11월 아
무 날에, 숭산 아래 있는 정부인(鄭夫人) 무덤에 합장하였다.

　군께서는 처음에 형양(滎陽) 정씨(鄭氏)를 아내로 맞이하였고 후에
농서(隴西) 이씨를 아내로 맞이했는데, 아들은 나으면 번번이 죽어 끝내
아들 하나 없었다. 딸이 하나 있었으나 불법을 배워 시집가지 않고 비구
니가 되었다고 한다.

登封縣尉盧殷墓誌銘

序詩一事相感欷, 簡而韻折.

元和五年十月日, 范陽盧殷以故登封縣尉卒登封. 年六十五.

　君能爲詩. 自少至老, 詩可錄傳者, 在紙凡千餘篇. 無書不讀, 然止用
以資爲詩. 與諫議大夫孟簡, 協律孟郊, 監察御史馮宿好, 期相推挽, 卒以

5　하남윤(河南尹): 당시 하남윤으로 있던 사람은 방식(房式)이다.

病不能爲官．在登封，盡寫所爲詩，抵故宰相東都留守鄭公餘慶．留守數以帛米周其家，書薦宰相．宰相不能用，竟饑寒死登封．將死，自爲書告留守與河南尹，乞葬己．又爲詩與常所來往河南令韓愈，曰："爲我具棺．"留守·尹爲具凡葬事，韓愈與買棺，又爲作銘．十一月某日葬嵩下鄭夫人墓中．

君始娶滎陽鄭氏，後娶隴西李氏，生男輒死，卒無子．女一人，學浮屠法，不嫁爲比丘尼云．

당나라 옛 하남부 왕옥현위 필군 묘지명[1]

기이하다.

　필씨(畢氏)는 동평(東平)[2]에서 나왔는데, 한·위·진(晉)·송·제· 양·진(陳)을 거치는 동안 사대부가 끊이지 않고 나왔다. 당나라에 들어 와서 사위소경(司衛少卿) 및 패주·형주·여주·허주 등 주의 자사(刺史) 를 지내신 분이 계시니, 필경(畢憬)이 바로 그분이시다. 필경의 아들 필 구(畢構)는 거듭 승진하여 관직이 이부상서에 이르렀고 돌아가신 후에는 황문감(黃門監)에 추증되었는데, 경공(景公)[3]이 바로 그분이시다. 경공 께서는 필항(畢抗)을 낳으셨다. 필항은 광평태수(廣平太守)로 있었는데, 안록산에게 항거하다가 성이 함락되는 바람에 일족이 죽임을 당했으며, 죽 어 호부상서에 추증되었다. 호부상서께서는 필경(畢坰)을 낳으셨다. 집 안이 몰락할 당시 필경은 겨우 네 살이었다. 아우 필증(畢增)과 함께 너 무 어려 아직 명적에 들지 않았던 덕택에 죽음을 면할 수 있었으나, 상으 로 하사하는 노예가 되어 적중(賊中)에 떨어진 신세가 되었다. 보응(寶 應) 2년(763)에 하북이 평정되자 종친인 필굉(畢宏)이 가산을 털어 몸값 을 지불하고 형제를 대속해왔다. 그러나 필증은 찾을 수 없었는데, 훗날

1　필군은 필경(畢坰)이다.

2　동평(東平): 동평은 지금의 산동성 동평현이다. 『오백가주석한창려집』 주석에 따르면, "필 씨는 필공고의 후손에서 나왔다. 그 후세는 동평 수창 사람이다(畢氏本畢公高之後, 其後世 爲東平須昌人)"라고 한다.

3　경공(景公): 경(景)은 바로 필구의 시호다.

"

필증은 자라서 하북종사(河北從事)가 되었고, 겸관으로 어사중승까지 지냈다. 필경은 장안으로 들어온 후 필굉의 집에서 자랐는데, 글공부를 시켰더니 명경과에 급제하였다. 필굉이 세상을 뜬 후 필경은 성장을 거듭하여 스스로 필씨의 일가를 이룰 수 있게 되었다. 그는 임환(臨渙)·안읍(安邑)·왕옥(王屋) 등 지역의 현위를 역임했다. 예순한 살을 일기로 원화 6년(811) 2월 2일에 관직에 있다가 돌아가셨다.

막 임환현위 직을 마쳤을 때, 서주절도사(徐州節度使) 장건봉(張建封)[4]은 광평태수〔필항〕의 목숨을 버린 절개를 흠모하고 계시던 중, 마침 필군 또한 행실이 돈후하고 정사에 능하다는 소리를 듣고 만나기를 청한 다음 종사에 임명하셨다. 이에 필군은 부리현령(符離縣令) 직을 4년간 대행하셨다. 왕옥현위가 되었을 적에, 옛날 서주의 종사를 지냈던 사람 중에 현재 하남윤(河南尹)[5]이 된 자가 있었는데, 필군이 오게 되었다는 소식을 듣고는 기뻐하며 사람들에게 말하길, "하남부 창고로 해마다 들어오는 돈이 천 단위로 헤아려 5, 60만 냥이나 된다. 모름지기 조심스럽고 청렴한 관리가 있어야 하는데, 필 수령께서 오신다니, 나는 이제 살았구나!"라고 하셨다. 하남윤이 여럿 바뀌는 동안 각 부서에 임명된 자들은 모두 변했지만 필 수령만은 시종일관 그 자리를 지켰으며, 끝까지 그 자리에 계시다가 돌아가셨다. 필군께서는 친척들을 화목하게 대하고 과객들을 후하게 모시면서, 집에 돈이 있는지 없는지에 대해서는 물어보는 법조차 없었다. 돌아가신 후 집안에 돈 한 푼 없어서, 관이며 묘지며 모두 동

---

4 서주절도사(徐州節度使) 장건봉(張建封): 자는 본립(本立)으로 등주(鄧州) 남양(南陽) 사람이다. 『구당서』「장건봉전」에 따르면 그가 서주자사 겸 어사대부, 서사호절도사(徐泗濠節度使)가 된 것은 정원 4년(788)의 일이다.
5 하남윤(河南尹): 두겸(杜兼). 그는 건중 연간(780~783) 초에 장건봉의 막부에서 종사로 있다가 원화 3년(808)에 하남윤에 임명되었다.

료나 알고 지내던 사람들이 마련해줬다.

청하(淸河) 장씨(張氏) 댁 따님을 얻어와 아들 넷을 낳았다. 호(鎬)·비(鈚)·구(銶)·예(銳)가 그들이다. 딸 셋을 두었는데, 장녀는 불법을 배워 비구니가 되었고 나머지 둘은 아직 시집가지 않았다. 그달 25일에, 언사현(偃師縣) 토루산(土婁山)에 묻었다. 명문을 짓는다.

상고시대에는 황제께서 백성을 사랑하여,
관직을 마련해놓고 인재를 찾았네.
진실로 맡길 수 있는 인재라면
그에게 직위를 내려주었네.
후세에는 권세만을 좋아하여
사람이 직접 나서 관직을 구했네.
이에 뒤로 물러나 있으면서 조급하지 않은 자들은
남들보다 늘 뒤지게 되었네.
광평태수께서 목숨을 걸고 절개를 지켰음에도
자식은 그 혜택을 입지 못했네.
왕옥현위께서는 조심스럽고 청렴했으나
신께서는 그 겸손함에 복을 내려주시지 않았네.
오호라,
하늘이건 사람이건,
그분의 묘혈과 무덤을 해치지 말지어다!

唐故河南府王屋縣尉畢君墓誌銘

奇.

畢氏出東平，歷漢·魏·晉·宋·齊·梁·陳，士大夫不絕．入國朝有爲司衛少卿，貝·邢·廬·許州刺史者，曰憬．憬之子構，累官至吏部尚書，卒贈黃門監，是爲景公．景公生抗．爲廣平太守，抗安祿山，城陷覆其宗，贈戶部尚書．尚書生坰．家破時，坰生始四歲．與其弟增以俱小漏名籍，得不誅，爲賞口賊中．寶應二年，河北平，宗人宏以家財贖出之，求增不得，增長爲河北從事，兼官至御史中丞．坰旣至長安，宏養於家，敎讀書，明經第．宏死，坰益壯，始自別爲畢氏．歷尉臨渙·安邑·王屋．年六十一，以元和六年二月二日卒於官．

初罷臨渙，徐州節度張建封慕廣平之節死，聞君篤行能官，請相見，署諸從事．攝符離令四年．及尉王屋，徐之從事有爲河南尹者，聞君當來，喜謂人曰："河南庫歲入錢以千計者五六十萬．須謹廉吏，今畢侯來，吾濟矣！"繼數尹，諸署於府者無不變，而畢侯固如初，竟以其職死．君睦親，善事過客，未嘗問有無．旣卒，家無一錢，凡棺與墓事，皆同官與相識者事之．

娶淸河張氏女，生男四人．曰鎬·鈺·鍒·銳．女子三人，其長學浮屠法爲比丘尼，其季二人未嫁．以其月二十五日，從葬偃師之土婁．銘曰：

上古愛民，爲官求人．苟可以任，位加其身．其後喜權，人自求官．退

而緩者, 身後人先. 故廣平死節, 而子不荷其澤. 王屋謹廉, 而神不福其
謙. 嗚呼, 天與人, 苟無傷其穴與墳!

유자후 묘지명[1]

창려가 자후(子厚)를 칭찬한 곳은 한 자, 한 치, 한 근, 한 냥까지 상세히 기술하면서, 단 한 걸음도 그냥 넘어가지 않았다.

자후는 휘가 종원(宗元)이다. 7대조이신 유경(柳慶)은 탁발위(拓拔魏)[2]에서 시중(侍中) 벼슬을 하시어 제음공(濟陰公)[3]에 봉해졌다. 증백조(曾伯祖)이신 유석(柳奭)[4]은 당나라 때 재상을 지내셨는데, 저수량(褚遂良)[5]·한원(韓瑗)[6]과 함께 무후(武后)에게 득죄하여 고종 때 처형되었다. 부친은 휘가 진(鎭)으로, 모친 봉양을 위해 태상박사(太常博士) 직을 버리고 강남에서 현령이 되고자 하셨다. 후에 권세가에게 아첨을 하지 못한 탓에 어사 직을 박탈당했는데, 그 권세가가 죽자 다시 시어사(侍御

---

1 한유가 절친한 친구 유종원(柳宗元)의 죽음을 애도하며 지은 묘지명이다.

2 탁발위(拓拔魏): 372쪽 주 2 참조.

3 제음공(濟陰公): 유종원은 「선조이신 시어사 부군의 신도표문(先侍御史府君神道表)」에서는 다음과 같이 적고 있다. "6대조이신 휘 경은 후위 때 시중을 지내고 평제공이 되셨다. 5대조이신 휘 단은 주나라에서 중서시랑을 지내고 제음공이 되셨다(六代祖諱慶, 後魏侍中平齊公. 五代祖諱旦, 周中書侍郎濟陰公)." 따라서 여기서 한유가 제음공이라 적고 있는 분은 6대조 유경이 아니라 실은 5대조 유단이 맞다.

4 유석(柳奭): 자는 자연(子燕)으로 유단의 손자이자 유종원의 고조부의 형이다.

5 저수량(褚遂良): 자는 등선(登善)이다. 고종 때 재상을 역임했다. 후에 고종이 왕황후(王皇后)를 폐위하고 무측천을 세우는 데 반대하다가 귀양 가 죽었다.

6 한원(韓瑗): 자는 백옥(伯玉)으로 시중을 지냈다. 고종이 왕황후를 폐위하자 읍소하며 간언하였으나 받아들여지지 않았고, 저수량이 득죄하여 귀양 갔을 때 힘을 다해 그를 구제하려다가 역시 폄적되어 죽었다.

史)에 제수되었다.[7] 강직하기로 이름이 나서, 함께 어울리던 사람들은 모두 당시의 명인들이었다.

자후는 어려서부터 총명하여 통달하지 못한 분야가 없었다. 부친께서 살아 계실 적에 자후는 비록 어린 나이였지만 어엿한 성인 같았다. 진사과에 급제하여 우뚝 두각을 나타내었기에 사람들은 모두 유씨 가문에 훌륭한 아들이 났다고들 말하였다. 그 후 박학굉사과에 합격하여 집현전 정자(集賢殿正字)에 제수되었는데, 빼어나고 걸출했으며 청렴하고 엄격했다. 또 의론을 펼칠 때면 고금의 일을 끌어다 증명하였는데, 경사백가를 넘나들면서 기운차고 도도한 언변을 펼쳤기에, 좌중의 사람은 늘 그에게 꺾이곤 하였다. 명성을 크게 떨치니, 당시 사람들은 모두 그와 사귀기를 흠모하였다. 명공(名公)들조차도 다투어 그를 얻어 자신의 문하생이 되게 하려고 서로서로 그를 천거하고 칭찬하였다.

정원 19년(793)에 남전현위(藍田縣尉)로 있다가 감찰어사에 제수되었다. 순종께서 즉위하신 후에 예부원외랑에 임명되었다. 그러나 집권자가 득죄하는 바람에 전례대로 자사(刺史)로 나가게 되었는데,[8] 채 임지에 도착하기도 전에 다시 또 전례대로 영주사마(永州司馬)로 폄적되었다. 그곳에서 한가하게 거하면서 더욱 각고의 노력을 하였으며, 암송하고 책 읽는 일에 힘을 쏟으니, 문장이 마치 드넓은 물이 범람하는 듯 깊고도 넓

---

7 권세가에게…… 제수되었다: 여기서 권세가라 지칭한 인물은 두참(竇參)이다. 숙종 때 유진은 전중시어사가 되었는데, 억울한 옥사에 대해 이론을 제기했다가 재상인 두참에게 미움을 사 기주사마(夔州司馬)로 강등되었다. 후에 두참이 폄적되어 죽자 다시 시어사에 임명되었다.

8 순종께서…… 되었는데: 순종은 즉위한 후에 병환으로 인해 직접 정사를 돌보지 못하고 왕숙문(王叔文)·위집의(韋執誼)에게 정권을 맡겼는데, 그들과 관계가 양호했던 유종원은 예부원외랑에 발탁될 수 있었다. 그러나 헌종이 즉위했을 때 왕숙문과 위집의가 법을 범하는 바람에 유종원도 같이 폄적되어 소주자사(邵州刺史)가 되었다.

어 그 끝을 알 수 없었다. 그는 또한 산수 속에서 한껏 노닐었다. 원화 연간에 또 전례에 따라 도성으로 부름을 받아 들어왔다가 모두 다시 자사에 임명되었다. 자후는 유주(柳州) 자사가 되었다. 유주에 도착한 뒤에 탄식하며 말하기를, "여기라고 어째서 정치할 만한 곳이 못 되겠느냐?"라고 하였다. 그곳 풍속에 기인해 법령을 반포하고 교화를 베푸니, 유주 사람들이 따르고 의지했다. 그곳 사람들은 자식을 저당잡히고서 돈을 꾸었는데, 그러다 제때 다시 몸값을 치르고 자식을 찾아오지 못하는 경우, 원금과 이자가 같아지는 시점에서 바로 노비로 몰수해버렸다. 자후는 이를 위해 계책을 고안해내, 자식들을 모두 다시 사 올 수 있도록 하였다. 너무 가난해서 역부족인 자들에게는 〔돈 꿔준 사람 집에 가서 일을 하게 한 다음〕 매일 일한 품삯을 기록하게 하고는, 품삯이 꿔간 돈과 같아지면 인질로 잡고 있는 자식을 돌려주게 했다. 관찰사가 그와 같은 방법을 다른 주에도 하달했더니, 한 해쯤 되었을 때 인질에서 풀려나 돌아간 자가 천 명이나 되었다. 형산(衡山)과 상수(湘水) 이남에서 진사가 된 자들은 모두 자후를 스승이라 여겼으니, 자후로부터 직접 글을 배운 사람들은 모두 문장에 법도가 있어 가히 볼 만하였다.

도성으로 소환되었다가 다시 자사가 되었을 때, 중산(中山)의 몽득(夢得) 유우석(劉禹錫)[9]도 파견 명단 가운데 있었는데, 하필 파주(播州)로 나가게 되자 자후가 울며 말했다.

"파주는 사람 살 곳이 아닙니다. 몽득은 모친께서 아직 살아 계신데, 몽득이 이렇듯 곤경에 처했는데도 모친께 말씀조차 아뢰지 못하는 광경을 내 차마 볼 수 없습니다. 게다가 모자가 함께 귀양 가는 법은 절대 없지

---

9 중산(中山)의 몽득(夢得) 유우석(劉禹錫): 유우석은 중산 사람이며 몽득은 그의 자이다. 그 역시 왕숙문 사건에 연루되어 유종원과 동시에 귀양 갔다.

않습니까!"

그러고는 조정에 청을 넣으려 상소를 올렸는데, 자신의 유주와 몽득의 파주를 바꾸겠다고 하면서 거듭 득죄하는 한이 있어도 죽어 여한이 없다고 하였다. 마침 몽득의 사정을 주상께 아뢰어준 자가 있었기에 몽득은 연주(連州) 자사로 변경되었다.

아! 선비란 궁지에 몰린 연후라야 절개와 의기가 보이는 법이다. 지금 사람들은 평상시에 한 마을에 살면서 서로 좋아 지내고, 서로 어울려 먹고 마시고 놀고 시시덕거리며, 비굴하게 억지로 웃어가면서까지 서로 남을 치켜세운다. 또 손을 부여잡고 간도 쓸개도 다 꺼내 보일 듯 굴고, 하늘의 해를 가리키며 울며 맹세하기를, 죽어서나 살아서나 서로를 배반하지 않겠노라 한다. 이때는 정말로 믿을 수 있을 것만 같다. 그러나 어느 날 터럭같이 하찮은 이해관계라도 생기면, 마치 서로 모르는 사람인 양 반목한다. 또 함정에 빠져도 손을 뻗쳐 구해주기는커녕 오히려 밀쳐내고 돌까지 던지는 사람들이 대부분이다. 이러한 짓은 금수나 오랑캐라도 차마 하지 못하거늘, 그들은 스스로 훌륭한 계책이라 여긴다. 저들이 자후의 도량에 대해 듣는다면, 조금의 부끄러움은 있으리라!

자후는 소년 시절부터 남을 위하는 데 용감하고 스스로에 대해서는 그다지 신경을 쓰지 않으면서, 공업(功業)이란 쉬이 이룰 수 있는 것이라고 말했다. 그랬기 때문에 사건에 연루되어 쫓겨났던 것이다. 물러난 뒤에도 밀어주고 이끌어줄 만한 힘 있고 지위 있는 자 하나 알지 못했기에 결국은 궁벽한 변방에서 죽고 말았던 것이다. 이에 그의 재주는 세상을 위해 쓰이지 못하고 도(道)는 이 시대에 행해지지 못했다. 자후가 만약 훗날 사마나 자사가 되었을 때 그랬던 것처럼 대성(臺省)에 있을 때부터 몸가짐을 삼갈 수 있었다면, 내침을 당하지는 않았을 것이다. 내침을 당했을 때 누군가가 힘껏 그를 천거해주었다면, 필시 다시 등용되어 궁핍해지지 않았을 것이다. 그러나 자후가 오래 내침을 당하지 않고 지극히 궁핍해지지 않았더라면, 제아무리 출중한 재주가 있었더라도 문학과 사장(詞章)에 스스로 힘을 쏟아 지금처럼 후세에 전해지지 못했을 것임에 분명하다. 자후가 소원을 이루어 한 시대의 장수가 되고 재상이 되었다 하더라도, 이것으로 저것을 바꾼다면[10] 어느 것이 이득이고 어느 것이 손해인가? 반드시 이를 변별해줄 사람이 있을 것이다.

자후는 원화 14년(819) 11월 8일 마흔아홉의 나이로 세상을 떠났다. 원화 15년 7월 10일 만년현(萬年縣) 선영 옆에 돌아와 묻혔다. 자후에게는 아들 둘이 있다. 장남 주육(周六)은 겨우 네 살이고 차남 주칠(周七)은 자후가 죽은 뒤에 태어났다. 딸이 둘 있으나 모두 어리다. 그가 돌아와 묻힐 수 있었던 것은 관찰사이신 하동 사람 배행립(裴行立)[11]이 돈을 대준 덕분이었다. 배행립은 절개 있는 사람이라 신용을 중히 여긴다. 본디 자후와 교분이 있었는데, 자후가 〔생전에〕 그를 위해 온 힘을 쏟더니 결국 그의 도움을 받게 된 것이다. 만년현 무덤에 자후를 묻은 것은 외사촌 아우인 노준(盧遵)이다. 노준은 탁주(涿州) 사람으로 성품이 조심스럽고 온순하며 학문을 좋아한다. 자후가 내침을 당했을 때부터 자후를 따라다니며 지내더니, 죽은 후에도 떠나지 않았다. 가서 자후를 묻어주고, 또 살집까지 마련해주었으니, 시작이 있고 끝이 있는 자라 할 수 있겠다. 명을 짓는다.

---

10 이것으로 저것을 바꾼다면: 즉 "실의한 덕에 문학적 성취를 이룬 것과, 실의하지 않고 공업을 이룬 것을 서로 바꾼다면"이라는 뜻이다.
11 배행립(裴行立): 그는 원화 12년(816)에 계관관찰사(桂管觀察使)가 되었으며, 유종원의 상사이기도 하다.

여기는 자후의 묘실.

견고하고 편안하여

후손에게 도움을 주겠네.

柳子厚墓誌銘

昌黎稱許子厚處. 尺寸斤兩, 不放一步.

子厚, 諱宗元. 七世祖慶爲拓拔魏侍中, 封濟陰公. 曾伯祖奭爲唐宰相, 與褚遂良·韓瑗俱得罪武后, 死高宗朝. 皇考諱鎭, 以事母棄太常博士, 求爲縣令江南. 其後以不能媚權貴失御史, 權貴人死, 乃復拜侍御史. 號爲剛直, 所與游皆當世名人.

子厚少精敏, 無不通達. 逮其父時, 雖少年, 已自成人. 能取進士第, 嶄然見頭角, 衆謂柳氏有子矣. 其後以博學宏詞授集賢殿正字, 儁傑廉悍. 議論證據今古, 出入經史百子, 踔厲風發, 率常屈其座人. 名聲大振, 一時皆慕與之交. 諸公要人爭欲令出我門下, 交口薦譽之.

貞元十九年, 由藍田尉拜監察御史. 順宗卽位, 拜禮部員外郎. 遇用事者得罪, 例出爲刺史, 未至, 又例貶永州司馬. 居閒, 益自刻苦, 務記覽, 爲詞章, 汎濫停蓄, 爲深博無涯涘. 而自肆于山水間. 元和中, 嘗例召至京師, 又偕出爲刺史. 而子厚得柳州. 旣至, 歎曰: "是豈不足爲政耶?" 因其土俗, 爲設敎禁, 州人順賴. 其俗以男女質錢約. 不時贖, 子本相侔, 則沒爲奴婢. 子厚與設方計, 悉令贖歸. 其尤貧力不能者, 令書其傭, 足相當, 則使歸其質. 觀察使下其法于他州, 比一歲, 免而歸者且千人. 衡湘以南爲進士者, 皆以子厚爲師, 其經承子厚口講指畫爲文詞者, 悉有法度可觀.

其召至京師而復爲刺史也, 中山劉夢得禹錫亦在遣中, 當詣播州, 子厚泣曰: "播州非人所居. 而夢得親在堂, 吾不忍夢得之窮, 無辭以白其大人. 且萬無母子俱往理." 請于朝, 將拜疏, 願以柳易播, 雖重得罪, 死不恨. 遇有以夢得事白上者, 夢得於是改刺連州.

嗚呼! 士窮乃見節義. 今夫平居里巷相慕悅, 酒食游戲相徵逐, 詡詡強笑語以相取下. 握手出肺肝相示, 指天日涕泣, 誓生死不相背負, 眞若可信. 一旦臨小利害, 僅如毛髮比, 反眼若不相識, 落陷穽, 不一引手救, 反擠之, 又下石焉者, 皆是也. 此宜禽獸夷狄所不忍爲, 而其人自視以爲得計. 聞子厚之風, 亦可以少愧矣!

子厚前時少年, 勇於爲人, 不自貴重顧藉, 謂功業可立就. 故坐廢退. 旣退, 又無相知有氣力得位者推挽, 故卒死於窮裔, 材不爲世用, 道不行于時也. 使子厚在臺省時, 自持其身, 已能如司馬・刺史時, 亦自不斥. 斥時有人力能擧之, 且必復用不窮. 然子厚斥不久, 窮不極, 雖有出于人, 其文學詞章必不能自力, 以致必傳于後如今, 無疑也. 雖使子厚得所願, 爲將相於一時, 以彼易此, 孰得孰失? 必有能辨之者.

子厚以元和十四年十一月八日卒, 年四十七. 以十五年七月十日, 歸葬萬年先人墓側. 子厚有子男二人. 長曰周六, 始四歲, 季曰周七, 子厚卒乃生. 女子二人, 皆幼. 其得歸葬也, 費皆出觀察使河東裴君行立. 行立有節槩, 重然諾. 與子厚結交, 子厚亦爲之盡, 竟賴其力. 葬子厚於萬年之墓者, 舅弟盧遵. 遵, 涿人, 性謹順, 學問不厭. 自子厚之斥, 遵從而家焉,

逮其死不去. 旣往葬子厚, 又將經紀其家, 庶幾有始終者. 銘曰:

是惟子厚之室, 旣固旣安, 以利其嗣人.

시선생 묘지명[1]

시선생이 경전을 강설한 것과 태학에서 관직을 맡은 시말을 유독 자세히 적고 있다. 명문 또한 구성진 가락을 띠고 있다.

정원 18년(802) 10월 11일에, 태학박사(太學博士) 시사개(施士丐) 선생께서 세상을 뜨셨다. 선생의 동료인 태원(太原) 사람 곽항(郭伉)이 돌을 사서 비석을 세우고 창려(昌黎) 사람 한유가 글을 짓는다.

선생께서는 『모시(毛詩)』와 『정전(鄭箋)』[2]에 밝고 『춘추좌씨전(春秋左氏傳)』에 능통했으며 강설을 잘하였기에, 조정의 사대부들 중에 선생을 따라다니며 경전을 손에 쥐고 의문점을 물으러 집을 찾아오는 자들이 줄을 이었다. 태학에서 『모시』와 『춘추좌씨전』을 익히는 학생들은 모두 선생의 제자였다. 귀족 자제들조차도 선생께서 두 경전을 강의하실 때면, 태학을 찾아와 얌전히 제생(諸生) 밑에 앉아서 끝까지 다 듣지 못할까 전전긍긍하였다. 선생께서 돌아가시자 두 경전을 배우는 학생들은 스승을 잃었으며 태학에서 벼슬하던 분들은 벗을 잃었다. 그렇기 때문에 위로는 사대부나 연로하신 스승과 대학자로부터 〔아래로는〕 신진 소생에 이르기

---

1 시선생은 시사개(施士丐)라는 사람으로 오(吳) 땅 출신이다. 『신당서』「유학하(儒學下)」「담조전(啖助傳)」에 부록되어 있다.

2 『모시(毛詩)』와 『정전(鄭箋)』: 모시는 『시경』 삼가시(三家詩) 중 하나로 모형(毛亨)이 지었다고 전해지고(일설에는 毛萇이 지었다고도 한다), 「정전」은 정현(鄭玄)이 모시에 근거하여 주석을 단 『모시전전(毛詩傳箋)』을 가리킨다.

"

까지, 선생의 죽음을 듣고 모두 곡하면서 조문하였고, 옷가지며 재물 등을 보내왔다.

선생은 예순아홉까지 사셨는데, 태학에 계셨던 세월이 19년이다. 사문조교(四門助敎)에서 태학조교(太學助敎)가 되시고, 조교에서 박사가 되셨는데, 임기가 다 차 태학을 떠나야 할 때가 되었는데도 제생들이 번번이 선생을 유임해달라는 상소를 올리곤 했다. 유임되기도 하고 승진하기도 하고, 그렇게 19년이라는 세월 동안 태학을 떠나지 않으셨다.

조부 시욱(施旭)은 원주(袁州) 의춘현위(宜春縣尉)를 지냈고, 부친 시약(施蒻)은 호주(豪州) 정원현승(定遠縣丞)을 지냈다. 처는 태원(太原) 왕씨(王氏)로 선생보다 앞서 세상을 떴다. 아들 시우직(施友直)은 명주(明州) 무현주부(鄞縣主簿)고 시우량(施友諒)은 태묘재랑(太廟齋郎)이다. 명문을 잇는다.

선생의 시조는
시보(施父)[3]에서 비롯되었네.
그 후 시상(施常)[4]은
공자를 섬겨 세상에 드러났네.
시수(施讎)[5]는 박사가 되었고
시연(施延)[6]은 태위(太尉)가 되었네.
태위의 손자 때

---

3 시보(施父): 춘추시대 노나라 대부다.
4 시상(施常): 공자의 제자인 시지상(施之常). 자는 자환(子桓)이다.
5 시수(施讎): 한나라 헌제(獻帝) 때 박사를 지낸 사람으로, 자는 장경(長卿)이다.
6 시연(施延): 한나라 순제(順帝) 때 태위를 지낸 인물로, 자는 자군(子君)이다.

비로소 오나라 사람이 되었으니

주연(朱然)과 주속(朱續)[7]은

역사에도 기록이 있고 사적도 남아 있네.

선생께서 등용되신 것은

공거(公車)로써 부르심을 받아서였네.[8]

전대의 학설을 편찬 정리하시어

그 빛을 밝히 드러내셨네.

고대 성인의 말씀이란

그 취지가 엄밀하고도 은미하여,

전주(傳注)와 주석이 어지러이 널려 있고

시비가 전도되어 있네.

그러나 선생의 강론을 듣고 나면

마치 객이 고향 길을 찾듯, 제자리를 찾을 수 있었네.

겸손하고 정성스러운 성품에

언변 또한 몹시 뛰어나셨네.

그러나 지금은 돌아가고 말았으니

누가 으뜸가는 스승의 뒤를 이을 것인가?

현의 이름은 만년(萬年)이요,

언덕의 이름은 신화(神禾)라.

---

7 주연(朱然)과 주속(朱續): 주연은 자가 의봉(義封)이며 본래의 성인 '시'에서 '주'로 바꾸
었다. 삼국시대 오나라 사람으로 임천태수(臨川太守)를 지냈다. 주속은 마땅히 주적(朱績)
으로 바꿔야 한다. 주적은 주연의 아들인데, 후에 성을 다시 '시'로 바꾸었다. 자는 공서(公
緖)고 좌대사마(左大司馬)를 지냈다.

8 선생께서…… 받아서였네: '공거로써 부름을 받는다'는 말은 과거를 통해서가 아니라 조정
에 초징되어 관직을 받는 것을 의미한다.

420

네 자 우뚝 높은 곳,
선생의 무덤이라.

施先生墓銘誌

獨詳說經及官太學本末. 銘亦韻折.

貞元十八年十月十一日, 太學博士施先生士丐卒. 其寮太原郭仉買石誌其墓, 昌黎韓愈爲之辭, 曰:

先生明『毛鄭詩』, 通『春秋左氏傳』, 善講說, 朝之賢士大夫, 從而執經考疑者繼於門. 太學生習『毛鄭詩』·『春秋左氏傳』者, 皆其弟子. 貴游之子弟, 時先生之說二經, 來太學帖帖坐諸生下, 恐不卒得聞. 先生死, 二經生喪其師, 仕於學者亡其朋. 故自賢士大夫, 老師宿儒, 新進小生, 聞先生之死, 哭泣相弔, 歸衣服貨財.

先生年六十九, 在太學者十九年. 由四門助敎爲太學助敎, 由助敎爲博士, 太學秩滿, 當去, 諸生輒拜疏乞留. 或留或遷, 凡十九年不離太學.

祖曰旭, 袁州宜春尉, 父曰姲, 豪州定遠丞. 妻曰太原王氏, 先先生卒. 子曰友直, 明州鄮縣主簿, 曰友諒, 太廟齋郎. 系曰:

先生之祖, 氏自施父. 其後施常, 事孔子以彰. 讐爲博士, 延爲太尉.

太尉之孫，始爲吳人．日然日續，亦載其跡．先生之興，公車是召．纂序前聞，於光有曜．古聖人言，其旨密微，箋注紛羅，顛倒是非．聞先生講論，如客得歸，卑讓肫肫，出言孔揚，今其死矣，誰嗣爲宗？縣日萬年，原日神禾，高四尺者，先生墓耶．

남양 번소술(樊紹述) 묘지명[1]

창려의 문장은 기괴한 성분이 많으며 생경스런 부분 또한 많다.

번소술을 땅에 묻고, 한유는 장차 그의 묘지명을 지으려고 하였다. 그의 집에서 〔그가 남긴〕 책들을 구해보니, 『괴기공(魁紀公)』이라는 책이 30권, 『번자(樊子)』라는 책이 또 30권,[2] 『춘추집전(春秋集傳)』이 15권, 표(表)·전(牋)·장(狀)·책(策)·서(書)·서(序)·전(傳)·기(記)·기(紀)·지(誌)·설(說)·론(論)·금문(今文)·찬(讚)·명(銘) 등이 대략 291편 정도 되었다. 거기다 길에서 마주친 사물이나 기물들, 그리고 마을과 문 등에 새긴 명문이 220편이요, 부(賦)가 열 편이요, 시(詩)가 719 수였다. 내가 말했다.

"많기도 하구나! 옛날에도 이 정도의 분량을 남긴 이는 있지 않았다. 그러나 반드시 스스로에게서 나온 글귀여야지 전대 사람들의 한 마디 한 구절도 답습하려 하지 않았으니, 또한 얼마나 어려웠겠는가! 내용은 반드시 인의(仁義)를 넘나들고 만물을 내고 품은 듯 풍부하니, 바다가 온갖 생물을 안은 듯, 땅이 온갖 생물을 업은 듯, 종횡으로 거침없이 치달아 통

---

1 번소술은 번종사(樊宗師)다. 그는 하중(河中) 출신이며, 남양(南陽)은 번씨의 본관이다. 번종사의 글은 어렵고 난삽하기로 유명해서, 이조(李肇)는 『국사보(國史補)』에서 "원화 연간 이후에는 글을 지을 때 한유에게서 기괴함을 배우고 번종사에게서 난삽함을 배웠다(元和之後, 文筆則學奇於韓愈, 學澁於樊宗師)"라고 말하기도 하였다.
2 『괴기공(魁紀公)』…… 30권: 『괴기』와 『번자』는 『신당서·예문지(藝文志)』 잡가(雜家)에 들어 있다.

제할 길 없으나 먹줄을 치고 깎아내지 않아도 절로 법도에 들어맞는구나. 아! 소술은 문예에 있어 가히 지극한 경지에 이른 자라 말할 만하도다."

그는 부잣집에서 태어났지만 자라서는 단 한 푼도 비축해놓은 돈이 없었다. 처자가 돈이 부족하다 고하면, 돌아보고 웃으면서 "우리 유자(儒者)들이란 본디 그런 법이라네"라고 말했다. 그러면 모두 "네"라고 하면서 불만스러워하는 자가 없었다. 일찍이 금부랑중(金部郎中)의 신분으로 남방에 고애사(告哀使)³로 파견되었다가 돌아와서 아무개 절도사가 잘 다스리지 못한다고 고한 적이 있는데, 그 일로 그 절도사는 파면되었고 번소술 또한 면주자사(綿州刺史)로 나가게 되었다. 1년 후에 다시 부름을 받아 좌사랑중(左司郎中)에 임명되었으나 다시 강주자사(絳州刺史)로 나갔다. 면주와 강주의 백성들은 지금까지도 모두 "우리에게 덕을 베풀어 주셨지"라고들 말한다. 간의대부에 임명되어 어명이 내려왔으나 병에 걸려 그만 세상을 뜨고 말았다. 나이는 몇 살이었다.

소술은 휘가 종사(宗師)다. 부친은 휘가 택(澤)으로 일찍이 양양·강릉 등의 절도사를 역임하였으며 관직이 우복야(右僕射)까지 이르렀고 아무 관직에 추증되었다. 아무 관직을 지냈던 조부는 휘가 영(泳)이다. 조부로부터 소술에 이르기까지, 3대가 모두 군사적 모략이 장수 직을 감당할 만하였기에⁴ 대책(對策)으로 높은 등수에 뽑히어 등용되었다.

---

3 고애사(告哀使): 황실의 부고를 알리기 위해 지방으로 파견된 사신을 말한다. 원화 15년 (820) 정월에, 당나라 헌종이 붕어했을 때 번종사는 특사로 파견되어 남방으로 가 부고를 알렸다.

4 군사적······ 만하였기에: 이는 당나라 때 있던 과거의 과목명이다. 정식 명칭은 군모굉원감 임장수과(軍謀宏遠堪任將帥科)다. 번종사는 바로 이 과에 급제해 벼슬길에 올랐다. 그러나 번종사의 조부는 초택과(草澤科) 출신이고 부친은 현량방정극언극간과(賢良方正極言極諫科) 출신으로, 한유가 기술한 것과는 약간의 차이가 있다.

소술은 배우지 않은 학문이 없었으며, 문사와 음악에 천부적 재능이 있었다. 그러나 사람들 사이에 있을 때면 마치 아무것도 할 줄 아는 게 없는 것처럼 행동했다. 나는 그와 더불어 음악 연주를 감상했는데, "어떤가?"라고 물으면 "그 뒤는 분명 이렇게 될 것이네"라고 대답했다. 그러면 과연 그의 말처럼 연주되곤 했다. 명을 짓는다.

옛날 사람들의 글은 반드시 독창에서 나왔건만,
후세로 내려오면서 그렇게 할 수 없어 표절을 하였네.
후대 사람들이 앞 사람을 보고 너도나도 따라하니,
한나라 이래로 지금까지 천편일률이 되었네.
오랜 세월 동안 침묵이 흐르는데도 깨닫지 못하고서
신(神)도 막히고 성(聖)도 사라진 채 도통(道統)이 막혔네.
궁하면 통한다 하였던가, 드디어 소술이 이 세상에 나오니,
문장은 법도 있고 자구는 순조로워 마땅치 않은 것 없네.
문장의 도를 구하고자 하는 자여, 소술의 자취를 따르라.

南陽樊紹述墓誌銘

昌黎文多奇崛, 然亦多生割處.

樊紹述旣卒且葬, 愈將銘之. 從其家求書, 得書號『魁紀公』者三十卷,曰『樊子』者又三十卷，『春秋集傳』十五卷，表・牋・狀・策・書・序・傳・記・紀・誌・說・論・今文・讚・銘，凡二百九十一篇．道路所遇及器物門里雜銘二百二十，賦十，詩七百一十九．曰：“多矣哉！古未嘗有也．然而必出於己，不襲蹈前人一言一句，又何其難也！必出入仁義，其富若生蓄萬物，必具海含地負，放恣橫從，無所統紀，然而不煩於繩削而自合也．嗚呼！紹述於斯術，其可謂至於斯極者矣．”

生而其家貴富，長而不有其藏一錢，妻子告不足，顧且笑曰：“我道盖是也．”皆應曰：“然”，無不意滿．嘗以金部郎中告哀南方，還言某師不治，罷之，以此出爲綿州刺史．一年，徵拜左司郎中，又出刺絳州．綿・絳之人至今皆曰：“於我有德．”以爲諫議大夫，命且下，遂病以卒．年若干．

紹述諱宗師．父諱澤，嘗帥襄陽・江陵，官至右僕射，贈某官．祖某官，諱泳．自祖及紹述三世，皆以軍謀堪將帥策上第以進．

紹述無所不學，於辭於聲天得也．在衆若無能者．嘗與觀樂，問曰：“何如？”曰：“後當然．”已而果然．銘曰：

惟古於詞必己出，降而不能乃剽賊，後皆指前公相襲，從漢迄今用一律．寥寥久哉莫覺屬，神徂聖伏道絕塞．旣極乃通發紹述，文從字順各識職．有欲求之此其躅．

정요선생(貞曜先生) 묘지명[1]

전체를 통해 교우의 정을 드러내고 있다.

당나라 원화 9년(814), 갑오년 8월 기해일에, 정요선생 맹씨(孟氏, 孟郊)가 돌아가셨다. 자식이 없어 부인 정씨(鄭氏)가 부고를 알려왔다. 나는 〔도성에 있는 나의 집에〕 선생의 신위(神位)를 차려놓고 곡을 하였고, 또 장적(張籍)을 오게 하여 함께 곡을 하였다. 다음 날 사람 편에 동도(東都)로 돈을 보내 장례 도구를 마련하게 했다. 일찍이 그와 함께 어울렸던 사람들도 모두 한씨(韓氏) 집으로 찾아와 곡을 하고 조문했다.[2] 한씨 집에서 편지를 보내 당시 흥원윤(興元尹)으로 있던 옛 재상 정여경(鄭餘慶)에게 선생의 부고를 알렸다. 윤달에 번종사(樊宗師)가 보낸 심부름꾼이 〔동도로부터〕 도착했는데, 조문을 하고는 장례 날짜를 알려주면서 명문을 지어달라고 했다.[3] 내가 곡하며 말했다.

"아! 내 어찌 차마 벗의 묘지명을 지을 수 있단 말인가!"

흥원윤께서도 사람 편에 맹씨 댁에 부의로 폐물을 보내고, 직접 찾아

---

1 정요선생은 중당의 유명한 시인이자 한유의 벗이었던 맹교(孟郊)의 시호다.

2 한씨(韓氏)…… 조문했다: 맹교는 흥원부윤(興元府尹) 정여경(鄭餘慶)의 부름을 받아 흥원부 참모(參謀)가 되어 가던 도중 수향(閿鄕)에서 죽었다. 그의 영구는 동도인 낙양으로 옮겨져 매장되었는데, 당시 한유는 도성인 장안에서 벼슬살이를 하고 있었기에 동도로 직접 가지 못하고 자신의 집에 맹교의 신위를 차려놓았다. 이에 장안에 있던 맹교의 친구들은 모두 한유의 집으로 와서 조문을 하였던 것이다.

3 윤달에…… 지어달라고 했다: 번종사는 한유·맹교와 모두 교분이 있었는데, 당시 모친상을 당하여 동도에 있었기에 맹교의 장례 절차까지 주관하게 되었다.

오셔서 그 댁 일을 상의하셨다. 번종사의 심부름꾼이 또 찾아와서 명문을 재촉하며 말하길, "그러지 않으면 무덤을 덮을 수 없지 않겠나"라고 하였다. 이에 서문을 쓰고 이어 명문을 짓는다.

　　선생은 휘가 교(郊)고 자는 동야(東野)이다. 부친 맹정분(孟廷玢)은 배씨(裴氏)를 아내로 맞았으며, 곤산현위(崑山縣尉)에 발탁되기도 하셨다. 선생과 맹풍(孟酆)·맹영(孟郢) 두 아우를 낳으시고 세상을 뜨셨다. 선생은 예닐곱에 벌써 두각을 드러내기 시작하더니 자라나면서 더욱 출중함을 보이셨다. 심성을 함양하고 학문을 갈고 닦음에 안팎이 완벽해졌으며, 모습은 온화하고 기운은 맑아 경외심을 불러일으키면서도 친근했다. 선생의 시(詩)는 사람의 눈과 심장을 찌를 듯 날카로워서, 마치 칼날에 대나무가 쪼개지듯 얽힌 실이 풀리듯 하였으며, 편장(篇章)을 갈고리로 낚아채고 구절을 가시로 찌르느라 오장을 다 뽑아내듯 속내를 토해내셨다. 그랬기에 귀신이 지어낸 듯한 구절이 무궁무진 나오곤 했다. 그러나 오직 문사만을 즐겼을 뿐 세상과는 담을 쌓고 살았으니, 사람들은 분주히 〔명리를〕 좇건만 선생만은 홀로 여유가 있었다. 어떤 사람이 남들에게 뒤처져서 어찌할 셈이냐고 선생을 깨우치자, 선생께서는 "내 이미 다 마다하고 남에게 주어버렸는데, 아직도 미련 둘 만한 것이 있겠는가?"라고 말했다.

　　나이 거의 쉰이 다 되어서야 겨우 존부인의 명령으로 도성에 들어와 진사과에 응시했다. 그러나 급제하자마자 바로 떠나갔다. 4년이 흐른 뒤에 존부인께서 다시 도성에 들어가 관리 전형에 응시하게 하니, 이에 율양현위(溧陽縣尉)가 되셨다. 존부인을 율양으로 모시고 왔는데, 현위 직을 떠난 지 2년 만에 옛 재상 정여경 공께서 하남윤이 되자 상소를 올려

선생을 수륙전운사(水陸轉運使)의 종사(從事) 및 시 협률랑(試協律郎)으로 삼으셨다. 선생께서는 문 안에서 친히 모친께 절을 올렸다. 모친께서 돌아가시고 5년 뒤에 정여경 공께서 절도사의 부절을 받아 홍원군을 다스리게 되었는데, 그때 다시 상소를 올려 선생을 홍원군 참모 겸 시 대리평사(大理評事)로 삼으셨다. 이에 아내를 데리고 홍원으로 가던 중 수향(闔鄕)에 머물다가 갑작스레 병이 나 세상을 뜨셨으니, 향년 예순넷이었다. 관을 사 염을 한 뒤 두 분을 수레에 태워 모셔왔다. 맹풍과 맹영은 모두 강남에 있었다. 10월 경신일에, 번종사가 부의금을 모두 거둔 다음, 선생을 낙양 동쪽에 있는 선영 왼편에 묻어주었다. 남은 돈은 선생 댁에 주어 제사를 모시게 했다. 장례를 마친 뒤에 장적이 말했다.

"선생께서는 덕을 드러내고 아름다움을 떨치셨소. 옛날에는 어진 빛을 남긴 사람에게 이름을 바꿔주던 선례가 있었는데, 하물며 선생께서는 사대부 아니오! 만약 '정요선생(貞曜先生)'이라고 한다면, 성씨·이름·자와 함께 행실까지 모두 실리게 되어 설명하지 않아도 분명해질 것이오."

그러자 모두 "그렇구려"라고 하였다. 이에 그 시호를 쓰기로 했다.

처음 선생과 함께 공부를 하던 사람 중에 같은 성을 가진 맹간(孟簡)[4]이란 분이 있었는데, 촌수로는 숙부뻘이 된다. 급사중으로 있다가 절동관찰사로 나가면서, "살았을 때 내 비록 그를 천거하지는 못했지만, 죽어서는 그 집을 긍휼히 여길 줄 안다오"라고 말했다. 명을 짓는다.

아아, 정요선생이여!
지조를 지키며 남에게 의지하지 않았어라.

---

4 맹간(孟簡): 자는 기도(幾道)로 덕주(德州) 평창(平昌, 지금의 산동성 평원현 서남쪽) 사람이다.

밖으로 드러난 재주 한량이 없었건만

끝내 펼칠 길 없더니,

시로 드러났구려.

貞曜先生墓誌銘

一篇交誼之情.

唐元和九年, 歲在甲午八月己亥, 貞曜先生孟氏卒. 無子, 其配鄭氏以告. 愈走位哭, 且召張籍會哭. 明日使以錢如東都, 供葬事. 諸嘗與往來者咸來哭弔. 韓氏遂以書告興元尹故相餘慶. 閏月, 樊宗師使來弔告葬期, 徵銘. 愈哭曰: "嗚呼! 吾尙忍銘吾友也夫!" 興元人以幣如孟氏賻, 且來商家事. 樊子使來速銘, 曰: "不則無以掩諸幽." 乃序而銘之.

先生諱郊, 字東野. 父廷玢娶裴氏女, 而選爲崑山尉. 生先生及二季郢·郢而卒. 先生生六七年, 端序則見, 長而愈騫. 涵而揉之, 內外完好, 色夷氣淸, 可畏而親. 及其爲詩, 劌目鉥心, 刃迎縷解, 鉤章棘句, 搯擢胃腎. 神施鬼設, 間見層出. 惟其大翫於詞, 而與世抹摋, 人皆劫劫, 我獨有餘. 有以後時開先生者, 曰: "吾旣擠而與之矣, 其猶足存耶?"

年幾五十, 始以尊夫人之命來集京師, 從進士試. 旣得, 卽去. 間四年, 又命來選, 爲溧陽尉. 迎侍溧上, 去尉二年, 而故相鄭公尹河南, 奏爲水陸

430

運從事·試協律郎. 親拜其母於門內. 母卒, 五年而鄭公以節領興元軍, 奏爲其軍叅謀·試大理評事. 挈其妻行之興元, 次於閿鄉, 暴疾卒, 年六十四. 買棺以歛, 以二人輿歸. [illegible]皆在江南. 十月庚申, 樊子合凡贈賻而葬之洛陽東其先人墓左. 以餘財附其家而供祀. 將葬, 張籍曰:"先生揭德振華. 於古有光賢者, 故事有易名, 況士哉! 如曰'貞曜先生', 則姓名字行有載, 不待講說而明." 皆曰:"然." 遂用之.

初先生所與俱學同姓簡, 於世次爲叔父. 由給事中觀察浙東, 曰:"生吾不能擧, 死吾知恤其家." 銘曰:

於戲貞曜, 維執不猗. 維出不訾, 維卒不施, 以昌其詩.

여서(女拏) 광명[1]

여서에게는 별다른 행적일랑 없고 다만 창려를 따라 폄적된 임지로 가다가 병에 걸려 죽었을 뿐인데, 창려는 그 마음을 슬프고도 눈물겹게 그려내고 있다.

여서는 퇴지(退之) 한유의 넷째 딸로, 총명하였으나 요절하였다. 나는 소추관(少秋官)[2]으로 있을 때, "부처란 오랑캐들이 믿는 귀신이며 불법은 나라를 어지럽힐 뿐입니다. 양나라 무제는 불교를 믿었다가 끝내 후경(侯景)의 난[3]을 당해 망했습니다. 마땅히 일거에 소탕하여 없애야지 만연하게 내버려두어서는 안 됩니다"라고 간언했는데, 천자께서 이를 불길하다 여기시어 나를 한나라 남해(南海) 게양(揭陽) 땅인 조주(潮州)[4]로 내치셨다.

내가 떠난 뒤에 담당 관서에서는 죄인의 가족이 도성에 남아 있어서는 안 된다며 내 식구들을 몰아내었다. 그때 여서는 열두 살이었는데, 병이 나 몸져누워 있었다. 아비와 헤어진 것도 놀랍고 가슴 아픈데, 거기다 가마에 실려 길을 떠나야만 했다. 흔들리는 수레에서 음식마저 제대로 조

---

1 여서는 열두 살에 요절한 한유의 딸 이름이다.
2 소추관(少秋官): 형부시랑을 가리킨다.
3 후경(侯景)의 난: 후경은 원래는 북위(北魏)의 장군이었으나 양나라에 투항해 하남왕(河南王)에 봉해졌다. 후에 북위와 양나라가 화의(和議)를 하자 두려운 마음에 병사를 일으켜 양나라를 배반하고 스스로 황제라 칭했으며, 양나라 무제를 대성에 포위하여 결국 굶어 죽게 만들었다.
4 한나라…… 조주(潮州): 당나라 때 조주는 한나라 때 남해(南海) 게양(揭陽) 땅이었기에 게양이라고 칭한 것이다.

절하지 못하더니, 결국 상현(商縣) 남쪽 층봉역(層峰驛)에서 죽고 말아 길 남쪽 산 아래 묻혔다.

5년 후에 경조윤(京兆尹)이 되자 비로소 집안 자제들과 보모에게 시켜 관과 덮개를 새것으로 바꾸게 한 다음, 여서의 유골을 하남 하양(河陽)에 있는 한씨 선영으로 가져오게 하여 묻어주었다. 여서가 죽은 것은 원화 14년(819) 2월 2일이고, 이장해온 것은 장경 3년(823) 10월 4일이며, 선영에 묻은 것은 그해 11월 11일이다. 명을 짓는다.

너의 조상들이 이곳에 묻혀 있기에,
너를 편히 이리로 데려왔단다.
영원토록 편히 쉬거라.

女挐壙銘

女挐無它行, 獨因隨昌黎赴貶所病死, 而昌黎摹寫其情悲惋可涕.

女挐, 韓愈退之第四女也, 惠而早死. 愈之爲少秋官, 言: "佛夷鬼, 其法亂治, 梁武事之, 卒有侯景之敗. 可一掃刮絶去, 不宜使爛漫." 天子謂其言不祥, 斥之潮州漢南海揭陽之地.

愈旣行, 有司以罪人家不可留京師, 迫遣之. 女挐年十二, 病在席. 旣驚痛與其父訣, 又興致走道. 撼頓失食飲節, 死于商南層峰驛, 卽瘞道南山下．

　　五年，愈爲京兆，始令子弟與其姆易棺衾歸女挐之骨于河南之河陽韓氏墓，葬之．女挐死，當元和十四年二月二日，其發而歸，在長慶三年十月之四日，其葬在十一月之十一日．銘曰：

　　汝宗葬于是，汝安歸之，惟永寧．

당나라 하중부법조 장군 묘갈명[1]

죽은 이의 아내가 슬픔에 겨워서 한 말에 근본하여 묘지를 짓고 있는데, 구양수(歐陽修)의 묘지에 이와 같은 방법을 모방한 작품이 많다.

한 여인네가 갓난아기를 안고 와서 바깥주인이 남긴 말을 전했다.

"소첩은 장원(張圓)의 처 유씨(劉氏)입니다. 제 남편은 늘 제게 '내 일찍이 어르신께 많은 사랑을 받았다'고 말씀하셨습니다. 또 '어르신은 천하에 문장으로 이름을 떨치고 계신 분인지라, 하시는 말씀마다 반드시 후세에 길이 전해진다'고 하셨습니다. 소첩 박복하여 지아비가 도적을 만나 길에서 죽고 말아, 아무 날에 땅에 묻으려 합니다. 지아비가 살아서 그 뜻을 이루지 못한 것도 몹시 애통한데, 죽은 후에 이름마저 그대로 묻혀버릴까 두려워, 이렇게 감히 갓난아이인 변(汴)을 데리고 와 선생을 뵈옵고 묘지명을 지어달라 부탁드리게 되었습니다. 그렇게만 해주신다면, 제 지아비의 죽음이 욕되지 않을 수 있고 그 이름 또한 영원히 남아 자손들을 보살펴줄 수 있을 것이니, 만일 죽어서라도 지각이 있다면, 저 무덤 속에서나마 자신의 불행을 슬퍼하지 않을 수 있을 것입니다."

또 말했다.

"소첩의 지아비는 영남(嶺南)에 있으면서 병을 얻었는데, 눈물을 흘리며 제게 이렇게 말했습니다. '내 뜻이 고인만 못하지 않거늘, 설마한들

---

1 장군은 장원(張圓)으로, 한홍(韓弘) 밑에서 관리 노릇을 하였다.

내 재주가 지금 사람만 못해 이 지경에 이르렀고, 또 이곳에서 죽게 되었
단 말인가? 당신이 만일 나의 죽음을 슬퍼 여긴다면 반드시 어르신을 찾
아가 묘지명을 지어달라고 하시오. 이것이 나와 당신이 함께 썩어지지 않
을 수 있는 길이라오'."

나는 곡을 하고 조문을 마친 다음, 그 집안의 세계(世系)와 이름·
자·벼슬한 내력 등을 서술하여 명문을 지었다.

장군(張君)은 자가 직지(直之)다. 조부는 장환(張讙)이고 부친은 장
효신(張孝新)인데, 두 분 모두 변주(汴州)와 송주(宋州) 일대에서 사셨
다. 장군은 일찍이 글을 읽어 문사에 기운이 넘쳤다. 또 관리로서의 재능
도 뛰어났는데, 시사에 격발된 바가 있어 스스로 분발하여 공명을 떨침으
로써 세상에 자신을 드러내고자 하였다. 진사과에 응시하였으나 거듭 실
패하자 그만두고 떠나갔다. 선무군 절도사(宣武軍節度使)를 모시다가 관
직을 얻어 감찰어사에 올랐다. 그러나 사건에 연루되어 영남으로 유배 갔
다가, 거듭 승진하여 하중부 법조참군이 되어 우향현령(虞鄕縣令) 직을
대리하였다. 유능하다는 명성을 얻어 다시 하동현령(河東縣令) 직을 대
리하였다. 거기서도 유능하다는 명성을 얻어 하동 종사(從事)가 되었다.
강주(絳州)에 자사(刺史) 자리가 비어 있었는데, 장군이 강주의 정사를
대리함에 매우 유능하다는 명성이 조정에까지 알려졌다.

원화 4년(809) 가을에, 또 일이 생겨 동쪽으로 귀양 갔다. 돌아온 뒤
인 8월 임신일에 변성(汴城) 서쌍구(西雙丘)에서 마흔아홉의 나이로 세
상을 떠났다. 이듬해 2월 아무 날에 하남 언사(偃師)에 묻혔다. 처는 팽
성(彭城) 사람으로, 집안 대대로 벼슬아치가 나왔다. 조부 유호순(劉好
順)은 사주자사(泗州刺史)를 지냈고 부친 유영(劉泳)은 기주별가(蘄州

別駕)로 있다가 돌아가셨다. 딸 넷에 아들 하나가 있으니, 갓난아기가 바
로 아들 장변이다. 이에 명문을 지었다.

唐河中府法曹張君墓碣銘

本其妻夫人泣哀之言爲誌, 歐公誌多摹此法.

有女奴抱嬰兒來, 致其主夫人之語曰: “妾, 張圓之妻劉也. 妾夫常語
妾云: ‘吾常獲私于夫子.’ 且曰: ‘夫子, 天下之名能文辭者, 凡所言必傳世
行後.’ 今妾不幸, 夫逢盜, 死途中, 將以日月葬. 妾重哀其生志不就, 恐死
遂沈泯, 敢以其稚子汴見先生, 將賜之銘. 是其死不爲辱, 而名永長存, 所
以盖覆其遺胤子若孫, 且死萬一能有知, 將不悼其不幸于土中矣.” 又曰:
“妾夫在嶺南時, 嘗疾病, 泣語曰: ‘吾志非不如古人, 吾才豈不如今人而至
於是, 而死於是耶? 若爾吾哀, 必求夫子銘. 是爾與吾不朽也.’”
愈旣哭弔辭, 遂敘次其族世名字事始終而銘曰:

君字直之. 祖謹, 父孝新, 皆爲官汴·宋間. 君嘗讀書, 爲文辭有氣.
有吏才, 嘗感激欲自奮拔, 樹功名以見世. 初擧進士, 再不第, 因去, 事宣
武軍節度使, 得官至監察御史. 坐事貶嶺南, 再遷至河中府法曹參軍, 攝
虞鄕令. 有能名, 進攝河東令. 又有名, 遂署河東從事. 絳州闕刺史, 攝絳
州事, 能聞朝廷.

元和四年秋，有事適東方．既還，八月壬辰，死於汴城西雙丘，年四十有七．明年二月日，葬河南偃師．妻彭城人，世有衣冠．祖好順，泗州刺史，父泳，卒蘄州別駕．女四人，男一人，嬰兒汴也．是爲銘．

청하군공 방공 묘갈명[1]

직접 서술하고 있다. 그가 구사하고 있는 세련되고도 잘 주조된 구법(句法)과 자법(字法)을 눈여겨보아야 한다.

공은 휘가 계(啓)고 자가 아무개이며 하남(河南) 사람이다. 증조부는 방융(房融)이고 조부는 방관(房琯)인데, 부자가 이어서 재상이 되었다. 방융은 측천무후(則天武后) 때 재상을 지냈으나, 시대가 오래된 관계로 사적이 많이 전해지지 않는다. 방관은 현종과 숙종 때 재상을 지냈는데, 어려운 가운데 처하여 도의에 맞게 물러나고 나아갔다. 태위(太尉)에 추증되었으며 그 명성이 오늘날까지도 전해진다. 부친 방승(房乘)은 벼슬이 비서성(祕書省) 소감(少監)에 이르렀으며, 태자첨사(太子詹事)에 추증되었다.

공께서는 전대의 찬란한 빛 가운데 배태되셨으며, 태어나고 자라고 먹고 숨 쉬고, 어느 한 순간도 경전의 가르침을 떠난 적이 없었다. 늘 눈과 귀로 가르침을 접했으니, 스스로 배워서 터득한 것은 아니었다. 처음 봉상부(鳳翔府)의 참군(參軍)이 되었을 적에는 아직 젊은 나이였는데도 백성과 서리들이 모두 나와 공을 바라보며 "정말이지 방태위 어르신 가문의 자손이로구나!"라고 말했다. 그러면서 감히 공무를 가지고 공을 속이거나 하지 못했다. 얼마 후 동주(同州) 징성현승(澄城縣丞)이 되었는데,

---

1 이 글은 방계(房啓)에게 써준 묘갈명이다. 그는 사가 개사(開士)며 숙종 때 재상을 지낸 방관(房琯)의 손자다. 『신당서』에 전이 있다.

스스로 몸가짐에 더욱 힘을 쏟으니, 동료들이 모두 두려워하며 복종했다. 위안(衛晏)이 영남출척사(嶺南黜陟使)[2]가 되어 나가게 되자 보좌로서 공을 뽑았다. 공이 훌륭한 이를 선발하고 간악한 이를 골라내자 남방 사람들이 크게 기뻐하였다. 그곳에서 돌아온 뒤에는 소응현(昭應縣)의 주부(主簿)가 되었다. 배주(裴冑)[3]는 호남관찰사가 되자 표문(表文)을 올려 공을 보좌로 삼겠다고 아뢰었다. 이에 공은 감찰어사에 제수되었는데, 맡은 부서에 혹시라도 빠뜨리고 다하지 못한 업무라곤 있지 않았다. 배주는 강서관찰사로, 또 강릉관찰사로[4] 거듭 옮겨 갔고, 그때마다 공은 한결같이 배주를 따라다니며 보좌하였다. 공훈을 세워 거듭 승진한 끝에 형부원외랑에 이르러 5품복을 하사받았으며, 배주의 부관으로 활약하면서 상급 보좌관[5]이 되었다. 주상께서 공의 명성을 들으시고는 조정으로 부르시어 우부원외(虞部員外)에 제수하였다. 상서성에서 이미 명성이 자자하시더니, 만년현령(萬年縣令)이 되어서는 과감하고 명쾌하고 또 빠르고 정확하게 업무를 처리했다.

　정원 연간 말에 왕숙문(王叔文)[6]이 정권을 쥐었는데, 공의 능력을 인

2　영남출척사(嶺南黜陟使):『구당서』「덕종기」에 보면, "건중 원년 2월 병신일에, 출척사 11명을 나라 안에 나누어 파견하다(建中元年二月丙申, 遣黜陟使一十一人分行天下)"라는 기록이 보인다. 출척사는 인재의 선발과 축출을 관리하던 관직 명으로, 당시 출척사로 뽑힌 사람으로는 홍경륜(洪經綸)·유면(柳冕), 그리고 위안 등이 있다. 위안의 생평은 자세히 알려져 있지 않다.

3　배주(裴冑): 자는 윤숙(胤叔)으로 하동 문희(聞喜, 지금의 산서성 문희현) 사람이다.『구당서』「덕종기」기록에 따르면 배주는 정원 3년(787) 윤5월 을묘일에 국자사업(國子司業)으로 있다가 담주자사(潭州刺史)·호남관찰사에 임명되었다고 한다.

4　배주……강릉관찰사로: 배주가 강서관찰사가 된 것은 정원 7년(791)의 일이다. 또 정원 8년에는 강릉윤(江陵尹)·형남절도사(荊南節度使)가 되었다.

5　상급 보좌관: 원문에는 '상개(上介)'라고 되어 있다. 이는 군정장관의 고급 보좌를 가리키는 말이다.

6　왕숙문(王叔文): 월주(越州) 산음(山陰, 지금의 절강성 紹興) 사람이다. 당나라 순종은

정하고는 공을 천거하여 용주경략사(容州經略使)에 임명하고 어사중승에
제수하였으며, 3품관의 관복과 의대를 하사하시면서, 영남 열세 개 주를
총괄하게 하였다. 수풀과 동굴 속에 사는 남쪽 오랑캐들도 목숨을 걸고
법을 지키면서 서로를 약탈하지 않았고, 제때 세금을 바쳐왔기에, 공가에
나 사가에나 모두 비축한 재물이 있었다. 공께서는 먹을 것 입을 것을 아
끼셨고, 재산을 남기려 하지 않으셨으며, 친척이나 친구들에게 나눠주면
서 의로움을 실천하셨다. 용주에서 9년 동안 계시다가 계주(桂州)관찰사
로 승진하여 청하군공에 봉해지니, 거느린 식읍만도 3천 호(戶)였다. 〔황
제가 보낸 사자〕 환관이 공에게 어명을 전하는 편지를 하사하러 왔는데,
응대하는 중에 실례를 범하고 주객(主客) 사이에 말이 어긋나고 말았다.[7]
이에 태복시(太僕寺) 부관(副官)[8]으로 임명이 번복되었다. 공은 미처 도
성에 다다르기도 전에 건주장사(虔州長史)로 폄적되었으며 환관 역시 처
벌받았다. 관직에 있다가 병환으로 돌아가시니, 향년 59세였다. 아들 방
월(房越)은 부친의 업적을 빠짐없이 수집하여 공경스레 효성을 다하였다.
하관하고 난 뒤에 묘비를 세우고는 내게 명문을 부탁해 왔다. 이에 명문
을 짓는다.

즉위한 후 병환으로 인해 직접 정사를 돌보지 못하고 왕숙문에게 정권을 맡게 했다.

7 환관이…… 어긋나고 말았다: 『구당서』「헌종기」에 대략의 내용이 보인다. "원화 8년 가을
    7월 정축일에, 막 계관관찰사에 제수된 방계를 태복소경으로 강등시켰다. 방계가 막 계관
    관찰사에 제수되었을 때, 방계 밑의 한 관리가 이부의 담당자에게 뇌물을 주고, 사사로이
    임명 문서를 얻어서 방계에게 주었다. 얼마 후 조서를 받든 환관이 고첩을 가지고 와 방계
    에게 주자 방계는 '벌써 받은 지 닷새요'라고 하였다. 이에 주상께서 노하시어 이부영사를
    곤장에 처하고 낭관도 처벌하였으며 방계 또한 즉시 강등시켰다(元和八年秋七月丁丑, 新授
    桂管觀察使房啓降爲太僕少卿. 啓初拜桂管, 啓吏賂吏部主者, 私得官告以授啓. 俄有詔命中
    使賚告牒與啓, 日, '受之五日矣.' 上怒, 杖吏部令史, 罰郎官, 啓亦卽降之)."
8 태복시(太僕寺) 부관(副官): 원문은 '이태복(貳太僕)'이라 되어 있다. '이(貳)'는 '부(副)'
    의 뜻으로, 태복시의 부관이라 하면 태복소경(太僕少卿)이 된다.

방씨 가문에서 두 대(代)에 이어 재상이 나오니

이로써 그 집안이 유명해졌네.

그 가문의 곁가지들도 모두 은택을 입었으니

하물며 공은 그분들의 직손이 아니던가.

공께서 처음 관리가 되신 것은

가문의 음덕 덕택이었네.

남쪽에서 출척사를 보좌하셨을 때

처음임에도 벌써 치적을 이루셨고,

만년현령 직을 마치고 돌아오셔서는

명령을 받고 저 멀리 용주로 가셨네.

공의 공업이 탁월하시니,

오랑캐들도 순순히 생업에 종사하였네.

그러나 환관의 뜻에 맞추지 못해

그만 관직도 잃고 훌륭한 자질도 펼치지 못하고 말았네.

공을 원망하려는 맘 없네,

명문을 지어 드러내려는 것뿐.

清河郡公房公墓碣銘

公諱啓, 字某, 河南人. 其大王父融, 王父琯, 仍父子爲宰相. 融相天后, 事遠不大傳. 琯相玄宗·肅宗, 處艱難中, 與道進退. 薨贈太尉, 流聲於兹. 父乘, 仕至祕書少監, 贈太子詹事.

公胚胎前光, 生長食息, 不離典訓之內. 目擩耳染, 不學以能. 始爲鳳翔府參軍, 尙少, 人吏迎觀望見, 咸曰: "眞房太尉家子孫也!" 不敢弄以事. 轉同州澄城丞, 益自飾理, 同官憚伏. 衛晏使嶺南黜陟, 求佐得公. 擢摘良姦, 南土大喜. 還進昭應主簿. 裴冑領湖南, 表公爲佐. 拜監察御史, 部無遺事. 冑遷江西, 又以節鎮江陵, 公一隨遷佐冑, 累功進至刑部員外郎, 賜五品服, 副冑使事爲上介. 上聞其名, 徵拜虞部員外. 在省籍籍, 遷萬年令, 果辯儆絕.

貞元末, 王叔文用事, 材公之爲, 舉以爲容州經略使, 拜御史中丞, 服佩視三品, 管有嶺外十三州之地. 林蠻洞蜒, 守條死要, 不相漁劫, 稅節賦時, 公私有餘. 削衣貶食, 不立資遺, 以班親舊朋友爲義. 在容九年, 遷領桂州, 封清河郡公, 食邑三千戶. 中人使授命書, 應待失禮, 客主違言. 徵貳太僕, 未至, 貶虔州長史, 而坐使者. 以疾卒官, 年五十九. 其子越, 能輯父事無失, 謹謹致孝. 旣葬, 碣墓請銘. 銘曰:

房氏二相, 厥家以聞. 條葉被澤, 況公其孫. 公初爲吏, 亦以門庇. 佐

使于南，乃始已致．旣辦萬年，命屏容服．功緒卓殊，氓獠循業．維不順隨，
失署亡資．非公之怨，銘以著之．

벼루를 묻으며 새긴 명문

벼루를 묻는 단락은 그 광경이 퍽이나 기이하다.

농서(隴西) 사람 원빈(元賓) 이관(李觀)[1]이 처음 도성에서 향공진사(鄕貢進士)[2]로 진사과에 응시할 적에 어떤 이가 벼루 하나를 주었다. 그후 4년 동안 슬프거나 기쁘거나 궁하거나 통하거나, 그 벼루를 버려둔 적이 없었다. 벼루를 옆에 끼고 춘관(春官)에서 문예(文藝)를 다투었더니,[3] 실로 2년 만에 합격하였다. 그런데 포곡(襃谷)을 지나다가 일꾼 유윤(劉胤)이 그만 실수로 땅에 떨어뜨리는 바람에 부서지고 말았다. 이에 상자에 잘 담아 가지고 와 도성 아무 리(里)에 묻었다. 창려(昌黎) 한유는 그의 벗이다. 찬을 지어 기록한다.

바탕은 흙이요

완성 된 모양은 질그릇이라.

〔깨져〕 다시 바탕으로 돌아갔지만,

---

1 원빈(元賓) 이관(李觀): 원빈은 자다. 그는 정원 8년(792)에 진사과에 급제하고 3년 뒤에 박학굉사과에도 뽑혀 태자교서(太子校書)가 되었으나 스물아홉 나이에 도성에서 객사하였다. 한유가 일찍이 그를 위해 묘지명을 지어준 바 있다.

2 향공진사(鄕貢進士): 주현(州縣)에서 천거하여 중앙의 진사 시험에 응시할 자격을 얻은 자들을 말한다.

3 춘관(春官)에서 문예(文藝)를 다투었더니: 춘관은 이부(吏部)의 별칭이다. 춘관에서 문예를 다투었다 함은 이부에서 주관하는 박학굉사과에 응시한 것을 의미한다.

이는 살고 죽는 것과는 같지 않다네.

그 쓰임을 보존하고픈 마음에

부서졌는데도 차마 버리지 못하고,

땅에 묻어주고 묘지까지 지어주니

인자함이요 의로움이라.

벼루여, 벼루여!

기왓장하고는 다르구나.

瘞硯銘

瘞硯一段, 光景頗奇氣.

隴西李觀元賓, 始從進士貢在京師. 或貽之硯. 旣四年, 悲歡窮泰, 未嘗廢其用. 凡與之試藝春官, 實二年登上第. 行于褒谷, 役者劉胤誤墜之地, 毁焉. 乃匣歸埋于京師里中. 昌黎韓愈, 其友人也. 贊且識云:

土乎質, 陶乎成器. 復其質, 非生死類. 全斯用, 毁不忍棄. 埋而識, 之仁之義. 硯乎硯乎, 與瓦礫異.

권16

애사 · 제문 · 행장
哀辭 · 祭文 · 行狀

| 창려문초 昌黎文鈔 |

권16

애사 · 제문 · 행장
哀辭 · 祭文 · 行狀

독고신숙(獨孤申叔) 애사[1]

비통함이 특히나 심하니, 시는 원망할 수 있다[2] 함이 바로 이런 것을 두고 하는 말이다.

만물의 탄생, 그 어느 것 하나 하늘의 조화가 아니리오? 총명함과 우매함, 그 누가 그리 만드는 것이오? 간다고 하여 노할 것 무에 있으며, 남는다고 하여 연연해할 것 무에 있으리? 어찌하여 박대할 만한 사람 후하게 대접하길 좋아하며, 어진 자에게는 늘 그다지도 부족하게 준단 말이오? 땅에 사는 백성들의 호오(好惡)가 저 하늘과 다르기 때문이오? 아니면 아득히 끝도 없는 천지간에 잠시 머물다 가기 때문이오? 죽은 자에게 지각이 없다면 내 공연히 그대를 위해 가슴 아파하는 것이겠으나, 만일 지각이 있다면 그대도 내 맘 알 것이오!

말쑥한 그대의 자질,
눈부신 그대의 빛.

---

1 독고신숙은 자가 자중(子重)이다. 스물하나의 나이로 진사에 급제하고, 2년 뒤에 또 박학굉사과에 급제하여 교서랑(校書郎)이 되었다. 그러나 정원 18년(820) 부친상을 지키던 중 스물여섯의 나이로 세상을 떴다. 유종원은 그를 위해 「독고군묘갈(獨孤君墓碣)」을 지었으며, 황보식(皇甫湜)은 「상독고부(傷獨孤賦)」를 지었다.

2 시는 원망할 수 있다: 이 말은 『논어』 「양화(陽貨)」에 나온다. "시는 감정을 일으킬 수 있고 정사를 살필 수 있으며, 사람들과 무리 지을 수 있고 원망으로 정치를 풍간할 수도 있다. 가까이는 어버이를 섬길 수 있고 멀리는 임금을 섬길 수 있으며 조수초목의 이름을 많이 알 수도 있다(詩可以興, 可以觀, 可以群, 可以怨, 邇之事父, 遠之事君, 多識於鳥獸草木之名)."

그대의 목소리 들리고
그대의 모습 보이는 듯.
오호라, 멀기도 하여라!
그 어느 날이나 잊을 건가!

獨孤申叔哀辭

悲痛特甚, 詩之可以怨者也.

衆萬之生, 誰非天耶? 明昭昏蒙, 誰使然耶? 行何爲而怒, 居何故而
憐耶? 胡喜厚其所可薄, 而恒不足於賢耶? 將下民之好惡與彼蒼懸耶? 抑
蒼茫無端而蹔寓其間耶? 死者無知, 吾爲子慟而已矣, 如有知也, 子其自
知之矣!

濯濯其英, 曄曄其光. 如聞其聲, 如見其容. 烏虖遠矣, 何日而忘!

구양생(歐陽生) 애사[1]

소서(小序) 부분이 매우 뛰어나다. 처량하고 오열하는 내용이 많은데, 애사 부분은 특별히 우아하다.

구양첨(歐陽詹)[2]은 집안 대대로 민월(閩越)[3]에서 살았다. 구양첨 윗대는 모두 민월에서 지방관을 지내서, 주의 보좌나 현령이 된 사람이 거듭 나왔다. 민월은 땅이 비옥할뿐더러, 산 좋고 물 좋고 새도 많고 물고기도 많은 낙토였기에, 아무리 빼어난 수재라도, 혹은 문서나 정사에 능통하여 중원의 선비들과 나란히 할 만한 자라 하여도 벼슬하는 것을 달가워하지 않았다.

지금 주상[4]께서 막 황위에 오르셨을 때 옛 재상 상곤(常袞)[5]이 복건(福建)[6] 여러 주의 관찰사로 부임해와 그 지방을 다스리게 되었다. 상곤은 글재주로 벼슬길에 나아가 당대에 명성을 떨치더니, 높은 관직에 올라

---

1 구양생은 한유와 같은 해에 진사과에 합격한 벗 구양첨(歐陽詹)을 지칭한다.

2 구양첨(歐陽詹): 자는 행주(行周)로 복건(福建) 진강(晉江) 사람이다. 정원 8년(792)에 한유·이관(李觀)·이강(李絳)·최군(崔羣) 등과 함께 진사과에 급제하여 당시 '용호방(龍虎榜)'이라 일컬어졌다.

3 민월(閩越): 월왕(越王) 구천(句踐)의 후예인 무저(無諸)가 전국시대 때 남쪽 민(閩) 땅으로 들어가 민월왕이라 자칭하고 동야(東冶, 지금의 복건성 福州)에 도읍을 정했다. 당시 진강은 바로 옛 민월 지역에 해당했기에 그렇게 칭한 것이다.

4 지금 주상: 덕종을 가리킨다.

5 상곤(常袞): 경조(京兆) 사람이다. 천보 연간에 진사과에 급제하여 대종(代宗) 대력 연간에 재상이 되었다. 그가 복건관찰사가 된 것은 건중 연간(780~783) 초의 일이다.

6 복건(福建): 지금의 복건성으로, 앞에서 '민월'이라 지칭하는 곳과 같은 지역이다.

백성들 앞에 군림하게 되었다. 이에 옛글을 능히 읽을 줄 알고 문장을 지을 줄 아는 마을 백성이 있으면 친히 그들을 빈객의 예로써 대해주었으며, 감상거리가 있거나 연회가 열리면 반드시 불러 자리를 함께했다. 그러자 얼마 지나지 않아 백성들이 모두 교화되기에 이르렀다. 그때 구양첨이 우뚝 두각을 드러내니, 상곤은 그를 아끼고 존중해주었으며 제생(諸生)들도 모두 그를 추숭하며〔그의 재주에〕 탄복했다. 민월 사람들이 진사과에 응시하게 된 것은 구양첨에게서 시작되었다.

건중·정원 연간 사이에 나는 강남으로 가서 생계를 꾸렸는데, 그곳 사정을 많이 접해보기도 전에 종종 마을에서 구양첨이라는 사람의 이름을 들었다. 구양첨이 강남에서 명성을 얻은 지 이미 오래였던 것이다. 정원 3년(787)에 나는 비로소 도성으로 들어와 진사과에 응시했는데, 그때 구양첨의 이름을 유난히 많이 들었다. 정원 8년(792) 봄에 드디어 구양첨과 같이 시험에 응시했다가 급제하여 서로 알게 되었다. 그 후 구양첨은 민중(閩中)으로 돌아갔다. 나는 어떤 때는 도성에 있다가 어떤 때는 다른 곳에 있다가 하였으나, 서로 오래도록 만나지 못한 것은 오직 구양첨이 민중으로 돌아갔을 때뿐이었다. 다른 때는 서로 떨어져 있다 하여도 해를 넘기지 않고 얼마 있다 곧 다시 만났으며, 만났다 하면 갈 길조차 잊은 채 한참을 어울리다 헤어지곤 하였다. 그러니 나와 구양첨은 서로를 깊이 아는 사이라 할 만하다.

구양첨은 부모를 섬김에 효성을 다하였고, 처자식을 대함에 사랑을 다 쏟았으며, 벗을 사귐에 도의와 정성을 다하였다. 사람됨은 순후하고 곧았으며 용모는 단정하고 중후하였다. 한가로이 거할 때는 우스갯소리를 하며 남과 즐거이 어울렸다. 문장은 깊이 있었으며, 남과 글 주고받기를 좋아하고 자신을 드러내길 잘했다. 그가 지은 책을 읽으면 그가 자애와 효성을 가장 중시하였다는 것을 알 수 있다. 〔정원〕 15년(799) 겨울에 나는 서주(徐州) 종사(從事)[7]의 신분으로 도성으로 들어가 황제께 신년 인사를 올렸다. 당시 국자감(國子監) 사문조교(四門助敎)로 있던 구양첨은 문생들을 이끌고 궁궐 아래 엎드려 나를 박사(博士)에 천거하려던 참이었는데, 하필 국자감에 옥사가 생기는 바람에 상소를 올리지 못했다. 그의 마음을 살펴보건대, 내게 무엇인가 보탬이 되고자 신분의 미천함조차 잊고 그리했던 것이리라. 오호라! 구양첨이 이젠 죽었구나!

구양첨은 민월 사람이다. 부모님께서 연로하신데도 아침저녁 봉양도 제쳐둔 채 도성으로 올라온 것은, 장차 도성에서 무엇인가를 이루고 돌아가 부모님께 영화를 돌리고자 했음이다. 그 부모의 마음도 마찬가지였다. 구양첨이 옆에 있다면, 비록 헤어지는 슬픔은 없더라도 부모님의 마음이 즐겁지만은 않을 것이다. 구양첨이 도성에 있다면 비록 헤어지는 슬픔은 있을지라도 부모님의 마음만은 즐거울 것이다. 그러니 구양첨은 자신의 뜻으로써 부모님의 뜻을 기쁘게 해드리는 그런 자였던 셈이다! 구양첨은 비록 높은 지위를 얻지는 못했으나 사람들 사이에 명성이 자자하였고, 친구들 사이에 덕행으로써 신임을 얻었으니, 구양첨도 또 그 부모도 가히 여한이 없을 것이다. 구양첨의 치적과 문장에 대해서는 이고(李翶)[8]가 이미 전(傳)을 지어주었기에 나는 애사를 지어 나의 슬픔을 펼쳐내고 후세에 전하고자 한다. 또 그 부모님께도 보내드려 애통한 마음을 조금이나마 푸실 수 있게 해드림으로써 구양첨의 뜻을 이루어주고자 한다.

---

7 서주(徐州) 종사(從事): 서사호(徐泗濠) 절도사의 종사를 말하는데, 정원 15년(799) 당시 한유는 서사호 절도사 밑에서 추관(推官)으로 있었다.

8 이고(李翶): 자는 습지(習之)로 농서(隴西) 사람이다. 정원 14년(798)에 진사에 급제하였다.

벼슬과 벗을 구하려,
고향을 멀리 떠났네.
부모님의 명령이 있었기에,
자식은 이를 받들어 따랐던 것이네.
벗은 얻었으나
봉록은 실로 풍족치 못하였네.
뜻으로써 봉양했을 뿐,
쇠고기며 양고기가 어디 있었으리.
그러나 사업에 이미 성취한 바 있고
명예 또한 빛나니,
부모님 기뻐하시며
마치 늘 옆에 있는 듯 여기셨네.
장수하지는 못했지만
영원토록 남으리니,
누군들 죽지 않겠는가,
오래 가슴 아파하지 마시게.
벗이며 친척이며 찾아와 문안하고
좋은 약들도 써보았네.
음식도 제때 들었고
필요한 것은 모두 갖추어져 있었네.
타고난 수명이 같지 않은 것은
인간사 늘 있는 일.
가까이 있건 멀리 있건

다를 것이 없다네.
첩첩 산천으로 막혀 있어도
혼백은 떠다닐 수 있고
제사 지낼 때 강림할 수 있으니,
서로 통하지 않는다 말하지 마시게.
통곡을 해봐야 아무 소용 없으니
슬픔을 억누르고 힘을 내세.
산 사람 마음으로 죽은 사람 마음 헤아릴 수 있으니
이로써 망자의 효성이나 위로하세.
아아, 슬프도다.
그래도 잊기는 어렵구나.

　나는 천성적으로 글씨 쓰기를 좋아하지 않아서 이 글을 짓고도 오직
두 통만을 직접 썼을 뿐이다. 한 통은 청하(淸河) 사람 최군(崔羣)[9]에게
주었는데, 최군은 나와 마찬가지로 구양첨의 벗이다. 그는 구양첨이 높은
관직 한번 해보지 못하고 죽은 것이 애통하여, 한참 동안이나 통곡하며
슬퍼했다. 다른 한 통은 지금 베껴서 팽성(彭城) 사람 유항(劉伉) 군에
게 준다. 유군은 고문을 좋아하였는데, 나의 문장이 옛 법도에 부합한다
고 여기고는 나의 오두막을 찾아와 이 글을 달라고 청한 것이 여덟아홉 차
례나 되었다. 그러면서도 원망하는 기색도 없이 의지가 더욱 확고했다.
　내가 이 글을 지은 것은 구양첨이 생전에 현달하지도 영화를 누리지
도 못한 것도 슬픈데, 사후에 그 이름마저 그대로 사라져버릴까 두려워서

---

9 최군(崔羣) : 자는 돈시(敦詩)고 한유·구양첨 등과 같은 해에 진사과에 급제했다.

다. 지금 유군이 이 글을 달라고 청하지만, 이는 구양첨을 잘 알아서라기
보다는 그의 뜻이 고문에 있기 때문이다. 비록 그렇긴 하지만 내가 짓고
있는 고문이 어찌 다만 구두가 지금의 문장과 다른 것만을 취한 것이겠는
가! 옛사람이 그리워도 볼 수 없어 옛날의 도(道)를 배우는 것이기에, 옛
날의 문사까지 겸하여 통달하고자 하는 것이다. 옛날의 문사에 통달한다
는 것은 본디 옛날의 도에 뜻을 두어야 한다. 옛날의 도는 함부로 남을 기
리지도 헐뜯지도 않는다. 유군이 이와 같은 문사를 좋아하는 것을 보니,
그는 구양첨을 잘 아는 자임에 틀림없다.[10]

歐陽生哀辭

小序極工. 多悽愴嗚咽之旨, 而哀辭特爾雅.

歐陽詹世居閩越. 自詹已上, 皆爲閩越官, 至州佐·縣令者累累有焉.
閩越地肥衍, 有山泉禽魚之樂, 雖有長材秀民, 通文書吏事與上國齒者, 未
嘗肯出仕.

今上初, 故宰相常袞爲福建諸州觀察使, 治其地. 袞以文辭進, 有名於
時, 又作大官, 臨蒞其民. 鄉縣小民有能誦書作文辭者, 袞親與之爲客主
之禮, 觀游宴饗, 必召與之. 時未幾, 皆化翕然. 詹于時獨秀出, 袞加敬愛,

---

10 나는 천성적으로…… 틀림없다:『창려선생문집』에는 이 부분이 "애사 뒤에 적음(題哀詞
   後)"이라는 제목으로 독립되어 있다.

諸生皆推服. 閩越之人舉進士, 由詹始.

建中·貞元間, 余就食江南, 未接人事, 往往聞詹名閭巷間. 詹之稱於江南也久. 貞元三年, 余始至京師舉進士, 聞詹名尤甚. 八年春, 遂與詹文辭同考試登第, 始相識. 自後詹歸閩中, 余或在京師他處, 不見詹久者, 惟詹歸閩中時爲然. 其他時與詹離, 率不歷歲, 移時則必合, 合必兩忘其所趨, 久然後去. 故余與詹相知爲深.

詹事父母盡孝道, 仁於妻子, 於朋友義以誠. 氣醇以方, 容貌凝凝然. 其燕私善謔以和. 其文章切深, 喜往復, 善自道. 讀其書, 知其於慈孝最隆也. 十五年冬, 余以徐州從事朝正於京師. 詹爲國子監四門助敎, 將率其徒伏闕下舉余爲博士, 會監有獄, 不果上. 觀其心, 有益於余, 將忘其身之賤而爲之也. 嗚呼! 詹今其死矣!

詹閩越人也. 父母老矣, 捨朝夕之養以來京師, 其心將以有得于是而歸爲父母榮也. 雖其父母之心亦皆然. 詹在側, 雖無離憂, 其志不樂也. 詹在京師, 雖有離憂, 其志樂也. 若詹者, 所謂以志養志者歟! 詹雖未得位, 其名聲流于人人, 其德行信于朋友, 雖詹與其父母皆可無憾也. 詹之事業文章, 李翶旣爲之傳, 故作哀辭, 以舒余哀, 以傳於後. 以遺其父母而解其悲哀, 以卒詹志云.

求仕與友兮, 遠違其鄉. 父母之命兮, 子奉以行. 友則旣獲兮, 祿實不豐. 以志爲養兮, 何有牛羊. 事實旣修兮, 名譽又光. 父母忻忻兮, 常若在旁. 命雖云短兮, 其存者長. 終要必死兮, 願不永傷. 友朋親視兮, 藥物甚良. 飲食孔時兮, 所欲無妨. 壽命不齊兮, 人道之常. 在側與遠兮, 非有不同. 山川阻深兮, 魂魄流行. 祀祭則及兮, 勿謂不通. 哭泣無益兮, 抑哀自強. 推生知死兮, 以慰孝誠. 嗚呼哀哉兮, 是亦難忘.

愈性不喜書，自爲此文，惟自書兩通．其一通遺清河崔羣，羣與余皆歐陽生友也．哀生之不得位而死，哭之過時而悲．其一通今書以遺彭城劉君伉．君喜古文，以吾所爲合於古，詣吾廬而來請者八九至．而其色不怨，志益堅．

凡愈之爲此文，盖哀歐陽生之不顯榮於前，又懼其泯滅於後也．今劉君之請，未必知歐陽生，其志在古文耳．雖然，愈之爲古文，豈獨取其句讀不類於今者耶！思古人而不得見，學古道，則欲兼通其辭．通其辭者，本志乎古道者也．古之道不苟譽毀于人．劉君好其辭，則其知歐陽生也無惑焉．

전횡(田橫)의 무덤에 제사 지내는 글[1]

전횡을 빌려 자신의 평생 슬픔을 드러내고 있다.

정원 11년(795) 9월에 나는 동도(東都)인 낙양으로 가다가 전횡(田橫)의 무덤 아래를 지나가게 되었다. 전횡의 드높은 의리와 훌륭한 인재를 얻을 수 있었던 인품과 안목에 감동받아, 술을 가져다 제사를 지내고는 글을 지어 조문하였다. 글은 아래와 같다.

백 대가 지나도록 사람의 마음을 움직일 수 있는 일이 있으니, 나는 그게 무슨 심리인지 알지 못하겠다. 오늘날 찾아보기 힘든 그런 일이 아니고서야 어떻게 나로 하여금 한숨과 탄식을 금하지 못하도록 할 수 있겠는가? 내 일찍이 천하를 두루 다니며 보았지만 부자(夫子, 전횡)처럼 할 수 있는 사람이 그 어디 있었던가? 죽은 자는 다시 살아오지 못하니, 아아! 내 이곳을 떠나면 장차 누구를 좇으리오? 진(秦)나라가 패망하여 어지러울 때는 단 한 명의 인재만 얻어도 왕이 될 수 있었다. 그런데 어찌하

---

1 전횡(田橫)은 진(秦)나라 말년 제나라 왕 전담(田儋)의 사촌아우로, 스스로 제나라 왕이 되었으나 한나라 고조 유방(劉邦)이 천하를 통일할 때 한나라 장수 관영(灌嬰)에게 패하여 부하 5백 명을 이끌고 바닷가 섬으로 도망갔다. 유방은 전횡이 반란을 일으킬까 두려워 사자를 보내, 왕후의 작위를 주겠다면서 그를 소환했는데, 전횡은 두 명의 시종과 함께 길에 올랐다가 시향(尸鄉, 지금의 하남성 낙양시 동쪽 30리)에 이르러 자살하였다. 시종 두 명과 바닷가에 살던 5백 명의 유민도 모두 자살했다. 이 글은 옛날을 추모하면서 지은 제문이라, 다른 글과는 약간 차별화된다.

여 5백 명이나 되는 많은 사람들을 거느리고서도 칼날로 스스로 목을 베어 죽는 지경을 면치 못했단 말인가? 아끼던 자들이 어질지 못한 탓인가? 아니면 천명(天命)에 정해놓은 법도가 있어서인가? 옛날 궐리(闕里)[2]에는 인재가 많았는데도 공자께서는 불안하다고 말씀하셨다. 그저 가다가 길을 잃지만 않는다면 넘어지고 자빠진들 어떠하리? 예부터 지금까지, 나고 죽은 이가 한둘이 아니건만 부자께서는 지금까지도 빛을 발하고 계신다. 무릎 꿇고 글을 올리며 술을 올리노라니, 마치 혼령이 내려와 흠향이라도 하시는 듯하다.

祭田橫墓文

借田橫發自己一生悲感之意.

貞元十一年九月, 愈如東京, 道出田橫墓下. 感橫義高能得士, 因取酒以祭, 爲文而弔之. 其辭曰.

事有曠百世而相感者, 余不自知其何心. 非今世之所稀, 孰爲使余歔欷而不可禁? 余旣博觀乎天下, 曷有庶幾乎夫子之所爲? 死者不復生, 嗟余去此其從誰? 當秦氏之敗亂, 得一士而可王. 何五百人之擾擾, 而不能

<hr>

2 궐리(闕里): 공자가 태어난 고향이다.

脫夫子於劍鋩? 抑所寶之非賢? 亦天命之有常? 昔闕里之多士, 孔聖亦云
其遑遑. 苟余行之不迷, 雖顚沛其何傷? 自古死者非一, 夫子至今有耿光.
跽陳辭而薦酒, 魂髣髴而來享.

악어에게 제사 지내는 글

문사는 근엄하고 의리는 곧으니, 이 글을 보면 족히 귀신도 움직일 만하다.

아무 년 아무 달 아무 날에 조주자사(潮州刺史)[1] 한유가 군사아추(軍事衙推) 진제(秦濟)에게 시켜 양 한 마리, 돼지 한 마리를 악계(惡溪)[2] 깊은 물에 던져 악어에게 먹이고, 이렇게 고하게 하였다.

옛날 선왕께서 천하를 다스리실 때, 산과 못을 모두 태우시고는 그물을 쳐 잡기도 하고 칼로 찔러 죽이기도 함으로써, 뱀이나 벌레같이 백성에게 해악을 끼치는 악한 것들을 모두 제거하여 사해 바깥으로 쫓아내셨다. 그러나 후대의 왕들은 덕이 부족해 먼 변방까지 영토로 편입하지 못하였고, 장강과 황하 유역마저도 내버린 채 오랑캐나 초나라 월나라에게 넘겨주고 말았으니, 하물며 조주처럼 도성에서 만 리나 떨어져 있는 영남 바닷가 고을이야 말해 무엇 하겠는가! 악어들은 이곳에서 살면서 알을 낳고 새끼를 길렀으니, 본디 그들의 서식지였던 셈이다. 당나라 제위를 이으신 지금 천자께서는 신령하고 성스러우며 자애롭고 용감하시다. 사해 밖, 육합(六合) 안까지 모두 품어 안으셨는데, 하물며 이곳은 우임금의

---

1 조주자사(潮州刺史): 원화 14년(819)에 한유는 「사리 맞이하는 것을 논하여 올린 표문(論佛骨表)」을 올렸다가 헌종의 노여움을 사 조주자사로 폄적되었다. 조주는 지금의 광동성 조안현(潮安縣)에 해당한다.
2 악계(惡溪): 악수(惡水)라 되어 있는 본도 있다. 지금의 조안현 경내에 있는 한강(韓江)이다.

발자취가 남아 있고, 양주(揚州)에서도 가까우며, 자사와 현령이 다스리면서 나라에 세금을 바쳐 천지신명과 종묘와 온갖 신들에게 제사 지낼 물자를 공급하는 그런 땅이 아니던가! 그러니 악어는 자사와 이 땅에서 함께 살 수는 없으렷다.

자사는 천자의 명을 받들어 이 땅을 지키고 이곳 백성들을 다스린다. 그런데 악어가 감히 연못 속 거처에 안주하지 못하고 활개를 치며, 백성이 기르는 곰이며 돼지며 사슴이며 노루를 먹어 치워 그 몸을 살찌우고 종족을 번식한다. 또 자사에게 대항해 싸우며 우두머리를 겨루려 한다. 자사가 아무리 노둔하고 나약하기로, 어찌 기꺼이 악어에게 머리를 숙이고 굽실거리며, 겁에 질려 똑바로 쳐다보지도 못하면서, 백성과 서리들에게 비웃음거리가 되면서까지 구차히 이곳에서 목숨을 부지하고자 하겠느냐! 게다가 천자의 명을 받들고 관리가 되어 온 몸이니, 악어와 한번 그 잘잘못을 따져보지 않을 수 없다. 악어에게 지각이 있다면, 자사가 하는 말을 들으라.

조주 남쪽은 큰 바다다. 고래나 붕새처럼 커다란 것도, 새우나 게처럼 작은 것도, 품지 못하는 것이 없으니, 모든 생물들은 그 안에서 번식하고 먹고산다. 악어 네가 새벽에 출발하면 저녁이면 바다에 도달할 수 있을 것이다. 내가 지금 너와 약조를 하겠다. 사흘 안에 너의 추악한 무리들을 이끌고 남쪽 바다로 이사가 천자의 명을 받고 온 관리를 피하도록 하라. 사흘이 불가능하다면 닷새, 닷새가 불가능하다면 이레다. 그러나 이레도 불가능하다고 한다면, 이는 끝내 이사 가지 않겠다는 것이요, 자사를 안중에 두고 그 말을 따를 의사가 전혀 없다는 것이다. 그것도 아니라면 악어가 미련하고 똑똑치 못한 탓에 자사가 말을 해도 알아듣지 못하는 것이다. 천자의 명을 받고 온 관리를 무시하고 그 말을 듣지 않으며 이사하여 피해 가지 않는 자는, 미련하고 똑똑치 못하여 백성에게 해악을 끼치는 생물과 함께 모두 죽이겠다. 자사는 솜씨 좋은 서리나 백성을 뽑아 강한 활과 독화살을 가지고 가 악어와 상대할 터, 반드시 모조리 다 죽인 후라야 그만둘 것이다. 후회하지 말라!

祭鱷魚文

詞嚴義正, 看之便足動鬼神.

維年月日, 潮州刺史韓愈, 使軍事衙推秦濟, 以羊一猪一投惡溪之潭水, 以與鱷魚食, 而告之曰:

昔先王旣有天下, 列山澤, 罔繩擉刃, 以除蟲蛇惡物爲民害者, 驅而出之四海之外. 及後王德薄, 不能遠有, 則江漢之間, 尙皆棄之以與蠻夷楚越, 況潮嶺海之間, 去京師萬里哉! 鱷魚之涵淹卵育於此, 亦固其所. 今天子嗣唐位, 神聖慈武. 四海之外, 六合之內, 皆撫而有之, 況禹跡所揜, 揚州之近地, 刺史縣令之所治, 出貢賦以供天地宗廟百神之祀之壤者哉! 鱷魚其不可與刺史雜處此土也.

刺史受天子命, 守此土, 治此民. 而鱷魚睅然不安溪潭據處, 食民畜熊豕鹿獐, 以肥其身, 以種其子孫. 與刺史亢拒爭爲長雄. 刺史雖駑弱, 亦安肯爲鱷魚低首下心, 伈伈睍睍, 爲民吏羞, 以偸活於此耶! 且承天子命以來爲吏, 固其勢不得不與鱷魚辯. 鱷魚有知, 其聽刺史言.

潮之州, 大海在其南. 鯨鵬之大, 蝦蟹之細, 無不容歸, 以生以食. 鱷魚朝發而夕至也. 今與鱷魚約: 盡三日, 其率醜類南徙於海, 以避天子之命吏. 三日不能, 至五日, 五日不能, 至七日. 七日不能, 是終不肯徙也, 是不有刺史, 聽從其言也. 不然, 則是鱷魚冥頑不靈, 刺史雖有言, 不聞不知也. 夫傲天子之命吏, 不聽其言, 不徙以避之, 與冥頑不靈而爲民物害者, 皆可殺. 刺史則選材技吏民, 操强弓毒矢, 以與鱷魚從事, 必盡殺乃止. 其無悔!

유자후를 제사 지내는 글[1]

창려는 유자후의 묘지명도 지었으나, 글에 드러난 둘 사이의 우의는 제문에 미치지 못하는 것 같다.

아무 년 아무 달 아무 날에, 한유는 맑은 술과 갖은 제수를 마련하여 망우(亡友) 유자후의 혼령에 제사를 올린다.

아, 자후여, 이렇게 죽고 말았는가! 자고 이래로 난 사람이 죽는 것은 당연지사이거늘, 나는 무엇 때문에 이리도 탄식이 나오는가? 이 한세상 산다는 것은 한바탕 꿈을 꾸다 깨어나는 것과 같은 일. 그 안에 얽히고설킨 이해관계 따위 따질 것 무엇이랴? 꿈을 꿀 때는 기쁨도 있고 슬픔도 있겠으나 깨어나 보면 무에 그리 돌이킬 만한 일이던가?

만물은 탄생할 적에 재목이 되고자 하지 않는 법. 울긋불긋 칠한 술잔은 나무에게 있어서는 한갓 재앙일 뿐. 그대가 중도에 버림을 받은 것은 하늘이 그대를 위해 굴레를 벗겨준 일일 터. 아름다운 옥과도 같았어라, 그대가 쏟아냈던 그 문사는. 부귀하고 무능하다면, 그 이름은 마멸되기만 할 뿐, 그 누가 기억해주리오? 실로 비범하고 위대하였던 그대의 글. 쪼고 다듬는 일에 능숙하지 못한 자는 손가락엔 피가 맺히고 얼굴엔 땀이 흐르지만, 훌륭한 장인은 오히려 수수방관할 뿐이라오. 그대의 문장

---

1 이 글은 원화 15년(820)에 지어졌다. 당시 한유는 원주자사(袁州刺史)로 있었는데, 절친한 벗 유종원의 죽음을 애도하기 위해 이 글을 지었다.

이 세상에 쓰이지 않은 탓에 우리 같은 무리들이 황제의 조칙을 장관하게 되었소. 그대를 남들과 비교해볼 때 그만 한 인물이 전대에도 없거늘, 그 대는 한번 내침을 당한 이후 다시 돌아오지 못했건만 저들은 모두 하늘을 찌를 듯 높이 비상하였소.

아, 자후여, 이젠 저세상 사람이구려. 임종 즈음에도 그대의 목소리 는 어쩌면 그리도 낭랑했던지! 여러 벗들에게 두루 고하여 자식을 부탁했 었지. 또한 나를 비루하다 여기지 않고 내게도 부탁하고 숨을 거두었소. 오늘날 사람들은 벗을 사귈 때 권세의 높고 낮음을 본다오. 나 같은 사람 은 앞날이 보장되어 있지도 못하니, 능히 그대의 자식을 맡을 수나 있겠 소? 그대 마음 내 알 길 없지만, 그대는 내게 그리 부탁하고 떠났구려. 그 러나 귀신이 있으니, 어찌 감히 그 부탁 받들지 않을 수 있겠소? 그대는 영영 가버리고 이제 다시 돌아올 기약이 없으니, 그대의 관 앞에 제상을 차려 이 글로써 내 마음을 맹서하오. 오호라, 슬프구나! 흠향하시오!

祭柳子厚文

昌黎誌子厚墓, 相知之誼, 似不如祭文.

維年月日, 韓愈謹以淸酌庶羞之奠祭於亡友柳子厚之靈.

嗟嗟子厚, 而至然耶! 自古莫不然, 我又何嗟? 人之生世, 如夢一覺.

其間利害，竟亦何校？當其夢時，有樂有悲，及其既覺，豈足追惟？

凡物之生，不願爲材．犧罇青黃，乃木之災．子之中棄，天脫羈羈．玉珮瓊琚，大放厥辭．富貴無能，磨滅誰記？子之自著，表表愈偉．不善爲斵，血指汗顏．巧匠旁觀，縮手袖間．子之文章，而不用世，乃令吾徒，掌帝之制．子之視人，自以無前．一斥不復，羣飛刺天．

嗟嗟子厚，今也則亡．臨絕之音，一何琅琅！徧告諸友，以寄厥子．不鄙謂余，亦託以死．凡今之交，觀勢厚薄．余豈可保，能承子託？非我知子，子實命我．猶有鬼神，寧敢遺墮？念子永歸，無復來期，設祭棺前，矢心以辭．嗚呼哀哉！尚饗！

하남 장원외(張員外)를 제사 지내는 글[1]

공의 기이하고 웅장한 문사가 마치 귀신과 다툼이라도 하는 것 같아 그 부분은 실로 사람의 눈을 현란하게 만든다.

아무 년 아무 달 아무 날에, 창의군(彰義軍) 행군사마 수(守) 태자우서자(太子右庶子) 겸 어사중승 한유가[2] 삼가 아무개를 보내 많은 제수와 맑은 술을 올려 망우(亡友)인 고 하남현령 장 십이 원외[3]의 영전에 제사를 올리게 하였다.

정원 19년(803)에 그대는 어사가 되었소. 무능한 나도 그때 함께 어명을 받아 나란히 어사가 되었소. 그대의 덕은 돈후하고도 강직하였으며, 표준을 높이 잡고 스스로의 미덕을 드러내었소. 자기만 못한 자가 있으면 마치 흙이나 때처럼 여기며 내쳤소. 나는 어리석고 광망한 탓에, 아직 나이 서른여섯도 안 되어 기세등등하게 남을 능멸이나 하고 가진 것도 없으면서 잘난 체나 하였소.

---

1 하남 장원외는 바로 장서(張署)다. 396쪽의 「하남현령 장군 묘지명」을 참고하여 읽을 만하다.

2 창의군(彰義軍)······ 한유가: 『구당서』 「헌종기」에 "원화 12년(817) 가을 7월 병진일에, 태자우서자 한유에게 어사중승 직을 겸하게 하고 창의군 행군사마에 충당하다(元和十二年秋七月丙辰, 以太子右庶子韓愈兼御史中丞, 充彰義軍行軍司馬)"라는 기록이 보인다. '수(守)'라는 것은 관계(官階)는 낮으나 직위가 높을 때 관직명 앞에 붙이는 글자다.

3 장 십이 원외: 한유의 벗인 장서(張署)를 가리킨다. 십이는 항렬을 나타내고 원외는 장서가 형부원외랑을 지냈기에 그렇게 부른 것이다.

저 곱상하게 생긴 자들,[4] 실은 우리를 두려워했던 게요. 어깨를 비스
듬히 하고 귀를 늘어뜨린 채[5] 다녔지만 그 혀는 칼과도 같았소. 나는 양산
(陽山)에 떨어져 날다람쥐나 원숭이 같은 무리들을 다스리게 되었고, 그
대는 임무(臨武)까지 날아가 산림 속에 갇히게 되었소.[6] 〔귀양지로 함께
떠날 때〕 한 해는 저물어가고 날씨는 추운데, 눈마저 내리고 바람 소리
드셌소. 말에서 떨어지자 나는 콧물을 흘렸고 그대는 소리 내 울었소. 밤
이면 남산[7]에서 쉬면서 나란히 한데 눕기도 했소. 우리를 지키던 수비병들
과 이마가 부딪치고 발이 서로 얽히기도 하였소. 드넓은 동정호(洞庭湖),
하늘과 맞닿아 있는 듯했소. 바람이 물결을 쳐 파도가 일면, 그 소리가 마
치 우레 치는 듯했소. 일정을 따라 맹목적으로 길을 가니, 범선은 화살인
양 쏜살같았소. 남쪽으로 상수(湘水)를 지났는데, 그곳은 굴원(屈原)이
빠져 죽은 곳이자, 두 왕비가 길을 잃고서 눈물을 흘려 대나무 숲을 얼룩
지게 했던 곳이었소. 산도 슬퍼하고 물도 시름겨워하며, 새도 울고 짐승
도 짖었소. 내가 노래하면 그대가 화답하니, 우리는 그렇게 백 편의 시를
읊조렸소.

　　그대는 임무현에서 멈추었고 나는 남쪽으로 더 내려가야 했소. 〔이별
할 때〕 잔을 들고 함께 술을 마셨지만, 훗날의 기약이 있는지 없는지조차
몰랐소. 현의 경계 부근에서 살자고 약속하고, 하룻저녁 내내 이야기를

4　저 곱상하게 생긴 자들: 원래는 『시경·제풍(齊風)』「보전(甫田)」에 나온 말로 미소년을
　　가리키는 용어다. 그러나 여기서는 한유와 장서, 그리고 이방숙(李方叔)을 핍박했던 재상
　　이실(李實) 등을 지칭하는 말로 사용되었다. 「하남현령 장군 묘지명」에 보면 재상에게 참
　　언을 당해 셋이 함께 남쪽의 현령으로 폄적되었다는 이야기가 나온다.
5　어깨를······ 늘어뜨린 채: 길들여진 짐승들이 온순하게 걸어가는 모습을 형용한 것이다.
6　나는······ 되었소: 한유는 이 사건으로 인해 양산현령으로 폄적되었고, 장서는 임무현령으
　　로 폄적되었다.
7　남산: 상산(商山)이다.

470

나누었소. 이별 후 얼마나 지났던가, 계절은 빨리도 바뀌었소. 〔다시 만나 함께 잠을 자는데〕 팔을 베고 비스듬히 누워, 그대 다리를 내 몸 위에 얹어놓았소. 그때 노복이 달려와 호랑이가 마구간에 들어갔다 고하였는데, 놀라게 해 쫓아내지도 못하고 있는 사이, 그놈이 나의 노새를 물고 가버렸소. 그대가 말했소. 노새란 놈은 타고 다녀봐야 빠르지도 않으니, 호랑이가 데리고 간 것은 내년 인월(寅月)에 좋은 일이 있을 징조인가 보라고 말이오. 또 말했소. 나도 여기 함께 있었으니, 그대와 마찬가지로 좋은 일이 생기려나 보라고. 맹수가 정말 영험하다면, 어찌 기도를 올려야만 효험이 있겠느냐고 말이오.

내가 양산 고개를 나왔을 때 그대는 침주(郴州)에서 나를 기다리고 있었소. 우리는 함께 강릉의 아전이 되었는데, 이는 감히 바라지도 못하던 일이었소. 침주는 산세가 기이하고 변화무쌍하며, 맑은 물이 흐르는 곳이었소. 모래펄에 배를 대고 바위에 기대 노닐었으며, 좋은 풍광을 만나면 그대로 지나치지 않았소. 형양(衡陽)에선 술을 실컷 마시며 곰이 포효하고 호랑이가 울부짖듯 소리도 고래고래 질렀소. 주령(酒令)을 제대로 지키지 못해 벌주 세는 산가지가 고슴도치 털처럼 널리기도 했소. 상수에 배를 띄우고 남악(南嶽)[8]을 보러 가기도 하였는데, 구름 위로 치솟은 벼랑은 높고도 깊었으며 거대한 산림은 울창도 하였소. 태호(太湖)에선 바람을 피했고 녹각산(鹿角山)에선 이레나 머물렀소. 커다란 메기도 낚았는데, 씰룩거리는 두 뺨에선 돼지처럼 꿀꿀거리는 소리가 났소. 메기를 썰어 쟁반에 담고 술을 덥혔으며, 나머지는 노복들에게 먹으라 주었소. 그러나 〔각자 다시〕 임지로 돌아가서는 계단 밑에 서서 고개는 숙이고 엉

---

8 남악(南嶽): 형산(衡山).

덩이는 높이 쳐든 채 수그리고 지냈으며, 말에서 내려 길에 엎드리기도
했으니, 종사(從事)의 운명이란 그런 것이었소.

　나는 박사(博士)에 초징되었고,[9] 그대는 경략사(經略使)에게 부름을
받았으나 가지 않았소.[10] 우리가 도성에서 다시 만난 것은 정말 바라지도
못했던 일이었소. 내가 동도(東都)의 태학생들을 가르치게 되었을 때 그
대는 옹수(雍首)[11]에서 아전[12]이 되었소. 두 개의 도성[13]에서 서로 바라만
보아야 했으니, 이게 이별이 아니고 무어란 말이요? 손도 잡지 못하고,
얼굴도 마주하지 못한 채 10년이란 세월이 흘렀소. 마치 서로 피하기라고
한 듯, 그대가 나가면 내가 들어가곤 하였소. 살아서의 생이별이 죽어서
야 끝났으니, 이 슬픔 그냥 삼킨 채 다시는 말하지 않으려오.

　형부의 원외랑이 되었을 때, 그대는 법도를 잘 지키며 거리낌 없이
직언을 잘하였소. 그러다 권신들의 미움을 사 남강(南康)[14]으로 옮겨 갔
소. 그곳에서도 법령을 밝혀 엄격히 옥사를 처리하니, 남방 오랑캐들조차
도 집집마다 공의 은덕을 노래했소. 예수(澧水) 가[15]의 자사로 승진해 갔

9　나는…… 초징되었고: 한유는 원화 원년(806)에 국자박사로 초징되었다.

10　그대는…… 가지 않았소: 옹관경략사(邕管經略使)로 있던 노서(路恕)가 장서를 판관(判
　　官)으로 삼겠다고 주청하였으나 장서는 가지 않았다.

11　옹수(雍首): 경조부(京兆府)를 가리킨다.

12　아전: 원화 2년에 한유는 동도 낙양에서 태학생을 가르치게 되었고, 장서는 경조부 사록
　　참군(司祿參軍)으로 있었다.

13　두 개의 도성: 한유는 동도인 낙양에 있었고, 장서는 경조부에 있었기에 두 개의 도성이란
　　표현을 쓴 것이다.

14　남강(南康): 장서는 너무 올곧은 성품으로 간쟁을 하다가 권신들의 미움을 받아 건주자사
　　(虔州刺史)로 나간 일이 있는데, 남강은 바로 건주를 가리킨다. 치소는 지금의 강서성 공
　　현(贛縣)에 있다. 이 내용은 한유가 장서를 위해 지은 묘지명인 「하남현령 장군 묘지명」
　　에도 보인다.

15　예수(澧水) 가: 예수는 동정호로 흘러 들어간다. 『청일통지(清一統志)』에 "호남 예주, 예
　　수가 주 남쪽에 있다(湖南澧州, 澧水在州南)"라는 기록이 보인다. 장서는 예주자사를 지

을 때도 백성을 위해 갖은 고생을 다 하였소. 동도의 집으로 돌아왔다가 하남현령에 기용되었으나, 굴욕을 참아가며 후배들에게 절을 올리느라 분을 이기지 못해하였소. 바른 도리를 지키다가 누차 파직당하니, 인격은 굽히지 않았으되 벼슬길에서는 낭패를 보았지요. 끝내 죽을 때까지 일어나지 못했으니, 어떻게 남에게 선을 행하라 권면할 수 있겠소.

승상께서 남쪽을 토벌하실 때 나는 외람되이 사마(司馬)가 되었소.[16] 또 대량(大梁)[17]으로 들어가 군사 일을 논의하고, 급히 빠져나와 낙양으로 갔소. 그대 관에 엎드려 곡도 못 해보고, 친히 술잔을 올려 제사를 지내지도 못했소. 그대 자식을 보듬어주지도 못했고 들까지 따라가 그대를 묻어주지도 못했소. 그대의 찢어질 듯한 가슴을 생각하니, 봇물 터지듯 눈물이 쏟아지오. 그대 일생의 행적은 묘지명에 기록해 저 흙속에 묻었소. 그대의 조상과 그들의 덕망 및 공업을 다 기록하여 밖으로는 후세에 알리고 〔안으로는〕 귀신과 통하고자 하였소. 그대 무슨 여한이 있어 내 마음을 살피지 못하리오. 아아, 슬프오! 흠향하시오!

낸다.

16 승상께서…… 되었소: 승상은 배도(裵度)를 가리킨다. 즉 배도가 회서선위처치사(淮西宣慰處置使) 겸 창의군절도사(彰義軍節度使)가 되어 오원제(吳元濟)를 토벌하러 갈 때, 한유를 행군사마(行軍司馬)로 삼았다.

17 대량(大梁): 대량은 변주(汴州)를 가리키는 말로, 지금의 하남성 개봉시(開封市)다.

祭河南張員外文

維年月日，彰義軍行軍司馬守太子右庶子兼御史中丞韓愈，謹遣某乙，以庶羞清酌之奠，祭於亡友故河南縣令張十二員外之靈．

貞元十九，君爲御史．余以無能，同詔竝跱．君德渾剛，標高揭已．有不吾如，唾猶泥滓．余戇而狂，年未三紀．乘氣加人，無挾自恃．

彼婉變者，實憚吾曹．側肩帖耳，有舌如刀．我落陽山，以尹鼫猱．君飄臨武，山林之牢．歲弊寒凶，雪虐風饕．顛於馬下，我泗君咷．夜息南山，同臥一席．守隸防夫，觝頂交跖．洞庭漫汗，粘天無壁．風濤相豗，中作霹靂．追程盲進，飄船箭激．南上湘水，屈氏所沈．二妃行迷，淚蹤染林．山哀浦思，鳥獸叫音．余唱君和，百篇在唫．

君止于縣，我又南踰．把盞相飲，後期有無．期宿界上，一夕相語．自別幾時，遽變寒暑．枕臂欹眠，加余以股．僕來告言，虎入廐處．無敢驚逐，以我驟去．君云是物，不駿於乘．虎取而往，來寅其徵．我預在此，與君俱膺．猛獸果信，惡禱而憑．

余出嶺中，君竦州下．偕掾江陵，非余望者．郴山奇變，其水清寫．泊沙倚石，有邅無捨．衡陽放酒，熊咆虎嘷．不存令章，罰籌蜎毛．委舟湘流，往觀南嶽．雲壁潭潭，穹林攸擢．避風太湖，七日鹿角．鉤登大鮎，怒頰豕狗．饙盤炙酒，羣奴餘啄．走官階下，首下尻高．下馬伏塗，從事是遭．

予徵博士, 君以使已. 相見京師, 過願之始. 分敎東生, 君掾雍首. 兩都相望, 於別何有. 解手背面, 遂十一年. 君出我入, 如相避然. 生濶死休, 吞不復宣.

刑官屬郎, 引章訐奪. 權臣不愛, 南康是斡. 明條謹獄, 氓獠戶歌. 用遷澧浦, 爲人受瘥. 還家東都, 起令河南. 屈拜後生, 憤所不堪. 屢以正免, 身伸事蹇, 竟死不昇, 孰勸爲善.

丞相南討, 余辱司馬. 議兵大梁, 走出洛下. 哭不憑棺, 奠不親斝. 不撫其子, 葬不送野. 望君傷懷, 有隕如瀉. 銘君之績, 納石壙中. 爰及祖考, 紀德事功. 外著後世, 鬼神與通. 君其奚憾, 不余鑒衷. 嗚呼哀哉! 尙饗!

십이랑을 제사 지내는 글[1]

뼈를 찌를 듯한 감정이 전편에 흘러 그 처량함과 절실함이 끝도 없으니, 제문 중 천 년에 한 편 나올까 한 빼어난 가락이다.

아무 해 아무 달 아무 날에, 숙부인 한유가 너의 부고를 받은 지 이레가 지나서야 슬픔을 머금고 정성을 올린다. 건중(建中) 편에 제상에 올릴 제철 음식을 마련케 해 멀리 보내고, 너 십이랑의 영전에 고한다.

아아! 나는 어려서 고아가 되어 자라서도 부모님의 얼굴을 알지 못하였으니, 오직 형님과 형수만을 의지하며 살았다. 중년의 나이에 형님께서 남방에서 세상을 뜨셨는데,[2] 나이 어린 나와 너는 형수를 따라 형님의 관을 모시고 와 하양(河陽)에 묻었다. 그 후 너와 함께 강남으로 가 생계를 도모했는데, 외롭고 고달팠으나 단 하루도 서로 떨어져 지낸 적이 없었다. 나는 위로 형님이 세 분 계셨으나 불행히도 모두 요절하고 말아 윗대를 이을 사람이라곤 손자 항렬에선 너뿐이었고 자식 항렬에선 나뿐이었다. 두 대에 오직 한 사람씩밖에는 남지 않았으니, 외롭고 쓸쓸하기 짝이 없었다.

---

1 '십이'는 항렬을 나타낸다. 십이랑은 이름이 노성(老成)으로 한유의 둘째 형인 한개(韓介)의 아들로 태어났으나 맏형인 한회(韓會)의 양자로 들어갔다. 한유는 어려서 부모를 잃고 한회 부부에게서 자랐는데, 한노성과는 어려서부터 함께 크면서 동고동락하였기에 정이 특히나 깊었다.

2 중년의…… 뜨셨는데: 한회는 대력 12년(777) 5월에 기거사인(起居舍人)으로 있다가 당시 재상이었던 원재(元載) 일당에게 미움을 사 소주자사(韶州刺史)로 폄적되었다. 그러다 마흔한 살의 나이로 폄적지에서 세상을 떴다. 여기서 남방이라 함은 소주를 가리킨다. 소주는 당나라 때 영남도(嶺南道)에 속해 있었다.

형수께서는 늘 너를 쓰다듬으면서 나를 가리키며 "한씨 가문의 두 세대가 오직 너희들뿐이로구나"라고 말씀하셨다. 너는 그때 너무 어려서 아마 기억하지 못할 것이다. 나도 기억은 난다만 그 말이 얼마나 슬픈 말이었는지 그때는 미처 몰랐다.

나는 열아홉이 되어서야 도성에 들어왔다. 4년 후에 돌아가 너를 보았다. 또 4년 후에 나는 하양으로 가 부모님 묘소를 찾아뵈었는데, 그때 형수의 관을 모시고 와 안장하던 너와 마주쳤다. 다시 2년 뒤에 나는 변주(汴州)에 있는 동승상(董丞相)[3] 막부에서 보좌로 있었는데, 그때 너는 나를 보러 와서 1년 동안 머물다가 돌아가 처자식을 데려오겠노라고 했다. 이듬해에 동승상께서 돌아가시어 나는 변주를 떠났고, 너는 끝내 오지 않았다. 그 해에 나는 서주(徐州)의 막부를 보좌하였는데,[4] 너를 데려오라고 사람을 막 보냈을 때 그만 파직당했고, 너는 또 끝내 오지 않았다. 내가 생각하기에, 네가 동쪽으로 와서 나를 따른다 해도, 어차피 동쪽에서 또 타향살이하는 꼴이라 오래갈 수 없을 것 같았다. 먼 앞날을 도모하려면 차라리 서쪽으로 가는 게 가장 나을 듯하여 일단 집안을 정리한 다음 너를 데려올 셈이었다. 아아! 네가 그리도 갑작스레 나를 버리고 죽을 줄 누가 알았겠느냐! 너와 나 아직 젊으니, 비록 잠시 떨어져 있다 하더라도 결국에는 오래도록 함께 살 것이라 여겼기에, 너를 버려두고 도성으로 들

---

3 동승상(董丞相): 동진(董晉). 그는 정원 12년에 재상의 신분으로 변주자사 겸 선무군 절도사가 되었다. 한유는 동진의 막부에서 관찰추관 직을 맡고 있었다.

4 이듬해에…… 보좌하였는데: 『신당서』 「한유전」에 다음과 같은 기록이 보인다. "동진이 죽고 난 뒤 한유도 장례를 마치자마자 변주를 떠났는데, 채 나흘도 못 되어 변주에 군란이 일어났다. 이에 무녕절도사 장건봉에게로 가 의탁하였다(晉卒, 愈從喪出, 不四日, 汴軍亂. 乃去依武寧節度使張建封)." 여기서 서주의 막부를 보좌했다 함은 바로 무녕절도사 장건봉의 막료가 되었음을 의미한다.

어와 생계를 도모하면서 한 됫박의 봉록을 구했던 것이다. 만약 이렇게 될 줄 알았더라면, 만승(萬乘)의 공경이나 재상이 된다 해도, 단 하루라도 너를 버리고 나아가지 않았을 것이다.

작년에 맹동야(孟東野)⁵가 〔율양(溧陽)으로〕 간다기에 내 너에게 편지를 썼다.

"내 나이 아직 마흔이 안 되었는데, 벌써 눈이 가물가물하고 머리가 희끗희끗하며 이가 다 흔들리는구나. 숙부님들과 형님들께서 모두 건강하셨는데도 일찍 돌아가신 걸 생각해볼 때, 나같이 쇠약해서야 어디 오래 살 수나 있겠느냐? 나는 갈 수가 없고, 너는 오려고 하지 않으니, 이러다 하루아침에 죽기라고 한다면 네가 한량없는 근심을 안고 살게 될까 걱정이구나."

그랬더니, 젊은 사람이 죽고 나이 든 사람이 살아남을 줄, 건강하던 사람이 요절하고 병든 자가 멀쩡할 줄 누가 알았겠는가? 오호라! 꿈인가, 생시인가? 부고가 사실이 아니란 말인가? 사실이라면, 우리 형님처럼 덕 있는 분이 자신의 후사를 요절시키셨단 말인가? 너처럼 순박하고 깨끗한 사람이 그 은택을 입을 수 없었단 말인가? 젊고 건강한 사람은 요절하고, 나이 많고 쇠약한 사람이 살아남았단 말인가? 도무지 믿을 수가 없구나! 꿈이라면, 부고가 사실이 아니라면, 맹동야의 편지며 경란(耿蘭)의 부고며, 이런 것들이 어찌하여 내 옆에 있단 말인가? 오호라! 정말인가 보구나! 우리 형님처럼 덕 있는 분이 자신의 후사를 요절시켰으며, 너처럼 순박하고 깨끗하여 가업을 이을 만한 사람이 그 은택을 입지 못했구나. 이런 것을 두고 '하늘은 예측하기 어렵고, 신(神)은 분명하기 어렵다'고 하

---

5 맹동야(孟東野): 맹교(孟郊). 동야(東野)는 자다. 호주(湖州) 무강(武康, 지금의 절강성 德淸) 사람. 한유의 절친한 문우로, 시에 능해 한맹(韓孟)이라 병칭되기도 하였다.

는 건가 보다. '이치란 미루어 짐작하기 어렵고, 수명이란 알 수 없다'고 하는 건가 보다.

비록 그러하지만, 올해 들어 나도 검던 머리가 간혹 희게 변하기도 하고, 흔들리던 이가 간혹 빠지기도 하며, 혈기는 날로 쇠해지고 뜻은 날로 희미해지니, 오래지 않아 너를 따라 죽지 않겠느냐! 죽어 지각이 있다면, 우리가 떨어져 있을 시간이 장차 얼마나 되겠느냐? 지각이 없다 하여도, 슬픔에 겨워 지낼 시간은 얼마 되지 않고, 슬픔 없이 보낼 수 있는 시간은 무궁하지 않더냐! 너의 아들은 이제 겨우 열 살이고 내 아들은 이제 겨우 다섯 살이다. 젊고 건강한 사람도 삶을 보장할 수 없거늘, 그런 어린 애들이 성인이 되어 자립할 수 있기를 바랄 수나 있겠느냐? 아아, 슬프구나! 아아, 슬프구나!

너는 작년에 내게 편지를 보내 "근자에 각기병에 걸렸는데, 종종 심해지기도 합니다"라고 하였다. 그러기에 내가 "강남 사람 중에는 그 병에 걸린 사람이 꽤 있지"라고 하면서, 처음에는 그다지 근심하지 않았다. 아아! 끝내 그 병이 목숨을 앗아 갔단 말이냐? 아니면 다른 병이 있어 이 지경에 이르렀단 말이냐? 네가 편지를 쓴 날은 6월 17일이었다. 맹동야는 네가 죽은 것이 6월 2일이라 하고, 경란의 부고에는 날이 적혀 있지 않다. 아마도 맹동야의 심부름꾼은 집안사람들에게 날짜를 물어보아야 하는 것을 몰랐던 듯하고, 경란의 보고는 날짜를 말해야 한다는 사실을 몰랐던 듯하다. 동야가 내게 편지를 주려고 심부름꾼에게 날짜를 물어보자 심부름꾼이 아무렇게나 둘러댔던가 보다. 그러하냐? 그렇지 아니하냐?

나는 지금 건중을 보내 너를 제사 지내게 하고, 고아가 된 네 자식과 너의 유모에게 조문을 하게 하였다. 저들에게 상기가 끝날 때까지 지키고 있을 만큼의 식량이 있다면, 상기가 끝날 때를 기다렸다가 데려올 참이다.

만일 상기가 끝날 때까지 지킬 수 없다면 바로 데려오도록 하고 나머지 노비들로 하여금 너의 상을 지키도록 하겠다. 내게 너를 이장할 만한 능력이 생기면, 언젠가는 너를 선영에 묻어줄 것이다. 그래야만 내 소원도 이루어질 테니 말이다.

오호라! 네가 병에 걸렸어도 언제 병에 걸렸는지 알지 못하고, 네가 죽었어도 언제 죽었는지 그날을 알지 못한다. 살아서는 서로를 도와가며 함께 살지 못했고, 죽어서는 너의 관을 쓰다듬으며 내 슬픔을 다 표현하지 못했다. 염을 했어도 그 관에 엎드려보지도 못하고, 땅에 묻었어도 그 묘혈에 가보지도 못했다. 나의 행실이 천지신명을 저버렸기에 네가 요절한 것이다. 효성스럽지도 자애롭지도 못한 탓에, 살아서는 너와 더불어 서로 돕고 살지 못했고, 죽어서도 서로 지켜주지 못한 것이다. 한 사람은 하늘 저편에 있고 한 사람은 땅 한 귀퉁이에 있구나. 살아서는 너의 그림자가 내 옆에 함께 있어주지 않더니, 죽어서는 너의 혼이 나의 꿈에 나타나지도 않는구나. 내가 자초한 일이니 무엇을 원망하리오! 저 푸른 하늘, 어찌 끝이 있으리. 오늘 이후로 나는 더 이상 이 세상에 미련이 없다. 이수(伊水)와 영수(潁水)[6] 가에 몇 이랑 밭이나 구해 여생을 대비하고, 내 아들과 너의 아들을 가르치며 장성하기를 바라겠다. 내 딸과 너의 딸을 기르며 시집보낼 날을 기다리겠다. 그뿐이다. 아아! 말에는 끝이 있지만 너를 향한 내 마음은 끝날 줄을 모르는구나. 너는 아느냐? 모르느냐? 아아, 슬프도다! 흠향하여라!

---

6 이수(伊水)와 영수(潁水) : 모두 한유의 고향인 하남성에 있는 강 이름이다.

祭十二郎文

通篇情意刺骨，無限悽切. 祭文中千年絕調.

年月日，季父愈聞汝喪之七日，乃能銜哀致誠. 使建中遠具時羞之奠，告汝十二郎之靈.

嗚呼！吾少孤，及長，不省所怙，惟兄嫂是依. 中年，兄沒南方，吾與汝俱幼，從嫂歸葬河陽. 旣又與汝就食江南，零丁孤苦，未嘗一日相離也. 吾上有三兄，皆不幸早世，承先人後者，在孫惟汝，在子惟吾. 兩世一身，形單影隻. 嫂常撫汝，指吾而言曰："韓氏兩世，惟此而已." 汝時尤小，當不復記憶. 吾時雖能記憶，亦未知其言之悲也.

吾年十九，始來京城. 其後四年，而歸視汝. 又四年，吾往河陽省墳墓，遇汝從嫂喪來葬. 又二年，吾佐董丞相於汴州，汝來省吾，止一歲，請歸取其孥. 明年丞相薨，吾去汴州，汝不果來. 是年，吾佐戎徐州，使取汝者始行，吾又罷去，汝又不果來. 吾念汝從於東，東亦客也，不可以久. 圖久遠者，莫如西歸，將成家而致汝. 嗚呼！孰謂汝遽去吾而沒乎！吾與汝俱少年，以爲雖暫相別，終當久相與處，故捨汝而旅食京師，以求斗斛之祿. 誠知其如此，雖萬乘之公相，吾不以一日輟汝而就也.

去年，孟東野往，吾書與汝曰："吾年未四十，而視茫茫，而髮蒼蒼，而齒牙動搖. 念諸父與諸兄，皆康强而早世，如吾之衰者，其能久存乎？吾不可去，汝不肯來，恐旦暮死，而汝抱無涯之戚也." 孰謂少者沒而長者存，强者夭而病者全乎！嗚呼！其信然耶？其夢耶？其傳之非其眞耶？信也，吾兄之盛德而夭其嗣乎？汝之純明而不克蒙其澤乎？少者强者而夭沒，長者衰者而存全乎？未可以爲信也！夢也，傳之非其眞也，東野之書，耿蘭之報，何爲而在吾側也？嗚呼！其信然矣！吾兄之盛德而夭其嗣矣，汝之純明，宜業其家者，不克蒙其澤矣．所謂天者誠難測，而神者誠難明矣．所謂理者不可推，而壽者不可知矣．

雖然，吾自今年來，蒼蒼者或化而爲白矣，動搖者或脫而落矣，毛血日益衰，志氣日益微，幾何不從汝而死也！死而有知，其幾何離？其無知，悲不幾時，而不悲者無窮期矣！汝之子始十歲，吾之子始五歲．少而强者不可保，如此孩提者，又可冀其成立耶？嗚呼哀哉！嗚呼哀哉！

汝去年書云：“比得軟脚病，往往而劇．”吾曰：“是疾也，江南之人，常常有之．”未始以爲憂也．嗚呼！其竟以此而殞其生乎？抑別有疾而至斯乎？汝之書，六月十七日也．東野云，汝歿以六月二日，耿蘭之報無月日．蓋東野之使者，不知問家人以月日，如耿蘭之報，不知當言月日．東野與吾書，乃問使者，使者妄稱以應之耳．其然乎？其不然乎？

今吾使建中祭汝，弔汝之孤與汝之乳母．彼有食可守以待終喪，則待終喪而取以來．如不能守以終喪，則遂取以來，其餘奴婢，竝令守汝喪．吾力能改葬，終葬汝於先人之兆，然後惟其所願．

嗚呼！汝病吾不知時，汝歿吾不知日．生不能相養以共居，歿不得撫汝以盡哀．歛不憑其棺，窆不臨其穴．吾行負神明而使汝夭．不孝不慈，而不得與汝相養以生，相守以死．一在天之涯，一在地之角．生而影不與吾形相依，死而魂不與吾夢相接．吾實爲之，其又何尤！彼蒼者天，曷其有極．自今以往，吾其無意於人世矣．當求數頃之田於伊·潁之上，以待餘年，敎吾子與汝子，幸其成．長吾女與汝女，待其嫁．如此而已．嗚呼！言有窮而情不可終．汝其知也耶？其不知也耶？嗚呼哀哉！尚饗！

태부에 추증된 동공(董公) 행장[1]

마치 그려낸 듯 정황을 차례차례 설명하고 있으며, 문사 또한 장중하다.

공은 휘가 진(晉)이고 자는 혼성(混成)이다. 하중(河中) 우향(虞鄉) 만세리(萬歲里) 사람이다. 젊어서 명경과에 높은 등수로 급제하였다. 선황제(宣皇帝)[2]께서 원주(原州)에 거하실 때 공께서도 원주에 계셨다. 당시 재상으로 계시던 분이 공의 뛰어난 문장이면 한림(翰林) 관직을 맡길 만하다 여기시고 천자께 고하였다. 천자께서 불러들여 만나보신 뒤 비서성(祕書省) 교서랑(校書郎)에 임명하니, 한림원(翰林院)에 들어가 학사(學士)가 되셨다. 3년간 천자의 좌우를 출입하였는데, 천자께서는 공의 성실한 면을 보시고 붉은 관복과 어대(魚袋)를 하사하셨으며, 거듭 승진시켜 위위시승(衛尉寺丞)에 이르게 하셨다. 한림원으로 전출되었으나 병으로 마다하고 다시 분주사마(汾州司馬)에 제수되었다. 최원(崔圓)은 양주(揚州)를 다스리게 되자[3] 공을 절도사 판관으로 삼아 전중시어사 업무

---

1 『창려선생문집』에는 제목 앞에 "옛 금자광록대부·검교상서·좌복야·동중서문하평장사 겸 변주자사로서 선무군 절도부대사에 충당되어 절도사 직을 맡아보았으며, 탁지사와 영전사를 지내고, 변주·송주·박주·영주 등 지역의 관찰사 및 처치사를 지낸 상주국 농서군 개국공(故金紫光祿大夫·檢校尙書·左僕射·同中書門下平章事, 兼汴州刺史, 充宣武軍節度副大使, 知節度事, 管內支度營田, 汴宋亳穎等州觀察處置等使, 上柱國, 隴西郡開國公)"이라는 말이 더 있다. 동태부는 동진(董晉)을 가리킨다.

2 선황제(宣皇帝): 당나라 숙종의 시호다.

3 최원(崔圓)은…… 다스리게 되자: 자는 유유(有裕)고 패주(貝州) 무성(武成, 지금의 하북성 淸河縣 서북쪽) 사람이다. 최원은 정원 2년(786)에 회남절도사가 되었는데, 그때 동

를 대신 맡기겠다고 주청하였다. 군사 업무로 도성으로 들어가 천자를 만나뵈오니, 천자께서는 공의 능력을 높이 평가하시고 공에게 전중시어사 내공봉(內供奉) 직을 제수하셨다. 전중시어사에서 시어사가 되고, 상서성(尚書省)에 들어가 주객원외랑(主客員外郎)이 되었으며, 주객원외랑에서 사부랑중(祠部郎中)이 되었다.

선황제[4] 때 병부시랑 이함(李涵)이 회흘(回紇)에 들어가 극돈(可敦) 세우는 일을 맡게 되었는데,[5] 그때 조서를 내려 공에게 시어사 직을 겸하게 하고, 자색 관복과 금어대를 하사하며 이함의 판관으로 임명했다. 회흘 사람이 나와서 말했다.

"당나라가 영토를 수복한 것은 회흘의 도움이 있었기에 가능한 일이었소. 우리와 무역을 하겠다고 약속하기에 당나라로 말을 이미 들여보냈는데, 우리에게 치른 말 값의 액수가 부족하니, 〔마저 못 받은 돈을〕 사신들에게서 받을까 하오."

이함은 두려워 감히 대답하지 못하면서 공을 쳐다보았다. 그러자 공이 저들에게 말했다.

"우리가 영토를 수복하는 데는 실로 당신네 나라의 도움이 컸소. 하지만 우리라고 해서 말이 없는 것도 아닌데, 당신네들의 말을 사주었으니, 우리가 당신네들에게 베푼 것이 그 정도면 충분하지 않소? 매년 당신네

진을 판관에 임명하게 해달라고 주청한 바 있다. 양주는 회남절도사의 치소가 있는 곳이다.

4 선황제: 여기서는 당나라 대종(代宗)을 가리킨다.

5 선황제 때…… 되었는데: 『구당서』「대종기(代宗紀)」에 이 일과 관련하여 다음과 같은 기록이 보인다. "대력 4년(769) 5월 신묘일에, 복고회은의 딸을 숭휘공주에 책봉하고, 회흘 극한에게 시집보냈는데, 병부시랑 이함에게 명해 책명을 받들고 회흘로 들어가게 했다(大曆四年五月辛卯, 以僕固懷恩女爲崇徽公主, 嫁回紇可汗, 仍令兵部侍郎李涵往冊命)." 극돈(可敦)이란 회흘의 왕인 극한(可汗)의 처를 부르는 말로 원래는 돌궐어였으나 후에 몽골어에도 차용되었다.

나라에서 말을 들여보내면 우리는 말가죽 수를 세어서 말 값을 지불하고 있소. 변방의 관리들이 어째서 그렇게까지 해야 하는지, 그 이유를 규명해줄 것을 요구하였으나 천자께서는 당신네들의 노고를 생각하시어 조서를 내려 당신네들 땅에 들어가는 것을 금하셨소. 서쪽의 오랑캐들도 우리같이 큰 나라가 당신네 나라 편이 되어주는 것을 두려워하여 감히 당신네 나라에 대고 따져 묻지도 못하고 있소. 당신네 나라 백성이 편안히 살면서 말을 길러 번식시킬 수 있는 것은, 우리의 덕택이 아니고 누구 덕택이란 말이오?"

이에 〔회흘〕 사람들은 모두 공을 에워싸고 절을 올렸으며, 서로서로 남쪽을 향해 서서 차례대로 절을 올리면서 두 손을 치켜들고 "감히 대국에 다시는 이견을 제시하지 않겠습니다"라고 하였다. 공은 회흘에서 돌아와 사훈랑중(司勳郎中)에 제수되었는데, 회흘에서 있었던 일에 대해서는 전혀 언급하지 않았다.

비서소감(祕書少監)으로 승진한 이래, 태부시(太府寺)·태상시(太常寺)의 아경(亞卿)⁶을 거쳐 좌금오위장군(左金吾衛將軍)이 되었다. 지금 주상⁷께서 즉위하시어 대행황제(大行皇帝)⁸의 산릉(山陵)을 조성하느라 재정과 세금을 지출하게 되자 공을 태부경(太府卿)에 제수했다. 태부경에서 좌산기상시(左散騎常侍) 겸 어사중승이 되었고, 어사대(御史臺)의 업무를 맡아보셨을 뿐 아니라 3사사(三司使)⁹를 역임하였다. 인재를 등용하실 때도 위풍당당하셨다. 처음 공께서 금오위장군이 되셨을 때, 채 한

---

6 아경(亞卿): 태상시 등 관서의 소경(少卿)을 달리 부르는 말이다.
7 지금 주상: 당나라 덕종이다.
8 대행황제(大行皇帝): 대행황제란 붕어하신 지 얼마 되지 않는 전 황제의 경칭(敬稱)으로, 여기서는 당나라 대종을 가리킨다.
9 3사사(三司使): 어사중승·중서사인·급사중을 가리키는 말이다.

달도 안 되어 태부경에 제수되었다. 그러더니 아흐레 만에 어사중승이 되시어 아침저녁으로 조정에 들어가 국사를 논의했다. 이때 재상께서 공을 화주자사(華州刺史)에 임명할 것을 주청하였다. 이에 화주자사·동관방어진국군사(潼關防禦鎭國軍使)가 되셨다. 주자(朱泚)[10]의 난이 일어났을 때, 어사대부 직을 더해 받았다. 황제께서 계신 곳으로 부름을 받고 다시 국자좨주 겸 어사대부가 되어 항주(恒州)로 가 그곳 백성들을 위무하였다. 이때 주도(朱滔)[11]가 범양(范陽)에서부터 회흘의 병사들을 이끌고 내려와 반란군을 원조하니, 사람들은 크게 두려움에 떨었다. 〔그러던 차에〕 공이 항주에 도착하자 항주에서는 즉시 어명을 받들고 병사를 내보내 주도와 싸웠는데, 그 결과 적들은 크게 패하여 도망갔다.

　돌아오던 길에 하중(河中)에 이르렀는데 이회광(李懷光)[12]이 반란을

---

10 주자(朱泚): 유주(幽州) 창평(昌平, 지금의 북경시) 사람이다. 덕종 건중 4년(783)에 장안태위(長安太尉)로 있었는데, 그해 10월에 경원절도사(涇原節度使) 요영언(姚令言)이 도성에서 반란을 일으키고 주자를 왕으로 옹립하였다. 이에 주자는 황제라 자칭하고 국호를 대진(大秦)으로 정하였다.

11 주도(朱滔): 주자의 동생이다.

12 이회광(李懷光): 이회광이 반란을 일으킨 사건은 『구당서』 「덕종기」에 상세히 적혀 있다. "흥원 원년(784) 2월 갑자일에, 이회광에게 태위 벼슬을 더해주고 철권을 하사함과 동시에 세 번 죽을죄를 사면하여주었다. 그러나 이회광이 노하여 말하기를, '신하가 반역질을 하였는데 철권을 하사하다니, 지금 내게 철권을 하사하였으니, 필시 반역을 하라는 뜻이로다' 하더니 철권을 땅에 던져버렸다. 주상께서는 한림학사 육지를 시켜 그를 깨우쳐보게 했다. 이날 사람들은 모두 두려움에 떨었다. 이회광은 양혜원과 이건휘가 거느리고 있던 병사들을 빼앗았으며, 양혜원을 살해했다. 정묘일에 어가가 양주로 몽진 갔다. (……) 이때 이성이 병사와 세금을 대대적으로 모집해 두성 수복을 자기 책임으로 여겼다. 이회광은 이를 근심하다가 군대를 경양으로 옮겨 주자와 연대하여 이성을 쳐부수고자 했다(興元元年二月甲子, 加李懷光太尉, 仍賜鐵券, 赦三死罪. 懷光怒曰: '凡人臣反逆, 乃賜鐵券, 今賜懷光, 是反必矣.' 乃投之於地. 上命翰林學士陸贄曉諭之. 是日人心恐駭. 懷光奪楊惠元·李建徽所將兵, 惠元皮害. 丁卯, 車駕幸梁州…李晟大集兵賦, 以收復爲己任. 李懷光患之, 移軍涇陽, 連朱泚, 欲同滅晟)."

일으켜 주상께서 양주(梁州)로 몽진을 갔다. 이회광이 이끄는 무리들은 모두 북방의 병사들이었다. 공께서는 그가 주자와 합세하려는 모략을 가지고 있음을 미리 알고서 몹시 근심하셨다. 그러고는 이회광을 찾아가 말했다.

"공의 공로는 천하에 대적할 자가 없소. 그러나 공의 허물은 남들이 알지 못하오. 내가 주상 계신 곳에 가 공의 사정을 이야기하면, 관대하고 현명하신 주상께서 분명 모든 것을 용서해주실 것이오. 그러니 어떻게 주자의 신하가 될 수 있겠소? 저자는 신하된 몸으로 임금을 배반했으니, 비록 [저자와 합심하여] 뜻을 이룬다 하여도 공에게 무슨 득 될 것이 있겠소? 공은 이미 태위의 신분이오. 저자가 아무리 공을 총애한다 한들, 태위보다 더 높여줄 것이 있겠소? 저자는 임금도 섬기지 못하는데, 신하의 입장이 되어 공을 섬길 수 있겠소? 공이 저자를 섬길 수 있다면, 임금인들 섬기지 못하겠소? 저자는 천하의 노여움으로 인해 조만간 처형될 것이라는 것을 알고서 자신의 역모에 동참할 자를 구해 함께 죽으려는 것이니, 공에게 무슨 이익이 있소? 공에게는 저자를 대적할 여력이 있으니, 차라리 분명하게 절교할 것을 고하고 병사를 일으켜 저자를 쳐부순 다음, 궁궐을 깨끗이 청소하고 천자를 맞이하느니만 못하오. 누구라도 서인(庶人)의 옷을 입고 집행 관리에게 죄를 청하면 아무리 큰 허물이 있어도 덮어주는 법이오. 하물며 공에게야 누가 감히 이론을 제기하겠소?"

말을 마치자 이회광이 절을 올리며 말했다.

"하늘이 공을 내리신 것은 나 이회광의 목숨을 살려주기 위함이었습니다."

기뻐하며 눈물을 흘리자 공도 눈물을 흘렸다. 또 장수와 병졸들에게 이회광에게 했던 것과 똑같은 말을 하니, 장수와 병졸들도 "하늘이 공을 내리신 것은 우리 3군(三軍)의 목숨을 살려주기 위함이었습니다"라며 환호하였다. 공께 절을 올리며 눈물을 흘리자 공께서도 눈물을 흘렸다. 이로 인해 이회광은 끝내 주자와 합세하지 않았다. 그러니 당시 이회광은 반란을 일으키지 않은 것이나 다름없었다. 공은 기질이 온후하셔서 평상시에는 말씀조차 제대로 못 하실 것만 같더니, 막상 일에 닥치자 쩌렁쩌렁한 목소리로 그리도 민첩하게 대응하셨던 것이다. 하신 말씀은 충성스럽고 용모는 온화했기에, 사람들에게 말을 하면 믿지 아니하는 자가 없었다.

이듬해에 주상께서는 도성으로 복귀하시고 공을 좌금오위대장군에 임명하셨다. 금오위대장군에서 상서좌승(尙書左丞)이 되고, 다시 태상경(太常卿)이 되셨다. 태상경에서 다시 문하시랑(門下侍郎)·동중서문하평장사(同中書門下平章事)가 되셨다. 재상의 자리에 5년간 계셨는데, 주상께 상주하신 내용은 모두 2제(二帝)와 3왕(三王)[13]의 도리였고 진한(秦漢) 밑으로는 언급조차 않으셨다. 물러 나와서는 주상께 아뢴 이야기를 남에게 전하는 법이 없었다. 자제 중에 개인적으로 물어오는 자가 있거든 공께서는 "재상이 하는 일은 천하의 안위에 관계되어 있다. 천하의 안위는 재상이 능력이 있느냐 없느냐를 가지고 알아볼 수 있다. 재상의 능력 여부를 알고 싶으면 천하가 평안한지 위태로운지를 보면 될 것이다. 주상 앞에서 논의한 이야기는 언급할 만하지 못하다"라고 말씀하셨다. 그래서 그 이야기는 끝내 들을 수 없었다. 주상 앞에서 병을 이유로 재상을 그만두겠다고 고한 횟수는 기록되어 있지 않으나, 물러 나와 여덟 차례나 표문을 올려 사직을 청한 후에야 윤허하셨다. 그러고는 예부상서에 제수했

---

13 2제(二帝)와 3왕(三王): 요임금과 순임금, 그리고 하우(夏禹)·상탕(商湯)·주문왕(周文王)이다.

다. 그때 제칙(制勅)에 적기를, "주상을 모심에 있어 대신의 절개를 다 바쳤다"라고 하였고, 또 "한마음으로 공무를 받들었다"라고 하였다. 이로써 천하 사람들은 공께서 주상께 간언한 일이 있었음을 알게 되었다. 공께서 재상이 되신 초기, 5월 초에 조회가 열렸는데, 천자께서 자리에 앉으시고 공경들과 백집사(百執事)들도 조정에 늘어섰으며, 시중(侍中)이 찬례(贊禮)[14]하고 백관들이 축하를 올렸다. 당시 중서시랑(中書侍郎)·평장사 두참(竇參)이 중서령(中書令)을 대리하고 있었기 때문에 그 자리에서 응당 조서를 전달해야만 했는데, 병이 나는 바람에 직무를 수행할 수 없었다. 큰 조회가 열리기 전에는 직무를 맡은 사람이 미리 어명을 받아서 하루 전에 의례를 연습해두는 게 전례였다. 그런데 그날 조서가 전달되지 않자 공경들은 서로 바라보기만 하였다. 그때 공이 머뭇머뭇 앞으로 나가더니 북쪽을 바라보며 말했다.

"중서령을 대리하고 있는 신 아무개가 병으로 직무를 수행할 수 없으니, 신이 그 일을 대신하게 해주십시오."

그러고는 남쪽을 향해 서서 조서를 선포하고 다 마치고 나서 원래 자리로 돌아갔는데, 나아가고 물러나는 예법이 매우 장중하였다.

예부에 있은 지 4년 만에 병부상서에 제수되었다. 감사를 올리러 궁에 들어가니, 주상께서 이말 저말 묻는 사이 어느덧 날이 저물었다. [공께서 물러나고] 다른 사람이 감사를 올리러 들어오자 주상께서 기쁜 낯을 하시고는 "동 아무개의 병세가 호전되었어"라고 하시었다. 그러자 그 사람은 밖으로 나와 사람들에게 "동공이 다시 재상이 되시려나 보네"라고 말했다. 그로부터 이틀 만에 동도유수에 임명되어 동도 상서성의 일을 맡아

---

14 찬례(贊禮): 의식의 순서를 주관하는 일을 가리키는데, 지금의 사회자 역할과 흡사하다.

보았으며, 동도기여주도방어사(東都畿汝州都防禦使) 겸 어사대부가 되었다가 다시 병부상서가 되었다. 유수가 되고 채 다섯 달이 못 되어서 검교상서좌복야(檢校尚書左僕射)·동중서문하평장사(同中書門下平章事)가 되었고, 변주자사(汴州刺史)·선무군절도부대사(宣武軍節度副大使)가 되어 절도사의 업무를 맡아보았으며, 관할 구역 내의 탁지사(度支使) 및 영전사(營田使) 직을 겸하였고, 변주(汴州)·송주(宋州)·박주(亳州)·영주(潁州) 등의 관찰사·처치사(處置使) 등을 맡았다.

변주는 대력 연간 이래로 전란이 많았는데, 특히 유현좌(劉玄佐)는 병사를 10만으로 늘렸다. 유현좌가 죽자 그의 아들 유사녕(劉士寧)이 관찰사 직을 대신하였는데, 무도하게 수렵을 즐겼다. 그 밑의 장수 이만영(李萬榮)이라는 자가 유사녕이 수렵 간 틈을 타 축출하였다. 이만영이 절도사가 된 지 1년이 되었을 때, 그 밑의 장수 한유청(韓惟淸)·장언림(張彦林)이 반란을 일으키고 이만영을 살해하려 했으나, 성공하지 못했다. 3년째 되던 해에 이만영은 중풍에 걸려 인사불성이 되었다. 그러자 이만영의 아들[15]이 유사녕이 그랬던 것처럼 또 아비를 대신해 관찰사가 되려고 했다. 감군사(監軍使) 구문진(俱文珍)이 이만영 밑의 장수 등유공(鄧惟恭)과 협력하여 이만영의 아들 이내를 잡아 도성으로 돌려보냈으며, 이만영은 죽었다. 〔공을 변주자사에 임명한다는〕 조서가 도착하기 전까지, 등유공이 군대의 권력을 임시로 행사했다. 공께서는 어명을 받고 즉시 변주로 떠났다. 유종경(劉宗經)과 위홍경(韋弘景), 그리고 나 한유가 공을 따랐을 뿐, 호위병은 거느리지 않으셨다. 정주(鄭州)에 도착했을 때, 마중하러 와야 할 사람이 오지 않자 정주 사람들은 공을 위해 걱정을 하였으

---

15 이만영의 아들: 이름은 이내(李迺)이다.

며, 개중에는 여기 머물면서 기다려보라고 권하는 자도 있었다. 변주로부터 온 어떤 사람이 공에게 "들어가셔서는 안 됩니다"라고 말했다. 그러나 공은 대답하지 않고 그대로 길을 떠나 포전성(圃田城)에서 묵었다. 이튿날 중모현(中牟縣)에서 식사를 하고 있으려니, 마중하러 온 자가 도착했다. 그날은 팔각진(八角鎭)에서 묵었다. 이튿날, 등유공과 여러 장수들이 도착하여 공을 맞이해 변주로 들어갔다. 외성에 도착하자 삼군이 길에 늘어서서 환호했다. 백성 중 장년의 남자들은 소리를 쳤고, 늙은이는 흐느꼈으며, 여인네들은 울었다. 드디어 공은 변주로 들어가 기거하셨다. 애당초 유현좌가 죽었을 때, 오주(吳湊)가 관찰사 직을 대신하기로 되어 있었는데, 공현(鞏縣)에 이르렀을 때 변란이 일어났다는 이야기를 듣고 돌아갔다. 유사녕과 이만영 둘 다 제멋대로 관찰사가 된 다음 조정에 임명해줄 것을 요청했기에, 군사들은 그런 일을 당연시하고 있었으므로, 등유공도 그렇게 해볼까 생각하고 있던 참이었다. 그러나 공께서 너무 빨리 오신 바람에 미처 일을 도모하지도 못하고 나가 맞이해 왔던 것이다. 그 후 몰래 자기 사람을 시켜 공의 행동을 관찰했다가 보고하게 하였는데, 염탐했던 자가 말하기를 "아무것도 안 하시는데요"라고 대답하자 기뻐하면서 공에게 자신을 해칠 뜻이 없음을 알고 그제야 마음을 놓았다. 들어가 공을 만나본 사람들은 물러 나와 한결같이 말하기를, "공은 인자하신 분이더군요"라고 하였다. 서로서로 이렇게 말을 전하니, 이에 변주가 크게 평화로워졌다.

　애당초 유현좌는 군사들을 후하게 대해주었다. 유사녕도 〔군란이 일까〕 두려워 더 후하게 대해주었다. 이만영에 이르러서도 그 마음은 유사녕과 다르지 않았다. 한유청과 장언림이 난을 일으키자 더욱 후하게 대해주며 병사들을 회유했다. 그런 식으로 등유공에 이를 때까지 점점 더 후하게만 대해주니, 사졸들의 교만은 제어할 수 없을 정도였다. 이에〔이전의 절도사들은〕관서 복도에 심복들을 배치하고 활과 검을 들고 대기하게했다. 해가 뜰 때 복도로 들어가면 그 전에 있던 사람이 떠나가고, 해가질 때 밖으로 나오면 그다음 사람이 들어갔다. 추울 때와 더울 때에 맞춰술과 고기를 하사하기도 했다. 그러나 공은 부임한 다음 날에 바로 그런것들을 모두 없앴으니, 때는 정원 12년(796) 7월이었다.

8월에 주상께서는 여주자사(汝州刺史) 육장원(陸長源)을 어사대부·행군사마에 임명하고, 양응(楊凝)을 좌사랑중(左司郎中)에서 검교이부랑중(檢校吏部郎中)·관찰사 판관으로 승진시켰으며, 두륜(杜倫)을 전(前) 전중시어사에서 검교공부원외랑(檢校工部員外郎)·절도사 판관에임명하고, 맹숙도(孟叔度)를 전중시어사에서 검교금부원외랑(檢校金部員外郎)·탁지사와 영전사 판관으로 승진시켰다. 업무가 정비되고 풍속이교화되니, 좋은 벼가 자라나고 흰 까치가 모였다. 또 푸른 까마귀가 둥지를 틀고 실한 오이는 꽃받침부터 열매가 맺혔다. 사방에서 변주로 와본사람들이 돌아가 자신의 절도사들에게 고하니, 크고 작은 주의 절도사들이 모두 공의 위엄에 순종하게 되었다. 의심스러운 사안이 생기면 사신을보내 물어왔다. 쌍방 간에 관계가 좋지 않은 경우는 공께서 중재해주셨다.

누차 사직을 청하였으나 윤허하지 않으셨다. 병에 걸려 다시 사직을청하면서 이렇게 말했다.

"사람의 마음은 변하기 쉽고, 군중의 일이란 본디 근심거리가 많습니다. 신이 살아 있을 때 미리 계책을 정해놓지 않으면, 훗날을 기약하기 어려울 것입니다."

그러나 여전히 윤허치 않으셨다. 정원 15년(799) 2월 3일에 관직에계시다가 훙거하셨다. 주상께서는 사흘 동안이나 조회를 열지 않으시더니, 공을 태부에 추증했다. 이부원외랑(吏部員外郎) 양오릉(楊於陵)[16]을 보내 제사를 올리게 하고 그 자식에게 조문하게 하였으며, 또 베며 비단이며 쌀 등을 하사하셨다. 공께서 돌아가실 즈음에 아들에게 명하길, 사흘 만에 염을 하고 염을 했거든 어서 상여를 떠나라고 하셨다. 상여가 나간 지 나흘째 되던 날에 변주에서 난이 일어나니,[17] 이로 인해 군자들은 공에게 선견지명이 있다고 여겼다. 공께서 돌아가시자 변주 사람들은 다음과 같은 노래를 불렀다.

질펀히 흐르는 탁류,
공께서 성곽을 여셨네.
길을 메우고 환호를 하였으니,
공께서 처음 오시던 날이라.
지금은 공께서 돌아가셔서
상여 위에 계시는구나.

또 다음과 같은 노래도 불렀다.

공께서 이곳으로 와 머무시니
동쪽 사람들 평안히 목숨 보존했네.
이제 공께서 돌아가셨으니,

---

16 양오릉(楊於陵): 자는 달부(達夫)고 홍농(弘農) 사람이다.
17 변주에서…… 일어나니: 동진이 죽고 행군사마로 있던 육장원이 절도사 직을 대신했는데, 군사들이 난을 일으켜 육장원·맹숙도·구영 등을 모두 죽이고 고기를 저며 먹었다는 기록이 『구당서』 「덕종기」에 보인다.

누가 있어 편히 살리오?

공께서 화주자사로 계실 때도 사랑과 은혜를 베푸셨기에 백성들은 공을 늘 그리워하였다. 공께서는 공손하고 엄숙하게 거하셨다. 첩도 두지 않고 술도 마시지 않았으며, 시답지 않은 우스개는 하지도 않으셨을뿐더러, 호오(好惡)에 치우침이 없었다. 사람과 사귈 때도 담백하기 그지없었다. 군사에 대해서는 언급하는 법이 없어서, 누군가가 물어오면 "나의 뜻은 교화에 있다"고 대답하셨다. 향년 76세다. 품계가 거듭 올라 금자광록대부(金紫光祿大夫)가 되셨고, 훈호도 거듭 올라 상주국(上柱國)이 되셨으며, 작위도 거듭 올라 농서군(隴西郡) 개국공(開國公)이 되셨다. 남양(南陽) 장씨(張氏)를 부인으로 맞았으며, 경조(京兆) 위씨(韋氏)를 재취로 맞았다. 두 분 모두 공보다 먼저 세상을 뜨셨다. 아들을 넷 두었는데, 전도(全道)·계(溪)·전소(全素)·해(澥)가 그들이다. 전도와 전소는 주상께서 하사하신 이름이다. 전도는 비서성 저작랑(著作郎)으로 있고, 해는 비서성 비서랑(秘書郎)으로 있으며, 전소는 대리평사(大理評事)로, 해는 태상시 태축(太祝)으로 있다. 모두 훌륭한 선비로서 학문과 품행이 뛰어나다.

삼가 공께서 역임한 관직과 사적을 적어, 고공(考功)에 문서를 발송하고, 아울러 태상시에도 발송하여 시호를 의론해주실 것을 청한다. 또 사관(史館)에도 보내어 국사에 기록하여줄 것을 청한다. 삼가 행장을 적다.

贈太傅董公行狀

點次情事如畫而語亦壯.

公諱晉, 字混成. 河中虞鄉萬歲里人. 少以明經上第. 宣皇帝居原州, 公在原州. 宰相以公善爲文, 任翰林之選聞. 召見, 拜祕書省校書郎, 入翰林爲學士. 三年, 出入左右, 天子以爲謹愿, 賜緋魚袋, 累陞爲衛尉寺丞. 出翰林, 以疾辭, 拜汾州司馬. 崔圓爲揚州, 詔以公爲圓節度判官, 攝殿中侍御史. 以軍事如京師朝, 天子識之, 拜殿中侍御史內供奉. 由殿中爲侍御史, 入尚書省爲主客員外郎, 由主客爲祠部郎中.

先皇帝時, 兵部侍郎李涵如回紇立可敦, 詔公兼侍御史, 賜紫金魚袋, 爲涵判官. 回紇之人來曰: "唐之復土疆, 取回紇力焉. 約我爲市, 馬旣入, 而歸我賄不足, 我於使人乎取之." 涵懼不敢對, 視公, 公與之言曰: "我之復土疆, 爾信有力焉. 吾非無馬, 而與爾爲市, 爲賜不旣多乎? 爾之馬歲至, 吾數皮而歸資. 邊吏請致詰也. 天子念爾有勞, 故下詔禁侵犯. 諸戎畏我大國之爾與也, 莫敢校焉, 爾之父子寧而畜馬蕃者, 非我誰使之?" 於是其衆皆環公拜, 旣又相率南面序拜, 皆兩擧手曰: "不敢復有意大國." 自回紇歸, 拜司勳郎中, 未嘗言回紇之事.

遷祕書少監, 歷太府 · 太常二寺亞卿, 爲左金吾衛將軍. 今上卽位, 以大行皇帝山陵出財賦, 拜太府卿. 由太府爲左散騎常侍, 兼御史中丞, 知臺事, 三司使. 選擢材俊, 有威風. 始公爲金吾, 未盡一月拜太府. 九日又爲中丞, 朝夕入議事. 於是宰相請以公爲華州刺史. 拜華州刺史 · 潼關防禦鎮國軍使．朱泚之亂，加御史大夫．詔至于上所，又拜國子祭酒，兼御史大夫，宣慰恒州．於是朱滔自范陽以回紇之師助亂，人大恐．公既至恒州，恒州即日奉詔出兵與滔戰，大破走之．

還至河中，李懷光反，上如梁州．懷光所率皆朔方兵．公知其謀與朱泚合也，患之．造懷光言曰：“公之功，天下無與敵．公之過，未有聞於人．某至上所，言公之情，上寬明，將無不赦宥焉．乃能爲朱泚臣乎？彼爲臣而背其君，苟得志，於公何有？且公既爲太尉矣．彼雖寵公，何以加此？彼不能事君，能以臣事公乎？公能事彼，而有不能事君乎？彼知天下之怒，朝夕戮死者也．故求其同罪而與之比，公何所利焉？公之敵彼有餘力，不如明告之絕，而起兵襲取之，清宮而迎天子．庶人服而請罪有司，雖有大過，猶將揜焉．如公則誰敢議？”語已，懷光拜曰：“天賜公，活懷光之命．”喜且泣，公亦泣．則又語其將卒如語懷光者，將卒呼曰：“天賜公，活吾三軍之命．”拜且泣，公亦泣．故懷光卒不與朱泚．當是時，懷光幾不反．公氣仁，語若不能出口，及當事，乃更踈亮捷給．其詞忠，其容貌溫然，故有言於人無不信．

明年，上復京師，拜左金吾衛大將軍．由大金吾爲尚書左丞，又爲太常卿．由太常拜門下侍郎平章事．在宰相位凡五年，所奏於上前者，皆二帝三王之道，由秦漢以降未嘗言．退歸，未嘗言所言於上者於人．子弟有私問者，公曰：“宰相所職係天下．天下安危，宰相之能與否可見．欲知宰相之能與否，如此視之其可．凡所謀議於上前者不足道也．”故其事卒不聞．以疾病辭於上前者不記，退以表辭者八，方許之．拜禮部尚書．制曰：“事上盡大臣之節．”又曰：“一心奉公．”於是天下知公之有言於上也．初公爲宰相時，五月朔會朝，天子在位，公卿百執事在廷，侍中贊，百僚賀．中書侍郎平章事竇參攝中書令，當傳詔，疾作不能事．凡將大朝會，當事者既受命, 皆先日習儀. 于時未有詔, 公卿相顧. 公逡巡進, 北面言曰: "攝中書令臣某病不能事, 臣請代某事." 於是南面宣致詔詞, 事已復位, 進退甚詳.

爲禮部四年, 拜兵部尙書. 入謝, 上語問日晏. 復有入謝者, 上喜曰: "董某疾且損矣." 出語人曰: "董公且復相." 旣二日, 拜東都留守, 判東都尙書省事, 充東都畿·汝州都防禦使, 兼御史大夫, 仍爲兵部尙書. 由留守未盡五月, 拜檢校尙書左僕射·同中書門下平章事, 汴州刺史·宣武軍節度副大使知節度事, 管內支度營田汴·宋·亳·潁等州觀察處置等使.

汴州自大歷來多兵事, 劉玄佐益其師至十萬. 玄佐死, 子士寧代之, 畋遊無度. 其將李萬榮乘其畋也逐之. 萬榮爲節度一年, 其將韓惟淸·張彥林作亂, 求殺萬榮不剋. 三年, 萬榮病風, 昏不知事. 其子乃復欲爲士寧之故. 監軍使俱文珍與其將鄧惟恭執之歸京師, 而萬榮死. 詔未至, 惟恭權軍事. 公旣受命, 遂行. 劉宗經·韋弘景·韓愈實從, 不以兵衛. 及鄭州, 逆者不至, 鄭州人爲公懼, 或勸公止以待. 有自汴州出者, 言於公曰: "不可入." 公不對, 遂行, 宿圃田. 明日, 食中牟, 逆者至. 宿八角. 明日, 惟恭及諸將至, 遂逆以入. 及郊, 三軍緣道讙聲, 庶人壯者呼, 老者泣, 婦人啼, 遂入以居. 初玄佐死, 吳湊代之, 及鞏, 聞亂歸. 士寧·萬榮皆自爲而後命, 軍士將以爲常, 故惟恭亦有志. 以公之速也, 不及謀, 遂出逆. 旣而私其人觀公之所爲以告, 曰: "公無爲." 惟恭喜, 知公之無害己也, 委心焉. 進見公者, 退皆曰: "公仁人也." 聞公言者皆曰: "公仁人也." 環以相告, 故大和.

初玄佐遇軍士厚. 士寧懼, 復加厚焉. 至萬榮, 如士寧志. 及韓·張亂, 又加厚以懷之. 至于惟恭, 每加厚焉, 故士卒驕不能禦. 則置腹心之士幕于公庭廡下, 挾弓執劍以須, 日出而入, 前者去, 日入而出, 後者至. 寒暑時至，則加勞賜酒肉．公至之明日，皆罷之，貞元十二年七月也．

八月，上命汝州刺史陸長源爲御史大夫·行軍司馬，楊凝自左司郎中爲檢校吏部郎中·觀察判官，杜倫自前殿中侍御史爲檢校工部員外郎·節度判官，孟叔度自殿中侍御史爲檢校金部員外郎·支度營田判官．職事脩，人俗化，嘉禾生，白鵲集，蒼鳥來巢，嘉瓜同蔕聯實．四方至者，歸以告其帥，小大威懷．有所疑，輒使來問．有交惡者，公與平之．

累請朝，不許．及有疾，又請之，且曰：“人心易動，軍旅多虞．及臣之生，計不先定，至於他日，事或難期．”猶不許．十五年二月三日，薨于位．上三日罷朝，贈太傅．使吏部員外郎楊於陵來祭，弔其子，贈布帛米有加．公之將薨也，命其子三日歛，既歛而行．於行之四日，汴州亂，故君子以公爲知人．公之薨也，汴州人歌之曰：“濁流洋洋，有闚其郛．闚道讙呼，公來之初．今公之歸，公在喪車．”又歌曰：“公既來止，東人以完．今公沒矣，人誰與安？”

始公爲華州，亦有惠愛，人思之．公居處恭．無妄媵，不飲酒，不諂笑，好惡無所偏，與人交，泊如也．未嘗言兵，有問者，曰：“吾志於敎化．”享年七十六．階累陞爲金紫光祿大夫，勳累陞爲上柱國，爵累陞爲隴西郡開國公．娶南陽張氏夫人，後娶京兆韋氏夫人，皆先公終．四子，全道·溪·全素·瀣．全道·全素皆上所賜名．全道爲秘書省著作郎，溪爲秘書省秘書郎，全素爲大理評事，瀣爲太常寺太祝．皆善士，有學行．

謹具歷官行事狀，伏請牒考功，并牒太常，議所諡，牒史館，請垂編錄．謹狀．

불세출의 문장가 한유의 삶과 작품 세계

1. 한유의 일생

한유는 조실부모하여 맏형 한회(韓會) 부부 밑에서 자랐다. 그가 지은 「십이랑을 제사 지내는 글(祭十二郞文)」을 보면 어려서 조실부모하고, 형과 형수를 부모인 양 의지하며, 조카인 십이랑 노성(老成)과 친형제처럼 자랐음을 알 수 있다. 그러나 맏형인 한회마저 소주(韶州)에서 객사하고 말아 결국은 형수 정씨(鄭氏) 손에 장성했다.

한유는 대종, 덕종, 순종, 헌종, 목종에 이르기까지 다섯 황제가 다스리던 시절을 살았다. 문학적으로는 이른바 중당(中唐)이라 불리는 번창한 시기였지만, 정치적으로 보면 당나라가 기울기 시작할 무렵이었다. 현종(玄宗) 때 안녹산의 난을 겪은 이래, 당나라 황실을 급격히 기울기 시작했다. 각지의 절도사(節度使)들은 황제의 명을 받지 않고 부자간에 절도사 직을 사사로이 세습하였다. 그렇게 지방에서 권력을 휘두르다가 급기야는 반란을 일으키기도 하였으니, 그야말로 황실의 권위가 제대로 서 있지 않던 난세였던 것이다.

　이러한 시대를 살았던 한유는 어려서부터 유가의 경전과 성인의 말씀을 읽고 익히면서 가슴속 포부를 키워나갔다. 문인으로서 쇠미해진 문풍을 일으키고 땅에 떨어져버린 세도(世道)를 바로잡는 것이 하나요, 정치가로서 어지러운 국면을 진정시키고 나라의 중흥을 이룩하는 데 이바지하는 것이 하나였다. 이에 부지런히 글을 지어 문명(文名)을 얻음과 동시에 벼슬길을 도모하여 세상에 자신의 능력을 바칠 기회를 기다렸다.

　정원(貞元) 2년(786)에 채 약관도 안 된 나이로 장안에 들어와 진사시(進士試)에 응시했다. 그러나 세 차례의 낙방을 거쳐 정원 8년(792)이 되어서야 겨우 진사시에 합격했다. 진사가 되는 데만 7년의 세월이 걸린 것이다. 그러나 당나라 때는 진사시에 합격했다 하더라도 이부(吏部)의 관리 전형에 응시하여 합격해야만 관직을 받을 수 있었다. 이에 또다시 세 번 응시를 했으나 역시 세 번 모두 떨어졌다. 당시 자신을 천거해주길 바라며 재상에게 바쳤던 세 통의 편지가 전하는데, 그 편지에서 한유의 마음속 울분과 위축, 자부심과 스스로에 대한 연민을 고스란히 느낄 수 있다.

　한유는 결국 이부 전형을 통과하지 못한 채 달리 벼슬길을 도모하기에 이른다. 즉, 막부(幕府)를 통해 벼슬길로 나아가는 것이었다. 당나라 때는 막부의 총책임자인 관찰사(觀察使)가 자기 밑에 둘 판관(判官)이나 추관(推官)을 직접 임명할 수 있었다. 정원 12년(796)에 변주(汴州, 지금의 開封市) 선무군(宣武軍)에서 반란이 일어났다. 이때 한유는 선무군 절도사인 동진(董晉)을 따라 부임해 가 관찰추관(觀察推官)이 되었다. 이때 중당의 유명한 고음시인(苦吟詩人) 맹교(孟郊)와 사귀었고, 이고(李翺)와 장적(張籍)이 그의 문하로 들어왔다. 동진 사후에는 무녕절도사(武寧節度使) 장건봉(張建封) 밑에서 절도추관을 지냈다. 장건봉이 죽은 후에 낙양으로 들어와 살았다.

정원 17년(801)에 국자감사문박사(國子監四門博士)에 임명되고, 정원 19년에는 드디어 감찰어사(監察御史)에 임명되는데, 관중(關中)에 가뭄이 든 것을 보고 「날이 가물어 사람들이 굶주린 것에 대해 어사대에서 올리는 장계(御史臺上論天旱人饑狀)」를 황제께 올려 당시 재상이었던 이실(李實)을 규탄하였다가 양산현령(陽山縣令)으로 폄적되었다. 한유의 첫번째 유배였다. 원화(元和) 6년(811)에 다시 국자박사(國子博士)에 임명되는데, 아직 가슴속 포부를 펼치기에는 역부족한 직책이라 한유는 불우한 심정을 면치 못했다. 당시 지은 「배움에 나아가는 것에 대한 풀이(進學解)」에 한유의 이 같은 심정이 잘 나타나 있다. 다행히 그때 재상으로 있던 배도(裴度)의 인정을 받아 예부랑중(禮部郎中)으로 발탁되었고, 배도를 따라 회서(淮西) 정벌에 나섰다가 공로를 인정받아 형부시랑(刑部侍郎)에 제수되었다. 이때 「회서 평정 비문(平淮西碑)」을 지었다.

형부시랑이 되어 관운이 열리는가 싶었으나 또다시 좌절이 찾아왔다. 이는 그가 평생의 숙원사업으로 여기던 반불(反佛) 사상과 관련 있다. 원화 14년(819) 정월에 헌종이 궁으로 부처의 사리를 모셔와 사흘간 공양하자 온 나라가 미친 듯 부처를 우러렀으며, 심지어는 백성 중에 손가락을 태우고 등을 사르는 일까지 벌어졌다. 이에 한유는 「사리 맞이하는 것을 논하여 올린 표문(論佛骨表)」을 지어 황제의 행위를 비난하면서, 불교를 신봉했던 역대 황제들은 모두 비명횡사했거나 나라가 망하였다고까지 말하였다. 이 표문을 받은 헌종은 대노하여 그를 극형에 처하려고 했으나 배도와 최군(崔群) 등이 힘써 구명해준 덕에 목숨을 부지하고 조주자사(潮州刺史)로 폄적되어 갔다.

아침에 구중궁궐에 상주문 한 통 올렸다가,	一封朝奏九重天
저녁에 팔천 리 길 조주로 폄적되었네.	夕貶潮州路八千
성명한 군주 위해 폐단을 없애고자 할 뿐,	願爲聖明除弊事
쇠하고 문드러진 몸으로 남은 세월 아까워하랴!	肯將衰朽惜殘年
구름 비낀 진령, 집은 어디 있던가?	雲橫秦嶺家何在
눈 날리는 남관, 말도 나아가질 않는구나.	雪擁藍關馬不前
네가 예까지 온 데는 뜻이 있었을 터,	知汝此來應有意
장강 가 내 해골이나 잘 수습해다오.	好收吾骨瘴江邊

좌천되어 가다 남관에 이르러 조카손자 한상에게 주다(左遷至藍關示
姪孫湘)

차마 떨어지지 않는 걸음으로, 죽을지 살지 알 수 없는 유배지로 떠
나면서 이 시를 조카손자 한상에게 남겼다. 이렇게 한유의 두번째 유배생
활이 시작된 것이다. 조주는 광서성(廣西省)에 있다. 그 습하고 덥고, 갖
은 풍토병이 난무하고, 게다가 말 한마디 통하지 않는 땅에서 자사 노릇
을 하기란 여간 어려운 일이 아니었을 것이다. 그러나 조정을 대신하는
자사의 신분으로 한유는 학교를 일으키고 노비를 풀어주는 등, 교화를 시
행하며 부지런히 맡은바 직분을 다하였다. 또한 거기서 「악어에게 제사
지내는 글(祭鱷魚文)」을 지어 민생에게 해악을 끼치는 악어를 상대로 조
정의 위엄을 내보였다. 이 글은 축문(祝文)의 일종으로 보아야 할 것이
다. 혹자는 격문(檄文)이라고도 한다.
　　조주자사로 있다가 한유는 원주(袁州刺史)로 옮겨 가는데, 목종이

즉위한 후 다시 도성으로 부름을 받아 국자감 좨주가 된다. 이때부터 조정에서 관리 노릇을 하며 안정된 생활을 하게 되는데, 그가 맡았던 관직만 해도 병부시랑(兵部侍郎), 이부시랑(吏部侍郎), 경조윤(京兆尹) 겸어사대부(御史大夫) 등이 있다.

2. 한유의 작품

한유의 문집으로 가장 대표적인 것은 『창려선생집(昌黎先生集)』을 들 수 있다. 제자 이한(李漢)이 편집하고 서문을 썼다. 그러나 여기에 실린 한유의 작품은 명나라 때 모곤(茅坤)이 편한 『당송팔대가문초』 중의 『창려문초(昌黎文鈔)』이다. 즉, 한유 작품 중 모곤이 선별한 작품만을 번역하여 실었다. 한유의 작품 중 정수만을 모아놓았다고 말할 수 있다. 물론 한유 작품이 모두 산문인 것은 아니며, 당시 시로써 자못 명성을 얻었으나, 『문초』인 관계로 시는 번역에서 제외되었다.

한유는 '고문가(古文家)'로 널리 알려져 있다. 유종원과 더불어 당나라 고문 운동을 영도한 양대 산맥이기 때문이다. 우리가 흔히 말하는 고문 운동은, 그가 고문 짓기를 몸소 실행하고, 일대의 종사(宗師)로서 후학 양성에 힘을 기울여 문파를 이루고, 시대의 조류를 형성하기에 이르렀기에 '운동'이라는 용어를 후에 붙여준 것이다.

여기서 그가 주창하였던 고문의 좀더 깊은 의미를 되새겨볼 필요가 있다. 흔히들 고문은 '시문(時文),' 즉 당시 유행하던 문장과 대립되는 의미의 문장을 의미한다고들 말한다. 그리고 당시 유행하던 문장이라 하면 곧 변려문이므로, 한유가 주창한 고문은 바로 네 자 여섯 자로 나란히 짝을 맞추어 글을 짓던 변려문과 달리 자구가 불규칙하고 전고(典故)도 성운(聲韻)도 모두 없애버린 산문 본연의 문체라고들 말한다. 그러나 한유의 문장 중 전아한 변려로 지어진 것이 없지 않다. 따라서 전적으로 '변(駢)'과 대립되는 의미의 '산(散)'이 곧 한유가 말하는 고문일 수는 없다. 변려문 자체는 공격의 대상이 될 수 없다. 기량이 뛰어난 문장가들이 지은 변려문은 한결같이 보기 좋을 뿐 아니라 읊조릴 만하여 천고의 명작으로 기억되곤 한다. 유신(庚信)의 「애강남부(哀江南賦)」, 왕발(王勃)의 「등왕각서(滕王閣序)」가 대표적인 예이다. 변려문의 병폐는 변려문의 행문(行文) 방식 자체에 있지 않다. 자구 맞추는 데, 혹은 성운 맞추는 데 급급한 나머지, 문장의 내용은 돌볼 겨를이 없어 천박하고 내실없는 문장을 양산하기에 이른, 이른바 천학(淺學)에 있다. 변문을 지을 때 따라야 하는 상투적 표현과 격식을 그대로 답습하다 보니 개성이라곤 찾아볼 수 없는 천편일률적인 변문을 짓게 된, 이른바 말류(末流)에 있다. 따라서 한유가 주창한 고문을 단순히 변려문에 대립되는 의미의 산문 정도로 파악하는 것은 지나치게 간단한 처리법이 아닐 수 없다.

그렇다면 한유는 어떤 문장을 짓고자 했을까? 위에서 지적한 것들에 대한 대안으로 한유는 고문을 주창했다. 그가 추구하던 고문이란, 한유 자신의 말을 빌리자면, 고인의 자구나 문법만을 본받은 것이 아니라 고인의 정신과 뜻을 본받고자 한 것이다. 천편일률적인 문장에 자신만의 개성을 불어넣는 것이다. 있던 문체를 바꾸고, 없던 문체를 개발하여 산문이라는 장르에 문학성을 부여한 것이다. 내용상으로는 고인의 도, 성인의 도를 싣고(文以載道), 형식적으로는 파격을 시도한 것이 바로 한유의 고문이다. 물론 모든 문장이 다 그럴 수는 없지만, 최소한 한유가 의도하고 주장하였던 바가 그러하며, 실제 문장으로 드러난 풍격도 그러하다. "인습하지 않고(不因循)," "스스로 수립할 수 있는(能自樹立)" 문장. 그래서 한유는 "문사는 반드시 스스로 만들어내야 하고(詞必己出)," "진부한 말 따위는 힘써 제거해야 한다(陳言之務去)"며 후학들을 가르쳤다.(「이익에게 드리는 답장(答李翊書)」) 여기서 더 나아가 남들이 보기에도 기이한 문장을 지을 것을 주장했고(「유정부에게 드리는 답장(答劉正夫書)」), 실제로 난삽하고 기이한 글로 정평이 난 번종사(樊宗師)의 글을 극찬했다.

창작 활동을 통한 문학적 실천을 살펴볼 때, 우선 문장을 통해 유가의 도를 선양하기 위해 기울인 노력이 가장 눈에 띈다. 한유는 유가의 도통(道統)을 이어받았다고 자임하였다. 공자가 맹자에게, 맹자가 순자에게, 순자가 양웅(揚雄)에게 전수한 유가의 도통을, 이제는 자신이 이어받아 지켜나가겠노라 선언하였으며, 그들이 남긴 도와 문장을 세상에 전할 사도(師道)로서의 역할을 수행했다. 문장에 보이는 것만으로도 「도의 근원을 밝힘(原道)」「스승에 대한 이야기(師說)」「백이를 기리는 노래(伯夷頌)」 등 헤아릴 수 없을 정도이고, 문하를 양성해 관직에 천거함으로써 자신의 도가 세상에 널리 시행될 수 있는 기반을 마련하였다. 동시에 이단사설을 힘써 배척하고 유가의 기치를 높이 치켜들었으니, 「사리 맞이하는 것을 논하여 올린 표문」을 비롯하여 「상인 고한을 보내는 글(送高閑上人序)」 등 도사(道士)들에게 지어준 증서(贈序)에서 그의 노력을 엿볼수 있다. 황제께 올린 각종 표문이나 장계 등에는 치세에 대한 책략과 시사에 대한 관점 등이 피력되어 있어, 관료로서의 면목을 드러내고 있다. 유가의 도를 실현하는 정치가로서, 또 문장가로서 어쩌면 너무도 당연한 것이라 하겠다.

그러나 한유가 후대에 이름을 길이 남긴 것은, 의도하였건 하지 않았건, 정치가로서도 아니요, 유학자로서도 아니요, 바로 문장가로서이다.

한유의 문장 중에도 조박(糟粕)은 존재한다. 「고양이가 남의 새끼에게도 젖을 먹이다(猫相乳)」 같은 작품이 그러하다. 내용도 진부하고 창작 의도 또한 시대에 영합하고자 하는 데에 그치는 그러한 문장도 존재한다. 그가 권문세가를 위해 지은 다수의 묘지명이 그러하다. 한유가 문명을 날리기 시작하자 달관귀인들이 찾아와 묘지명을 부탁하였는데, 한유는 마다 않고 지어주어 60편이 넘는 묘지명을 남겼다. 이에 대해 사마광(司馬光)은 「안락정송(顔樂亭頌)」이라는 글에서 한유가 "묘지명으로 사람들을 즐겁게 해주고 돈을 받았다(好悅人以銘志, 而受其金)"며 비난하고 있다. 한유 스스로도 「왕용남이 인사한 물건을 받도록 허락해주신 것을 감사하며 올리는 장계(謝許受王用男人事物狀)」라는 글에서 묘지명을 지어주고 "말 한 필, 안장과 재갈, 그리고 백옥으로 만든 요대 하나를 받았다(受馬一匹, 並鞍銜及白玉腰帶一條)"고 적고 있고, 「한홍의 물건을 받도록 허락해주신 것을 감사하며 올리는 장계(謝許受韓弘物狀)」에서는 한홍이 보낸 비단 오백 필을 받았다고 적고 있다. 이러한 글들은 "무덤에 아부한 작품들(諛墓之作)"로 치부되어 당시 많은 비난을 받았다. 그러나 불세출의 문장가로서의 면목을 유감없이 발휘한 작품 또한 적지 않으며, 특히 묘지명이나 제문 등, 이른바 접대용 작품 중에도 수작이 다수 존재한다.

한유 작품의 우수성을 꼽아보겠다. 편의상 문체별로 살펴보고자 한다.

첫째, 서신(書信), 즉 편지글을 보면 그가 얼마나 문학적 구상력이 뛰어난지 알 수 있다. 편지글은 자칫 일상적인 데로 흘러가 문학적인 면모를 지니기에 어려운, 가장 실용성이 중시되는 장르에 속한다. 그러나 한유는 이 장르를 문학적으로 구성하는 데 매우 뛰어났다. 후학에게 주는 편지에서는 자신의 문학적 소견을 피력하기도 하였고, 지기에게 주는 편지에서는 자신의 불우한 처지와 그리움의 정을 구구절절 적어냈다. 편지중 가장 쓰기 어려운 것이 아마도 청탁의 내용일 것이다. 한유는 진사에 합격하고도 이부 전형에서 세 번 고배를 마셔 벼슬길에 크나큰 좌절을 경험했다. 그 시절 한 통의 편지를 재상에게 올려 자신을 천거해줄 것을 부탁하는데, 직접적으로 말하기 어려운 사정을 절묘한 비유를 통해 드러내었다. 「과목에 응시하면서 누군가에게 주는 편지(應科目時與人書)」가 그것이다. 여기서 한유는 스스로를 남들과 다르다고 자부하며 기이한 능력을 지니고 있는 괴물에 비유하면서, "비록 진흙탕에서 썩어 죽어간다 하더라도 내 차라리 즐거워하리라! 그러나 머리 숙이고 귀를 착 붙인 채 꼬리를 흔들어가면서 가련함을 구걸하는 것은 나의 뜻이 아니다!"라고 소리쳤다. 그러나 큰소리치는 데서 끝난 것이 아니라, 본론이기도 한 그 어려운 청탁의 말을 다음과 같이 적음으로써 편지를 끝맺고 있다.

"불쌍히 여겨주는 것도 운명이요, 불쌍히 여기지 않는 것도 운명입니다. 이 모든 게 운명에 달려 있다는 것을 알면서도 소리 한번 질러보는 것, 이 또한 운명입니다. 지금 제 처지가 이와 비슷하기에, 거칠고 우매함을 범하는 죄조차 잊고서 이런 말씀을 드렸습니다."

청탁의 편지에 이러한 문학적 구상을 가미할 수 있고, 그와 동시에 소기의 목적도 달성할 수 있었던 사람은 가히 많지 않을 것이다.

한유의 문장 중 빼어나다 일컬어지는 장르는 바로 증서(贈序)이다. 증서는 당나라 때 이르러 크게 유행하기 시작했는데, 특히 한유가 이 문체에 들인 노력과 공로가 실로 크다 하겠다. 증서란 먼 길 떠나는 벗이나 지인에게 주던 덕담이다. 실의하여 떠나는 자도 있을 것이고 득의하여 떠나는 자도 있을 것이나, 그 내용은 위로와 권면의 범위를 크게 벗어나지 않으며, 전별연(餞別宴) 자리에서 짓는 것이 일반적이다. 하지만 한유는 이러한 관행을 깨고 과감한 변화를 시도한다. 우선 「양소윤을 보내는 글

(送楊少尹序)」을 보면, 한유는 양소윤의 전별연에 참석하지도 않고서 이 글을 지었는데, 떠나는 날의 장면을 상상하여 그려내었다. 허구로 증서를 지은 것이다. 이에 대해 모곤은 "실재하지 않은 광경을 가지고 글을 지어 냈기에 변화무쌍함이 종잡을 길 없다"라는 평어(評語)를 달았다. 한유는 도사나 중을 좋아하지 않았다. 이는 그의 반불(反佛) 정신과 닿아 있다. 그러나 그가 교유하던 벗 중에는 도사나 중도 있었다. 그런 벗들에게 덕담을 해주자니, 고민 끝에 한유는 파격의 문장을 써내기에 이르렀다.「요도사를 보내는 글(送廖道士序)」에서는 "중원의 기운이 극치에 달했을 형산(衡山) 그 좋을 땅에서 어찌하여 훌륭한 백성이 나오지 않는가? 혹 불교나 도교에 빠져서 세상에 나오지 않고 있는 것은 아닐까? 요도사는 형산에서 공부한 사람인데, 혹 그가 불교나 도교의 학설에 미혹되고 빠져서 세상에 나오지 않는다고 말한 그런 사람 아닐까?"라면서, 은연중 풍자의 뜻을 실었다. 이른바 반전의 묘미라는 것이다.「승려 문창을 보내는 글(送浮屠文暢師序)」에서는 너도나도 그에게 불교의 학설을 적어주는 것이 못마땅하다며 모름지기 유가의 도를 그에게 알려주어 깨우치게 해야 한다고 역설하였다. 더 기이한 문장은「상인 고한을 보내는 글(送高閑上人序)」이다. 초서에 능한 승려 고한에게 전설적인 초서의 명인 장욱(張旭)이 가슴속에 불만과 열정이 가득 찬 연후에 글씨로 터뜨려내어 최고의 서예가가 되었다 이야기하면서, 이해(利害)도 생사(生死)도 하나로 보고 가슴속에 고요함과 담담함만이 남은 승려가 어찌 뛰어난 서예가가 될 수 있겠느냐 반문한다. 실로 절묘한 문필이다. 여기서는 설명하지 않겠으나, 문장 전체가 한 편의 시처럼 느껴지는「반곡으로 돌아가는 이원을 보내는 글(送李愿歸盤谷序)」, 마음이 평정을 얻지 못하면 소리 내 운다(不平則鳴)며, '명(鳴)'자를 수도 없이 반복한「맹동야를 보내는 글(送孟東野序)」

는 천추의 절창이다.

한유는 기존에 존재하지 않던 많은 문체를 만들어냈다. 다섯 편의 '원(原)', 즉 「도의 근원을 밝힘」, 「성의 근원을 밝힘(原性)」, 「비방의 근원을 밝힘(原毀)」, 「사람의 근원을 밝힘(原人)」, 「귀신의 근원을 밝힘(原鬼)」가 그것이다. '원'이 일부 저서의 편명으로 사용된 적이 있긴 하지만, 한유의 오원(五原)이 나온 이후 어떠한 도리나 이치의 근본을 파헤칠 때 사용되는 문체로 정착되었다. '독(讀)'도 그러하다. 「『순자』를 읽고(讀『荀子』)」나 「『묵자』를 읽고(讀『墨子』)」와 같은 것은 한유가 만들어낸 문체이다. 이 문체는 후대에 서발류(序跋類)에 넣기도 하고 논설류(論說類)에 넣기도 하였다. 이밖에 『창려문초』 권10에 들어 있는 변(辯), 해(解), 설(說), 송(頌) 등 대부분이 한유가 만들어내거나 새롭게 변화시켜 환골탈태한 문체이다. 예를 들어 「자산이 향교 허물지 않은 것을 기리는 노래(子産不毀鄕校頌)」나 「백이를 기리는 노래」은 운문의 송찬체를 산문의 의론체로 바꾸어놓은 한유만의 문체이다. 한유의 제자 이한은 한유 사후 문집을 엮으면서 기존의 문체 분류에 집어넣을 수 없는 한유의 독창 문체들을 따로 엮어 '잡문(雜文)'으로 분류하였다.

한유가 이처럼 문체의 혁신을 시도한 데는 그럴 만한 이유가 있다. 우선 기이함을 좋아하고 진부함을 배격하던 그의 문학관과 관계있다. 기존의 문체는 이미 상투적 격식과 진부한 내용 위주여서 이를 깨기란 쉽지 않았다. 이러한 글은 신선하지도 않았고 사람의 주목을 끌기에도 부족하여 문학의 전당에 오르지 못했다. 한유는 이러한 현실의 벽에 부딪혀 과감한 문체적 혁신을 도모하였던 것이다. 즉, 편지나 증서나 서문처럼 기왕에 있는 문체에는 상상과 허구, 진실하고도 참신한 내용을 가미하여 문학성을 불어넣었고, 여기에 그치지 아니하고 아직 존재하지 않았던 다른 문체를 발명해냄으로써 산문에 다양성을 부여했다. 한유의 이러한 노력을 통해 산문이 문학의 한 영역으로 새롭게 거듭났다고도 할 수 있다.

그다음으로 한유의 서사적 기법을 엿볼 수 있는 기(記)와 전(傳)을 들 수 있다. 기(記)는 자칫 밋밋한 기록문에 그치기 쉬우며, 주로 누각기(樓閣記)나 청벽기(廳壁記)가 주를 이루었다. 내용 또한 누각기의 경우 누각이 지어지게 된 연유, 그리고 주변 경관 묘사가 거의 전부이고, 청벽기의 경우 그 관청의 역사와 전대 역임자들의 명단을 적어 넣는 데 그치곤 하였다. 그러나 한유의 기문은 다르다. 「등왕각을 새로 수리하고 지은 기(新修滕王閣記)」에서 한유는 "전편을 통해 등왕각 자체에 관한 이야기는 언급도 하지 않고 있으며, 그저 평생의 감개만을 가지고 파란을 일으키고 있다."(모곤의 평어) 색다른 격식인 것이다. 「남전현승 청벽기(藍田縣丞廳壁記)」는 파격 중에서도 파격으로, 현승이라는 자리에서 위축된 채 지내는 벗 최립지(崔立之)를 위해 대신 그 마음속 불평을 울어주고 있다. 정사에 관하여 보아서도 물어서도 안 되는 허수아비와도 같은 현승 자리에서 하루하루 하릴없이 보내는 벗 최립지. 그런 그가 뜰에 소나무 두 그루를 심어 놓고 시를 읊조리다가 누군가가 찾아와서 물으면 "내 지금 공무가 있으니, 일단 물러가 있으라!"고 대답했다고 적음으로써 글을 끝맺었다. 그 어떤 기문에서도 시도하지 못했던 기발한 상상력이다. 비록 기문이 지녀야 할 본색은 저버렸지만, 하나의 문학 작품으로서는 최고 수준에 달하였다 평가할 만하다. 「화기(畵記)」는 더욱 빼어나다. 지니고 있던 그림을 원래 주인에게 되돌려주어야 하기에, 그림에 나오는 장면을 글로 기록해놓았다. 사람, 말, 기물, 그것들의 동작, 위치 하나하나를 그림 그리듯 묘사했는데, 그림으로 보는 것과 진배없이 눈앞에 그 장면이 선연히 펼쳐진다.

510

　　한유의 전(傳)에 대한 연구는 이미 상당히 진행되었다. 전이라는 문체는 소설을 넘나들기 일쑤여서, 당나라 전기(傳奇)를 연구하는 사람들은 전을 함께 연구한다. 모곤의 평어에서도 그렇고, 역대 한유에 대한 평을 봐도 알 수 있듯이 한유의 문장은 종종 사마천(司馬遷)에 비유되곤 하는데, 사마천의 영향은 전에서 가장 두드러진다. 즉 사마천이 열전에서 운용하던 기법이 한유의 전에 자주 보인다는 것이다. 「모영전(毛穎傳)」은 붓을 의인화하여 그 일생을 그린 작품인데, 서사와 의론이 어우러진 가운데 자신의 울분을 기탁하는 수법에서는 태사공의 기운을 고스란히 느낄 수 있다. "태사공 왈"을 그대로 살려둔 것도 그러하다. 이뿐 아니라 「흙손장이 왕승복전(圬者王承福傳)」은 평민을 위해 지은 전으로, 전기문학의 새로운 영역을 개척한 작품이라 평할 수 있다.

　　그러나 한유의 작품 중 태사공의 그림자를 가장 크게 발견할 수 있는 것은 아마도 「『장중승전』 후서(『張中丞傳』後敍)」일 것이다. 이것은 이한(李翰)이 지은 『장순전(張巡傳)』을 읽고 난 뒤, 더 발휘할 것이 있어 다시 지은 것으로, 제목에서 알 수 있듯 작품 뒤에 붙인 후서, 즉 서문의 일종이다. 그러나 제목과 상관없이 글의 내용을 읽으면 사마천이 지은 열전을 방불케 한다. 전쟁의 상황 묘사와 죽음을 앞에 둔 장부들의 기개, 장면 장면이 소설이다.

　　한유의 작품 중 전기소설집에 편입되곤 하는 것이 바로 「「석정연구시」 서(「石鼎聯句詩」 序)」이다. 이 작품 역시 시 앞에 붙여진 서문이다. 그럼에도 불구하고 전기소설로 읽히는 이유는, 우선 다분히 허구적인 인물 헌원미명(軒轅彌明)의 설정, 그들과 다른 두 시인과의 주고받는 대화 속에서 느껴지는 신비로운 분위기, 마지막으로 주인공이 바람처럼 사라져버리고 마는 이야기의 구성 등이 어우러져 마치 한 편의 소설을 읽고 난 느낌을 주기 때문일 것이다. 시 앞에 붙여진 서문이라면 간단하게 마련이며, 내용 또한 사실에 기인하여 왜 이 시를 지었는지, 설명만 하면 그만이다. 그러나 한유는 이러한 시서를 소설로 승화시켰다.

앞에서도 언급한 바와 같이 한유는 많은 양의 묘지명을 남겼다. 무덤에 아부한 글이라는 비판도 받았다. 그러나 그의 묘지명 중에도 취할 바가 적지 않다. 첫째, 앞에 서문을 싣고 뒤에 명문을 싣는 것이 묘지명의 정해진 격식이었으나 한유는 종종 이를 무시한 채 새로운 격식을 시도했다. 둘째, 죽은 이의 출신과 세계, 그리고 관직만을 나열하는 것이 관례였다면 한유는 생동감 넘치는 인물 묘사를 가미하여 죽은 이의 생전 모습을 지면 위에 그려놓았다. 예를 들어 「시 대리평사 왕군 묘지명(試大理評事 王君墓志銘)」에서는 글의 주인공 왕적(王績)이 기어코 관리를 사위로 얻겠다는 장인을 속여 아내를 얻어온 일화를 재미있게 서사하고 있어서 묘지명에서 맛볼 수 없는 색다른 느낌을 선사한다. 셋째, 칭송 일색인 묘지명에 의론을 통한 비판을 서슴지 않았다. 이는 당시 상황으로 볼 때 쉽지 않은 시도였을 것이다. 「태학박사 이군 묘지명(太學博士李君墓誌銘)」이 대표적인데, 이군의 일생을 기리기는커녕, 그가 복식설(服食說)에 빠져 단약(丹藥)을 먹고 죽은 사실만을 거론하며 복식의 허망함을 지탄하고 있다.

이밖에도 그가 절친했던 벗들에게 지어준 묘지명은 사람의 심금을 울리기에 충분하다. 그 중에서도 「전중소감 마군 묘지명(殿中少監馬君墓誌銘)」은 자신이 불우하던 시절에 의지해 살며 모신 바 있는 북평왕 마수(馬燧), 그의 아들 마창(馬暢), 손자 마계조(馬繼祖) 3대의 죽음을 슬퍼하고 있다. "오호라, 나는 아직 늙은이도 되지 않았는데, 만나서부터 지금까지 40년 동안 3대의 죽음을 통곡해야만 하니, 이 한 세상 산다는 게 대체 무엇이던가! 사람들은 죽지 않고 오래 살고자 하지만, 이 세상 살아가는 모습을 보면 또 어떠한가!" 상투적 표현에 얽매어 천편일률적으로 지어진 묘지명과는 비교할 수 없는 절절함이 고스란히 느껴진다. 이밖에도 「유자후 묘지명((柳子厚墓志銘)」「정요선생 묘지명(貞曜先生墓志銘)」 등도 빼어난 수작이다.

제문 또한 예외가 아니다. 주로 운문으로 짓던 제문에 과감히 산문을 도입하였고, 사언 압운이라는 상규를 깼다. 「십이랑을 제사 지내는 글」은 이러한 파격에서나 그 절절한 슬픔에서나, 제문 중 으뜸가는 작품으로 꼽힌다. 「유자후를 제사 지내는 글(祭柳子厚文)」도 마찬가지로, 평생의 문학적 동지를 잃은 슬픔과 안타까움에서 우러난 천연의 작품이다. 자신으로 인해 유배지로 쫓겨 오다 객사하고 만 딸을 이장하고서 지은 「여서 광명(女挐壙銘)」은 담담한 서술 중에 슬픔이 배어 있다. "너의 조상들이 이곳에 묻혀 있기에, 너를 편히 이리로 데려왔단다. 영원토록 편히 쉬거라." 아비로서의 미안함, 딸에 대한 그리움이 담긴 짧은 명문이다.

산문은 한유의 손에서 다양한 문체의 개발과 변화의 시도를 통해 새로운 모습으로 거듭났다. 문학의 전당에 오르지 못하였던 실용문의 한계에서 벗어나, 서문(序文)이건 편지글이건, 심지어는 묘지명과 제문에서까지, 한유는 풍부한 문학적 구상력을 발휘하여 산문을 문학 작품으로 승화시켰다. 단순히 변려문을 반대하고 산문 운동만을 펼쳤다는 평가로도 부족하며, 유가의 도를 계승, 발전하기 위해 문이재도(文以載道)를 추구했다는 평가로도 부족하다. 한유는 도(道)와 문(文) 양자의 상보 관계를 누구보다 명확히 꿰뚫고서 작품 활동을 했던 시대의 걸출한 스승이요 문학가였던 것이다.

3. 한유가 후세에 미친 영향

한유는 사도(師道)로서 자임했다. 중당 시대를 살면서 유종원(柳宗元), 유우석(劉禹錫), 백거이(白居易), 원진(元稹) 등과 더불어 문단을 호령했고, 이고(李翶), 장적(張籍), 황보식(皇甫湜) 등 걸출한 제자를 배출하였다. 또한 문하의 학생들의 벼슬길에 진출시키고자 시험 담당관들에게 청탁의 편지를 넣기도 하였고, 직접 지제고(知制誥)가 되어 과거를 주관하기도 하였다. 그가 청탁한 자는 열에 아홉이 합격했을 정도였다. 한유의 이러한 이력은 고문 운동의 성공과 크게 연관된다. 즉, 한유가 고문의 대가로 입지를 다져감과 동시에 고문의 위력 또한 커져갔던 것이다. 그 덕에 당나라의 고문 운동은 성공할 수 있었는지 모른다. (성공이라는 말이 반드시 변려문을 압도하고 고문이 독주하였음을 뜻하지는 않는다. 앞에서도 언급했듯이 한유를 위시한 고문가들의 작품에도 변려문은 여전히 존재하며, 백거이, 원진, 이상은, 단성식 등 훌륭한 변려문 작가들이 많았기 때문에 변문은 여전히 당시 문장의 주류였다. 따라서 여기서 성공이라 함은 고문의 정신과 창작 기법에 대한 문인들의 관심과 참여도가 조금 높아진 정도를 의미한다고 보아야 한다.) 유종원이 사도를 마다하고 유배지에서 홀로 창작에 몰두했던 것과는 사뭇 대조되는 행보였다.

그러나 한유가 끼친 악영향도 적지 않다. 우선은 한유와 유종원 손에서 극치에 달한 고문 창작 기법은 더 이상의 변화를 모색하지 못하고 이들의 작품을 답습하는 수준으로 전락하고 말아 당나라의 고문 운동은 결국 사양길로 접어들고 말았다. 송나라 때 소식(蘇軾)이라는 대문호의 출현 이후 고문 운동이 다시 하락세로 접어들었던 것과 비슷한 양상이다. 여기에 대해 혹자는 한유가 추구했던 새롭고 기이하고 어렵고 껄끄러운 문장이 주요 원인이었다고 지적한다. 한 글자 한 문자도 옛사람이 썼던 것은 쓰지 않고, 남들이 보기에 특이하고 이상하게 지어야 한다는 문학주장이 창작 역량이 부족한 문인들 손에 넘어가면서 오히려 뜻을 알 수 없는 난삽한 문장으로 변질되었기 때문이라는 것이다. 그러나 이 또한 한유의 한 부분만을 보았을 뿐이다. 한유의 문장에는 기이하고 어려운 것과 평범하고 쉬운 것 두 부류가 있다. 한유의 손에서는 이 두 가지가 자유자재로 구사되었으나, 기어이 기이하고 어려운 것을 배우려는 후학들의 손에 넘어가서 그만 고문 운동 본연의 취지를 잃고 방황하는 꼴이 되어버리고 만 것이다. 그것이 전적으로 스승 탓이라 할 수 있을까?

후세 사람들의 한유 작품에 대한 평가는 매우 높았다. 한유보다 약간 뒤 세대의 문인인 두목(杜牧)은 한유의 문장을 두보(杜甫)의 시와 병칭하여 두시한필(杜詩韓筆)이라 하였고, 송나라 소식은 한유의 문장이 "8대 동안의 쇠미함을 일으켰다(文起八代之衰)"고 하였다. 모두 한유가 고문의 작법과 정신을 주창하여 쇠미해진 문풍을 진작시키고, 다채로운 문체의 개발과 천편일률적인 실용문에 변주를 가함으로써 새롭게 문학 작품으로 탄생시켜, 한 시대의 문단을 호령하는 종사로서 우뚝 섰음을 인정하고 있는 것이다. 소식은 또한 한유를 기리며 "필부로서 백대의 스승이 되고, 한마디로 천하의 법이 되었으니, 이는 천지의 교화에 참여하는 것이요, 성쇠의 운명에 관련되는 것이라(匹夫而爲百世師, 一言而爲天下法, 是皆有以參天地之化, 關盛衰之運)"(이상 「조주 한문공 묘비(潮州韓文公墓碑)」)고 하였다. 소순(蘇洵)은 한유의 문장을 두고 "장강 큰 물결처럼 질펀히 돌아 흐른다(如長江大河, 渾浩流轉)"고 하였다.(「구양내한에게 올리는 편지(上歐陽內翰書)」).

이 모든 찬사에서 볼 수 있듯이 후세 사람들은 한유 문장의 도도한 기세, 세도를 바로잡고자 했던 공로 등을 높이 사고 있다. 한유에 대한 기대치가 높았던 것이다. 또 그랬기 때문에 한유가 남긴 수많은 '무덤에 아부하는 글들'에 대해 아쉬움을 갖는 것이다. 대표적으로 청나라 사람 고염무(顧炎武)는 "한문공은 8대 동안의 쇠미한 문풍을 일으켰다. 만약「도의 근원을 밝힘」「비방의 근원을 밝힘」「쟁신에 관한 논의(爭臣論)」「회서 평정 비문」「『장중승전』후서」같은 작품만 쓰고, 모든 묘지명이며 장계 등을 사절한 채 쓰지 않았다면 실로 근대의 태두요 북두성이 될 수 있었을 것을. 나는 아직까지도 그를 허여치 못하겠다(韓文公文起八代之衰, 若但作「原道」,「原毀」,「爭臣論」,「平淮西碑」,「張中丞傳後序」諸篇, 而一切銘狀槪爲謝絕, 則誠近代之泰山北斗矣. 今猶未敢許也)"고 하였다.

그러나 한유는 고문가이자 대문호이기에 앞서 한 명의 사람이었다. 어려 조실부모하고, 기울어가는 가문을 일으키기 위해 유가의 경전을 읽으며 입신양명의 꿈을 키웠다. 나라를 위해 자신의 능력을 바쳐보고자 그날만을 기다렸다. 젊은 시절의 한유는 그러한 내면세계를 고스란히 글로 적어 자신을 이끌어줄 만하다 여겨지는 상관들에게 바쳤다. 자신이 지은 글도 끊임없이 바쳤다. 그 시대를 살았던 불우한 사대부가의 후예라면 누구나 그렇게 했을 것이다. 후에 장안에서 벼슬을 하며 명성을 얻어가기 시작할 즈음에도 그는 내기바둑 두기를 좋아했으며, 재미난 글 짓는 것을 부끄러이 여기지 않았다. 오죽하면 장적이 두 번이나 편지를 보내 한유의 몸가짐에 대해 무어라 했겠는가? 한유는 당당하게 답한다. 성인도 유희를 내치지 않았거늘, 자신이 이문위희(以文爲戲)하는 것이 뭐 그다지 흠될 것이 있느냐고. 한유가「모영전」을 세상에 처음 선보였을 때, 많은 이들의 비난을 받았던 모양이다. 이에 대해 적극 나서 변호를 해준 사람은 다

름 아닌 한유의 평생지기 유종원이었다. 이러한 소신 때문인가. 한유는
남들이 크게 칭찬해주는 문장이면 크게 부끄러웠고, 남들이 크게 비난하
는 문장이면 크게 자랑스러웠다고 말했다. 때론 엄숙한 스승으로 자임하
기도 하지만 때론 발랄한 문학적 재능을 글에 펼치고도 싶은 재능 있는 작
가였던 것이다. 또한 한유의 내면에는 자신의 처지에 대해 자긍심과 연민
이 늘 동시에 존재했다. 자신이 짓는 문장은 남들이 다 아니라 하고, 시대
에 어울리지도 못한다고 한스러워했다. 그러나 그는 이 또한 자신의 운명
이요 소신이라 받아들이고 평생 그러한 문장을 지었다. 이와 같은 내면의
모순은 「배움에 나아가는 것에 대한 풀이」나 「궁귀를 떠나보내는 글(送窮
文)」 등에 잘 보인다. 자신의 궁(窮)과 불우는 자신이 지키는 도와 문장
때문이라는 일종의 자부심과, 그래도 면치 못할 스스로에 대한 연민이 번
갈이 비친다.

기대하는 것이 너무 크면 실망하는 것도 많은 법이라 했다. 후세 사
람들은 한유에게서 한 가지 모습만을 기대하였다. 또 그럴 수밖에 없을
만큼, 한유의 역량은 컸으며, 그가 남긴 족적은 위대했다. 그러나 한유의
문장을 읽으면서, 그 안에서 사도(師道)로서 자임했던 스승으로서의 모
습, 정치의 득실을 논하는 정치가의 모습, 문장의 도에 대해 논하는 고문
가로서의 모습을 찾기 전에, 한유라는 사람, 한유의 문학 자체를 보아야
하지 않을까 싶다. 그가 살았던 시대의 고민과 한유 개인의 삶과 사상. 그
리고 그것이 작품을 통해 펼쳐진 양상들. 이러한 것들만이 문학가 한유를
제대로 평가할 수 있는 고유한 기준이 될 수 있다고 믿기 때문이다.

한유가 세상을 떠난 뒤, 그의 제자였던 황보식이 「한문공 묘지명(韓

文公墓誌銘)」을 지었고, 이고가 행장을 지었다. 지금 중국 맹주시(孟州市) 서괵향(西虢鄕) 한장(韓庄)에 잘 보수된 한문공묘가 있다. 전하는 바에 따르면 한장은 한유의 옛집이 있던 곳이라 한다.

768   장안(長安)에서 출생하다.

779   조실부모하고 형 한회(韓會) 밑에서 자라다. 한외가 소주(韶州, 지금의 광동성 曲江縣)로 폄적되자 형을 따라 이주하다.

786   장안으로 올라와 진사과에 응시하다.

792   진사에 합격하다. 이해에 과거에 합격한 자들 중에는 빼어난 인재들이 많아 사서에서는 이들을 "용호방(龍虎榜)"이라 일컫는다.

796   변주자사(汴州刺史)에 제수되다. 선무군절도사(宣武軍節度使) 동진(董晉) 밑에서 관찰추관(觀察推官)을 지내다.

799   동진 사후 변주에 반란이 일어나자 식솔을 이끌고 서주(徐州)로 들어가다. 무녕군절도사(武寧軍節度使) 장건봉(張建封)에 의해 관찰추관 및 시협률랑(試協律郎)에 발탁되다.

800   장안으로 올라와 이부전형(吏部銓衡)에 응시하여 종7품 상계(上階)에 해당하는 사문박사(四門博士)에 제수되다. 이때부터 고문운동을 적극적으로 영도하면서 '한문제자(韓門弟子)'들을 길러내는 데 힘을

쏟다.

803	감찰어사(監察御使)로 승진하다. 도성 부근에 기근이 들어 백성들이 굶어 죽어나가는 상황을 목격하고, 그해에는 세금 추렴을 정지해달라는 내용의 장계를 올렸다가 모함받아 양산현령(陽山縣令)으로 폄적되다.

805	순종(順宗)이 즉위하자 사면되어 빈주(彬州)로 옮겨 가 어명을 기다리다. 그해 8월에 순종이 황위에서 물러나고 헌종(憲宗)이 즉위하자 다시 사면되어 강릉(江陵, 지금의 호북성) 법조참군(法曹參軍)으로 옮겨 가다.

806	6월에 조서를 받들고 장안으로 돌아와 권지국자박사(權知國子博士)에 제수되다. 참언을 피해 동도(東都)인 낙양 분사(分司)에서 봉직하다.

807	진박사분사(眞博士分司)가 되다.

809	형부도관원외랑(刑部都官員外郎) 동도분사 겸 판사부(判祠部)가 되다. 낙양에 있던 절과 도관의 관리권을 사부로 귀속시켜 불법 승려 및 도사들을 대대적으로 주살하여 격렬한 반대에 부딪히다.

810	하남현령(河南縣令)이 되어 외직으로 나가다.

811	다시 조정으로 들어와 상서직방원외랑(尙書職方員外郎)에 제수되다.

812	화음현령(華陰縣令) 유간(柳澗)을 변호하다가 다시 국자박사로 좌천되다.

813	비부랑중(比部郎中) 사관수찬(史館修撰)에 발탁되어 『순종실록(順宗實錄)』을 수찬하다.

814	이부고공랑중(吏部考功郎中), 지제고(知制誥)로 승진하였다가 중서사인(中書舍人)에 오르다.

817 　헌종이 회서(淮西)에서 반란을 일으킨 오원제(吳元濟)를 진압하기로
　　　결정하니, 당시 재상이었던 배도(裴度)가 한유를 행군사마(行軍司馬)
　　　에 임명하다. 오원제 일당을 제거한 후 논공행상한 결과 형부시랑(刑
　　　部侍郞)으로 승진하다.

819 　정월에 헌종이 봉상으로 가서 부처의 사리를 맞이해온 것을 보고 이에
　　　반대하는 표문을 올렸다가 황제의 노여움을 사 조주자사(潮州刺史)로
　　　폄적되다. 같은 해 10월에 대사면령이 내려 원주자사(袁州刺史)로 옮
　　　겨 가다.

820 　목종(穆宗)이 즉위하면서 다시 조정으로 들어와 국자좨주(國子祭酒)
　　　에 임명되다.

821 　7월에 병부시랑(兵部侍郞)으로 승진하였다가 9월에 이부시랑으로 옮
　　　겨 가다.

823 　경조윤(京兆尹) 겸 어사대부(御史大夫)가 되었으나 어사중승이었던
　　　이신(李紳)과 관계가 좋지 않아 10월에 병부시랑으로 전임하였다가
　　　다시 이부시랑에 임명되다.

824 　5월에 병환으로 휴가를 청하였다가, 8월에 휴가를 마치고 이부시랑의
　　　자리에서 물러나다. 12월에 장안 정안리(靖安里) 자택에서 57세를 일
　　　기로 생을 마감하다. 조정에서 그를 예부상서(禮部尙書)에 추증하고,
　　　'문(文)'이라는 시호를 하사하다.

'대산세계문학총서'를 펴내며

근대문학 100년을 넘어 새로운 세기가 펼쳐지고 있지만, 이 땅의 '세계문학'은 아직 너무도 초라하다. 몇몇 의미 있었던 시도에도 불구하고, 전체적으로는 나태하고 편협한 지적 풍토와 빈곤한 번역 소개 여건 및 출판 역량으로 인해, 늘 읽어온 '간판' 작품들이 쓸데없이 중간되거나 천박한 '상업주의적' 작품들만이 신간 되는 등, 세계문학의 수용이 답보 상태에 머물러 있었음을 부인하기 힘들다. 분명한 자각과 사명감이 절실한 단계에 이른 것이다.

세계문학의 수용 문제는, 그 올바른 이해와 향유 없이, 다시 말해 세계문학과의 참다운 교류 없이 한국문학의 세계 시민화가 불가능하다는 의미에서, 보다 근본적으로, 우리의 문화적 시야 및 터전의 확대와 그 질적 성숙에 관련되어 있다. 요컨대 이것은, 후미에 갇힌 우리의 좁은 인식론적 전망의 틀을 깨고 세계 전체를 통찰하는 눈으로 진정한 '문화적 이종 교배'의 토양을 가꾸는 작업이며, 그럼으로써 인간 그 자체를 더 깊게 탐색하기 위해 '미로의 실타래'를 풀며 존재의 심연으로 침잠하는 작업이라 할 수 있다.

우리의 현실을 둘러볼 때, 그 실천을 위한 인문학적 토대는 어느 정도

갖추어진 듯이 보인다. 다양한 언어권의 다양한 영역에서 문학 전공자들이 고루 등장하여 굳은 전통이나 헛된 유행에 기대지 않고 나름의 가치 있는 작가와 작품을 파고들고 있으며, 독자들 또한 진부한 도식을 벗어나 풍요로운 문학적 체험을 원하고 있다. 새롭게 변화한 한국어의 질감 속에서 그 체험이 이루어지기를 바라는 요청 역시 크다. 그러므로 필요한 것은 어쩌면 물적 토대뿐일지도 모른다는 판단이 우리를 안타깝게 해왔다.

이러한 시점에서, 대산문화재단의 과감한 지원 사업과 문학과지성사의 신뢰성 높은 출간을 통해 그 현실화의 첫발을 내딛게 된 것은 우리 문화계의 큰 즐거움이 아닐 수 없다. 오늘의 문학적 지성에 주어진 이 과제가 충실한 결실을 맺을 수 있도록, 우리는 모든 성실을 기울일 것이다.

'대산세계문학총서' 기획위원회